안나 카레니나

안나 카레니나

ЛЕВ ТОЛСТОЙ *Anna Karenina*

레프 톨스토이

장편소설

서상원 옮김

스타북스

차례

1
부

결
혼

생
활

1

행복한 가정은 살아가는 모습이 서로 엇비슷하지만 불행한 가정은 저마다 다른 모양으로 괴로워하는 법이다.

오블론스키 집안은 모든 일이 엉망진창이었다. 아내는 남편이 전에 가정교사로 있던 프랑스 여인과 관계한 것을 알고는, 이제 도저히 같은 집에서 살 수 없다고 선언했다. 이러한 상태가 사흘이나 계속되고 있어서 당사자인 부부는 물론, 온 식구들로부터 고용인들에 이르기까지 거북해서 견딜 수가 없었다.

가족이나 고용인들은 이제 자기들은 같이 살 의미가 없어졌으며, 아무리 싸구려 하숙에서 우연히 만난 사람들이라도 오블론스키네 가족이나 고용인들보다는 더욱 친근감이 있을 거라 생각되었다. 아내는 자기가 쓰는 몇 개의 방에 틀어박힌 채 코끝도 내놓지 않았고 남편은 사흘을 하루 종일 밖으로 돌아다녔다. 아이들은 온 집 안을 마구 뛰어다녔으며, 지금의 가정교사인 영국 여인은 가정부와 말다툼을 하고는 다른 데에 새 일자리를 찾아 달라고 친구에게 편지를 써 보냈다. 어제는 일부러 식사 때를 노린 요리사가 저택에서 모습을 감추어 버렸고,

허드렛일을 하는 하녀와 마부도 이 집에서 나가겠다고 통고했다.

아내와 말다툼한 지 3일째 되던 날 스테판 아르카지치 오블론스키 공작—친구들은 스치바라고 불렀다—은 여느 때의 시각, 즉 아침 8시에 아내의 침실이 아니라 자기 서재의 모로코가죽 소파 위에서 잠이 깼다. 그러나 그는 한잠 더 자려고 생각했는지 살이 쪄서 윤기가 흐르는 몸을 쿠션 좋은 소파 위에서 돌아누우며, 이번에는 베개의 반대쪽 끝을 꼭 껴안고 거기에 얼굴을 파묻었다. 그러더니 갑자기 벌떡 일어나 소파 위에 앉아 눈을 떴다.

'그래, 그래. 그게 도대체 무엇이었더라.'

그는 방금 꾼 꿈을 떠올리면서 생각했다.

'그러니까, 그게 무엇이었더라? 아, 그렇지! 알라빈이 다름슈타트 (독일의 도시)에서 한턱냈지. 아니야, 다름슈타트가 아니야. 어딘지 미국풍의 곳이었어. 옳지, 꿈속이니까 다름슈타트가 미국에 있었던 거야. 그렇지, 알라빈이 한턱낸 것은 유리 탁자 위였어……. 맞았어. 그 탁자에서 모두 〈나의 보배 그대여〉를 노래 부르고 있었어. 아니 〈나의 보배 그대여〉가 아니라 더 좋은 노래였지. 그리고 유리로 된 작은 술병들이 여러 개 늘어서 있었는데, 그것들이 또 모두 여자들이었단 말이야.'

그는 꿈을 모두 생각해 냈다.

스테판 아르카지치의 눈은 빛나기 시작했고 미소를 띤 채 생각에 잠겼다.

'아아, 좋았어. 참 좋았다니까. 그 밖에도 정말 눈부신 일들이 꿈속에 많이 나왔지만 그런 것은 말로는 도저히 표현할 수가 없고, 지금 아

무리 이렇게 생각해 보아도 분명히 잡히지 않는 것들이야.'

그는 문득 커튼의 틈새로 비쳐 드는 아침 햇살을 보고는, 갑자기 들 뜬 몸짓으로 두 발을 움직이며 소파에서 미끄러지듯 내려와, 아내가 만든 금빛 모로코가죽 장식의 슬리퍼―작년 생일 선물로 아내가 지어 준―를 발로 더듬거렸다. 그리고 9년 동안이나 침실에서 하던 몸에 밴 습관으로 덧옷이 걸려 있는 쪽으로 앉은 채 한 팔을 뻗었다. 그 순간 정신이 든 그는 자기가 왜 아내의 침실이 아닌 서재에서 자고 있었는 지가 생각났다. 그의 얼굴에서는 미소가 사라지고 미간이 찌푸려졌다.

"참, 그렇지! 아아 아아……."

그는 모든 일을 생각해 내면서 앓는 소리 같이 중얼거렸다. 그의 머 리에 또다시 아내와 말다툼한 일이 떠오르며 새삼 자기의 꼼짝 못할 처지가 생각났다. 무엇보다도 괴로웠던 것은 그 원인이 모두 자기에 게만 있다는 사실이었다.

'그야 그 사람도 용서하지 않겠지! 용서해 줄 수가 없을 거야. 그런 데 제일 나쁜 건 모든 원인이 내게 있는 데도 그 장본인인 내가 하나도 죄책감을 느끼지 않는다는 점이야. 바로 여기에 이번 비극의 모든 원 인이 있어.'

그는 생각했다.

"아아 어떡하면 좋을까!"

그는 아내와의 싸움에서 받은 아픈 인상을 이것저것 떠올리면서 절 망적으로 소리쳤다.

무엇보다도 불쾌했던 것은 그 말다툼의 첫 순간이었다. 그때 그는 만족스럽고 상쾌한 기분으로 극장에서 돌아와 아내에게 선물할 큰 배를 들고 응접실로 들어갔다. 거기에 아내의 모습은 없었다. 서재에도 없어 그는 깜짝 놀랐다. 가까스로 침실에 있는 그녀를 발견했는데, 아내의 손에는 모든 일을 폭로하는 그 저주스런 편지가 들려 있었던 것이다.

그 여자, 여느 때는 언제나 이런저런 가사에만 마음을 쓰며 부지런히 몸을 놀리는, 그다지 영리하다고 생각되지 않던 아내 돌리(다리야의 영어식 애칭)가 편지를 틀어쥐고 꼼짝 않고 앉아서 공포와 절망과 분노가 뒤섞인 표정으로 남편의 얼굴을 노려보고 있었다.

"이게 뭐죠? 이것이?"

편지를 가리키며 아내가 물었다.

당시의 일을 생각하면, 스테판 아르카지치를 가장 괴롭혔던 것은 사건 자체보다도 오히려 아내의 물음에 대한 자기의 반응이었다.

그 순간 그의 몸에는 무언가 너무나 부끄러운 행동을 갑자기 들킨 사람에게서 흔히 볼 수 있는 그런 어떤 현상이 일어났다. 그는 아내가 자기의 비행을 폭로했을 때, 이 뜻밖의 사태에 어울리는 표정을 얼른 지을 수가 없었다. 벌컥 화를 내거나 그런 사실을 딱 잡아떼거나 변명하거나 용서를 빌거나 아니면 그저 태연한 체하고 있기만 했어도 훨씬 좋았을 것을. 그 어느 것이든 그가 그때 한 짓보다는 그래도 나았을 것이다. 그의 얼굴은 전혀 저도 모르게—'이것은 조건반사로군' 하고 생리학을 좋아하는 스테판 아르카지치는 얼핏 생각했었다—그 타고난 버릇인, 선량하고도 얼빠진 미소를 문득 떠어 버렸다.

이 얼빠진 미소만은 그 자신도 용서할 수가 없었다. 이 미소를 보자 다리야 알렉산드로브나는 마치 몸의 어디에 심한 아픔이라도 일어난 것처럼 몸을 부르르 떨더니, 타고난 괄괄한 격정으로 한바탕 악담을 발끈 퍼붓고는 그대로 방에서 뛰쳐나가 버렸다. 그 뒤로 아내는 남편의 얼굴을 두 번 다시 보려고 하지 않았다.

'모든 것은 그놈의 얼빠진 미소가 원인이야.'

스테판 아르카지치는 생각했다.

"그건 그렇고, 도대체 이 일을 어떻게 하면 좋지? 어떻게 하면?"

그는 절망적으로 중얼거렸으나 아무런 대답도 찾아낼 수가 없었다.

2

스테판 아르카지치는 자기 자신에 대해서는 정직한 인간이었다. 자기의 본심을 속여 가며 '지금 나는 나의 행동을 후회하고 있다'고 억지로 생각할 수는 없었다. 지금도 여전히 그는 34세의 잘생긴 사나이이며 다정다감하고 자신이 죽은 두 아이까지 치면 7명의 아이를 낳았고, 자기보다 1살밖에 젊지 않은 아내에게 매력을 느끼지 못한다고 해서 미안한 생각이 들지는 않았다. 그저 아내의 눈을 더 잘 속일 수가 없었던 것만이 후회스러웠다.

'아아, 끔찍해! 아아, 이거 정말 못 견디겠는데!'

스테판 아르카지치는 그렇게 혼자 되뇔 뿐 아무 묘안도 생각해 내지 못했다.

'아아, 이때까지는 모든 일이 잘 되어 갔고 우리들은 그 얼마나 사이좋게 살고 있었던가! 돌리는 아이들에게 열중하느라 행복했고 나는 무엇이든 그녀를 간섭하지 않고 아이들 일이나 집안일이나 모두 그녀가 하자는 대로 내맡겼지. 그야, 그 여자가 우리 집의 가정교사였던 것은 안 좋았어. 분명히 좋지 않았어! 도대체 자기 집에 있던 가정교사의 꽁무니를 쫓아다니는 것은 야비하고 저속한 일이 아닐 수 없어. 아니, 그렇기는 하지만 그녀는 참 멋진 여자지.—여기서 그는 롤랑 양의 장난스런 까만 눈동자와 미소를 역력히 떠올렸다—하지만 그 여자가 우리 집에 있는 동안은 나도 아무 짓을 하지 않으려 했어. 무엇보다 나빴던 건, 그 여자가 이미…… 아아 그렇기는 해도 마치 일부러 짜 놓은 각본처럼 돼 버리고 말았어! 아, 아, 아아, 아아! 대체 이것을 어떻게 하면 좋담.'

그 해답은 얻을 수가 없다. 있는 것은 오직 한 가지, 너무나 복잡하고 해결 불가능한 문제에 대해서 이 인생이 준비해 놓고 있는 저 일반적인 해답뿐이었다. 해답이란 다른 것이 아니다. 그날그날의 요구에 따라서 살아가야 한다. 쓸데없는 일은 잊어버리라는 것이었다. 하지만 잠을 자면 모든 것을 잊을 수 있다 해도 밤이 오기까지는 그럴 수도 없는 노릇이어서, 저 유리 술병의 여자들이 부르는 음악의 세계로 돌아갈 수가 없다. 그렇다면 이제는 생활의 꿈으로 모든 것을 잊는 수밖에 없다.

"하여튼 어떻게 되겠지."

스테판 아르카지치는 혼잣말을 하며 일어났다. 그는 하늘색 비단으로 안을 받친 잿빛 덧옷을 걸치고 허리띠를 아무렇게나 묶고는 딱 벌어진 가슴 가득히 공기를 들이마셨다. 그리고 근육이 발달한 몸을 가볍게 움직이며 앙가발이인 발을 기운차게 내딛고 창가로 가서, 커튼을 열어젖히고는 소리 높이 벨을 울렸다. 벨 소리를 듣자 오래 된 시종 마트베이가 금방 주인의 옷과 구두와 전보를 손에 들고 들어왔다. 마트베이의 뒤를 따라 수염 깎는 도구를 든 이발사도 들어왔다.

"관청에서 서류가 와 있나?"

스테판 아르카지치는 전보를 받고 거울 앞에 앉으며 물었다.

"책상 위에 놓아두었습니다."

마트베이는 동정 어린, 그러면서 뭔가 묻는 듯한 눈길로 주인의 얼굴을 슬쩍 바라보며 대답했다. 그러더니 조금 사이를 두었다가 교활한 듯한 웃음을 띠며 덧붙였다.

"전세 마차의 주인 영감한테서 심부름꾼이 왔습니다."

스테판 아르카지치는 아무 대답도 하지 않고 그저 거울 속 마트베이의 얼굴을 힐끗 쳐다보았다. 거울 속에서 얼른 마주친 눈빛에서 두 사람이 서로를 얼마나 잘 이해하고 있는지가 엿보였다. 스테판 아르카지치의 눈은 마치 '너는 무엇 때문에 그런 말을 하지? 설마 사정을 모를 까닭이 없을 텐데……' 하고 말하고 있는 것 같았다.

마트베이는 웃옷 호주머니에 두 손을 찌른 채 다리 하나를 편하게 내딛고 선량한 미소를 띠며, 말없이 주인의 얼굴을 바라보고 있었다.

"돌아오는 일요일에 다시 오라고 말해 주었습니다. 그때까지는 주인어른을 귀찮게 하거나 자기네도 헛걸음을 하지 않도록 하라고 일러 주었습니다."

마트베이는 분명히 미리 준비해 두었던 듯한 말을 늘어놓았다. 스테판 아르카지치는 마트베이가 익살을 부리며 주인의 주의를 끌고 싶어 한다는 것을 깨달았다. 그는 전보를 뜯고 언제나처럼 틀린 단어를 머릿속으로 고쳐 가며 읽고 나더니, 얼굴에 반짝 밝은 빛을 떠올렸다.

"여보게, 마트베이. 내일 안나가 온다는군."

"그것 참 잘되었군요."

마트베이의 짧은 대답은 주인과 마찬가지로 이 방문의 뜻, 주인이 좋아하는 누이동생 안나가 부부의 화해에 한몫을 하고 나설 것임을 알고 있다는 표시였다.

"혼자 오신답니까, 아니면 바깥양반과 함께입니까?"

마트베이가 물었다. 스테판 아르카지치는 말을 할 수 없었다. 마침 이발사가 윗입술을 면도하고 있었기 때문이었다. 그가 손가락 하나를 세워 보였다. 마트베이는 거울에 비친 그들을 향해 고개를 끄덕였다.

"혼자이시군요. 그럼 2층에다 방을 준비해 둘까요?"

"가서 다리야 알렉산드로브나에게 물어보고. 어디가 좋은지."

"마님께요?"

무언가 납득이 가지 않는 얼굴로 마트베이는 되물었다.

"음. 그리고 이 전보를 가지고 가서 보여 주라고. 뭐라고 대답하는 지……."

'아, 속을 좀 떠보겠다는 말씀이군.'

마트베이는 짐작하면서 그저 이렇게 대답했다.

"네, 알겠습니다."

마트베이가 전보를 손에 들고 목 긴 구두를 삐걱거리며 느릿느릿하게 방 안으로 돌아왔을 때, 스테판 아르카지치는 세수를 하고 머리를 빗은 후 막 옷을 갈아입으려던 참이었다. 이발사는 이미 방에서 나가고 없었다.

"다리야 알렉산드로브나 마님께서는 이제 나가 버릴 테니까 그분,

다시 말해서 주인님 좋으실 대로 처리하라고 말씀하셨습니다."

마트베이는 두 손을 호주머니에 찌르고 고개를 옆으로 기울인 채 주인의 얼굴을 가만히 지켜보았다.

"어떻게 하면 좋지, 마트베이?"

주인의 말에 마트베이는 고개를 가볍게 끄덕이면서 대답했다.

"뭐, 걱정하지 마십시오. 모든 것이 원만하게 잘 수습될 겁니다."

"모든 것이 원만하게 수습이 돼?"

"예, 틀림없습니다."

"그렇게 생각하나? 어이, 거기 있는 게 누구지?"

문 밖에 여자의 옷 스치는 소리가 나는 것을 들은 스테판 아르카지치가 물었다.

"저예요."

야무지고 상냥한 여자의 목소리가 들리더니 늙은 보모 마트료나 필리모노브나의 얼굴이 나타났다.

"그래, 무슨 일이지 마트료샤(마트료나의 애칭)?"

스테판 아르카지치는 문 쪽으로 걸어가며 물었다.

"무슨 일이지?"

그는 힘없는 목소리로 다시 한 번 물었다.

"주인님, 지금 바로 마님께 가서서 한 번 더 용서를 비세요. 그러면 틀림없이 일이 잘되어 나갈 거예요. 마님이 괴로워하시는 모습이란 정말 보기에 딱할 지경이에요. 게다가 온 집 안이 뒤죽박죽이 되고 있어요. 주인님, 아이들이 불쌍하다는 생각도 하셔야죠. 제발 가서서 용서를 비세요. 이제 어쩔 수가 없게 되었어요! 뿌린 씨는 자기 손으로 거두셔야……."

"하지만 그 사람이 만나 주지 않는 걸 어떻게 해……."

"그렇다면 주인님께서는 자기 하실 일을 하시면 됩니다. 하느님께
서는 자비로우시니까요. 하느님께 기도를 하세요. 주인님. 기도를 하
세요."

"아, 알았어. 그만 저리 가 있어."

스테판 아르카지치는 갑자기 얼굴을 붉히며 말했다.

"자, 그럼 옷을 갈아입게 해 줘."

그는 마트베이를 돌아보며 가운을 획 벗어 던졌다.

3

옷을 갈아입은 스테판 아르카지치는 몸에 향수를 뿌리고 셔츠 소
매 끝을 바로잡고는 익숙한 솜씨로 담배며 지갑이며, 성냥과 두 겹 사
슬과 장식이 달린 회중시계를 각기 호주머니에 집어넣고 손수건을 획
흔들었다. 그러자 이런 불행한 사건의 소용돌이 속에서도 자기가 산
뜻하고 멋있다는 느낌이 들고 기운이 넘쳐, 육체적으로도 상쾌한 기
분이 들었다. 그는 걸음을 내디딜 때마다 가볍게 몸을 흔들면서 식당
으로 들어갔다. 거기에는 커피가 그를 기다리고 있었으며, 커피 옆에
는 몇 통의 편지와 관청에서 온 서류가 놓여 있었다.

그는 편지를 훑어보았다. 그 가운데 한 통은 참 불쾌한 편지였다.
아내 소유지의 숲을 사겠다는 상인으로부터 온 것이었다. 이 숲은 어
떻게든 처분해야 하는 것이었지만 지금으로서는 아내와 화해가 될 때

까지 그런 말은 입에 올릴 수 없었다. 무엇보다 불쾌한 것은 이 사건으로 눈앞에 기다리고 있는 아내와의 화해에 금전상의 이해관계가 끼어들게 되는 일이었다. 그때 그의 머리에는 혹시 어쩌면 자기는 이런 이해관계에 좌우될지도 모른다, 이 숲을 처분하고 싶기 때문에 아내와 화해를 바라게 될지도 모른다는 생각이 퍼뜩 떠오르면서, 이런 마음이 드는 것만으로도 모욕감이 일었다.

편지를 읽고 나자 스테판 아르카지치는 관청에서 온 서류를 끌어당겨 재빠르게 두어 가지 사건을 훑어보고 굵은 연필로 몇 가지 메모를 한 뒤, 그것을 옆으로 밀어 놓고 커피 잔을 집어 들었다. 그는 커피를 마시면서 아직도 눅눅한 조간신문을 펼쳐서 읽기 시작했다.

신문을 읽고 나서 두 잔째 커피를 마시고 버터 바른 빵을 먹고 난 그는 자리에서 일어나 조끼에 떨어진 빵 부스러기를 털어 내고는 떡 벌어진 가슴을 활짝 펴고 즐거운 듯이 미소를 지었다. 그것은 그의 마음속에 특별히 들뜨는 일이 있기 때문이 아니라, 소화를 잘 시키는 위가 이런 즐거운 미소를 이끌어 낸 것에 지나지 않았다. 이 즐거운 미소는 곧 그에게 모든 일을 상기시킴으로써, 그는 우울한 생각에 잠겼다.

두 아이의 목소리—스테판 아르카지치는 막내아들 그리샤와 맏딸 타냐의 목소리를 들을 수가 있었다—가 문밖에서 들려왔다. 두 아이는 무엇을 끌고 오다가 위에 얹은 것을 떨어뜨린 것 같았다.

그는 문 앞으로 가서 아이들을 불렀다. 아이들은 기차로 삼고 있던 상자를 내던지고 아버지한테 뛰어왔다.

아버지가 귀여워하는 타냐는 방 안으로 뛰어들더니 아버지에게 와락 안기어 그의 구레나룻에서 풍기는 코에 익은 향수 냄새를 맡으며 언제나처럼 깔깔댔다. 그러고는 앞으로 수그린 구부정한 자세 때문에 붉어진, 따뜻한 애정으로 빛나는 아버지 얼굴에 입을 맞추고 나서 아버지의 목을 끌어안았던 두 손을 놓고 먼저 자리로 달려가려고 했다. 그런 딸을 아버지는 붙들었다.

"엄마는 뭘 하고 있니?"

그는 딸의 매끈하고 갸름한 턱을 쓰다듬으며 물었다. 그리고 아버지에게 아침 인사를 하는 사내아이에게 웃으며 대답했다.

"여, 잘 잤니?"

그는 자기가 이 아들을 그다지 사랑하고 있지 않다는 것을 알고 있었기 때문에 언제나 공평해지려 애썼다. 그러나 아들 쪽에서도 그것을 눈치채고 있었으므로 아버지의 차가운 미소에 미소로써 대답하지 않았다.

"엄마요? 일어나셨어요."

딸아이가 대답했다. 스테판 아르카지치는 살며시 한숨을 쉬고 생각했다.

'이건 또 밤새 한잠도 안 잤다는 이야기군.'

그가 물었다.

"엄마는 기분이 좋던?"

딸아이는 아버지와 어머니 사이에 말다툼이 있었다는 것도 그러므로 어머니의 기분이 좋을 리가 없다는 것도, 아버지가 그것을 모를 까닭이 없으니 아버지가 슬쩍 물어보는 것은 일부러 모르는 체하느라고 그런다는 것도 잘 알고 있었다. 그래서 딸아이는 아버지 때문에 얼굴을 붉혔다. 그도 바로 그것을 눈치채고 역시 얼굴이 붉어졌다.

"몰라요. 엄마는 공부하라고는 안 하시고 미스 굴리와 할머니 댁에 가 바람을 쐬고 오라고 하셨어요."

딸아이는 말했다.

"그러면 다녀오너라, 타냐. 아, 그렇지. 잠깐 기다려라."

그는 계속 딸을 붙들고 그 화사한 귀여운 손을 만졌다. 그는 벽난로 위에서 어제 갖다 놓은 과자 상자를 집어 들어 타냐가 좋아하는 초콜릿과 크림 과자를 하나씩 꺼내어 주었다.

"그리샤 거예요?"

딸아이가 초콜릿을 가리키며 물었다.

"그래, 그렇다."

그는 한 번 더 딸의 귀여운 어깨를 만지고 머리칼 가장자리와 목덜미에 키스를 해 주고서야 놓아 주었다.

4

다리야 알렉산드로브나는 블라우스를 입고, 전에는 숱이 많고 윤기가 있었지만 지금은 숱이 적어진 머리를 뒷덜미에 감아 핀을 지르고, 수척하게 야윈 얼굴에 겁먹은 듯한 큰 눈을 더욱 드러내고 있었다. 그녀는 방 안 가득히 물건을 흩어 놓고 열려진 옷장 앞에 서서 무언가를 가려내고 있었다. 그러다 남편의 발소리를 듣자 손을 멈추고 문 쪽을 보면서 자기의 얼굴에 더 엄격한, 상대방을 경멸하는 표정을 지으려고 애썼으나 그것은 잘되지 않았다.

남편의 모습을 보자 다리야 알렉산드로브나는 당황하여 무언가를 찾는 시늉을 하며 옷장 서랍에 한 손을 들이밀고 있다가, 남편이 곁으로 바싹 다가왔을 때 비로소 돌아보았다. 그녀의 얼굴은 단호한 결심을 담은 표정을 지으려는 의도와는 달리 어쩔 줄 모르는 고뇌에 찬 표정을 나타내고 있었다.

"돌리!"

그는 낮고 조심스런 목소리로 말했다. 그는 고개를 숙이고 아내에게 가엾고 고분고분한 태도를 보이려고 했으나 그의 모습은 여전히 생기와 건강에 넘쳐 있었다. 그녀는 생기와 건강에 차 있는 남편의 모습을 쭉 훑어보았다.

'그래, 이 사람은 행복으로 가득 차 만족하고 있구나. 그런데 나는 뭐지? 저 사람의 즐거운 표정을 보면 몸이 오싹해져. 남들은 이 친절함을 좋아하고 칭찬하지만. 나는 이 사람의 호인다운 모습이 정말 질색이야.'

그녀는 생각했다. 그녀의 입은 다물어지고, 창백하고 신경질적인 얼굴의 오른쪽 볼이 파르르 떨렸다.

"무슨 일이세요?"

그녀는 가슴 속에서 쥐어짜는 것 같은 목소리로 얼른 말했다.

"돌리! 오늘 안나가 온단 말이야."

그는 목소리를 떨면서 다시 불렀다.

"그게 어쨌다는 거예요? 나는 만나지 않겠어요!"

그녀는 큰소리를 냈다.

"그래도 그럴 수는 없지 않아, 돌리……."

"나가세요, 나가세요, 나가란 말이에요!"

그녀는 남편을 외면한 채 큰소리를 계속 질렀는데, 그것은 마치 육체적인 고통에서 터져 나오는 목소리 같았다.

스테판 아르카지치가 조금 전에 아내에 대해서 생각하고 있을 때는, 마트베이의 말을 빌리면 모든 일이 원만히 수습될 것으로 기대되었고 차분히 가라앉은 마음으로 천천히 신문을 읽고 커피를 마실 수가 있었다. 그러나 지금 아내의 야위고 괴로움에 허덕거리는 얼굴을 보고 또 숙명을 감수하는 절망적인 목소리를 듣게 되니, 그는 무언가가 목에까지 치밀어 올라와 숨이 막히고 눈에는 눈물이 글썽거렸다.

"아아, 나는 얼마나 큰일을 저질렀단 말인가! 돌리! 제발 부탁이야, 제발……."

그는 더 말을 계속할 수가 없었다. 치미는 울음으로 목이 막혀 버린 것이다.

그녀가 옷장 문을 쾅 닫고 남편을 돌아보았다.

"돌리, 나는 아무 말도 할 수 없어……. 오직 한 가지 용서를 빌 뿐이야. 용서 해, 용서해 줘……. 보라고, 생각을 좀 해 봐. 9년 동안의 생활이 겨우 한때의 잘못도 보상할 수 없단 말이오?"

다리야 알렉산드로브나는 시선을 떨어뜨리고 남편의 말에 귀를 기울이고 있었는데, 그 모습은 마치 남편으로부터 '당신이 오해하고 있소'라는 말을 들었으면 하고 빌고 있는 것 같았다.

"잠시 넋을 빼앗긴……."

그가 말을 꺼내며 계속하려고 했으나 이 말을 듣자마자 다리야 알렉산드로브나의 입술은 마치 육체적인 고통이라도 받은 것처럼 다시 다물어지고 오른쪽 볼이 경련을 일으켰다.

"나가 주세요! 여기서 나가 주세요! 그리고 이제 그런 넋을 빼앗겼다느니 하는 구역질 나는 더러운 말은 내 앞에서 입 밖에 꺼내지 마세요!"

그녀는 아까보다 더 목청을 돋우어 소리 질렀다.

그녀는 자기가 나가려고 했으나, 갑자기 비틀거리며 의자의 등을 붙잡고 몸을 기댔다. 그러자 그의 얼굴이 누그러지며, 입술은 부풀고 두 눈에는 눈물이 가득 고였다.

"돌리! 제발 부탁이오. 아이들을 생각해 봐요. 그 아이들이 무슨 죄가 있겠소. 잘못은 나에게만 있으니 나를 벌해 줘요. 죄를 씻으라고 말해 줘요. 내가 할 수 있는 일이라면 무엇이든지 하겠소! 내가 잘못했소. 내가 얼마나 잘못했다고 생각하는지 말로 다할 수 없을 지경이오! 그러니 돌리, 제발 용서해 주오!"

어느새 흐느끼면서 그가 말을 꺼냈다.

"나는 언제나 아이들을 생각하고 있어요. 그 아이들을 구하기 위해서 이 세상에서 할 수 있는 일이라면 무엇이든지 할 생각이에요. 하지만 어떡하면 그 아이들을 구할 수 있을지 알 수가 없어요. 아이들을 아버지 곁에 놓아 둘 것인지 아니면 행실 나쁜 아버지한테서 떼어 놓을 것인지. 네, 그렇고말고요. 방탕한 아버지하고 말이에요……. 이보세요, 어디 한번 말씀해 보세요. 그런, 그런 일이 있었는데도 함께 살아갈 수 있는지. 정말 그럴 수가 있을까요? 말해 보세요, 정말로 그게 가능한 일인지를……."

그녀는 더욱 큰소리를 지르며 같은 말을 되풀이했다.

"자기 남편이, 아이들의 아버지가, 그 아이들의 가정교사였던 여자와 이상한 관계가 된 뒤에도 말이에요……."

"하지만 어떻게 하면 좋단 말이오? 이제 와서 어떻게 하면 좋단 말이오?"

그는 애원하는 목소리로 말했으나 자기가 무슨 말을 하고 있는지 알 수가 없었고, 그저 아까보다 더욱 고개를 떨굴 뿐이었다.

"난 당신 같은 사람은 더러워요, 싫단 말이에요!"

그녀는 완전히 흥분하여 외쳤다.

"당신의 눈물 같은 건 맹물보다도 못해요! 당신은 한 번도 나를 사랑해 준 일이 없어요. 당신은 쓸개도 품위도 없는 사람이에요. 당신은 야비하고 더러운, 나와는 아무 관계도 없는 사람이에요. 그래요. 완전히 멀쩡한 남이란 말이에요!"

그녀는 고통과 적의를 담은 말투로 스스로에게도 무섭게 들리는 '남'이라는 말을 입에 올렸다.

'아내는 나를 미워하고 있다. 도저히 용서해 줄 것 같지 않아.'

그는 생각했다.

"아아, 이 일을 어떻게 하면 좋지. 어떻게 하면……."

그가 중얼거렸다. 이때 옆방에서 넘어지기라도 한 것인지 갑자기 아기의 울음소리가 들렸다. 다리야 알렉산드로브나는 가만히 귀를 기울이더니 얼굴이 금방 온화한 표정으로 바뀌었다. 그녀는 마치 자기가 지금 어디에 있고 무엇을 해야 하는지 모르는 듯 한동안 가만히 생각에 잠겨 있더니, 이내 일어서서 문 쪽으로 걸어갔다.

'저 사람은 내 아이를 사랑하고 있지 않은가. 내 아이를 저렇게 귀여워하면서 어떻게 나를 미워할 수가 있을까?'

스테판 아르카지치는 아기의 울음소리를 들었을 때 아내의 얼굴이 변한 것을 눈치채고 생각했다.

"돌리, 꼭 한마디만 더 하겠어."

그는 아내의 뒤를 쫓아가면서 말했다.

"내 뒤를 따라오면 사람을 부르겠어요. 아이들도요. 정말 모두 털어놓아도 좋단 말이에요? 당신이 못된 사람이라는 것을 말이에요! 난 당장 나가겠어요. 당신은 이 집에서 당신 애인하고 함께 살면 될 거 아니에요!"

그녀는 문을 쾅 닫고 나가 버렸다.

스테판 아르카지치는 한숨을 쉬며 얼굴의 땀을 닦고 조용히 방을 나가려 했다.

'마트베이 녀석은 모든 것이 잘 돌아가게 될 거라고 이죽거렸는데, 이게 무슨 꼴이야. 아니, 그런 조짐조차 없지 않나. 아아, 도대체 어떻게 하면 좋단 말인가! 그건 그렇고, 저 사람이 점잖지 못하게 떠들어대는 꼬락서니란.'

그는 아내가 큰소리로 외친, 비열한 사람이니 애인이니 하는 말을 생각하면서 혼잣말을 했다.

"어쩌면 하녀들이 들었을지도 몰라! 정말 견딜 수 없군, 지독해."

스테판 아르카지치는 잠시 거기에 서 있다가 곧 눈을 닦고 한숨을 몰아쉰 다음 가슴을 탁 펴고 방에서 나갔다.

5

스테판 아르카지치는 타고난 재능이 많았기 때문에 학교에서는 공부를 잘했지만 게으르고 장난을 좋아했기에 졸업할 때는 꼴찌에 가까웠다. 언제나 방종한 생활을 하여 관등도 낮고 아직 그럴 나이가 아니었음에도 그는 모스크바 어느 관청의 장으로 봉급도 많고 명예로운 지위를 차지하고 있었다. 이 지위는 누이동생 안나의 남편 알렉세이 알렉산드로비치 카레닌이 추천해서 얻어 준 것으로, 카레닌은 그 관청이 소속되어 있는 성省의 간부였다.

하지만 만약 카레닌이 자기 처남을 그 지위에 임명해 주지 않았다 해도, 스치바 오블론스키는 그의 형제자매며 사촌들이며 숙부, 숙모 등 수백이나 되는 사람들의 알선으로 이런 지위 정도나 아니면 이와 비슷한 다른 지위를 차지하였을 것이고 연봉 6천 루블은 받고 있었을 것이다. 이 6천 루블은 그의 씀씀이가 헤펐기 때문에, 아내에게 상당한 재산이 있음에도 불구하고 간신히 그의 가정을 지키는 정도의 금액이었다.

모스크바와 페테르부르크의 절반은 스테판 아르카지치의 친척이며 친구였다. 그는 태어날 때부터 이 세상의 유력자 혹은 유력자가 된 사람들의 계급에 속해 있었다. 국가적 인물들의 3분의 1은 그의 아버지의 친구들로 그를 어렸을 적부터 알고 있었고, 3분의 1은 그와 '너나' 하는 사이였으며, 나머지 3분의 1은 잘 아는 사람이었다. 지위, 차지권, 이권 같은 이 지상 행복의 분배자는 모두 그의 친구였으므로 그들이 자기의 한패를 따돌릴 턱이 없었다. 따라서 스테판 아르카지치는 유리한 지위를 얻기 위해서 특별히 애쓸 필요도 없었다.

그저 남의 부탁을 거절하거나 남을 부러워하거나 말다툼을 하거나 누구에게 화를 내거나 하지만 않으면 되는 것이었다. 더구나 타고난 성품이 선량했기 때문에 아직까지 한 번도 그런 일은 한 적이 없었다. 여기에서 만일 누가 그에게, 자네는 필요한 만큼 봉급을 받는 지위를 얻기가 어려울 것이라고 말한다면, 그는 그 말을 우습게 여겼을 것임에 틀림없다. 그는 자기와 동년배의 사람들이 얻는 만큼의 것을 바랐을 뿐이었으며, 그런 정도의 직무라면 그도 남 못지않게 훌륭히 해낼 능력이 있었다.

근무지에 도착하자, 스테판 아르카지치는 그의 서류 가방을 든 고분고분한 수위의 안내를 받으며 조그만 자기 방으로 들어가 제복으로 갈아입고 사무실로 들어갔다. 그를 본 서기며 속관들이 일제히 일어서서 밝은 얼굴로 공손히 머리를 숙였다. 그는 언제나처럼 부지런한 발걸음으로 다가가서 동료들과 악수하고 자기 자리에 앉았다. 그리고 예의에 어긋나지 않을 정도의 농담과 잡담을 주고받은 다음 일에 착수하기 시작했다.

일을 기분 좋게 진행시키는 데 필요한 자유와 솔직함과 공식적인 태도와의 한계를 스테판 아르카지치만큼 정확하게 찾아내는 사람은 아마 없을 것이다. 비서는 사무실에 있는 다른 사람들과 마찬가지로 쾌활하게 그러면서도 정중하게 서류를 들고 그에게 가까이 와서, 역시 스테판 아르카지치에게 배운 친근하고 자유로운 어조로 이야기를 했다.

"이제야 펜자 현에서 조회의 회답이 왔습니다. 이 서류가 그것인데요, 어떻게 할까요?"

"야아, 드디어 왔나 보군."

스테판 아르카지치는 서류 사이에 손가락을 끼우며 말했다.

"그러면 여러분……."

이렇게 하여 집무가 시작되었다. 그는 그럴듯하게 고개를 기울이고 보고를 들으면서 생각했다.

'만일 이 친구들이…… 반 시간 전에 자기네 상사인 내가 죄지은 어린애와 같은 꼴을 하고 있었던 것을 알게 된다면!'

그런 생각으로 그의 눈은 보고서의 낭독을 들으면서도 웃고 있었다. 집무는 2시까지 계속되고 2시가 되면 한 차례 휴식하면서 점심을 들기로 되어 있었다. 그런데 아직 2시도 안 되어서 갑자기 커다란 사무실의 유리문이 열리고 누군가 들어왔다. 사무실 안의 직원들은 기분 전환할 수 있는 일이 생긴 것을 기뻐하며 일제히 문 쪽으로 고개를 돌렸다. 그러나 문간에 서 있던 수위가 들어온 사내를 바로 쫓아내고 유리문을 닫아 버렸다.

보고서의 낭독이 끝나자 스테판 아르카지치는 기지개를 켜고 일어서서, 자유주의 시대의 풍조에 경의를 표하듯 사무실 안에서 담배를 꺼내어서는 자기의 사무실로 들어갔다.

"아까 들어왔던 사람은 누구지?"

그가 수위에게 물었다.

"누군지 모르는 사람이에요, 각하. 제가 잠깐 딴 데를 보고 있는 사이에 허락도 없이 들어와서 말씀예요. 각하를 뵙고 싶다고 하기에, 그래서 전 다른 분들이 다 나간 다음에 뵈라고……."

"그래, 그 사람은 어디 있나?"

"아마 현관 쪽으로 나가 있을 겁니다. 이 근처를 줄곧 돌아다니고 있었습니다만… 아, 저기 있군요."

수위는 말하며, 어깨가 딱 벌어지고 곱슬곱슬한 구레나룻을 기른 체격 좋은 남자를 가리켰다. 그 남자는 스테판 아르카지치를 보자 양가죽 모자를 벗지도 않고 돌계단을 재빠르게 뛰어올라왔다. 그때 옆구리에 서류 가방을 끼고 계단을 내려가던 깡마른 관리 하나가 잠깐 발을 멈추고서 뛰어오는 사내의 발을 화난 얼굴로 바라보더니, 이번에는 묻는 듯한 표정으로 스테판 아르카지치의 얼굴을 돌아보았다. 스테판 아르카지치는 계단 위에 우뚝 서 있었다. 수놓은 제복의 깃 위에서 선량하게 빛나고 있던 그 얼굴은 뛰어오는 사내의 정체를 알아차리자 더욱 빛났다.

"역시 그랬었군! 레빈, 마침내 찾아와 주었군!"

자기에게 가까이 오는 레빈을 훑어보며 그는 친밀하면서도 놀리는 듯한 미소를 띠고 말했다.

"아니, 어떻게 이런 도둑놈 굴 속 같은 곳으로 찾아왔나?"

스테판 아르카지치는 악수만으로는 모자라서 키스를 하며 말했다.

"자네, 온 지 오래 됐나?"

"아니야, 조금 아까 왔지. 자네를 꼭 만나고 싶어서 말이야."

레빈은 수줍은 듯이 말하면서 화난 얼굴로 주위를 둘러보았다.

"자, 내 방으로 가세."

스테판 아르카지치는 친구가 수줍음을 잘 타면서도 자존심이 강해 화를 잘 내는 것을 알고 있었기 때문에, 상대방의 손을 잡자 마치 위험 지대를 빠져나가듯 앞서서 걷기 시작했다.

레빈은 아주 젊었을 때부터 그의 친구였다. 두 사람은 성격이나 취미가 달랐음에도, 아주 어려서 사귄 자들이 서로 사랑하듯이 사랑하고 있었다.

"우리 집에서는 오래 전부터 자넬 기다리고 있었네."

스테판 아르카지치는 방에 들어가자 레빈의 손을 놓으면서 말했다. 그것은 마치 가까스로 위험 구역을 벗어났음을 나타내는 것과도 같았다.

"이렇게 자네를 만나니 정말 반갑네. 도대체 언제 왔나?"

그는 말을 계속했다. 레빈은 대답도 하지 않고 스테판 아르카지치의 낯선 두 동료를 바라보고 있었다.

"아, 그렇군. 소개하겠네. 이분은 내 동료 니키틴 씨고 저분은 미하일 스타니슬라비치 그리네비치 씨네."

그가 말했다. 그리고 레빈 쪽을 돌아보고 말했다.

"이쪽은 지방자치단체에서 활약하고 있는 신인, 아니 한 손으로 5푸드(약 80킬로그램)나 들어 올리는 스포츠맨이고, 목축가이자 수렵가로 일가를 이루고 있는 내 친구 레빈 군이야. 저 유명한 세르게이 이바노비치 코즈느이쉐프의 동생이지."

"처음 뵙겠습니다."

니키틴이 말했다.

"형님에 대해서는 저도 잘 알고 있습니다."

그리네비치는 손톱이 긴 화사한 손을 내밀며 말했다.

레빈은 얼굴을 좀 찌푸리며 그 손을 잡고는 바로 스테판 아르카지치 쪽으로 고개를 돌리고 말했다. 그는 온 러시아에 이름이 알려진 작가인 이부형제를 진정으로 존경하고 있었으나, 다른 사람들이 자기를 레빈으로서가 아니라 유명한 코즈느이쉐프의 동생으로 대할 때는 참을 수가 없었다.

"아니야, 난 지방자치단체에서 일하고 있지 않네. 모든 의원들과 말다툼을 벌이지 않았겠나. 이제 회의에도 나가지 않고 있어."

레빈은 스테판 아르카지치 쪽을 보면서 말했다.

"벌써? 빠르기도 하군! 그래, 어째서 그렇게 됐나?"

스테판 아르카지치는 웃으면서 말했다.

"이야기를 하자면 길어지네. 언제 천천히 얘기하겠네."

레빈은 말해놓고는 이내 그 자리에서 이야기를 꺼내기 시작했다.

"글쎄 간단히 말하자면, 지방자치단체 활동이라는 것은 전혀 존재하지 않는 거야. 아니, 대체로 존재하지 않는다고 확신했기 때문이야."

그는 마치 누가 자기를 모욕하기나 한 것처럼 흥분하여 말을 계속했다.

"오오! 아무래도 자네는 또 의견을 바꾼 모양이군. 이번에는 보수파란 말이지. 그 얘기는 나중에 하세."

스테판 아르카지치는 말했다.

"그래, 나중에 하기로 하세. 그건 그렇고 자네를 꼭 만나야 할 일이 생겨서 찾아왔네."

레빈이 말했다. 스테판 아르카지치는 희미하게 웃음을 띠었다.

"그런데 어찌 된 일인가. 자네는 다시는 결코 서유럽풍의 옷은 입지 않겠다고 했었는데. 역시! 알겠어. 이것도 새로운 변화로군."

레빈은 상대방의 얼른 보아도 프랑스에서 맞춘 것 같은 새 옷을 찬찬히 살피며 말했다.

레빈은 얼굴이 확 붉어졌다. 그것도 어른이 저도 모르게 가볍게 붉히는 그런 것이 아니라 마치 어린아이처럼 홍조를 띠는 것이었다.

"그럼 어디서 만날까? 하여튼 꼭 자네에게 할 이야기가 있어서 그러네."

레빈의 말에 스테판 아르카지치는 잠시 생각하는 듯하더니 말했다.

"그럼 이렇게 하지. 구린으로 점심을 먹으러 가서 이야기를 하면 어떤가? 3시까지는 시간이 나니까 말이야."

"아니야. 난 또 들를 데가 있어."

레빈은 좀 생각하더니 대답했다.

"그럼 저녁을 함께 들면 어때?"

"저녁? 아니, 나는 특별히 이야기할 게 있는 건 아니네. 한두 마디 묻고 싶은 이야기가 있어서 그래. 다른 이야기는 나중에 차분히 하세."

"그럼 지금 여기서 그 겨우 두 마디라는 것을 말하게나. 긴 이야기는 저녁 식사 시간으로 미루고."

"그 두 마디라는 것은 실은 이런 이야기야. 그렇다고 별다른 이야기도 아니지만……."

레빈은 뜸을 들였다.

그의 얼굴은 금방 험악한 표정으로 바뀌었으나, 그것은 자기의 수줍음을 이겨 내려고 굳어졌기 때문이었다.

"쉬체르바스키 댁 사람들은 어떤가? 모두들 여전한가?"

레빈이 불현듯 말했다. 스테판 아르카지치는 레빈이 자기 처제 키티를 연모하고 있었다는 것을 훨씬 전부터 알고 있었기 때문에, 가벼운 웃음을 띠었다. 그의 눈이 쾌활하게 빛나기 시작했다.

"자네는 두 마디로 물었으나 나는 두 마디로 대답할 수 없겠는데. 하여튼……. 아, 좀 실례하네…."

비서가 들어왔다. 비서는 질문이란 형식으로 무언가 복잡한 사건의 설명을 시작했다. 스테판 아르카지치는 그의 설명을 끝까지 듣지도 않고 비서의 팔에 자상하게 손을 얹었다.

"아니, 내가 말한 그대로 처리해 주게나."

그는 미소로 자신이 상대방에게 주는 주의를 누그러뜨리며 말했다.

"그럼 그렇게 해 주게, 꼭 그렇게 말이야."

그리고 사건에 대한 자기의 해석을 간단히 설명하고 서류를 돌려주면서 한 번 더 말했다.

비서는 조금 당혹한 모습으로 나갔다. 레빈은 상대방이 비서와 이야기를 주고받는 동안에 완전히 곤혹스러움을 떨쳐 버리고 양 팔꿈치로 의자 등에 기대면서 우뚝 서 있었는데, 그 얼굴에는 비꼬는 표정이 떠올라 있었다.

"모르겠는데. 하나도 모르겠어."

레빈은 말했다.

"무엇을 모르겠다는 말인가?"

여전히 싱글벙글하면서 담배를 하나 뽑아 든 스테판 아르카지치가 말했다. 그는 레빈이 무언가 묘한 말을 토해 내기를 기대하고 있었다.

"자네들이 하고 있는 일을 모르겠단 말이야. 자네는 어쩌면 그렇게 진지한 얼굴을 하고 그런 일을 할 수 있나?"

레빈은 어깨를 움츠리며 말했다.

"그게 어때서?"

"어때서라니……, 아무것도 할 일이 없지 않은가."

"자네는 그렇게 생각해도 우리에겐 일이 산더미같이 밀려 있네."

"서류라는 것이 말이지? 아마 그렇겠지. 그 방면엔 재능이 있으니까 말이야."

레빈은 덧붙였다.

"그렇게 말하는 걸 보니, 자네는 내게 무언가 결여된 데가 있다고 생각하는군?"

"응, 어쩌면 그럴지도 몰라."

레빈은 말했다.

"아니, 그렇지만 난 역시 자네의 위대함에 감탄하고 있어. 내 친구 중에 위대한 인물이었다는 걸 자랑으로 알고 있단 말일세. 그건 그렇고, 자네는 왜 내 물음에 대답해 주지 않는가?"

레빈은 매우 진지하게 스테판 아르카지치의 눈을 똑바로 쳐다보고 말을 이었다.

"알았네, 알았어! 우선 좀 기다려 주게. 곧 그 건에 대해 말하겠네. 그야 자네가 카라진스키 군郡에 3천 데샤티나(1데샤티나는 약 10925.6제곱미터)의 땅을 가지고 있으며, 그렇게 우람한 체구와 12세 소녀 같은 신선함을 가지고 있는 것은 좋은 일이야. 하지만 머지않아 자네도 우리와 같은 사람이 되고 말 걸세. 그런데 자네가 했던 질문 말이야. 별다른 일은 없네. 하지만 자네가 이렇게 오랫동안이나 오지 않은 것은 정말로 유감스런 일이야.”

“그건 왜?”

레빈은 깜짝 놀라 물었다.

“아니, 대단한 일은 아니야. 좀 천천히 이야기하기로 하세. 그런데 자네는 이번에 도대체 무슨 일로 나왔는가?”

“아, 그것도 이따가 이야기하기로 하겠네.”

레빈은 다시 귀뿌리까지 빨개지면서 말했다.

“그럼 그렇게 하세. 알았네. 그건 그렇고, 실은 말야. 자네를 우리 집에 초대하고 싶은데, 아내가 몸이 좀 불편해서 말이야. 혹시 자네가 그 사람들을 만나고 싶으면, 그 사람들은 요즈음 오후 4시에서 5시 사이에는 의례 동물원에 있을 걸세. 키티가 스케이트를 하니까. 자네도 거기에 가 있게나. 나도 곧 뒤따라갈 테니까. 그리고 함께 어디서 저녁이라도 드세.”

스테판 아르카지치는 대답했다.

“그거 좋지. 그럼 이따가 만나세.”

“설마 그러지는 않겠지만, 나는 자네라는 사내를 잘 알고 있네마는, 또 깜빡 잊어먹거나 갑자기 시골로 돌아가 버리거나 해선 안 돼!”

스테판 아르카지치는 웃으면서 큰소리로 말했다.

“아니, 걱정하지 말게. 이번엔 틀림없을 테니.”

그렇게 말하며 레빈은 이미 문간까지 나왔을 때야 비로소 오블론스키의 동료에게 인사하는 것을 잊었음을 알았다. 하지만 그는 그대로 사무실을 나가 버렸다.

“대단한 정력가 같군요.”

레빈의 모습이 사라지자 그리네비치가 말했다.

"그렇다네. 행복한 놈이지! 카라진스키 군에 3천 데샤티나의 땅이 있고, 무슨 일이고 이제부터 시작인 데다가 저렇게 기운이 팔팔하니 말이야! 우리하고는 달라."

스테판 아르카지치는 끄덕이면서 말했다.

"당신께서 뭐 부족한 게 있습니까, 스테판 아르카지치."

"아니, 글렀어. 정말 초라하고 구역질이 날 뿐이야."

스테판 아르카지치는 크게 한숨을 쉬며 말했다.

6

스테판 아르카지치가 레빈에게 도대체 무슨 일로 왔느냐고 다잡아 물었을 때 레빈은 얼굴이 붉어졌고, 자신도 얼굴이 붉어진 것에 화가 났다. 그것은 다름 아니라 "자네 처제에게 결혼을 청하러 왔네" 하고 분명히 대답할 수 없었기 때문이었다. 더욱이 그가 찾아온 목적은 오로지 그 일에만 있었던 것이다.

대학 시절에 레빈은 하마터면 쉬체르바스키 가의 큰딸인 다리야 알렉산드로브나에게 사랑을 고백할 뻔했다. 그러나 그녀는 얼마 안 있어 스테판 아르카지치한테 시집가고 말았다. 그 뒤, 그는 둘째딸을 사랑하게 되었다. 그는 자기가 이 집안 자매 중의 하나와 사랑을 하지 않으면 안 될 것처럼 느끼면서도 막상 누구를 선택해야 할지 도무지 알 수가 없었다. 그런데 나탈리도 사교계에 얼굴을 내밀자마자 금방 외교관인 리보프한테 시집을 가 버렸다. 키티는 레빈이 대학을 졸업할 때는 아직 어린아이였다.

레빈의 친구인 젊은 쉬체르바스키는 해군에 들어간 지 얼마 안 되어 발트 해에서 익사했기 때문에 레빈과 쉬체르바스키 집안의 교제는 스테판 아르카지치라는 친구가 있었음에도 차츰 멀어지기 시작했다.

그러던 차에 지난 초겨울 1년 만에 시골에서 모스크바로 나온 레빈이 쉬체르바스키 집안의 사람들을 만났을 때, 그는 자기가 그 집안의 세 자매 중 누구와 사랑할 운명에 있었는가를 분명히 깨달았다.

그는 키티를 만나기 위해서 발이 닳도록 사교계에 드나들었다. 거의 날마다 키티와 얼굴을 맞대면서 모스크바에서의 2개월 동안을 꿈속에서처럼 지낸 뒤 레빈은 갑자기 그것은 불가능한 일이라고 단정하고 시골로 가 버렸다.

레빈은 시골에서 혼자 두 달을 지내고서야, 이번의 사랑이 지난날 젊었을 때의 일시적인 뜬마음과는 다르다는 것을 알았다. 이번 사랑의 감정은 자기에게 한순간의 안정도 주지 않았을 뿐더러, 그녀가 자기 아내가 되느냐 안 되느냐는 문제를 해결하지 못하는 한 자기는 살아 나갈 수 없다는 것, 게다가 자기의 절망은 단지 상상에서 생겨난 것이며, 자기가 반드시 거절당하리라는 생각은 아무 근거도 없는 일이라고 확신하게 된 것이다. 그리하여 그는 하여튼 구혼을 해 놓고 봐야 한다, 그리고 받아들여지면 결혼해야겠다는 굳은 결심을 가슴에 품고 이번에 모스크바로 나온 것이다. 혹시라도 거절을 당하면 어떻게 될 것인가, 그는 아직 거기까지는 생각할 수가 없었다.

7

아침에 기차로 모스크바에 도착하자 레빈은 이부형제인 코즈느이 쉐프의 집에다 있을 자리를 정했다. 옷을 갈아입은 그는 이번에 나온 이유를 털어놓고 형의 의견을 묻기 위해 곧바로 서재로 들어갔다.

"여어, 잘 왔군. 오래 묵을 거니? 토지 관리는 좀 어때?"

레빈은 형이 영지 같은 것에는 그다지 흥미가 없으며, 지금의 물음은 그저 지나가는 인사라는 것을 알고 있었다. 그래서 말을 판 일이며 그 돈에 대해서 조금 대답해 주었을 뿐이었다.

레빈은 형에게 자기의 결혼 의사를 털어놓고 충고를 듣겠다고 굳게 결심하고 있었으나 막상 형과 마주하여 형이 마음에도 없는 보호자연 하는 말투로 소유지에 대해서 묻는 태도를 보자—그들 어머니의 소유 지는 아직 분배되지 않아 레빈이 두 사람 몫을 관리하고 있었다—레 빈은 어쩐지 결혼할 결심을 꺼내고 싶은 마음이 없어짐을 느꼈다. 형 이 자기가 바라는 것과 같은 견해를 가져 주지 않을 것만 같았다.

"그래 요즘 형편은 어떠냐. 지방자치 일은?"

지방자치에 매우 관심을 가지고, 또 여기에 큰 의의를 부여하고 있 는 세르게이 이바노비치가 물었다.

"글쎄요, 전혀 모르겠는데요."

"몰라? 넌 의원이 아니냐?"

"아니에요, 이제 의원이 아닙니다. 그만두었어요. 그러니 이제 회의 에도 나가지 않아요."

레빈이 대답했다.

"그래? 그건 참 유감이군!"

세르게이 이바노비치는 눈살을 찌푸리며 말했다. 레빈은 변명을 하기 위해서 지방의회의 실태를 이야기하려 했다.

"언제나 그 모양이라니까! 우리 러시아 인은 언제나 그 모양이야. 어쩌면 이게 우리의 장점일지도 모르지. 자기의 결점을 볼 수 있는 능력 말이야. 그래도 우리는 아무래도 도가 지나친 것 같아. 언제나 혀끝에 준비되어 있는 비아냥거림으로 자기만족을 하고 있어. 내가 말하고 싶은 것은, 만일 이런 지방자치 같은 권리를 유럽의 다른 나라 국민에게 준다면 독일인이든 영국인이든 틀림없이 여기서 자유를 끌어낼 거라는 거야. 그런데 우리는 어떠냐 하면, 그저 웃고만 있으니."

세르게이 이바노비치가 상대방의 말을 가로막았다.

"하지만 도대체 무엇을 하라는 말씀입니까? 그것은 나로서도 마지막 시도였습니다. 그야 저도 열심히 해 보았지요. 하지만 되지가 않는 걸요. 능력이 없어서 말이에요."

레빈은 미안한 듯이 말했다.

"능력이 없다는 것은 변명이 안 되지. 너는 사물을 그렇게 보고 있지 않을 테니까."

형은 말했다.

"그럴지도 모릅니다."

레빈은 힘없이 대답했다.

"그건 그렇고, 너는 니콜라이 녀석이 또 여기에 와 있다는 것을 알고 있니?"

니콜라이는 레빈의 친형이며 세르게이 이바노비치에게는 의붓동생이 된다. 그는 자기 몫의 상당한 유산을 탕진하고 지금은 정체를 알 수 없는 악당들과 한패가 되어 형제와도 싸우고 갈라진 건달패였다.

"뭐라고요? 어떻게 아셨습니까?"

레빈은 놀라며 큰소리로 물었다.

"프로코피가 길에서 그를 봤다는구나."

"여기 모스크바에서요? 어디에 있답니까?"

레빈은 금방이라도 뛰어갈 듯이 의자에서 일어섰다.

"네게 이야기한 게 잘못이다."

세르게이 이바노비치는 동생의 흥분한 모습을 보고 고개를 저으며 말했다.

"난 사람을 보내 그가 있는 곳을 알아내고, 그가 발행하고 내가 대신 갚아 줬던 어음을 보내 주었지. 그랬더니 이런 답장을 보내 왔다."

세르게이 이바노비치는 그렇게 말하며 서진書鎭 밑에서 한 통의 편지를 꺼내어 동생에게 건넸다. 레빈은 그 기묘하지만 낯익은 필적으로 쓰여진 편지를 읽었다.

제발 저를 혼자 있게 내버려 둬 주시오. 친애하는 형제 여러분에게 부탁드리고 싶은 것은 오직 이 한가지올시다.

니콜라이

레빈은 그것을 읽고 나서도 고개를 숙인 채 여전히 그 편지를 손에 들고 세르게이 이바노비치 앞에 우두커니 서 있었다. 그의 마음속에서는 이젠 불행한 형에 대해서 잊고 싶다는 희망과 그건 좋은 생각이 아니라고 하는 의식이 싸우고 있었다.

"그놈은 틀림없이 나에게 모욕을 주고 싶었던 거야."

세르게이 이바노비치는 말을 계속했다.

"하지만 나를 모욕한다는 것은 그놈으로선 할 수 없는 일이지. 나는 진정으로 그놈을 도와주고 싶은 거야. 하기야 그건 되지도 않을 일이라는 것을 알고는 있지만."

"네, 네, 그렇습니다. 형님의 태도는 저도 잘 알고 있고, 훌륭하다고 생각합니다. 하지만 저는 작은 형한테 가 보겠습니다."

레빈은 말했다.

"정히 가겠다면 가 보려무나. 나로서는 권하지 않겠다만. 말하자면 내 일에 관해서는 하나도 두려울 것이 없고, 그놈도 나와 너 사이를 갈라놓을 수 없으니까 말이야. 그렇지만 너를 위해선 네가 가지 않는 것이 낫다고 충고한다. 그놈을 돕는다는 것은 불가능한 일이야. 하지만 너는 너 하고 싶은 대로 하려무나."

세르게이 이바노비치는 말했다.

"그야 도와주는 건 불가능할지 모릅니다. 그러나 특히 지금엔, 저어 이것은 다른 문제입니다만, 아무래도 가만히 있을 수가 없을 것 같군요."

"그래? 네 마음은 나도 잘 모르겠지만. 다만 한 가지 알고 있는 것은, 이것은 겸손에 대한 가르침이라고 할 수 있어. 니콜라이가 지금 같은 신세가 된 후로 나는 비천한 것에 대해서 여태까지와는 달리 더 관대한 눈으로 보게 됐다. 그놈이 무슨 짓을 저질렀는지 너도 알고 있을 게다."

세르게이 이바노비치는 말했다.

"아아, 지긋지긋해요. 정말 못 견딜 일이지요."

레빈은 말했다.

세르게이 이바노비치의 하인으로부터 형 니콜라이의 주소를 알자 레빈은 바로 찾아가려고 했으나 다시 생각을 고쳐 저녁때까지 연기하기로 했다.

무엇보다도 먼저 마음의 평안을 얻기 위해서 모스크바에 온 목적에 관한 일을 먼저 처리할 필요가 있었다. 그리하여 레빈은 형의 집을 나와 스테판 아르카지치의 관청에 갔었고, 거기서 쉬체르바스키 집안 사람들의 안부를 묻고는 키티를 만날 수 있으리라고 가르쳐 준 장소로 마차를 달리게 했던 것이다.

8

4시에 레빈은 가슴을 죄면서 동물원 앞에서 합승 마차를 내렸다. 그는 오솔길을 따라서 스케이트장이 있는 쪽으로 걸어갔다. 주차장에 있는 쉬체르바스키 가의 마차를 보았기 때문에 그는 틀림없이 그녀를 만날 수 있으리란 것을 알았다.

그날은 활짝 갠, 얼어붙을 것같이 추운 날씨였다. 그는 스케이트장으로 향한 오솔길을 걸어가면서 자기를 타일렀다.

'흥분하지 마라. 침착해라. 넌 무엇 때문에 그러는 거냐. 도대체 무엇을 두려워하는 거냐? 닥쳐라, 이 바보야.'

그는 자기 심장을 향해서 소리쳤다. 그러나 마음을 가라앉히려고 하면 할수록 더욱 숨이 막혔다. 누군가 아는 사람이 저쪽에서 걸어와 그에게 말을 걸었으나 레빈은 상대방이 누군지 분간할 수 없을 정도였다. 얼음 지치는 언덕으로 가까이 가자 거기서는 썰매를 올렸다 내렸다 하는 쇠사슬이 쩔렁거리고 미끄러져 내리는 썰매 소리가 울렸으며, 사람들의 즐거운 목소리가 떠들썩했다. 그가 몇 걸음을 더 걸어가자 눈앞에 스케이트장이 펼쳐지고 그 순간 스케이트를 타고 있는 사람들 사이에 곧 그녀의 모습이 보였다.

그는 자기의 심장을 죄는 기쁨과 공포를 느끼면서 그녀가 거기 있다는 사실을 알았다. 그녀는 한 부인과 말을 주고받으면서 스케이트장의 저쪽 가장자리에 서 있었다. 그녀의 차림새와 몸매는 다른 사람과 하나도 유별난 데가 없었다. 하지만 레빈에게는 그 사람들 속에서 그녀를 찾아내는 일이, 덤불 속에서 장미꽃을 찾아내는 것처럼 너무나 쉬운 일이었다. 모든 것은 그녀가 있음으로써 빛나고 있었다. 그녀야말로 주위의 모든 것을 밝게 비추는 빛이었다.

'나는 정말 얼음 위를 걸어서 그녀 있는 데까지 갈 수가 있을까?'

그가 문득 생각했다. 그녀가 있는 장소는 마치 가까이 가면 안 되는 성지같이 생각되었고 순간 그는 그대로 돌아갈까도 생각했다. 그만큼 그는 겁이 난 것이다. 그는 가까스로 겁먹은 자기를 억누르며, 그녀의 주위에 온갖 사람들이 걸어 다니고 있는 것처럼 자신도 그 옆으로 못 갈 리가 없다고 판단했다. 그는 마치 태양이라도 보는 것처럼 그녀를 오래 바라보기를 피하면서 얼음 위에 내려섰다. 그녀의 모습은 태양과 마찬가지로, 보지 않아도 그 존재를 알 수가 있었다.

키티의 사촌 오빠 니콜라이 쉬체르바스키는 짧은 웃옷에 홀태바지를 입고 스케이트를 신은 채 벤치에 걸터앉아 있다가 레빈을 보자 큰

소리로 말을 걸었다.

"여어, 러시아 제일의 스케이터! 언제 왔습니까? 얼음이 참 좋습니다. 어서 와서 스케이트를 신으세요."

"난 스케이트가 없어요."

레빈은 대답하면서도 그녀 앞에서 대담하고 겁 없이 행동하는 니콜라이에 깜짝 놀랐다. 레빈은 비록 그녀 쪽으로는 고개를 돌리지 않았지만 한순간도 그녀의 모습을 시야에서 놓치진 않고 있었다. 그는 태양이 자기에게로 다가오는 것을 느꼈다. 그녀는 저쪽 끝에 있다가 날씬한 다리를 좀 벌리면서 보기에도 아슬아슬한 모습으로 그들 쪽으로 미끄러져 왔다.

"오신 지 오래 되세요?"

키티는 상대방에게 손을 내밀면서 말했다.

"어머, 미안해요."

그녀는 머프에서 떨어진 손수건을 그가 주워 건네주자 이어 말했다.

"저요? 조금 전, 어제…… 아니, 오늘 도착했습니다."

레빈은 너무나 흥분하여 얼른 상대방의 질문을 이해하지 못했다.

"댁에 들를 생각이었는데요."

거기까지 말하자, 그는 문득 자기가 그녀를 찾고 있는 이유가 생각나서 어찌할 바를 모르고 얼굴이 붉어졌다.

"당신이 스케이트를 타시는 줄은 몰랐습니다. 참 잘 타시는군요."

그녀는 조심스럽게 그가 말하는 얼굴을 바라보고 있었는데, 마치 상대방이 왜 당황하는지 그 원인을 알아보려고 하는 것 같았다.

"당신한테서 칭찬을 받으니 영광이에요. 여기서는 아직까지 당신이 뛰어난 스케이터라고 정평이 나 있으니까요."

까만 장갑을 낀 귀여운 손으로 머프에 내린 서리의 바늘을 떨어내면서 키티가 말했다.

"네, 전에는 매우 열중했었지요. 어떻게든 완벽해지려고 말이에요."

"당신은 무슨 일이든지 열심히 하시는 것 같아요. 당신이 스케이트 타시는 것을 꼭 보고 싶어요. 자, 스케이트를 신으세요. 저와 함께 타요."

키티는 미소 지으며 말했다.

'저와 함께 타요, 라니? 정말 그럴 수도 있을까?'

레빈은 상대방의 얼굴을 바라보면서 마음속으로 생각했다.

"네, 당장 스케이트를 신고 오겠습니다."

그가 말하고는 스케이트를 신으러 갔다.

"퍽 오랫동안 오시지 않았습니다요, 나리."

스케이트장 주인은 그의 한쪽 발을 받치고 뒤축의 나사를 조이면서 말했다.

"아직 나리를 따를 만한 명스케이터는 한 사람도 나타나지 않았습니다. 이만하면 됐습니까?"

가죽끈을 죄면서 주인이 말했다.

"됐어, 됐어. 어서 빨리 해 줘."

레빈은 자기도 모르게 얼굴에 퍼지려는 행복한 미소를 가까스로 억누르며 대답했다.

'그렇다. 이거야말로 진짜 인생이라는 것이다. 이게 진짜 행복이다.

저와 함께 타요, 라고 그녀는 말했다. 지금 고백을 할까? 하지만 지금 말하기는 두렵다. 난 지금 행복하니까. 비록 기대뿐이지만 행복하니까……. 그럼 언제? 그래, 말해야지! 약한 마음은 떨쳐 버려!'

그는 마음속으로 생각했다.

레빈은 일어서서 외투를 벗고 오두막 주위의 거칠거칠한 얼음 위를 한 바퀴 돌고 나서 매끄러운 빙판 위로 나왔다. 그는 원하는 대로 속도를 더하기도 하고 늦추기도 하고 방향을 바꾸기도 하는 것을, 아무런 힘을 들이지 않고 가볍게 미끄러졌다. 그는 두려운 마음으로 그녀 곁으로 다가갔으나, 다시 그녀의 미소를 보고 마음을 놓았다.

키티가 그에게 한 손을 내밀었다. 두 사람은 조금씩 속도를 내면서 나란히 미끄러지기 시작했는데, 속도가 빨라지면서 그녀는 더욱 그의 손을 꼭 쥐는 것이었다.

"당신과 함께 스케이트를 타면 금방 늘 것 같아요. 전 왜 그런지 당신이 믿음직스러워요."

키티가 말했다.

"당신이 믿어 주니 나도 자신감이 생깁니다."

그는 말했으나 이내 자기가 내뱉은 말에 놀라서 얼굴이 붉어졌다. 아니나 다를까 그가 그 말을 입에 올리자마자, 마치 태양이 구름에 숨는 것처럼 그녀의 얼굴에서 지금까지의 따뜻함이 사라져 갔다. 그리고 무언가 생각해 내려고 애쓰는, 전에 본 기억이 있는 그런 표정이 나타났다. 그 매끄러운 이마 위에 한 가닥 주름이 잡힌 것이다.

레빈이 다시 키티의 곁으로 미끄러져 왔을 때는 그 얼굴에 아까까지의 딱딱한 기색이 가시고, 그 눈빛은 좀 전과 마찬가지로 진심 어린 따뜻한 것이 되어 있었다. 그러나 레빈은 그 따뜻함 속에 어딘가 심상치 않은, 짐짓 새침함을 가장하는 태도가 있는 것같이 생각되었다. 그는 왠지 우울한 느낌이 들었다. 그녀는 자기의 나이 많은 여자 가정교사와 그 여자의 괴상한 행동에 대해 이야기하고 나서는, 요즈음 그의 생활에 대해 물어 왔다.

"겨울에 시골에 계시면 따분하지 않으세요?"

"아닙니다. 따분하기는커녕 나는 참 바쁘지요."

그는 대답하면서 그녀가 자기의 침착한 분위기 속으로 이야기를 끌고 가려는 것을 느꼈다. 아울러 그는 지난 초겨울의 경우와 마찬가지로 그런 분위기에서 빠져나올 수 없을 것 같은 느낌이 들었다.

"오래 머무르시겠어요?"

키티가 그에게 물었다.

"모르겠습니다."

자기가 무슨 말을 하는지도 모르면서 그는 대답했다. 그때 그는 문득 만일 자기가 이 여자의 잠잠한 우정의 태도에 끌려 들어가면, 이번에도 역시 무엇 하나 결정짓지 못하고 떠나가게 되리라고 생각했기 때문에, 큰마음 먹고 부닥쳐 보기로 작정했다.

"왜 모르시죠?"

"모르겠습니다. 그것은 당신에게 달려 있으니까요."

그는 그렇게 말한 순간, 자기도 모르게 입에 올린 그 말에 몸이 떨렸다. 그의 말이 틀리지 않았는지 그렇지 않으면 듣고 싶지가 않았는지, 하여튼 그녀는 넘어질 듯한 시늉으로 두어 번 한쪽 발을 쿵쿵 구르고 나서 서둘러 그의 곁을 떠나갔다. 그녀는 리농 양 쪽으로 미끄러져 가서 무언가 말을 한 뒤에 여자들이 스케이트를 벗는 오두막 쪽으로 향해서 갔다.

"아아, 나는 어쩌자고 그런 소리를 했을까! 아아, 하느님 ! 나를 도와주십시오. 좋은 지혜를 내려 주십시오!"

레빈은 빌듯이 중얼거리는 동시에 무언가 격렬한 운동을 하고 싶은 욕구에 몰려, 휙 하고 앞으로 미끄러져 나가면서 밖으로 멋진 원을 그렸다.

'참 멋있고 좋은 분이야. 하지만 내가 잘못된 걸까? 뭔가 잘못이라도 저질렀나? 사람들은 이런 감정을 바람기라고 한다는데. 그야 내가 사랑하는 것은 저분이 아님을 나도 알아. 하지만 그래도 역시 저분과 함께 있으면 즐거워. 참 멋있는 분이거든. 한데, 왜 그런 말을 내게 했을까.'

그때 리농 양과 함께 오두막을 나오던 키티는 그리워하는 미소를 조용히 띠며 사랑하는 오빠를 지켜보듯이 그를 바라보며 마음속으로 중얼거렸다.

키티가 돌계단 근처에서 그녀를 기다리던 자기 어머니와 함께 돌아가려고 하는 것을 본 레빈은 격렬한 운동으로 홍조 띤 얼굴을 하고 선 채 잠시 생각에 잠겼다. 그는 스케이트를 벗고 동물원의 입구에서 모녀를 따라잡았다.

"반갑군요, 잘 오셨어요. 우리 집에서는 여전히 목요일에 손님을 초청하고 있어요."

공작부인은 말했다.

"그러시다면, 오늘이로군요?"

"예. 그러니 꼭 오세요."

공작부인은 무심한 어조로 말했다. 키티로서는 그 말투를 듣는 게
마음이 아팠기 때문에, 어머니의 냉담한 태도를 보상하고 싶은 심정
을 억누를 수가 없었다. 그녀는 뒤돌아보고 미소를 지으면서 말했다.

"그럼 이따가 뵙겠어요."

그때 스테판 아르카지치가 모자를 비스듬히 쓰고, 눈뿐 아니라 온
얼굴을 반짝이면서 쾌활한 정복자 같은 모습으로 동물원 안으로 들어
섰다.

"자, 슬슬 나가 보기로 할까?"

그가 말했다.

"나는 줄곧 자네 생각만 하고 있었어. 참 잘 왔네."

스테판 아르카지치는 의미 있는 눈초리로 상대방의 눈을 들여다보
며 말했다.

"아, 좋아. 가고말고."

레빈은 방금 그녀가 말한 "그럼 이따가 뵙겠어요" 하는 목소리의
울림과 그 말을 했을 때의 그녀의 미소에 아직도 도취되어 행복한 마
음으로 대답했다.

"잉글랜드 회관으로 갈까 아니면 에르미타주로 갈까?"

"아무데나 좋아."

"그럼 잉글랜드 회관으로 가세."

가는 길에 두 친구는 줄곧 말이 없었다. 레빈은 키티의 얼굴에 나타
난 표정의 변화가 무슨 의미를 갖는가 생각하면서, 어떤 때는 희망이
있다고 믿어 보기도 하고 때로는 절망에 빠져 자기의 희망은 터무니

없는 것이라고 분명히 자각하기도 했다. 그러면서도 그는 자기가 "그럼 이따가 뵙겠어요" 하고 말한 소리를 듣기 전과는 전혀 다른 사람이 된 듯한 기분을 맛보았다.

스테판 아르카지치는 가는 도중에 만찬의 메뉴를 생각하고 있었다.

"자넨 넙치를 좋아하잖아?"

도착할 무렵 그가 레빈에게 물었다.

"응? 넙치? 그럼! 난 넙치를 굉장히 좋아하지."

레빈은 대답했다.

9

레빈은 스테판 아르카지치와 함께 나란히 호텔로 들어서면서, 친구의 얼굴이나 몸 전체에서 무언가 은근한 광채랄까 일종의 독특한 분위기가 감돌고 있는 것을 깨닫지 않을 수 없었다. 스테판 아르카지치는 외투를 벗고 모자를 비스듬히 쓴 채 식당으로 들어서며 그의 뒤에서 연미복을 입고 냅킨을 손에 들고 따라오는 타타르인에게 여러 지시를 내렸다. 그리고 어디를 가나 그를 즐거운 듯이 맞이하는 친지들을 이리저리 돌아보면서 고개를 숙여 인사를 했다.

"나리, 이리 오십시오. 여기가 조용해서 좋습니다."

백발의 늙은 타타르인 사환이 끈질기게 따라붙으며 말했다.

"어서 이리로 오시죠, 나리."

사환은 레빈에게도 말을 걸었으나 그것은 스테판 아르카지치에 대한 경의의 표시로 대접하는 말이었다.

청동으로 만든 촛대 아래 이미 식탁보가 씌워져 있는 둥근 탁자 위에다 또다시 새하얀 식탁보를 펼친 늙은 사환은 벨벳을 씌운 의자를 가지런히 놓고, 손에 냅킨과 메뉴를 들고 주문을 받기 위해서 스테판 아르카지치 앞에 섰다.

"나리, 만일 별실을 원하신다면 곧 빌 겁니다. 골리친 공작께서 부인 손님과 함께 와 계셔서. 그리고 싱싱한 굴이 들어와 있습니다만."

'뭐, 굴이라고!'

스테판 아르카지치는 생각했다.

"어때. 예정을 한번 바꿔 볼까, 레빈?"

스테판 아르카지치는 메뉴 위에 손가락을 멈춘 채 말했다. 그의 얼굴에는 정말 심각하게 망설이는 표정이 나타나 있었다.

"굴은 좋은 건가? 잘 알아보고 말하라고."

"플렌스부르크 걸 가지고 왔습니다. 나리, 오스텐드산이 아닙니다."

"플렌스부르크 것이든 아니든 굴이 싱싱한가 말이야?"

"어제 들어왔습죠, 나리."

"어때? 굴부터 한번 먹어 볼까? 그런 뒤에 계획을 다 바꿀 수도 있고. 자네 생각은 어떤가?"

"난 아무것이라도 좋네. 나는 양배추국과 죽이 제일 좋지만, 여기에는 그런 것이 없을 테니 말이야."

"러시아식 카샤 말입니까?"

타타르인 사환은 마치 아기를 대하는 보모 같은 태도로 레빈 위에 수그리며 말했다.

"아니야, 농담은 그만두고 자네가 고른 것이면 돼. 난 스케이트장에서 누비고 다녔더니 시장하군. 그러니 오해하지 말게."

레빈은 스테판 아르카지치의 얼굴에 불만스런 표정이 나타난 것을 보고 덧붙였다.

"자네가 고른 걸 트집 잡는 것은 아니니까 말이야. 나는 기꺼이 많이 먹겠네."

"그럼 됐어! 뭐니 뭐니 해도 먹는 것은 이 세상에서 가장 큰 즐거움 중의 하나니까 말이야."

스테판 아르카지치는 말했다.

"그럼 여보게, 우리한테 굴을 20개, 아니 그걸로 모자라겠는데. 그렇지, 30개쯤 하고 채소 수프하고……."

그리하여 타타르인이 연미복의 뒷자락을 펄렁거리며 뛰어가더니 5분 뒤에는 진줏빛 딱지 위에 아가리를 벌리고 있는 굴 접시와 술병을 손가락 사이에 끼우고 뛰듯이 돌아왔다.

스테판 아르카지치는 풀을 빳빳이 먹인 냅킨을 비벼 펴서 조끼 사이에 끼우고, 두 팔을 여유 있게 벌리더니 굴 접시에 덤벼들었다.

"음, 싱싱하군."

그는 은제 포크로 진줏빛 껍데기에서 물기가 많은 굴의 살점을 벗겨 내어 연방 입 안에 넣으면서 말했다.

"이거 괜찮은데."

그는 생기 있고 반짝이는 눈길로 레빈과 타타르인을 교대로 바라보면서 되풀이했다.

"자네는 굴을 그리 좋아하지 않는 것 같군. 아니면 무언가 마음에 걸리는 일이라도 있나, 응?"

스테판 아르카지치는 술잔을 비우며 말했다.

그는 레빈이 쾌활해지기를 바랐다. 레빈은 침울한 것까지는 아니었지만 무언지 모르게 마음이 답답한 느낌이었다. 레빈은 마음에 걸리는 한 가지 일 때문에, 이런 요릿집에 들어와서 여자들을 거느린 패거리들이 식사를 하고 있는 별실 같은 데 끼어서 사람들이 쏘다니는 혼잡과 소요 속에 있으려니까 언짢고 마음도 안정되지 않았다. 또 청동그릇이며 커다란 거울이며 가스등, 타타르인 같은 것들이 그의 속을 상하게 했다. 그는 지금 자기의 마음을 채워 주고 있는 것에 때가 묻을까 봐 두렵기까지 했다.

"내가 말인가? 응, 마음에 걸리는 것이 있기는 있어. 하지만 그것뿐이 아니야. 내게는 이런 것이 모두 거북스러워. 자네는 상상도 못 하겠지만, 나 같은 시골내기에게는 이런 것이 모두 아무래도 기괴망측하게만 보이거든."

레빈은 말하며 휴우 하고 한숨을 내쉬었다. 그때 스테판 아르카지치가 지껄이기 시작한 이야기에 그는 금방 마음을 빼앗겼다.

"그런데 어때, 오늘 밤 우리 함께 가지 않겠나? 쉬체르바스키 댁에 나와 함께 가잔 말인데."

스테판 아르카지치가 꺼칠꺼칠한 굴 껍데기를 옆으로 밀어 치우고 치즈를 앞으로 끌어당기며 의미 있게 눈을 빛내고 말했다.

"응, 가고말고. 꼭 가야지. 하지만 공작부인께서는 내가 오는 것이 그다지 반갑지 않으신 모양이야."

레빈은 말했다.

"무슨 소리를 하나, 자네! 쓸데없는 소릴! 그건 그분의 습관이야……. 이봐, 수프 가져오게! 그것은 그 부인의 버릇이라니까. 귀부인의 습관 말이야."

스테판 아르카지치는 말했다.

"나도 물론 같이 가겠지만, 나는 또 보니나 백작 부인한테도 가야해. 합창 연습을 하러 말이야. 그건 그렇고, 자네는 참 알아줘야 할 만한 야만인이야. 자넨, 자네가 갑자기 모스크바에서 모습을 감춘 것을 어떻게 설명하려고 그러지? 쉬체르바스키네 사람들은 내게 늘 자네에 관해서 물었다네. 마치 내가 모를 턱이 없다는 것처럼 말이야. 그런데 내가 아는 것은 오직 한 가지, 자네는 언제나 남이 안 하는 짓을 한다는 것뿐이니 어떻게 하겠나."

"응, 그렇지."

레빈은 흥분한 얼굴로 말했다.

"자네의 말이 틀림없어. 나는 야만인이야. 그런데 내가 야만인이라는 것은 말없이 이곳을 떠났기 때문이 아니라, 지금 또 이곳에 왔기 때문이야. 이번에 내가 온 것은……."

"아냐, 자네는 정말 행복한 사내야!"

스테판 아르카지치는 레빈의 눈을 들여다보며 얼른 말했다.

"왜 그런가?"

"준마는 그 낙인으로 알고, 사랑하는 젊은이는 그 눈빛으로 안다. 자네는 괜찮아. 모든 것이 앞길에 달려 있으니까."

스테판 아르카지치는 낭독 조로 말했다.

"그럼 자네는 과거의 사람이란 말인가?"

"아니, 과거의 사람이라고까지는 할 수 없지만 자네에게는 미래가 있어. 나는 그 현재라는 것이 시원치 못하단 말이야."

"어째서 그런가?"

"하여튼 재미가 없어. 내 일에 대해서는 말하고 싶지 않아. 어차피 모두 설명할 수 있는 것도 아니고. 대관절 자네는 이번에 무엇 때문에 모스크바에 나왔나?"

스테판 아르카지치는 말했다.

"이봐, 이거 치우라고!"

그가 타타르인에게 소리쳤다.

"자네는 짐작이 안 가나?"

광채 나는 눈길을 스테판 아르카지치의 얼굴로 향하고 레빈은 대답했다.

"그야 대강 짐작은 하고 있지. 하지만 그 이야기를 내가 먼저 꺼낼 수는 없지 않나? 이렇게 말하기만 해도 내 짐작이 맞는지 어떤지 자네는 알 것 아닌가."

스테판 아르카지치는 희미한 웃음을 띠며 레빈을 뚫어지게 바라보았다.

"그럼 그에 대한 자네의 의견은 어떤가? 이 일을 어떻게 보나?"

레빈은 떨리는 목소리로 말하면서, 자기 얼굴의 근육이 온통 떨리는 것을 느꼈다. 스테판 아르카지치는 레빈의 얼굴에서 눈을 떼지 않고 샴페인 잔을 비웠다.

"내 생각 말인가? 나로서는 이 이상 바람직한 일은 없는 것 같아. 아주 좋은 생각이야."

스테판 아르카지치는 말했다.

"자네 지금 무슨 다른 생각을 하고 있는 건 아니겠지? 내가 지금 무슨 이야기를 하고 있는지 알고 있나? 자네는 그것이 가능하다고 생각하나?"

레빈은 상대방의 얼굴을 들여다보면서 말했다.

"가능하다고 생각하네. 왜, 불가능한가?"

"아니, 자네는 그것이 틀림없이 가능하다고 생각한단 말이지? 자네가 생각하는 것을 털어놓고 말해 주게! 이를테면 만일, 만일 말이야. 나를 기다리고 있는 것이 거절이라면? 나는 그러리라고 확신하고 있어."

"왜 자네는 그렇게 생각하지?"

스테판 아르카지치는 상대방의 흥분한 모습에 미소 지으면서 말했다. 레빈이 술잔을 비우느라 두 사람은 한동안 말이 없었다.

"한 가지 자네에게 말해 둘 일이 있네. 브론스키라는 사람을 알고 있나?"

스테판 아르카지치가 레빈에게 물었다.

"아니, 모르는데. 왜 그 사람에 대해서 묻나?"

"이봐, 술 한 병 더 가져와."

스테판 아르카지치는 일이 없을 때는 빈 잔에 술을 따르며 두 사람 주위를 왔다 갔다 하던 타타르인을 향해 말했다.

"내가 브론스키를 알아야 할 이유라도 있나?"

"있고말고. 어째서 자네가 브론스키를 알아 둬야 하냐면, 그가 자네 경쟁자 중의 한 명이기 때문이야."

"브론스키는 어떤 사람인가?"

레빈은 물었다. 그 얼굴은 스테판 아르카지치가 방금까지 참 보기 좋다고 생각하던 어린애처럼 기뻐하던 표정에서 별안간 심술궂고 불쾌한 얼굴로 바뀌어 있었다.

"브론스키란 말이야. 키릴 이바노비치 브론스키 백작의 아들로, 페테르부르크 사교계의 귀공자 가운데서도 썩 빼어난 청년이야. 내가 트베리에서 근무할 때 그와 알게 되었지. 그가 신병 모집에 응해 왔었거든. 어마어마한 부자고 미남인데다 친척도 많고, 시종무관이겠다, 게다가 참 기분 좋고 호감이 가는 청년이란 말일세. 아니, 단지 호감이 간다는 말로는 모자라. 내가 아는 사람 중에서도 특히 교양이 있고 총명하거든. 그 친구, 틀림없이 출세할 사람이야."

레빈은 눈썹을 찌푸리고 말이 없었다.

"그런데 말이야. 그 사나이가 자네가 떠난 바로 뒤에 이곳에 나타난 거야. 내가 알기로 그 친구는 키티에게 홀딱 반한 것 같아. 자네도 알겠지만, 키티의 어머니가…."

"미안하지만 나는 무슨 말인지 모르겠네."

레빈은 얼굴이 어둡게 흐려지면서 말했다. 그 순간 그는 형 니콜라이 생각이 났고 형을 까맣게 잊고 있던 자신에 대해 매우 화가 났다.

"뭐 그렇게 기분 나쁘게 생각하지 말게. 나는 내가 아는 걸 모두 자네에게 이야기했을 뿐이야. 되풀이 말하지만 이 미묘하고 복잡한 문제에 있어서 내가 짐작하는 한은 자네에게 승산이 있네."

스테판 아르카지치는 미소를 띠면서 상대방의 손을 잡고 말했다.

레빈은 의자 등에 기대고 있었으나 안색은 창백했다.

"그렇기는 하지만 이 문제는 될수록 속히 결정을 내는 것이 나아."

스테판 아르카지치는 상대방의 빈 술잔에 술을 따르면서 말했다.

"그만하게. 난 더 못 마시겠어."

레빈은 술잔을 밀어 내면서 말했다.

"이러다가는 정말 취하겠어……. 자네는 요즘 어떤가?"

그는 아무래도 화제를 바꾸고 싶었는지 그렇게 물었다.

"다시 한 번 말해 두지만 어쨌든 이 문제는 될수록 속히 결정을 내야 하네. 그러나 오늘 저녁엔 말을 꺼내지 않는 것이 좋을 거야. 내일 아침 찾아가서 정식으로 청혼을 하는 거야. 뭐 틀림없이 잘될 걸세."

스테판 아르카지치는 말했다.

"여보게, 자네는 나 있는 데로 사냥하러 오고 싶다고 늘 말하더니? 이번 봄에 꼭 오게나."

레빈은 말했다.

"언제 한번 가겠네. 그건 그렇고, 이봐. 여자란 모든 것이 자기들을 중심으로 돌고 있는 나사 같은 것이지. 우리 집에서도 재미없는 일이 벌어지고 있네. 아주 엉망이야. 이것도 저것도 모두 여자가 원인이야. 한번 자네 의견을 거침없이 말해 보게. 자네의 충고가 듣고 싶네."

스테판 아르카지치는 한 손으로 담배를 꺼내고 또 한 손으로 술잔을 잡고 말했다.

"그 얘기는 도대체 무슨 뜻인가?"

"말하자면 이런 것이야. 가령 자네가 결혼한 부인을 사랑하고 있는데 마침 다른 여자에게 마음이 끌려서……."

"잠깐 기다려 주게. 나는 그런 얘기는 도무지 이해할 수가 없네. 그런 이야기는 가령 내가 배불리 음식을 먹고 난 뒤에 빵집 앞을 지나가다가 빵을 한 개 훔쳐 먹었다는 식의 얼빠진 이야기가 아닌가?"

스테판 아르카지치의 눈은 여느 때보다 빛났다.

"왜 그것이 얼빠진 이야긴가? 빵도 더러는 참을 수 없이 좋은 냄새를 풍길 때가 있는데."

스테판 아르카지치가 말하면서 살짝 웃었다. 레빈도 역시 미소 짓지 않을 수 없었다.

"농담은 그만두고. 자네도 알아 두는 것이 좋을 듯싶네만 그 여자는 상냥하고 귀엽고 사랑스런 사람이야. 더구나 가난하고 의탁할 데가 없을 뿐더러 모든 것을 희생해 왔지. 그것을 지금 문제가 있다고 해서 자네는 새삼 버릴 수가 있겠나? 물론 가정생활을 파괴하지 않기 위해서 헤어진다고 해도 그렇지. 그 여자를 불쌍하게 생각하거나 도와주거나 위안의 말을 해 준대서 나쁠 거야 없지 않겠나?"

스테판 아르카지치는 계속했다.

"잠깐 기다려 주게. 자네도 알겠지만 내가 생각하기엔 여자란 모두 두 종류로 나눌 수 있다고 생각해……. 말하자면, 아니 더 정확하게 말하자면, 한쪽에 어떤 부류의 여자가 있다면 또 다른 쪽에는…. 하여튼 난 타락한 훌륭한 여자라곤 본 적이 없거니와 앞으로도 볼 수 없을 거야. 아까 계산대 앞에 앉아 있던 머리를 지지고 분을 처바른 프랑스 여자, 그런 여자는 내겐 꼭 뱀같이 보여. 타락한 여자는 모두 그녀와 같아."

"그럼 복음서에 나오는 여자는?"

"그런 말은 그만두게. 그리스도도 만일 그 말이 이처럼 남용될 줄 알았으면 결코 그런 말을 입에 올리지도 않았을 것이네. 복음서 전체를 통해서 그 말밖에 모르니 말일세."

"자네는 그렇게 대수롭지 않게 얘기를 해도 속이 편하겠지. 그런 태도는 모든 어려운 문제를 왼손으로 오른쪽 어깨 너머에 휙 내던지고 가는 디킨스의 소설에 나오는 신사나 마찬가지야. 그러나 사실의 부정이라는 것은 해답이 되지 않아. 무엇을 해야 하는지 가르쳐 주게. 정말 어떻게 하면 좋은가? 아내는 자꾸 쭈그러져 가는데 자네는 기운이 펄펄하다고 해 봐. 문득 깨달았을 때는 아무리 자네가 아내를 존경한다 해도 아내를 정말로 사랑할 수가 없게 돼 버린 자신을 발견하게 되네. 거기에 갑자기 사랑의 상대가 나타나면 별 수 없어. 더 이상 어떻게 할 수가 없는 거야!"

스테판 아르카지치는 힘없는 절망적인 목소리로 말을 끊었다. 레빈은 빙그레 웃었다.

"그렇고말고, 어쩔 수 없지. 그런 때 어떻게 하면 좋단 말인가?"

스테판 아르카지치는 말을 계속했다.

"빵을 훔치지 않는 거야."

그 말에 스테판 아르카지치는 웃음을 터뜨렸다.

"오오, 도덕군자 나리. 자네도 이 점을 잘 생각해야 해. 지금 여기에 두 여자가 있는데, 그중의 하나는 그저 자기의 권리만을 주장하고 있어. 그 권리가 무엇이냐 하면, 자네가 아무리 해도 줄 수가 없는 자네의 사랑이란 말이야. 그런데 또 한 여자는 자네를 위해 모든 것을 희생하고 그러면서 무엇 하나 요구하지 않는 거야. 여보게, 자네 같으면 어떻게 하겠나? 어떤 행동으로 나가겠어? 바로 여기에 무서운 비극이 있는 거야."

"그 점에 관해서 내 본심을 묻고 싶다면 이야기하겠네. 나는 거기에 비극이 있다고는 믿을 수 없어. 그 이유는 이래. 내 생각으로 사랑은…… 그렇지, 저 플라톤이 『향연』에서 정의하고 있는 두 종류의 사랑이 있는데, 그것들은 어느 것이나 인간에게 시금석의 역할을 해 주고 있어. 일부 사람들은 그저 한쪽 사랑만을 이해하고 또 어떤 사람들은 다른 쪽 사랑만을 이해하고 있어. 그런데 플라토닉한 사랑이 아닌 다른 사랑밖에 이해하지 못하는 사람은 비극이니 뭐니 하고 입에 올릴 자격이 없어. 왜냐하면 그런 사랑에는 어떠한 비극도 있을 수 없으니까 말이야. '덕택으로 정말 즐거웠다. 고맙소. 그럼 안녕' 하고 나면 비극도 끝나는 거야. 또 플라토닉한 사랑에 있어서도 비극 같은 건 있을 수가 없어. 왜냐하면 그러한 사랑에 있어서는 모든 일이 명백하고 순결하니까. 그것은……."

그러면서 레빈은 자기의 죄와 지난날 맛보았던 마음속의 고투가 생각나서 얼결에 덧붙였다.

"어쩌면 자네가 하는 말이 옳을지도 몰라…… 정말 그럴지도 몰라. 나는 모르겠어. 도무지 모르겠어."

"사실은 바로 그 점이란 말씀이야."

스테판 아르카지치는 말했다.

"자네는 정말 순수한 인간이야. 그것은 자네의 장점이기도 하고 단점이기도 해. 자네 자신은 순수한 성격이니까 인생의 모든 것이 순수한 현상으로 이루어져 있기를 바라겠지만, 실제는 그렇게 돌아가는 게 아니야. 지금도 자네는 사회적 활동을 경멸하고 있는데, 그것은 일이 항상 목적과 일치하기를 바라기 때문이겠지만 그런 것은 있을 수가 없어. 자네는 또 어느 한 인간의 활동이 늘 목적을 갖기를, 애정과 가정생활이 언제나 일치되기를 희망하지만 그것 역시 있을 수 없는 일이야. 이 인생의 온갖 변화도 매력도 아름다움도 이것도 저것도 모두 빛과 그림자로 이루어져 있으니까 말이지."

그 말에 레빈은 후 하고 한숨을 쉬더니 아무 대답도 하지 않았다. 자기 일을 생각하느라고 오블론스키의 이야기를 귀담아듣지 않았던 것이다.

문득 두 사람은 똑같은 느낌을 가졌다. 자기들은 친구이므로 함께 식사를 하고 술도 마셨다. 그것이 서로를 전보다 더욱 친밀하게 만들어야 할 텐데, 그들은 서로 자기 일만을 생각하느라고 상대방의 일은 조금도 생각하지 않았음을 통감했다.

스테판 아르카지치는 이미 여러 차례 식사를 하고 나서 더 친근감이 커지는 대신에 도리어 고독하게 되는 이러한 현상을 경험하고 있었고, 그런 경우에는 어떻게 해야 좋은가도 잘 알고 있었다.

"계산서 가져와!"

스테판 아르카지치는 외치고는 옆 홀로 나갔다. 그는 거기에서 아는 부관을 만나, 어떤 여배우와 그녀의 후원자에 관한 이야기를 나눴다. 스테판 아르카지치는 그 부관을 상대로 이야기를 시작하는 순간 마음이 편해짐을 느꼈고, 언제나 극단적으로 머리와 정신의 긴장을 요구하는 레빈과의 대화에서 오는 피로가 걷히는 듯한 느낌이었다.

타타르인이 26루블 몇 코페이카에 팁을 더한 계산서를 가지고 나타났을 때 다른 때 같으면 14루블이나 되는 자기 몫의 계산에 깜짝 놀랐을 레빈도, 지금은 거기에 개의치 않고 얼른 계산을 마쳤다. 어서 집에 가서 옷을 갈아입고 자기의 운명이 결정될 쉬체르바스키 댁으로 가기 위해서였다.

10

쉬체르바스키 공작의 영애 키티는 18세였다. 이해 겨울에 처음으로
사교계에 나왔지만, 그 성공은 두 언니 이상일 뿐 아니라 공작부인이
기대한 이상의 것이었다. 모스크바의 무도회에서 함께 춤을 추었던
젊은이들은 거의가 키티에게 마음이 끌렸을 뿐 아니라 사교계에 갓
들어선 첫해에 벌써 두 명의 진지한 구혼자가 나타났다. 레빈과 그가
떠난 뒤 찾아온 브론스키 백작이다.

초겨울에 레빈이 모습을 나타내어 문턱이 닳게 공작 댁을 찾아아
다니는 것을 보고 분명히 키티에게 마음이 있음을 알아차린 부모는,
처음으로 키티의 장래에 대해 진지한 상의의 말을 주고받았다. 그것
은 공작과 공작부인 사이에 말다툼의 원인이 되기도 했다. 공작은 레
빈 편으로서, 키티에게는 더할 나위 없이 좋은 신랑감이라는 주장이
었다.

한편 공작부인은 문제를 회피하고 싶어 하는 부인들 특유의 버릇으
로, 키티는 아직 어리고 레빈도 일체 진실한 자기의 의향을 정식으로
표한 일이 없다는 것과 그 밖에도 여러 가지 이유를 늘어놓았다. 부인
은 자기는 딸을 위해서 더 좋은 배필이 나타나기를 기대하고 있으며,
레빈의 사람됨을 도무지 이해하지 못하겠다는 중요한 이유에 대해서
는 입 밖에 내지 않았다. 그랬기에 레빈이 갑자기 시골로 떠나 버리자
부인은 기뻐하며 "거 보세요, 제가 뭐라고 했어요" 하고 자랑스럽게

남편에게 말했던 것이다.

그러므로 브론스키가 나타났을 때 그녀는 신이 나서, 키티가 단지 좋은 배필을 만나는 데 그치지 말고 빛나는 결혼을 시켜 주어야 한다는 자기의 의견을 마음속으로 굳혔다.

공작부인에게 있어서 레빈과 브론스키는 전혀 비교가 안 되었다. 레빈이 공작부인의 마음에 안 든 것은, 그의 기묘하고 날카로운 견해와 사교계에서 보인 그의 거북스러운 태도—그녀의 견해에 의하면 오만에서 오는—그리고 가축이나 농부들을 상대로 한 시골에서 보내는 거친 생활 때문이었다. 게다가 자기 딸에게 연정을 품고 한 달 반이나 부지런히 자기 집에 드나들면서도 마치 자기가 결혼 신청을 하면 상대방에게 과분한 영예를 주지 않을까 걱정이라도 하듯이 그저 망설이기만 했던 점과, 나이 찬 처녀가 있는 가정에 드나드는 이상 제대로 의사를 밝혀야 함을 모르던 것이 특히 마음에 들지 않았다. 그러다가 그가 아무 해명도 없이 갑자기 모습을 감추어 버렸던 것이다.

'그래도 잘된 일이야. 그 청년은 너무 매력이 없기 때문에 키티도 열중할 수가 없었던 거야.'

공작부인은 그렇게 생각하고 있었다.

한편 브론스키는 공작부인이 바라던 모든 조건을 다 갖추고 있었다. 어마어마한 부자에다 머리가 명석하며 집안이 좋고, 시종무관으로서 빛나는 출세의 길을 걷고 있었으며, 게다가 매력적인 인간이었다. 뭐 더 이상 바랄 것이 있겠느냐 싶었다. 브론스키는 무도회 때마다 분명히 키티의 마음을 사려고 애쓰며 그녀와 춤을 추었고, 부지런히 공작의 저택에 들르고 있었다. 그래서 그 의도의 진실성을 의심할 수가 없었다.

그런데도 공작부인은 그해 겨울 내내 불안과 동요 속에서 지냈다. 그것은 브론스키가 그저 일시적으로 딸의 비위를 맞추다가 마는 것이 아닌가 하는 불안이었다. 부인은 딸이 벌써 그에게 마음이 쏠려 있다 는 것을 알고 있었기에 '저 청년은 성실한 사람이니까 설마 그런 일은 없겠지' 하고 스스로를 위로하고 있었다. 브론스키는 키티에게 자기 들 두 형제는 무슨 일이고 어머니에게 복종하는 습관이 되어 있어서, 자기 어머니에게 상의하지 않으면 중대한 일은 하나도 결정할 수 없 다고 말했다.

"난 지금 어머니가 페테르부르크에서 이곳으로 오시는 일을 무슨 특별한 행복이라도 기다리는 마음으로 기다리고 있습니다."

키티는 브론스키의 이런 말에 별다른 의미를 두지 않고 전했으나, 어머니는 그것을 특별한 의미로 받아들였다. 부인은 브론스키가 자기 의 늙은 어머니를 애타게 기다리고 있다는 것을 알았고 또 그의 어머 니가 아들의 선택을 기뻐하리라는 것도 알았다. 따라서 그가 자기 어 머니의 노여움을 살까 봐 청혼을 하지 않고 있는 것이 도리어 이상하 게 생각되었다.

부인은 이번 결혼이 성사되기를 바라는 마음에서는 물론 무엇보다 도 자기 자신의 걱정에서 해방되기를 바랐기 때문에 그것을 믿으려고 했다. 지금 부인에게는 남편과 헤어지려고 하는 맏딸 돌리의 불행은 차마 볼 수 없을 만큼 쓰라린 것이었다. 하지만 운명이 결정되어 가고 있는 막내딸의 일로 해서 그녀의 머리는 꽉 차 완전히 마음을 빼앗기 고 있었다.

그런데 오늘은 레빈이 모습을 나타내어 또 하나의 고민거리가 생긴 셈이다. 부인은 키티가 한때 레빈에게 호감을 가졌던 만큼 딸이 쓸데 없는 마음을 써서 브론스키 쪽을 거절하지나 않을까, 그렇지는 않더 라도 레빈이 도착함으로써 거의 성사되어 가던 이야기가 복잡하게 얽 혀 일이 지체되지는 않을까 하는 것을 두려워했다.

"그분은 어떻게 된 거래? 언제 오셨다던?"

집에 돌아오자 공작부인은 딸에게 레빈에 관해서 물었다.

"오늘 오셨대요, 어머니."

"한마디만 네게 말해 두겠는데……."

공작부인이 정색한 얼굴로 말을 꺼내는 것을 보고 키티는 무슨 이 야기인지 금방 알아차렸다.

"어머니. 제발 부탁이에요. 그 일은 말하시지 마세요. 저도 모두 알 고 있어요."

그녀는 상기된 얼굴을 얼른 어머니 쪽으로 향하고 말했다. 키티도 바라는 바가 어머니와 똑같았으나 다만 어머니가 그것을 바라는 동기 에 대해서 마음이 상했다.

"내가 말하려는 것은 한쪽에게만 희망을 갖게 하고…."

"제발 부탁이에요, 어머니. 더 말씀하시지 마세요. 무서워요, 그런 이야기를 하는 것은."

"그래, 그래. 그럼 하지 않겠다. 하지 않고말고. 하지만 꼭 한 가지. 얘야, 너는 나에게 아무 비밀도 갖지 않겠다고 약속했었지? 그렇지?"

어머니는 딸의 눈에 눈물이 고인 것을 보고 말했다.

"네, 어머니. 무슨 일이건 숨기지 않겠어요."

키티는 얼굴이 확 붉어지며 똑바로 어머니의 얼굴을 보고 말했다.

"하지만 지금은 아무것도 할 이야기가 없어요. 전…… 전, 하고 싶은 말이 있어도 무엇을 어떻게 말해야 좋을지 모르겠어요……. 정말 모르겠어요……."

'그렇지, 이런 눈으로 거짓말을 할 수는 없어.'

공작부인은 딸의 혼란과 행복에 대해 미소를 머금고 생각했다. 공작부인이 미소를 지은 것은, 지금 키티의 마음속에 일어나고 있는 일이 불쌍한 딸에게 얼마나 크고 뜻깊은 것인지 짐작되었기 때문이다.

11

키티는 저녁 식사를 마치고 무도회가 시작되기까지 마치 전투를 기다리는 젊은이가 경험하는 듯한 감정을 맛보았다. 가슴은 콩콩 울리고 무슨 일에나 생각을 집중할 수가 없었다.

야회복으로 갈아입기 위해서 2층으로 올라가 힐끔 거울 속의 자기 모습을 보았을 때, 그녀는 오늘이 자기 생애 최고의 날 가운데 하나며 자기가 가지는 모든 매력을 완전히 몸에 나타낼 것을 알고 기뻐했다. 그것은 눈앞에 다가온 일을 위해 꼭 필요한 요소였다. 그녀는 자기가 얼핏 보기에는 정숙해 보여도 그 거동에는 활달한 기품이 있음을 느끼고 있었다.

7시 반에 키티가 넓은 객실로 내려가자마자 제복을 입은 하인이 알렸다.

"콘스탄틴 드미트리치 레빈 님!"

공작부인은 아직 거실에 있었고 공작도 나오지 않고 있었다.

'역시 그랬었군.'

키티가 생각한 순간, 온몸의 피가 한꺼번에 심장으로 몰렸다. 그녀는 거울 속을 힐끔 보고 자기의 얼굴이 너무나 창백함에 깜짝 놀랐다.

이제 키티는 레빈이 자기가 혼자 있을 때를 노리고 이렇게 일찍 온 것은 청혼을 하기 위해서임을 믿어 의심치 않았다. 그런데 막상 그 순간이 되고 보니 모든 일이 또 전혀 다른 측면에서 그녀 앞에 비치는 것이었다. 아니, 막상 결정을 하려는 순간이 되자 이 문제는 자기 혼자만의 일이 아니라는 것을 깨달았다. 즉 자기가 누구와 결혼하면 행복해지는가, 자기는 누구를 사랑하고 있는가 하는 걸로 끝나는 문제가 아니라, 자기를 사랑하는 사람에게 모욕을 주게 되어 있다는 사실을 깨달은 것이다. 더구나 그것은 커다란 모욕이 되는 것이다. 무엇 때문인가? 상대가 좋은 사람이고 자기를 사랑하며 자기를 그리워하기 때문이다. 그러나 어쩔 수 없다. 그렇게 하지 않으면 안 되는 것이다. 그렇게 하지 않으면 안 되는 것이다.

'아, 정말, 내가 그 말을 꼭 해야 하는지 모르겠어. 글쎄, 뭐라고 말해야 좋을지 몰라. 나는 당신을 사랑하지 않는다고는 말할 수 없지. 그런 말을 하면 거짓이 되니까. 정말 뭐라고 해야 좋을까? 다른 사람을 사랑하고 있다고 말하면 어떨까? 아니야, 그럴 수는 없어. 여기를 나가자, 나가 버리자.'

그녀는 생각했다. 키티가 막 문 앞에까지 다가갔을 때 그의 발소리가 들렸다.

'아니야, 이것은 비겁한 일이야. 아무것도 무서워할 필요가 없어!

뭐 나쁜 일을 하고 있는 것도 아니고. 될 대로 되랄 수밖에 없어! 사실 대로 얘기해야 해. 저분 같으면 언짢은 일은 없을 테니까. 아, 벌써 저기 오는구나.'

그녀는 자기에게 타일렀다. 그는 눈을 빛내며 딱 벌어진 몸을 약간 겁먹은 듯이 움직이며 걸어왔다. 그녀는 마치 상대방에게 용서라도 비는 것처럼 똑바로 그의 얼굴을 쳐다보며 손을 내밀었다.

"아아, 이거 미안합니다. 너무 일찍 온 것 같습니다."

그는 텅 빈 객실을 둘러보며 말했다. 자기가 바라던 대로 아무도 이야기를 방해할 자가 없는 것을 알자, 그의 얼굴은 갑자기 흐려졌다.

"오오, 아니에요."

키티는 탁자 앞의 의자에 앉았다.

"사실은 제가 오늘 일부러 당선이 혼자 계실 때를 틈타서 찾아왔습니다."

그는 용기를 잃지 않도록 그녀의 얼굴을 보지 않고 우뚝 선 채 말을 꺼냈다.

"어머니가 곧 나오세요. 어머니는 어제 너무 지치셔서, 어제는……."

그녀는 자기가 무슨 말을 하는지 잘 몰랐고 그저 비는 것 같은, 거북해하는 듯한 눈길을 상대방의 얼굴에서 떼지 않고 말을 계속했다. 레빈은 힐끗 키티를 보았다. 그녀는 얼굴이 붉어지며 입을 다물었다.

"내가 아까 말씀드렸지요. 제가 이곳에 오래 머물지 어떨지 모른다고요. 그것은 오직 당신에게…… 당신에게 달려 있다는 말씀을."

그는 되풀이 말했다. 키티는 차츰차츰 다가오는 일에 대해서 어떻게 대답하면 좋을지 몰라, 더욱더 고개를 낮게 수그렸다.

"나는 말하고 싶었습니다……. 그 말을 하고 싶었습니다. 그 때문에 나는 여기 왔습니다……. 그러니까, 당신이 내 아내가 되어 달라고요."

그는 자기가 무슨 말을 하는지 모르는 채 그렇게 말했다. 그러나 가장 무서운 말을 하고 난 것을 느끼자 숨을 돌리고 그녀를 바라보았다.

키티는 그를 보지 않고 무서운 숨을 쉬고 있었다. 그녀는 환희를 맛보고 있었던 것이다. 그 마음은 행복감에 꽉 차 있었다. 그녀는 레빈의 사랑의 고백이 자기에게 이토록 큰 감명을 주리라고는 미처 생각지 못했으나 그것은 겨우 일순간의 일이었다.

그녀는 브론스키를 생각했다. 그녀는 그 밝고 성의에 찬 눈길을 레빈의 얼굴에 쏟으며, 레빈의 절망한 듯한 얼굴을 보고 얼른 대답했다.

"전 그럴 수가 없어요……. 용서해 주세요……."

아아, 바로 1분 전까지만 해도 그녀는 얼마나 자기에게 가깝고 자기의 생활에 있어 중요한 존재였던가! 그런데 지금은 이미 완전히 아무 관계가 없는 먼 사람이 되어 버린 것이다!

"그렇게 될 수밖에 없었군요."

레빈은 상대방의 얼굴을 보지 않고 말했다. 그는 고개를 숙여 인사하고는 그대로 자리를 떠나려고 했다.

12

마침 공작부인이 들어왔다. 그때 두 사람이 마주 보고 씁쓰레한 얼굴을 하고 있는 것을 보자 부인의 얼굴에는 금방 공포의 빛이 떠올랐다. 레빈은 조금 고개를 숙여 보일 뿐 아무 말도 하지 않았다. 키티도 눈을 내리깐 채 아무 말도 하지 않았다.

'고마워라, 잘됐군. 거절했으니.'

부인은 생각했다. 그러자 그녀의 얼굴은 목요일에 손님을 맞이하는 여느 때와 같은 미소로 반짝였다. 부인은 자리에 앉아서 레빈에게 시골 생활에 대해 이것저것 묻기 시작했다. 그는 다시 자리에 앉았지만 소리 없이 떠나기 위해서 다른 손님들이 모이기를 기다렸다.

5분쯤 지나자 키티의 친구며 지난해 겨울에 시집을 간 노르드스톤 백작 부인이 들어왔다. 번쩍거리는 까만 눈에 메말라 보이는, 안색이 노랗고 병적이며 신경질적인 부인이었다. 그녀는 키티를 좋아했는데, 그 애정은 결혼한 부인이 나이 찬 처녀를 귀여워하는 예에 어긋남이 없이 자기가 생각하는 행복이라는 이상에 의해서 키티를 결혼시키려는 희망으로 나타나 있었다. 그녀는 키티를 브론스키에게 시집보내고 싶다고 바라는 터였다. 이 여인은 레빈을 초겨울에 쉬체르바스키 댁에서 자주 만났는데, 그녀에게는 레빈이 언제나 불쾌한 인물로 비쳤다. 그래서 부인은 그를 만날 때마다 상대방을 놀리기를 일삼고 있었다.

노르드스톤 부인은 당장 레빈에게 화살을 돌렸다.

"어머! 레빈 씨! 또 우리의 타락한 바빌론으로 찾아오셨군요."

그녀는 레빈이 언젠가 초겨울에 모스크바는 타락한 바빌론이라고 했던 게 생각나서 그 노랗고 조그마한 손을 내밀면서 말했다.

"어떻게 된 일이죠? 바빌론이 좋아진 거예요, 아니면 당신이 타락한 거예요?"

부인은 냉소를 띠며 키티를 돌아보고 말했다.

"이거 정말 영광입니다, 백작 부인. 제 말을 그렇게 잘 기억해 주시니. 그리고 보니 그 말에 상당히 자극을 받으신 모양이죠?"

가까스로 냉정을 되찾은 레빈은 언제나 그렇듯이 노르드스톤 백작부인에게 농담 반 진담 반의 공격을 했다.

"그야 물론이죠! 난 무엇이나 적어 두는걸요. 그건 그렇고, 키티, 또 스케이트를 타러 갔었구나……."

그러면서 그녀는 키티와 이야기를 시작했다. 레빈에게는 지금 이 자리를 떠나는 것이 아무리 거북한 일일지라도 차라리 그렇게 결행하는 것이 나을 듯했다. 한밤을 여기에 머물고 때때로 자기를 훔쳐보며 자기의 시선을 피하는 키티를 보기보다 훨씬 마음이 편할 거라 생각했다. 그가 몸을 일으키려고 하자 그의 말없음을 눈치챈 공작부인이 말을 걸었다.

"계속 모스크바에 머물 건가요? 아마 지방의회 일에 관계하셨지요? 그러면 오래 계실 수도 없겠군요."

"아닙니다, 부인. 이제 지방 자치회 일은 그만두었습니다. 4, 5일 예정으로 올라왔지요."

그는 말했다.

'저 사람이 여느 때와는 좀 달라졌군. 왜 저럴까? 다른 때같이 까다로운 이론도 늘어놓지 않고. 그럼 내가 한번 건드려 볼까? 키티 앞에서 저 사람을 놀려 주는 것도 재미있을 거야. 어디 해볼까!'

노르드스톤 백작 부인은 그의 무뚝뚝하고 침울한 얼굴을 보면서 생각하다가 그에게 말을 걸었다.

"레빈 씨! 저, 부탁이 있는데요. 제가 납득할 수 있게 설명해 주시지 않겠어요? 당신은 무엇이고 잘 알고 계시니까요. 칼루가 마을의 우리 소유지에서는 말이에요, 사내들이고 아낙네들이고 있는 대로 다 마시는 데 돈을 써 버리고 소작료를 한 푼도 갚지 않는 거예요. 이게 도대체 어떻게 된 일인지 모르겠어요. 당신은 늘 농부를 칭찬하고 계시지만 말이에요."

그때 또 한 부인이 객실로 들어오자 레빈은 자리에서 일어났다.

"실례입니다만, 나는 사실 그런 일에 대해서 아무것도 모르기 때문에 뭐라고 대답할지 모르겠습니다."

그는 그렇게 말하고는 그 부인의 뒤를 따라들어 온 군인을 돌아다보았나.

'이 사람이 브론스키로군.'

레빈은 생각하고 자기의 추측을 확인하기 위해서 힐끗 키티를 쳐다보았다. 그녀도 이미 브론스키를 보았기 때문에 레빈을 돌아보고 있었다. 레빈은 저절로 빛나기 시작한 키티의 시선을 본 순간, 그녀가 이 남자를 사랑하고 있음을 알았다. 키티의 입으로 일부러 듣기라도 한 것만큼이나 분명히 알았다.

'그건 그렇고, 이 사내는 도대체 어떤 인물일까?'

이제 와서는 그 결과가 좋건 말건 레빈은 이 자리에 머물러 있지 않을 수가 없었다. 그는 키티가 사랑하는 남자가 어떠한 사람인지 알아야겠다는 생각이 들었다.

브론스키는 키가 그다지 크지 않은 튼튼한 체격에 거무스름한 머리카락을 가진 청년으로, 선량한 듯 잘생긴 얼굴은 차분하고 미더운 인상을 풍겼다. 그 얼굴과 몸매, 짧게 깎은 검은 머리카락, 면도 자국이 푸르스름한 턱, 그리고 새로 맞춘 날씬한 군복까지 모든 것이 말쑥하고 우아하게 보였다. 그는 때마침 들어온 부인에게 길을 비켜 주고는 먼저 공작부인한테로 갔다가 이어 키티 곁으로 다가갔다.

키티 옆으로 가까이 갔을 때 그의 아름다운 눈은 유달리 따뜻하게 빛났다. 그는 행복스러우면서도 조심스럽고 충족된 미소를 띠며—레빈에게는 그렇게 보였다—공손하고 조용히 그녀에게 몸을 구부리고는 작지만 다부진 손을 내밀었다. 그는 사람들에게 인사를 하고 두세 마디씩 말을 주고받은 다음 의자에 앉았다. 그에게서 시종 눈을 떼지 않고 있는 레빈에게는 한 번도 눈길을 돌리지 않았다.

"소개해 드리죠."

공작부인은 레빈을 가리키며 말했다.

"이분은 레빈 씨예요. 이쪽은 브론스키 백작입니다."

브론스키는 일어서서 친근하게 레빈의 눈을 보며 그 손을 잡았다.

"아마 지난 초겨울에 저와 같이 식사를 하기로 되었던 것으로 압니다만. 그런데 당신이 갑자기 시골로 내려가셨기 때문에…."

그는 타고난 산뜻하고 숨김없는 미소를 띠며 말했다.

"레빈 씨는 도회지를 경멸하고 우리 도회인까지도 싫어하고 계세요."

노르드스톤 백작 부인이 참견했다.

"그렇게 제 말을 잘 기억하시는 것을 보니 아무래도 제 말에 몹시 자극을 받으신 것 같습니다."

레빈은 말했으나, 조금 전 한 말이라는 생각이 나서 얼굴이 붉어졌다. 브론스키는 레빈과 노르드스톤 백작 부인을 번갈아 보면서 빙그레 웃었다.

"그래서 언제나 시골에 계십니까? 겨울에는 지루하시겠군요?"

브론스키가 물었다.

"일이 있으면 그렇지 않습니다. 또한 자기를 상대하니 따분한 것도 없고요."

레빈은 야무지게 대답했다. 레빈은 다른 사람들의 대화에 끼고 싶은 생각이었으나 그러지 못했다. 그는 '이번에야말로 돌아가자' 하고 사뭇 마음속으로 중얼거리면서도 무언가를 기대하는 마음으로 차마 떠나지를 못하고 있었다.

마침 그 순간 노공작이 들어와서 부인들에게 인사를 하고 나더니, 레빈을 돌아보았다.

"여어! 온 지 오래 되나? 자네가 와 있으리라고는 정말 몰랐어. 잘 왔네."

공작은 기쁜 듯이 인사를 했다. 노공작은 레빈에게 어떤 때는 '자네'라고 하고 어떤 때는 '당신'이라고 했다. 그는 레빈을 껴안고 그와 이야기를 시작하면서, 그가 자기에게로 얼굴을 돌리기를 서서 가만히 기다리고 있는 브론스키는 쳐다보지도 않았다.

키티는 자기와 그런 일이 있은 뒤에 아버지가 호의를 나타내는 것이 도리어 레빈으로서는 괴로우리라는 생각이 들었다. 그녀는 또 아버지가 브론스키의 인사에 대해서 냉담하게 겨우 고개만을 끄덕이는 것과, 그에 대해서 브론스키가 의아한 얼굴로 자기 아버지를 쳐다보면서 어째서 자기에게 그런 불친절한 태도를 취하는지 그 원인을 알아내려 하면서도 결국 알아내지 못하고 있는 모습을 눈치챘다. 그녀는 자기도 모르게 얼굴이 붉어졌다. 브론스키는 그 민감한 눈으로 깜짝 놀란 듯이 노공작을 바라보고 희미하게 미소를 짓더니, 곧 노르드스톤 백작 부인과 오는 주에 개최되는 성대한 무도회에 관해서 이야기를 시작했다.

"당신도 틀림없이 와 주시겠지요?"

그는 키티를 돌아보며 말했다.

노공작이 자기에게서 시선을 떼자 레빈은 살며시 자리에서 일어섰다. 그날 밤 그가 안고 돌아온 마지막 인상은, 브론스키가 무도회에 대해서 물었을 때 대답하는 키티의 행복에 차 웃는 얼굴이었다.

13

야회가 끝나자 키티는 레빈과 나눈 이야기를 어머니에게 전했다. 키티는 레빈에 대해서 동정하는 마음을 느끼면서도, 자기가 청혼을 받았다는 생각에 가슴이 뛰었다. 그녀는 자기의 행위가 옳았다는 것을 조금도 의심치 않았다. 그렇지만 그녀는 잠자리에 들어서도 오랫동안 잠들지 못했다. 한 가지 인상이 끈질기게 달라붙어서 떨어지지 않았던 것이다.

레빈이 아버지의 이야기를 가만히 서서 들으면서 자기와 브론스키 쪽을 바라볼 때, 선량한 눈살을 찌푸리며 침울하고 힘없이 바라보던 그 얼굴이었다. 키티는 눈물이 솟을 정도로 그가 가여워 견딜 수가 없었다.

"아아, 주여. 불쌍히 여기소서. 불쌍히 여기소서!"

키티는 잠이 들 때까지 계속 중얼거렸다.

그 무렵 아래층 공작의 조그만 서재에서는 귀여운 딸에 관해서 부모 사이에 또 충돌이 시작되었다.

"뭐라고? 그건 이런 뜻이야! 다시 말하면 당신에게는 긍지라는 것이 없다는 거야. 품위라는 게 없어. 당신은 그런 가치 없고 어리석은 혼담으로 딸에게 부끄러움을 안겨 주고, 그 애의 일생을 망치려 들고 있어!"

공작은 양팔을 내저어 연방 다람쥐 가죽의 덧옷 앞자락을 여미며 큰소리로 떠들고 있었다.

"어머나, 말도 안 돼요. 제발 그런 억지 같은 말씀은 하지 마세요. 도대체 제가 무슨 일을 했다고 그러세요?"

공작부인은 거의 울듯이 말했다.

부인은 딸과 이야기를 하고 나서 흡족한 행복에 겨워, 여느 때처럼 공작한테 잘 주무시라는 인사를 하러 갔다. 레빈의 구혼과 키티의 거절에 대해서는 별로 이야기할 생각이 없었다. 그저 브론스키와의 일이 거의 성사되어 간다는 것과 그 청년의 어머니가 도착하면 이내 결정이 날 것이라는 말을 남편에게 비쳤다. 그러자 공작이 불끈 화를 내며 심한 소리를 퍼붓기 시작한 것이다.

"당신이 무엇을 했느냐고? 그야 다른 게 아니지. 첫째로 당신은 신랑 후보만 모으고 있으니까 이제 곧 모스크바의 소문거리가 될 거야. 아니, 그야 당연하지. 야회를 개최하려거든 이것저것 가려 뽑지 말고 모두 부르면 되지 않나. 그 젊은 수사슴 –공작은 모스크바의 청년들을 이렇게 불렀다―들을 몽땅 부르면 되는 거야. 악사를 불러다가 모두 춤을 추게 하면 된단 말이지. 그런데 그러지 못하고 오늘 저녁같이 신랑 후보감만 불러서 놀게 하는 건 당치도 않아. 보기에도 불쾌해. 아주 역겨워. 그런데 당신은 감쪽같이 목적을 이루고 딸애를 들뜨게 만들지 않았느냐 말이야. 레빈이 천 배는 더 낫다고. 그 페테르부르크의 멋쟁이 사나이는 또 뭐야! 그런 패거리는 기계로도 얼마든지 찍어 낼 수 있어. 이놈이나 저놈이나 모두 엇비슷한데다가 똑같은 바람둥이들이란 말이야. 설령 그 사내가 왕자의 핏줄을 타고 났다 해도 내 딸이 무엇이 아쉬워서 그런 친구한테 가야 한단 말인가!"

"그래서 제가 무엇을 어쨌다는 말씀이세요?"

"당신이!"

공작은 분노의 소리를 질렀다.

"잘 알고 있어요. 당신의 말만 듣고 있으면 어느 세월에 딸을 시집보내겠냐고요. 그러려거든 차라리 시골에나 내려가 숨어 사는 게 낫겠어요."

공작부인은 상대방을 가로막았다.

"시골에 내려가는 것도 나쁠 거야 없지."

"잠깐만요. 제가 일을 억지로 꾸미고 있는 줄 아세요? 절대로 그렇지 않았어요. 다만 그 젊은이가 사람이 참 좋고 우리 딸애에게 열중하고 있으며, 딸애도 아마…."

"그렇지, 당신에게는 그렇게 보일 거야. 하지만 만일 그 아이가 정말로 반해 버렸는데 사내는 결혼 같은 것을 할 생각도 않는다면 어떡하겠어, 응? 정말 그런 꼴은 보고 싶지 않아! '어머, 강신술! 어머, 니

스! 어머, 무도회에서……'

공작은 아내의 몸짓을 흉내 내며 한마디씩 할 때마다 몸을 구부려 보였다.

"게다가 정말 키티가 그렇게 생각한다면, 그야말로 그 아이를 불행하게 만드는 것이 아니냔 말야."

"왜 생각을 그렇게만 몰고 가세요?"

공작의 말에 부인이 반문했다.

"생각을 몰고 가는 것이 아니라, 나는 다 알고서 하는 말이야. 그런 일쯤 꿰뚫어 보는 눈을 우리 사내들은 모두 가지고 있는데, 여자들은 그게 없단 말이야. 나는 진실한 마음을 가지고 있는 인간은 딱 알아봐. 그건 레빈이이야. 그 서 푼짜리 메추라기 같은 녀석은 잠깐 재미를 보고 싶어서 그런다는 것쯤 다 알고 있어."

"어머, 당신이야말로 정말 이상한 데로 마음을 쓰시네요…."

"아냐, 두고 보라고. 알게 될 테니. 하지만 그땐 이미 늦어. 돌리의 경우와 마찬가지로."

"네, 좋아요, 좋고말고요. 이제 이 얘기는 그만두기로 해요."

부인은 불행한 딸 다리야 알렉산드로브나의 생각이 나서 남편의 말을 막았다.

"그래, 좋아. 그럼 잘 자라고!"

부부는 서로 성호를 긋고 키스를 주고받으면서도 제각기 자기의 의견을 고집하고 있음을 느끼며 헤어졌다. 공작부인은 처음에는 오늘 저녁이야말로 키티의 운명이 결정되었으며 브론스키의 마음도 틀림없는 것으로 굳게 믿고 있었으나, 남편의 말을 듣고 나니 그런 생각이 뒤흔들렸다. 그래서 자기의 침실로 들어가자 키티와 마찬가지로 예측할 수 없는 미래 앞에서 무서움에 떨었다.

'오, 주여. 불쌍히 여기소서. 주여, 긍휼히 여기소서.'

부인은 이 말을 몇 번이나 마음속으로 되풀이했다.

14

브론스키는 이때까지 한 번도 가정생활이라는 것을 맛본 일이 없었다. 그의 어머니는 젊었을 때 오직 빛나는 사교계의 주인공이었고, 결혼 후 미망인이 된 후에도 많은 로맨스를 뿌려 사교계에 그 이름이 널리 알려져 있었다. 그의 아버지에 대한 기억은 거의 없었다.

그는 수습 사관학교에서 교육을 받고 우수한 청년 사관으로 학교를 나오자 페테르부르크의 부유한 군인이면 밝게 되어 있는 사회에 발을 내딛었다. 때로는 페테르부르크의 사교계에 드나들고 있었으나 그의 정사情事에 관한 흥미는 모두 사교계 밖에 있었다.

그는 키티에 대한 자기의 태도야말로 이미 어떤 딱지가 붙어 있는 행위, 다시 말하면 결혼할 뜻도 없이 젊은 아가씨를 유혹하는 행위이며 그것은 그와 같은 전도유망한 청년에게 있어서는 매우 흔하면서도 좋지 못한 행위의 하나가 된다는 것을 거의 의식하지 못하고 있었다. 그는 자기가 처음으로 이러한 행위에서 충족된 기분을 찾아낸 듯한 느낌이 들었기 때문에 그 발견을 즐기고 있었던 것이다.

그가 만일 이날 밤 키티의 부모가 주고받은 이야기를 들었더라면, 가족의 입장에 서서 만일 자기가 거절하면 키티는 불행에 빠진다는 것을 알게 되었다면, 그는 그야말로 깜짝 놀랐을 것이다. 그로서는 자기에게라기보다는 오히려 그녀에게 이렇게 크고 즐거운 충족감을 주는 것이 좋지 못한 행위라는 것을 도저히 믿을 수가 없었다. 하물며 자기가 결혼을 하지 않으면 안 된다고는 더욱더 믿을 수가 없었다.

결혼 같은 것은 자기에게는 아무래도 가능한 일로 생각되지 않았다. 그는 단지 가정생활이라는 것을 좋아하지 않았을 뿐 아니라, 자기가 살고 있는 독신자의 세계에서 본다면 무릇 가족, 특히 남편이라는 것과는 어쩐지 인연이 없고 이질적인, 무엇보다도 우스꽝스러운 것으로 생각되었다.

하기야 브론스키는 키티의 부모가 주고받은 이야기와 같은 일은 상상도 못했겠지만, 그날 밤 쉬체르바스키 댁을 나왔을 때 자기와 키티 사이에 존재하던 정신적인 유대가 더욱 강해졌음은 느꼈다. 그리고 어떻게든 그것에 대처하지 않으면 안 되겠다고 느끼게 되었다. 그러나 무엇을 할 수 있는지, 무엇을 해야 하는지 전혀 생각이 나지 않았다.

'이것만으로도 얼마나 근사한가. 나도 그녀도 거기에 대해서는 한 마디도 하지 않았지만 그 눈빛과 목소리의 억양이 빚어내는 무언의 회화만으로 서로의 마음을 잘 알게 되었다. 그녀는 그 어떤 말보다 더 분명하게 나를 사랑한다고 말한 것이다. 얼마나 멋진가. 얼마나 귀엽고 꾸밈없는가. 무엇보다도 나를 믿어 마지않는 그 태도는 또 어떤가! 나까지도 더 선량하고 순결해진 것 같은 느낌이 든다. 내게도 마음이라는 것이 있고 좋은 점이 많은 것 같은 느낌이 들어. 아아, 사랑을 하는 이의 그 귀여운 눈매여! 네, 정말…… 이라고 할 때의 그 입 모양! 그런데 그게 대관절 어떻다는 거야? 뭐 별스런 일도 아니잖아. 내 기

분도 좋고 그녀 기분도 좋은 것뿐이지.'

브론스키는 쉬체르바스키 저택에서 돌아오며 언제나처럼 맑고 신선한 쾌감과—그것은 그가 저녁 내내 담배를 피우지 않은 데에도 원인이 있었다—동시에 자기에게 보여 준 그녀의 애정에 대한 새로운 감격을 맛보면서 생각에 잠겼다.

그는 오늘 밤의 마무리를 어디서 지을까 하고 이리저리 생각하기 시작했다. 그는 머릿속으로 이제부터 갈 수 있을 만한 곳을 쭉 더듬어 보았다.

'클럽으로 갈까? 카드놀이나 한판 벌이고 이그나토프에 곁들여 샴페인이나 마실까? 아니, 그만두자. 꽃의 성(요리집 이름)으로나 갈까? 거기라면 오블론스키를 만날 수 있을 거야. 샹송이나 듣고 캉캉 춤이나 구경할까? 아니, 그것도 싫증이 났어. 내가 쉬체르바스키 댁에 가기 좋아하는 것은 다름 아니라 거기에 가면 내가 선량해지는 느낌이 들기 때문이야. 그냥 집으로 돌아가자.'

그는 듀소 호텔의 자기 방으로 곧장 들어가서 야식을 시켰다. 이어 옷을 갈아입고 머리를 베개 위에 얹자마자 언제나처럼 깊은 잠에 빠졌다.

15

이튿날 오전 11시에 브론스키는 페테르부르크에서 오는 어머니를 마중하러 역으로 나갔다. 그곳 정면의 큰 계단 위에서 제일 먼저 만난 사람은, 같은 기차로 오는 누이동생을 기다리는 스테판 아르카지치였다.

"여어, 각하! 자네는 누구를 마중 나왔나?"

스테판 아르카지치가 소리쳤다.

"어머니 마중이지. 오늘 페테르부르크에서 오시기로 되어 있다네."

스테판 아르카지치를 만난 사람이면 누구나 그렇듯이 브론스키도 미소를 띠고 그의 손을 잡으며 대답했다. 그들은 함께 계단을 올라갔다.

"그건 그렇고, 어젯밤에는 새벽 2시까지 자네를 기다렸다고. 쉬체르바스키 댁에서 나와 어디로 갔나?"

"곧장 집으로 갔지. 솔직히 말하자면, 어젯밤에 쉬체르바스키 댁에서 나왔을 때 너무 기분이 좋아서 다른 데는 들르고 싶지 않더군."

브론스키는 대답했다.

"준마는 그 낙인으로 알고, 사랑하는 젊은이는 그 눈빛으로 안다는 말이 맞군."

스테판 아르카지치는 전에 레빈한테 했던 똑같은 말을 낭독조로 말했다. 브론스키는 그 말에 반대하지 않는다는 얼굴로 빙그레 웃었으나 곧 화제를 바꾸었다.

"그런데 자네는 누구를 마중 나왔나?"

"나? 나는 아리따운 여인이야."

스테판 아르카지치가 말했다.

"그래?"

"그것을 나쁜 일이라고 생각하는 자에게 부끄러움 있으라. 누이인 안나야!"

"아, 카레닌 부인 말이지?"

브론스키가 말했다.

"자네도 아마 내 누이를 알고 있겠지?"

"아는 것도 같지만, 아니야. 사실은 기억이 없어."

브론스키는 카레닌 부인이라는 이름에서 무언가 새침하고 따분한 것을 막연히 연상하면서 건성으로 대답했다.

"그렇지만 유명한 내 매제 카레닌은 알고 있겠지? 좌우간 그 이름을 모르는 사람은 세상에 없으니까 말이야."

"물론 평판이나 풍채 정도는 나도 알지. 총명하고 학식이 높고, 뭐랄까 숭고한 인물이라는 것쯤은 알고 있어. 자네도 알다시피 그분은 나와는 달라…. 분야가 다른 사람이니까."

브론스키는 말했다.

"그렇다네, 그는 정말 거물이지. 좀 보수적인 데가 있기는 하지만 훌륭한 인물이야. 훌륭한 인물이고말고."

스테판 아르카지치는 반복했다.

"그야, 그렇다면야 그 사람을 위해 좋은 일이군."

브론스키는 미소를 띠며 말했다.

"아니, 자네도 나와 있었나?"

그는 문간에 서 있던 키가 큰 어머니의 늙은 하인을 보고 말을 걸었다.

"이리로 들어오라고."

스테판 아르카지치는 대개 누구에게나 호감을 주었지만, 브론스키는 특히 마음속으로 그를 키티와 결부시켜서 생각했기에 더욱 그에게 친근감을 느꼈다.

"기차는 곧 도착하겠지?"

브론스키는 역무원을 향해서 물었다.

"벌써 앞의 역을 떠났습니다."

역무원이 대답했다.

열차가 가까이 오는 것은 정거장 안의 술렁거림, 헌병과 역무원들의 출현, 마중 나온 사람들의 집합으로 더욱 확실해졌다. 반코트에 부드러운 펠트 장화를 신은 인부들이 몇 가닥으로 굴곡진 선로를 가로지르는 모습이, 차디찬 수증기를 통해서 보였다. 민첩한 차장이 호루라기를 불면서 아직 움직이고 있는 기차에서 뛰어내렸다. 그 뒤를 이어 성질 급한 승객들이 내리기 시작했다. 몸을 쭉 펴고 주위를 위엄 있는 태도로 둘러보는 근위 사관, 가방을 손에 들고 쾌활하게 웃고 있는 부지런한 장사꾼, 커다란 포대를 어깨에 멘 농부 등등.

브론스키는 스테판 아르카지치와 나란히 서 내리는 사람들을 바라보면서 어머니에 대해서는 완전히 잊고 있었다. 방금 키티에 대해서 들은 일로 해서 그는 흥분하고 기뻐하고 있었다. 그 가슴은 저절로 부풀고 눈은 빛났으며, 또한 자기가 승리자라는 것을 느꼈다.

"브론스키 백작 부인은 이 차실에 계십니다."

차장이 브론스키에게 가까이 와서 말했다.

16

브론스키는 차장의 뒤를 따라 차량으로 들어서다가 그 입구에서,

마침 밖으로 나오는 귀부인에게 길을 비켜 주기 위해서 잠시 멈추어 섰다.

사교계에 드나드는 사람 특유의 직감으로 브론스키는 그녀가 상류 사회에 속하는 사람이라는 것을 한눈에 알았다. 그는 가볍게 인사를 하고 객실 안으로 들어갔지만, 한 번 더 그녀를 보았으면 하는 강한 욕구를 느꼈다. 그것은 상대방이 대단한 미인이고 그 모습 전체에 감돌고 있는 섬세한 느낌이나 기품 있는 우아함 때문만은 아니었다. 그녀가 옆을 지나쳤을 때, 그 사랑스런 표정 속에 유달리 자애롭고 부드러운 데가 있었던 것이다.

그가 돌아보자 그녀도 역시 이쪽으로 고개를 돌리고 있었다. 짙은 속눈썹 때문에 검게 보이는 그 반짝거리는 잿빛 눈길은 마치 상대방이 누구인지 알아본 것처럼 아주 다정하게 주의하여 그의 얼굴을 바라보더니, 곧 누군가를 찾는 모양으로 지나가는 군중 쪽으로 돌려졌다. 이 일순간의 응시 속에서 브론스키는 상대방의 반짝이는 눈과 미소로 살짝 비뚤어진 빨간 입술 사이에 떠돌고 있는 조심스럽고 생기 있는 표정을 보았다.

뭔지 모르지만 풍성한 것이 그녀의 모습 전체에 넘쳐흘러서 그녀의 의지와 상관없이 저절로 눈동자의 빛이나 미소 속에 나타나는 것 같았다. 그녀는 일부러 자기 눈의 광채를 지우려 하고 있었으나, 그것이 도리어 그녀의 뜻을 거슬러 그 엷은 미소 속에서 반짝거렸다.

브론스키는 차실로 들어섰다. 검은 눈에 곱슬머리인 그의 어머니는 메마른 느낌을 주는 노부인이었다. 그녀는 눈을 가늘게 뜨고 가만히 아들을 바라보며 얇은 입술에 살짝 미소를 띠었다. 그녀는 자리에서 몸을 일으키자 하녀에게 손가방을 건네고는 조그맣고 야윈 손을 아들에게 내밀었다. 그녀가 그 손에 입 맞추는 아들의 고개를 들어 올려 이마에 키스했다.

"전보는 받았니? 별 탈 없지? 다행이구나."

"오시는 길에 별다른 일은 없었습니까?"

어머니 옆에 앉으며 안부 인사를 하면서도 그는 저도 모르게 밖에서 들려오는 여자의 목소리에 귀를 기울였다. 방금 입구에서 마주쳤던 그 귀부인의 목소리라는 것을 알았기 때문이다.

"하지만 역시 당신의 의견에는 찬성할 수 없어요."

"부인, 그것은 페테르부르크식 생각입니다."

"페테르부르크식이 아니지요. 그저 여자로서의 생각일 뿐입니다." 그녀는 대답했다.

"그럼 손에 키스하게 해 주십시오."

"안녕히 가세요, 이반 페트로비치. 그리고 잠깐 찾아봐 주시겠어요, 이 근처에 오빠가 안 계신지? 계시면 이리로 오시도록 일러 주세요."

귀부인은 문 바로 옆에서 말하고는 다시 차실로 들어왔다.

"어떻게 됐나요, 오라버님은 찾으셨어요?"

브론스키 백작 부인이 귀부인에게 말을 걸었다. 브론스키는 비로소 상대방이 카레닌 부인이라는 것을 알았다.

"오빠께서는 역에 나오셨습니다. 아까는 실례했습니다. 제가 미처 알아 뵙질 못해서⋯⋯. 전에 아주 잠깐 뵈었을 뿐이라서⋯."

그가 일어서면서 말했다.

"아마 저에 대해서도 기억이 없으시겠죠."

브론스키는 고개를 숙여 인사하면서 계속 말했다.

"어머, 이 일을 어쩌죠! 저는 당신이라는 것을 금방 알았어야 했는데요. 당신 어머님과 같이 오면서 사뭇 당신에 관한 이야기를 했으니까요."

그녀가 말했다. 아까부터 밖으로 넘치려던 그 생기 있는 표정이 마침내 계기를 얻어 미소로 나타났다.

"그건 그렇고, 오라버님은 역시 보이지 않는군요."

"네가 불러 드려라."

노백작 부인이 말했다. 브론스키는 승강장으로 나가 소리쳤다.

"오블론스키! 여기야, 여기!"

카레닌 부인은 오빠가 오기만을 기다리고 있을 수가 없어서, 그의 모습을 보자 다부지고 가벼운 발걸음으로 차실에서 나왔다. 그녀는 오빠가 가까이 오자 브론스키가 깜짝 놀랄 만큼 대담하면서도 우아한 몸짓으로 오라버니의 목을 왼손으로 껴안고 재빨리 끌어당기며 따뜻하게 입을 맞추었다. 브론스키는 눈을 떼지 않고 그녀를 바라보다가 자기도 모르게 미소를 떠올렸다. 그러다가 어머니가 자기를 기다리고 있음을 상기하고는 차실로 돌아갔다.

"참으로 사랑스러운 분이구나. 그렇지? 주인 양반이 저 사람을 나와 같은 객실에 태운 거란다. 난 정말 반가웠지. 오는 길에 줄곧 그녀와 수다를 떨었어. 그런데 소문을 듣자 하니 넌 마음에 드는 사람이 생겼다며? 잘 했다, 정말 잘 했어."

백작 부인이 말했다.

"어머니께서 무슨 말씀을 하시는지 잘 모르겠는데요."

아들 브론스키는 차가운 목소리로 대답했다.

"그럼 어머니, 가실까요?"

브론스키가 말했을 때 카레닌 부인이 백작 부인에게 작별의 인사를 하기 위하여 또 차실로 들어섰다.

"부인, 부인께서는 아드님을 만나셨고 저는 오라버니를 만났으니. 게다가 제 이야기도 모두 바닥났으니 더 드릴 말씀도 없군요."

그녀는 즐거운 듯이 말했다.

"아니, 별 말씀을……."

백작 부인은 상대방의 손을 잡고 말했다.

"당신하고라면 세계를 일주해도 따분한 줄 모르겠어요. 아무튼 당신은 이야기를 해도 즐겁고, 가만히 보고만 있어도 기분이 편해지는 귀여운 분인걸요. 그리고 어린 아드님에 대해서는 너무 생각하지 마세요. 사람은 언제나 늘 같이 있을 수는 없지 않아요?"

카레닌 부인은 몸을 유난히 반듯이 하고 서 있었으나, 그 눈은 웃음을 머금고 있었다.

"카레닌 부인에게는 어린 아드님이 계신데 여덟 살이라는구나. 지금까지 한 번도 떨어진 일이 없어서 이번에 떼 놓고 오신 것을 줄곧 마음 아파 하셨지 뭐냐."

백작 부인은 아들에게 설명하면서 말했다.

"정말 그래요, 우리는 줄곧 부인과 그런 이야기만 하면서 왔어요. 저는 제 아이에 대해서 이야기하고 부인은 또 당신의 아드님 말씀을 하시고."

카레닌 부인은 말했다. 또다시 미소가 그녀의 얼굴을 밝게 빛냈는데 브론스키에게 보냈던 그 따뜻한 미소였다.

"저에 관한 얘기는 틀림없이 따분하셨겠습니다."

브론스키는 상대방이 던져 보낸 미소를 공중에서 맞받으며 말했다. 그녀는 아마 이런 식의 대화를 더 계속하고 싶지 않았던지, 노백작 부인을 바라보고 말했다.

"정말 고맙습니다. 오늘 하루가 어떻게 지났는지 모를 지경이었어요. 그럼 부인, 다시 뵙겠어요."

"잘 가세요, 부인. 부디 그 아름다운 얼굴에 키스하게 해 줘요. 나는 늙은이라 무엇이나 거침없이 말씀드리지만, 당신이 참 좋아졌어요."

백작 부인의 대답은 판에 박은 듯한 말 같았지만 카레닌 부인은 아무래도 그것을 진심으로 믿고 기뻐하는 것 같았다.

"정말 사랑스러워."

노부인이 말했다. 어머니와 똑같은 생각을 아들도 하고 있었다. 그는 카레닌 부인의 우아한 모습이 보이지 않게 되기까지 그 뒷모습을 눈으로 쫓고 있었다. 그의 얼굴에선 계속 미소가 감돌고 있었다. 창 너머로 보니 그녀는 오라버니에게 가까이 가 손을 잡으며 무엇인지를 활기차게 이야기하기 시작했다. 분명히 브론스키와는 아무 관계도 없는 일인 것 같았는데, 브론스키의 마음 한구석에서 섭섭하게 생각되었다.

"어머니, 건강은 좀 어떠세요? 집에 별일은 없고요?"

그는 어머니를 돌아보고 물었다.

"아무 일도 없고 여전하단다. 알렉산드로는 참 귀여워졌고 마리아도 예뻐졌단다. 그 아이는 참 재미있는 아가씨야."

이리하여 그녀는 자기로서는 무엇보다도 흥미 있는 일, 즉 그것 때문에 일부러 페테르부르크까지 다니러 갔었던 손자의 세례에 관한 이야기며, 장남에 대한 황제의 특별한 은총 같은 것을 이야기했다.

"아, 저기 라브렌티가 왔군요. 그럼 어머니, 가 보실까요?"

브론스키는 창밖을 내다보고 말했다.

백작 부인을 따라온 노집사가 객실로 들어와 준비가 다 되었음을 알렸다. 백작 부인은 나가려고 몸을 일으켰다.

"가시지요, 어머니. 사람도 이제 적어졌어요."

브론스키가 말했다.

하녀가 손가방과 강아지를 껴안고 집사와 짐꾼은 다른 짐을 들었다. 브론스키는 어머니의 손을 잡았다. 그들이 막 차실에서 나오려 했을 때 갑자기 5, 6명의 사람들이 깜짝 놀란 얼굴을 하고 옆을 뛰어갔다. 색다른 빛깔의 모자를 쓴 역장도 뛰어가고 있었다. 무언가 심상치 않은 일이 일어난 것이 분명했다. 기차에서 나온 사람들도 뒤를 따라 달렸다.

"뭐야? 뭐야? 어디야? 뛰어들었어! 치인 거야!"

옆을 뛰어가는 사람들 사이에서 이런 소리가 들렸다.

누이동생과 팔짱을 끼고 오던 스테판 아르카지치도 역시 놀란 얼굴로 되돌아와서 군중을 헤치며 기차의 출입구에 와서 발을 멈추었다. 부인들은 도로 차 안으로 들어갔다. 브론스키는 스테판 아르카지치와 함께 사고 경위를 들으러 군중의 뒤를 따라갔다. 철로 인부가 술에 취했는지 그렇지 않으면 너무나 추워서 코트를 깊숙이 덮어 쓰고 있었기 때문인지, 열차를 못 보고 깔려 죽은 것이다.

브론스키와 스테판 아르카지치가 돌아오기 전에 부인들도 이미 집

사로부터 그 경위를 들어 알고 있었다. 스테판 아르카지치와 브론스키 두 사람은 보기에도 무참한 시체를 확인했다. 스테판 아르카지치는 분명 마음이 아픈 모양이었다. 얼굴을 찡그리고 금방이라도 울 것 같았다.

"아아, 정말 무서운 일이다! 아아, 안나. 네가 그것을 봤다면! 아아, 정말 무서운 일이야!"

그는 계속 중얼거렸다.

브론스키는 말이 없었다. 그 잘생긴 얼굴에 긴장된 표정이 떠올랐다가 이내 침착을 되찾았다. 스테판 아르카지치는 계속했다.

"아아, 백작 부인. 만일 부인이 그것을 보셨다면. 죽은 사람의 아내도 그 자리에 뛰어왔어요……. 정말 볼 수가 없더군요……. 남편의 시체에 매달려서……. 사람들 얘기로는, 그 사내가 혼자 대가족을 부양해 왔다는 거예요. 큰일이지요."

"그 여자를 위해서 무얼 좀 해 줄 수는 없을까요?"

카레닌 부인은 흥분된 어조로 조용히 속삭였다. 브론스키는 그녀를 흘끔 보더니 바로 차실을 나갔다.

"어머니, 곧 돌아오겠습니다."

문간에서 돌아보며 그가 말했다. 그가 조금 뒤에 돌아왔을 때 스테판 아르카지치는 백작 부인을 상대로 신인 여가수 이야기를 하고 있었다. 다만 부인은 아들을 안절부절 기다리며 몇 번이나 문간을 돌아다보고 있었다.

"자, 이번에는 정말로 가시지요."

브론스키가 들어오면서 말했다. 일행은 나란히 밖으로 나갔다. 브론스키는 어머니와 함께 앞서서 걷고 그 뒤를 카레닌 부인이 오라버니와 함께 걸었다. 역의 출구까지 왔을 때 뒤쫓아 온 역장이 브론스키에게 가까이 오며 말했다.

"조역에게 2백 루블을 주셨습니까? 실례지만 누구에게 주시는 건지 분명하게 말씀해 주시겠습니까?"

"방금 남편이 죽은 그 여자한테요. 물어볼 것도 없는 일이잖아요?"

브론스키가 어깨를 움츠리며 말했다.

"자네가 베풀어 주었나?"

스테판 아르카지치는 뒤에서 큰소리로 말하고 누이의 손을 꼭 쥐면서 덧붙였다.

"브론스키는 참 좋은 사람이야! 어때, 정말 기분 좋은 청년이지? 그럼 부인, 안녕히 가십시오."

그는 누이와 함께 하녀를 찾기 위해 멈추어 섰다. 두 사람이 밖으로 나왔을 때 브론스키가 탄 마차는 떠난 뒤였다.

카레닌 부인은 마차에 올랐다. 스테판 아르카지치는 누이동생이 입술을 떨며 가까스로 눈물을 참고 있는 것을 보고 깜짝 놀랐다.

"안나, 너 왜 그래?"

마차가 몇 백 싸젠(1싸젠은 213미터) 달렸을 때 그가 물었다.

"불길한 징조예요."

안나는 대답했다.

"무슨 쓸데없는 소리!"

스테판 아르카지치는 말했다.

"네가 와 주었으니 이보다 더 반가운 일이 어디 있니. 나는 너만 믿고 있단다."

"오라버님께서는 전부터 브론스키 씨를 알고 계세요?"

안나가 물었다.

"응. 사실은 말이야, 우리는 그가 키티와 결혼해 줄 것을 기대하고 있어."

"그래요?"

안나는 조용히 대꾸했다.

"자, 이번에는 오라버니의 이야기를 해 줘요. 오라버니의 문제에 대해서. 편지를 받고 곧장 달려왔어요."

그녀는 무언가 방해되는 것을 쫓기라도 하듯 고개를 흔들며 덧붙였다.

"응, 모든 일이 네게 달려 있어."

스테판 아르카지치는 말했다.

"그러면 모든 것을 이야기해 줘요."

스테판 아르카지치는 이야기를 시작했다. 집 앞까지 오자 스테판 아르카지치는 누이를 내려 주고 안도의 숨을 쉬며 그대로 관청으로 마차를 달렸다.

17

안나가 방으로 들어섰을 때 다리야 알렉산드로브나는 작은 객실에 앉아서, 이제는 아버지를 닮아 가는 통통한 금발의 아이를 상대로 프랑스어 읽기를 도와주고 있었다. 그녀는 흔히 있는 경우이지만, 시계

를 보면서 이제나 저제나 하며 안나를 기다리고 있었으면서도 정작
손님이 도착한 순간에는 벨 소리를 듣지 못했다. 문간에 옷 스치는 소
리와 가벼운 발소리를 듣고서야 그녀는 깜짝 놀라 뒤를 돌아보았다.

그 야윈 얼굴에 자기도 모르게 반가움이 아닌 놀라운 빛이 나타났
다. 그녀는 일어서서 시누이를 포옹했다.

"어머, 벌써 도착하셨어요?"

그녀는 상대방에게 키스하면서 말했다.

"돌리, 정말 반가워요. 만나게 되어서."

"저야말로 반가워요."

다리야 알렉산드로브나는 안나가 사정을 알고 있는지 어떤지 그 표
정으로 알아보려고 하면서, 연약한 미소를 띠고 말했다.

'틀림없이 알고 있구나.'

안나의 얼굴에 동정의 빛이 떠오른 것을 보고 그녀는 생각했다.

"자, 가실까요? 방으로 안내하겠어요."

무언가 어려운 이야기를 미루려고 하면서 그녀는 말했다.

"이 아이가 그리샤예요? 어머나, 정말 많이 컸군요."

안나가 말하며 사내아이에게 키스를 하더니, 다리야 알렉산드로브
나에게서 눈을 떼지 않고 선 채 볼을 붉혔다.

"돌리, 우리 그냥 여기 있어요."

안나는 숄을 걷고 모자를 벗으려고 하다가 곱슬곱슬한 검은 머리
한 묶음이 모자에 걸리자 머리를 흔들어 그것을 떼어 놓았다.

"어머나, 안나는 언제 보아도 행복하고 건강해 보여요!"

다리야 알렉산드로브나는 부러운 듯이 말했다.

"저어, 돌리. 이야기는 오빠한테 들었어요."

안나가 말을 걸었다.

"나를 위로하는 것은 헛수고일 거예요. 그런 일이 있은 이상 모든 것은 끝장이에요. 모든 것이 끝장이라고요!"

다리야 알렉산드로브나가 말을 끝내기도 전에 그녀의 얼굴 표정은 누그러졌다. 안나는 다리야 알렉산드로브나의 여위고 까칠까칠한 손을 잡고 키스한 다음 말을 계속했다.

"하지만 돌리. 그럼 어떻게 하면 좋겠어요, 네? 도대체 어떻게 하면 좋아요? 이렇게 큰일이 났으니 앞으로 어떻게 하면 가장 좋지요? 그 것을 생각해 보셔야지요."

"이제 모든 것은 끝장이 났다니까요. 그것뿐이에요. 무엇보다 쓰라린 것은, 내가 그 사람을 버릴 수가 없다는 거예요. 아이들 때문에 나는 묶여 있어요. 하지만 이제 그 사람과 함께 살 수는 없어요. 보기만 해도 속이 뒤집히는걸요."

다리야 알렉산드로브나는 말했다.

"보세요, 돌리. 오빠의 말은 들었지만 이번에는 당신의 말이 듣고 싶어요. 무엇이건 모두 말씀해 주세요."

다리야 알렉산드로브나는 살피는 눈초리로 상대방을 바라보았다. 안나의 얼굴에는 진실한 동정과 애정이 넘치고 있었다.

"그럼 말하겠어요. 다만, 나는 맨 처음부터 얘기하겠어요. 내가 시집온 때의 일은 당신도 알지요? 친정어머니의 교육으로 나는 그저 순진할 뿐 아니라 어리석기까지 했어요. 나는 아무것도 몰랐어요. 사람들 말로는, 나는 요즘에야 그걸 알았지만, 남편은 자기 과거에 대해서 아내에게 모두 이야기하는 법이래요. 스치바는……."

다리야 알렉산드로브나가 문득 말을 꺼냈다.

"편지를 발견했어요……. 그 사람이 자기가 좋아하는 여자, 우리 가정교사에게 보낸 편지를요. 너무나 잔혹한 일 아니에요?"

다리야 알렉산드로브나는 흐느낌을 누르면서 말을 계속했다. 그녀는 얼른 손수건을 꺼내어 얼굴을 가리고 한동안 입을 다물더니 또 계속했다.

"그것이 한때의 잘못이라면 나도 이해하겠어요. 그런데 계획적으로 교활하게 속인다는 건……. 더구나 다른 여자도 아닌 그런 여자와 관계하면서 남편 노릇을 했다니……. 아아, 정말 참을 수 없어요! 도저히! 당신은 알 수가 없을 거예요."

"알아요. 나도 알고말고요! 정말이에요, 돌리."

안나는 상대방의 손을 꼭 쥐면서 말했다. 다리야 알렉산드로브나는 마음을 가라앉혔다. 두 사람은 2분가량 입을 다물고 있었다.

"그래서 어떻게 하면 좋은지 안나, 가르쳐 줘요. 아무리 생각해 봐도 좋은 생각이 떠오르지 않는걸요."

안나도 좋은 생각을 찾아낼 수가 없었지만 그녀의 마음은 다리야 알렉산드로브나의 한마디 한마디 말과 그 얼굴 표정 하나하나에 공감하고 있었다.

안나가 입을 열었다.

"난 꼭 말하고 싶은 게 있어요. 나는 오빠의 누이니까 그분의 성질을 잘 알고 있어요. 오빠는 무엇에나 금방 열중해서—그녀는 이마 앞에서 손을 흔들어 보였다—완전히 골몰해 버리지만, 대신 금세 진심으로 후회해요. 그건 오빠의 버릇이에요. 오빠는 어째서 내가 그런 짓을 할 수 있었는가 하고, 자기도 뭐가 뭔지 모르고 있는 거예요."

"아니에요, 그 사람은 알고 있어요. 알고 있었어요! 그러면 나는, 안 나는 내 입장을 생각지도 않고, 그게 내 마음을 편하게 하는 일이 되나요?"

다리야 알렉산드로브나는 그녀의 말을 가로막았다.

"아니, 잠깐 내 말 들어 봐요. 실은 오빠한테 처음 편지를 받았을 때는 돌리의 쓰라린 입장이 잘 납득이 안 갔어요. 그저 오빠를 본 순간 가정이 엉망으로 되고 있다는 사실을 알고 오빠가 가엾게 생각됐어요. 하지만 지금 돌리와 이야기를 나누고 보니까, 역시 여자로서 이 일을 달리 보게 되었어요. 돌리의 괴로워하는 모습을 보고 말로 할 수 없이 안됐다고 생각했어요. 자아, 돌리의 괴로움은 충분히 알겠어요. 다만 한 가지 알 수 없는 점은, 나로서는 정말 알 수 없는 것은……, 돌리의 마음에 오빠에 대한 애정이 얼마나 남아 있는가 하는 거예요. 돌리는 그것을 알고 있겠지요, 오빠를 용서해 줄 만한 애정이 아직도 남아 있는지 어떤지. 만일 그만큼이 남아 있다면 제발 오빠를 용서해 주세요!"

"안 돼요! 그이는 그 여자와 키스를 했단 말이에요……."

"보세요, 돌리. 제발 흥분하지 말아요. 난 돌리에게 정신이 팔려 있을 무렵의 오빠를 알고 있어요. 그때 오빠는 자주 제게 와서 돌리 이야기를 하면서 울었어요. 돌리는 오빠에게 있어서 무언가 시적인 숭고한 존재였어요. 오빠와 함께 사는 동안에 돌리는 오빠에게 더욱 고귀한 존재가 되었어요. 그래서 우리는 전에 오빠를 자주 놀려 주었어요.

오빠는 걸핏하면 '돌리는 참 멋있는 여자야' 하고 말했으니까요. 돌리는 오빠에게 있어서 신성한 존재였고 지금도 그것은 변함이 없어요. 이번 일은 한때의 실수예요."

"그런 실수가 다시 되풀이된다면요?"

"그럴 리가 없어요. 적어도 나는 그렇게 믿어요."

"그렇지만 안나 같으면 용서할 수 있겠어요?"

"모르겠어요. 저는 심판은 할 수 없어요⋯⋯. 아니, 용서할 수 있어요."

안나는 잠깐 생각하고 나더니 말을 이었다.

"네, 할 수 있어요. 용서할 수 있고말고요. 나 같으면 용서할 수 있어요. 그야 그전처럼 깨끗한 사이로 돌아갈 수는 없겠지만 용서하겠어요. 그런 일은 있지도 않았던 것처럼, 전혀 없었던 것처럼 용서해 주겠어요."

그녀는 머릿속으로 그러한 상황을 분명하게 상상하고 그것을 마음속의 저울로 달아 보고 나서 덧붙였다.

"그래요, 그렇죠. 용서하려면 깨끗이 용서해 주어야지, 그렇지 않으면 용서해 주는 것이 안 되는걸요."

다리야 알렉산드로브나는 여러 번 마음속에 생각했던 것을 이야기하는 듯한 어조로 재빨리 안나의 말을 가로챘다.

"그럼 가요, 당신 방으로 안내해 드리겠어요."

다리야 알렉산드로브나는 자리에서 일어나면서 말했다. 그녀는 방으로 가는 도중에 안나를 꼭 껴안았다.

"봐요, 안나. 와 줘서 얼마나 기쁜지 몰라요. 덕분에 마음이 개운해졌어요. 전보다 훨씬 가벼워졌어요."

18

안나는 그날 하루 종일 집에서, 즉 오블론스키 가에 있었다. 벌써 이 친구 저 친구가 그녀가 왔다는 소식을 듣고 찾아왔지만 아무도 만나지 않았다. 안나는 아침나절을 다리야 알렉산드로브나와 조카들을 상대로 보냈다. 다만 오빠에게 간단한 쪽지를 보내서 식사는 꼭 집에 와서 하도록 전했다. 〈돌아오세요, 하느님은 은혜가 깊으시니까〉라고 그녀는 써 보냈다.

스테판 아르카지치는 집에서 저녁 식사를 했다. 식탁의 이야기는 일반적인 화제로 다리야 알렉산드로브나도 남편과 말을 주고받았고 '여보'라고 친근하게 부르기도 했다.

식사가 끝나자 키티가 찾아왔다. 그녀는 안나를 알고 있었으나 아직 친밀한 사이는 아니었기 때문에, 사람들의 찬양을 받고 있는 페테르부르크 사교계의 귀부인이 자기를 어떻게 맞아 줄지 다소 불안했다. 키티는 안나의 마음에 들었다. 키티도 곧 그것을 알 수 있었다. 안나는 키티의 미모와 젊음에 마음이 끌린 듯했다.

식사가 끝나고 다리야 알렉산드로브나가 거실로 물러가자 안나는 얼른 일어나서 담배를 피우기 시작한 오빠 곁으로 다가갔다.

"스치바. 자, 가 보세요. 하느님께서 힘을 빌려 주실 거예요."

쾌활한 눈짓을 하고 오빠에게 성호를 긋고는 문 쪽을 눈으로 가리키며 안나가 말했다.

스테판 아르카지치는 누이동생의 말뜻을 알아차리고, 피우던 담배를 버리고는 얼른 문밖으로 사라졌다.

스테판 아르카지치가 나가자 안나는 아이들에게 둘러싸여 앉아 있던 긴 의자로 돌아왔다.

"자, 우리 아까 그대로 앉도록 해요."

안나는 자기 자리에 앉으면서 말했다. 그리샤는 그녀의 어깨에 머리를 기대고 자랑스럽고 행복한 듯 얼굴을 빛내고 있었다.

"그래서 다음 무도회는 언제 열려요?"

안나는 키티에게 고개를 돌렸다.

"다음 주에요. 참 멋진 무도회예요. 언제나 즐거운 무도회죠."

"어머나, 언제나 즐거운 무도회라는 것이 있어요?"

안나가 가볍게 비꼬며 말했다.

"우스운 말이지만, 그런 게 있어요. 보브리스체프 댁의 무도회는 언제 가 봐도 즐거워요. 니키틴 댁의 무도회도 그렇고요. 메쥬코프 댁의 무도회는 언제나 따분하고요. 그런 것을 느끼지 않으세요?"

"글쎄요, 나는 이제 즐거운 무도회 같은 건 없는걸요. 내게는 그다지 고달프지도 않고 따분하지도 않은 무도회밖에 없어요."

안나는 말했다. 키티는 안나의 눈 속에서 자기에게는 열려 있지 않은 특별한 세계를 느꼈다.

"당신이 무도회를 따분해 하시다니요?"

"어머, 왜 저라고 무도회에서 따분하지 말라는 법이 있나요?"

안나는 되물었다.

"이번 무도회에는 나오시겠어요?"

키티가 물었다.

"안 갈 수도 없겠지요. 응, 가져도 좋아요."

안나는 고개를 돌려, 새하얗고 가냘픈 손가락에서 금방이라도 빠져나올 듯싶은 반지를 잡아당기고 있던 타냐에게 말했다.

"당신께서 나오신다면 정말 기쁘겠어요. 전 당신이 무도회에 나오신 모습을 구경하고 싶어 견딜 수가 없는걸요."

"왜 나를 무도회에 나오라고 권하는지 나는 다 알고 있어요. 그 무도회는 당신에게 큰 뜻이 있기 때문에 사람들이 나오기를 바라시는 거죠? 여럿이 나와서 구경했으면 싶죠?"

"어머, 어떻게 그걸 아셨어요? 사실은 그래요."

"아아! 당신 나이 때는 정말 행복한 거죠! 나도 그 하늘빛 안개 같은 기분을 알고 있어요. 마치 스위스의 산에 걸려 있는 것 같은 그 안개의 기분 말이에요. 그 안개는 금방이라도 소녀 시절이 끝나려는 행복한 때에 찾아와서 모든 것을 포근히 덮어 주지요. 그 크고 행복하고 즐거운 세계를 나오면 길은 차차 좁아져서, 그 좁은 길로 들어서는 것은 즐겁기도 하고 숨이 막힐 것 같기도 하지요……. 그야, 그 길은 밝고 눈부시게 보이지만요. 그 길을 지나 보지 않은 사람이 어디 있겠어요?"

안나는 말을 계속했다.

'이분은 어떤 식으로 그 길을 지나왔을까?'

키티는 말없이 미소를 띠었다. 키티는 안나의 남편인 카레닌의 그다지 시적이지 못한 덤덤한 풍모를 생각하면서 그런 생각을 했다.

"나도 당신의 일을 조금은 알고 있어요. 오빠가 이야기해 준걸요. 축하해요. 나도 그분이 마음에 들었어요. 역에서 브론스키 씨를 만났어요."

안나가 말을 이었다.

"어머, 그분도 거기에 가셨어요? 그런데 스치바 씨가 뭐라고 하셨어요?"

키티는 볼을 붉히며 물었다.

"오빠가 모두 다 이야기해 줬어요. 그렇다면 참 좋겠다고 나도 생각했죠……. 어제는 줄곧 브론스키 씨의 어머님과 기차를 함께 타고 온 걸요. 그분의 어머니는 기차 속에서 계속 그분 이야기만 하셨어요. 그분은 아마 어머님의 귀염둥이인 모양이에요. 물론 어머니는 누구나 자기 아들을 정신없이 사랑한다는 것은 나도 알고 있지만. 다만……."

"그분 어머니는 그분에 대해서 뭐라고 하셨어요?"

안나의 말에 키티가 물었다.

"그야 여러 가지 이야기를 해 주셨지요. 그분 어머니는 그분이 귀여워서 어쩔 줄을 모른다는 것을 나도 알지만, 그분은 분명히 훌륭한 기사예요. 그분의 어머니는 이런 말씀을 하셨어요. 전 재산을 자기 형에게 다 내주려 했다는 것과 또 어릴 적에 벌써 뭔가 비범한 일, 어떤 여자가 익사하려는 것을 건져 주었대요. 한마디로 영웅이죠?"

안나는 미소를 지으며 말했다. 그때 문득 그가 역에서 2백 루블을 희사한 일이 생각났지만 그 2백 루블에 대해서는 이야기하지 않았다. 왜 그런지 그 일을 생각하면 불쾌한 느낌이 드는 것이었다. 거기에는 뭔가 자기와 관계가 있는, 있어서는 안 될 일이 숨겨져 있는 것 같았기 때문이다.

"그분의 어머니는 나에게 꼭 놀러 오라고 하셨어요. 나도 그 노부인을 뵙고 싶어서 내일 찾아가려고 생각해요. 그건 그렇고, 다행히도 오빠가 꽤 오래 돌리 방에 있군요."

안나는 화제를 바꾸면서 일어섰는데, 그 모습은 뭔가 불만이 있는 것처럼 키티에게 느껴졌다.

"아니야, 내가 먼저야!"

"아니야, 나야."

아이들은 안나 고모한테 뛰어오며 저마다 외쳤다.

"그럼 모두 함께!"

안나는 웃으며 말하면서 아이들한테 뛰어가더니, 좋아서 정신없이 떠들며 덤벼드는 아이들을 한 아름으로 안아 넘어뜨렸다.

19

어른들의 차 마시는 시간이 되자 다리야 알렉산드로브나는 자기 거실에서 나왔다. 스테판 아르카지치는 얼굴을 내밀지 않았다. 아내 방 뒷문으로 빠져나갔음에 틀림없었다.

"안나, 2층은 춥지 않은지 모르겠어요. 방을 아래층으로 옮겨 드리면 어떻겠어요? 그것이 서로 가까워서 좋을 텐데."

다리야 알렉산드로브나는 안나를 보고 말했다.

"정말이에요. 제발, 내 걱정은 조금도 하지 마세요."

안나는 다리야 알렉산드로브나의 얼굴을 가만히 바라보며 말했다. 화해가 이루어졌는지 어떤지를 알아보려는 것이었다.

"아래층이 더 밝지 않아요?"

다리야 알렉산드로브나는 또 물었다.

"나야 어디서나 들쥐같이 잘 자는걸요."

"무슨 이야기지?"

스테판 아르카지치가 서재에서 나오며 아내에게 물었다. 말을 거는 투로 봐서, 안나도 키티도 두 사람 사이에 화해가 이루어졌음을 금방 눈치챘다.

"안나의 방을 아래로 옮겨 드리려고 하는데, 그러자면 커튼을 갈아야 해요. 아무도 해 줄 사람이 없으니 결국 제가 손을 봐야 해요."

다리야 알렉산드로브나는 남편을 향해서 말했다.

'정말로 화해가 되었는지 어떤지 알 수가 없네.'

다리야 알렉산드로브나의 쌀쌀하고 착 가라앉은 목소리를 듣고 안나는 마음속으로 생각했다.

"돌리, 그만두라고. 언제나 힘든 일은 혼자 맡아서 다하니 원. 뭣하면 내가 하지……."

남편이 말했다.

'그러면 역시 화해는 된 거야.'

안나는 생각했다.

"당신이 뭐나 다 하시겠다고 나서는 데는 알아줘야죠. 언제나 마트베이에게 하지도 못할 일을 떠맡겨 놓고 나가 버리잖아요. 마트베이는 또 어떠냐 하면, 모든 것을 뒤죽박죽으로 만들어 놓고 말죠."

다리야 알렉산드로브나가 그렇게 말했을 때 이제는 버릇이 되고 있는 그 놀리는 듯한 웃음이 입술 양쪽 구석을 파고들었다.

'완전한, 정말로 완전한 화해야. 정말 잘된 일이야!'

안나는 생각했다. 안나는 자기가 그 계기를 만들어 준 것을 기쁘게 생각하면서 다리야 알렉산드로브나에게 다가가 키스했다.

"원 별소리를. 당신은 언제나 나와 마트베이를 업신여긴단 말이야."

스테판 아르카지치는 짧은 미소를 띠며 아내를 돌아보고 말했다. 그날 저녁 다리야 알렉산드로브나는 언제나처럼 남편을 가볍게 냉소하는 태도로 대했지만, 스테판 아르카지치는 만족감에 들뜬 태도였다. 하기야 그것은 용서받았기 때문에 자기 죄를 모두 잊었다고는 여겨지지 않을 정도였지만.

9시 반에 오블론스키 가의 차 탁자를 둘러싼 즐겁고 단란한 저녁 모임은, 얼핏 보기에 아주 평범한 사건으로 깨져 버렸다. 평범한 사건이 사람들에게는 왠지 기묘한 일로 생각되었던 것이다. 모두가 공통으로 알고 있는 페테르부르크의 친지들 이야기를 하고 있는데 안나가 느닷없이 일어섰다.

"그분이라면 내 앨범에도 있어요."

안나는 말했다.

"아울러 우리 세료쥐아도 보여 드리겠어요."

그녀는 자랑스런 어머니다운 미소를 띠며 덧붙였다.

안나가 객실에서 나갔을 때 현관방에서 벨 소리가 들려 왔다.

"어머, 손님이 오셨나?"

다리야 알렉산드로브나가 말했다.

"날 데리러 온 것으로는 너무 이르고 다른 분의 방문으로는 너무 늦군요."

키티가 말했다.

"틀림없이 관청에서 내게 서류라도 가지고 온 게지."

스테판 아르카지치는 말했다. 안나가 계단 옆을 지나칠 때, 하인은 손님이 왔다고 알리려고 위로 뛰어올라 왔고 손님 자신은 램프 옆에 서 있었다. 안나는 아래를 내려다보고 그가 브론스키라는 것을 금방 알았다. 그러자 기묘한 만족과 동시에 뭔지 모를 공포감이 갑자기 마음속에 물결쳤다. 안나가 앨범을 들고 돌아왔을 때 브론스키는 이미 가고 없었다. 스테판 아르카지치의 말에 의하면, 그는 이번에 찾아온 명사들을 위해서 개최되는 내일 밤의 만찬회 일로 잠깐 상의하러 들렀다는 것이다.

"아니, 도무지 들어오려고 하질 않는 거야. 좀 이상하더군."

스테판 아르카지치는 덧붙였다.

키티는 볼을 물들이고 있었다. 브론스키가 무엇 때문에 왔고 왜 들어오지 않았는가를 자기 혼자만 알고 있는 것처럼 생각되었기 때문이다.

'그분은 우리 집에 들렀던 거야. 그런데 내가 없으니까 이곳에 와 있는 줄 알고 일부러 찾아 준 거지. 하지만 시간이 늦고 안나까지 와 있다는 것을 생각해서 들어오지 않은 거야.'

사람들은 아무 말도 하지 않고 얼굴만 마주 보더니 안나의 앨범을 들여다보기 시작했다.

계획된 연회에 관해서 자세한 일을 상의하려고 밤 9시 반에 친구를 찾아왔다가 집 안에 들어오지 않았다고 해서 별로 이상할 것은 없다. 그런데도 역시 모두들 기묘한 느낌이 들었다. 누구보다도 그것을 이상하게 재미없는 일로 느낀 것은 안나였다.

20

키티가 어머니와 함께 계단을 올라갈 때는 무도회가 막 시작되고 있었다. 계단에는 많은 꽃들이 화려하게 장식되고 등불의 밝은 빛이 넘쳐흐르며 얼굴에 분을 바르고 빨간 윗도리를 입은 하인들이 안내에 나서고 있었다. 홀 안은 마치 벌집 속처럼 여기저기서 나는 웅성거림의 소리가 규칙적으로 들려오고 있었다. 두 사람이 층계참의 화분 나무 그늘에서 거울을 보고 머리며 매무새를 고치고 있는 동안 홀에서는 첫 왈츠를 연주하기 시작한 오케스트라의 바이올린 음향이 조심스럽고 또렷하게 흘러나왔다.

키티는 행복한 날 중의 하루를 맞이하고 있었다. 옷은 조금도 손색이 없고, 레이스의 깃도 늘어진 데가 없으며 장미꽃 장식도 주름이 잡히거나 엉켜 있지 않았다. 장밋빛 실내화는 발을 죄기는커녕 도리어 편하게 했다. 탐스러운 금발의 가발은 마치 제 머리카락인 듯이 조그마한 얼굴에 꼭 어울렸다. 손 모양을 그대로 드러내는 목 긴 장갑의 단추 세 개는 하나도 빠지지 않고 제대로 채워져 있었다. 장식이 달린 검은 벨벳은 우아하게 목을 감고 있었다. 이 벨벳은 참으로 눈부신 것이었다. 키티는 집에서 자기 목을 거울에 비추어 보면서, 그 벨벳이 마치 말이라도 걸어 주는 듯한 기분에 잠기기도 했던 것이다. 다른 장식품은 모두 조금씩의 문제가 있었지만 이 벨벳만큼은 정말 우아한 것이어서 키티는 무도회에 나와서도 그것을 거울에 비춰 보고 방긋 웃었다. 드러난 어깨와 팔의 맨살은 대리석같이 차가운 감촉을 느끼게 했으나, 키티는 특히 그것이 좋았다. 그녀의 눈은 반짝반짝 빛나고 빨간 입술은 자기 몸의 아름다움에 저도 모르게 방긋하지 않을 수 없었다.

키티는 홀로 나갔다. 거기에는 망사며 리본이며 레이스며 꽃으로 요란하게 장식하고, 누가 와서 춤을 신청해 주기를 기다리고 있는 부인들 한 무리―키티는 한 번도 그 속에 끼어서 우두커니 서 있던 적이 없었다―가 있어서 그리로 가려고 했다. 그러나 그녀는 거기에 이르기도 전에 벌써 왈츠 신청을 받았다. 더구나 춤을 신청한 이는 일류 신사에 무도회의 주역이라 할 만한 춤의 명수였다. 유명한 무도회의 지휘자를 역임하고, 어엿한 부인을 가졌으며 잘생기고 풍채가 당당한 예고루시카 코르순스키였다. 그는 왈츠의 첫 곡을 함께 춘 보니나 백작 부인을 남겨 두고 자기의 감독 아래서 막 춤을 추기 시작한 몇 쌍을 둘러보다가, 그때 마침 들어온 키티의 모습이 눈에 띄자 무도회 지도자 특유의 독특하고 가벼운 발걸음으로 뛰어왔다. 그는 가볍게 고개를 숙여 보이고는 상대방의 의향 같은 건 물어보려고도 하지 않고 불쑥 팔을 돌려 키티의 가는 허리를 껴안으려고 했다. 키티가 손에 든 부채를 누구에게 건네줄까 하고 주위를 둘러보니 이 집의 부인이 미소를 띠며 부채를 받아 들었다.

"딱 시간을 지켜서 오신 것은 참 좋습니다. 도대체가 지각이라는 것은 좋은 일이 못 되니까요."

그가 키티의 허리를 안으면서 말했다. 키티는 자기의 왼손을 조금 구부려 상대방의 어깨 위에 놓았다. 이윽고 장밋빛 구두를 신은 조그만 발이 음악의 박자에 맞추어서 민첩하고 경쾌하게 나무로 세공한 매끄러운 마루 위를 율동적으로 움직였다.

"당신과 왈츠를 추고 있자니 편안해지는군요. 아니, 정말 멋있습니다. 너무나 가볍고 게다가 정확하군요."

그는 왈츠의 느릿한 첫 스텝을 밟으며 거의 누구에게나 친한 사람이면 하는 소리를 그녀에게도 했다.

홀의 왼쪽 구석에 사교계의 스타들이 모여 있는 것이 보였다. 거기에는 더 이상 드러낼 수 없을 만큼 어깨를 드러낸 미인 리디 코르순스키 부인도 있었고, 이 집의 여주인도 있었다. 또 사교계의 스타들이 모이는 장소에는 어디나 빠지지 않고 얼굴을 내미는 크리빈도 그 대머리를 번들거리며 서 있었다. 청년들은 감히 곁에 가까이 가지 못하고 그저 먼 데서 바라만 보았다.

키티는 거기에 스치바가 있는 것을 보았고 까만 벨벳 의상을 걸친 안나의 우아한 모습도 볼 수 있었다. 그이도 역시 거기에 있었다. 키티는 레빈의 청혼을 거절한 날 밤 이후, 그를 한 번도 만나 본 일이 없었다. 키티는 먼 곳도 잘 보는 눈으로 금방 브론스키의 모습을 보았고 그도 역시 자기를 보고 있음을 알아차렸다.

"어떻습니까? 한 곡 더? 아직 지치지 않으셨죠?"

가볍게 숨을 헐떡이며 코르순스키가 말했다.

"아니에요. 감사합니다만."

"그럼 어디로 모셔다 드릴까요?"

"카레닌 부인이 저기 계시는 군요. 그분 있는 곳으로 데려다 주세요."

"어디든 희망하시는 곳으로…. 실례합니다, 여러분. 실례합니다, 실례합니다, 여러분."

코르순스키는 조금씩 발걸음을 옮겼다. 그가 말하면서 홀의 왼쪽 구석에 있는 한 무리를 목표로 왈츠를 추면서 곧장 건너갔다.

안나는 언제나처럼 몸을 곧게 세우고 서 있었다. 그녀는 키티가 자기들 쪽으로 다가오는 것을 보고 고개를 그쪽으로 돌리면서, 집주인에게 하던 말을 계속하고 있었다.

"아니에요, 나 돌 같은 것은 던지지 않아요. 하기야 저는 무엇인지 잘 모르지만 말이에요."

안나는 주인에게 뭔가 대답하고 있었다. 그녀는 어깨를 움츠리며 말을 계속하더니, 곧 보호자다운 따뜻한 미소를 띠며 키티 쪽을 바라보았다. 안나는 여자답게 얼른 키티의 몸치장을 보더니 키티가 그 의미를 이해할 수 있게 고개를 가벼이 끄덕여 보이며, 그녀의 화장과 아름다움을 칭찬했다.

"당신은 이 홀에도 춤을 추면서 들어오시는군요?"

안나가 말했다.

"이분은 저를 가장 충실히 도와주는 보조자 중의 한 분이시죠."

초면인 안나에게 고개를 숙여 보이며 코르순스키가 말했다.

"공작 영애께서는 이 무도회를 즐겁고 아름답게 하는 일을 도와주십니다. 카레닌 부인, 부디 왈츠 한 곡 부탁합니다."

그는 몸을 수그리며 말을 이었다.

"두 분이 서로 아는 사이였던가요?"

주인이 물었다.

"제가 모르는 분이 어디 있겠습니까. 우리 부부는 하얀 이리나 마찬가지로 누구나 다 알고 있습니다."

코르순스키는 대답했다.

"부디 왈츠 한 곡 부탁합니다."

"저는 되도록이면 춤을 추지 않으려고 하는데요."

안나가 말했다.

"오늘 밤은 그렇게 안 될 겁니다."

코르순스키는 대답했다. 그때 브론스키가 다가왔다.

"어머, 오늘 밤 추지 않으면 안 된다니. 하는 수 없군요. 그럼 추어야죠."

안나는 브론스키의 인사를 보지 못한 채 얼른 코르순스키의 어깨에 손을 얹었다.

'저분은 브론스키 씨에게 무슨 불만이 있는 걸까?'

키티는 안나가 일부러 브론스키의 인사를 못 본 체한 것을 보고 생각했다. 브론스키는 키티에게 가까이 오더니, 첫 카드리유(4명이 한 조가 되어 추는 프랑스 춤)를 함께 추었던 일이 생각난다며 요즘 계속 키티를 만나지 못해 서운했다고 말했다. 키티는 왈츠를 추는 안나에게 눈을 빼앗기며 그 말을 듣고 있었다. 키티는 브론스키가 자기에게 왈츠를 청하기를 기다리고 있었으나 브론스키는 아무 말도 하지 않았다. 마침내 키티가 깜짝 놀라 힐끔 그를 쳐다보자 그때서야 브론스키는 얼굴을 붉히며 당황하여 왈츠를 신청했다.

그러나 그가 키티의 가는 허리를 안고 막 스텝을 내디디려고 할 때 음악이 뚝 그쳤다. 키티는 바로 눈앞에 있는 그의 얼굴을 가만히 바라보았다. 자기는 사랑에 가득 찬 시선으로 바라보고 있는데도 상대방이 아무런 응답을 주지 않은 이 눈길은, 그 후 오랫동안, 몇 년이 지난 뒤까지도 쓰라린 부끄러움이 되어 그녀의 마음을 아프게 했다.

"실례, 실례. 왈츠, 왈츠!"

코르순스키가 홀 저쪽에서 소리치는가 싶더니, 거기에서 마주친 아가씨를 붙들고 자기가 먼저 왈츠를 추기 시작했다.

21

브론스키는 키티와 함께 몇 차례 왈츠를 추었다. 그런 뒤 키티는 어머니 옆에 가서 노르드스톤 부인과 두세 마디 말을 주고받고 있는데 또 브론스키가 첫 카드리유를 추자고 맞이하러 왔다. 카드리유를 추는 동안에도 별반 의미 있는 이야기는 오가지 않았다. 키티도 카드리유를 출 때에는 그다지 큰 기대를 하지 않았다.

키티는 가슴이 죄이는 듯한 심정으로 마주르카를 기다렸다. 마주르카를 추면서 모든 일이 결판날 것이라 생각되었기 때문이다. 카드리유를 추는 동안 브론스키가 마주르카를 추자고 신청하지는 않았지만 키티를 불안하게 하지는 않았다. 그녀는 이제까지의 무도회와 마찬가지로 마주르카는 브론스키와 같이 출 것으로 생각하고 있었기 때문에, 이미 상대가 결정이 되었다고 하면서 다섯 명이나 신청자를 거절했다.

이 무도회는 마지막 카드리유 때까지는 키티에게 있어서 즐거운 색채와 음향과 움직임이 융합된, 마치 마법에라도 걸린 환상을 보는 것 같았다. 그녀가 춤을 추지 않을 때는 너무나도 지쳐서 쉬고 싶을 때뿐이었다. 그녀가 거절할 수가 없어서 상대하게 된 따분한 청년 중의 하나와 마지막 카드리유를 추고 있을 때, 우연히 브론스키와 안나가 짝이 되어 춤추는 것을 보았다. 키티는 이곳에 들어와서 춤을 추는 동안한 번도 안나와 마주친 일이 없었다. 그러나 여기서 키티는 갑자기 전혀 새로운, 상상도 할 수 없는 안나를 보게 되었다.

키티는 안나의 얼굴에서, 자기도 경험한 바 있는, 상대방에 대한 승리에서 오는 흥분한 표정을 읽을 수 있었다. 안나가 스스로 빚어 낸 환희의 술에 취해 있는 것이 손에 잡힐 듯이 보였다. 그런 기분을 알고 또 그런 조짐을 익히 아는 키티는 그것을 안나 속에서 보게 된 것이다. 그 눈동자 속에 불타오르는 빛이며 자기도 모르게 입술이 벌어지는 행복과 흥분의 미소며, 동작에 넘쳐흐르는 보기에도 우아하고 정확한 몸짓을 확인한 것이었다.

'저렇게 흥분하는 그녀의 상대가 누구일까? 여기 있는 모든 사람일까? 그렇지 않으면 어느 한 사람일까?'

키티는 스스로 물어보았다.

키티는 자기와 함께 춤추고 있는 청년이 어떻게든 대화를 이어가려는 실마리를 못 찾아 괴로워하는 것도 도와주지 않고, 안나만을 가만히 관찰하였다. 코르순스키의 명령에 따라 사람들은 큰 원을 그렸다가 사슬 모양이 되곤 했다. 키티는 겉으로는 참 즐거운 듯이 그에 따르면서도 여전히 안나를 바라보고 있었다. 그러면서 그 가슴은 더욱 세게 죄어들었다.

'아니야, 저 사람이 저렇게 황홀해하는 것은 사람들이 모두 그녀를 찬양하기 때문이 아니라 한 사람의 찬미를 받고 있기 때문이야. 그렇담 그 한 사람이 누구지? 설마 그 사람은 아니겠지.'

브론스키가 안나에게 말을 걸 때마다 안나의 눈동자는 기쁜 듯이 불타올랐고 행복한 미소는 그 빨간 입술에 번져 나왔다. 안나는 그런 기쁨을 나타내지 않으려고 스스로 노력하는 것 같았지만, 그 기쁨은 저절로 얼굴에 나타나지 않고는 못 배겼다.

'그럼 그분은 어떤 얼굴일까?'

키티는 브론스키를 보고는 가슴이 철렁했다. 키티는 안나라는 얼굴의 거울에서 똑똑히 보았던 것을 브론스키의 얼굴에서도 보게 된 것이다. 언제나 침착하고 확고한 그 태도나 여유 있는 얼굴 표정은 대체 어디로 가 버린 것일까? 아니, 그렇기는커녕 지금 그는 안나를 바라볼 때마다 마치 그 앞에 꿇어 엎드리듯이 살며시 고개를 숙였고, 그 눈 속에는 복종과 경외의 빛만이 떠돌고 있었다.

'나는 결코 당신을 괴롭히지 않겠습니다. 다만 자신을 구하고 싶을 따름입니다. 그러나 어떻게 하면 좋을지 모르겠습니다.'

그때마다 그의 눈길은 말하고 있었다. 브론스키의 얼굴에는 키티가 지금까지 한 번도 본 적이 없는 표정이 떠올라 있었다.

그 순간 그들 두 사람은 자기네가 아는 사람들에 대해서 별로 중요하지 않은 이야기를 나누고 있었다. 그런데도 키티의 눈에는 두 사람이 입에 올리는 한마디 한마디가 그 두 사람과 자기의 운명을 결정하는 것처럼 생각되어서 견딜 수가 없었다. 더욱이 이상스러운 점은 두 사람은 사실 이반 이바노비치의 프랑스어가 우스꽝스럽다든가, 엘레츠카야는 좀 더 좋은 배필을 찾아낼 수가 있었을 텐데 하는 따위의 이야기를 하고 있었다. 그럼에도 불구하고 이들 이야기는 두 사람을 위해서 뭔가 특별한 의미를 가지고 있었으며, 두 사람도 키티도 똑같이 그것을 느끼고 있었다.

무도회 전체가, 아니 온 세계가, 모든 것이 키티의 마음속에서는 안개에 뒤덮여 버렸다. 오직 그녀가 받아 온 엄격한 교육의 힘만이 지금 그녀를 지탱하고 있었다. 그래서 그녀는 사람들이 자기에게 요구하는 일, 즉 춤추고 질문에 대답하고 이야기를 하고 또 스스로 미소 짓고 하는 것을 건성으로 해 가고 있었다.

막 마주르카가 시작되는 순간, 이제 의자의 위치를 바꿔 놓고 몇 쌍의 춤추는 남녀가 작은 방에서 큰 홀로 옮겨 왔을 때, 키티로서는 절망과 공포의 순간이 찾아왔다. 그녀는 다섯 명이나 신청을 거절했는데 이제는 마주르카의 상대가 없는 것이다. 이제는 신청받을 희망도 없었다. 사교계에 있어서 그녀의 성공이 너무도 눈부셨기 때문에, 지금까지 그녀가 신청을 받지 않고 있으리라고는 아무도 상상할 수 없었기 때문이다. 이렇게 되면 어머니에게 기분이 좋지 않다고 말하고 집으로 돌아가는 수밖에 없었으나 그렇게 할 기력조차 없었다. 키티는 완전히 녹초가 되었다.

그녀는 작은 객실 안쪽으로 들어가 소파 위에 몸을 내던졌다. 그녀의 가슴은 무서운 절망으로 꽉 눌리고 있었다.

'어쩌면 내가 잘못 생각한 건지도 몰라. 어쩌면 그런 일은 없었는지도 몰라.'

키티는 아까 자기가 본 일을 다시 한 번 생각하려고 했다.

"키티, 도대체 이게 어찌 된 일이니? 이게 어떻게 된 영문인지 도무지 알 수가 없구나!"

양탄자 위를 소리 없이 걸어와 키티 곁에 서면서 노르드스톤 백작 부인이 걱정스러운 듯이 말했다.

키티의 아랫입술이 파르르 떨렸다. 그녀는 재빨리 일어섰다.

"키티는 마주르카를 추지 않니?"

"네, 그렇다니까요."

키티는 울음 섞인 떨리는 목소리로 대답했다.

"그분은 내 앞에서 그녀에게 마주르카를 추자고 청했지 뭐니. 그러니까 그녀가 '왜 당신은 쉬체르바스키 공작 따님과 추지 않으세요' 하고 묻지 않겠니?"

노르드스톤 부인은 키티가 그분과 그녀가 누구인지를 아는 줄로 생각하고 말했다.

"아아, 내게는 어찌 되었거나 마찬가지예요."

키티는 대답했다. 키티의 입장은 그녀 자신말고는 아무도 몰랐다. 그녀가 어젯밤 어쩌면 자기가 사랑하고 있을지도 모르는 남자의 청혼을 거절한 것은 또 한 남자를 믿었기 때문이었다. 그러나 그 일을 알고 있는 사람은 아무도 없었다.

노르드스톤 백작 부인은 자기와 함께 마주르카를 추던 코르순스키를 찾아내어 키티의 상대가 되어 달라고 부탁했다.

키티는 첫 번째 무리에 섞여 춤을 추었다. 다행히 말을 하지 않아도 괜찮았다. 코르순스키는 자기의 역할이 있어서 여기저기를 돌보고 다녀야 했기 때문이다. 브론스키와 안나는 키티의 반대쪽에 자리하고 있었다. 키티는 그 좋은 눈으로 두 사람을 관찰하였다. 이윽고 두 사람이 또 짝이 되어 곁으로 춤을 추며 왔기 때문에 바로 가까이에서 바라볼 수가 있었다. 자세히 보면 볼수록 키티는 자기의 불행이 확정적인 일이 되고 있음을 믿지 않을 수 없었다.

키티는 아까보다 한층 더 안나에게 눈을 빼앗기고 있었으나 그녀

가슴의 아픔은 더욱 커질 뿐이었다. 키티는 자기가 완전히 절망감에 사로잡힌 것을 느꼈고 그 얼굴에도 어쩔 수 없이 그것이 나타나 있었다. 마주르카를 추면서 브론스키는 우연히 마주친 키티를 보았으나 그녀를 얼른 알아보지 못할 정도였다. 그만큼 그녀는 변해 있었다.

"참으로 멋진 무도회입니다."

그저 무언가 말을 하기 위해서 그는 키티에게 그렇게 말했다.

"네."

키티는 끄덕였다.

마주르카를 추는 중간에 코르순스키가 새로 고안한 복잡한 형식 중의 한 순서로, 안나는 원의 한가운데로 나와서 두 신사를 선택하고 한 여자와 키티를 불렀다. 키티는 그녀 곁으로 가면서 겁먹은 듯이 안나를 바라보았다. 안나는 눈을 가늘게 뜨고 상대방을 보면서 그 손을 잡고 방긋 웃어 보였다. 그러나 자기의 미소에 대답하는 키티의 얼굴이 그저 절망과 놀라움을 나타내고 있는 것을 보자, 얼굴을 싹 돌려 다른 여자와 즐거운 듯이 이야기를 시작했다.

'음, 그렇지. 그녀는 뭔가 우리와는 동떨어진 악마적인 아름다움을 가지고 있는 거야.'

키티는 속으로 생각했다.

안나는 만찬 때까지 남아 있기가 싫었으나 주인이 자꾸 붙들었다.

"그런 말씀마시고."

코르순스키는 안나의 손을 자기의 연미복 옆구리로 끌어당기며 말했다.

"아니에요, 저는 가야겠어요."

안나는 미소 지으면서 말했다. 그 웃음에도 불구하고 그녀의 단호한 태도로 보아 더는 말리지 못하리라는 것을 코르순스키도 주인도 알 수 있었다.

"그렇지 않아도 페테르부르크에서 이번 겨우내 춤춘 것보다 더 많이 오늘 이 댁에서 춘 것 같아요. 내일 떠나기 전에 좀 쉬어야 하니까요."

곁에 서 있던 브론스키를 돌아보며 안나는 말했다.

"그러면 내일 꼭 떠나시는 겁니까?"

브론스키가 물었다.

"네, 그럴 거예요."

안나는 상대방의 대담한 질문에 깜짝 놀란 듯이 대답했다. 하지만 안나가 그렇게 말했을 때 그 눈동자와 미소에 나타난, 누를 길 없는 떠는 듯한 반짝임은 그의 마음을 불타오르게 했다. 안나는 만찬에 남지 않고 돌아갔다.

22

'분명히 내게는 뭔가 불쾌한, 사람들이 싫어하는 것이 있는 것 같군.'

레빈은 쉬체르바스키 댁을 나와 형 니콜라이한테 가면서 생각했다.

'게다가 나는 다른 사람을 위해서 아무 쓸모도 없는 인간이다. 나보고 교만하다고 하지만 그렇지는 않아. 내게는 그런 것이 없어. 만일 교만했다면 이런 처지가 되지 않았을 것이다.'

그는 그렇게 생각하고 브론스키에 대해 생각했다.

'그는 행복하고 선량하고 총명하고 침착하며, 지금 내가 놓여 있는 이런 무서운 입장으로 쫓기는 일은 결코 없으리라. 그렇다. 키티가 그를 선택한 것도 당연한 일이다. 마땅히 그렇게 되어야 한다. 나는 누구에게 무슨 불평을 할 수도 없는 것이다. 내가 나쁘니 말이야. 도대체 나는 무슨 권리로 키티가 일생을 내게 맡길 거라고 생각한 것일까? 나는 아무에게도 쓸모없는 하찮은 인간이 아닌가.'

레빈은 형 니콜라이가 그 추악하기 짝이 없는 생활 태도에도 불구하고, 마음속 깊은 곳에서는 그를 멸시하고 있는 사람들보다는 훨씬 덜 그릇되어 있다고 느꼈다. 그가 자신을 억제할 수 없는 성격과 무엇인가 짓눌린 지성을 가지고 이 세상에 태어난 것은 그의 죄가 아니다. 아니, 그렇기는커녕 그는 언제나 성인이 되기를 바랐던 것이다.

'모든 일을 다 털어놓자. 그리고 어떻게든 형도 자기에 대해서 말하게 하자. 그리고 내가 형을 사랑하고 있다는 것과 그렇기 때문에 형을 이해하고 있다는 것을 알려 주자.'

1시가 지나서, 편지에 표시된 여관으로 마차를 몰고 가면서 레빈은 결심했다. 그러나 레빈이 본 형의 생활은 생각보다 훨씬 지독한 것이었다. 그는 형에게 자기 시골집으로 오도록 설득하고 그 이튿날 아침 모스크바를 떠나 저녁에는 자기 집에 도착했다.

크고 낡은 저택이었다. 레빈은 혼자 살고 있었지만 난방을 하여 온 집 안을 차지하고 있었다. 이 저택은 말하자면 레빈으로서는 전 세계나 마찬가지였다. 물론 그도 그런 생각이 어리석다는 것을 알고 있었고, 아니 좋지 않은 일이며 이번의 새로운 계획에 거스르는 일이라는 것도 알고 있었다. 그러나 이곳은 그의 부모가 살다가 돌아가신 세계였다. 부모가 살았던 이 세계는 레빈에게 있어서 모든 완성의 이상이며 그는 그것을 자기의 아내, 자기의 가족과 함께 부활시키려 꿈꾸고 있었다.

레빈은 어머니를 거의 기억하지 못했다. 어머니에 대한 생각은 그로서는 신성한 추억이었다. 공상으로 그리는 미래의 아내는 어머니가 그랬듯이 아름답고 신성하고 이상적인 모습이 되지 않으면 안 되었다.

그에게 있어 여성에 대한 사랑은 결혼을 떠나서는 상상도 할 수 없었다. 뿐만 아니라 그는 먼저 가정을 생각하고 나서 비로소 그에게 가정을 주는 여성을 그리는 것이었다. 그의 결혼관은, 결혼을 수많은 사회적 사건의 하나에 불과하다고 생각하는 대다수 사람들의 결혼관과는 너무나 다른 것이었다. 또한 레빈에게는 그의 모든 행복을 좌우하는 인생의 중대사가 결혼이었다. 그런데 이제 그는 그것을 단념하지 않으면 안 되는 것이다.

23

무도회가 있은 다음 날 아침 일찍 안나는 남편 앞으로 오늘 모스크바를 떠난다는 전보를 쳤다.

"아니에요, 안 돼요. 아무래도 돌아가야 해요. 오늘 떠나는 편이 가장 좋아요."

마치 헤아릴 수 없는 많은 일거리를 생각해 낸 것처럼 안나는 예정을 변경하겠다고 다리야 알렉산드로브나에게 설명했다. 스테판 아르카지치는 집에서 식사를 하지 않았지만 7시에는 누이를 바래다주러 돌아오겠다고 약속했다.

키티는 머리가 아프다는 쪽지를 보내고 역시 찾아오지 않았다. 다리야 알렉산드로브나는 안나와 아이들과 영국 여인만을 상대로 식사를 했다. 식사 후 안나는 옷을 갈아입으러 자기 방으로 갔다. 다리야 알렉산드로브나가 그 뒤를 따라왔다.

"오늘은 안나가 좀 이상하군요!"

다리야 알렉산드로브나가 말했다.

"제가요? 그렇게 보여요? 전 이상한 게 아니라 몹쓸 여자예요. 가끔 있는 일이지만 지금 울고 싶어서 견딜 수가 없어요. 정말 어리석은 일이지만 곧 괜찮을 거예요."

안나는 빠른 말로 하고 나이트캡이며 손수건을 집어넣어 둔 자루 위에 상기된 얼굴을 묻었다. 그 눈동자는 다른 때보다 더욱 반짝거리고 자꾸만 눈물이 스며 나오고 있었다.

"페테르부르크를 떠날 때도 마음이 내키지 않았지만, 이제는 여기를 떠나기가 싫군요."

"당신은 이곳에 와서 좋은 일을 해 주었어요."

다리야 알렉산드로브나는 주의 깊게 안나를 보면서 말했다. 안나는 눈물 젖은 눈으로 얼른 다리야 알렉산드로브나를 바라보았다.

"그런 말 하지 마세요, 돌리. 난 아무것도 한 일이 없어요. 할 수도 없는걸요. 난 가끔 이상한 생각이 들지만, 왜 사람들은 나를 나쁘게 만들려고 하는지 모르겠어요. 내가 무엇을 했단 말이에요? 아무것도 못하는 사람인데, 돌리의 가슴에 애정이 있었기 때문에 용서할 수 있었던 건데……."

"하지만 안나가 없었으면 그야말로 일이 어떻게 되었을지 몰라요. 당신은 정말 고마운 분이에요. 당신의 가슴은 티 없이 깨끗하고 맑은 걸요."

다리야 알렉산드로브나가 말했다.

"사람은 누구나 마음속에 자기의 비밀을 가지고 있어요."

"어머, 안나에게 무슨 비밀이 있어요? 그렇게 마음속이 밝은 분인데도."

"그렇지 않아요. 나도 있어요!"

불쑥 안나는 말했다. 뜻밖에도 눈물 끝에 심술궂은 조소하는 듯한 미소가 입술에 어렸다.

"어머, 그렇다면 안나의 비밀은 어두운 것이 아니라 익살스러운 것이겠군요."

다리야 알렉산드로브나는 미소를 띠면서 말했다.

"아니에요, 어두운 것이에요. 어째서 제가 오늘 떠나는지 아세요? 보세요, 이것은 늘 제 가슴에 걸려 있던 고백이에요. 지금 그것을 털어 놓고 싶어요."

단호한 모습으로 안락의자의 등에 몸을 기대고 정면으로 다리야 알렉산드로브나의 눈을 들여다보면서 안나는 말했다. 다리야 알렉산드로브나가 깜짝 놀랄 만큼, 눈앞의 안나는 귀뿌리에서 검은 머리가 물결치는 목덜미까지 새빨개졌다.

"그래요. 왜 키티가 식사를 하러 오지 않았는지 아세요? 나에게 질투하고 있는 거예요. 내가 일을 엉망으로 만들어 버렸으니까요. 어제의 무도회가 그 사람에게 기쁨이 아니라 괴로움이 된 것은 바로 내 탓이에요. 하지만 사실은 내가 나쁜 게 아니에요. 아니, 죄가 있더라도 아주 조금밖에 없어요."

안나는 '아주 조금'이라는 말을 길게 끌면서 낮은 목소리로 말했다.

"어머, 안나는 스치바하고 똑같은 말씀을 하시는군요."

다리야 알렉산드로브나는 말하면서 웃었다

"아니에요, 달라요. 다르고말고요! 난 오빠하곤 달라요. 내가 고백하는 것은 한순간도 자신을 의심하고 싶지 않기 때문이에요."

안나는 눈살을 찌푸리며 말했다.

"스치바가 말하더군요. 안나가 그 사람과 마주르카를 추고 그 사람이……."

"그것이 얼마나 이상한 일이 됐는지 돌리는 상상할 수도 없을 거예요. 나는 말이죠, 그저 결혼 이야기를 매듭지어 주려고 했을 뿐이에요. 그런데 그것이 갑자기 엉뚱한 쪽으로 나가 버렸어요. 하지만 어쩌면 나도 모르게……."

안나는 볼을 붉히며 더듬거렸다.

"아아, 세상 사람들은 그런 것들을 바로 알아채니까요."

다리야 알렉산드로브나는 말했다.

"하지만 그 사람에게 어떤 진지한 데가 있다면 난 어떻게 해야 좋을지 모르겠어요. 그렇지만 이런 일은 금세 잊혀지고 키티도 나를 미워하지 않게 되리라고 믿어요."

안나는 상대방의 말을 가로막았다.

"그런데 안나, 사실을 말하면 난 이 혼담은 키티를 위해서 별로 바람직하지 않다고 생각해요. 만일 그분이, 브론스키 씨가 겨우 하루만에 안나에게 사랑을 느꼈다면 차라리 이 혼담은 깨지는 게 나아요."

"어머, 정말 이렇게 바보 같은 이야기는 없을 거예요! 정말, 그처럼 좋아하게 된 키티를 나는 이렇게 적으로 만들고 이대로 떠나가는군요. 아, 정말 귀여운 사람인데! 하지만 돌리, 돌리가 어떻게든지 잘 수습해 주겠죠? 그렇죠?"

다리야 알렉산드로브나는 가까스로 웃음을 참았다. 그녀는 안나를 사랑하고 있었지만 이 안나에게도 약점이 있다고 생각하니 어쩐지 모르게 기분이 좋았다.

"어머, 적이라니! 그럴 수가 있나요?"

"그야 나도 돌리네를 사랑하고 있는 것처럼, 돌리네 가족 모두에게 사랑을 받고 싶어요. 더구나 이번에는 전보다 더 당신이 좋아졌는걸요. 아아, 오늘은 내가 어떻게 된 게 아닐까?"

안나는 눈물을 글썽이며 말하고는 손수건을 꺼내어 얼굴을 닦고 옷을 갈아입기 시작했다.

안나의 감상이 다리야 알렉산드로브나에게도 감염되었다. 그래서 마지막으로 안나를 껴안았을 때 다리야 알렉산드로브나는 이렇게 속삭였다.

"저어, 안나. 안나가 나를 위해서 해 준 일은 일생 동안 잊지 않겠어요. 그리고 안나를 제일가는 친구로 삼고 영원히 사랑하겠다는 것을 잊지 마세요."

"난 모르겠어요, 왜 그런 말을 해 주시는지."

안나는 다리야 알렉산드로브나에게 키스하고 눈물을 감추면서 말했다.

"내 마음을 알아줬으니까요. 지금도 그래요. 그럼 안나, 잘 가세요."

다리야 알렉산드로브나가 대답했다.

24

'아, 이제 골치 아픈 일도 모두 끝났어. 잘됐지!'

세 번 벨이 울릴 때까지 차실의 입구를 막아섰던 오빠와 마지막 인사를 하고 헤어지자, 안나의 머릿속에는 이런 생각이 언뜻 스쳤다. 안나는 안누시카와 나란히 자기 자리에 앉아 희미한 불빛 속의 침대차 안을 둘러보았다.

'이제 내일은 우리 세료쥐아와 남편을 만나게 된다. 그러면 이전부터 몸에 밴 멋진 생활이 시작되는 거야.'

오늘 하루 줄곧 계속되던 그 모든 일에 신경 써야 할 것 같은 기분은 아직 가라앉지 않았으나, 안나는 충족된 마음으로 꼼꼼하게 여행 도중의 준비를 시작했다. 안나는 안누시카에게 램프를 꺼내 달라고 하여 그것을 안락의자의 팔걸이 나무에 잡아매고 손가방에서 종이칼과 영국 소설책을 꺼냈다. 처음에는 읽어도 내용이 머리에 들어오지 않았다. 주위의 혼잡과 사람들의 발소리가 방해가 되었고, 기차가 움직이고 나서는 덜컹거리는 소리에 주의를 빼앗기지 않을 수 없었다. 그런 뒤에는 또 왼쪽 창문을 때리고 유리에 얼어붙는 눈 조각이며, 다른 쪽으로는 눈보라를 맞으면서 코트로 몸을 싸고 옆을 지나가는 차장의 모습이며, 지금 밖에 호된 눈보라가 몰아치고 있다는 사람들의 말소리에 정신이 헷갈렸다.

줄곧 같은 일의 연속이었다. 여전히 덜커덩덜커덩하는 소리가 나는 진동과 창문에 부딪히는 눈, 더웠다 식었다 하는 증기의 갑작스런 전환, 어슴푸레한 속에 어른거리는 사람들의 얼굴, 말소리 등.

이윽고 안나는 읽고 있는 것이 머리에 들어오기 시작했다. 안누시카는 한쪽이 찢어진 장갑을 낀 넓적한 손으로 무릎 위의 빨간 손가방을 쥔 채 앉아서 벌써 졸고 있었다. 안나는 책 내용은 이해할 수 있었으나 하나도 즐겁지가 않았다. 다른 사람의 생활의 반영 같은 건 뒤쫓아 가 봤자 유쾌한 일이 못 됨을 잘 알고 있기 때문이었다. 안나는 다름 아닌 자기 자신의 생활을 하고픈 생각으로 머리가 가득 찼다. 안나는 모스크바의 추억을 하나하나 되새겨 보았다. 그것은 모두 기쁘고 또 즐거운 추억뿐이었다.

안나는 무도회의 일을 생각해 냈다. 브론스키며 그의 반할 것 같은 다소곳한 얼굴 표정도 생각해 냈고, 상대방에 대한 자기의 태도도 모두 생각해 냈다. 그러나 아무것도 부끄러운 일은 없었다. 그와 동시에, 추억이 여기에 미치자 부끄러운 생각이 더욱 강해지는 것이었다. 안나가 브론스키의 일을 생각할 때면 무언가 내부의 목소리가 '가슴속이 따뜻하다, 굉장히 따뜻하다, 타는 것 같다' 하고 속삭이고 있는 것 같았다.

'어머, 그게 어쨌다는 거지? 이건 도대체 무엇을 의미하는 거지? 나는 그것을 정면으로 보기가 무서운 것은 아닐까? 어머, 어찌 된 일이지? 저 어린애 같은 사관과 나 사이에 보통으로 아는 사람 이상의 어떤 특별한 관계가 있단 말인가? 아냐, 그런 일이 어떻게 있을수 있단

말이야?'

안나는 의자 위에 고쳐 앉으면서 단호하게 자신에게 말했다.

안나는 얄잡듯이 히죽 웃고는 다시 책을 집어 들었으나 이제는 무엇을 읽고 있는지 도무지 머리에 들어오지 않았다. 안나는 종이칼로 창유리를 긁고는, 차갑고 매끈매끈한 날을 볼에 댔는데 문득 뭐라 말할 수 없는 기쁨이 끓어올라 자기도 모르게 소리 내어 웃을 뻔했다.

어느 역인지 기차가 정차해 있었다. 안나는 안누시카에게 맡겨 놓았던 숄과 케이프를 꺼내 달라고 하여 몸에 걸치고는 문 쪽으로 걸어갔다.

"밖으로 나가시려고요?"

안누시카가 물었다.

"응, 잠깐 바깥바람을 쐬고 싶어. 여긴 너무 더워."

안나는 말하고 문을 열었다. 눈이 강한 바람과 함께 몰아쳐서 안나와 문이 서로 밀치기를 했는데, 그것도 안나는 재미있었다. 안나는 문을 열고 밖으로 나왔다. 바람은 마치 안나가 나오기를 기다렸다는 듯이 즐겁게 휘파람을 불며 그녀를 채 가려 했다.

안나는 차가운 쇠 난간을 붙들고 케이프를 한 손으로 누른 채 승강장에 내려서자, 기차의 그늘로 들어섰다. 바람은 계단 위에서는 셌지만, 열차의 그늘이 되는 승강장에서는 잠잠했다. 안나는 즐거운 듯이 가슴을 펴고 살을 에는 차가운 공기를 가득 들이마시고는 승강장이며 불빛에 비친 역 구내를 둘러보았다.

25

무시무시한 눈보라가 역의 구석구석에 회오리쳐 일어나 열차의 바퀴 사이며 기둥 주위에 미쳐 날뛰고 있었다. 열차나 기둥이나 사람 등 눈에 띄는 것은 모두 한쪽에 눈을 뒤집어썼으며 그 눈은 차츰 두꺼워 가고 있었다. 폭풍은 때로 잠깐 멎는가 싶다가 금방 또 무서운 기세로 밀려들기 때문에 도저히 그것을 마주 보고 서 있을 수가 없었다.

사람들은 그 속에서도 유쾌하게 이야기하거나 승강장의 판자를 삐걱거리기도 하고 쉴 새 없이 큰 문을 열었다 닫았다 하며 이리저리 뛰어다니고 있었다. 앞으로 구부린 사람의 그림자가 안나의 발치로 지나가는가 싶더니 쇠를 두드리는 망치 소리가 들려왔다.

"전보를 이리 다오!"

화가 난 듯한 목소리가 바람이 날뛰는 저쪽 어둠 속에서 들렸다.

"이쪽으로 오십시오! 28호입니다!"

이렇게 외치기도 하고, 갖가지 소리를 지르며 코트로 몸을 감싸고 눈을 새하얗게 뒤집어쓴 사람들이 뛰어가곤 했다. 불붙인 담배를 문 신사 두 사람이 옆을 지나갔다. 안나는 듬뿍 공기를 들이마시기 위해서 다시 한 번 크게 숨을 쉬었다. 그러고는 열차의 난간을 붙들고 차 안으로 들어가려고 머프 속에서 한 손을 내민 순간, 군인 외투를 입은 한 남자가 바싹 가까이 나타나며 흔들거리는 램프 빛을 가로막았다.

안나가 무심코 그쪽으로 고개를 돌리자 거기에 브론스키의 얼굴이 있었다. 상대방은 모자챙에 손을 대어 경례를 붙이더니 뭐든 시킬 일은 없는지, 도움이 될 일은 없는지를 물었다. 안나는 꽤 오랫동안 아무 대답도 없이 물끄러미 상대방의 얼굴을 바라보고 있었다. 상대방은 그늘 속에 있었음에도 불구하고 그 얼굴과 눈의 표정을 알아볼 수 있었다.

아니, 알아본 것 같았다. 그것은 어제 그토록 강하게 안나를 자극한 그 다소곳한 환희의 표정이었다.

"당신이 이 차에 타고 계신 줄은 전혀 몰랐었군요. 왜 돌아가시죠?"

난간을 붙들려던 한 손을 내리고 안나가 말했다. 억누를 수 없는 기쁨과 되살아난 생기가 그녀의 얼굴에 반짝였다.

"왜 돌아가느냐고요?"

상대방은 정면으로 안나의 눈을 바라보며 앵무새처럼 되뇌었다.

"잘 아시면서요. 저는 당신이 계신 곳에 있고 싶어 여기까지 온 것입니다. 그렇게 할 수밖에 없었습니다."

그가 말했다.

그가 이 말을 마친 순간 한 줄기 바람이 장애물이라도 제거할 듯이 세차게 불면서 기차의 지붕에서 휙 하고 눈을 떨어내고는 어딘가에서 벗겨져 가는 양철 조각을 딸각딸각 흔들었다. 그러자 저 앞쪽에서 우는 듯한 우울한 소리로 묵직한 기관차의 기적 소리가 들리기 시작했다.

이제는 이러한 눈보라의 무시무시한 광경까지도 안나의 눈에는 한결 아름다운 것으로 비쳤다. 그것은 안나가 마음속으로 바라면서도 이성적으로는 확인하기 무서워하던 바로 그 일을 그가 입에 올려 말했기 때문이었다. 안나는 한마디도 대답하지 않았다. 브론스키는 안나의 얼굴을 보고 가슴속의 갈등을 꿰뚫어 보았다.

"제가 한 말이 불쾌하다면 부디 용서해 주십시오."

그는 말했다. 그 말투는 점잖고 공손한 것이기는 했지만, 단호하고 집요한 느낌이 있었기 때문에 안나는 오랫동안 뭐라고 대답할 수가 없었다.

"방금 하신 말씀은 좋은 말씀이라고 할 수 없어요. 당신께서 신사분이시라면 부디 방금 하신 말씀을 잊어 주세요. 저도 잊어버리겠어요."

가까스로 안나가 말했다.

"당신의 말씀은 단 한마디도, 당신의 몸짓 역시 어느 한 가지도 결코 잊지 않겠습니다. 아니, 잊을 수가 없습니다."

"안 돼요, 안 된다니까요!"

상대방이 정열적으로 바라보고 있는 자기의 얼굴에 엄한 표정을 떠올리려고 애썼으나 헛일이었다. 안나는 그렇게 소리치곤 차가운 난간을 붙잡고 계단으로 뛰어올라 차실의 입구로 들어갔다.

그날 밤 안나는 한숨도 잠을 자지 못했다. 하지만 그러한 긴장감이나 그녀의 가슴을 채웠던 여러 가지 환상 가운데는 불쾌하거나 어두운 느낌을 주는 것은 하나도 없었다. 아니 그렇기는커녕 무언가 마음이 붕 뜨는 것 같은, 뜨겁게 타는 듯한 가슴의 두근거림이 있었다. 새벽녘이 되어서야 안나는 안락의자에 걸터앉은 채 졸기 시작했다.

그녀가 눈을 떴을 때는 사방이 뿌옇게 밝아 오고 있었고 기차는 페테르부르크 가까이에 이르고 있었다. 안나는 금방 내 집이며 남편과 아이 그리고 오늘부터 시작해야 할 일들이 이것저것 생각나기 시작했다.

페테르부르크에서 기차가 서고 승강장으로 내리는 순간, 처음 안나의 주의를 끈 것은 남편의 얼굴이었다.

'어머, 어째서 저이의 귀는 저렇게 생겼을까?'

남편의 냉정하고 당당한 풍채와 그 가운데서도 특히 지금 그녀를 새삼스럽게 깜짝 놀라게 한 둥근 모자의 챙을 떠받치고 있는 귀의 연골 부분을 바라보면서 안나는 마음속으로 생각했다.

남편은 안나를 발견하자 언제나처럼 비웃는 것 같은 미소로 입술을 일그러뜨리며 그 크고 지친 듯한 눈으로 똑바로 아내를 바라보며 걸어왔다.

"아니, 이거 내가 너무 자상한 남편이 된 것 같군. 마치 결혼한 지 1년도 안 된 것 같잖아. 한시바삐 당신 얼굴이 보고 싶어서 가슴을 태우고 있다니 말이야."

그는 늘 그렇듯이 느릿느릿하고 가는 목소리로 말했다. 그것은 언제나 그가 아내를 대할 때 쓰는 목소리였으나, 진심으로 그런 말을 하는 자신을 조롱하는 것 같은 목소리이기도 했다.

"세료쥐아는 잘 있어요?"

안나가 물었다.

"허어, 그게 내 말에 대한 인사요? 잘 있지, 잘 있어요."

그가 대답했다.

26

브론스키는 그날 밤, 기차 속에서 도무지 잠잘 생각을 하지 않았다. 그는 자리에 앉은 채 똑바로 앞을 쳐다보고 있었으나 무엇 하나 누구 하나 그의 눈에 들어오지 않았다. 그는 자기가 마치 왕이 된 느낌이 들었는데, 그것은 자기가 안나에게 무슨 감명을 주었다고 믿어서가 아니라—그는 아직 그것을 믿을 수 없었다—안나로부터 받은 감명이 행복과 만족감을 가져왔기 때문이었다.

이러한 모든 일이 도대체 어떤 결말을 가져올 것인지 그는 알 수가 없었고 또 생각해 보려고도 하지 않았다. 그는 다만 지금까지 헛되이 낭비되어 오던 자기의 힘이 모두 하나에 집중되어 굉장한 에너지로 하나의 행복한 목적을 향해서 돌진해 가는 것을 느꼈다. 그 때문에 그도 행복했다. 그는 자기가 안나에게 진실을 말했다는 것만은 알고 있었다.

페테르부르크에서 기차를 내렸을 때 그는 간밤에 조금도 눈을 붙이지 못했지만, 마치 냉수욕이라도 하고 난 것처럼 생기 있고 상쾌한 기분이었다. 그는 안나가 내려오기를 기다리면서 자기 차실 옆에 서 있었다.

"다시 한 번 만날 수 있을 테지."

그는 자기도 모르게 미소를 띠면서 중얼거렸다. 그러나 그는 안나보다도 먼저, 역장이 군중을 헤치고 정중하게 안내하여 오는 그녀의 남편을 보게 되었다.

'아, 그렇다! 남편이구나!'

그때 비로소 브론스키는 안나와 맺어진 인간은 남편이라는 사실을 깨달았다. 등이 좀 굽기는 했으나 페테르부르크 사람다운 깔끔한 얼굴을 하고 둥근 모자를 썼으며 위엄 있고 자신감에 넘치는 풍채로 걸어오는 알렉세이 알렉산드로비치 카레닌을 보자, 그는 그 존재를 분명하게 인식하고는 언짢은 느낌이 들었다. 허리와 둔해 보이는 양다리를 뒤트는 것 같은 카레닌의 걸음걸이에 브론스키는 무슨 멸시나 받은 것같이 비위가 상했다. 카레닌은 그저 자기에게만 안나를 사랑할 정당한 권리를 인정하고 있었다.

안나는 여전히 변함없는 그녀였다. 그녀의 모습은 은연중 그에게로 작용해 육체적인 활기를 북돋아 주고 정신적으로 고무시켰으며 마음을 행복감으로 채워 주었다. 브론스키는 이등칸에서 뛰어나온 독일인 하인에게 짐을 가지고 먼저 집으로 가라고 이르고는 안나 쪽으로 걸어 갔다. 그는 부부의 첫 대면을 목격하고 안나가 남편에게 말을 거는 투에 다소의 권태로움이 있음을, 사랑하는 사람의 민감함으로 알아챘다.

'그렇다, 안나는 남편을 사랑하고 있지 않다. 아니, 사랑할 수가 없을 것이다.'

그는 멋대로 단정해 버렸다. 그는 자기가 뒤쪽에서 안나에게로 다가갔을 때, 안나도 그가 다가오는 것을 느끼고 흘끔 돌아보려 하다가 도로 남편 쪽을 향한 것을 알아차리고는 기쁜 마음이 들었다.

"어젯밤은 편히 주무셨습니까?"

그는 안나 부부에게 가볍게 인사하면서도 알렉세이 알렉산드로비치에게는 이 인사를 자기에게 하는 것으로 알건 말건 아무래도 상관없다는 태도였다.

"덕택에 아주 잘 잤어요."

안나가 대답했다.

그녀의 얼굴은 지쳐 있는 듯이 보였다. 때로 그 미소와 그 눈가에 넘치던 생기 있는 표정의 움직임은 보이지 않았다. 그러나 그를 얼핏 쳐다본 일순간, 그녀의 눈 속엔 뭔가 번뜩이는 것이 있었다. 그 불은 바로 꺼져 버렸지만 그는 그 일순간으로 행복을 느꼈다. 안나는 얼핏 남편을 보고는 남편이 브론스키를 아는지 어떤지 확인하려고 했다.

알렉세이 알렉산드로비치는 상대방이 누구인지 잘 생각이 나지 않았으므로 마땅치 않은 얼굴로 브론스키를 쳐다보고 있었다. 브론스키의 너무도 침착하고 자신감 넘치는 태도가, 마치 낫에 부딪힌 돌처럼 알렉세이 알렉산드로비치의 차가운 자신감과 충돌했다.

"브론스키 백작이세요."

안나가 말했다.

"아아! 분명 우린 알 만한 사이인 것 같군요. 갈 때는 이분 어머님이 함께였고 올 때는 그 아드님과 함께였군."

알렉세이 알렉산드로비치는 손을 내밀면서 무관심하게 말했다. 그는 마치 한마디씩 할 때마다 1루블씩의 은혜를 베풀듯이 똑똑하게 발음했다.

"틀림없이 휴가로 돌아오는 길이죠?"

그는 물으면서 대답도 기다리지 않고 아내를 돌아보며 예의 조롱하는 듯한 목소리로 말했다.

"어쨌소? 모스크바에서 헤어질 때는 눈물깨나 흘렸겠지?"

그는 아내에게 이렇게 말함으로써 어서 둘만이 있고 싶다는 뜻을 브론스키가 느끼게 하려고 했다. 그리고 브론스키를 돌아보며 모자에 조금 손을 얹어 보였으나 브론스키는 안나를 향하여 느닷없이 물었다.

"댁으로 찾아가도 괜찮겠습니까?"

알렉세이 알렉산드로비치는 흐릿한 눈으로 브론스키를 힐끗 보았다.

"좋으실 대로. 언제나 월요일엔 손님을 맞게 되어 있습니다."

그는 쌀쌀하게 말하고는 브론스키를 완전히 무시하며 아내에게 말을 걸었다.

"마침 일이 잘되느라고 오늘 꼭 30분간 시간이 났었지. 당신을 마중 나와 내 자상한 마음을 보여 줄 수 있어서 다행이었소."

그는 여전히 빈정거리듯이 말했다.

"당신의 자상한 마음을 너무 자랑하고 계시네요. 내가 고맙게 여기도록 하려고 말이에요."

자기 뒤에서 따라오는 브론스키의 발소리에 저도 모르게 귀를 기울이며, 마찬가지로 안나도 똑같은 농담조로 대꾸했다.

'도대체 저분이 내게 무슨 볼일이 있을까?'

안나는 생각하며 자기가 없는 동안에 세료쥐아가 어떻게 지냈는지 남편에게 물었다.

"정말 아주 신통했다는군! 마리에트의 말로는 아주 얌전했대. 게다가 당신이 들으면 섭섭한 이야기지만 그 애는 당신의 남편만큼 쓸쓸해하지 않았다는군. 아니 다시 한 번 고맙습니다라고 해야겠어. 하루 일찍 돌아와 줘서 말이야. 우리 사랑하는 사모바르 부인이 아주 기뻐할 거야.─그는 유명한 백작 부인 리디아 이바노브나가 1년 내내 무슨 일에나 쉽사리 흥분하여 걱정하고 안달하기 때문에 사모바르(러시아 전통 주전자)라고 부르고 있었다─그분은 당신에 대해서도 여간 걱정을 하는 게 아니야. 난 오늘도 그분을 찾아뵙는 것이 좋겠다고 당신에게 권하고 싶을 정도요. 하여튼 그 사람은 온갖 것을 다 조바심하니 말이야. 지금은 그 많은 걱정거리 외에도 오블론스키 부부의 화해에 대해서 안절부절못하고 있거든."

백작 부인 리디아 이바노브나는 안나 남편의 친구로 페테르부르크 사교계 한 집단의 중심인물이다. 안나는 남편과의 관계로 해서 누구보다도 그녀와 친하게 지내고 있었다.

"전 그분에게 이미 편지를 띄웠는걸요."

"그런데 그분은 무엇이고 캐묻고 싶어 한단 말이야. 피곤하지 않다면 잠깐 가 주지 그래. 그건 그렇고, 당신의 마차는 콘드라치가 몰아줄 거야. 마침 나는 위원회에 나갈 일이 있어서. 이제 오늘부터 식사를 혼자서 하지 않게 됐으니 정말 다행이군."

알렉세이 알렉산드로비치는 말을 계속했으나 이제는 말투에 농담이 섞여 있지 않았다.

"내가 얼마나 당신이라는 사람에 익숙해졌는지 당신은 아마 믿을 수 없을 거요…."

그는 한참 동안 아내의 손을 잡은 뒤에, 일종의 특별한 미소를 띠고 아내를 마차에 태워 주었다.

27

마차가 집에 닿자 맨 먼저 안나를 마중 나온 사람은 아들이었다. 아이는 가정교사가 지르는 소리에도 아랑곳없이 어머니를 향해 계단을 뛰어내리며 정신없이 떠들었다.

"엄마, 엄마!"

아이는 엄마 곁에 달려오자 냅다 그녀의 목에 매달렸다.

"그것 봐. 내가 뭐랬어, 엄마랬잖아! 난 딱 알고 있었단 말이야!"

아이는 가정교사에게 소리쳤다.

아들도 남편이나 마찬가지로 뭔가 환멸과 같은 느낌을 안나에게 불러일으켰다. 안나는 아들을 실제보다 더 훌륭하게 상상하고 있었다. 있는 그대로의 아들을 귀여워하기 위해서는 현실의 세계로 내려가야 했다.

그러나 역시 있는 그대로의 아들도 부드러운 금발이 탐스러웠고 하늘빛 눈은 빛났다. 양말이 꼭 끼는 긴 다리는 날씬했으며 몸은 통통하여 참으로 귀여웠다. 안나는 아들을 가까이 보고 그의 어루만짐을 느끼며 거의 육체적인 기쁨을 느꼈다. 또 그 단순하고 의심을 모르는 애정에 찬 자기 아들의 눈길을 보고 그 순진한 말을 듣자 마음이 편안해짐을 느꼈다.

알렉세이 알렉산드로비치는 4시에 관청에서 돌아왔다. 이것은 자주 있는 일이었지만, 그는 곧바로 아내 곁으로 갈 수가 없었다. 그는 서재에 들러 대기하고 있던 청원자를 만나기도 하고 사무장이 가지고 온 몇 통의 서류에 서명도 해야 했다.

식사하는 동안 그는 아내와 모스크바에 대한 이야기를 하거나 빈정거리는 듯한 웃음을 띠며 스테판 아르카지치에 대해서 묻기도 했다. 그러나 대화는 대체로 동석한 사람들에게 공통된 화제인 페테르부르크의 관청에 관한 일이나 일반적인 사회문제에 한정되고 있었다. 식사 후 그는 30분가량을 손님과 함께 지낸 다음, 다시 미소를 띠고 아내의 손을 잡아 주고는 회의를 위해 집을 나섰다.

안나는 그날 밤 그녀가 돌아온 것을 알고 야회에 초대해 준 트시 트베리스카야 공작부인에게도 가지 않았고 좌석을 잡아 둔 극장에도 가지 않았다. 안나는 영국 소설을 손에 들고 벽난로 앞에 앉아 남편이 돌아오기를 기다렸다. 정각 9시 반에 벨 소리가 들리고 이어 남편이 방 안으로 들어왔다.

"이제야 돌아오셨군요!"

안나는 손을 내밀며 말했다. 남편은 그 손에 키스하고 아내 곁에 와서 앉았다.

"짐작건대 당신의 여행은 성공적이었던 모양이군."

그는 말했다.

"네, 대성공이었어요."

안나는 대답하고, 남편에게 브론스키 백작 부인과의 기차 여행이며 도착했을 때 정거장에서의 돌발 사건 등 일의 경과를 처음부터 이야기하기 시작했다. 그리고 오빠에 대한 이야기를 하고 그 다음에 다리야 알렉산드로브나에 대해서 느낀 연민의 정에 대해서도 이야기했다.

"나는 그런 인간을 용서할 수 없다고 생각하는데. 당신의 오빠이기는 하지만."

알렉세이 알렉산드로비치는 엄격하게 말했다.

안나는 방긋 웃었다. 안나는 잘 알고 있었지만, 남편이 이렇게 말한 것은 아무리 친척이라 해도 자기의 솔직한 의사 표명을 막을 수는 없다는 점을 알려 주기 위해서였다. 안나는 남편의 이러한 성격을 잘 알고 있었고 그것을 사랑하고 있었다.

정각 12시에 안나가 다리야 알렉산드로브나 앞으로 보낼 편지를 막 끝내려고 할 때, 규칙적인 슬리퍼 소리가 나면서 세수를 마치고 머리를 빗고 난 남편이 책을 옆구리에 끼고 안나에게로 왔다.

"여보, 이제 시간이 됐어, 시간."

그가 웃음을 띠며 침실 쪽으로 들어갔다.

'그런데 도대체 무슨 권리로 그 사람은 우리 집 양반을 그런 눈초리로 바라보았을까!'

안나는 남편을 바라볼 때의 브론스키의 시선을 되살리면서 그런 생각을 마음속으로 하고 있었다. 안나는 옷을 갈아입고 침실로 들어갔다. 그 얼굴에는 모스크바에 있을 동안 눈이며 미소에서 그토록 솟아나던 생기 있는 표정은 흔적도 찾아볼 수 없었다. 이제는 도리어 그 생명의 불길이 어딘가 먼 곳으로 숨어 버린 것 같았다.

28

페테르부르크를 떠날 때 브론스키는 모르스카야 가에 있는 자기의 큰 저택을 친우며 동료인 페트리츠키에게 맡기고 갔었다. 페트리츠키는 젊은 중위로 대단한 집안이나 부자가 아닐 뿐 아니라 빚투성이로 움쭉달싹하지도 못하는 처지에 있었다. 밤에는 언제나 만취하여 갖은 우습고도 지저분한 사건을 저질러 자주 영창 신세를 지는 사내였지만, 그럼에도 동료나 상관으로부터는 귀여움을 받고 있었다.

1시가 지나 역에서 자기 집으로 마차를 몰고 도착한 브론스키는 현관 앞에 눈에 익은 마차가 멈춰 있는 것을 보았다. 그가 벨을 울리자 문 안에서 남자들의 높은 웃음소리와 여자의 아양 떠는 목소리가 들려왔다.

"악당이면 들여놓지 말라고!"

페트리츠키의 목소리였다. 브론스키는 하인에게 자기가 온 것을 알리지 말라고 시키고는 살며시 그들이 있는 끝 방으로 들어가 보았다.

거기에는 페트리츠키의 여자 친구인 실리톤 남작 부인이 보랏빛 비단 옷을 입고 금발에 장밋빛 얼굴을 빛내며, 파리식 프랑스어를 카나리 아처럼 방 안 가득 울리면서 둥근 탁자 앞에 앉아서 커피를 끓이고 있었다. 외투를 입은 채인 페트리츠키와 틀림없이 근무에서 돌아오는 길인 것 같은 정장 차림의 카메로프스키 대위가 부인을 에워싸고 앉아 있었다.

"여어! 브론스키!"

의자를 덜컥거리며 벌떡 일어선 페트리츠키가 외쳤다.

"주인이 돌아오셨다! 남작 부인, 새로 커피를 한잔 끓여 주시오. 이 건 뜻밖이군! 하지만 자네 서재의 이 새로운 장식에는 자네도 만족하 겠지. 두 분은 분명히 아는 사이지?"

그는 남작 부인을 가리키며 말했다.

"물론! 그것도 오래 된 사이지."

브론스키는 미소 지으며 남작 부인의 조그만 손을 잡고 대답했다.

"여행에서 돌아오셨군요. 그럼, 난 이제 실례하겠어요. 곧 물러나겠 습니다, 방해가 될 것 같으니."

남작 부인이 말했다.

"당신이 계시는 곳은 어디나 당신의 집입니다. 남작 부인."

브론스키는 말했다.

"여어, 카메로프스키."

그는 덧붙이면서 건성으로 카메로프스키와 악수했다.

"거 봐요, 이런 멋진 말을 아마 당신은 못 할 테죠?"

남작 부인은 페트리츠키를 보고 말했다.

"어째서? 식사를 하고 나면 나도 더 멋있는 말을 해 보이겠어요!"

브론스키는 처음에는 모스크바에서 가지고 돌아온 전혀 다른 세계의 인상 때문에 얼마간은 머릿속이 멍했으나, 낡은 슬리퍼에 발을 밀어 넣듯이 이내 예전의 유쾌하게 즐거운 세계로 돌아갔다. 커피는 잘 끓지 않은 채 넘쳐 사람들에게 엎질러졌고 값비싼 융단과 남작 부인의 옷을 적시면서 야단법석과 웃음의 계기를 만들어 주었다.

"그럼 이제 실례하겠어요. 그렇지 않으면 당신은 언제까지나 세수도 하지 않을 테니까요. 그렇게 되면 저는, 당신으로 하여금 올바른 사람들에게는 무거운 죄인 불결이라는 죄를 짓게 하는 셈이죠. 그럼 오늘 저녁 프랑스 극장에서 만납시다!"

그렇게 말하고 부인은 옷 스치는 소리를 내며 사라졌다. 카메로프스키도 일어섰다. 브론스키는 그가 나가는 것을 기다리기나 한 듯이 먼저 손을 내밀어 작별의 악수를 하고 화장실로 향했다. 그가 세수를 하고 있는 동안 페트리츠키는 브론스키가 떠난 후 변해 버린 자기의 처지에 대해 간단히 설명했다. 돈이라곤 없는데 아버지는 한 닢도 내놓지 않아 빚만 쌓였으며, 양복점에서는 감옥에 처넣겠다고 야단이고 그중 한 집에선 꼭 처넣고 말겠다고 위협한다는 것이었다.

"연대장은 만일 이런 추태가 더 계속된다면 부대에서 나가 줘야겠다고 경고했다네. 남작 부인에게도 이제 매운 무처럼 딱 질려 버렸어. 툭하면 자꾸만 돈을 주겠다고 해서 더욱 넌더리가 나. 그녀 대신 좋은 아가씨가 생겼으니 머지않아 자네에게 보여 주겠네. 하여튼 기적적이라고 할 만큼 눈부셔. 동양적인 청초한 모습에 노예 레베카 형이야, 알겠나? 또 어제는 베르코쇼프와 싸웠어. 놈은 결투 입회인을 보내겠다고 했지만 물론 아무 일도 없이 끝날 거야. 좌우간 모든 일이 제대로 매우 유쾌하게 돌아가고 있네."

그러고도 페트리츠키는 브론스키에게는 이야기할 기회를 주지 않고 온갖 재미있는 소식을 이야기해 주었다. 새로운 소식들을 모조리 듣고 난 브론스키는 하인의 도움을 받아 군복으로 갈아입고 연대에 신고하기 위해 나갔다. 신고를 마치면 그는 형한테나 베트시의 저택에 들르고 그 밖에도 두세 곳을 방문할 생각이었다. 그것은 카레닌 부인을 만나기 위해 사교계에 뛰어들기 위한 준비였다. 페테르부르크에서는 언제나 그랬듯이 그는 이제 밤늦게까지 돌아오지 않을 생각으로 집을 나섰다.

2부

정염

1

겨울도 다 갈 무렵이었다. 쉬체르바스키 댁에서는 의사의 협의 진단이 행해졌다. 그것은 키티의 건강이 어떤 상태인지 또 쇠약해 가는 그녀의 체력을 회복시키려면 어떻게 해야 좋은지를 알아보기 위해서였다. 키티는 앓고 있었다. 봄이 가까워질수록 그녀의 건강은 더욱 나빠졌다.

주치의는 그녀에게 먼저 간유를 먹이고 다음에는 철분제를 주었으며 이어 질산은제를 주었다. 그러나 그 어느 것도 효험이 없자 봄이 되면 외국으로 전지요양을 떠나라고 권했기 때문에, 이번에는 유명한 박사가 초청된 것이었다.

"자, 선생님, 우리 운명을 결정해 주세요. 부디 무엇이든 솔직히 말씀해 주세요."

공작부인은 말했다.

부인은 '가망이 있을까요?' 하고 묻고 싶었지만 입술이 떨려서 차마 그 말을 입에 올릴 수가 없었다.

"대관절 어디가 안 좋습니까, 선생님?"

의사는 공작부인 앞에서 마치 학식이 많은 총명한 부인이라도 상대하고 있는 듯이 학술적인 용어를 써 가며 키티의 증세에 대해 정의를 내리고, 그 결론으로 필요도 없는 소다수 마시는 방법에 대해서 웅변을 늘어놓았다. 외국에 가면 어떻겠느냐는 물음에 대해서는 아주 곤란한 문제를 해결하는 사람처럼 깊은 생각에 잠겨 있더니 마침내 그 해답을 발표했다. 가도 좋으나 돌팔이 의사를 신용하지 말고 무슨 일이든 자기에게 상의해 달라는 것이었다.

이 명의가 돌아가고 나자 마치 무슨 즐거운 일이라도 생긴 것 같았다. 키티도 이에 따라 마음이 들뜬 시늉을 하고 있었다. 이제 키티는 항상이라고는 할 수 없었지만, 거의 언제나 마음에도 없는 시늉을 하지 않으면 안 되었다.

"어머니, 정말이에요. 난 아무렇지도 않아요. 하지만 어머니가 가시겠다면 함께 가겠어요."

키티는 말했다. 그리고 눈앞에 다가온 여행에 흥미 있는 시늉을 하며 여행 준비에 대해서 이것저것 이야기를 시작했다.

의사가 돌아간 후에 다리야 알렉산드로브나가 찾아왔다. 다리야 알렉산드로브나는 오늘 입회 진찰이 있다는 것을 알고서 며칠 전에 겨우 산욕에서 일어났음에도 불구하고—늦겨울에 딸을 낳았다—또 자기의 슬픔이나 걱정거리가 산더미같이 많음에도, 오늘 결정될 키티의 운명을 알기 위해 젖먹이와 병든 딸을 집에 두고 찾아온 것이다.

"그래, 어떻게 됐죠? 모두들 뭔가 기분이 좋은 걸 보니, 모든 게 잘됐군요?"

다리야 알렉산드로브나는 모자도 벗지 않고 방 안에 들어서면서 말했다.

식구들은 의사가 한 말을 그녀에게 들려주려고 애썼다. 의사는 아주 유창하고 긴 설명을 해 주었으나 이제 와서 생각해 보려니 그 말을 아무래도 그대로 전할 수가 없었다. 다만 외국으로 여행 가기로 되었다는 것만이 사람들의 흥미를 끌었다.

도자기 인형 등으로 장식된 키티의 산뜻한 장밋빛 방은, 두 달 전 바로 그때의 키티처럼 젊고 밝은 장밋빛으로 빛나고 있었다. 다리야 알렉산드로브나는 거기에 들어서면서 작년에 동생과 둘이서 그토록 즐거운 마음과 깊은 애정을 가지고 이 방을 장식한 일이 생각났다.

그러다 문 바로 옆 나지막한 의자에 앉아서 융단 한구석을 물끄러미 바라본 채 눈을 돌릴 줄 모르는 키티를 본 순간, 다리야 알렉산드로브나는 자기도 모르게 심장이 얼어붙는 듯했다. 키티는 흘끗 언니 쪽으로 눈길을 주었으나 그 싸늘하고 약간 긴장된 얼굴 표정은 달라지지 않았다.

"이제 돌아갈 거란다. 난 당분간 밖에 나올 수 없고 너도 찾아올 수 없어. 잠깐 너와 하고 싶은 이야기가 있어."

다리야 알렉산드로브나는 동생 옆에 앉으면서 말했다.

"무슨 이야긴데?"

키티는 놀라며 얼굴을 들고 물었다.

"무슨 이야기라니, 네 슬픔에 대한 이야기지 뭐겠니?"

"나에게 슬픔은 없어요."

"그러지 마. 내가 모를 줄 알고? 난 다 알고 있어. 자, 내 말을 듣고 말해다오. 이런 일은 별로 대단한 일이 아니니까 말이야…… 사람들은 누구든지 모두 그런 일을 경험한단다."

키티는 입을 다물고 있었으나 그 얼굴은 더욱 심각한 표정을 띠기 시작했다.

"그런 사람은, 네가 이렇게 괴로워할 만한 값어치가 없는 사람이야."

다리야 알렉산드로브나는 단도직입적으로 핵심을 찌르면서 말했다.

"그럼요, 그야 그 사람은 나를 무시했으니까요. 하지만 이제 그런 말은 하지 말아 줘요! 제발 부탁이니, 하지 말아 줘요."

키티는 째지는 듯한 목소리로 말했다.

"어머, 누가 그런 소리를 했니? 아무도 그런 말을 할 사람은 아무도 없어. 그렇기는커녕 그 사람은 너를 좋아했고 지금도 역시 너를 생각하고 있어. 다만……."

"무엇을, 도대체 무엇을 내게 말하려는 거예요? 나를 거들떠보지도 않는 사람을 생각하면서 내가 상사병으로 죽어 가고 있단 건가요? 그런 말을 언니가 하다니. 그런 동정은 이제 지긋지긋해요!"

키티가 재빨리 말했다.

"난 그런 소리를 하자는 게 아니란다……. 다만 내게 한 가지만은 사실대로 말해 다오. 얘, 부탁이다. 레빈 씨가 네게 청혼을 했니?"

다리야 알렉산드로브나는 동생의 손을 잡고 말했다.

레빈의 말이 나오자 마침내 키티의 마지막 자제력도 무너진 듯했다. 벌떡 일어서더니 손에 들었던 허리띠의 버클을 땅바닥에 내려치고는 격렬한 몸짓으로 지껄여 댔다.

"대체, 무엇 때문에 언니는 레빈 씨까지 끌어내고 야단이에요? 왜 그렇게 언니는 나를 괴롭히려는 거죠, 네? 나는 자존심이 강한 여자니까 언니 흉내는 절대, 절대로 낼 수가 없어요. 자기를 배신하고 다른 여자를 사랑한 남자에게 돌아가는 짓은 하지 못해요! 그런 일은 난 이해할 수가 없어요. 네! 이해할 수 없고말고요! 언니는 할 수 있을지 모르지만, 난 못 해요!"

정신없이 쏟아 놓고 난 키티가 힐끗 언니를 쳐다보았다. 다리야 알렉산드로브나가 비통한 표정으로 고개를 푹 숙이고 말도 못 하고 앉아 있는 것을 보자, 뛰쳐나가려던 발을 멈추고 문 옆의 의자에 털썩 주저앉아 손수건으로 얼굴을 싸며 고개를 떨구고 말았다.

다음 순간 옷 스치는 소리와 함께 갑자기 봇물이 터지듯 밀려나오는 것을 가까스로 억누르는 듯한 울음소리가 들려오고, 누군가의 손이 밑에서부터 다리야 알렉산드로브나의 목을 끌어안았다. 키티가 다리야 알렉산드로브나 앞에 무릎을 꿇고 앉아 있었다.

"언니, 난 정말, 정말 불행해요!"

키티는 미안한 듯이 속삭이고는 눈물 젖은 가련한 얼굴을 다리야 알렉산드로브나의 치마에 파묻었다.

이 눈물은 두 자매의 마음을 통하게 하는 마치 기계의 회전에 없어서는 안 될 기름과 같은 것이 되었다. 두 자매는 한동안 울고 나서, 이제는 긴요한 말은 제쳐 놓고 무관한 얘기를 주고받았다. 다른 말을 하면서도 두 사람은 서로를 이해했다.

"난 하나도 슬프지 않아요! 언니는 도저히 이해 못 하겠지만, 난 모든 것이 더럽고 구역질 나고 한심스럽게 생각돼요. 나 자신이 특히 그래요. 무엇을 보든 어쩌면 그렇게 더러운 생각만 드는지 언니는 도저히 상상도 못 할 거예요."

키티는 마음이 가라앉자 이렇게 말했다.

"어머, 도대체 네가 어떤 더러운 일을 생각한단 말이니?"

다리야 알렉산드로브나는 미소를 띠며 물었다.

"정말, 정말 더럽고 한심스런 일이에요. 도저히 언니한테 말할 수가 없어요. 우울하다거나 따분하다는 그런 종류의 것이 아니에요. 훨씬 더 몹쓸 일인걸요. 왠지 내가 지니고 있는 좋은 게 모두 어디론가 숨어 버리고, 제일 구역질 나는 것만 남아 있는 것 같아요. 글쎄요, 뭐라고 말하면 좋죠?"

키티는 다리야 알렉산드로브나의 눈에 떠오른 의아스러운 표정을 보고 말을 계속했다.

"아까도 아버지가 내게 말을 거셨거든요……. 그러면 나는 금방 또, 아버지는 그저 나를 결혼시키려고만 든다는 그런 생각이 들어요. 어머니가 나를 무도회에 데리고 가겠다고 하면 나는 또 금세 이렇게 생각해요. 어머니가 나를 데리고 가시려는 것은, 그저 나를 빨리 시집 보내서 치워 버리려고 그런다고 말이에요. 그것이 잘못된 생각이라는 것을 잘 알면서도 아무래도 그런 생각을 떨쳐 버릴 수가 없어요. 소위 신랑감 같은 건 난 도저히 바라보고 있을 수가 없어요. 사람들이 모두 나를 저울질하고 있는 것만 같아서 말이에요. 전에는 야회복을 입고 나가는 것이 그저 좋아서 내 모습에 취해 거울을 들여다보고 있었지만, 이제는 그저 부끄럽고 속이 뒤집힐 뿐이에요. 의사도……. 이젠 더……."

키티는 문득 입을 다물었다. 키티는 그 말에 이어, 방금 이야기한 그런 변화가 일어난 후로는 브론스키를 생각만 해도 구역질이 나서 견딜 수가 없고 뭔가 극도로 추악하고 더러운 일을 상상하지 않고는 그를 생각할 수가 없게 되었다고 말하고 싶었던 것이다.

키티는 말을 이었다.

"그래서 난 무엇이든지 한심스럽고 더러운 모습으로만 상상하게 된 거예요. 이것이 내 병이에요."

"얘, 그런 것은 생각하지 않는 게 좋단다."

"생각하지 않으려고 해도 생각지 않고는 못 배기겠는걸요. 다만 아이들과 같이 있을 때는 그렇지가 않아요. 언니네 집에 가 있을 때만은 요."

"네가 우리 집에 와 있을 수 없는 게 유감이야."

"아니에요, 가겠어요. 난 성홍열 같은 것은 벌써 치렀으니까."

키티는 고집을 부려 언니네 집으로 옮겨 갔다. 그녀는 아이들이 성홍열을 앓고 있는 동안 줄곧 그들을 돌봐 주었다. 두 자매는 무사히 여섯 명의 아이들을 지킬 수 있었다. 그러고 나서도 키티의 건강은 회복되지 않아 사순절이 오기를 기다려 쉬체르바스키 일가는 외국으로 여행을 떠났다.

2

페테르부르크의 상류사회는 원래 한 덩어리를 이루고 있어 모든 사람들은 서로 알고 있을 뿐 아니라 서로 왕래하곤 했다. 그러나 이 커다란 조직에는 저마다 다른 구분이 있었다. 안나 아르카지예브나는 이 상이한 세 단체마다 친구들이 있어 밀접한 연관을 맺고 있었다.

한 단체는 남편의 근무처에 관계된 관료적인 곳으로 사회적인 조건에 따라 다종다양한 사람들이 모인 남편의 동료나 부하들로 이루어져 있었다. 안나는 처음 한동안은 이들에 대해서 거의 경건하리만큼 존경심을 가지고 있었으나 이제는 그런 기분을 생각하는 것이 어려울 정도가 되었다.

또 하나 안나가 가까이하고 있던 단체는 알렉세이 알렉산드로비치가 출세의 발판으로 삼았던 것으로 이 단체의 중심은 백작 부인 리디아 이바노브나가 차지하고 있었다. 이 단체는 나이가 들어 아름다움을 잃고 신앙이 깊은 독지가의 부인들과 총명하고 학문이 있는 명예심이 강한 남자들이 함께 어울리는 모임이었다. 이 무리에 속하는 총명한 남성 한 사람은 자기네들을 '페테르부르크 사교계의 양심'이라고 이름 붙였다. 알렉세이 알렉산드로비치는 이 이름을 매우 존중하고 있었기 때문에 누구와도 곧 친하게 사귀는 안나는 페테르부르크 생활 초기에 이 단체 가운데서도 여러 명의 친구들을 발견했다.

그런데 이번에 모스크바에서 돌아와 보니 그녀는 이 단체가 못 견디게 싫어졌다. 안나는 자기나 다른 사람 모두 뭔가 거드름을 피우고 있는 것 같은 느낌이 들었고 그러한 사람들 사이에 있으면 따분하고 불편해졌다. 그 때문에 안나는 될 수 있는 대로 리디아 이바노브나를 멀리하고 있었다.

마지막으로 안나가 관계하고 있던 세 번째 단체는 본래 의미의 사교계로 무도회나 만찬회 등에서 빛나는 의상을 겨루었다. 화류계로 타락하지 않기 위해 한 손으로 궁정을 꽉 붙들고 있는 이 사교계의 인물들은, 화류계를 경멸하고 있으면서도 그들의 취미란 것이 실은 화류계와 비슷한 정도가 아니라 완전히 똑같았다. 이 단체와 안나의 관계는 공작부인 베치 트베리스코이를 통해서 맺어졌다.

공작부인은 안나의 사촌 올케로서 연간 12만 루블이나 되는 수입이 있었다. 그녀는 안나가 사교계에 나온 초기부터 안나에게 반해 여러 가지로 비위를 맞추면서 자기 모임으로 끌어들이려 했다. 백작 부인 리디아 이바노브나의 단체에 대해서 그녀는 비웃음을 띠고 말했었다.

"나도 나이가 들어 보기 싫게 되면 그 패에 끼어들게요. 하지만 당신처럼 젊고 아름다운 분은 그런 양로원에 들어가기가 일러요."

안나는 처음에는 될수록 트베리스코이 공작부인의 모임을 피했었다. 이 모임과 교제하려면 신분에 어울리지 않게 돈이 많이 들었고, 안나 자신이 내심으로는 첫 단체 쪽을 더 좋아하고 있었기 때문이다.

그러나 그녀가 모스크바에서 돌아오자 그것이 반대가 되어 버렸다. 안나는 앞 단체의 정신적인 친구를 피하게 되었고 화려한 사교계에 드나들게 되었다. 안나는 거기에서 브론스키를 자주 만났고 그를 만날 때마다 가슴이 설레는 희열을 느꼈다. 그중에서도 브론스키가 가장 자주 드나드는 곳은 베치의 집이었다. 베치는 브론스키 가문 출신으로 브론스키와 그녀는 사촌 남매 사이였다.

브론스키 쪽에서도 안나를 만날 만한 곳이면 어디에나 갔으며 기회만 있으면 자기의 사랑을 고백했다. 안나는 그것에 대해서 문제될 만한 일을 한 적은 한 번도 없었지만 그와 만날 때마다 기차 속에서 처음 본 그날과 같은 생생한 감정이 불타오름을 느꼈다. 안나 자신도 그를 보면 자기 눈 속에 기쁨의 빛이 반짝이고 입술에 웃음이 번지는 것을 느꼈다. 그녀 스스로도 그 기쁨의 표정을 지울 수가 없었다.

처음엔 안나도 그가 자기를 뒤쫓아 다니는 것을 불쾌하게 생각한다고 믿고 있었다. 그런데 모스크바에서 돌아온 지 얼마 안 되어 브론스키를 만날 수 있다고 생각하고 나간 어떤 야회에서 그의 모습이 보이지 않자, 안나는 갑자기 허전한 느낌에 사로잡혔다. 그것으로 그녀는 지금까지 자기 스스로를 속이고 있었다는 것을 깨달았다. 그가 자기를 뒤쫓는 것이 안나로서는 불쾌한 일이 아니었을 뿐 아니라 지금 안나의 생활을 떠받치는 흥미의 전부가 되었던 것이다.

3

입구 쪽에서 사람의 발소리가 들려 왔다. 공작부인 베치는 그것이 안나 카레니나인 줄 알았으므로 브론스키 쪽을 흘끔 보았다. 브론스키도 문간을 바라보고 있었는데, 그 얼굴에는 일찍이 본 일이 없는 기묘한 표정이 떠올라 있었다. 그는 자못 기쁜 듯한 시선으로 문 쪽을 뚫어지게 보다가 겁먹은 듯이 들어오는 그녀를 바라보면서 천천히 몸을 일으켰다.

안나가 객실로 들어왔다. 언제나처럼 고개를 꼿꼿이 세우고 여느 부인들과는 다른 야무지며 가볍고 빠른 걸음으로 눈길을 다른 데로 돌리지 않고 곧장 여주인을 바라보며 걸어와서는, 베치의 손을 잡고 방긋 웃었다. 그러고는 웃는 얼굴 그대로 브론스키 쪽을 돌아보았다.

브론스키는 낮게 고개를 숙여 보이고 안나에게 의자를 내밀었다.

안나는 고개를 조금 끄덕이는 것만으로 인사를 하고 볼을 붉히며 눈살을 찌푸렸다. 그러나 곧 친지들에게 고개를 숙여 보이고 자기에게 내민 손들을 잡으며 여주인에게 말을 걸었다.

"방금 리디아 백작 부인 댁에 다녀왔어요. 일찍 올 참이었는데 거기서 시간을 오래 끌고 말았어요. 존 경께서 오셨더군요. 참 재미있는 분이었어요."

"아, 그 선교사 말이죠?"

"네, 인도의 생활을 참 재미있게 이야기해 주셨어요."

안나의 출현으로 끊어졌던 대화가 바람을 맞아 되살아나는 램프 불처럼 다시 하늘하늘 타오르기 시작했다.

"존 경이라뇨! 어머, 존 경이 오셨어요? 나도 전에 만나 본 일이 있어요. 얘기를 참 잘하더군요. 블라시예바는 그분에게 완전히 열중해서 정신이 없어요."

"그런데 블라시예바의 동생이 토포프와 결혼한다는 게 정말이에요?"

"그럼요, 그것은 이미 다 결정된 이야기라고 하던데요."

"그분 부모님의 마음을 알 수가 없군요. 연애결혼이라죠 아마?"

"연애결혼이라고요? 어머나, 어쩌면 그렇게 케케묵은 생각을 가지고 계실까요! 요즈음 연애결혼 같은 것을 얘기하는 사람이 어디 있나요?"

공사 부인이 말했다.

"하는 수 없지요. 그런 어리석고 낡아 빠진 유행이 아직도 없어지지 않고 있으니까요."

브론스키는 말했다.

"그렇다면 그런 유행을 지키고 있는 사람이 더욱 불쌍하군요. 애당초 행복한 결혼이란 이성에 의해서 맺어진 결혼이 아니겠어요?"

"그렇죠. 하지만 이성에 의한 결혼의 행복도 흔히 눈 깜짝할 사이에 날아가 버리는 일이 있다지 않습니까. 전에는 인정하지 않았던 사랑이라는 것이 머리를 쳐들어서 말이죠. 하지만 이성에 의한 결혼이란 이미 양쪽 다 바람을 피우는 데 지치고 나서 하는 것 아니겠어요? 성홍열 같은 거예요. 누구나 한 번은 치러야 하니까요."

브론스키는 말했다.

"그렇다면 연애도 천연두나 마찬가지로 인위적으로 접종할 방법을 연구할 필요가 있겠군요."

"젊었을 때 나는 교회지기에게 열중한 일이 있어요. 그것이 나를 위한 일이 되었는지 어떤지는 잘 모르겠지만요."

마흐카야 공작부인이 끼어들었다.

"농담은 그만두기로 하고, 사랑을 알기 위해서는 역시 한 번쯤은 잘못을 저지르고 나서 뉘우치는 것이 제일 낫지요."

공작부인 베치가 말했다.

"어머, 결혼한 뒤에도 말씀예요?"

공작부인이 장난기 어린 목소리로 물었다.

"뉘우치는 데 늦다는 법은 없으니까요."

외교관이 영국의 속담을 인용했다.

"바로 그거예요."

베치가 맞장구를 쳤다.

"일단 잘못을 저지르고 나서 뉘우치고 고쳐야지요. 그렇지 않겠어요? 그 점 어떻게 생각하세요?"

베치는 안나를 돌아보며 말했다. 안나는 미소를 띤 채 대화를 듣고 있었다.

"글쎄요. 만일 사람마다 각기 생각이 다르다면 사람들의 애정도 제각기 다르지 않을까요?"

안나는 벗은 장갑을 만지작거리며 말했다. 브론스키는 안나를 바라보며 그녀가 어떻게 말할지를 가슴이 저리도록 기다리고 있었다. 그는 그녀가 이 말을 끝마치자, 마치 위험이 지난 다음처럼 안도의 숨을 내쉬었다.

안나가 별안간 브론스키에게로 얼굴을 돌렸다.

"저에게 모스크바에서 편지가 왔는데요. 키티 쉬체르바스키가 몹시 아픈 모양이에요."

"정말입니까?"

브론스키는 눈살을 찌푸리며 말했다. 안나는 근엄한 얼굴로 그를 쳐다보았다.

"이런 이야기, 흥미 없으세요?"

"아니, 천만의 말씀입니다. 도대체 편지에 뭐라고 쓰여 있었습니까? 괜찮으시다면 말씀해 주십시오."

그가 말했다. 안나는 일어서서 베치 옆으로 갔다.

"차를 한잔 마실 수 있겠어요?"

안나는 상대방의 의자 뒤에 서면서 말했다. 공작부인 베치가 차를 따르고 있는 동안 브론스키는 안나에게 가까이 갔다.

"도대체 그 편지에 뭐라고 쓰여 있던가요?"

그는 또 물었다.

"이건 제 생각인데, 남자들은 결백이라는 것이 뭔지도 모르면서 흔히 그것을 입에 올리더군요."

안나는 상대방의 물음에 대답하지 않고 말했다.

"전부터 전 당신에게 말씀드릴 것이 있었어요."

그녀가 덧붙이고는 대여섯 걸음 가더니 앨범을 올려놓은 구석 탁자에 가서 앉았다.

"나는 그 말씀의 뜻을 잘 모르겠는데요."

브론스키는 안나 앞에 차를 갖다 놓으면서 말했다. 안나가 옆의 긴 의자를 돌아보았기 때문에 그는 곧 거기에 앉았다.

"저는 전부터 당신에게 말씀드릴 것이 있었어요. 당신이 하신 일은 좋지 않았어요. 참으로 좋지 않았어요."

안나는 상대방을 쳐다보지 않고 말했다.

"그것을 내가 모르고 있는 줄 아십니까? 하지만 내가 그렇게 행동한 게 누구 때문이죠?"

"어머나, 왜 그런 말씀을 저에게 하시는 거예요?"

안나는 상대방을 뻔히 바라보면서 말했다.

"그 까닭을 아실 텐데요."

브론스키는 안나의 시선을 되받아 그녀로부터 눈을 떼지 않고 즐거운 듯이 대답했다. 당황한 것은 그가 아니라 안나였다.

"그것은 단지 당신에게는 마음이란 것이 없다는 것을 증명할 뿐이에요."

안나는 말했지만 그녀의 눈길은 도리어 '당신에게 마음이 있다는 것을 알고 있습니다. 바로 그렇기 때문에 나는 당신을 두려워하는 거예요'라고 말하고 있었다.

"방금 말씀하신 것은 단지 오해일 뿐 사랑은 아닙니다."

"지금 입에 올리신 그 듣기 싫은 말을 다시는 하시지 않도록 제가 입막음해 드린 것을 잊으셨나요?"

안나는 몸을 떨면서 말했다. 그와 동시에 그 입막음이란 한마디로 그녀가 그에 대한 일종의 권리를 스스로 인정하고, 그 때문에 도리어 자기가 그에게 사랑을 말하도록 허락한 결과가 된 것을 직감했다.

"이것은 전부터 당신에게 드리려던 말씀이에요. 오늘은 당신을 만날 수 있을 것이라 생각하고 일부러 이 댁에 찾아왔어요. 그것은, 이제 이런 일은 끝을 맺어야 한다는 것을 말씀드리기 위해서예요. 난 이때까지 다른 사람 앞에서 얼굴을 붉힌 일이 한번도 없어요. 그런데 당신과 함께 있으면 뭔지 내가 나쁜 짓을 하고 있는 듯한 기분을 느끼게 해요."

안나는 결심한 듯 상대방의 눈을 들여다보며 볼을 빨갛게 달군 얼굴로 말했다.

브론스키는 안나를 바라보면서 그 얼굴에 새로이 나타난 정신적인 아름다움에 감동했다.

"그럼 당신은 나더러 어떡하라는 말씀입니까?"

그는 솔직하고 더욱 진실이 담긴 목소리로 물었다.

"모스크바에 돌아가셔서 키티에게 용서를 비세요."

안나는 말했다.

"그런 일은 당신도 바라고 있지 않을 겁니다."

그가 말했다. 브론스키는 안나가 스스로 하고 싶어 하는 말이 아니라 해야 할 말을 무리하게 하고 있음에 불과하다는 것을 알아챘다.

"만일 말씀대로 나를 진정으로 사랑하고 계시다면, 부디 내 마음이 편하도록 해 주세요."

안나는 속삭였다.

브론스키의 얼굴에는 기쁨의 빛이 뚜렷이 떠올랐다.

"내게는 당신이 생활의 전부라는 것을 설마 모르시지 않겠지요? 나는 안정이라든지 하는 것을 모르니 당신에게 드릴 수도 없습니다. 하지만 나의 사랑이라면 기꺼이 드리겠습니다. 내 모든 것을 드리겠습니다. 이제 나는 당신과 나를 따로따로 생각할 수가 없게 되었습니다. 나에게 있어서 당신과 나는 하나입니다. 앞으로도 당신이나 내게는 안정이라는 것이 있으리라고는 생각지 않습니다. 단지 생각할 수 있는 것은 절망과 불행이냐…… 아니면 행복의 가능성이냐 하는 가능성뿐입니다. 그것은 정말 있을 수 없는 일일까요?"

그는 작은 소리로 속삭이듯 말했다.

안나는 열심히 이성의 힘을 집중시켜 해야 할 말을 하려고 했으나, 도리어 애정에 찬 눈길을 가만히 상대방에게 쏟을 뿐 아무 대답도 할 수가 없었다.

'아아, 이것이다! 이제 절망이라고 도저히 이룰 수가 없다고 생각한 순간에……. 바로 이것이다! 이 사람은 나를 사랑하고 있다. 스스로 그것을 고백하고 있다.'

그는 안나의 눈을 보며 어쩔 줄 모르고 생각했다.

"그러면 나를 위해서 이것만은 약속해 주세요. 앞으로 이런 말은 절대로 하지 말고, 친한 친구가 되기로 해요."

안나는 입으론 그렇게 말했지만 그 눈은 다른 말을 하고 있었다.

"아니, 우리는 친구 같은 것이 될 수는 없습니다. 그것은 당신도 아시지 않습니까. 이 세상에서 가장 행복한 사람이 되느냐, 그렇지 않으면 가장 불행한 사람이 되느냐의 어느 쪽도 당신의 마음에 달려 있습니다."

안나는 더 뭐라고 말하려 했으나 상대방은 그녀의 말을 막았다.

"내가 부탁드리고 있는 것은 꼭 한 가지뿐입니다. 난 지금같이 희망을 걸면서 괴로워할 권리를 갖고 싶습니다. 하지만 그것조차 안 된다면 사라져 버리라고 명령해 주십시오. 나는 사라져 없어지겠습니다. 나의 존재가 당신을 괴롭힌다면 두 번 다시 당신 앞에 나타나지 않겠습니다."

"난 당신을 아무 데로도 쫓아 버리고 싶지 않아요."

"그럼 아무것도 바꿔 놓지 않기를 바랍니다. 무엇이고 현재대로 두십시오."

그는 떨리는 목소리로 말했다.

"아, 댁의 주인이……."

그 순간 알렉세이 알렉산드로비치가 예의 침착하고 거북살스러운 발걸음으로 객실에 들어섰다. 그는 자기 아내와 브론스키 쪽을 흘낏 보고서 여주인에게로 다가가 의자에 앉았다. 그러고는 타고난 부드러우면서도 잘 울리는 목소리로 지껄이기 시작했는데, 그것은 언제나 그렇듯이 누군가를 조롱하는 것 같은 특유의 태도였다.

"여어, 여기에 랑부예 일행(랑부예 후작 부인과 같은 재녀를 말함. 그녀는 파리의 자기 집에 문학 살롱을 열고 많은 재원과 문인을 모아 문예를 촉진하고 언어 정화에 기여했다)이 총동원되었군요. 미의 여신들에 예술의 여신들까지 계시군요."

그는 사람들을 둘러보고 말했다. 30분가량 지껄이고 난 알렉세이 알렉산드로비치는 아내에게 가서 함께 돌아가자고 말했다. 안나는 남편의 얼굴은 쳐다보지도 않고 자기는 만찬에 남겠다고 말했다. 알렉세이 알렉산드로비치는 사람들에게 고개를 숙여 보이고 밖으로 나갔다.

안나의 마부인 뚱뚱하고 늙은 타타르인은 번쩍거리는 모피 코트를 입고 추위에 덜덜 떠는 회색 말을 가까스로 붙들고 있었다. 하인은 마차의 문을 열고 기다리고 있었고 현관지기는 현관문을 잡은 채 서 있었다. 안나는 조그만 손으로 민첩하게 모피 코트 고리에 걸린 소매의 레이스를 떼어 놓으려고 고개를 숙이고 있으면서도 자기를 바래다주며 브론스키가 하는 말에 정신을 빼앗겼다.

"하여튼 당신은 아무 말씀도 안 하신 걸로 해 주세요. 나도 무리한 말씀은 드리지 않겠으니. 다만 당신도 아시겠지만 내게 필요한 것은 우정이 아닙니다. 이 세상에서 나를 행복하게 해 주는 오직 한 가지는 당신이 싫어하는 말…… 그렇습니다, 바로 사랑입니다."

그는 말했다.

"사랑……."

안나는 입속으로 찬찬히 되풀이 말했다. 그녀는 문득 레이스를 떼면서 이렇게 덧붙였다.

"내가 이 말을 싫어하는 것은, 그 말이 내게 너무나 의미가 깊기 때문이에요. 당신이 생각하시는 것보다 훨씬 깊은 의미를 가지고 있어요."

말을 마친 그녀는 상대방의 얼굴을 찬찬히 지켜보았다.

"그럼 또 뵙겠어요!"

안나는 그에게 손을 내밀고는 탄력 있고 빠른 걸음으로 현관지기 옆을 지나 마차 속으로 사라졌다.

그녀의 눈길과 그 손의 감촉이 브론스키를 불타오르게 했다. 그는 안나가 만진 자기 손바닥에 입을 맞췄다. 오늘 밤에야 말로 지난 두 달 내내 한 발짝도 가까이 가지 못한 목적에 다가섰다고 느끼며 행복감에 젖었다.

4

알렉세이 알렉산드로비치는 아내가 브론스키와 단둘이 다른 사람들과 동떨어진 탁자에 앉아서 뭔가 열심히 말을 주고받는 것을 별로 이상한 일로 생각하거나 버릇없는 일로 생각지는 않았다. 그러나 객실에 같이 있던 다른 사람들의 눈에 그것이 뭔가 야릇하고 버릇없는 일로 비치고 있음을 눈치채고, 그 때문에 자신도 아내의 행동이 차츰 좋지 못한 행동으로 느껴지게 되었다. 그는 이 일에 대해서 아내에게 한마디 해 두지 않으면 안 되겠다고 마음먹었다.

알렉세이 알렉산드로비치는 집에 돌아오자 언제나처럼 서재의 안락의자에 앉아 『교황론』에서 종이칼을 끼워 둔 부분을 펼치고 여느 때처럼 1시까지 읽었다.

계단을 올라오는 여자의 발소리가 들렸다. 알렉세이 알렉산드로비치는 이야기를 꺼낼 마음의 준비를 하면서 깍지 낀 양손을 꺾고서는 또 어디서 소리가 나지 않나 기대하면서 서 있었다. 관절 하나가 딱 소리를 냈다.

그는 계단을 올라오는 가벼운 발소리로 아내가 가까이 왔음을 느꼈다. 그는 언변에 자신이 있었음에도 불구하고, 목전에 닥친 아내와의 담판이 두려워졌다.

안나는 고개를 숙이고 코트의 덮개 끈을 만지작거리며 들어왔다. 그 얼굴은 밝게 빛나고 있었다. 아니, 그녀의 얼굴빛은 밝은 것이 아니라 한밤에 불타는 무서운 화재의 불길을 연상시켰다. 남편의 모습을 보자 안나는 고개를 들고 문득 꿈에서 깨어난 듯 미소 지었다.

"아직도 안 주무셨어요? 어머, 참 드문 일이시군요!"

그녀는 말하고, 덮개를 벗으며 걸음을 멈추지 않은 채 그대로 안쪽 화장실로 향했다.

"벌써 시간이 꽤 늦었어요, 여보."

안나는 문 저쪽에서 말을 걸었다.

"여보, 당신에게 하지 않으면 안 될 말이 있어."

"제게요?"

안나는 깜짝 놀란 듯이 방문 뒤에서 나타나 남편의 얼굴을 가만히 보았다.

"뭔가요, 그 할 말이라는 것이……."

그녀는 의자에 앉으며 물었다.

"좋아요, 말씀하세요. 그렇게 꼭 하실 말씀이라면요. 실은 잠을 자고 싶지만."

안나는 입에서 나오는 대로 말하고 있었다. 그녀는 자신의 소리를 들으면서도 그 거짓말 솜씨에 스스로 놀랐다.

"여보, 나는 당신에게 경고해 두지 않으면 안 되겠어."

그는 말했다.

"어머나, 경고라뇨? 무슨 일로요?"

안나는 말했다. 그녀는 아무렇지도 않은 듯 즐거워 보였다. 이 남편만큼 그녀를 잘 알지 못하는 사람이었다면, 그녀의 목소리나 그 말뜻에 무엇 하나 부자연스러운 점을 찾아내지 못했을 것이다.

"내가 당신에게 경고하고 싶은 것은."

그는 조용히 입을 열었다.

"당신은 지금 부주의와 경솔함 때문에 세상에 소문을 불러일으킬 씨를 뿌리고 있을지도 모른다는 말이야. 오늘 밤 당신이 브론스키 백작―그는 이 이름을 천천히 사이를 두고 정확하게 발음했다―과 너무나 이야기에 열중한 태도가 사람들의 주의를 상당히 끈 것 같더군."

그는 그렇게 말하고 아내의 눈을 바라보았다. 아내의 눈은 미소를 띠고는 있었지만, 그것은 짐작할 수 없는 웃음이었다.

"당신은 언제나 그러세요."

안나는 상대방의 말을 도무지 알 수 없다는 투로 그저 남편의 마지막 한마디만을 마음에 담으면서 말했다.

"내가 침울하게 있는 것도 싫고 명랑한 것도 싫다는 거군요. 오늘 밤 나는 침울하지 않았어요. 그것이 당신 기분에 거슬렸다 그 말씀이죠?"

알렉세이 알렉산드로비치는 몸을 떨며 손가락을 꺾어 소리를 내려고 손바닥을 젖혔다.

"아, 여보, 부탁이에요. 손가락 좀 꺾지 마세요. 난 그 소리가 정말 싫으니까요."

안나는 말했다.

"안나, 지금 그게 당신 모습이야?"

알렉세이 알렉산드로비치는 자기를 억누르면서 조용히 물었다.

"어머, 그 말이 어쨌다는 거죠? 도대체 저보고 어떻게 하라는 말씀 이에요?"

안나는 일부러 정색을 하고 희극적인 놀라운 표정으로 되물었다.

"아니, 나는 이 말을 하고 싶었던 거야. 제발 내 얘기를 잘 들어 봐. 당신도 알다시피 나는 질투심이란 것을 부끄럽고 천한 감정이라고 여겨 왔기 때문에 결코 그 감정에 흔들리는 짓은 안 할 거야. 그렇지만 이 세상에는 일정한 예절이라는 것이 있어서 벌을 받지 않고는 딛고 넘을 수가 없어. 오늘 저녁에 나는 그것을 몰랐지만, 그 자리에 앉았던 사람들의 인상으로 미루어 보면 당신 태도가 그다지 바람직하지 않았던 건 분명한 사실이야."

그는 쌀쌀하고 침착한 태도로 말을 계속했다.

"도무지 무슨 말씀인지 전 모르겠어요."

안나는 어깨를 치켰다 내리며 말했다.

'자기는 어떻든 상관없다는 뜻이네. 단지 다른 사람들이 이상한 눈치를 보인 일로 걱정하고 있는 거야.'

그녀는 생각했다.

"오늘 밤 기분이 언짢으신 모양이에요, 당신."

덧붙여 말한 안나는 일어서서 문 쪽으로 가려고 했으나, 남편은 아내를 못 가게 하려는 듯 그 앞을 가로막아 섰다.

남편의 얼굴은 안나가 이제껏 본 일이 없을 만큼 추하고 우울해 보였다. 안나는 발길을 멈추고는 고개를 뒤와 옆으로 젖히며 타고난 민첩한 손길로 머리핀을 뽑기 시작했다.

"자, 얘기하세요. 무슨 말씀인지. 난 이렇게 흥미를 가지고 귀를 기울이고 있어요. 도대체 무슨 이야긴지 납득이 안 가지만 말이에요."

안나는 침착하게 비웃는 어조로 되풀이했다. 안나는 말하면서도 조금도 부자연스럽지 않은 자기의 침착하고 야무진 목소리와 자신이 선택해 사용한 어휘에 새삼 놀랐다.

"난 당신 감정의 자세한 점까지 일일이 간섭할 권리도 없고 또 도대체가 그런 일은 하나도 유익한 일이 못돼. 아니, 도리어 해로운 일이라고 생각하지. 자기의 마음속을 뒤지고 있노라면 그대로 놓아두는 게 차라리 좋았다 싶은 것을 파내는 수가 있는 법이야. 그야 당신의 감정은 당신 양심의 문제지. 다만 나는 무엇이 당신의 의무인지를 분명하게 알려 주는 것을 당신에 대한, 또 나에 대한, 그리고 하느님에 대한 내 의무라고 생각해. 우리 생활은 사람에 의해서가 아니라 하느님에 의해 맺어지고 있는 거야. 이 관계를 깰 수 있는 것은 오직 죄악일 뿐이야. 더구나 그런 종류의 범죄는 무서운 벌이 따르게 마련이야."

알렉세이 알렉산드로비치가 말을 꺼냈다.

"난 당신 말이 무슨 뜻인지 모르겠어요. 아, 정말 오늘 밤엔 왜 이렇게 잠이 오는지 모르겠군요!"

안나는 한쪽 손으로 얼른 머리카락 속을 뒤지며 남은 머리핀을 찾아냈다.

"여보. 제발 부탁이니, 그런 투로 말하지 말라고. 어쩌면 내 생각이 잘못일지도 몰라. 하지만 내가 하는 말을 믿으라고. 내가 이런 말을 하는 것은 당신을 위해서기도 하지만 나를 위해서이기도 한 거야. 나는 당신의 남편이고 당신을 사랑하니까 말이야."

알렉세이 알렉산드로비치는 조용하게 말했다.

그 순간 안나는 얼굴을 수그렸고 그 눈 속의 조소하는 듯한 불꽃도 사라졌다. 그러나 '사랑하고 있다'는 한마디는 그녀의 마음을 혼란스럽게 만들었다.

'어머, 사랑하고 있다고? 이 사람이 도대체 사랑이란 것을 할 수 있을까? 사랑이라는 말이 있다는 것을 사람들로부터 듣지 않았던들 결코 이런 말을 쓰지는 못했을 거야. 사랑이 무엇인지 모르는 사람이니까.'

그녀는 생각했다.

"전 정말 몰라요. 더 분명하게 말해 주세요. 당신이 보신 것을……."

안나는 말했다.

"그럼 더 말하겠어. 나는 당신을 사랑하고 있어. 하지만 내 자신에 대해서만 말하고 있는 것이 아니야. 여기서 중요한 사람은 우리 아들과 당신 자신이야. 몇 번이나 말하지만 내 이야기는 어쩌면 당신의 눈에는 전혀 쓸데없는 부당한 이야기로 들릴지도 몰라. 어쩌면 내가 잘못 생각한 데서 나온 말인지도 모르지. 만일 그렇다면 부디 용서해 줘야겠어. 그러나 당신이 내 말에 조금이라도 근거가 있다고 느낀다면, 한번 잘 생각해 줬으면 좋겠어. 그리고 만일 당신의 마음을 내게 고백하기를 바란다면……."

알렉세이 알렉산드로비치는 자기도 모르는 사이에 준비했던 것과는 전혀 다른 말을 하고 있었다.

"아무것도 말씀드릴 것이 없어요. 그리고…… 이제 정말 주무실 시간이에요."

안나는 가까스로 미소를 억누르면서 빠른 어조로 말했다.

알렉세이 알렉산드로비치는 한숨을 쉬었다. 그는 더 이상은 아무말도 하지 않고 침실로 발길을 향했다.

안나가 침실로 들어가 보니 그는 이미 누워 있었다. 그 입은 꽉 다물어지고 눈은 아내 쪽을 보고 있지 않았다. 안나는 자기 침대로 들어가서 남편이 다시 자기에게 말을 걸어 주기를 이제나저제나 하고 기다렸다. 안나는 남편이 말을 거는 것을 무서워하고 있었지만 동시에 그것을 기다리고도 있었다. 그러나 그는 말이 없었다.

안나는 오랫동안 꼼짝도 하지 않고 기다렸으나 그러는 동안에 남편에 대해서 잊어버렸다. 그녀는 다른 사람을 생각하며 그 모습을 보고 있었다. 그 사람을 생각하니 마음속이 흥분과 크나큰 기쁨으로 가득 차는 것을 느꼈다.

문득 규칙적이고 침착한 코 고는 소리가 들리기 시작했다. 처음에 알렉세이 알렉산드로비치는 자기 코 고는 소리에 놀란 것같이 바로 그쳤으나, 두어 번 숨을 쉬는 동안에 코 고는 소리는 더욱 침착하고 규칙적으로 울려왔다.

"시간이 늦었어, 너무나……."

안나는 미소를 띠면서 중얼거렸다. 그녀는 눈을 뜬 채 한참 동안 가만히 누워 있었으나, 그 눈의 반짝임은 어둠 속에서도 자기 자신에게 보일 듯이 느껴졌다.

5 /

/거의 1년 동안 브론스키에게 있어선 이전까지의 모든 욕망 대신 그의 생활의 유일하고도 절대적인 희망을 형성하고 있던 것, 그리고 안나로서는 도저히 생각할 수 없는 무서운 것이면서도 그렇기 때문에 더욱 매혹적인 행복의 공상이었던 것, 그것이 이제야 이루어졌다. 그는 파랗게 질린 얼굴로 아래턱을 덜덜 떨면서 그녀 위에 우뚝 선 채 스스로도 무엇을 어떻게 하면 좋을지 모르고 쩔쩔매면서 그녀에게 마음을 가라앉혀 달라고 부탁하는 것이었다.

"안나, 안나!"

그는 떨리는 목소리로 말했다.

"안나, 제발 부탁이오……."

그러나 그의 말소리가 높아지면 높아질수록, 안나는 이전의 사랑스럽고 쾌활했던 것과 달리 지금은 그저 부끄러운 생각으로 머리를 낮게 떨어뜨렸다. 그리고 고개를 푹 파묻은 채 앉아 있던 소파에서 마루 위의 그의 발밑으로 몸을 떨어뜨렸다. 만약 그가 받쳐 주지 않았던들 그녀는 발밑으로 쓰러졌을 것이다.

"아아, 하느님! 저를 용서해 주세요!"

안나는 흐느껴 울면서 그의 손을 자기 가슴 위에 눌러 대었다. 안나는 스스로 과오를 범한 죄 많은 여자라고 생각하고, 이제는 몸을 낮추어 용서를 빌 수밖에 없다는 느낌이 들었다. 더구나 지금 그녀에게는 이 세상에 그 말고는 아무도 없었기 때문에 그를 향해서 용서를 구했다.

그를 보고 있으면 그녀는 육체적으로 타락한 자신을 느껴 더는 아무 말도 할 수가 없었다. 한편 그는 살인자가 자기가 죽인 시체를 보고 느끼는 것과 같은 감정을 느끼고 있었다. 그가 죽인 이 시체야말로 그들의 사랑이었고 그들의 사랑의 첫 단계였다. 수치심이라는 무서운 대가를 치르고 얻은 것을 회상해 보니 거기에는 뭔가 무섭고 더러운 것이 있었다. 자신의 정신적 나체에 대한 수치심이 그녀를 압도하고 그것은 곧 그에게로 전달되었다.

하지만 살인자는 자기가 죽인 시체에 대하여 이루 말할 수 없는 공포를 느끼면서도 그 시체를 감추기 위해서는 난도질해야 하며, 또한 살인 행위에 의해서 얻은 것을 끝까지 이용하지 않으면 안 된다. 그래서 살인자는 정열이라고 할 수 있는 분노를 안고 그 시체에 덤벼들어 끌고 다니거나 난도질하는 것이다. 꼭 그와 마찬가지로 그도 그녀의 얼굴과 어깨 위에 키스를 퍼부었다. 그녀는 그의 손을 잡은 채 꼼짝도 하지 않았다.

'그렇다. 이 키스, 이것이야말로 수치심의 대가이다. 아아, 이 손. 영원히 나의 것이 될 이 손은 나의 공범자의 손이다.'

그녀는 그 손을 들어 거기에 키스했다. 그는 무릎을 꿇고 그녀의 얼굴을 보려고 했으나 그녀는 얼굴을 감추고 아무 말도 하지 않았다. 마침내 그녀는 자신을 이겨 내려고 안간힘을 다하는 듯 몸을 일으켜 그를 밀어젖혔다. 그녀의 얼굴은 여전히 아름다웠지만 그 때문에 더욱 비참하게 보였다.

"이제 모든 것이 끝났어요. 제게는 이제 당신밖에 남은 것이 없어요. 그것을 잊지 마세요."

안나는 말했다.

"어찌 그것을 잊을 수 있겠소! 이 행복한 순간에 대해서…."

"어머나, 행복이라뇨!"

안나는 혐오와 공포가 뒤섞인 목소리로 말했다. 그 공포는 어느새 그에게도 옮겨 갔다.

"제발 부탁이에요. 이제 아무 말도 하지 마세요."

안나는 재빨리 일어나서 그의 곁에서 떨어졌다.

"이제 아무 말도 하지 마세요."

안나는 되풀이했다. 그리고 그의 눈에는 기묘하게 비친, 냉랭한 절망의 표정을 얼굴에 떠올리며 헤어졌다. 그녀는 그 후에도 이튿날에도 또 그 이튿날에도 이러한 착잡한 감정을 충분히 표현할 만한 말을 찾아낼 수 없었을 뿐 아니라, 마음속에 일어난 온갖 것을 분명하게 헤아릴 만한 정의조차도 찾아낼 수가 없었다.

그 대신 안나가 자기 생각을 누를 힘이 없는 꿈속에서는, 자신의 상태가 추악하고 적나라한 모습으로 나타났다. 안나는 같은 꿈을 거의 밤마다 꾸었다. 그 꿈속에서는 두 사람이 모두 자기의 남편으로서 자기에게 갖은 애무를 다 해 주는 것이었다.

알렉세이 알렉산드로비치는 그녀의 손에 입을 맞추고 울면서 '아아, 난 정말 행복하다!' 하고 중얼거렸다. 브론스키도 역시 거기에 있으면서 자기의 남편이 되었다. 그러면 안나는 자기가 여태껏 이 일을 불가능하게 생각했던 것에 놀라 웃으면서 두 남편에게 이렇게 하는 편이 훨씬 간단하고 양쪽 모두 만족스럽고 행복하지 않느냐고 설명하는 것이었다. 하지만 이 꿈은 악령처럼 안나의 가슴을 짓눌렀고 그녀는 소스라치며 잠을 깼다.

6

모스크바에서 막 돌아온 무렵의 레빈은 거절당한 굴욕이 생각날 때마다 부르르 몸을 떨고 얼굴이 붉어지며 중얼거렸다.

"나는 물리학에서 1점을 맞고 유급했을 때도 역시 이렇게 얼굴이 붉어지고 몸을 떨면서 이제 글렀다는 생각을 했었지. 그리고 누나한테 부탁받은 사건을 그르친 때에도 역시 이제 나는 틀렸다고 생각했다. 그런데 어떠냐? 지금 몇 년이 지나서 생각하면 왜 내가 그런 일로 그토록 낙심을 했는지 이상해질 지경이야. 이번의 괴로움도 그와 똑같은 것이다. 세월이 지나면 이것에 대해서도 나도 태연해질 것이다."

그러나 석 달이 지나도 그는 태연해질 수가 없었다. 아니, 처음이나 똑같이 그 일이 생각날 때마다 괴로웠다. 그는 아무래도 마음을 가라앉힐 수가 없었다. 그는 그토록 오랫동안 결혼 생활을 꿈꾸고 그래야만 자기가 완전히 성숙한 것으로 느끼고 있었는데, 여전히 아내를 맞지 못하고 있을 뿐만 아니라 결혼의 가능성에서 더욱 멀어졌기 때문이다.

주위의 사람들이 그만한 나이의 사내가 독신으로 있는 것은 좋지 못하다고 느끼는 것처럼 그 자신도 그것을 병적으로 통감하고 있었다. 그는 모스크바로 출발하기 전, 평소 자기가 좋아하던 말동무인 순박한 농부 니콜라이에게 "어때, 니콜라이! 난 장가를 들까 하네"라고 했을 때 니콜라이가 기정사실이라는 듯 "때가 되었지요, 나리" 하고 얼른 대답하던 일을 상기했다.

하지만 지금은 결혼이라는 것이 그 어느 때보다도 그와 거리가 멀어져 버렸다. 생각했던 그 자리는 이미 차지되어 있어, 그가 상상으로 자기가 알고 있는 어느 처녀를 그 자리에 앉혀 보아도 도저히 불가능하게 느껴졌다. 뿐만 아니라 거절당한 일과 그때 자신이 한 행동을 떠올리면 그는 견딜 수 없는 수치감에 사로잡히는 것이었다.

그렇지만 시간과 노동은 그 나름대로의 작용을 하고 있었다. 괴로운 추억은 점차 눈에는 보이지 않았지만 중대한 의의를 지닌 농촌 생활의 여러 사건들에 의해 덮였다. 1주일, 2주일 지나감에 따라 키티를 생각하는 일이 점점 드물어졌다. 그는 키티가 이미 출가했다든지 아니면 가까운 날에 출가할 것이라든지 하는 소식이 마치 단숨에 충치를 뽑듯이 그렇게 자기의 아픔을 치유해 주기를 내심 안타깝게 기다리고 있었다.

그러는 동안 봄이 찾아왔다. 그것은 이 계절에 자칫 있게 마련인 그런 쓸데없는 기대도 기만도 없이 멋지고, 친근함이 깃든 봄이었다. 식물도 동물도 사람도 함께 기뻐할 수 있는 드문 봄이었다. 이 멋진 봄이 다시 레빈에게 기운을 주고, 과거의 모든 것을 버리고 자기의 독신 생활을 건실하게 독자적으로 이룩하도록 결심하게 만들었다.

커다란 장화를 신은 레빈은 처음으로 모피 외투를 벗어 던지고 러시아 외투를 입고는, 햇빛이 반짝거려 눈을 찌르는 개울을 건너기도 하고 얼음이나 진창 위를 걸으면서 농장을 둘러보러 나갔다.

우선 그는 축사로 발길을 향했다. 암소들은 울타리 안에 풀려 털갈이한 매끄러운 털빛을 반들거리며 햇볕을 쬐고 있었고, 들에 내달라고 보채며 울고 있었다. 레빈은 그 자세한 점까지 잘 알고 있는 소들에게 한동안 눈을 빼앗긴 다음, 그것들을 들로 놓아 주고 송아지를 울타리 안으로 넣으라고 시켰다. 목부들은 쾌활하게 들로 나갈 채비를 서둘렀다. 축사지기의 아낙네들은 치맛자락을 걷어 올리고 나뭇가지를 손에 들고 아직 햇빛에 그을지 않은 하얀 맨발로 진창 위를 찰싹거리고 다니면서, 봄이 와서 그저 좋아 어쩔 줄 모르고 울어 대는 송아지들을 마당으로 쫓아내려고 뛰어다니고 있었다.

레빈은 축사에 있을 때도 유쾌했지만 들에 나오게 되니 더욱 기분이 좋았다. 그는 좋은 말에 올라타 율동적으로 흔들리면서 눈과 공기의 상쾌한 내음을 맡았다. 그리고 희미하게 사람의 발자국이 찍힌 채 여기저기 남아 있는 눈을 밟으며 숲길로 들어섰다. 그러자 나무껍질의 이끼가 되살아나고, 싹트고 있는 한 그루 한그루의 나무에서 기쁨이 느껴지는 듯했다. 숲을 빠져나오니 눈앞에는 가을갈이를 한 밭이, 한 곳도 작물이 비거나 습한 곳 없이 반반한 벨벳 융단처럼 펼쳐져 있었다.

레빈은 말을 몰아 이번에는 작년에 자운영이 자라던 밭 쪽으로 갔다. 이어 밀의 봄갈이를 위해 쟁기질이 되어 있는 곳으로 가 보았다. 밀의 그루터기 위로 나와 있는 자운영의 새싹은 눈부셨다. 그것은 꺾어진 작년의 밀 줄기 밑에서 벌써 싱싱한 푸르름을 지니고 돋아 나고 있었다. 말은 발목까지 수렁 속에 파묻히며 앞으로 나아갔고 한 발짝

마다 녹은 진창에서 발을 빼는 소리가 찔걱찔걱 났다.

쟁기로 갈아 놓은 곳은 도저히 말을 몰고 들어갈 수가 없었다. 아직 얇은 얼음이 남아 있는 곳은 가기가 좋았지만 녹은 고랑 같은 데는 발목 위까지 흙 속에 묻혀 버리는 것이었다. 쟁기질은 잘되어 있었다. 하루 이틀 지나면 써레질을 해서 씨앗을 뿌릴 수 있을 듯했다. 모든 일이 깔끔하게 잘되어 있어 기분이 좋았다.

레빈은 돌아오는 길에는 이제 물이 빠져 있었으면 하고 바라면서 개울을 건너서 가기로 했다. 생각대로 무사히 냇가를 건너면서는 물오리 두 마리를 깜작 놀라게 했다.

'어쩌면 도요새도 있겠군.'

그는 생각했다. 마침 집으로 돌아오는 길에 만난 산지기도 도요새가 있을 것이라는 그의 예상이 옳다고 인정해 주었다. 레빈은 말을 달려 집으로 돌아왔다. 그는 어서 식사를 마치고 저녁이 되기 전에 총을 꺼내어 손질해 놓아야겠다고 생각했다.

매우 기분이 좋아서 집 가까이로 말을 몰고 오던 레빈은 현관 앞에서 방울 소리가 울리는 것을 들었다.

'아, 역에서 누가 온 거로군. 마침 모스크바에서 기차가 도착할 시간이다……. 도대체 누가 왔을까? 어쩌면 형 니콜라이인지도 몰라. 형은 마음이 내키면 온천에 갈지도 모르고 또 나한테 쳐들어올지도 모른다고 말했으니까.'

그는 생각했다.

레빈은 그 순간 형 니콜라이의 출현이 지금의 행복한 봄다운 기분을 망쳐 놓게 될지도 모른다 싶어 매우 불쾌한 기분이 들었다. 그는 이

내 자기가 갖는 그런 감정이 부끄럽게 생각됐다. 그는 마치 마음속으로 포옹의 팔을 펼친 것처럼 감격에 찬 기쁨을 가지고, 이번에는 부디형 니콜라이가 오는 것이었으면 정말 좋겠다고 기원했다.

그는 말을 채찍질하며 아카시아 나무 그늘에서 나왔다. 그러자 말세 필이 끄는 역의 임대 썰매가 이쪽으로 다가오는 것과 모피 외투를 입은 신사의 모습이 보였다. 형이 아니었다.

'아아, 누구 좋은 말상대가 될 사람이면 좋겠는데.'

그는 생각했다.

"여어!"

레빈은 두 팔을 번쩍 들고 기쁜 듯이 소리쳤다.

"이거 반가운 손님이군! 정말 기쁘네!"

그는 스테판 아르카지치의 얼굴을 알아보고 외쳤다.

'그 사람이 결혼했는지 아니면 언제 결혼할지 확실한 말을 들을 수 있겠지.'

레빈은 생각했다. 이렇게 화창한 봄날이고 보면 그 사람에 대한 추억도 괴로움이 되지 않을 것 같았다.

"뜻밖이지, 응?"

스테판 아르카지치는 썰매에서 내리며 말했다. 그의 콧잔등이며 볼, 눈썹에도 진흙덩이가 묻어 있었으나 그 얼굴은 쾌활한 기분과 건강으로 빛나고 있었다.

"자네를 만나고 싶어서 온 거야. 이것이 방문의 첫째 목적이네."

그는 상대방을 끌어안고 키스하며 말을 이었다.

"사냥을 하는 것, 이것이 둘째 이유. 그리고 예르구쇼프의 숲을 파는 것이 셋째 이유일세."

"그거 좋군, 좋아! 그래 이 봄은 어떤가! 자넨 용케도 썰매를 타고 왔군!"

"마차 같으면 오기가 더 힘들어요, 레빈 님."

얼굴을 아는 마부가 말했다.

"하여튼 자네가 찾아와서 반갑네."

레빈은 어린아이 같은 기쁨의 미소를 띠고 말했다.

스테판 아르카지치는 여러 가지 재미있는 뉴스를 전해 주었는데, 특히 레빈의 흥미를 끈 것은 형 세르게이 이바노비치가 이해 여름에 이곳으로 올 생각이라는 소식이었다. 스테판 아르카지치는 키티에 대해서나 쉬체르바스키 댁에 대해서는 한마디도 하지 않았다. 다만 아내가 안부를 전하더라는 말뿐이었다. 레빈은 상대방의 자상한 마음씨에 감사하고 이 손님의 내방을 진정으로 기뻐했다.

언제나 그렇지만 레빈은 고독한 생활을 하는 동안 주위 사람들에게 전할 수 없는 많은 사상이나 감정이 괴어 있었기에, 시적인 봄의 기쁨도 경영상의 실패도 앞으로의 계획도 머릿속의 생각도 읽은 책의 감상도 모조리 스테판 아르카지치에게 쏟아 놓았다.

레빈은 앙상한 숲우듬지 너머로 가라앉는 해를 창 너머로 하여 얼핏 보았다.

"아아, 이제 나가 볼 시간이군. 쿠지마, 말을 준비해 주게."

그가 말하고는 아래층으로 달려 내려갔다.

스테판 아르카지치는 아래로 따라 내려와 자기가 가져온 칠을 한 상자에서 돛천으로 만든 씌우개를 꺼내어 조심스럽게 열고, 신식의 값비싼 엽총을 꺼냈다. 쿠지마는 큰 술값이 생기겠다는 눈치를 채고, 벌써 스테판 아르카지치에게 딱 들러붙어 그에게 양말이며 구두를 신겨 주었다. 스테판 아르카지치도 그것을 마다하지 않고 하는 대로 내버려 두었다.

"코스챠, 만일 랴비닌이라는 상인이 오게 되면, 오늘 이리로 오라고 일러두었거든, 집 안에 들어와 기다리도록 일러 주게."

그가 코스챠라는 하인에게 말했다.

"자네 랴비닌한테 숲을 팔 생각인가?"

"응, 자네도 그 사내를 알고 있나?"

"물론 알고말고. 나와 그 사내는 적극적이고도 결정적으로 거래를 한 일이 있거든."

스테판 아르카지치는 웃음을 터뜨렸다. '적극적이고도 결정적으로'라는 것은 그 상인이 즐겨 쓰는 말이었다.

"정말 그 친구의 말투는 기막히게 익살맞아. 허허, 요놈은 벌써 주인 나리가 어디로 가는지 눈치를 챘군!"

그는 개 라스카를 토닥거려 주며 덧붙였다.

라스카는 끙끙거리며 레빈의 주위를 맴돌다가 그 손이나 장화나 엽총을 핥곤 했다. 두 사람이 밖으로 나가자 차체가 긴 시골 마차가 계단 아래서 기다리고 있었다.

"그다지 멀지는 않지만 일단 마차는 준비시켜 놓았네. 걸어가겠나?"

"아니, 타고 가는 게 낫겠어."

스테판 아르카지치는 마차로 다가가며 말했다. 그는 마차 위에 올라앉자 두 다리를 호랑이 가죽 무릎 덮개로 싸고 엽궐련을 피우기 시작했다.

"자네가 담배를 피우지 않는 건 무슨 까닭인가? 담배라는 것은 단지 즐거움일 뿐 아니라 그 즐거움의 최고봉이고 상징이기도 하네. 이것이야말로 인생 바로 그것이네! 정말 멋진 것이거든! 이것이야말로 바로 내가 희구하는 생활일세!"

"그럼 도대체 누가 그것을 방해하고 있단 말인가?"

레빈은 미소를 띠며 물었다.

"자네는 정말 행복한 사람이야. 자기가 좋아하는 것은 무엇이나 가지고 있으니 말일세. 말도 있고 개도 있고 사냥도 할 수 있거니와 농장도 있으니 말이야."

"아마 그것은 내가 가진 것으로 만족하고, 없는 것에 대해서는 아등바등하지 않기 때문일 걸세."

레빈은 키티에 대한 생각을 하면서 말했다.

7

사냥터는 조그만 고리버들 숲 사이로 흐르는 개울가로 별로 멀지는 않았다. 그 숲까지 이르자 레빈은 마차에서 내려 이미 눈이 녹고 이끼가 긴 질퍽한 빈터 한 모퉁이로 스테판 아르카지치를 안내했다. 그 자신은 다른 쪽 모퉁이에 있는 두 갈래 난 자작나무 옆으로 가서, 낮고 마른 나뭇가지의 갈라진 틈에 총을 기대 세우고 카프탄(긴 길이의 남성용 상의)을 벗어 띠를 고쳐 맨 다음 두 팔의 운동이 자유로운지 시험해 보앉다.

두 사람의 뒤를 따라온 잿빛의 늙은 개 라스카는 주인을 마주 보고 조심스럽게 웅크리고 앉아 귀를 종긋 세웠다. 태양은 커다란 숲 너머로 넘어가고 있었고 고리버들 사이에 점점이 서 있는 자작나무는 금방이라도 터질 것처럼 부푼 새싹을 틔운 가지를 석양의 빛살 속에 뚜렷이 그려 내고 있었다.

멀리서 가냘픈 피리 소리 같은 것이 들려오는가 싶더니 사냥꾼들에겐 매우 익숙한 2초라는 일정한 사이를 두고 두 번째 세 번째 소리가 뒤따랐다. 세 번째 소리가 난 뒤로는 그저 목을 울리는 것 같은 소리가 들렸다.

레빈은 재빠르게 좌우를 둘러보았다. 어두워지는 코발트색 하늘에 고리버들 가지가 유연하게 어울리는 위쪽으로 날아가는 새 한 마리가 보였다. 새는 곧장 그의 쪽으로 날아왔다. 두꺼운 천을 찢는 것같이 목 안쪽으로 우는 소리가 바로 귀 위에서 울렸다. 새의 기다란 부리와 목을 분간할 수 있었다. 레빈이 겨냥한 순간 스테판 아르카지치가 서 있던 덤불에서 빨간 화광 같은 것이 번뜩였다. 새는 화살처럼 아래로 떨어져 내리다 도로 하늘로 솟아올랐다. 그러자 또 화광이 번뜩이고 총성이 울렸다. 새는 마치 허공에 몸을 부딪히기라도 한 것처럼 날개를 파닥거리며, 순간 한곳에 머물러 있는가 싶더니 금방 숲 속으로 툭 떨어졌다.

"빗맞은 모양이군."

스테판 아르카지치는 총의 연기로 잘 보이지 않았기 때문에 그렇게 말했다.

"아니야, 저기 가지고 오잖나!"

레빈이 라스카를 가리키며 말했다. 개는 한쪽 귀를 세우고 복스러운 꼬리를 높게 내두르며, 그 기쁨을 조금이라도 더 오래 간직하고 싶다는 듯이 미소라도 띠고 있는 듯한 표정으로 조용히 걸어와 죽은 새를 주인한테 전했다.

"이봐, 자네가 쏘아 맞혔으니 기쁘군."

레빈은 말했으나, 그와 동시에 도요새를 쏜 것이 자기가 아니라는 사실에 부러운 느낌이 들었다.

"젠장, 오른쪽 총신이 빗나갔군."

스테판 아르카지치는 말했다.

"쉿, 또 날아와."

과연 귀를 찌르는 날카로운 울음소리가 뒤를 이어 들려왔다. 도요새 두 마리가 장난을 치며 서로 쫓고 쫓기면서 예의 목구멍 속으로 우는 소리가 아닌, 가냘픈 피리 소리 같은 울음소리를 내며 두 사냥꾼의 머리 위로 날아왔다.

사냥 성적은 아주 흡족했다. 스테판 아르카지치는 두 마리나 더 잡았고 레빈도 두 마리를 쏘았으나 그중 한 마리는 찾지 못했다. 이윽고 날이 어두워 왔다. 밝은 은빛 샛별이 서쪽 하늘 낮게 자작나무 그늘에 그 다정한 빛을 보였고, 동쪽의 높은 하늘에는 침울한 모습으로 황소자리의 으뜸 별이 빨간빛을 뿜으며 반짝이고 있었다.

"이제 돌아갈 시간 아닌가?"

스테판 아르카지치는 말을 걸었다. 숲 속은 이제 완전히 조용해져 새 한 마리 바스락거리는 소리도 들리지 않았다.

"스치바! 자네는 왜 자네 처제가 결혼을 했는지 아니면 언제 하는지 말해 주지 않나?"

불쑥 레빈이 말을 걸었다.

레빈은 이미 마음이 안정되어 있었으므로 무슨 대답을 들어도 흥분하지 않을 것 같았다. 그러나 스테판 아르카지치의 대답은 너무나 뜻밖의 것이었다.

"그 처녀는 시집 같은 건 갈 생각도 하지 않고 지금도 그런 생각은 전혀 없네. 건강이 좋지 않아. 의사의 지시로 외국으로 전지시켰어. 생명의 위협을 느낄 정도라서 말일세."

"그게 정말인가!"

레빈은 자기도 모르게 큰소리를 냈다. 두 사람은 그때 서로 열다섯 걸음쯤 떨어져 있었다.

"스치바!"

레빈이 말을 걸었다.

마침 그 순간 두 사람 모두 귀를 찌르는 날카로운 울음소리를 들었다. 두 사람은 얼른 총에 손을 가져갔다. 두 줄기의 화광이 번뜩이고 이어 두 발의 총성이 울렸다. 하늘 높이 날고 있던 도요새는 금방 날개를 접고 나무의 가는 아래쪽 가지를 때려 휘며 덤불 속으로 떨어졌다.

"이거, 근사하군! 함께 쏘았어!"

레빈은 소리치며 도요새를 찾으러 라스카와 함께 덤불 속으로 뛰어갔다.

'아아, 그래. 그게 무엇이었더라. 지금 뭣 때문에 걱정했었지? 그렇지, 키티가 아프다고 했지……. 나로선 어쩔 수가 없는 일이다. 참으

로 안됐다.'

그는 방금 전 일을 생각해 냈다.

"오오! 찾아냈구나. 잘했다, 잘했어!"

그는 아직 따뜻한 새를 라스카의 입에서 받아 이미 가득 찬 사냥 자루에 넣었다. 그러고는 소리쳤다.

"스치바! 찾았어!"

8

집으로 돌아오면서 레빈은 키티의 병이며 쉬체르바스키 댁의 계획에 대해서 꼬치꼬치 물어 이야기를 모두 들었다. 그는 사실을 인정하기에는 스스로 부끄러운 생각이 들었으나 솔직하게 말해서 그 이야기를 듣고 기분이 좋았다. 기분이 좋았던 것은, 그 일로 또 새 희망이 생기기도 했거니와 그것 말고도 자기에게 그토록 쓰라린 아픔을 주었던 그 여자 자신이 이번에는 그런 아픔을 겪고 있기 때문이기도 했다.

레빈은 스테판 아르카지치가 키티가 아픈 원인에 대한 이야기를 시작하여 브론스키의 이름을 말했을 때 상대방의 말을 가로막았다.

"나는 남의 집 사정을 미주알고주알 캘 권리는 없어. 아니, 사실 그런 것엔 흥미가 전혀 없어."

스테판 아르카지치는 레빈의 얼굴에서 전부터 익숙해진 갑작스럽고 깊은 변화를 보고 희미한 미소를 흘렸다. 1분 전까지만 해도 그토록 밝았던 친구의 얼굴이 이번에는 거꾸로 완전히 우울해져 버렸기 때문이다.

그날 밤 레빈은 기분이 좋지 않았다. 키티는 시집을 안 가고 앓고 있다. 더구나 그 병은 남자로 인한 병이다. 그 모욕은 마치 그 자신에게 가해진 것과 똑같다는 느낌이 들었다. 브론스키는 그녀를 찼고 그녀는 레빈을 찬 것이다. 따라서 브론스키는 레빈을 경멸할 권리를 가진 것이나 마찬가지고 그렇기 때문에 그의 적이다. 그러나 레빈은 그런 것을 다 생각해 보지는 않았다.

레빈은 아무리 마음을 가누려고 애써도 자꾸 기분이 가라앉고 말을 하기가 싫었다. 그는 스테판 아르카지치에게 어떤 질문을 하고 싶었지만 아무래도 결심이 서지 않을 뿐 아니라 어떻게 물어야 좋을지 몰랐다. 스테판 아르카지치는 이미 잠옷을 입고 누워 있었다. 레빈은 이런저런 한가한 이야기를 하면서 언제까지나 그의 방에서 머무적거렸다.

"그건 그렇고, 브론스키는 지금 어디에 있나?"

레빈이 갑자기 물었다.

"브론스키라니?"

스테판 아르카지치는 하품을 하다 말고 말했다.

"페테르부르크에 있지. 자네가 떠난 지 얼마 안 있다가 그리로 가 버린 뒤로는 다시 모스크바에 오지 않았어. 그런데 레빈, 자네에게 사실을 말하겠는데, 그건 자네가 잘못한 거야. 자네가 경쟁자를 무서워했기 때문이야. 그때도 말했지만 나는 어느 쪽에 기회가 있었는지는 모르겠어. 왜 자네는 계속 밀고 나가지 않았지? 그때도 자네에게 말한 것처럼, 그⋯⋯."

그는 탁자에 팔꿈치를 짚고 잘생긴 장밋빛 얼굴을 괸 채 말을 계속했다. 그러다가 입을 크게 열지 않고 하품을 했다.

'음, 이 친구 얼굴에는 뭔가 교활하고 외교관 같은 데가 있군.'

레빈은 자신의 얼굴이 붉어지는 것을 느끼면서 말없이 스테판 아르카지치의 눈을 바라보며 생각했다.

"비록 그때 그 여자에게 무슨 일이 있었다 해도 그것은 외면적인 일에 일시 분별을 잃었던 데 지나지 않아."

스테판 아르카지치는 말을 이었다.

레빈은 얼굴을 찌푸렸다. 당시 맛본 그 모욕감이 마치 방금 받은 생생한 상처처럼 그의 마음을 찢었다.

"이제 그 이야기는 그만두지. 스치바, 설마 내게 화를 내고 있는 것은 아니겠지?"

레빈은 웃으며 말하고는 친구의 손을 잡았다.

"아니, 그런 염려는 말게. 첫째로 내가 화를 낼 까닭이 없잖나? 그건 그렇고, 새벽 사냥도 참 재미가 있거든. 나가지 않겠나? 나는 이대로 자지 않아도 괜찮아. 사냥터에서 곧바로 역으로 가면 되니까."

"응, 그거 좋겠네. 그렇게 하세."

9

브론스키의 내면은 온통 정열로 가득 차 있었음에도 불구하고, 외적인 생활은 사교계와 연대의 여러 가지 관계나 이해로 이루어진 종전의 판에 박은 궤도를 따라 변함없이 피할 수 없는 상태로 흘러가고 있었다.

당연한 일이지만 그는 동료 누구에게도 자기의 사랑에 대해서는 한

마디도 말을 하지 않았다. 아무리 정신없는 술자리에서도 그는 결코 실수를 하는 법이 없었다.—물론 그는 자제력을 잃을 만큼 술에 취한 일이 한번도 없었다—또 그의 관계에 대해 눈치를 채고 누설시킬 듯한 경솔한 패거리에 대해서는, 미리 손을 써서 입을 봉해 놓고 있었다. 그런데도 그의 사랑은 온 도시에 소문이 나고 말았다.

브론스키의 어머니는 아들의 정사를 알고 처음에는 만족하게 생각했다. 부인의 의견에 의하면 상류사회의 정사만큼 눈부신 미래를 가진 청년에게 마지막 빛을 더해 주는 것도 없기 때문이다. 또 기차 안에서 그토록 자기 아들 이야기만 하며 부인에게 호감을 주었던 안나라는 여자도 브론스키 백작 부인의 의견에 따르면, 역시 모든 아름다운 부인들과 하나도 다를 것이 없었다.

그러나 최근에 아들이 장래의 영달을 위해서 중요한 지위를 권고받았음에도 안나를 만날 수 있는 지금의 연대에 머물러 있기 위해서 그 제의를 거절하여 윗사람으로부터 미움을 샀다는 이야기를 듣고, 부인도 자기 의견을 바꾸지 않을 수 없었다. 게다가 이 정사에 대해서 부인이 들은 모든 정보로 판단하면 그것은 부인이 인정하고 있는 것과 같은 화려하고 우아한 사교계의 정사가 아니었다.

뭔가 저 베르테르식의 격렬한 사랑이었으며, 그녀가 듣고 있는 바로 아들이 엉뚱하고 어리석은 처지에 빠져 버릴지도 모른다는 것도 부인을 불쾌하게 했다. 부인은 아들이 갑자기 모스크바를 떠난 뒤로 한 번도 만나지 못했기 때문에 큰아들을 통해서 한번 다녀가도록 전갈을 보냈다. 형도 동생의 일에 대해서는 마땅치 않게 생각하고 있었다.

10

근무와 사교라는 일 말고 브론스키에게는 또 하나의 일, 승마가 있었다. 말이라면 그는 완전히 열중해 버리는 것이었다.

마침 금년에는 장교들의 장애물경마가 열리기로 되어 있었다. 브론스키는 이 경기에 참가 등록을 마치고 혈통이 좋은 영국산 암말 한 마리를 샀다. 한편으로는 사랑에 열중하면서 눈앞에 다가온 경마를 다소 절제하기는 했으나, 내심으로는 온 신경을 열중하고 있었다.

이 두 가지 정열은 서로 방해가 되지 않았다. 아니, 그로서는 도리어 자기의 사랑과 관계없는 일이나 도락이 필요했다. 그는 그러한 것에 의해서 지나치게 자기 마음을 흥분시키는 일로부터 숨을 돌리고 여유 있는 기분이 되고 싶었다.

크라스노예셀로(아름다운 도시, 붉은 도시라는 뜻)에서 경마가 열리는 당일이었다. 브론스키는 오늘 경마가 끝난 뒤에 안나와 만나자고 약속한 일을 생각하고 있었다. 그는 이미 사흘이나 그녀를 만나지 못했고, 안나의 남편이 외국에서 돌아와 있기 때문에 과연 오늘 만날 수 있을지 어떨지도 예상할 수가 없었으며 어떻게 해서 그것을 확인해야 할지도 몰랐다.

그가 마지막으로 안나를 만난 것은 공작부인 베치의 별장에서였다. 카레닌 가 별장에는 될 수 있는 한 가지 않도록 하고 있었으며, 남편이 귀가하는 오늘은 더군다나 거기에 가고 싶지 않았다. 그는 어떻게 하면 좋을까 하고 그 문제로 고민하고 있었던 것이다.

'경기 전에 그녀를 별장으로 찾아가자. 만일 거기서 그녀의 남편과 마주치면 부인이 경마를 보러 가려는지 어떤지 물어 봐 달라는 베치

의 부탁을 받고 왔다고 말하자. 하여튼 가야 한다.'

그는 결심했다. 그녀를 만날 수 있다는 생각을 하자 그의 얼굴은 금방 밝아졌다.

"우리 집에 심부름꾼을 보내서 서둘러 삼두마차를 준비해 두라고 말해 주게."

그는 은접시에 뜨거운 비프스테이크를 날라 온 사환에게 이르고서 접시를 끌어당겨 식사를 시작했다. 브론스키가 밖으로 나왔을 때 누군가가 그를 불렀다.

"여어, 브론스키!"

동료 야시빈이었다.

"왜 그러나?"

"자네 이발을 하는 게 어떻겠나, 보기가 싫군. 특히 벗겨진 곳이 말이야."

아닌 게 아니라 브론스키는 나이보다 일찍 머리가 빠져 있었다. 그는 깨끗한 치아를 내보이며 즐겁게 껄껄껄 웃고는, 벗겨진 머리에 군모를 눌러쓰고 밖으로 나와 포장마차에 올라탔다. 마차가 떠나자마자 아침부터 잔뜩 찌푸렸던 하늘에서 소나기가 후드득 떨어지기 시작했다.

'이거 재미없는데. 그렇지 않아도 땅이 진데 이래 가지고는 수렁이 되겠어.'

브론스키는 마차에 포장을 올리면서 생각했다. 소나기는 그리 오래 계속되지 않았다. 브론스키가 목적지에 가까이 왔을 때는 해가 도로 얼굴을 내밀었다.

브론스키는 그녀가 혼자 있기를 바라면서, 언제나 그렇듯이 될 수 있는 대로 사람의 주의를 끌지 않도록 작은 다리를 건너기 전에 마차를 내려 걸어갔다. 그는 정면 현관으로 가지 않고 돌아서 마당으로 불쑥 들어섰다.

"주인어른께선 도착하셨나?"

그는 정원사에게 물었다.

"아닙니다, 아직 오시지 않았습니다. 부인은 계십니다. 현관으로 가시면 사람이 있을 테니까 열어 드릴 겁니다."

정원사는 대답했다.

"아니야, 이쪽으로 들어가겠어."

안나가 혼자 있다는 것을 알자 그는 느닷없이 들어가서 놀래켜 주고 싶었다.

안나는 혼자 테라스에 앉아, 산책 나갔다가 비를 만난 아들이 돌아오기를 기다리고 있었다. 하인과 하녀에게 아들을 찾아오도록 일러 보내고는 자기는 거기 앉아서 기다리고 있었던 것이다.

커다란 수를 놓은 흰옷을 입은 안나는 테라스의 꽃그늘에 앉아 있었기 때문에 브론스키의 발소리를 알아듣지 못했다. 그녀는 탐스럽게 물결치는 검은 머리카락을 늘어뜨린 채 난간 위에 놓인 차가운 물뿌리개에 이마를 대고, 그가 너무나 잘 알고 있는 반지를 낀 아름다운 두 손으로 물뿌리개를 쥐고 있었다. 그 아름다운 자태는, 그 머리며 목이며 손이나 언제 보아도 마치 뜻밖의 것을 보는 듯 브론스키를 숨막히게 했다. 그는 환희에 불타 그녀를 바라보며 우뚝 걸음을 멈추었다.

그녀에게 다가가려고 다시 한 발짝 내디뎠을 때, 그녀는 벌써 그를 알아채고는 물뿌리개를 밀어 내고 흥분한 얼굴을 그에게 돌렸다.

"왜 그러십니까? 어디 불편하신가요?"

그는 가까이 가면서 프랑스어로 물었다. 그는 금방이라도 그녀에게 뛰어가고 싶었지만 누가 보고 있을지도 모른다 싶어서 테라스로 나오는 문을 돌아보았다. 언제나 그렇지만 조심스럽게 사방을 둘러보아야 하는 자기 처지를 생각하고 브론스키는 얼굴이 붉어졌다.

"아니에요, 아무렇지도 않아요. 정말 뜻밖이에요……. 이렇게 오시다니."

안나는 일어서서 그가 내민 손을 꼭 쥐었다.

"아아! 왜 이렇게 손이 차갑습니까?"

그가 물었다.

"그야 당신이 나를 놀라게 했기 때문이죠. 전 세료쥐아를 기다리고 있었어요. 그 아이는 산책을 나갔거든요. 곧 돌아올 거예요."

그녀는 말했다. 안나는 마음을 가라앉히려고 애썼지만 그 입술은 떨리고 있었다.

"용서하십시오, 너무 갑자기 찾아오곤 해서요. 하지만 나는 당신을 안 보고는 하루도 지낼 수가 없습니다."

그가 역시 프랑스어로 말했다.

"어머나, 용서해 달라뇨? 전 이렇게 기쁠 수가 없는데!"

"어디 불편하시거나 무슨 걱정이 있는 것이겠지요? 도대체 무엇을 그렇게 생각하고 계십니까?"

그는 안나의 손을 잡은 채 몸을 수그리며 말했다.

"언제나 꼭 한 가지 일이에요."

안나는 웃음 띤 얼굴로 말했다.

'이야기를 할까, 그만둘까. 하지만 이분은 참 행복하고 이렇게 경마에 열중하고 계시니, 그 일을 이야기해도 알아주지 않을 거야. 그것이 우리 두 사람에게 무슨 뜻을 가지고 있는지 제대로 이해를 못 하실 거야.'

안나는 상대방의 차분하고 따뜻한 눈길을 보며 생각했다.

"내가 들어오면서 무엇을 생각하느냐고 물었는데 아직도 그 대답을 않고 계시군요. 자, 말씀해 주시죠!"

문득 이야기를 도중에서 꺾고 브론스키가 말했다.

안나는 그 말에는 대답하지 않고 살짝 고개를 숙이며 긴 속눈썹 속의 반짝이는 눈길로 무엇을 묻듯이 상대방의 얼굴을 가만히 바라보았다. 잡아 뜯은 나뭇잎을 만지작거리던 그녀의 손이 가냘프게 떨리고 있었다. 그는 그것을 눈치챘다.

"정말 무슨 일이 일어난 것 같군요. 당신에게 뭔가 내가 모르는 고민거리가 있다면 내가 어떻게 태평할 수 있겠습니까? 제발 부탁이니, 말해 줘요!"

그는 빌듯이 되풀이했다.

'그렇다. 만일 이분이 그 뜻을 제대로 알아주지 못한다면, 난 도저히 이분을 용서할 수 없어. 역시 말하지 않는 게 낫겠어. 굳이 이분을 시험해 볼 필요가 없으니까.'

그녀는 여전히 물끄러미 상대방의 얼굴을 보면서 그렇게 생각하고 있었다. 나뭇잎을 틀어쥔 자기의 손이 차츰 더 심하게 떨리는 것을 느꼈다.

"자, 어서!"

그는 안나의 손을 잡고 되풀이했다.

"이야기해 드릴까요?"

"네, 어서. 어서요!"

"나, 임신했어요."

안나는 조용하고 느릿하게 말했다.

그녀 손 안의 나뭇잎이 더욱 세게 떨렸다. 안나는 그가 이 소식을 어떻게 받아들이는가를 보려고 상대방의 얼굴에서 눈을 떼지 않았다.

그는 파랗게 질려 무엇인가를 말하려다 그만두고 그녀의 손을 놓고는 고개를 떨구었다.

'아, 이분은 내 말의 의미를 완전히 알아 주셨군.'

그녀는 생각하며 고마운 마음으로 그의 손을 꼭 쥐었다.

그러나 안나는 잘못 생각하고 있었다. 브론스키는 이 소식의 뜻을 안나가 여자로서 해석하던 것처럼 이해하고 있지 않았다. 이 소식을 듣자, 최근 그에게 발작적으로 엄습해 왔던 그 누군가에 대한 기묘한 혐오감이 여느 때의 열 배나 되는 힘으로 그를 덮친 것이다. 그와 동시에 그는 자기가 예기하고 있던 위기가 지금 드디어 닥쳐왔다는 것, 더이상 그녀의 남편에게 숨길 수 없으므로 어떻게 하든지 한시바삐 이 부자연스러운 상태를 탈피하지 않으면 안 된다는 것을 느꼈다.

그것과는 별도로 그녀의 흥분이 생리적으로 그에게도 감염되었다. 그는 황홀하고 순종하는 눈길로 안나를 바라보고 그 손에 키스를 하더니, 살며시 일어서서 말없이 테라스를 한 바퀴 돌았다.

"그렇습니까. 나도 당신도 우리의 관계를 한때의 장난으로 생각한 일은 없습니다. 하지만 이제야말로 우리의 운명이 결정된 것입니다.

아무래도 빨리 결말을 지어야 하겠습니다."

그는 결연한 발걸음으로 그녀 옆으로 다가오며 말했다.

"결말을 짓다뇨? 어떻게 결말을 짓죠?"

안나는 조용히 말했다. 그녀는 이제 진정이 되었고 그 얼굴도 따뜻한 미소로 반짝이고 있었다.

"당신이 지금의 주인을 버리고 우리 둘이 맺어지는 것입니다."

"지금도 우리는 맺어져 있지 않아요?"

"예, 하지만 더 완전히, 확실하게……."

"어떻게요? 가르쳐 주세요, 브론스키. 어떻게요? 정말 이런 상태에서 빠져나갈 방법이 있겠어요? 나는 지금의 남편에게 매인 아내잖아요."

안나는 회피할 수 없는 자기의 입장에 대해 슬픈 조소를 띠며 말했다.

"어떤 상태에서든지 빠져나가는 길은 있습니다. 우선 결심을 해야죠. 그것이 무엇이든 지금 당신이 살고 있는 상태보다는 나아요. 나는 잘 알고 있습니다. 당신이 얼마나 여러 가지로 괴로워하고 있는가를. 사교계의 일, 아들의 일, 남편의 일…."

그는 말했다.

"네, 하지만 남편만은 달라요. 이유는 잘 모르지만, 그이에 대해서는 생각하지도 않아요. 내게 있어서 그이는 없는 거나 같은걸요."

안나는 밝은 웃음을 띠며 말했다.

"당신은 거짓말을 하고 있어요. 나는 당신을 잘 알아요. 아니에요, 당신은 그 사람 때문에도 괴로워하고 있습니다."

"하지만 그이는 아무것도 모르고 있어요. 부탁이에요. 그 사람에 대해서는 말하지 말기로 해요."

안나는 말했으나 갑자기 얼굴이 새빨갛게 물들었다. 볼에서 이마, 목덜미까지 빨개져서 부끄러움의 눈물이 두 눈에서 넘쳤다.

이때 안나는 돌아온 아들의 목소리를 듣고 얼른 테라스를 둘러보더니 벌떡 일어섰다. 그녀의 눈길은 그가 언제나 보아 아는 것처럼 타오르기 시작했다. 그녀는 재빠른 동작으로 여러 개의 반지를 낀 아름다운 두 손으로 그의 머리를 붙들고 오랫동안 가만히 바라보고 있더니, 이윽고 웃음이 담뿍 괸 자기 입술을 가져다 재빨리 그의 입과 두 눈에 키스하고는 놓아 주었다. 그는 몸을 일으켜 나가려는 그녀를 붙들었다.

"언제?"

그는 황홀한 마음으로 그녀를 바라보고 속삭이듯 물었다.

"오늘 밤 1시에."

그녀는 속삭이고 크게 한숨을 쉬더니, 그 가볍고 빠른 걸음으로 아들을 맞이하러 서둘렀다.

"그럼 이따가 또. 저도 서둘러 경마장에 가야 해요. 베치가 마중 나오기로 했어요."

안나는 브론스키에게 말했다.

그는 힐끗 시계를 보더니 밖으로 나갔다. 마차가 페테르부르크와 그 주변 시골에서 경마장을 향해 가는 마차를 앞지르고 앞질러 차츰 경마장의 분위기가 감도는 곳으로 다가갈수록, 눈앞에 닥쳐 온 경마의 광경이 브론스키의 마음을 사로잡았다.

그의 숙사에는 이제 아무도 남아 있지 않았다. 사람들은 모두 경마장으로 나가 버리고 하인이 문 옆에서 그를 기다리고 있었다. 그가 옷을 갈아입는 동안 하인은 이제 곧 두 번째의 경마가 시작될 것이고, 많은 나리들이 그가 어디 갔느냐고 물으러 왔으며 마구간에서는 두 번이나 소년이 뛰어왔었다는 것 등을 보고했다.

그다지 서두르는 기색도 없이 옷을 갈아입은 브론스키―그는 결코 서두르거나 자제심을 잃는 일이 없었다―는 마구간으로 마차를 몰도록 시켰다. 마구간에서는 경마장을 에워싸고 있는 마차, 걸어가는 사람들, 병사들의 무리가 보였고 사람들이 꽉 들어 찬 관중석이 건너다보였다.

아마 두 번째 경마가 시작된 것 같았다. 그가 마구간으로 들어섰을 때 종소리가 들렸기 때문이다. 마구간 가까이에서 그는 발목이 희고 밤색 털빛을 한 마호친의 말 글라디아토르를 보았다. 푸른 가장자리 장식으로 귀가 더욱 크게 보이는 주황색 바탕에 파란 줄무늬를 댄 말옷을 입고 경마장으로 끌려가고 있는 중이었다.

"코르드는 어디 있지?"

그는 마부에게 물었다.

"마구간 안에 있습니다. 지금 말에 안장을 얹고 있습니다."

열어젖힌 마구간 안에서 그의 애마 프루프루에게는 이미 안장이 얹혀 있었다. 이제 사람들이 끌고 나오려는 참이었다.

"늦지 않았나?"

"괜찮습니다. 괜찮아요! 모든 일이 잘되었습니다. 다만 흥분하지만 마세요."

영국인이 대답했다.

브론스키는 온몸을 떨고 있는 애마의 날씬하고 멋진 모습을 다시 한 번 둘러보고는, 더 바라보고 싶은 생각을 떨치고 마구간을 나왔다. 그는 남의 눈에 띄지 않도록 알맞은 때를 잡아 관람석 쪽으로 나갔다.

관람석에서는 상류 인사들이 점잖고 느긋한 태도로 걸어 다니며 대화를 나누고 있었다. 브론스키는 일부러 그들을 피했다. 그는 거기에 안나도 있고 베치도 있으며 형수도 있다는 것을 알고 있었으나, 다른 일에 마음을 빼앗기지 않도록 일부러 그쪽으로는 가지 않았다. 그러나 끊임없이 아는 사람을 만났고, 그들은 그를 붙들고 방금 끝난 경마에 대해 자세히 이야기해 주기도 하고 그가 늦은 까닭을 묻기도 했다.

방금 끝난 경기의 기수들이 상품을 타러 관중석 쪽으로 불려 나오자 사람들의 눈길이 그쪽으로 쏠렸다. 그때 브론스키의 형 알렉산드로가 그에게 가까이 왔다. 참모 견장을 단 이 대령은 그다지 키가 크지 않았고 동생이나 마찬가지로 어깨가 딱 벌어진 체격이었지만, 그보다 미남이었다. 술 취한 장밋빛 얼굴에 빨간 코를 하고 있었음에도 구김새 없는 표정을 짓고 있었다.

"내 편지 받아 보았니? 언제 가 봐도 널 만날 수가 없으니 말이야."

그는 말했다.

"받았습니다. 하지만 솔직히 말해서 무엇 때문에 형님이 그렇게 걱정을 하시는지 이해를 못 하겠습니다."

동생인 브론스키는 말했다.

"내가 걱정하는 것은, 방금도 네가 여기 없었던 것을 알았고 월요일에도 페테르호프에서 너를 본 사람이 있다기에."

"하지만 이 세상에는 당사자가 아니면 판단할 수 없는 일도 있으니까요. 형님이 그렇게 걱정을 하시는 것은, 그러한……."

"응, 그렇다면 차라리 너는 근무 같은 것을 그만두고…."

"부디, 제 일에 간섭하지 말아 주십시오. 부탁은 그것뿐입니다."

그러자 형은 가 버렸고 곧이어 친근한 인사가 브론스키를 붙드는 것이었다.

"여어, 자네는 친구를 못 본 체할 참인가. 어떤가, 이봐. 친구."

스테판 아르카지치가 말을 걸었다. 그는 선택받은 페테르부르크의 상류사회 사람들 가운데서도 두드러지게, 모스크바에 있을 때 못지않게 장밋빛 얼굴과 곱게 다듬은 구레나룻을 번들거리고 있었다.

"난 어제 이곳에 왔네. 자네의 승리를 보게 되어 기쁘네."

"여어, 고맙네."

브론스키는 말하며 그를 못 본 것을 사과하고 그의 코트 소매를 잡아 반가움을 표하고 나서 경기장 한가운데로 걸어 나갔다. 거기에는 이미 대장애물 경기의 말들이 끌려 나와 있었다.

브론스키는 안장을 좀 손보아야 했으나 미처 살펴볼 틈도 없이 다른 기수들과 함께 번호표를 받아 출발점에 늘어서기 위해 불려갔다. 기수 중에는 창백하게 질린 얼굴에 긴장된 표정을 떠올린 사람이 많았다. 17명의 장교가 관중석 앞에 모여 번호의 제비를 뽑았다. 브론스키는 7번이 나왔다. "승마!" 하는 소리가 들렸다. 브론스키는 자기가 다른 기수들과 함께 관중들이 주시하는 표적이 되고 있음을 느끼면서, 긴장된 기분으로 자기의 말에 다가갔다. 그는 긴장하면 동작이 더 느려지고 침착해지는 것이었다.

조마사 코르드는 경사스런 이날을 위해서 나들이옷으로 갈아입고 나와 있었다.

"서두르면 안 됩니다. 그리고 꼭 한 가지만 말씀드리겠습니다. 장애물 앞에서는 고삐를 당겨도 안 되고 놓아도 안 됩니다. 말이 하는 대로 내버려 두십시오."

코르드가 브론스키에게 말했다.

"응, 알았네."

브론스키는 고삐를 잡으면서 말했다.

"될 수 있으면 선두로 달려야 합니다만, 설령 뒤지더라도 마지막 1분까지 자포자기하시면 안 됩니다."

말이 미처 움직일 사이도 없이 브론스키는 탄력 있고 힘찬 동작으로 강철 등자 위에 한 발을 걸고, 그 단단한 몸을 가죽이 삐걱거리는 안장 위에 가뿐하고 야무지게 올려놓았다. 그가 오른발을 등자에 걸고 두 가닥의 고삐를 익숙한 솜씨로 손가락 사이에 끼웠다.

코르드는 안심을 하고 손을 놓았다. 프루프루는 어느 다리부터 먼저 내디뎌야 할지 모른다는 듯이 긴 목으로 고삐를 당기면서, 날씬한 등으로 기수를 가볍게 흔들고는 용수철처럼 걷기 시작했다.

11

경주에 참가한 장교는 모두 17명이었다. 경마는 관중석 앞쪽에 펼쳐진 4베르스타(1베르스타=1.067킬로미터)나 되는 커다란 타원형의 경주로에서 벌어지게 되어 있었다. 이 경주로 안에 9개의 장애물이 설치되어 있는 것이다.

기수들은 세 번 정도 출발선에 한 줄로 늘어섰으나 그때마다 누군가의 말이 앞으로 튀어나오는 바람에 다시 처음부터 시작해야 했다. 출발계의 명수 세스트린 대령도 차츰 신경질이 나기 시작했으나 가까스로 네 번째에 "출발!" 하고 호령을 걸 수가 있었다. 기수들은 일제히 확 뛰어나갔다.

기수들이 출발점에 늘어서기 시작했을 때부터 모든 사람의 시선과 망원경은 갖가지 모습을 한 기수 무리에 집중되어 있었다.

"출발했다! 뛰기 시작했다!"

숨을 죽이는 듯한 침묵 뒤에 여기저기에서 그런 소리가 일어났다. 몰려 있거나 외따로 서서 보는 입석의 관중은 조금이라도 잘 보려고 이리저리 뛰면서 자리를 바꾸었다.

기수의 일단은 첫 순간부터 뒤처진 자도 생기고 혹은 둘씩 셋씩 뒤를 이어 도랑 쪽으로 뛰어가는 것이 보였다. 관중에게는 모두 일제히 달려 나간 것같이 보였지만 기수들로서는 중대한 의미가 있는 1, 2초의 차이가 있었다.

흥분하여 너무나 신경이 날카로워진 프루프루는 첫 순간을 놓치고 몇 마리의 말에게 앞을 빼앗겼다. 하지만 미처 개울에 이르기 전에 브론스키는 무턱대고 고삐를 끌어당기는 말을 온 힘을 다해 제어하면서 손쉽게 3마리를 앞질렀다. 이제 그의 코앞에서 가볍게 엉덩이로 박자를 잡고 있는 마호친의 밤색 말 글라디아토르와 자기가 어떻게 되었는지 정신도 없는 쿠조볼레프를 태우고 맨 앞장을 선 아름다운 다이아나 두 마리가 전부였다.

글리디아토르와 다이아나는 한데 어우러져 도랑으로 다가가더니 거의 동시에 펄쩍 뛰어 건너편 기슭에 내려섰다. 그 뒤를 이은 프루프루는 눈 깜짝할 사이에 마치 나는 새처럼 높이 뛰어올랐다. 브론스키는 몸이 공중에 떴구나 하고 느낀 순간, 자기 말의 바로 밑이 되는 건너편 기슭에서 쿠조볼레프가 다이아나와 함께 쓰러져 몸부림치고 있는 것을 얼핏 보았다. 프루프루는 마치 고양이처럼 아직 몸이 공중에 있을 때 앞발과 등에 힘을 넣어 그 말을 피하여 땅에 내려서는 그대로 돌진해 갔다.

도랑을 뛰어넘고 나자 브론스키는 완전히 말을 다룰 수가 있게 되었다. 이제 마호친을 따라잡아 그 앞의 장애물이 없는 2백 싸젠가량 되는 곳에서 앞질러야겠다고 생각하며 고삐를 조심스럽게 당기기 시작했다.

대장애물인 목책은 황제의 관람석 바로 앞에 놓여 있었다. 그 뜰이 악마—앞을 내다볼 수 없는 이 목책은 그렇게 불렸다—가까이에 왔을 때 황제와 궁정의 고관들을 비롯한 모든 군중들이 그들 두 사람, 브론스키와 말 한 필의 몸길이만큼 앞서 있는 마호친을 바라보고 있었다. 글라디아토르는 펄쩍 뛰어오르는가 싶더니 아무 데도 부딪히지 않고 짧은 꼬리를 한 번 흔들며 브론스키의 시야에서 사라졌다.

"브라보!"

누군가가 외쳤다.

그 순간 브론스키의 눈앞이라기보다는 눈 아래에 얼핏 목책 판자가 보였다. 말은 그 동작에 약간의 변화도 보이지 않고 그 위로 뛰어올랐다. 판자가 물러나더니 뒤쪽에서 무슨 소리가 났다. 글라디아토르에게 앞을 빼앗겨 약이 바짝 오른 프루프루가 목책 앞에서 너무 빨리 뛰어오르는 바람에 뒷발굽이 판자에 부딪혔던 것이다. 브론스키는 튀어오르는 진흙을 얼굴에 뒤집어쓰면서 글라디아토르와의 사이가 같은 정도로 벌어져 있음을 알았다. 그는 또다시 글라디아토르의 엉덩이와 짧은 꼬리, 여전히 멀어지지도 않고 신속하게 움직이는 흰 발이 자기 눈앞에 있는 것을 보았다.

브론스키는 이제야말로 마호친을 앞질러 가야 한다고 생각하고 고삐를 다루었다. 경사면 위에서 재빨리 마호친을 앞지른 순간 그는 진흙이 튀어 더러워진 상대방의 얼굴을 힐끗 볼 수 있었다. 상대방이 히죽 웃은 것같이 생각되었다. 브론스키는 마호친을 앞지르기는 했으나 자기 바로 뒤에 상대방의 존재를 느꼈고, 규칙적인 말발굽 소리와 단속적이기는 하나 아직 기운이 팔팔한 글라디아토르의 코에서 내뿜는 숨소리도 줄곧 들렸다. 마침내 브론스키는 선두에 섰다. 그것은 자기도 바란 일이고 코르드도 권했던 일이기 때문에, 이제는 자기의 승리를 믿어 의심하지 않았다. 그의 흥분과 환희와 프루프루에게 보내는 따뜻한 애정은 더욱 커 갔다.

그는 뒤를 돌아보고 싶었으나 차마 그렇게 할 수는 없었다. 글라디아토르에게 남아 있을 힘을 생각하여 애써 마음을 가라앉히면서 자기 말에 박차를 가하지 않으려고 했다. 앞길에는 더 어려운 장애물이 하나 남아 있었다. 그것만 맨 먼저 뛰어넘으면 일착은 따 놓은 셈이다.

'아아, 얼마나 멋진 놈이냐!'

그는 등 뒤의 기척에 귀를 기울이면서 프루프루에 대해서 생각했다.

'넘었구나!'

글라디아토르가 도약하는 소리를 듣고 그는 생각했다. 남은 것은 폭 2아르쉰(1아르쉰=약 71.12센티미터) 남짓한 물이 괸 마지막 도랑 하나뿐이었다. 이제 브론스키는 그런 것은 안중에도 없었다. 그는 다만 큰 차이로 일착이 되고 싶은 생각에 질주하는 말의 기세에 잘 맞추어 말머리를 상하로 흔들면서 원을 그리듯이 고삐를 다루기 시작했다. 그는 말이 최후의 힘을 짜며 뛰어가는 것을 느꼈다.

그 순간 브론스키는 자기가 말의 움직임에 따르지 않고 어찌 된 영문이지 안장 위에 엉덩이를 떨어뜨려 기수로서 용서할 수 없는, 보기 흉한 동작을 해서 스스로도 깜짝 놀랐다. 그러자 갑자기 그의 자세가 무너졌다. 그는 뭔가 무서운 일이 일어났음을 직감했다. 그가 아직 무슨 일이 일어났는지 분명히 자각할 틈도 없이 갈색 수말의 하얀 다리가 그의 바로 옆에서 번쩍였는가 싶더니 마호친이 전속력으로 옆을 빠져나갔다. 브론스키의 한쪽 다리는 땅에 닿고 그의 말은 그 다리 위에 쓰러져 가고 있었다. 그가 가까스로 다리를 뺀 순간 말이 옆으로 넘어졌다.

프루프루는 괴로운 듯이 숨을 헐떡이며 일어서려고 땀투성이인 목을 헛되이 뻗치고 있었다. 말은 마치 총알을 맞은 새처럼 그의 발밑에서 허우적거리고 있었다. 브론스키는 서툰 동작으로 말의 등뼈를 부러뜨린 것이다. 그가 그 사실을 깨달은 것은 훨씬 뒤의 일이었다. 그 찰나에 그가 안 것은, 잠깐 사이에 마호친이 멀어져 가는데 자기는 움직이지 않는 더러운 땅에 비틀거리며 서 있다는 것과 프루프루가 자기 앞에 몸을 누인 채 괴로운 듯이 숨을 쉬며 그 아름다운 눈으로 자기를 가만히 바라보고 있다는 사실뿐이었다.

'아아! 내가 이런 짓을 하다니!'

브론스키는 머리를 껴안고 신음했다.

"경마에 졌다. 나의 부끄럽고 용서할 수 없는 실수 때문에 저렇게 좋은 말을 망쳐 버리다니! 아아! 내가 왜 이런 일을 저질렀을까!"

그는 소리쳤다.

많은 사람과 의사, 위생병 그리고 연대의 장교들이 그를 향해서 뛰어왔다. 재수 없게도 그는 자기가 무사하고 조금도 부상하지 않았음을 알았다. 말은 등뼈가 부러졌기 때문에 사살될 것임에 틀림없다. 브론스키는 사람들의 물음에 대답할 수도 없고 아무와도 말을 할 수가 없었다. 그는 몸을 홱 돌려 떨어진 군모를 주우려고도 하지 않고, 자기도 어디로 가는지 모르는 채 경마장에서 나왔다. 그는 자신이 불행하다고 느꼈다. 그는 난생 처음으로 가장 비참한 불행을, 자기가 원인이 된 돌이킬 수 없는 불행을 체험한 것이다.

친구 야시빈이 그의 군모를 들고 뒤쫓아 와서 집까지 바래다주었다. 30분쯤 뒤에 브론스키는 제정신이 돌아왔다. 이 경마의 추억은 그의 생애에 가장 비참하고 쓰라린 추억으로 길이길이 그의 가슴에 새겨졌다.

12

아내에 대한 알렉세이 알렉산드로비치의 태도는 표면상 전과 조금도 달라지지 않았다. 오직 하나 달라진 것은 그가 전보다 더 바빠졌다는 것뿐이었다. 예년과 마찬가지로 그는 봄이 되자 겨울 동안에 혹사하여 그르친 건강을 회복하기 위하여 외국의 온천으로 떠났다. 그리고 언제나처럼 7월에 돌아와서 전보다도 더 왕성한 정력으로 자기 일에 임했다. 아내는 언제나와 마찬가지로 별장으로 옮겨 가 지내고 그는 페테르부르크에 머물렀다.

트베리스코이 공작부인 저택의 야회가 있은 뒤에 그런 말을 하고 나서 그는 다시는 안나에게 자기의 의심이나 질투에 대해서는 입을 열지 않았다. 그리고 언제나 그렇듯이 누군가의 역할을 연기해 내고 있는 것 같은 그의 점잔을 빼는 태도는, 현재와 같은 아내와의 관계에 있어서는 다시없이 편리한 것이었다.

그는 아내에 대해서 전보다 약간 냉담해졌다. 그는 그날 밤 처음으로 찬찬히 아내와 이야기하려고 했었는데 아내가 그것을 피한 데 대해서 다소 불만을 품고 있는 것 같았다. 아내에 대한 그의 태도는 짜증스러움과 같은 느낌이 있었으나 그 이상의 것은 아니었다.

'너는 나와 터놓고 이야기하려고 하지 않았지? 하지만 그렇게 하지 않은 것은 결국 네 손해란 말이야. 이제 와서 그렇게 하자고 부탁해도, 나는 너와 터놓고 이야기하지 않겠어. 더욱 너한테 손해가 커질 뿐이야.'

그는 속으로 아내에게 이처럼 말하고 있는 듯했다. 그것은 마치 화재를 끄려는 헛된 노력을 한 끝에 자기의 노력이 아무 소용도 없었음에 화를 내고는 '에이, 이것은 네가 나쁜 거야! 탈 대로 타거라!' 하고 소리치는 사람의 경우와 마찬가지였다.

지난 8년간 아내와 행복한 결혼 생활을 하는 동안에 알렉세이 알렉산드로비치는 세상의 부정한 아내나 그에 속아 지낸 남편을 보고, 몇 번이나 중얼거렸는지 모른다.

'왜 저렇게 되도록 내버려 두었을까? 왜 저렇게 꼴사나운 상태를 해결하지 못하고 있을까?'

그러나 이제 그 불행이 자기의 발등에 떨어졌는데도 그는 이 상태를 해결하려고 생각지 않았을 뿐 아니라 그 사실을 인정하려고도 하지 않았다. 그가 그 사실을 인정하려고 하지 않는 것은 그것이 너무나 두렵고 또 부자연스런 일이었기 때문이다.

외국에서 돌아온 후 알렉세이 알렉산드로비치는 두 번 별장에 갔다. 한 번은 식사를 했고 또 한 번은 손님과 저녁 시간을 보냈는데, 이제까지의 습관과는 달리 한 번도 거기에서 밤을 지내지 않았다.

경마가 있었던 날은 알렉세이 알렉산드로비치에게 매우 바쁜 날이었다. 그렇지만 아침부터 하루의 예정을 세워, 점심을 일찌감치 마치곤 바로 아내가 있는 별장으로 가서 거기에서 황제가 고관들을 이끌고 왕림하시어 관람하기로 되어 있는 경마장에 얼굴을 내밀어야겠다고 결심했다. 아내에게는 세상의 체면을 위해서 1주일에 한 번은 가기로 하고 있었기 때문이다. 그 밖에도 이날은 매달 15일의 관례에 따라 아내에게 생활비를 건네주어야 했다.

13

안나는 2층 거울 앞에 서서 안누시카의 시중을 받으며 마지막 리본을 옷에 달고 있었다. 그때 현관 앞에서 자갈 위를 구르는 수레바퀴 소리가 들렸다.

'베치라면 너무 이르군.'

그녀는 생각했다. 창밖으로 내다보니 마차 한 대가 눈에 들어왔고 그 안에서 내민 까만 모자와 눈에 익은 알렉세이 알렉산드로비치의 귀가 보였다.

'어머나, 좋지 않은 때에 왔군. 묵고 갈 생각은 아니겠지?'

그녀는 생각했다. 그럼에도 거기서 생길 결과를 생각하면 무서워서 견딜 수가 없었으므로, 한순간이나마 그런 생각을 떨어내고 즐거운 표정을 지으며 남편을 맞이하러 나갔다. 그녀는 곧, 여느 때도 마찬가지지만 허위와 기만의 악마가 자기 속에 숨어 있음을 느끼며 서슴없이 그 악마에게 몸을 내맡긴 채, 자기가 무슨 말을 하는지도 모르고 지껄이기 시작했다.

"어머나, 참 반가워요! 오늘 저녁은 묵고 가시는 거죠?"

안나는 남편에게 손을 내밀며 말했다. 이것이 기만의 악마가 속삭인 첫마디였다.

"그럼 지금부터 같이 가기로 해요. 단지 유감인 것은 전 베치와 같이 가기로 했어요. 그 부인이 저를 찾아오기로 되어 있거든요"

알렉세이 알렉산드로비치는 베치의 이름을 듣자 얼굴을 찌푸렸다.

"염려 마. 나는 떨어지기 싫은 친구 사이를 갈라놓으려고 하지는 않아."

그는 특유의 농담조로 말했다. 안나는 벨을 울렸다.

"차를 가져온. 그리고 세료쥐아한테 아빠가 오셨다고 말해."

안나는 말했다. 안나의 말투는 아주 솔직하고 자연스러웠지만 지나치게 수다스러웠고 그녀 자신도 그것을 느끼고 있었다.

세료쥐아가 가정교사에 이끌려 들어왔다. 만일 알렉세이 알렉산드로비치가 잘 관찰했다면 세료쥐아가 겁을 먹고 어쩔 줄 모르는 눈매로 먼저 아버지를 그 다음에 어머니를 쳐다본 것을 눈치챘을 것이다. 하지만 그는 아무것도 보고 싶지 않았기 때문에 무엇 하나 자세히 보지 않았다.

"여어, 젊은 친구! 많이 컸군. 이제 아주 어른이 된 것 같구나. 잘 있었나, 젊은이?"

그렇게 말하고 깜짝 놀라는 아들에게 손을 내밀었다.

세료쥐아는 전부터 아버지에 대해서 겁을 먹고 있었지만, 아버지가 자기를 '젊은이'라고 부르기 시작하면서 또 브론스키가 적이냐 한편이냐 하는 의심이 머리에 떠오르게 되면서부터는 전보다 더 아버지를 서먹서먹하게 느끼게 되었다.

그는 도움을 청하듯이 어머니 쪽을 돌아보았다. 어머니와 함께 있을 때만은 편안했던 것이다. 알렉세이 알렉산드로비치가 가정교사와 이야기를 하면서 아들의 어깨에 손을 얹고 있는 동안 세료쥐아는 불안한지 금방이라도 울음을 터뜨릴 것 같은 얼굴을 하고 있었다. 아들이 들어온 순간 얼굴이 확 붉어졌던 안나는 세료쥐아의 어색한 모습을 보자 서둘러 일어서서 그 어깨에 얹혀 있는 남편의 손을 떼어 주었다. 그녀는 아들에게 키스한 다음 테라스에 데려다 놓고 돌아왔다.

"이제 시간이 얼마 남지 않았어요. 왜 베치가 안 올까?"

안나는 흘끔 시계를 보고 말했다.

"참 그렇군."

알렉세이 알렉산드로비치는 의자에서 일어서더니 깍지 낀 손가락으로 딱딱 소리를 냈다.

"난 당신에게 돈을 주려고 들른 거야. 꾀꼬리도 옛날이야기만 해 주면서 기를 순 없지 않아? 당신도 필요할 성싶어서 말이야."

그는 말했다.

"아니에요, 필요 없어요……. 참, 그래요. 필요해요. 그럼 당신도 경마가 끝난 뒤에 이리로 오세요?"

안나는 남편의 얼굴을 보지 않은 채 말했다.

"응, 오고말고!"

알렉세이 알렉산드로비치는 대답했다.

"저기 보라고. 페테르호프의 꽃, 트베리스코이 공작부인이 왕림하시는군. 정말 멋들어진 마차군! 참 훌륭해! 자아, 우리도 가기로 할까?"

그는 창밖을 내다보며 말했다. 용수철 위에 조그만 차체를 매우 높게 얹은 영국풍의 포장마차가 가까이 오고 있었다.

트베리스코이 공작부인은 마차에서 내려오지 않았다. 편상화에 케이프를 입고 검은 모자를 쓴 하인이 뛰어내렸을 뿐이었다.

"그럼 다녀올게. 안녕!"

안나는 아들 세료쥐아에게 키스를 하고 알렉세이 알렉산드로비치에게 가까이 가서 손을 내밀었다.

"정말 오셔서 반가워요."

알렉세이 알렉산드로비치는 아내의 손에 키스했다.

"그럼 이따가 또 뵙겠어요. 차를 마시러 오실 거죠?"

안나는 즐거운 듯이 얼굴을 빛내며 나갔다. 하지만 그녀는 남편의 모습이 눈에 띄지 않게 되자, 자기 손에 남편의 입술이 닿았던 것을 의식하며 혐오감에 몸을 부르르 떨었다.

14

알렉세이 알렉산드로비치가 경마장에 모습을 나타냈을 때 안나는 이미 베치와 나란히 상류사회 사람들이 모여 있는 관람석에 자리 잡고 있었다. 안나는 멀리서부터 남편의 모습을 알아보았다. 두 남자, 남편과 애인은 안나에게는 각각 다른 생활의 중심이었기 때문에 외부적인 감각의 도움을 빌리지 않아도 늘 그들의 접근을 감지할 수 있었다. 안나는 군중의 물결을 헤치고 오는 남편의 모습을 자기도 모르게 가만히 지켜보았다.

부인석에 쏠려 있는 그의 시선으로 보아 남편이 자기를 찾고 있음을 알았다. 그녀는 일부러 모른 체하고 앉아 있었다.

"알렉세이 알렉산드로비치! 당신은 아직 부인을 못 찾으셨죠? 여기 계세요!"

공작부인 베치가 소리쳤다. 알렉세이 알렉산드로비치는 언제나의 그 쌀쌀한 미소를 띠었다.

"여기는 너무나 화려해서 눈이 아찔하군요."

그는 말하면서 관람석으로 들어왔다. 그는 아내에게 웃는 얼굴을 보였는데 그것은 방금 헤어진 아내를 보는 남편이 당연히 보이는 그런 웃음이었다.

4베르스타의 장애물 경주가 시작되었을 때 안나는 몸을 앞으로 내

빌며, 브론스키가 자기의 말에 접근하여 이윽고 그 등에 오르는 것을 고개 한 번 안 돌리고 바라보았다. 그와 동시에 남편의 입에서 계속 튀어나오는 불쾌한 목소리를 들었다. 안나는 브론스키의 몸을 걱정하고 불안에 사로잡혀 있었지만, 그보다는 더욱 그 귀에 익은 억양으로 지껄이는 남편의 가늘고 그칠 줄 모르는 목소리에 시달렸다.

'나는 나쁜 여자야, 몸을 망친 여자야. 하지만 나는 거짓말을 하기는 싫어. 거짓말은 참을 수가 없어. 그런데 저이가 입에 올리는 것이란 온통 거짓말뿐이야. 저 사람은 모든 것을 다 알고 있다. 그러면서도 저토록 침착하게 이야기할 수 있을까. 도대체 저이는 어떻게 생각하고 있는 걸까? 만일 저이가 나를 죽여 버린다든지 브론스키를 죽여 버린다면, 나는 틀림없이 저이를 존경할 거야. 그런 일은 어림없겠지? 저이에게 필요한 건 그저 거짓말과 체면뿐이야.'

그녀는 생각했다.

안나는 자기가 남편에게 무엇을 바라고 있는지, 남편이 어떻게 해 주기를 바라는지를 생각하면서 자신에게 중얼거렸다.

그러나 안나는 이처럼 자신의 신경을 긁어 대는 오늘 남편의 수다는 단지 그의 내심의 혼란과 불안을 표현하는 데 불과하다는 것을 조금도 깨닫지 못하고 있었다. 다친 아이가 아픔을 잊기 위해 발버둥 치며 근육을 운동시키는 것과 마찬가지로, 지금의 알렉세이 알렉산드로비치에겐 아내와 브론스키를 눈앞에 보며 브론스키의 이름이 자꾸 되풀이되는 바람에 싫어도 생각하지 않을 수 없는 상념을 잊기 위해서 정신적인 운동이 필요했던 것이다. 그는 이런 말을 했다.

"군인의, 말하자면 기병의 경마에 위험이 따르는 것은 필수 조건이죠. 영국이 전쟁의 역사에서 기병의 빛나는 업적을 자랑할 수 있다면, 그것은 다만 영국이 이러한 말과 인간의 힘을 역사적으로 발전시켜 온 덕택이지요. 스포츠라는 것은 내가 생각하기론 큰 의의를 가지고 있는 것이지만 우리는 언제나 그것을 피상적으로만 보고 있어요."

"피상적으로만이 아니에요. 어느 장교님은 갈비뼈를 2개나 부러뜨 렸다는군요."

트베리스코이 공작부인이 말했다.

알렉세이 알렉산드로비치는 그의 독특한 미소를 띠었으나, 그저 이를 드러내 보였을 뿐으로 아무런 의미도 없었다.

"그럼 부인, 그건 피상적인 것이 아니라 내면적인 것이라고 해야겠 군요."

그가 말하는 순간 기수들이 출발을 했기 때문에 모든 대화는 딱 그치게 되었다. 알렉세이 알렉산드로비치도 입을 다물었다. 사람들은 모두 몸을 일으켜 도랑 쪽을 바라보았다. 알렉세이 알렉산드로비치는 경마에는 흥미가 없었기 때문에, 달려가는 기수들을 바라보지 않고 지친 듯한 눈길로 멍하니 관중을 둘러보고 있었다. 그러다가 그의 시선은 안나에게 고정되었다.

안나의 얼굴은 창백하고 긴장되어 있었다. 그녀는 분명히 아무것도 바라보고 있지 않은 것 같았다. 부채를 꼭 쥔 손이 약간 떨리고 있었다. 그녀는 숨을 죽이고 있었다. 그는 그녀의 모습을 힐끔 보고는 당황하여 고개를 돌려 다른 사람들의 얼굴을 둘러보았다.

"이 부인도 다른 부인들도 모두 흥분하고 있는데, 그것도 무리는 아냐."

알렉세이 알렉산드로비치는 중얼거렸다. 그는 자기 아내를 바라보고 싶지 않았지만 그 시선은 저절로 그쪽으로 끌려가는 것이었다. 분명히 그는 아내의 얼굴에 씌어 있는 것을 보지 않으려고 애쓰면서도 다시 그 얼굴을 가만히 들여다보게 되었다. 그러다가 거기에서 자기가 알고 싶지 않았던 것을 두렵게도 읽고 말았다.

개울에서 쿠조볼레프가 처음으로 말에서 떨어졌을 때 모든 관중이 떠들었다. 그때 알렉세이 알렉산드로비치는 안나의 파랗게 질린 얼굴에, 자기가 보고 있는 사람은 떨어지지 않았다고 하는 자랑스런 빛이 떠오르는 것을 역력히 보았다. 마호친과 브론스키가 높은 목책을 뛰어넘은 뒤 그들 뒤를 따르던 장교가 그 자리에 거꾸로 떨어져 빈사의 중상을 입고 공포의 술렁거림이 관중 전체에 널리 퍼졌을 때도, 안나는 그것조차 모르고 주위 사람들이 무슨 말을 하는지 거의 알아듣지 못하고 있는 것 같았다. 이제 그는 아까보다 더 자주, 더 집요하게 아내의 얼굴을 보았다.

날쌔게 달려가는 브론스키의 용감한 모습에 마음을 빼앗기고 있던 안나도 자기에게 쏠리는 남편의 차가운 시선을 느끼고 있었다. 안나는 순간적으로 돌아보고 왜 그러냐는 듯이 남편의 얼굴을 보았으나, 약간 눈썹을 찌푸리고는 이내 또 얼굴을 돌려 버렸다.

그 표정은 '아아, 나는 이제 아무래도 상관없어' 하고 말하는 것같이도 보였다. 그녀는 그 뒤 다시는 남편을 쳐다보지 않았다. 그것은 불행한 경마였다. 17명 중에 반수 이상이 낙마하여 부상을 입었다. 경마가 끝날 무렵에는 모두들 흥분하여 있었고 그 흥분은 황제가 불만의 빛을 보이는 바람에 더욱 커졌다.

15

모든 사람들이 고래고래 비난의 소리를 터뜨리고 누군가의 입에서 새어나온 "이거야 어디 사자와 싸우는 투기장과 다를 것이 뭐람" 하는 한마디를 저마다 되풀이하는 것이었다. 모두 그런 기분에 지배되어 있었기 때문에 브론스키가 낙마하고 안나가 저도 모르게 "악!" 하고 소리쳤을 때도 별로 이상하게 여기는 사람이 없었다.

그러나 그 뒤를 이어 안나의 얼굴에 일어난 변화는 정말 봐 주기 힘든 것이었다. 안나는 이성을 잃어버렸다. 마치 사로잡힌 새처럼 몸부림치면서, 일어서서 어디로 가려 하기도 하고 베치를 향해서 이런 말을 지껄이기도 했다.

"가 봐요, 어서 가 봐요!"

베치의 귀에는 안나의 목소리가 들리지 않았다. 그녀는 아래로 몸을 굽히고 곁에 다가온 장군과 이야기를 하고 있었기 때문이다.

알렉세이 알렉산드로비치는 안나에게 가까이 가서 공손하게 손을 내밀었다.

"괜찮으시다면 나와 같이 갈까요?"

그는 프랑스어로 말했다. 이번에는 안나가 장군이 하는 말에 귀를 기울이고 있었기 때문에 남편이 곁에 온 사실을 몰랐다.

"역시 다리를 부러뜨렸답니다."

장군이 말했다.

"아니, 도대체 이게 무슨 꼴입니까!"

안나는 남편에겐 대꾸도 하지 않고 망원경을 들어 올려 브론스키가 낙마한 지점을 보았다. 그곳은 상당히 거리가 있는데다 사람들이 많이 몰려 있어서 무엇 하나 분간할 수가 없었다. 그녀는 망원경을 내리고 관람석 밖으로 나가려고 했다. 그때 한 장교가 뛰어와서 뭔가를 황제에게 아뢰었다. 안나는 몸을 앞으로 쑥 내밀고 귀를 기울였다.

"스치바! 스치바!"

그녀는 오빠 스테판 아르카지치를 불렀다. 그가 그녀의 소리를 듣지 못하자 안나는 또다시 나가려고 했다.

"만약 나가시겠다면 내가 다시 한 번 도와 드리죠."

알렉세이 알렉산드로비치는 아내의 손을 잡으면서 말했다. 안나는 혐오감을 나타내며 남편으로부터 몸을 떼고, 그 얼굴은 보지 않은 채 대답했다.

"아니오, 아니오. 내버려 두세요. 그냥 여기 있겠어요."

그러면서 안나는 브론스키가 낙마한 지점에서 한 장교가 경기장을 가로질러 관중석 쪽으로 뛰어오는 것을 보았다. 베치는 그 장교에게 손수건을 흔들었다.

장교는 기수에게는 아무 상처도 없지만 말은 등뼈가 부러졌다는 소식을 알려 왔다. 그 말을 듣자 안나는 털썩 주저앉아 부채를 펴고 얼굴을 가렸다. 알렉세이 알렉산드로비치는 아내가 우는 것을 보았다. 그것도 눈물을 흘리는 정도가 아니라 가슴을 들먹이며 흐느낌을 억누르지 못하는 것을 보았다. 알렉세이 알렉산드로비치는 자기 몸으로 아내의 얼굴을 숨기며 아내가 마음을 가라앉히기를 기다렸다.

"자, 세 번째로 당신에게 내 손을 빌려 주겠소."

알렉세이 알렉산드로비치는 얼마쯤 지나서 아내에게 말을 걸었다. 안나는 남편의 얼굴을 쳐다보았으나 뭐라고 대답해야 좋을지 몰라 잠자코 있었다.

공작부인 베치가 돕고 나섰다.

"아니에요, 알렉세이 알렉산드로비치. 제가 부인을 모시고 왔고 보내 드릴 것도 약속한걸요."

"아닙니다, 부인. 아무래도 안나는 몸이 불편한 것 같으니 저와 돌아가는 게 나을 겁니다."

그는 공손한 웃음을 보이면서도 단호하게 말했다. 안나는 겁먹은 듯이 남편을 돌아보더니 얌전하게 일어서서 남편의 팔에다 손을 끼었다.

"제가 사람을 보내어 일이 어떻게 되었는지 알아보고 알려 드리겠어요."

베치는 안나의 귀에 속삭였다.

관람석의 출구에서 알렉세이 알렉산드로비치는 언제나 그랬듯이 마주치는 사람들과 말을 주고받았다. 안나도 언제나처럼 대답하고 말을 해야 했지만 꿈속에서 남편과 팔을 끼고 걷는 기분이었다.

'떨어져 죽었을까? 무사하다는 말은 정말일까? 오늘 밤에 만날 수 있을까?'

안나는 생각했다.

안나는 잠자코 남편의 마차에 올랐다. 알렉세이 알렉산드로비치는 방금 그토록 생생한 현장을 목격했음에도 불구하고 역시 아내의 진정한 모습을 인정하려고 하지 않았다. 어쩌면 나는 아내의 외면적인 징후를 봤는지도 모른다, 아내의 점잖지 못한 행동을 목격했으니 당연한 의무로써 그 점을 아내에게 주의시켜야겠다 하고 생각했다.

하지만 그가 단지 그 일만을 말하고 그 이상의 말을 하지 않는다는 것은 매우 어려운 일이었다. 그는 그녀가 참으로 점잖지 못한 처신을 했다는 말을 하려고 입을 열었으나 저도 모르게 전혀 딴소리를 해 버렸다.

"우리는 왜 그렇게 잔인한 구경을 좋아하는지 모르겠어. 난 그렇게 느꼈소……."

그는 말했다.

"네, 무슨 말씀이에요? 전 도무지 모르겠는데요."

안나는 업신여기듯 말했다.

그런 반응에 그는 발끈 성이 나서 아까 하려고 했던 말을 불쑥 꺼내 놓았다.

"당신에게 해 둘 말이 있어."

그는 서두를 꺼냈다.

'자, 시작되었군. 드디어 담판이야.'

안나는 얼른 생각하면서 마음을 도사렸다.

"내가 하고 싶은 말은, 오늘 당신의 몸가짐이 너무 점잖지 못했다는 거야."

그는 프랑스어로 말했다.

"어떤 점이 점잖지 못했다는 거죠?"

안나는 남편 쪽으로 고개를 돌리고 그의 눈을 똑바로 바라보면서 큰소리로 말했다. 그 모습은 이미 아까처럼 뭔가 숨기고 있는 듯한 것이 아니라, 단단히 각오를 한 것처럼 보였다. 그녀는 그런 가면 아래 지금 자기가 느끼고 있는 공포를 가까스로 숨기고 있는 것이었다.

"저것을 잊지 말고 닫아야지."

알렉세이 알렉산드로비치는 마부 등 뒤로 열려 있는 창을 가리키며 아내에게 주의했다. 그러고는 일어서서 유리창을 닫았다.

"당신은 무엇을 점잖지 않다고 보셨죠?"

안나는 다시 물었다.

"한 기수가 말에서 떨어졌을 때 당신이 숨기지 못했던 감정 말이오."

그는 아내의 반박을 기다렸지만 안나는 앞을 바라본 채 말이 없었다.

"내가 전에도 한 번 주의한 일이 있었지. 사교계에 나가면 입이 사나운 패들이 많으니까 그들에게 손가락질 받는 일이 없도록 몸가짐을 조심하라고 말이야. 그야 나도 전에는, 내면적인 문제에 대해서 이러 쿵저러쿵 말한 적이 있었지. 지금은 거기에 대해서 말하고 있는 것이 아니야. 그저 표면적인 관계에 대해서만 말하고 있어. 분명히 오늘의 당신 행동은 남이 보기에 점잖지 못했어. 앞으로는 그런 일이 없도록 조심해 줘야겠어."

안나는 남편의 말을 반도 귀담아 듣지 않고 있었다. 그저 남편에 대한 막연한 공포심과 함께 브론스키가 죽지 않았다는 말은 사실일까 하는 것만을 생각하고 있었다.

모든 것이 깡그리 폭로될 위험이 눈앞에 다가와 있는 지금 알렉세이 알렉산드로비치로서는 아내가 이번에도 먼젓번같이 '그런 오해를 하시다니 참 우습군요. 근거도 없는 것을 가지고 뭘 그러세요' 하고 비웃듯 대답해 주기를 절실히 바라고 있었다. 그러나 아내의 겁먹은 듯한 어두운 표정은 이제는 그런 거짓 희망조차도 그에게 갖지 못하게 했다.

"혹시 내가 잘못 보았는지도 모르겠소. 그렇다면 사과하겠어."

그는 말했다.

"아니요, 당신은 잘못 생각하지 않았어요. 잘못 보신 것이 아니에요. 전 절망해 버렸어요. 당신의 말씀을 들으면서 그 사람에 대한 생각을 하고 있으니까요. 저는 그 사람을 사랑하고 있어요. 제겐 그 사람이 전부예요. 이제 더 참을 수가 없어요. 저는 당신이 무서워요. 아니, 당신을 미워하고 있단 말이에요……. 당신이 하고 싶은 대로 하세요."

안나는 남편의 쌀쌀한 얼굴을 절망적인 눈길로 바라보면서 느릿느릿 말했다.

그렇게 말하자마자 안나는 마차의 한쪽 구석에 몸을 던지며 얼굴을 두 팔에 파묻고 몹시 흐느껴 울었다. 알렉세이 알렉산드로비치는 꼼짝도 하지 않고 정면을 바라보고 있었다. 그 얼굴에는 죽은 사람처럼 장중한 부동의 표정이 떠올랐다. 그 표정은 별장에 도착하기까지 바뀌지 않았다. 별장이 가까워지자 그는 아까와 같은 표정인 채 아내 쪽으로 고개를 돌렸다.

"그랬었군! 그러나 어느 시기까지는 겉으로나마 체면을 지켜 주길 요구하오. 내가 내 명예를 지키는 방법을 생각해 내기까지는 말이야. 그 점에 대해서는 차차 당신에게 말하지."

그의 목소리는 떨리고 있었다.

그는 먼저 내려서 아내를 부축하여 내려 주었다. 하인들이 보고 있는 데서 그는 말없이 아내에게 악수를 하고 다시 마차에 올라 페테르부르크로 돌아갔다. 그와 엇갈려서 공작부인 베치의 하인이 와서 안나에게 갈겨쓴 쪽지를 건네주었다.

브론스키에게 사람을 보내어 몸의 상태를 물었던 바, 그 사람은 무
사하며 아무 데도 불편한 곳은 없지만 다만 절망하고 있다는 대답
을 보내 왔습니다.

'그렇다면 그이는 온다. 남편에게 모든 것을 털어놓기를 정말 잘했
어.'

안나는 생각했다. 안나는 얼른 시계를 보았다. 아직 3시간이나 시간
이 있었다. 아까 헤어질 때의 세세한 일이 생각나서 그녀의 피를 끓어
오르게 했다.

'어머나, 정말 밝기도 하구나! 무서운 일이지만 난 그이의 얼굴을
보는 것이 좋아. 그 꿈만 같은 밝음이 좋다……. 남편? 아아, 그렇
지……. 정말 잘했어. 그것으로 깨끗이 끝나 버린 거야.'

16

사람이 모이는 장소면 어디에서나 그렇듯이, 쉬체르바스키 일가가
도착한 독일의 조그만 온천장에도 저마다 정해진 위치를 할당해 주
는, 변함없이 통상적인 일종의 사회적 결정체라는 것이 이루어져 있
었다. 물방울이 찬 기운에 부딪히면 필연적으로 눈의 결정이 되듯이,
이 온천장에 온 새로운 사람들은 당장 자기에게 적합한 지위에 놓여
지는 것이었다.

쉬체르바스키 공작과 그 부인 및 영애는 그들이 세낸 주택과 그들의 명성과 거기서 만난 친구에 의해서, 바로 전부터 예정되어 있던 일정한 위치에 결정이 되어 갔다.

올해는 이 온천장에 진짜 독일의 대공비大公妃가 와 있었기 때문에 그 결과 사회적 결정 작용은 더한층 강력하게 이루어졌다. 공작부인은 자기 딸을 꼭 대공비에게 소개하고 싶었기에, 도착한 지 이틀째에 벌써 그 절차를 마쳤다.

키티는 파리에서 주문해 온 이른바 '아주 간소한' 그러면서도 실은 매우 호화스러운 여름옷을 입고는 공손하고 우아하게 상체를 굽혀 인사를 했다. 대공비는 "그 귀여운 얼굴에 어서 장밋빛이 되돌아오도록 하세요" 하고 말했다.

이리하여 쉬체르바스키 일가는 이제 거기에서 빠져나올 수 없는 일정한 생활환경에 고정되고 말았다. 쉬체르바스키 일가는 영국의 귀부인 가족과 최근의 전쟁에서 부상당한 아들을 데리고 온 독일의 백작부인, 스웨덴의 학자와도 아는 사이가 되었다.

그중 쉬체르바스키 가의 주요한 교제는 자연히 모스크바의 귀부인 마리아 예브게니예브나 르치스체바와 그의 딸—그의 딸도 키티와 마찬가지로 실연으로 병을 얻었기 때문에, 키티는 그녀를 만나기가 싫었다—그리고 모스크바에서 온 대령의 범위에서 이루어졌다. 이 대령은 키티도 어릴 적부터 알고 있는 사람으로 견장을 단 군복의 모습으로 기억되었는데, 조그만 눈을 하고 드러낸 목에 화려한 넥타이를 매고 있어 여기에서는 별나게 우스꽝스럽게 보였다. 그는 만나기만 하면 끈질기게 따라붙어서 넌더리가 나는 인물이었다.

이러한 만남이 되풀이되자 키티는 이내 따분해졌다. 더구나 공작이 카를스바드로 떠나 버리고 어머니와 둘만 남게 되니 더욱 그러했다. 키티는 전부터 알고 있는 사람에 대해서는 더 이상 흥미를 갖지 않았다. 그러한 사람들로부터는 무엇 하나 새로운 것을 기대할 수 없다고 느꼈기 때문이었다.

이번에 온천장에 와서도 그녀는 주로 자기가 모르는 사람들에 대해서 관찰을 하거나 상상하는 일에 흥미를 느끼고 있었다. 키티는 천성적으로 언제나 다른 사람들 속에, 특히 자기가 모르는 사람들 속에 온갖 아름다운 것을 상상하는 경향이 있었다. 이번 경우도 그녀는 저 사람은 누군지 몰라, 저 사람들 사이는 어떤지 모르겠어, 저들은 어떤 사람들일까 하는 추측을 하면서 그들에게 매우 아름답고 놀라운 성격을 부여하고 확증될 만한 것을 찾아내고 있었다.

의사의 예언은 들어맞았다. 키티는 얼마 안 있어 기운을 차리게 되었다. 그리하여 가족과 함께 러시아의 자기 집으로 돌아왔다. 그녀는 전처럼 태평하고 쾌활하지는 않았지만, 마음은 차분히 가라앉았다. 모스크바에서의 슬픈 사건도 이제는 하나의 추억이 된 것이다.

시
험
대

1

세르게이 이바노비치 코즈느이쉐프는 지친 머리를 식힐 생각으로, 습관적으로 외국으로 가는 대신 5월 말에 시골의 동생 레빈을 찾아갔다. 그는 전원생활이야말로 최고의 생활이라고 확신하고 있었으므로 그 생활을 즐기기 위해서 동생한테 온 것이다. 레빈은 대단히 기뻐했다. 그는 어쩌면 이번 여름에 형 니콜라이가 올지 모르겠다고 생각하던 참이라 그 반가움은 더욱 컸다.

그렇지만 레빈은 세르게이 이바노비치에 대한 사랑과 존경에도 불구하고 이 형과 둘이서 시골 생활을 보내기가 어딘지 거북스러웠다. 그는 이 형의 농촌에 대한 태도가 못마땅하다기보다 불쾌하기까지 했다.

레빈에게 있어 농촌은 생활의 무대, 즉 기쁨과 슬픔과 노동의 장이었다. 반면 세르게이 이바노비치에게 있어서의 시골살이는 한편으로는 노동 후의 휴식이고 다른 한편으로는 타락을 방지하는 데 유효한 해독제였다. 그 자신도 그 효능을 인정하고 기꺼이 복용하고 있었다.

어느 날 밤 차를 마시면서 레빈은 형에게 말했다.

"겨우 날씨가 갤 것 같으니 내일부터는 풀베기를 시작해야겠어요."

"나도 그 일을 참 좋아해."

세르게이 이바노비치는 말했다.

"나도 아주 좋아합니다. 그래서 가끔 농부들과 함께 풀을 뱁니다. 내일도 하루 종일 풀을 벨 생각이에요."

세르게이 이바노비치는 고개를 들고 호기심에 찬 얼굴로 동생을 바라보았다.

"그렇다면 농부들과 함께 아침부터 저녁까지 일하는 거냐?"

"예, 참 기분이 좋습니다."

레빈은 대답했다.

"그야 육체 운동으로써는 더 말할 나위가 없겠지만 네가 그것을 해낼지 모르겠구나."

세르게이 이바노비치는 조금도 비웃는 기색 없이 그렇게 말했다.

"벌써 해 보았어요. 그야 처음엔 고단하지만 곧 열중하게 됩니다. 나도 다른 농부들 못지않게 뱁니다."

"허어, 그래? 그럼 한마디 묻겠는데, 농부들은 그것을 어떻게 볼까? 틀림없이 호기심 많은 나리라고 웃겠지."

"아뇨, 나는 그렇게 생각지 않습니다. 참으로 즐겁고도 힘든 일이어서 그런 걸 생각할 겨를도 없어요."

"농부들과 함께 일하면 점심은 어떻게 하지? 그런 곳으로 라피트 (고급 적포도주)나 칠면조 불고기를 가져가서 먹기도 쑥스러울 텐데."

"나는 사람들이 쉬고 있을 동안에 집에 와서 먹으니까 괜찮아요."

이튿날 아침 레빈은 다른 때보다 일찍 일어났다. 그러나 농장에서 지시를 하느라고 시간이 걸렸기 때문에 풀베는 들로 나가니 일꾼들은 이미 두 번째 줄을 베고 있었다.

농부들은 이전에는 웅덩이가 있던 풀밭의 울퉁불퉁한 산기슭을 따라 찬찬히 움직이고 있었다. 레빈의 집에 드나드는 농부도 몇 사람 눈에 띄었다. 구부정한 등으로 낫을 내두르고 있는 길고 흰 셔츠를 입은 예르밀 영감도 있고, 전에 레빈의 마부였던 젊은이 바시카도 힘껏 일하며 저마다 한 줄씩 맡아서 베어 나가고 있었다. 또 풀베기에 있어서 레빈의 스승 격인 몸집이 작고 야윈 농부 치트도 있었다. 치트는 등도 구부리지 않고 낫을 마치 장난감처럼 다루면서 사람들의 맨 앞에서 나아가고 있었다. 레빈은 말을 길가에 매고 치트 옆으로 갔다. 치트는 덤불 속에서 또 한 자루의 낫을 가져다 그에게 건네주었다.

"나리, 준비해 놓았습죠. 면도날같이 날이 섰습니다. 이만하면 저절로 베어집니다요."

치트는 웃는 얼굴로 말했다.

레빈은 낫을 받아 펴 보았다. 자기 몫을 베고 나서 땀투성이가 된 일꾼들이 뒤를 이어 길가로 나와 웃으면서 그에게 인사했다. 사람들은 레빈을 바라보고 있었으나 누구 한 사람 말을 걸지는 않았다.

이윽고 양가죽의 짧은 윗도리를 입고 수염이 없는 주름 많은 얼굴에 키가 큰 노인이 그에게 말을 걸었다.

"아시겠죠, 나리? 일단 일을 시작하시면 중단하면 안 됩니다요."

노인의 말에 인부들 사이에 조심스런 웃음이 일어났다.

"중단하지 않도록 힘써 보지."

레빈은 치트 뒤에 서서 풀베기가 시작되기를 기다리며 대답했다.

"예, 그러셔야죠."

노인은 또 말했다.

치트가 자리를 내주었기 때문에 레빈은 그 다음부터 베어 나갔다. 그곳은 길가여서 풀이 높이 자라지는 않았지만 레빈은 오랫동안 풀베기를 하지 않은데다가 여러 시선이 쏠려 있는 거북함으로 인해 힘껏 낫을 내둘렀지만 처음에는 잘 베어지지 않았다.

그는 일꾼들에게 뒤지지 않게끔 되도록 솜씨 있게 일을 하려는 것 말고는 아무것도 생각지 않고 아무것도 바라지 않았다. 그는 다만 서걱서걱 울리는 낫 소리를 들을 뿐이고, 앞서서 한 걸음 한 걸음 나아가는 치트의 모습, 한 번 베고 나면 반달 모양으로 남은 풀의 밑동과 낫의 날 위에 물결치며 서서히 넘어져 가는 풀과 그 앞쪽에 피어 있는 작은 꽃, 또 거기까지 가면 한 차례 쉴 수 있는 줄의 끝머리를 볼 뿐이었다.

또 한 줄 베고 나서 그가 새 줄을 시작하려 할 때 치트가 멈춰 서서 한 노인 옆으로 가더니 무엇인가 작은 소리로 소곤거렸다. 그리고 두 사람은 함께 해를 쳐다보았다.

'저 두 사람은 도대체 무슨 이야기를 하고 있을까? 왜 치트는 새 줄을 시작하지 않는 거지?'

레빈은 생각했다.

일꾼들은 4시간 이상이나 계속 일했기 때문에 이제 점심을 먹어야 한다는 것을 그는 몰랐던 것이다.

"점심시간입니다요, 나리."

노인이 말했다.

"아, 벌써 그렇게 되나요? 그럼 점심을 먹어야지."

레빈은 치트에게 낫을 건네주고는 빵을 가지러 카프탄이 놓여 있는 곳으로 가는 농부들과 함께, 비를 맞고 누워 있는 풀들이 몇 줄이고 잇달아 있는 넓은 들을 가로질러 말이 있는 곳으로 갔다. 그는 그때야 비로소 날씨를 잘못 판단하여 풀을 비에 적신 것을 알았다.

"건초를 망치겠군."

그는 말했다.

"뭘요, 나리. 비 오는 날에 베고 갠 날에 거두라고 하지 않습니까요."

노인이 대답했다.

레빈은 말을 타고 커피를 마시러 집으로 돌아왔다. 세르게이 이바노비치는 이제 막 일어난 참이었다. 레빈은 커피를 마시자 세르게이 이바노비치가 옷을 갈아입고 식당에 나오기 전에 다시 풀을 베러 나갔다.

2

식사 후에 레빈은 아까 그 자리가 아니라 옆으로 오라고 부른 익살꾼 영감과 작년 가을에 장가를 들었으며 풀베기는 이번이 처음이라는 젊은 농부 사이에 끼어들었다. 레빈은 그 두 사람 사이에서 베어 나갔다.

제일 더운 한낮에도 풀베기는 그다지 고통스럽게 생각되지 않았다. 온몸에 줄줄 흘러내리는 땀은 도리어 상쾌한 느낌이 들었고, 등이며 머리며 걷어붙인 팔뚝에 내리쬐는 태양은 일에 힘과 끈기를 주었다. 그리고 자기가 하는 일을 생각하지 않을 수 있는 저 무의식 상태의 순간이 더욱 길어졌다. 낫이 저절로 풀을 벤다. 그것은 행복한 순간이었다. 그보다 더 즐거운 순간은 목초지 가까이 흐르는 도랑까지 베어 갔을 때, 노인이 비에 젖은 풀로 낫을 닦고 맑은 냇물에 그 낫을 씻고는 양철 그릇으로 그 물을 떠서 레빈에게 마시라고 준 일이었다.

"자, 나리. 우리 크바스(러시아의 독특한 맥주) 한 모금 마셔 보세요! 어때요, 좋죠?"

노인은 눈을 찔끔 감으며 말했다.

사실 그의 말대로 레빈은 지금까지 한 번도 풀잎이 떠 있고 양철 그릇의 녹 맛이 우러난 미지근한 물로 된 음료수를 마셔 본 적이 없었다.

그런 뒤에는 다시 낫을 손에 든 예의 행복하고 느릿느릿한 걸음이 시작되는 것이었다. 이제는 흐르는 땀을 닦을 수도 있고 가슴 가득 숨을 들이마시거나 길게 계속되는 일꾼들의 줄이며 주위의 숲, 밭의 모습을 둘러볼 수도 있게 되었다. 레빈은 풀베기를 계속함에 따라 더욱 자주 이 자기 망각의 순간에 빠졌다. 그런 때는 손이 낫을 흔드는 것이 아니라 도리어 낫이 의식과 생명이 있는 육체를 끌고 가기 때문에, 마치 마법에라도 걸린 것처럼 일에 대해서는 전혀 생각지 않고 있어도 저절로 일이 정확하고 깔끔하게 되어 가는 것이었다. 그야말로 다시 없이 행복한 순간이었다.

축축하고 연한 풀을 베기는 참 쉬웠으나 골짜기의 비탈을 오르내리며 베기는 상당히 힘든 일이었다. 노인에게는 그것도 예사였다. 여전히 변함없는 가락으로 낫질을 하면서도, 커다란 짚신을 신은 발을 탄탄하게 조금씩 앞으로 내디디며 찬찬히 가파른 비탈을 올라갔다. 잠방이 바람으로 몸을 흔들면서 나아갔으나 자기 앞의 한 포기 풀도 한 개의 버섯도 남기는 일이 없었다. 그러면서 다른 일꾼이나 레빈을 상대로 줄곧 익살을 떨었다.

레빈은 노인의 뒤를 따라가면서 생각했다.

'이렇게 험한 비탈은 낫을 안 들고도 오르기가 힘들 텐데, 낫을 들고 풀을 베면서 가다니……'

몇 번이나 떨어질 뻔했으나 그는 무사히 올라갔고 해야 할 일을 제대로 마쳤다. 어떤 외부적인 힘이 자기를 움직여 주는 듯한 느낌이 들었다.

마시킨 언덕은 말끔하게 풀이 베어졌다. 사람들은 마지막 몇 줄을 해치우고 나자 카프탄을 입고 즐거운 듯이 귀로에 올랐다. 레빈은 말에 올라 서운한 듯이 농부들과 작별하고 자기 집으로 돌아갔다. 언덕 위까지 가서 그는 한 번 더 뒤돌아보았으나 저지대에서 자욱하게 올라오는 안개 때문에 농부들의 모습은 보이지 않았다. 그저 떠들썩하고 거친 말소리와 커다란 웃음소리, 그리고 낫이 부딪는 소리가 들려올 뿐이었다.

레빈은 헝클어진 머리카락이 이마에 들러붙고 등이며 가슴이 땀으로 축축이 젖은 모습으로 쾌활하게 수선을 부리며 불쑥 형의 방으로 들어갔다. 세르게이 이바노비치는 벌써 오래전에 저녁 식사를 마치고 얼음이 든 레몬수를 마시면서, 우체국에서 방금 배달된 신문과 잡지를 뒤적거리는 중이었다.

"오늘 풀밭을 죄다 베었어요! 아, 참 유쾌하군요! 형님은 어떻게 지냈어요?"

레빈이 물었다.

"응, 나도 즐겁게 하루를 보냈지. 정말로 하루 종일 풀을 베었니? 그렇다면 굶주린 늑대같이 배가 고프겠구나. 쿠지마가 식사 준비를 해 놓았으니 어서 가서 먹어라."

"아니, 난 먹고 싶지 않아요. 거기서 식사를 했어요. 그럼 잠깐 가서 좀 씻고 오겠어요."

"아, 그렇지. 네게 편지가 와 있다. 쿠지마, 미안하지만 아래에 내려가서 가져오게. 문은 꼭 닫고 오라고."

세르게이 이바노비치가 말했다.

그 편지는 스테판 아르카지치가 페테르부르크에서 써 보낸 것이었다. 레빈은 그것을 소리 내어 읽었다.

나는 돌리로부터 편지를 받았네. 안사람은 지금 예르구쇼프에 가 있는데 아무래도 불편함이 많은 것 같더군. 부탁이니 그녀에게 가서 상의에 응해 주지 않겠나? 자네는 무엇이고 잘 알고 있으니 말이야. 안사람도 자네를 만나면 반가워할 거야. 불쌍하게 지금 혼자 가 있는 거야. 장모님 댁은 아직 모두 외국에 있다네.

"그거 좋군! 꼭 갔다 와야지."

레빈은 말했다.

"어때요, 형님도 같이 안 가시겠어요? 참 좋은 부인입니다."

"여기서 멀지 않은 곳이니?"

"30베르스타, 아니 40베르스타쯤 될까요? 하지만 길이 좋아서 기분 좋은 여행을 할 수 있지요."

"그거 괜찮겠군."

세르게이 이바노비치는 동생의 유쾌한 기분이 옮겨져서 어느새 싱글거리며 말했다.

3

스테판 아르카지치는 상부 관청에 얼굴을 보여 자기를 잊지 않도록 하는 의무를 다하기 위해서 페테르부르크에 가 있었다. 그것은 직장을 갖지 않은 사람에게는 좀처럼 이해가 가지 않겠지만 직장에 다니는 사람이라면 지극히 자연스럽게 공감할 일로, 그것을 이행치 않으면 근무할 수 없을 만큼 중요한 의무였다. 그는 그 의무를 수행하기 위해서 집에 있는 돈을 모두 긁어다가 경마장이나 별장으로 나돌아 다니면서 재미있고 즐거운 나날을 보내고 있었다.

그러는 한편 그의 아내 다리야 알렉산드로브나는 될수록 경비를 절약하기 위해서 아이들을 데리고 시골에 내려가 있었다. 그곳은 그녀가 시집올 때 가져온 재산의 일부인 예르구쇼프 마을이었다. 이해 봄에 숲이 팔린 곳으로, 레빈이 사는 포크로프스코예 마을에서는 50베르스타쯤 떨어져 있었다.

전원생활이라 하지만 처음 며칠 동안은 다리야 알렉산드로브나에게 너무나 쓰라린 것이었다. 다리야 알렉산드로브나는 어려서 이 마을에 산 일이 있기 때문에, 시골은 도시 생활의 불쾌한 것으로부터 도피할 수 있는 곳이며, 시골 생활이 우아하지는 않지만 편리하며, 물건은 무엇이든 있고 무엇이든 싸며 무엇이든 손에 넣을 수가 있고, 아이들의 건강에도 좋다고 하는 인상이 남아 있었다. 하지만 지금 주부가 되어 시골에 찾아와 보니 그 모든 것이 예상과는 전혀 어긋남을 알았다.

도착한 이튿날에는 억수같이 소나기가 쏟아졌다. 밤중에는 복도와 아이들 방에 비가 새기 시작해 아이들의 침대를 객실로 옮겨야 했다. 요리를 할 수 있는 하녀도 없었다. 암소는 아홉 마리나 되었으나, 가축지기 여자의 설명에 의하면 어떤 것은 새끼를 배고 어떤 것은 아직 송아지이며 어떤 것은 나이가 너무 들고 또 어떤 것은 젖이 잘 안 나서, 버터도 없고 아이들에게 먹일 우유조차도 모자라는 형편이었다. 달걀도 없었다. 암탉도 구할 수가 없었다. 굽거나 지지기 위해서는 해묵어서 보랏빛으로 변한 심줄이 많은 수탉뿐이었다. 마루를 닦기 위해 농부 아낙네의 품을 사려고 해도 모두 감자를 캐러 나가서 사람이 없었다. 마차를 탈 수도 없었다. 한 마리뿐인 말은 고집이 세어서 마구를 걸면 소란을 피우는 것이었다. 목욕할 곳도 없었다. 개울가는 가축들이 밟아 대어 더러워졌고 지나다니는 길에서 훤히 들여다보이는 곳이었다. 그뿐 아니라 잠깐이나마 마당을 산책할 수도 없었다. 부서진 울타리 사이로 해서 가끔 가축이 마당 안으로 들어오기 때문이었다. 그 가축 중에는 무시무시한 소리를 지르는 것으로 보아 아무래도 뿔로 들이받는 놈임에 틀림없는 황소도 한 마리 있었다. 옷장도 없었다. 아니, 한두 개 있기는 하지만 문이 잘 닫히지 않았고 사람이 곁을 지나면 저절로 열려졌다. 빵을 굽는 오븐도 질항아리도 없었다. 빨래를 삶을 큰 냄비도 없었고 하녀 방에는 다리미판도 없었다.

5월이 끝날 무렵 겨우 모든 일이 얼마쯤 정돈되어 그럭저럭 살아 나갈 수 있게 되었을 때야, 전에 남편에게 시골살이의 불편을 하소연해

써 보냈던 편지의 답장을 받았다. 남편은 그녀에게 만사에 자기의 주의가 모자란 것을 사과하면서 기회 있는 대로 그쪽으로 가겠다고 약속했다. 그러나 그런 기회는 여간해서 없었기 때문에 다리야 알렉산드로브나는 6월 초까지 혼자서 시골 생활을 했다.

어느 날 다리야 알렉산드로브나가 냇가에 나가 목욕을 하고 아직 머리카락이 축축한 아이들에게 에워싸여 수건으로 머리를 싸고 집 가까이 왔을 때 마부가 와서 말했다.

"어떤 나리가 걸어서 오시는 것이 보입니다. 아무래도 포크로프스코예에서 오신 분 같습니다."

마부가 가리키는 쪽으로 눈을 돌리니 잿빛 모자에 잿빛 외투를 입은 낯익은 레빈의 모습이 보였다. 다리야 알렉산드로브나는 반가워서 어쩔 줄을 몰랐다. 그녀는 언제나 레빈을 만나는 것이 좋았으나, 지금은 더군다나 이렇게 빛나는 행복에 둘러싸여 있는 자기를 보일 수가 있어서 각별한 기쁨을 느꼈다. 레빈 말고는 그녀의 위대함을 이해해 주는 사람이 없었기 때문이다.

레빈은 그녀를 본 순간, 전부터 그가 상상으로 그리던 장래 가정생활의 한 장면을 보는 느낌이 들었다.

"그리고 계시니 꼭 병아리를 거느린 어미닭 같군요, 돌리 씨."

"어머나, 정말 반가워요!"

그녀는 상대방에게 손을 내밀면서 말했다.

"만나는 것이 반갑다고 하시면서 소식도 없으셨군요. 우리 집엔 지금 형님이 와 계십니다. 아니, 사실은 스치바한테서 편지가 와서 당신이 여기 계신 것을 알았습니다."

"어머, 남편요?"

다리야 알렉산드로브나는 깜짝 놀라 물었다.

"예, 당신이 여기 와 계신 것을 알리면서, 제가 당신에게 무슨 도움이 될지도 모르겠다고 하더군요."

레빈은 말했다. 그러고는 갑자기 당황하여 말을 끊고 보리수 싹을 우두둑 잡아 뜯으며 묵묵히 마차 옆으로 걸어갔다.

그가 당황한 것은 남편이 할 일을 다른 사람의 도움을 빌려서 하는 것이 다리야 알렉산드로브나로서 오죽이나 불쾌하랴 하는 생각이 들었기 때문이다. 사실 다리야 알렉산드로브나는 가정사를 다른 사람에게 밀어붙이려는 남편의 처사가 마음에 안 들었다. 그녀도 곧 레빈이 그런 자기의 마음을 눈치챈 줄을 알았다. 이와 같은 자상한 마음씨나 섬세한 감정이 있기 때문에 다리야 알렉산드로브나는 레빈을 좋아했다.

"저는 물론 알고 있었죠. 그 말이 그저, 당신이 저를 만나고 싶어 한다는 의미에 지나지 않는다는 것쯤은 말이에요. 그래서 퍽 반가웠어요. 당신 같은 도시 부인에게 이곳은 그야말로 야만스런 곳이겠지만, 시킬 일이 있으시다면 기꺼이 도와 드리겠습니다."

레빈이 말했다.

"어머, 아니에요! 처음 왔을 때는 여러 가지가 불편했지만 이제 우리 집 할멈 마트료나 덕택으로 모든 것이 잘 돌아가고 있어요."

다리야 알렉산드로브나가 말했다.

늙은 하녀는 자기가 화제에 오른 것을 짐작하고 벙긋 웃으며 다정한 얼굴을 레빈에게 향했다.

다리야 알렉산드로브나는 레빈의 인품을 알고 있었다. 그가 아내

집안의 막내딸에게 어울리는 신랑감이라고 생각했으므로 그와 혼담이 이루어지기를 바라고 있었다. 점심을 마친 다음, 다리야 알렉산드로브나는 레빈과 테라스에 앉아서 키티 이야기를 꺼냈다.

"아시는지 모르겠군요. 머지않아 키티가 이곳에 와서 저와 함께 여름을 나기로 했어요."

"그게 정말입니까?"

그는 자기도 모르게 마음이 들떠 물었다.

4

"키티는 말이에요. 지금 자기가 바라는 것은 고독과 평안뿐이라고 쓴 편지를 보냈어요."

한동안 침묵이 흐른 뒤에 다리야 알렉산드로브나가 말했다.

"그래서 어떻답니까, 건강은 좀 좋아졌습니까?"

레빈은 가슴을 두근거리며 물었다.

"덕택으로 아주 좋아졌답니다. 나는 그 아이가 가슴을 앓는다는 말을 믿지 않았지만."

"그래요? 저도 참 기쁩니다!"

레빈은 말했다.

그 순간 다리야 알렉산드로브나는 그의 얼굴에 어딘지 애처롭고 안쓰러운 표정이 떠오른 것처럼 생각되었다.

"그런데 레빈 씨. 당신은 무엇 때문에 키티에 대해서 화를 내고 계시죠?"

다리야 알렉산드로브나는 타고난 사람 좋은, 약간 자조의 빛을 띤 미소를 지으며 말했다.

"제가요? 저는 화 같은 것은 내지 않았어요."

레빈은 대답했다.

"아니에요. 당신은 화를 내고 계세요. 그렇지 않다면 요전에 모스크바에 오셨을 때 어째서 저에게도 키티에게도 들르지 않으셨죠?"

"돌리 씨. 아니, 당신같이 따뜻한 마음을 가지신 분이 그것을 짐작하지 못하시다니 정말 뜻밖입니다. 왜 저를 그저 가엾은 놈이라고 생각해 주시지 않을까요? 그런 걸 아신다면……."

그는 얼굴이 빨개지면서 말했다.

"제가 무엇을 알고 있다는 말씀이에요?"

"제가 청혼을 했다가 거절당한 사실을 아시잖아요."

레빈은 단숨에 말했다. 방금 1분전까지도 키티에 대해서 느끼고 있던 따뜻한 감정이 어느새 모욕을 받은 데 대한 증오심으로 일변했다.

"어째서 제가 그런 사실을 알고 있다고 생각하세요?"

"그야 누구나 다 알고 있는 일이 아닙니까?"

"아니에요, 그 점은 당신이 잘못 생각하셨어요. 저는 그런 일을 까맣게 몰랐어요. 그야 어렴풋이 짐작은 하고 있었지만."

"그렇습니까! 그렇다면 지금 똑똑히 아셨겠군요."

"제가 알았다는 것은 그저, 무슨 일이 있어서 그 아이가 몹시 고민하고 있던 일과 이제 다시는 그 얘기를 꺼내지 말아 달라고 그 아이가 제게 부탁한 일뿐이에요. 저한테도 말을 하지 않았으니 다른 사람에게는 더더욱 말했을 리가 없지요. 도대체 당신들 둘 사이에 무슨 일이 있었던 건지 좀 들려주세요."

"그 얘기라면 지금 말했잖습니까?"

"그게 언제였어요?"

"제가 맨 마지막으로 댁에 찾아갔을 때죠."

"사실을 말씀드리자면, 전 그 아이가 불쌍해서 견딜 수 없어요. 당신은 오직 자존심으로 해서 괴로워하고 계실 뿐이지만······."

다리야 알렉산드로브나는 말했다.

"그럴지도 모르죠. 그렇지만······."

레빈은 대답했다. 그녀는 상대방의 말허리를 잘랐다.

"하지만 저는 그 아이가 불쌍해요. 정말, 정말로 불쌍해요. 이제 와서야 난 모든 사실을 알았어요."

"그럼, 다리야 알렉산드로브나. 실례입니다만 저는 그만 가 봐야겠군요."

그가 일어서면서 말했다.

"아니, 잠깐 기다리세요. 그러지 마시고 좀 기다리세요. 하여튼 잠깐만 앉아 주세요."

다리야 알렉산드로브나는 그의 소매를 잡으면서 말했다.

"부디 부탁이니, 그 이야기는 이제 그만두기로 하죠."

그는 앉으면서 말했다. 그와 동시에 그의 가슴속에서는 일단 꺼졌던 희망이 다시 머리를 들고 조금씩 꿈틀거리기 시작했다.

"만일 제가 당신에게 호의를 갖고 있지 않았다면. 만일 제가 당신이라는 분을 알지 못했다면······."

중얼거리는 다리야 알렉산드로브나의 눈에는 눈물이 글썽이고 있었다. 그 순간, 이미 죽어 버린 줄 알았던 감정이 되살아나 레빈의 가슴을 꽉 채웠다.

5

7월 중순 무렵에 포크로프스코예에서 20베르스타 가량 떨어진 레빈 누나의 소유지 마을 촌장이, 농사의 상태와 풀베기에 관한 보고를 하러 레빈을 찾아왔다. 누나 영지의 주요한 재원은 강변의 풀밭에서 나오고 있었다. 몇 해 전까지 그곳의 건초는 1데샤티나에 20루블의 값으로 농부들에게 넘겨주었다. 그러다 그 소유지의 관리를 맡게 된 레빈은 그것이 더 값이 나가는 것임을 알고 1데샤티나에 25루블이라는 값을 매겼다.

농부들은 그만한 값을 내려고 하지 않은데다가 레빈이 염려했던 것처럼 다른 농부들까지도 쫓은 것 같았다. 그래서 레빈은 스스로 현장에 나가 일부는 품을 사고 일부는 일정 비율로 현물을 주기로 하고 풀을 베도록 했다.

그 마을의 농부들은 이 계획을 갖은 수단을 다 써서 방해하려고 했으나 일은 순조롭게 진행되었다. 그리하여 첫해에 그 풀밭의 수입은 거의 종전의 두 배에 이르렀다. 재작년과 작년에도 농부들의 방해 공작은 계속되었으나 풀베기는 같은 방법으로 진행되었다. 그런데 금년이 되자 농부들은 3분의 1이라는 비율로 풀밭 전부를 자기들이 인수하기로 했다.

촌장은 풀베기는 모두 끝났으나 비가 올 염려가 있자 서기를 불러 그가 입회한 자리에서 수확을 분배하고, 지주 몫으로 열한 무더기의 건초를 쌓아 놓았다고 보고했다. 제일 큰 풀밭에서 건초가 얼마나 나왔느냐는 물음에 대한 애매한 대답이며, 자기와 상의도 없이 서둘러 건초를 분배한 것이며, 말의 앞뒤가 맞지 않는 것으로 보아 레빈은 이 분배에 뭔가 부정이 있다고 보고 몸소 그 조사를 하러 나가기로 작정했다.

레빈은 점심 무렵 마을에 이르러 형의 보모의 남편이며 전부터 아는 사이인 노인의 집에 말을 매었다. 그는 건초의 수확에 대해서 좀 자세한 말을 들으려고 노인이 있는 양봉장으로 갔다. 수다스럽고 얼굴이 잘생긴 파르메이느치 노인은 기꺼이 레빈을 맞이하여 자기가 하는 일을 죄다 보여 주었다. 그러고는 꿀벌이며 금년의 꿀 수확에 대해서 자세한 이야기를 해 주었다.

하지만 막상 풀베기에 대해 묻자 요령부득의 대답을 하며 마지못해 어물거렸다. 이것이 레빈의 추측에 더욱 자신을 주었다. 그는 풀밭으로 나가서 건초 더미를 살폈다. 어느 건초 더미이든 50수레가 되는 것은 없을 듯했다.

레빈은 농부들의 부정을 폭로하기 위해서, 즉각 건초를 운반할 달구지들을 모아 건초 더미 하나를 헐어서 곳간으로 옮기도록 명했다. 하나를 옮기고 보니, 32수레 분량밖에 나오지 않았다. 촌장은 건초가 푸석푸석해서 쌓아 놓으면 부피가 주는 것이라 변명하고 모든 일을 정직하게 했다면서 하느님을 걸고 맹세하였으나, 레빈은 자기의 생각을 양보하지 않았다. 건초는 자기의 명령 없이 분배되었으므로 이 건초 더미 하나를 50수레 분으로 쳐서 받아들일 수가 없다고 주장했다.

옥신각신하는 말이 오래 계속된 끝에 이 일은 문제의 11무더기를 50수레씩으로 쳐서 농부들이 자기네 몫으로 받고, 지주의 몫은 새로 분배하는 것으로 매듭이 지어졌다. 이 교섭과 건초의 분배는 오후까지 계속되었다. 마지막 건초를 나누고 난 뒤 레빈은 나머지 일을 서기에게 맡기고, 자기는 버드나무 막대기로 표시를 한 건초 더미에 걸터앉아 농부들이 왔다 갔다 하는 풀밭의 광경을 보고 있었다.

"풀 거두기에는 안성맞춤인 날씨입니다요. 풀이 참 잘 마르겠어요!"

레빈의 옆에 앉아 있던 노인이 말했다.

"이거야 건초가 아니라 차茶지요. 보세요, 오리가 보리알 주워 먹듯 눈 깜짝할 사이에 거둬들이지 않습니까요! 점심을 마친 후 벌써 반은 족히 운반했어요."

노인은 차츰 높아 가는 건초 더미를 가리키며 덧붙였다.

레빈은 지금까지도 자주 이런 생활에 홀린 듯 눈을 빼앗기며 바라보았고 이런 생활을 보내는 사람들에게 자주 선망을 느꼈지만, 오늘은 다음과 같은 한 가지 생각이 뚜렷이 머리에 떠올랐다. 오늘날까지 자기가 살아온 저 답답하고 쓸모없고 개인적이며 부자연스러운 생활을, 이러한 노동으로 충만되고 깨끗하며 누구에게나 보람이 있는 생활로 바꾸는 것은 자기 의사에 달려 있는 것이 아닌가 하는 생각이었다.

그의 옆에 앉아 있던 노인은 벌써 오래 전에 집으로 돌아가 버리고 없었다. 농부들도 모두 제각기 흩어져 갔다. 집이 가까운 사람들은 돌아가고 먼 사람들은 풀밭에서 저녁을 먹고 하룻밤을 지내기 위해서 모여 있었다. 레빈은 사람들의 눈에 띄지 않는 풀 더미 위에 누워서 사방의 광경을 바라보기도 하고 귀를 기울이기도 하고 생각에 잠기기도 했다.

풀밭에서 하룻밤을 보내기 위해서 남았던 패들은 여름의 짧은 밤을 거의 새다시피 했다. 처음에는 식사를 하면서 주고받는 즐거운 말소리나 큰 웃음소리가 들려오더니 이윽고 노랫소리로 바뀌었다. 긴 노동의 하루도 농부들에게는 이렇게 즐거운 기분 말고는 아무 그늘도 남기지 않는 것이었다.

새벽이 가까워지면서 사방은 조용히 가라앉았다. 귀에 들리는 것이라고는 그저 늪 가운데서 밤을 새우며 울어 대는 개구리 소리와 새벽에 끼는 풀밭의 안개 속에서 말이 콧바람을 울리는 소리뿐이었다. 문득 제정신이 돌아와 건초 더미 위에서 몸을 일으킨 레빈은 별을 쳐다보고 날이 밝은 것을 알았다.

"자, 나는 도대체 어떻게 하면 좋단 말인가? 어떻게 살아가야 하나."

그는 중얼거리며 이 짧은 밤에 몇 번이나 생각했던 일들을 자기 자신을 위해서 분명하게 하려고 애썼다.

그가 몇 번이나 생각하고 느꼈던 모든 일은 세 갈래의 서로 다른 사색의 계열로 나눌 수 있었다. 첫째는 자기의 낡은 생활, 즉 무익한 지식이나 불필요한 교양을 부정하는 일이었다. 이 부정은 그에게 기쁨을 가져오는 일이 되고 또 그로서 매우 쉽고도 간단한 일이었다. 둘째의 사색과 공상은 자기가 실제로 살아 보려고 하는 생활에 관한 것이었다. 그는 그 생활이 간소하고 청순하고 정당하다는 것을 분명히 느끼고 있었기 때문에, 그러한 생활 속에서라야 자기가 늘 병적일 만큼 필요를 통감하고 있던 저 충족된 기분과 평안과 품위를 찾을 수 있다고 확신하고 있었다.

그런데 세 번째에 속하는 사색은 이 낡은 생활에서 새 생활로의 전환을 어떻게 할 것인가 하는 문제의 둘레를 맴돌고 있었다.

'아아, 참 깨끗하다! 이렇게 기분 좋은 밤에는 보이는 것이 모두 다 아름답다! 저런 진주조개 같은 구름은 도대체 언제 생긴 것일까? 조금 전에는 그저 두 줄기의 흰 구름밖에는 없었는데. 그렇지, 마치 저것과 똑같이 나의 인생관도 어느 새 바뀐 것이다!'

그는 머리 위 하늘 한가운데에 양털 같은 흰 구름 하나가 진주조개를 닮은 기묘한 모양을 하고 있는 것을 바라보며 생각했다.

그는 풀밭을 나와 한길을 따라 마을 쪽으로 걸어갔다. 산들바람이 불고 하늘은 잿빛으로 흐려 왔다. 어둠에 대해서 빛이 완전한 승리를 거두는 새벽에 앞서 반드시 찾아드는 어둠의 한순간이 찾아온 것이다. 땅을 보면서 빠른 걸음으로 걷던 레빈은 문득 고개를 들었다.

'저건 뭘까? 아, 누군가가 마차를 타고 오는구나.'

40보쯤 떨어진 앞쪽으로부터 그가 걷는 풀이 우거진 큰길을 따라 사두마차가 오고 있었다. 뒷말은 길 위의 수레바퀴 자국 때문에 끌채에 눌렸으나 마부대 위에 비스듬히 앉아 있는 숙련된 마부는 끌채를 바퀴 자국에 따라 고쳐 가누었으므로 마차는 반반한 데로 굴러갔다.

레빈은 안에 누가 타고 있는지에 대해선 관심도 안 두고 멍하니 마차에 눈길을 주었다. 마차 안에는 한 노부인이 한쪽 구석에 기대서 졸고 있었고, 창가에는 방금 눈을 뜬 것 같은 젊은 처녀가 하얀 모자의 리본을 두 손으로 누르고 앉아 있었다. 레빈의 생활과는 인연도 없는 우아하고 밝은 느낌을 주는 처녀는 무슨 생각에 잠긴 모습으로 그의 머리 너머의 새벽 노을을 바라보고 있었다.

그 환영이 사라져 버린 순간, 진실에 어린 두 개의 눈이 그를 얼핏 보았다. 그녀는 상대방이 누구인지를 알았다. 깜짝 놀란 기쁨이 그녀의 얼굴을 환히 빛나게 해 주었다.

레빈이 잘못 볼 수는 없다. 그 눈이야말로 이 세상에 오직 하나밖에 없는 것이었다. 그의 생활의 광명과 의미를 집중시키는 힘을 가진 사람은 이 세상에 오직 하나뿐이다. 그것은 바로 그녀였다. 그녀는 키티였다. 그는 그녀가 철도역에서 예르구쇼프로 가는 길임을 짐작했다.

뜬 눈으로 지낸 하룻밤 동안 그의 마음을 흥분시키던 모든 것이, 맹세했던 모든 결심이 한순간에 사라져 버렸다. 오직 저 속에, 저 순식간에 떨어져 긴 반대쪽으로 달려가는 저 마차 안에서야말로 요즘 사뭇 그를 괴롭히고 있던 생활의 수수께끼를 풀 가능성을 찾아낼 수 있을 것만 같았다.

그녀는 더 이상 밖을 내다보지 않았다. 마차의 용수철 소리는 들리지 않게 되었고 방울 소리만 희미하게 울려왔다. 개 짖는 소리가 마침내 마차가 마을을 지나간 것을 알렸다. 거기에 남은 것은 그저 텅 빈 들과 앞쪽의 마을, 그리고 황량한 길을 혼자 가는 모든 것에서 동떨어진 고독한 사람인 그 자신뿐이었다.

그는 하늘을 쳐다보았다. 아까 그의 시선을 끌던 진주조개 모양의 구름을 찾아내려고 한 것이다. 그것은 그에게 있어 간밤의 사색과 감정의 움직임을 상징하는 것이었다. 그러나 하늘에는 진주조개 비슷한 것도 없었다. 그 가늠할 수 없이 높은 곳에서는 벌써 신비로운 변화가 시작되고 있었다. 진주조개 모양의 구름은 흔적도 없고 하늘의 반을 덮은 반반한 구름의 융단이 하나 펼쳐져 있었으며, 양털 같은 무늬는 앞으로 갈수록 차츰 작아지고 있었다. 하늘은 푸르스름하게 빛나기 시작했다. 그리고 그의 무엇을 묻는 듯한 눈길에 대해서 여전히 따뜻함을 보여 주면서도 가까이 갈 수 없는 엄숙함으로 대답하는 것이었다.

"아니야. 저 단순하고 노동으로 충만된 생활이 아무리 좋은 것이라 할지라도 나는 이제 그리로 돌아갈 수 없다. 나는 그녀를 사랑하고 있으니까."

그는 중얼거렸다.

6

알렉세이 알렉산드로비치와 가장 가까운 사람 말고는, 얼핏 보기에 냉정하고 사려 깊은 이 인물이 그의 성격과는 모순되는 하나의 약점을 가지고 있다는 사실을 알지 못했다. 알렉세이 알렉산드로비치는 여자나 아이가 우는 것을 태연하게 바라보거나 듣고 있지 못하는 사람이었다. 눈물을 보면 그 순간 어쩔 줄 모르는 기분에 빠져 사리를 판단하는 힘을 완전히 잃어버리는 것이었다.

별장에 도착하자 그는 아내를 부축하여 마차에서 내려 주었다. 그는 애써 자기를 억누르면서 언제나처럼 은근한 태도로 작별을 고하고 나중에 조금이라도 속박이 되지 않을 겉치레 말을 몇 마디 했다. 그는 그녀에게 내일 자기의 결심을 알려 주겠다고 말했다.

진실을 분명하게 모르는 동안 그를 괴롭히던 그 질투의 감정은, 아내의 말로 인해 앓던 이가 한꺼번에 빠진 듯 순간적으로 사라져 버렸다. 그 감정은 다른 것으로 대체되었다. 그것은 아내가 승리를 축하하지 못하게 할 뿐 아니라 자기 죗값을 받게 하고 싶다는 바람이었다. 그런 감정을 스스로 인정하지는 않았지만 그의 마음 밑바닥에는 남편의 평안과 명예에 상처를 입힌 벌로써 아내가 괴로워하기를 바라는 기분이 있었던 것이다.

이리하여 결투나 이혼, 별거 조건을 음미해 보고 나서 그것을 모두 부정한 알렉세이 알렉산드로비치는 오직 한 가지 해결법밖에 없음을 확인하게 되었다. 이번 사건을 세상에 숨긴 채 두 사람의 관계를 끊기 위해 모든 수단을 강구하고, 무엇보다 중요한 것은—이것은 자신도 깨닫지 못했지만—아내에게 벌을 주기 위해서 앞으로도 그녀를 자기 곁에 억눌러 두는 것이었다. 마차가 페테르부르크에 가까워질 무렵 알렉세이 알렉산드로비치는 이 결심을 더욱 굳혔을 뿐 아니라 아내에게 써 보낼 편지 내용까지도 머릿속으로 그리고 있었다. 현관지기의 방에 들어가 알렉세이 알렉산드로비치는 본청에서 도착한 서류며 편지를 훑어보고 곧 서재로 가져오라고 명했다.

"말을 풀어 놓게. 그리고 아무도 들여보내지 말도록."

그는 '들여보내지 말도록'이라는 말에 힘을 주면서 기분이 좋다는 걸 나타내는 일종의 만족한 빛을 띠며 문지기의 물음에 대답했다.

알렉세이 알렉산드로비치는 서재 안을 서성거리다가 커다란 사무용 책상 앞에서 멈춰 섰다. 그 책상 위에는 먼저 들어온 하인이 이미 촛불 여섯 자루를 밝혀 놓았다. 그는 손가락을 꺾어 똑똑 소리를 낸 다음 의자에 앉았다. 책상 위에 두 팔꿈치를 짚고 고개를 갸웃거리며 생각하던 그는 한번도 쉬지 않고 편지를 쓰기 시작했다. 그는 아내에 대한 호칭으로 프랑스어를 사용해 '당신'이라는 대명사를 썼다. 이 말은 러시아어의 경우처럼 쌀쌀한 울림을 지니지 않았기 때문이다.

우리가 마지막으로 이야기를 주고받을 때 그 내용에 관한 내 결심을 전하겠다고 말한 바 있소. 나는 모든 일을 신중하게 생각한 끝에 그 약속을 지키기 위해서 지금 펜을 들었소. 내 결심은 다음과 같은 것이오. 당신의 행위가 어떤 것이 되었건 나는 신의 권위에 의해서 맺어진 우리의 인연을 내 손으로 끊을 권리가 없다고 생각하오.

가정이라는 것은 변덕이나 욕심 아니, 부부 어느 쪽의 죄에 의해서도 파괴될 수 없는 것이오. 따라서 우리의 생활은 지금까지처럼 계속되어야 하오. 이것은 나에게나 당신에게 또는 우리의 아들에게 있어서도 필요한 일이오. 나는 지금 당신이 이 편지의 원인이 된 사실에 대해서 뉘우쳤다는 것을, 아니 뉘우치고 있다는 것을 확신하오. 또 당신이 우리 불화의 원인을 근절하고 지나간 일을 잊기 위해서 나에게 협력해 주리라고 확신하오.

만일 그렇지 않은 경우에는 무엇이 당신과 당신의 아들을 기다리고 있는가는 당신 자신도 쉽게 상상할 수 있을 것으로 생각하오. 이러한 모든 일에 대해서는 일간 만나는 기회에 좀 더 자세히 상의하고자 하오. 별장 생활의 계절도 끝나 가고 있으니 될수록 속히, 화요일까지는 페테르부르크로 돌아와 주기 바라오. 당신의 귀가에 필요한 준비를 빈틈없이 시켜 놓고 있겠소. 나는 이 부탁이 실행되는 것에 특별한 의미를 두고 있다는 것을 한마디 덧붙여 두는 바이오.

A. 카레닌

추신. 당신에게 필요하리라 생각되는 돈을 동봉하오.

그는 편지를 다시 읽어 보고 내용에 만족했다. 특히 돈을 동봉할 생각이 든 것에 만족을 느꼈다. 거기에는 가혹한 말투도 없고 비난의 어조도 없지만, 그렇다고 굽실거리는 대목도 없었다.

"이것을 내일 심부름꾼에 주어서, 별장에 있는 마님에게 갖다 주라고 하게."

그는 하인에게 말하고 일어섰다.

"알겠습니다, 각하. 차는 서재에서 드시겠습니까?"

알렉세이 알렉산드로비치는 차를 서재로 가져오라 이르고는 안락의자 쪽으로 걸어갔다.

7

안나는 브론스키로부터 당신이 계속 지금의 입장을 고수한다는 것은 더 이상은 무리한 일이라는 말을 듣고 또 모든 것을 남편에게 털어놓아야 한다는 설득을 들었을 때는, 바르르 성이 나서 완강하게 반대했다. 그러나 마음속으로는 자기의 입장이 거짓되고 부끄러운 것임을 느꼈고, 진정으로 그 변화를 바라고 있었다. 남편과 함께 경마에서 돌아오는 도중 안나는 흥분한 나머지 모든 것을 고백해 버렸다. 물론 그 때는 격렬한 심중의 괴로움을 겪었으나 나중에는 차라리 잘한 일이라고 여겨 기뻐했다.

이튿날 아침잠이 깼을 때 제일 먼저 그녀의 머리에 떠오른 것은 어제 자기가 남편에게 한 말이었다. 그 말은 너무나 무서운 것이었기 때문에 지금 생각해 보니, 어째서 자신이 그런 난폭한 말을 입에 담았을까 하고 스스로도 이해가 가지 않았다. 또한 그 결과가 어떻게 될 것인지 상상도 할 수가 없었다. 어쨌든 그 말은 입 밖으로 나갔고 알렉세이 알렉산드로비치는 아무 말도 없이 떠나갔었다.

'나는 브론스키에게 아무 말도 하지 않았다. 그 사람이 돌아가려 했을 때 다시 불러서 이야기할까도 생각했다. 그런데 왜 처음에 바로 이야기하지 않았느냐고 이상하게 생각할 것 같아서 그만두었다. 나는 왜 말을 하려고 하다가 그만두었을까!'

안나는 생각했다. 그리고 마치 그 물음에 대한 대답처럼 부끄러움의 빛이 그녀의 얼굴에 확 퍼졌다.

브론스키를 생각하면 안나는 그가 이제 자기를 사랑하지 않으며 도리어 자기를 귀찮게 여기고 있으므로 도저히 그에게 자기를 맡길 수 없을 것 같은 느낌이 들었으며, 그 때문에 그에게 적대감마저 느낄 지경이었다. 그녀는 또 자기가 남편에게 한 그 말, 아니 지금도 자기 마음속에서 자꾸만 되풀이되고 있는 그 말은, 남편에게뿐 아니라 모든 사람에게 한 말 같고 이제는 누구나 다 그 사실을 알고 있는 것만 같았다. 그 때문에 그녀는 함께 살고 있는 사람들의 얼굴을 똑바로 바라볼 용기가 나지 않았다. 심부름꾼을 부를 수 없을 뿐 아니라 아래층에 내려가 아들이나 가정교사와 얼굴을 맞대는 건 더욱 못 할 일 같았다.

아까부터 문밖에서 안을 엿보고 있던 하녀는 자기 스스로 방 안으로 들어왔다. 안나는 무슨 일이냐고 묻듯이 흘끗 그녀를 보았으나 금세 또 겁먹은 듯이 얼굴이 붉어졌다.

"커피가 준비되었습니다. 선생님도 세료쥐아 도련님과 함께 계십니다."

안누시카는 말했다.

"세료쥐아라고? 세료쥐아가 어떻게 했기에?"

안나는 갑자기 생기 있는 얼굴이 되어 물었다. 비로소 아들의 존재가 생각났기 때문이다.

"뭔가 장난을 치신 것 같습니다."

안누시카는 방글거리며 대답했다.

"어머, 장난을 쳤다고?"

"저쪽 모퉁이 방에 복숭아가 놓여 있었는데 그것을 몰래 하나 잡수신 것 같습니다."

아들 생각이 나자 안나는 이제까지 자기가 빠져 있던 구원 없는 상태에서 헤어날 수가 있었다. 어느 정도 과장되어 있지만 일부는 진실이기도 한, 아들을 위해서 살고 있는 어머니의 역할이 생각난 것이다. 그녀는 요 몇 년 동안 이 역할을 맡아 온 것이지만, 지금 자기가 빠져 있는 이 구원 없는 상태에서도 남편이나 브론스키와의 관계에 좌우되지 않는 자기의 왕국이 있다는 사실을 기쁘게 느꼈다. 왕국이란 곧 아들이었다.

비록 어떤 경우가 자기에게 닥칠지라도 아들만은 버릴 수가 없으리라. 설령 남편에게 창피를 당하고 쫓겨날지라도 또 브론스키가 자기에게 정이 떨어져 자기 혼자 외떨어진 생활을 보내게 될지라도—안나는 다시금 이 사실에 불끈 화가 치밀어 분노와 비난을 느꼈다—아들만은 놓칠 수가 없으리라. 자기에게는 생활의 목적이 있는 것이다. 어떻게든 행동을 해야 한다. 아들과 현재의 경우를 보장하기 위해서, 아이를 빼앗기지 않기 위해서 어떻게든 행동을 해야 한다. 그것도 되로록 빨리, 한시바삐 아이가 곁에 있는 동안에 행동해야 한다. 아이를 데리고 떠나 버려야 한다. 이것이 지금 그녀가 하지 않으면 안 되는 유일한 의무인 것이다.

이 괴로운 지경에서 벗어나 기분을 가라앉힐 필요가 있고 아들을 데리고 어서 어디로든 가야 한다는 생각이 그녀에게 필요했던 침착성을 되찾아 주었다.

'이제 어쩔 수 없어. 아무리 생각해 봤자 소용없어. 자, 떠날 채비를 해야지. 하지만 어디로 갈까? 언제? 누구를 데리고 갈까? 그렇지, 모스크바를 향해 밤 열차를 타자. 안누시카와 세료쥐아와 꼭 필요한 것만 챙겨 가지고 가야겠어. 그리고 떠나기 전에 두 사람 앞으로 편지를 써야지.'

그녀는 마음속으로 중얼거렸다.

안나는 총총히 거실로 들어가 탁자 앞에 앉아서 남편에게 보낼 편지를 쓰기 시작했다.

그런 일이 있었으니 저는 이제 더 이상 당신 곁에 머물러 있을 수가 없습니다. 저는 세료쥐아를 데리고 나가겠습니다. 저는 법률을 잘 몰라서 아들은 양친 중 누구를 따라가야 하는지 모릅니다. 다만 제가 그 아이를 데리고 가는 것은 그 아이 없이는 살아갈 수가 없기 때

문입니다. 제발 관대한 마음으로 그 아이를 제 곁에 두게 해 주시기
바랍니다.

여기까지는 거침없이 자연스럽게 써 나갔다. 그런데 남편의 마음에
있으리라고 여기지도 않는 관대한 마음에 호소하는 말을 써야 하고
뭔가 감동적인 글귀로 편지를 매듭지어야 한다고 생각하니, 문득 손
을 멈추지 않을 수 없었다.

내 죄와 뉘우침에 대해 말씀드린 다는 것은 저로서는 할 수 없는 일
입니다. 왜냐하면……

안나는 자기 머리에 떠오르는 생각의 맥락을 찾을 수가 없어서 다
시 손을 멈추었다.
"아니야. 이제 그럴 필요가 없어."
그녀는 중얼거렸다.
그녀는 쓰다 만 편지를 찢고, 관대한 마음 운운한 대목을 빼고 고쳐
써서 편지를 봉했다. 브론스키 앞으로 또 한 통을 써야 했다.

나는 남편에게 모든 사실을 말해 버렸습니다.

안나는 더는 계속 쓸 기력이 없어 오랫동안 가만히 앉아 있었다. 그
것은 너무 거칠고 여자답지 않은 표현이었다.
'그 사람에게 도대체 무엇을 쓸 수 있단 말인가?'

그녀는 생각했다. 다시 수치심이 그녀의 볼을 물들이고 브론스키의 침착한 태도가 생각났다. 그러자 그에 대해서 억울하다는 생각이, 한 구절만 써 놓은 편지지를 갈기갈기 찢게 만들었다.

'이제 그럴 필요가 없어.'

안나는 속으로 중얼거렸다. 그녀는 압지를 접어놓고 2층으로 올라가, 가정교사와 하인들에게 오늘 저녁 모스크바로 떠난다고 말하며 바로 짐을 챙기도록 했다.

8

문지기와 정원사와 하인들은 별장의 방이란 방을 다 돌아다니며 짐을 끌어내고 있었다. 옷장은 모조리 열어젖혀 놓았고 심부름꾼은 두 번이나 가게로 노끈을 사러 갔다. 마루에는 신문지가 흩어져 있었다.

그때 안누시카가 마차 오는 소리가 난다고 알렸다. 안나는 창밖을 내다보았다. 마차에서 내린 알렉세이 알렉산드로비치의 심부름꾼이 입구의 계단에 서서 벨을 누르고 있었다.

"가서 무슨 일인지 알아보고 오렴."

안나는 말하고, 무슨 일에나 각오가 되어 있는 침착한 태도를 보이며 두 손을 무릎 위에 마주 잡고 안락의자에 걸터앉았다. 하인이 알렉세이 알렉산드로비치의 필적으로 겉봉에 쓰인 조그만 봉투를 들고 들어왔다.

"심부름꾼은 회답을 받아 가지고 돌아오라는 분부를 받았답니다."

하인은 말했다.

"알았어."

안나는 하인이 나가기를 기다려 떨리는 손끝으로 봉투를 뜯었다. 뻣뻣한 지폐 뭉치가 그 속에서 떨어졌다. 그녀는 편지를 꺼내어 끝에서부터 읽기 시작했다.

당신의 귀가에 필요한 준비를 빈틈없이 시켜 놓고 있겠소. 나는 이 부탁이 실행되는 것에 특별한 의미를 두고 있다는 것을 한마디 덧붙여 두는 바이오.

그녀는 차츰 그 위로 눈을 옮겨서 읽었다. 그렇게 전부를 읽고 나서 다시 한 번 처음부터 죽 고쳐 읽었다. 안나는 갑자기 한기를 느끼고 꿈에도 생각지 못한 무서운 불행이 자기 머리 위에 떨어진 것 같은 생각이 들었다.

오늘 아침 안나는 남편에게 그런 말을 한 것을 후회하고 그런 말만 하지 않았던들 얼마나 좋았을까 하고 생각했다. 그런데 지금 이 편지에는 그런 말은 얘기되지 않았던 것으로서 그녀가 바라고 있던 것을 그녀에게 주고 있었다. 그러나 다시 생각해 보니, 이 편지는 그녀가 상상할 수 있는 가장 무서운 것이었다.

"그이의 행동은 옳다! 정당한 거야!"

안나는 중얼거렸다.

'물론 그 사람은 잘못을 저지른 적이 없어. 그는 기독교인이고 관대한 사람이야! 하지만 비열하고 구역질나는 인간이다!'

무엇이 당신과 당신의 아들을 기다리고 있는가는 당신 자신도 쉽게 상상할 수 있을 것으로 생각하오, 하는 편지의 구절이 생각났다.

'그건 아이를 빼앗겠다고 겁주는 말이야. 그 패들의 어리석은 법률에서는 그것이 가능하도록 되어 있을 거야. 어떤 이유로 그 사람이 이런 말을 하는지 내가 그걸 모를 줄 알고 있을까? 그 사람은 아들에 대한 나의 애정을 믿지 않거나 경멸하고 있는 거야. 언제나처럼 조소하는 그 평소의 태도로 말이다. 그 사람은 나의 그런 감정을 경멸하면서도 내가 아이를 버리지 않을 것이며 버릴 수가 없다는 것을 잘 알고 있는 거야. 그 아이 없이는 비록 사랑하는 사람과 함께 살게 된다 해도 진정한 의미의 생활이라는 것이 없고, 만일 그 아이를 버리고 남편 곁에서 달아난다면 내가 누구보다도 비열하고 더러운 여자가 된다는 것도 뻔히 알고 있어.'

우리의 생활은 지금까지처럼 계속되어야 하오. 문득 또 다른 구절이 생각났다.

"아니야, 깨 버리겠어. 무슨 일이 있어도 깨 버려야 해!"

안나는 펄쩍 뛰며 눈물을 삼키고 소리쳤다.

그녀는 책상을 향해 앉았으나, 편지를 쓰는 대신 책상 위에 두 손을 포개고 그 위에 머리를 얹고는 마치 어린아이같이 흐느끼면서 가슴을 떨며 울기 시작했다. 그녀가 울기 시작한 것은 자기의 입장을 분명하게 결정지으려던 꿈이 영구히 무너져 버린 것을 슬퍼했기 때문이다. 그녀는 모든 것이 이전 그대로 남게 되리라는 사실을, 아니 오히려 이전보다도 훨씬 나쁜 상태로 남게 되리라는 것을 알고 있었다.

가까워지는 하인의 발소리가 그녀로 하여금 제정신을 차리게 했다. 그녀는 얼굴을 보이지 않도록 하면서 편지 쓰는 시늉을 했다.

"심부름꾼이 회답을 주시면 좋겠다고 합니다."

하인이 말했다.

"회답? 그래. 조금 더 기다리라고 해 줘. 벨을 울릴 테니까."

안나는 말했다.

'내가 무엇을 쓸 수 있단 말인가? 나 혼자 무엇을 결정할 수 있단 말인가? 내가 무엇을 알고 있을까? 나는 무엇을 바라고 있을까? 나는 무엇을 사랑하고 있을까?'

그녀는 생각했다. 그녀는 또다시 자기의 마음이 이중으로 되어 가는 것을 느꼈다. 그녀는 이런 기분에 부르르 몸을 떨었다. 그리고 자기에 대한 생각에서 자기를 딴 데로 떼놓아 줄 수 있을 것 같은 어떤 생각이 떠오르자 즉시 거기에 덤벼들었다.

"난 알렉세이—안나는 마음속으로 브론스키를 그렇게 불렀다—를 만나야겠어. 내가 무엇을 해야 할지 그것을 말해 줄 수 있는 사람은 그 사람뿐이야. 베치한테 가 보자. 어쩌면 거기서 만날 수 있을지도 몰라."

그녀는 중얼거렸다.

안나는 바로 어제, 자기가 앞으로 트베리스코이 공작부인한테는 가지 않겠다고 말하자 그가 그럼 자기도 가지 않겠다고 말한 것을 까맣게 잊고 있었다. 그녀는 펜을 들고 남편 앞으로 편지를 썼다.

편지를 잘 받아 보았습니다. A.

그녀는 벨을 울려 하인에게 편지를 주었다.

"떠나는 것은 그만두기로 했어."

안나는 방에 들어온 안누시카에게 말했다.

"아니, 아주 가시지 않는 겁니까?"

"아냐, 하지만 짐은 내일까지 풀지 말고 그대로 둬. 마차도 그냥 두고. 나는 이제 공작부인한테 다녀올 테니까."

9

브론스키는 표면적으로는 어딘지 경박한 사교 생활을 보내고 있었음에도 무질서한 일은 아주 싫어하는 사내였다. 그는 어려서 예비 사관학교를 다니던 때, 돈이 궁하여 친구에게 빚을 얻으려고 하다가 단호히 거절당한 일이 있었다. 그 이후로는 한번도 자기를 그런 처지에 빠뜨린 일이 없었다.

자기의 재정을 언제나 깔끔하게 정리해 두기 위해서 그는 그때그때 상황에 따라, 횟수가 많고 적기는 하지만 대체로 1년에 다섯 번 가량은 방 안에 틀어박혀 자기의 재정 상태를 분명히 해 두도록 하고 있었다.

브론스키의 생활은 자기가 해야 할 일과 해서는 안 될 일을 한정하는 규범이 분명하게 서 있었다. 그래서 그의 생활은 고민이 적고 비교적 행복했다. 이들 규범은 아주 좁은 범위의 생활을 포용하는데 지나지 않았으나, 그 대신 규범 자체는 의심할 수 없이 명확한 것이었다. 때문에 브론스키는 결코 그 범위 밖으로 벗어나는 일이 없었으며 해야 할 일을 실행하는 데 1분도 주저한 일이 없었다. 안나와 그녀의 남편에 대한 그의 현재의 관계도 그가 생각하기로는 단순 분명한 것이었다. 그것은 그를 이끌어 주고 있는 규범에 명료하고도 정확하게 규정되어 있기 때문이다.

안나는 그에게 사랑을 바친 어엿한 부인이고 그 역시 그녀를 사랑하고 있다. 따라서 안나는 그에게 있어 법률상의 아내와 마찬가지로, 아니 그 이상으로 존경할 만한 부인이었다. 그는 안나가 모욕당하는 일은 물론 단지 누가 그녀에게 불손하거나 혹은 그런 암시만 보여도 참을 수가 없을 정도였던 것이다.

사회에 대한 관계도 역시 분명했다. 세상 사람 누구든 두 사람의 일을 알거나 상상하는 것은 자유다. 하지만 그가 누가 되었든 감히 자기 앞에서 그 일을 입에 올리는 것은 허락되지 않았다. 그런 사태가 일어나면 그는 그런 말을 입에 올리는 패에게 입을 다물게 하고 자기가 사랑하는 부인의 명예를 존중하게끔 할 각오가 되어 있었다.

그녀의 남편에 대한 관계는 무엇보다도 분명했다. 안나가 브론스키를 사랑하게 되고 나서는 그가 안나에 대한 자기의 권리만은 범접하지 못할 것으로 보고 있었다. 남편은 필요 없는 방해자에 지나지 않았다. 남편이 비참한 입장에 서게 된 것은 의심할 수 없지만 이제 와서 그것은 어쩔 수 없는 일이었다. 남편이 가진 유일한 권리는 무기를 손에 들고 해결을 짓고자 하는 일이며, 그것에 대해서는 브론스키도 처음 순간부터 각오하고 있었다.

그런데 요즘에 와서 브론스키와 그녀 사이에 뭔가 분명치 못한 새로운 내적인 관계가 나타나 그에게 불안감을 주었다. 그는 안나의 임신 소식과 안나가 자기에게 기대하고 있는 것에는, 지금까지 자기 생활의 지침이 되어 온 그 규범으로는 분명하게 규정짓지 못할 어떤 요구가 서려 있는 듯한 느낌을 받았다. 사실상 그는 완전히 허를 찔렸기 때문에 처음 그녀가 자기의 임신에 대해서 고백한 순간, 그의 마음은 곧 그녀에게 남편을 버리라는 요구를 하도록 속삭였다. 그는 그 말을 했으나, 그 말은 하지 않았던 편이 나았으리라는 생각을 이제 깨닫게 되었다. 그는 그렇게 자기에게 말하면서도, 동시에 이것은 더러운 행동이 아닌가 하고 마음이 쓰였다.

'남편을 버리라고 한 말은 나와 함께 살자는 의미가 된다. 나는 그렇게 할 준비가 되어 있는가? 지금은 돈도 없는데 어디로 그녀를 데리고 간단 말인가? 돈은 어떻게 마련한다 해도 군무에 몸을 담고 있는 내가 어떻게 그녀를 데리고 갈 수 있단 말인가? 그렇지만 그런 말을 한 이상은 그 준비를 해 두지 않으면 안 된다. 돈을 만들고 퇴직을 하는 것이다.'

거기서 그는 생각에 잠겼다. 퇴직을 할 것인가 말 것인가 하는 문제는 또 하나의 비밀한, 그 사람밖에 모르는 이해관계에 이어진 문제이기 때문이다. 그것은 깊이 숨겨진 일이지만 그의 모든 생활에 있어서 가장 중대한 일이라고도 할 수 있는 것이었다.

명예심은 그의 소년 시대와 청년 시대를 통한 오랜 꿈이었다. 그는 스스로 그것을 인정하려고 하지 않았지만 그 꿈은 매우 강렬한 것이어서, 지금도 이 정열은 그의 애정과 싸우고 있을 정도였다. 그토록 세상을 떠들썩하게 만들고 사람들의 이목을 끈 안나와의 관계는 그에게 새로운 빛을 주었으며 한때 그의 마음을 파먹던 명예심이라는 벌레를 달래고 있었다.

그러나 1주일쯤 전부터 이 벌레가 새로운 힘을 가지고 눈을 뜬 것이다. 그것은 그의 유년 시절부터의 친구로 같은 환경 같은 사회 출신이고 예비 사관학교 동창이며, 교실이나 운동장에서 악동 같은 유희를 함에 있어서나 명예심을 꿈꾸는 데 있어서 언제나 그의 경쟁 상대였던 세르푸호프스코이가 최근 중앙아시아에서 2계급 특진을 하고, 젊은 장교로서는 좀처럼 받기 어려운 훈장을 받고 귀환했기 때문이었다.

10

이미 5시가 지나 있었다. 브론스키는 시간에 맞춰 가기 위해서 그리고 사람들이 알고 있는 자기 마차를 타지 않기 위해서 삯마차를 타고는 서둘러 가자고 재촉했다. 고풍스러운 4인승 삯마차는 텅 비어 있었다. 그는 한쪽 구석에 걸터앉아 앞 좌석에 다리를 뻗고 가만히 생각에 잠겼다.

"근사하다, 참 근사하다!"

그는 중얼거렸다. 그는 지금까지도 흔히 자기 육체에 대해서 만족스런 기분을 맛본 일이 있었지만 지금처럼 자기 육체를 사랑스럽게 생각한 일은 일찍이 없었다. 힘찬 다리에 가벼운 아픔을 느끼는 것도 기분이 좋았고, 숨쉴 적마다 가슴의 근육이 움직이는 감각도 기분이 좋았다. 안나에게 그토록 절망적인 느낌을 준 활짝 갠 8월의 날씨도 그에게는 고무적일 정도로 신선한 것으로 느껴져, 냉수욕을 하고 나서 혈액순환이 좋은 얼굴이며 목덜미를 기분 좋게 식혀 주고 있었다.

"이봐, 빨리! 빨리!"

그는 창에서 몸을 내밀고 마부에게 말했다. 그는 호주머니에서 3루

불을 꺼내어 뒤돌아본 마부의 손에 쥐여 줬다. 마부의 손이 램프 곁에서 뭔가를 더듬어 찾는가 싶더니, 채찍 소리가 울리고 마차는 평탄한 대도를 쏜살같이 달리기 시작했다.

'아무것도, 아무것도 필요 없어. 이 행복만 있으면. 시간이 지남에 따라 나는 더욱 그녀가 그리워진다. 아하, 벌써 저긴 브레제의 국유 별장 정원이구나. 그녀는 여기 어디쯤에 있을까? 어떤 모습을 하고 있을까? 왜 이런 곳에서 만나자고 했을까? 또 어째서 베치의 편지에다 그런 말을 동봉해서 보냈을까?'

그는 마차의 창과 창 사이에 있는 벨의 단추를 바라보며, 마지막으로 안나의 모습을 보았을 때의 일을 회상하면서 생각했다.

그는 이제야 겨우 그 일을 생각해 냈으나 더는 생각할 틈이 없었다. 그는 마차가 가로수 길에 들어서기 전에 마부에게 마차 문을 열라고 하고, 아직 움직이는 마차에서 뛰어내려 별장으로 통하는 길로 들어섰다. 가로수 길에는 아무도 없었다. 그가 문득 오른쪽을 보니 안나의 모습이 눈에 들어왔다.

그를 만나자 안나는 그의 손을 꼭 쥐었다.

"내가 불러내서 화가 나진 않으셨어요? 전 꼭 뵙지 않으면 안 됐어요."

안나는 말했다. 베일 아래 입을 꼭 다문 심각한 얼굴을 보고 그는 금방 기분이 바뀌었다.

"내가 화를 내다니! 하지만 무엇 때문에 이런 곳으로 오라고 했죠? 이제부터 어디로 가는 겁니까?"

"어디든지 상관없어요. 자, 가세요. 좀 말씀드릴 일이 있어요."

안나는 그의 손 위에 자기 손을 포개면서 말했다.

그는 순간 분명 무슨 일이 일어났다는 것, 이 밀회는 즐거운 시간이 아니라는 것을 깨달았다. 그는 안나를 대하면 자기 의지를 갖지 못하게 되었다. 아직 그녀가 불안한 원인은 모르지만, 그 순간 똑같은 불안감이 부지중에 자기에게도 전해 오는 것을 느꼈다.

"무슨 일이 있었습니까? 왜 그러시죠?"

그는 그 안색에서 그녀의 심중을 헤아려 보려고 애쓰면서 물었다. 안나는 숨을 가다듬듯이 잠자코 대여섯 걸음 걸어가더니 우뚝 멈추어 섰다.

"어제는 말씀드리지 않았지만, 남편과 함께 집으로 돌아오는 길에 전 모든 것을 다 말해 버렸어요……. 전 이제 그분의 아내로 있을 수가 없다고. 모든 것을 다 고백해 버렸어요."

안나는 무겁게 숨을 헐떡이며 입을 열었다.

그는 저도 모르게 상체를 그녀에게 기울이면서 말을 듣고 있었다. 그 모습은 마치 그렇게 함으로써 조금이라도 상대방의 괴로운 입장을 가볍게 해 주려고 하는 것 같았다. 그러나 그녀가 이야기를 마치자마자 그는 갑자기 몸을 뒤로 젖혔다. 그러더니 그 얼굴이 오만하고 사나운 표정으로 바뀌었다.

"네, 네. 그게 차라리 낫습니다. 천 배나 나아요! 그동안 얼마나 괴로웠겠습니까. 나도 잘 압니다."

그는 말했다.

안나는 그의 말을 듣고 있지 않았다. 그녀는 상대방의 얼굴 표정으로 그의 마음속을 읽으려고 했다. 하지만 안나는 그의 표정에서, 그의 머리에 제일 먼저 떠오른 생각, 즉 이제 일이 이렇게 된 이상 결투는 피할 수 없겠다는 생각으로 이어지고 있다는 사실은 알아낼 길이 없었다. 결투 따위의 생각은 한 번도 그녀의 머리에 떠오른 일이 없었기 때문이다. 때문에 그의 얼굴에 떠오른 위압적인 표정을 그녀는 딴 의미로 받아들였다.

"전 조금도 괴롭지 않아요. 그저, 저절로 일이 그렇게 되어 버리고 말았어요. 봐요, 이것을……."

그녀는 속으로 어쩔 줄을 몰라 하며 말했다. 그녀는 장갑 속에서 남편의 편지를 꺼냈다.

"알고 있습니다. 알고 있어요."

그는 편지를 받으면서 그것을 읽으려고 하지 않고 상대방의 마음을 가라앉혀 주려고 애쓰며 말했다.

"나는 오직 한 가지를 바라고 있었습니다. 오직 한 가지만을요. 이런 상태를 부숴 버리고 내 생활을 당신의 행복에 바치고 싶은 것입니다."

"왜 그런 말씀을 하세요? 제가 그것을 의심이라도 하고 있는 줄 아세요? 만일 의심하고 있었다면……."

안나가 말했다.

"저기 오는 사람이 누굽니까? 어쩌면 우리 일을 알고 있는 사람일지도 몰라요."

갑자기 브론스키는 이쪽으로 걸어오는 두 부인을 가리키며 말했다. 그는 안나를 끌고 서둘러 오솔길로 꺾어 들었다.

"아, 이제 어떻게 되든 상관없어요!"

안나는 말했다. 그녀의 입술은 파르르 떨리기 시작했다. 브론스키는 그녀의 눈이 이상한 증오심을 담고 베일 속에서 자기를 바라보고 있다는 느낌이 들었다.

"그러니까 제가 말하지 않았어요? 그런 것은 문제가 아니라고요. 그런 것은 의심할 여지도 없어요. 하지만 남편은 이런 것을 써 보냈어요. 자, 읽어 주세요."

안나는 다시 멈추어 섰다.

편지를 읽고 나자 브론스키는 눈을 들어 안나를 보았다. 그의 눈길에는 단호한 결심의 빛이 없었다. 안나는 상대방이 이 일에 대해서 이미 자기 혼자 생각한 것이 있음에 틀림없다고 짐작했다. 안나는 마지막 희망이 배신당했음을 알았다. 그것은 그녀가 기대하고 있던 것과는 다르기 때문이었다.

"당신은 그이가 어떤 사람인지 아실 거예요. 그 사람은……."

안나는 떨리는 목소리로 말했다.

"아니, 잠깐. 내 말 좀 들어 봐요. 나는 차라리 일이 이렇게 된 것을 기쁘게 생각합니다."

브론스키는 그녀를 가로막고 말했다.

"제발 부탁이니, 내 말을 끝까지 들어 주세요. 내가 기뻐하고 있다는 의미는, 이것이 불가능한 일이기 때문입니다. 그 사람이 생각하고 있듯이 현 상태를 지속한다는 것은 절대로 불가능하기 때문이죠."

그는 자기가 설명할 시간을 꼭 좀 달라는 표정을 지으며 덧붙였다.

"어째서 불가능하다는 거예요?"

안나는 눈물을 참으면서 말했으나 아무래도 이제 그의 말에는 아무 무게도 두지 않는 듯한 모습이었다. 그녀는 이미 자기의 운명이 결정되었음을 느꼈던 것이다.

브론스키는 이제 불가피하게 여겨지는 결투 다음에 지금까지와 같은 상태를 계속하기는 불가능하다고 말하려 했다. 그러나 그의 입 밖으로 튀어나온 말은 전혀 다른 것이었다.

"이제 지금까지의 상태를 계속한다는 것은 불가능한 일입니다. 난 당신한테 그분을 버려 주기를 바라고 있어요. 나는 간절히 바라고 있습니다."

그러면서도 그는 당황해하며 얼굴이 붉어졌다.

"저어, 내가 앞으로 우리 두 사람의 생활을 잘 이끌어가도록 허락해 주시겠죠? 내일……."

그는 말을 계속하려 했으나 안나는 그의 말을 끝까지 듣지 않았다.

"그럼 내 아들은 어떻게 되는 거죠? 그 사람이 무슨 말을 편지에 썼는지 알고 계시죠? 그 아이를 놓아두고 가야 한다고요. 하지만 전 그렇게는 도저히 못 해요. 염두에도 둘 수 없어요."

안나는 큰소리로 말했다.

"부탁이니 잘 생각해 주시오. 도대체 어느 편이 나을지를 말입니다. 아들을 놓고 갈지 아니면 이 굴욕적인 상태를 계속할지."

"누구에게 굴욕적인 상태라는 거죠?"

"모두에게, 아니, 누구보다도 당신에게."

"굴욕적이라고 말하시는군요……. 부디 그런 말씀은 마세요. 그런 말은 저에게 아무 의미도 없으니까요."

안나는 떨리는 목소리로 말했다. 이제 와서 브론스키가 자기에게 거짓말을 하는 것을 참을 수가 없었다. 그녀에게 남아 있는 것은 오직 그의 애정뿐이며 또 그녀는 그를 사랑하고 싶었기 때문이다.

"아시겠어요? 저는 당신이 좋아진 그날부터 완전히 바뀌었어요. 오직 하나, 저에게 소중한 것은 당신의 애정이에요. 그 애정이 저의 것이라면 저는 자신이 참으로 고결하고 확고하게 느껴져요. 그러한 굴욕적인 것은 하나도 있을 수 없어요. 저는 자신을 자랑스럽게 생각하고 있어요. 왜 자랑스럽게 생각하고 있는가 하면, 왜냐면…… 그것은……."

그녀는 무엇을 자랑스럽게 생각하고 있는지 끝까지 말할 수가 없었다. 부끄러움과 절망의 눈물이 그 목소리를 지워 버렸다. 마침내 안나는 발을 멈추고 울음을 터뜨렸다.

"화요일에 난 페테르부르크로 갑니다. 그리고 모든 일을 해결하겠습니다."

"네. 이제 이런 이야기는 그만두기로 해요."

안나는 말했다.

안나의 마차가 가까이 왔다. 그녀는 마차를 돌려보내면서 브레제의 정원 사잇문 있는 데로 자기를 맞이하러 오도록 일러두었던 것이다. 안나는 브론스키와 헤어져 귀로에 올랐다.

11

화요일 아침 알렉세이 알렉산드로비치는 사무장을 상대로 일을 하면서, 오늘이 화요일이며 안나에게 집에 돌아오도록 말해 둔 날이라는 것을 완전히 잊고 있었다. 그래서 하인이 아내의 귀가를 알리러 들어왔을 때 그는 깜짝 놀랐고 불쾌한 기분이 들었다. 아내의 모습을 보자 그는 일어서려다가 곧 그만두었다. 그의 얼굴은 안나가 한 번도 본일이 없을 만큼 확 붉어졌다. 그러더니 이번에는 얼른 일어서서 아내의 눈을 똑바로 바라보지 않고, 그녀의 이마나 머리카락을 보면서 걸어왔다. 곁으로 온 그가 아내의 손을 잡고 앉으라고 말했다.

"돌아와 주어서 정말 기쁘군!"

그는 아내 옆에 걸터앉으며 말했다. 아무래도 무슨 말을 더 하려다가 망설이는 것 같았다. 몇 번이나 입을 열려고 하다가 번번이 그만두어 버리는 것이었다. 안나는 이 대면에 대비해서 남편을 경멸하고 비난하려고 스스로 마음먹고 있었으나, 이제는 상대방에게 뭐라고 해야좋을지 몰랐으며 가엾다는 느낌까지 들었다. 이리하여 그 침묵은 상당히 오래 계속되었다.

"세료쥐아는 건강하오?"

드디어 남편은 입을 열었으나, 그녀의 대답을 기다리지 않고 바로 또 덧붙여 말했다.

"오늘 나는 집에서 식사를 안 해. 곧 나가야 해."

"전 모스크바에 가 버릴 생각이었어요."

안나는 말했다.

"아냐, 여기로 돌아온 것은 잘한 일이야. 참 잘한 일이야."

그 말을 하고 나서 그는 또 입을 다물었다. 남편이 말을 꺼낼 용기가 없는 것을 알아채자 안나가 먼저 말을 꺼냈다.

"여보. 전 죄 많은 여자예요. 전 나쁜 여자예요. 하지만 저는 또 전과 같은, 그때 당신에게 말씀드린 것과 같은 여자예요. 지금은 아무것도 고칠 수가 없어요. 그것을 말씀드리려고 돌아온 거예요."

안나는 남편의 얼굴을 쳐다보고, 자기의 머리에 쏠리고 있는 그의 시선을 받으며 눈을 내리뜨는 일도 없이 말했다.

"그런 말은 묻지 않았소. 아마 그럴 거라고 생각하긴 했었소."

그는 돌연 단호한 태도로 아내의 얼굴을 증오에 찬 시선으로 똑바로 노려보면서 말했다.

분노가 복받쳤기 때문인지, 그는 완전히 자기의 모든 능력을 구사할 수 있게 되었다. 그는 날카롭고 가는 목소리로 얘기하기 시작했다.

"그러나 그때도 말했고 또 편지에도 써 보낸 것과 마찬가지로. 지금 다시 한 번 말해 두겠는데, 그런 것은 묵살하겠소. 그런 유쾌한 소식을 당신처럼 그렇게 남편에게 전할 만큼 세상의 아내들은 철없는 사람들이 아니오."

그는 '유쾌한'이라는 말에 특별히 힘을 주어 말했다.

"나는 사교계에서 이 사건을 알고 내 명성에 먹칠을 하기까지는 묵살하고 있을 생각이오. 그러니까 나는 다만, 이 말을 미리 해 두겠소. 우리 관계는 지금까지처럼 그대로 계속되어야 하오. 다만 당신이 스스로 자기 얼굴에 먹칠을 하는 행동을 저질렀을 경우에 한해서, 나는 내 명예를 지키기 위해서 마땅한 방법을 강구하지 않으면 안 되겠소."

"하지만 우리는 이제 전과 같은 관계로 돌아갈 수는 없어요. 저는 이제 당신의 아내로 있을 수는 없어요. 왜냐하면 저는……."

안나는 겁먹은 듯이 남편의 얼굴을 보고 쭈뼛거리며 말했다. 그는 심술궂고 싸늘한 웃음을 흘렸다.

"아마 당신이 선택한 생활은 당신의 지성을 반영한 것이겠지. 그 어느 쪽을 존경하든, 나는 그저 당신의 과거를 존경하고 현재를 경멸하고 있소. 당신이 내 말에 대해서 내린 해석은 내 기분과는 거리가 먼 것이었소."

안나는 한숨을 쉬며 고개를 숙였다.

"내가 납득이 안 가는 것은, 당신처럼 독립심이 강한 여자가 자기 부정을 남편에게 털어놓고도 그것이 비난받을 부끄러운 일로 느끼지 못하는 모양인데, 어째서 남편에 대한 아내의 의무를 이행하기를 꺼리는 거지?"

그는 차츰 흥분하면서 말을 계속했다.

"그럼 저더러 어떡하라는 말씀이세요?"

"내가 요구하고 싶은 것은 그 사내가 이 집에서 내 눈에 띄지 않게 하라는 것과 당신이 사교계나 하인들의 비난을 받지 않도록 행동하라는 것…… 그리고 당신이 그 남자를 만나지 않을 것 이뿐이오. 이만한 일이면 대단할 것도 없지. 그렇게 하고 있으면 아내로서의 의무를 다하지 않고 있어도 정숙한 아내로서의 권리를 향유할 수가 있단 말이오. 내가 말하고 싶은 것은 바로 이것뿐이오. 그럼, 나가 봐야 할 시간이오."

그는 일어서서 방문 쪽으로 걸어갔다. 안나도 일어섰다.

12

레빈이 건초 더미 위에서 지낸 하룻밤은 그에게 무의미한 것으로 끝나지는 않았다. 그는 자기가 해 오던 농업경영조차도 싫어졌고 완전히 흥미를 잃고 말았다. 엄청난 수확을 거둬들였으나, 금년처럼 많은 실패를 거듭하고 농부들과의 관계도 적대적으로 된 적은 없었다. 아니, 적어도 그에겐 그렇게 생각되었다. 게다가 그런 실패나 적대적인 관계의 원인도 이제는 완전히 이해할 수 있었다. 그가 노동에서 맛본 매력이나 그 결과로 갖게 된 농부들과의 교제나 농부들의 생활에 대해서 그가 가졌던 부러움 또는 그날 밤 그로서는 이제 공상이 아니라 하나의 의지가 되어 그 실행의 세부까지도 생각할 만큼 농부들의 생활로 들어서고 싶다는 희망 같은 것 이런 모든 것이, 그가 하고 있는 농업경영에 대한 견해를 일변시켰다.

그는 이제 농업경영에서 이전처럼 흥미를 찾아낼 수 없었고, 농부들과의 불쾌한 관계를 인정하지 않을 수도 없었다. 한편 이제 와서는 더 이상 자기를 속이고만 있을 수도 없었다. 자기가 해 오던 농업경영에는 그저 흥미가 없어졌을 뿐 아니라 혐오감마저도 느끼게 되었기 때문에, 더 이상 농업에 종사할 수 없게 된 것이다.

게다가 30베르스타도 안 되는 곳에는 그가 만나고 싶으면서도 만날 수 없는 키티가 와 있었다. 다리야 알렉산드로브나는 그가 찾아갔을 때 또 오라고 초대해 주었다. 이것은 자기 동생에게 한 번 더 청혼을 해 달라는 의미였고, 동생이 이번에는 그의 청혼을 받아들일 거라고 암시하는 말이었다. 레빈 자신도 키티를 보았을 때 자기가 여전히 키티를 그리워하고 있다는 사실을 깨달았다. 하지만 키티가 있는 것을 알면서 오블론스키 댁으로 찾아갈 수가 없었다.

그가 청혼을 하고 그녀가 그것을 거절했다는 사실이 두 사람 사이에 넘을 수 없는 울타리를 만들어 버린 것이다.

'나는 그 사람이 바라던 사람의 아내가 못 되었다는 이유로 내 아내가 되어 달라고는 부탁할 수 없어.'

그는 속으로 중얼거렸다. 그러자 그는 키티에 대해서 차가운 적대감을 느끼게 되었다.

다리야 알렉산드로브나는 키티를 위해서 부인용의 안장을 빌려 주면 좋겠다는 편지를 써 보냈다.

> 댁에는 안장이 있다고 들었기 때문에 당신께서 손수 가지고 와 주시면 정말 고맙겠습니다.

이렇게 나오는 데는 그도 더 이상 참을 수 없었다. 그토록 현명하고 섬세한 신경을 가진 부인이 이렇게까지 동생을 모욕할 수가 있을까! 그는 편지를 10통이나 썼다간 찢어 버리고 결국 아무 답장도 없이 안장만 보냈다. 찾아뵙겠다고 쓸 수도 없었다. 왜냐하면 그는 갈 수가 없었기 때문이다. 그렇다고 해서 무슨 사정이 있다든가 여행을 가기 때문에 찾아갈 수 없다고 쓰는 것은 더욱 서투른 일일 것 같았다. 그는 답장도 없이 뭔가 부끄러운 짓을 하는 듯한 기분으로 안장만을 보내 주었다. 이튿날은 완전히 싫증이 나 버린 농장 일을 모두 지배인에게 맡기고 사냥을 나갔다.

13

9월 말에는 조합으로 넘겨 준 땅에 축사나 창고를 짓기 위해서 목재가 실려 왔고, 암소에서 나온 버터가 팔려 그 이윤이 분배되었다. 이번의 방법은 실제로 지극히 훌륭하게 잘 진행되었다. 적어도 레빈에게는 그렇게 생각되었다. 이제 남은 것은 모든 문제를 이론적으로 해명하여 자기의 저술을 완성하기 위해서, 외국에 가서 이 분야에서 무엇이 행해지고 있는가를 실제로 시찰해 보는 일이었다. 그리하여 거기에 행해지고 있는 일이 모두 불필요한 일이라는 확증을 잡아 오기만 하면 되는 것이다. 그 저술이라는 것은 레빈의 공상에 의하면 경제학에 일대 전기를 가져올 뿐 아니라 이 학문을 밑바닥에서부터 뒤엎고 농민과 토지의 관계를 밝히는 새로운 학문의 기초를 이룰 것임에 틀림없었다. 레빈은 돈을 마련하여 외국 여행을 떠나기 위해 그저 밀의 추수을 기다리고 있었다.

그러나 공교롭게도 비가 내리기 시작하여 밭에 남은 밀이나 감자를 거둬들일 수 없게 되었다. 모든 밭일은 물론 밀의 추수까지 중단해야 했다. 도로는 걸을 수도 없이 진창이 되고 물레방아는 두 개나 물에 떠내려가고 날씨는 더욱 나빠질 뿐이었다.

9월 30일이 되자 아침부터 태양이 얼굴을 내밀었기 때문에 날이 개는가 싶어 레빈은 결심을 하고 출발 준비를 서둘렀다.

식사를 마친 레빈은 언제나처럼 안락의자에 걸터앉아 책을 손에 들고 읽으면서, 눈앞에 다가온 여행을 그 책의 내용과 관련시켜 생각하고 있었다. 그날 저녁은 자기가 하는 일의 뜻이 다른 때보다 분명하게 떠오르고, 그 사상의 본질을 표현하는 복잡한 문장이 저절로 머릿속에서 짜여져 갔다.

'이건 기록해 두어야겠는데. 이것을 짧은 서론으로 삼아야겠군. 전

에는 서론 같은 것은 필요 없다고 생각했지만.'

그는 생각하며 일어서서 책상 쪽으로 가려고 했다. 그의 발치에 배를 깔고 누워 있던 라스카가 기지개를 켜며 함께 일어나, 어디에 가느냐고 묻듯이 그의 얼굴을 쳐다보았다. 하지만 그는 생각난 일을 적어 둘 틈이 없었다. 조합 대표자들이 그의 지시를 받으러 찾아왔기 때문이다. 레빈은 농부들이 기다리는 현관으로 나갔다.

지시, 즉 내일 할 일의 할당을 하고 그에게 일을 보러 온 농부들의 이야기를 들어 준 뒤 서재로 돌아와 일을 시작했다. 라스카는 탁자 아래에 도로 엎드렸다. 아가피야 할멈은 양말 뜨던 것을 들고 와서 언제나 앉는 자기 자리에 앉았다.

한동안 글을 쓰고 있던 레빈은 문득 키티에 대한 생각이 났다. 그녀에게 거절당한 일이며 마지막으로 만난 일이 너무나 생생하게 떠올랐다. 그는 일어서서 방 안을 서성거리기 시작했다.

9시쯤 되자 방울 소리와 함께 진창길을 달려오는 마차 소리가 들려왔다.

"손님이 오시는 모양이에요."

아가피야는 일어서서 문간으로 향했으나 레빈이 얼른 노파를 앞질러 갔다. 지금 일이 잘 진척되지 않고 있었기 때문에, 상대방이 누구든 손님 오는 것이 반가웠다.

계단을 중간까지 내려가는데 현관에서 귀에 익은 헛기침 소리가 들렸다. 하지만 자기의 발소리에 섞여 분명하게 들은 것이 아니었기에 자기가 잘못 들은 소리이기를 바랐다. 그런데 바로 키가 크고 비쩍 마른 낯익은 모습이 보였으므로 이제는 도저히 자기를 속일 수가 없겠구나 싶었다. 그래도 여전히 모피 외투를 벗으면서 헛기침을 하는 그 키다리 사내가 형 니콜라이가 아니었으면 좋겠다고 바라고 있었다.

레빈은 이 형을 사랑하고 있었으나 형과 함께 있는 것은 언제나 그에게는 고통이 되었다. 그렇지만 형을 본 순간, 이 개인적인 환멸감은 어느덧 연민의 정으로 바뀌었다. 전에 보았을 때도 형은 수척하고 병적인 느낌을 주어 아주 무섭게 생각되었지만, 지금의 형은 그때보다 더 살이 빠지고 쇠약해 보였다. 흡사 가죽을 뒤집어쓴 해골과도 같았다.

"여어, 이제야 너한테 왔다. 벌써부터 오고 싶었지만 도무지 몸이 안 좋아서 말이야. 지금은 많이 좋아졌어."

니콜라이는 동생의 얼굴에서 눈을 떼지 않고 목쉰 소리로 말했다. 그는 크고 마른 손으로 자기 턱수염을 쓸었다.

"아, 그러세요! 잘 오셨어요!"

레빈은 대답했다. 그가 키스를 하면서 형의 피부가 까칠까칠한 것을 입술에 느끼고 묘하게 번들거리는 그의 커다란 눈을 가까이에서 보았을 때, 그는 몸이 더 움츠러드는 느낌이 들었다.

밤이 깊어 잘 시간이 되어 있었다. 집 안은 눅눅한데 벽난로에 불을 지핀 방은 하나밖에 없었으므로 레빈은 자기 침실에 칸막이를 하고 형에게 잠자리를 만들어 주었다.

형은 자리에 들었으나 안 자는지 때때로 환자처럼 몸을 뒤척이며 헛기침을 했고 기침이 나지 않을 때는 뭔가를 중얼중얼 하는 것이었다. 종종 무겁게 한숨을 쉬며 "아아, 하느님!" 하기도 하고 또 숨이 막힐 것 같으면 화가 난 듯이 "에이, 악마같으니!" 하고 혀를 찼다. 레빈은 그런 소리가 귀에 거슬려서 오랫동안 잠들 수가 없었다. 그의 머리에 떠오른 생각은 여러 갈래로 얽혔는데 어느 생각이나 돌아가는 곳은 오직 하나, 죽음이었다.

만물에서 피할 수 없는 종말인 죽음이 지금 바로 거역할 수 없는 힘을 가지고 그의 앞에 나타났다. 그리고 이 죽음은, 그의 앞에서 꿈결에 신음하며 아무런 의미도 없이 하느님과 악마를 번갈아 부르는 사랑하는 형 내부에 있는 죽음은, 결코 이때까지 그가 생각하던 것처럼 멀고 먼 일이 아니었다. 그러한 죽음은 그 자신 속에도 있는 것이다. 그는 그것을 느꼈다. 그것은 오늘이 아니면 내일, 내일이 아니면 30년 뒤의 일이 될지도 모르지만 결국은 같은 소리가 아닌가! 이 피할 수 없는 죽음이란 도대체 무엇인가? 그는 그것을 모를뿐더러 이때까지 한번도 생각한 일이 없었다. 그것을 생각하는 방법도 모르고 생각할 용기도 없었다.

'나는 지금 일하고 있다. 뭔가를 시작하려 하고 있다. 모든 것에는 죽음이라는 것이 있다는 사실을 까맣게 잊고 있었다.'

14

레빈은 상대방의 지나친 겸손이나 지나치게 온순한 태도에 대해 거북한 생각을 갖게 되는가 하면, 반대로 지나치게 방자하고 심술궂은 태도에도 견디기 힘들게 되는 수가 있다는 것을 오래 전부터 잘 알고 있었다. 그는 형의 경우에도 그와 같은 일이 일어나지 않을까 생각하고 있었다. 아니나 다를까 니콜라이의 점잖음은 잠시밖에 계속되지 않았다. 이튿날 아침이 되자 형은 곧 짜증을 부리기 시작하여 동생에게 트집을 잡으면서 그의 가장 아픈 곳을 건드리는 것이었다.

3일째가 되자 니콜라이는 동생을 불러 다시 레빈의 새로운 계획을 설명하게 하고 그것을 비난할 뿐 아니라, 일부러 그것을 고의로 공산주의와 결부시키기까지 했다.

"너는 그저 남의 사상을 빌린 데 지나지 않아. 그것을 왜곡시켜서 응용할 수 없는 곳에다가 응용하려는 것뿐이야."

"형, 단언하지만 그런 것과 아무 관계도 없다고 그랬잖아요? 그들은 사유재산이나 자본, 상속권을 부정하고 있지만 나는 하나도 그런 중대한 자극제―레빈은 이런 말을 쓰는 것이 싫었지만 저술에 몰두한 후로 자기도 모르게 러시아어가 아닌 말을 자주 쓰게 되었다―를 물리치지 않고 있습니다. 나는 그저 노동을 조정하고 싶다고 생각할 뿐입니다."

"그것 봐, 그러니까 다른 사람의 사상을 빌려 왔다는 거야. 그 사상의 힘이 되고 있는 것을 모두 잘라내 버리고, 그것을 뭔가 새로운 것처럼 보이려 하고 있어."

니콜라이는 짜증이 난다는 듯이 넥타이를 힘껏 당기며 말했다.

"나의 사상은 그런 것과 아무런 연관이 없어요…."

"거기에는, 공산주의에는 그래도 기하학적인 미美라는 것이 있어. 명쾌하고 추호의 의심도 용납하지 않는 데가 말이야. 어쩌면 그건 유토피아인지도 몰라. 가령 모든 과거에서 백지상태, 즉 사유 재산도 없고 가족도 없는 상태를 만들어 낼 수 있다면 그때는 그들의 이른바 노동도 조정될 것이란 말이야. 그런데 네가 주장하는 견해에는 도무지어떤 것도 있을 것 같지가 않아."

심술궂게 눈을 빛내며 빈정대는 웃음을 띠고 니콜라이는 지껄였다.

"왜 그렇게 뒤죽박죽으로 만들고 있습니까? 나는 한번도 공산주의자였던 적이 없습니다."

"나는 그랬었지. 그러니까 그것은 시기상조이기는 하지만 합리적이고 장래성이 있다고 생각해. 마치 초기 기독교처럼 말이지."

"제가 생각하고 있는 것은 그저 노동력은 자연과학의 관점에서 검토되지 않으면 안 된다. 즉 그것을 연구하고 그 특질을 인식해서……."

"아니, 그런 것은 말짱 헛일이야. 노동력이라는 것은 발달함에 따라서 저절로 일정한 활동 형태를 찾아내는 거야. 처음엔 도처에 노예가 있었지만 그 뒤 소작인이 된 거야. 우리나라에도 배메기식의 노동이 있는가 하면 임차지도 있고 날품팔이도 있어. 도대체 너는 무엇을 찾고 있니?"

"네. 형이 그렇게 생각하고 있다면 그렇다고 해 두지만 나를 그냥 내버려 두세요!"

레빈은 대답하며 왼쪽 볼의 근육이 파르르 떨리는 것을 느꼈다.

"너는 신념 같은 걸 가진 일이 없고 지금도 갖고 있지 않아. 다만 자존심을 만족시키고 싶어서 그럴 뿐이야."

"글쎄, 그래도 좋습니다. 나를 그냥 내버려 두라고요!"

"내버려 두고말고! 벌써 오래전에 난 이곳을 떠나야 했으니까 말이야. 꺼져 버리라 이거지? 정말 이런 곳에 온 걸 후회한다!"

레빈이 아무리 형의 마음을 가라앉히려 애써도 니콜라이는 무엇 하나 귀담아 들으려 하지 않고, 자기네가 헤어져 버리는 것이 훨씬 낫다고 주장할 뿐이었다. 레빈은 이제 형에게는 살아 있다는 것이 견딜 수 없게 된 것이라고 여겼다.

　레빈이 다시금 형에게로 가서 만일 뭔가 불쾌한 일이 있었다면 제발 용서해 달라고 부자연스러운 태도로 사과했을 때는 니콜라이가 완전히 출발 준비를 갖추고 있었다.

　"만일 네가 스스로 옳다고 생각하고 싶으면 너에게 그 만족감을 맛보게 해 줘도 좋아. 네가 옳았다고. 하지만 그래도 나는 떠날 거야."

　드디어 떠나기 직전에 처음으로 동생과 입을 맞추고 나자, 니콜라이는 갑자기 심각한 눈매로 동생의 얼굴을 바라보면서 말했다.

　"이것 봐, 하여튼 나를 나쁘게 생각하지는 말아 줘."

　니콜라이의 목소리는 떨리고 있었다. 그의 진심에서 나온 유일한 말이었다. 레빈은 그 말의 이면에 '너도 보아 알다시피 나는 몸이 안 좋으니 혹시 다시는 만날 수 없을지도 모르겠다' 하는 의미가 깃들어 있음을 깨달았다. 그것을 깨닫자 레빈의 두 눈에서 눈물이 흘렀다. 그는 다시 한 번 형에게 키스했으나 한마디도 할 수가 없었다.

　형이 떠난 이틀 뒤에 레빈도 외국 여행길에 올랐다. 기차 속에서 우연히 키티의 사촌오빠 쉬체르바스키를 만났을 때, 레빈의 어두운 얼굴은 상대방을 몹시 놀라게 했다.

　"자네, 무슨 일이 있었나?"

　쉬체르바스키가 물었다.

　"아니, 별로. 그저 이 세상은 재미있는 것이 하나도 없으니까 말이야."

　"그게 무슨 소린가? 그럼 뮐하우젠인가 뭔가 하는 곳에 가기보다 나와 함께 파리로 가자고. 이 세상이 얼마나 재미있는지 알게 될 테니!"

"아니야, 이제 나는 모든 것이 끝나 버렸어. 슬슬 죽을 때가 되었나
봐."

"어허, 이거 정말 놀랍군! 나는 이제부터 시작이라고 생각하는데."

쉬체르바스키는 웃으면서 말했다.

"그래, 나도 바로 얼마 전까지는 그렇게 생각했지. 이제 와서야 비
로소 알게 됐어. 나도 멀지 않아 죽을 거란 사실을 말일세."

레빈은 요즘 사뭇 심각하게 생각하던 일을 말한 것이다. 그는 무엇
을 보아도 그저 그 속에서 죽음이나 죽음을 향해 접근하고 있는 것만
이 보일 뿐이었다. 그 때문에 일단 그가 계획한 일은 오히려 한층 강
렬하게 그의 마음을 사로잡아 갔다. 죽음이 찾아오기까지는 어떻게든
이 인생을 살아가야 했다. 암흑이 그의 눈앞에서 모든 것을 가려 버린
듯했다. 그러나 다름 아닌 이 암흑으로 해서, 자기의 사업이 그를 인도
할 유일한 길잡이임을 크게 느끼고 마지막 힘을 다해 힘차게 붙잡았
던 것이다.

4 부

사 랑 의   얼 굴

1

카레닌 부부는 여전히 같은 집에 살면서 매일 얼굴을 마주 보고 있었지만 완전히 남남처럼 지내고 있었다. 알렉세이 알렉산드로비치는 하인들이 멋대로 억측을 하지 못하도록 매일 아내를 만나는 것을 원칙으로 삼고 있었으나 집에서는 식사하기를 피하고 있었다. 브론스키는 결코 카레닌 가를 찾아가는 일이 없었으나 안나는 집 밖에서 그와 만나고 있었고, 남편도 그 사실을 알고 있었다.

이러한 상태는 세 사람 누구에게나 괴로운 일이었다. 이런 상태는 일시적인 슬픈 경우로써 언젠가는 지나가 버리리라는 기대가 없었다면, 그들 중의 어느 누구든 단 하루도 참아 낼 수 없었을 것이다. 알렉세이 알렉산드로비치는 모든 것이 지나가 버리듯이 이 정열도 지나가 버려, 세상 사람들도 이런 일은 잊어버리고 자기 이름도 더러워지지 않게 되리라고 기대하고 있었다. 안나는 이런 상태를 가져온 당사자였기 때문에 누구보다도 더 괴로워하고 있었으나, 이런 일은 모두 가까운 장래에 해결의 실마리가 생기고 깨끗이 해결되리라고 기대하고 있었을 뿐 아니라 그것을 굳게 믿어 의심치 않았다. 그래서 그런 처지도 꾹 참았다. 그러면서도 이런 상태를 해결해 주는 것이 무엇인가에 대해서는 하나도 알지 못하고 있었다.

다만 지금 당장이라도 무언가 그런 것이 가까운 장래에 찾아오리라는 점만은 굳게 믿고 있었다. 브론스키도 저도 모르는 사이에 안나의 영향을 받아, 자기와 직접 관계가 없는 어떤 일이 일어나서 모든 곤란을 해결해 줄 것으로 기대했다.

브론스키가 집에 돌아와 보니 안나로부터 편지가 와 있었다.

저는 지금 몸이 아프고 마음이 괴롭습니다. 밖으로 나갈 수가 없는데 더 이상 당신을 뵙지 않고는 못 견디겠어요. 오늘 밤 와 주세요. 주인은 저녁 7시에 회의에 나가서 1시까지는 돌아오지 않아요.

남편으로부터 집 안에 들여놓지 말라고 엄중한 주의를 듣고 있었음에도 불구하고, 안나가 자기를 직접 집으로 부르는 것이 이상하다고 브론스키는 생각했다. 그는 아무튼 가 보기로 작정했다.

브론스키는 그해 겨울에 대령으로 승진했으므로 연대를 나와 혼자 살고 있었다. 가벼운 식사를 마치고 소파 위에 벌렁 누운 그는 어느 사이에 깊은 잠이 들었다. 그러다가 그는 문득 무서움에 몸을 떨면서 어둠 속에서 잠을 깨어 급히 초에 불을 붙였다.

"무엇이었더라? 그게 무엇이었더라? 꿈에 본 그 무서운 것이 무엇이었더라? 그렇지, 그렇지. 수염이 덥수룩하고 보기에도 남루한 몸매가 조그만 몰이꾼 농부 같았는데, 그 작자가 쭈그리고 앉아서 무언가 하고 있었지. 그가 느닷없이 프랑스어로 뭔가 묘한 말을 지껄이기 시작했어. 그렇지. 꿈이라곤 그뿐, 그게 전부였다."

그는 혼잣말을 했다.

"그런데 그게 뭣이기에 그토록 무서웠을까?"

농부와 그 농부가 입에 올린 알아들을 수 없는 프랑스어를 생생하게 다시 떠올리자, 그는 등줄기에 찬물을 끼얹은 듯 오싹 소름이 끼쳤다.

'젠장, 아무것도 아닌 걸 가지고!'

그는 생각하며 얼른 시계를 보았다.

벌써 8시 30분이 되어 있었다. 그는 벨을 울려 하인을 부르고 서둘러 옷을 갈아입고는, 꿈 같은 것은 완전히 잊어버린 채 그저 약속 시간에 늦을까 봐 걱정하면서 밖으로 나갔다. 카레닌 가의 현관 앞에 가까이 갔을 때 시계를 보니 9시 1분 전이었다. 두 마리의 잿빛 말을 달고 차체가 높은 날씬한 마차가 현관 앞에서 기다리고 있었다. 그는 그것이 안나의 마차인 줄 알았다.

'안나가 나한테 올 생각이었구나.'

브론스키는 생각했다. 그는 침착한 태도로 출입구 쪽으로 다가갔다. 그러자 안에서 문이 열리고 무릎 덮개를 손에 든 문지기가 마차를 불렀다. 평소에는 사소한 일에는 주의하지 않던 브론스키였으나 이때만은 문지기가 자기를 흘끗 보았을 때의 깜짝 놀라는 표정을 눈치챘다. 브론스키는 하마터면 알렉세이 알렉산드로비치와 맞부딪칠 뻔했다. 가스등의 불빛은 검은 모자 아래로 엿보이는 핏기 없이 해쓱한 얼굴과 수달피 외투의 깃 그늘에서 반짝이는 흰 넥타이를 똑바로 비추고 있었다. 흐릿하고 움직이지 않는 알렉세이 알렉산드로비치의 눈은 브론스키의 얼굴에 쏠리고 있었다. 브론스키는 고개를 숙였다. 알렉세이 알렉산드로비치는 입술을 약간 움직이고 한 손을 모자에 댄 채 그대로 지나갔다.

'이거 난처하게 됐군……. 만일 저 남자에게 싸울 마음이 있어서 자기의 명예를 단연코 지키려고 한다면, 나도 마땅한 행동을 취하여 내 감정을 나타낼 수도 있겠는데.'

브론스키는 생각했다. 브레제의 정원에서 안나를 만난 뒤로 브론스키의 생각은 상당히 달라져 있었다. 안나가 그에게 몸도 마음도 다 맡기고 앞으로 어떻게 되든 어디까지나 그를 따를 생각이니 자기의 운명을 결정지어 달라고 매달려 왔을 때의 그 안쓰러운 마음을 생각하면, 브론스키도 그때 생각했던 것처럼 자기네 두 사람의 관계가 언젠가는 종말을 고하리라는 따위의 생각은 전혀 하지도 않고 있었다.

현관에 들어서자마자 그는 멀어져 가는 그녀의 발소리를 들었다. 안나는 귀를 기울이고 그가 오기를 기다리고 있다가, 마침내 체념하고 객실로 되돌아가는 중이라고 그는 깨달았다.

"이제 지겨워요!"

그의 모습을 보자 안나는 소리 질렀다. 그렇게 소리를 지름과 동시에 그 눈에는 눈물이 넘쳤다.

"지겨워요. 우리 사이가 이런 식으로 계속돼 나간다면 훨씬 일찍 그 일이 일어나고 말 거예요!"

"아니, 왜 그래요?"

"왜 그러느냐고요? 난 고대하고 있었어요. 그저 괴로운 마음으로 한 시간, 두 시간. 아, 그만두세요! 당신과 말다툼을 하기는 싫어요. 틀림없이 오시지 못할 사정이 있었겠죠. 아니, 이젠 그만두어요!"

안나는 두 손을 그의 어깨에 얹고 기쁨에 불타는 동시에 탐색하는 듯한 깊은 눈길로 오랫동안 그를 빤히 바라보았다.

"방금 그이를 만나셨죠? 그것 봐요. 늦게 오신 벌이에요."

두 사람이 램프 불 아래 탁자 옆에 앉았을 때 안나는 물었다.

"그랬어요. 하지만 어떻게 된 거예요? 그 사람은 회의에 나가기로 되어 있었잖아요?"

"나갔다가 돌아왔어요. 그리고 다시 어딘가 간다며 나갔어요. 그런 건 상관없어요. 이제 그 이야기는 그만하기로 해요. 그보다 당신, 어디 계셨죠?"

안나는 브론스키의 생활을 샅샅이 알고 있었다. 그는 어젯밤 한숨도 자지 않았기 때문에 깜박 잠이 들어 버렸다고 이야기하려다가 상대방의 상기된 행복한 얼굴을 보자, 아무래도 그런 말을 하기는 부끄러운 생각이 들었다.

안나는 뜨개질감을 손에 들고 있었으나 뜨려고는 하지 않고 반짝거리는 기묘한 눈길로 그를 가만히 바라보았다.

"오늘 아침 리자가 제게 들렀어요. 그분은 리디아 이바노브나 백작 부인에겐 상관 않고 지금도 제게 와 주고 계세요. 그런데 말이죠. 당신의 난잡하신 행동에 대해서도 모두 이야기해 주었어요. 정말 싫어요."

안나는 말했다. 브론스키는 외국 왕자를 접대하라는 명령을 받아 줄곧 그 왕자와 함께 놀러 다니고 있었던 것이다.

"나도 지금 마침 그 일을 말하려던 참이었는데…."

안나는 그의 말을 가로막았다.

"정말 남자 분들은 어쩌면 그렇게 지저분한지 모르겠어요! 여자들

은 그런 일을 잊을 수가 없다는 것을 어째서 짐작 못 하시는지 모르겠
어요."

안나는 더욱 격렬한 말투가 되어 갔다.

"안나! 당신은 나를 모욕하려는 거요? 나를 믿을 수 없단 말이오?
전에도 말하지 않았소. 내 가슴속에는 당신에게 말 못 할 생각은 하나
도 없다고 말이오."

"네, 그러셨죠. 하지만 제가 얼마나 괴로운 심정에 몰려 있는지 알
아 주셨으면 해요! 당신을 믿어요. 네, 믿고 있어요……."

안나는 분명히 질투심을 떨어내려고 애쓰면서 말했다.

브론스키는 자기가 하려던 말을 곧 생각해 낼 수가 없었다. 그는 최
근 더욱 빈번하게 안나를 덮치게 된 이 질투의 발작에 전율을 느꼈으
며, 질투의 원인이 바로 자기에 대한 사랑이라는 것을 알면서도 그녀
에 대해서 식어 가는 자기의 마음을 감출 수가 없었다. 그녀의 사랑은
나의 행복이다라고 그는 몇 번이나 스스로에게 타일렀다. 사실 안나
는 사랑을 인생의 모든 행복의 위에 두고 있는 여자만이 사랑할 수 있
는 방식으로 그를 사랑해 주고 있었다.

그러나 지금 그는 안나의 뒤를 쫓아 모스크바를 떠나 온 때보다는
행복으로부터 훨씬 멀어져 있는 것 같았다. 당시 그는 자기를 불행하
다고 느꼈으나 미래에는 행복이 있다고 믿었다. 그런데 지금은, 최고
의 행복은 이미 과거의 것이 되어 버렸음을 느끼고 있었다.

안나는 그에게서 몸을 떼고 겨우 뜨개질감에서 뜨개바늘을 뽑더니,
램프 빛에 반짝이는 하얀 털실을 한 코 한 코 떠 나갔다. 수놓인 소매
끝으로 나온 화사한 손목이 재빠르게 신경질적으로 움직였다.

"그래서 어떻게 되었어요? 어디서 남편을 만나셨어요?"

그녀의 목소리가 갑자기 부자연스럽게 울렸다.

"현관에서."

"그럼 그이는 당신에게 이렇게 절을 하셨겠죠?"

안나는 얼굴을 쑥 내밀고 눈을 반쯤 감으며 얼른 표정을 바꾸더니, 두 손을 깍지 끼었다. 브론스키는 그녀의 아름다운 얼굴에 뜻밖에도 알렉세이 알렉산드로비치가 자기에게 고개를 숙여 보였을 때와 똑같은 표정이 나타난 것을 보았다. 그가 빙그레 웃음을 띠자, 안나는 그녀의 매력 가운데 하나인 가슴에서 울려 나오는 듯한 그 귀여운 웃음소리를 내며 재미있다는 듯이 깔깔거렸다.

"나는 그 사람의 마음속을 도무지 모르겠소. 당신이 그 사람에게 나와의 관계를 고백했다면 깨끗이 당신과 헤어지든지 내게 결투를 신청하든지 했어야만 하는데 도무지 나는 알 수가 없단 말이오. 그 사람이 어떻게 이런 상태를 견뎌 내고 있는지. 그야 그 사람이 괴로워하고 있다는 것은 나도 알겠지만."

브론스키는 말했다.

"그이는 남자가 아니에요, 인간도 아니고요. 그이는 인형이에요. 다른 사람은 몰라도 나는 다 알고 있어요. 아, 만일 내가 그 사람 같은 입장에 처했다면 그런 여자는, 나 같은 여자는 벌써 옛날에 죽여 버렸을 가예요. 갈기갈기 찢어 죽였을 거예요. 어떻게 '여보, 안나' 하는 소리가 나올까. 정말 그인 사람이 아니에요. 그 사람은 관청의 일을 해 주는 기계에 불과해요. 그 사람은 내가 당신의 아내라는 것을, 자기는 타인이고 필요 없는 인간이라는 것을 깨닫지 못하고 있어요. 이제 그만

두죠. 그만두겠어요, 이런 얘기는……."

"아니오. 그건 당신 생각이 잘못이오, 안나. 하지만 그런 건 아무래도 상관없소. 그 사람 이야기는 그만둡시다. 그보다는 당신이 무엇을 하고 있었는지 그걸 이야기해 줘요. 어떻게 된 거요? 병이라니, 무슨 병이오? 의사는 뭐라고 했소?"

브론스키는 상대방의 마음을 가라앉히듯 말했다. 안나는 비꼬는 듯하면서도 기쁜 기색을 떠올리며 그를 물끄러미 바라보았다.

"내 짐작으로는, 이것은 병이 아니라 당신의 몸 탓인 것 같은데. 그런데 그게 언제요?"

그의 말에 비꼬는 듯한 빛이 그녀의 눈에서 사라졌다. 그러나 바로 다른 미소가, 뭔가 상대방은 모르는 것을 자각하고 동시에 조용한 슬픔을 생각하며 우러나는 미소가 대신 떠올랐다.

"머지않았어요. 바보예요, 당신은. 이런 경우는 참을 수가 없어요. 어떻게든 결말을 지어야 한다고 말씀하셨죠. 하지만 이런 경우가 제게 얼마나 괴로운가는 모르실 거예요! 자유롭게, 아무에게도 구애받지 않고 당신을 사랑할 수 있다면 저는 어떤 희생이라도 치르겠어요. 그렇게 되면, 질투로 자신을 괴롭히거나 당신에게까지 걱정을 끼쳐 드리는 일도 없어질 거예요. 그렇게 되는 것도 이제 멀지 않았겠지만…… 일이 그렇게 우리 뜻대로 만은 되지 않을 거예요."

안나는 자신이 불쌍한 생각이 들었다. 어느 사이에 눈물이 솟아올라 그녀는 말을 계속할 수가 없었다. 안나는 램프 빛에 반짝이는 반지를 낀 하얀 손을 브론스키의 소매 위에 얹었다.

"그것이 우리 생각대로는 되지 않을 것 같아요. 이런 건 말하고 싶지 않았지만 당신이 말하도록 시키신 거예요. 이제 얼마 안 있으면, 정말 얼마 안 있으면 모든 것이 결말나고, 우리는 안정을 되찾아 더 이상 괴로워할 필요가 없게 될 거예요."

"난 무슨 얘긴지 모르겠군요."

브론스키는 그 의미를 알면서도 일부러 시치미를 했다

"아까 물으셨잖아요, 언제, 언제냐고? 이제 얼마 안 남았어요. 게다가 난 무사히 넘기지 못할 거예요. 아니, 제발 제가 말할 수 있게 해 주세요!"

안나는 급히 말을 이었다.

"저는 그것을 알고 있어요. 네, 잘 알고 있죠. 저는 죽는 거예요. 하지만 전 아주 기뻐요. 죽어서 나와 당신을 구한다는 것이 무척 기뻐요."

안나의 두 눈에서는 눈물이 넘쳐흘렀다. 브론스키는 자기의 흥분을 숨기려고 노력하면서 안나의 손에 고개를 숙여 키스하기 시작했다. 이 흥분에는 아무 근거도 없었다. 그는 그것을 스스로 알면서도 흥분을 이길 수가 없었다.

"네, 그렇게 되고말고요. 하지만 그렇게 되는 것이 차라리 나아요. 그것만이, 그것만이 우리에게 남겨진 단 하나의 길이에요."

안나는 거친 동작으로 그의 손을 틀어쥐면서 말했다. 브론스키는 제정신이 돌아와 고개를 들었다.

"무슨 바보 같은 짓을! 무슨 쓸데없는 소리를 하는 거예요!"

"아니에요. 이건 정말이에요."

"무엇이, 무엇이 정말이란 말입니까?"

"제가 죽는다는 것 말이죠, 난 꿈을 꾸었거든요."

"꿈이라니?"

브론스키는 되물었다. 순간, 자기가 꿈속에서 본 농부 생각이 났다.

"네, 꿈이에요. 그 꿈을 꾼 것은 오래전 일이지만. 이런 꿈이었어요. 전 제 방에 뛰어들어 갔어요. 뭔가를 찾으러 간 거죠. 왜, 꿈에는 그런 일이 자주 있잖아요?"

안나는 말했다.

"그랬더니 침실 구석 쪽에 뭔가 서 있지 않겠어요."

안나는 말하면서 공포에 질려 눈을 크게 떴다.

"저런, 바보 같으니! 뭣 때문에 그런 걸 믿는 겁니까?"

안나는 그런 브론스키의 말을 듣고 있지 않았다. 지금 말하고 있는 것은 그녀에게 너무나 중대한 일이었기 때문이다.

"그랬더니 그 무엇인가가 휙 돌아서는 거예요. 보니까 그것은 수염이 덥수룩하고 몸이 조그만 무서운 농부였어요. 저는 달아나려고 했지만 그 농부는 자루 위에 몸을 수그리고 두 손으로 자꾸 무엇인가를 뒤적뒤적 찾고 있는 거예요……."

안나는 그 농부가 자루 속을 휘젓는 시늉을 해 보였다. 그 얼굴에는 공포의 빛이 떠올랐다. 브론스키도 자기의 꿈이 생각나서 같은 공포가 마음속에 가득히 퍼지는 느낌이 들었다.

"그 농부는 무엇인지를 찾으면서 정말 빠른 프랑스어로 '이 쇠를 두드리고 부수어서 단련해야 한다'고 하지 않겠어요. 난 어찌나 무섭고 무서운지 어서 눈을 뜨고 싶다고 생각한 순간 잠을 깼어요……. 그런데 눈을 뜨고서도 역시 꿈속에 있는 거예요. 이게 도대체 어떻게 된 일일까 하고 스스로 물어봤죠. 그러자 코르네이가 저에게 '아기를 낳으시다가 돌아가신 거예요, 마님. 아기를 낳으시다가⋯⋯' 하고 말하는 게 아니겠어요? 거기서 가까스로 잠이 깼어요⋯⋯."

"이런, 바보 같은 소릴! 무슨 그런 어리석은 소리를 하는지 정말 모르겠어."

브론스키는 말했다. 그러면서도 자기의 목소리에 전혀 설득력이 없음을 느끼지 않을 수 없었다.

"하지만 이제 이런 이야기는 그만두기로 해요. 벨을 울려 주세요. 차를 가져오라고 할 테니까. 아, 잠깐 기다리세요. 제가 지금 곧⋯⋯."

안나는 말하다가 문득 말을 끊었다. 그 얼굴이 순간적으로 변했다. 공포와 흥분 대신에 갑자기 조용하고 진지하고 참으로 행복한 듯한 긴장 어린 표정이 나타났다. 브론스키는 그 변화의 의미를 이해할 수 없었다. 안나는 자기의 몸 안에 새 생명의 태동을 느낀 것이다.

2

알렉세이 알렉산드로비치는 자기 집 현관에서 브론스키를 만나고 나서 예정대로 이탈리아 가극을 구경하러 갔다. 그는 2막이 끝나기까지 거기에 있으면서 용무가 있는 사람들과도 모두 만났다.

그는 집에 돌아오자 조심스럽게 코트 걸이를 바라보고 군인 외투가 없는 것을 확인하고는 언제나처럼 자기의 서재로 들어갔다. 그는 다른 때와 달리 바로 자리에 들어가려고 하지 않고 새벽 3시까지 서재 안을 왔다 갔다 했다. 자기 체면을 지켜 주려고도 하지 않고, 정부를 집에 불러들이면 안 된다는 유일한 조건조차 이행하지 않는 아내에 대해서 노여운 마음을 좀처럼 가라앉힐 수가 없었다.

그는 하룻밤 내내 잠을 이루지 못했기에 분노가 급격히 커져 날이 샐 무렵에는 그 극한에 이르러 있었다. 그는 서둘러 옷을 갈아입자 마치 분노를 가득 채운 술잔을 손에 든 듯 그것을 조금도 엎지르지 않게 조심하면서, 동시에 그 분노와 아울러 아내와의 담판에 필요한 에너지를 잃을까 두려워하는 태도로, 아내가 일어났다는 말을 듣자 곧장 아내의 방으로 들어갔다.

안나는 평상시의 남편에 대해서라면 무엇이고 모르는 것이 없다고 생각하고 있었는데, 자기 방에 들어온 그의 모습을 보자 저도 모르게 오싹 몸이 떨렸다. 그는 방 안으로 들어서자 아내에게 인사도 없이 아내의 책상으로 가서 자물쇠를 따고 서랍을 열었다.

"무엇이 필요하신 거예요?"

안나가 소리쳤다.

"당신 정부의 편지야."

그가 말했다.

"그런 건 여기 없어요."

안나는 서랍을 닫으면서 말했다. 아내의 그 동작에서 그는 자기의 짐작이 틀림없다는 것을 알았다. 그는 난폭하게 아내의 손을 밀고 재빨리 손가방을 움켜쥐었다. 그 속에는 아내가 제일 중하게 여기는 서류가 들어 있음을 알고 있었기 때문이다. 안나는 가방을 빼앗으려고 했으나 그는 그녀를 밀어젖혔다.

"앉아! 당신에게 할 이야기가 있어."

그는 말하며 가방을 옆구리에 끼었다. 그것을 너무 세게 팔꿈치로 눌렀기 때문에 한쪽 어깨가 쳐들릴 정도였다. 안나는 깜짝 놀라 머뭇머뭇하며 남편의 얼굴을 쳐다보았다.

"정부를 집 안에 끌어들이면 안 된다고 하지 않았어?"

"그 사람을 꼭 만나야 할 일이 생겼어요. 그래서⋯⋯."

안나는 더 이상 아무 생각도 할 수 없는지 거기서 말을 멈췄다.

"여자가 정부를 만나야 할 이유 따위를 자세히 들어 줄 생각은 없어."

"저는, 저는 그저⋯⋯."

안나는 말하다가 화가 치밀었다. 남편의 난폭한 태도가 그녀를 자극하여 도리어 용기를 준 것이다.

"저를 모욕하는 것 따위는 아무 일도 아니라고 당신은 생각하실 테죠."

안나는 말했다.

"결백한 남자나 여자 같으면 모욕이 될 수도 있어. 하지만 도둑을 보고 도둑이라고 말하는 건, 그저 사실의 확증에 불과한 거요."

"어머나, 당신에게 그런 잔인한 성격이 있다는 것을 저는 미처 몰랐군요."

"남편이 아내에게 단지 체면만 지켜 달라는 조건으로 명예를 보호해 주고 자유를 허락해 준 것을 당신은 잔인하다고 하는군. 그게 잔인하단 말인가?"

"그것은 잔인한 것보다 더 나쁜 거예요. 듣고 싶다면 말씀드리겠는데, 그것은 비열한 거예요."

안나는 분노를 폭발시키며 소리치고는 일어서서 나가려고 했다.

"기다려!"

그는 타고난 새된 음성으로 여느 때보다 더 높게 소리 지르며 빨갛게 자국이 남을 만큼 세게 아내의 팔을 붙잡고는 강제로 자리에 앉혔다.

"당신에게 말해 둘 일이 있어서 온 거야……. 나는 내일 모스크바로 떠나서 더는 이 집으로 돌아오지 않을 거야. 당신은 변호사를 통해서 내 통고를 받게 될 거야. 나는 이혼 수속을 변호사에게 위임할 테니까. 내 아들은 누님한테 맡기겠어. 이것을 말하려고 온 거야."

"당신은 절 괴롭히기 위해서 세료쥐아가 필요하겠죠. 당신은 그 애를 사랑하고 있지 않아요……. 세료쥐아는 놔두고 가세요!"

안나는 남편을 보며 말했다.

"그래, 난 아들에 대한 애정까지도 잃었어. 그건 당신에 대한 혐오감이 그 아이에게 연결되어 있기 때문이야. 그래도 역시 난 세료쥐아를 데리고 가겠어."

이렇게 말하고 그는 나가려고 했다. 이번에는 안나가 그를 붙들었다.

"세료쥐아는 놔두고 가세요……. 더 이상 아무 말도 하지 않겠어요. 다만 세료쥐아는 그때까지 제게 남겨 두세요……. 조금 있으면 저는 아이를 낳을 테니까. 세료쥐아는 제 옆에 놔 두어야 해요."

안나는 다시 한 번 속삭이듯 말했다. 알렉세이 알렉산드로비치는 안나의 손을 뿌리치고 말없이 밖으로 나가 버렸다.

3

스테판 아르카지치는 만찬회를 좋아했다. 특히 자기 집에서 만찬회 벌이기를 좋아했다. 그렇다고 거창한 것이 아니라 요리라든가 마실 것을 손님의 기호에 맞춰 식탁을 마련하기를 좋아했다. 오늘 저녁의 메뉴는 그 자신도 대단히 마음에 들었다. 생농어에 아스파라거스, 그리고 주요 음식으로는 맛이 좋으면서도 기름기가 없는 로스트비프와 그에 어울리는 여러 가지 술이었다.

한편 손님으로는 키티와 레빈을 초대할 생각이었다. 다만 그 한 쌍이 특별히 눈에 띄지 않도록 하기 위해서 사촌 누이동생과 젊은 쉬체르바스키를 같이 초대했다. 주빈은 세르게이 이바노비치 코즈느이쉐프와 알렉세이 알렉산드로비치 카레닌이었다. 세르게이 이바노비치는 모스크바 태생의 철학자이고 알렉세이 알렉산드로비치는 페테르부르크 태생의 실무가였다. 이 밖에 또 한 사람 유명한 괴짜이며 열정가에 자유주의자, 요설가에 음악가이자 역사가인 다시없이 사랑스런 50세의 청년 페스초프를 불렀다. 이 사람은 세르게이 이바노비치와 알렉세이 알렉산드로비치를 위해서 소스가 되고 양념이 될 만한 인물이었다. 이 사람이라면 틀림없이 그들을 자극해서 잘 어울려 나가도록 해 줄 것이다.

상인으로부터 두 번째로 받은 산림 대금도 고스란히 남아 있었고 다리야 알렉산드로브나가 요즈음 자기에게 따뜻하고 싹싹하게 대해 주기 때문에, 이런 만찬회의 계획은 어느 점으로 보나 스테판 아르카지치를 기쁘게 했다. 그는 더없이 기분이 좋았다. 하기야 약간 재미없는 사정이 두 가지 있었지만, 모두 그의 가슴속에서 넘실거리는 사람 좋은 명랑한 심기 속에 가라앉아 있었다.

그 두 가지 사정이란 이러했다. 첫째는, 어제 알렉세이 알렉산드로비치를 거리에서 만났을 때 상대방이 자기에 대해서 너무나 쌀쌀맞고 무뚝뚝하게 대한 것을 알아챈 것이다. 그보다 모스크바에 왔으면서도 찾아오기는커녕 기별조차 하지 않았다. 그 일을 전부터 들어 온 안나와 브론스키에 관한 소문과 종합해서 생각해 본 스테판 아르카지치는, 그 부부 사이에 뭔가 심상치 않은 사정이 있는 것이라 짐작했다.

또 하나 약간 불쾌한 일은 이번에 새로 온 장관과 관계되었다. 신임 장관이면 으레 그렇게 하듯 어긋남이 없이 아침에는 6시에 일어나 마차를 끄는 말처럼 일하고, 부하에게도 똑같은 태도를 요구하는 무서운 사람이라는 평판을 들은 것이다. 이 신임 장관은 곰같이 거친 태도로 사람을 대하고, 소문에 의하면 전임 장관이 속해 있었을 뿐 아니라 오늘날까지 스테판 아르카지치 자신도 속해 있는 경향과는 전혀 반대되는 사람이라고 했다. 어제 스테판 아르카지치가 제복을 입고 출근했더니 새 장관은 아주 친절하게 대하면서 마치 친구처럼 이야기하는 것이었다. 그래서 스테판 아르카지치는 프록코트 차림으로 그를 방문하는 것이 자기의 의무라고 생각했는데, 그렇게 되면 새 장관이 혹시 자기의 방문을 그다지 환영하지 않을지도 모른다는 생각이 두 번째의 불쾌한 사정이었다.

그러나 스테판 아르카지치는 본능적으로 모든 것이 잘 수습되리라고 직감하고 있었다.

'사람은 누구나 똑같이 죄 많은 인간이다. 무엇 때문에 화를 내고 싸우고 할 필요가 있으랴.'

그는 호텔로 들어가며 생각했다.

"잘 있었나, 바실리."

그는 모자를 옆으로 쓰고 복도를 지나가며 낯익은 사환에게 말을 걸었다.

"자네 구레나룻을 길렀군! 레빈은…… 7호실이었던가. 그렇지? 안내를 좀 해 줘. 그리고 아니치킨 백작—그가 신임 장관이었다—이 날 만나 주실지 어떨지 알아봐 줘."

"예, 알았습니다. 정말 오랜만에 들르셨군요."

사환 바실리는 벙글거리며 대답했다.

"어제도 왔었네. 다른 문으로 들어와서 자네가 못 보았을 뿐이야. 여기가 7호실인가?"

레빈은 트베리에서 온 농부를 상대로 방 가운데 서서 아직 마르지 않은 곰의 털가죽을 펼쳐 놓고 자로 재고 있었다.

"아! 자네가 잡았나? 정말 좋은데! 암놈인가?"

스테판 아르카지치는 소리쳤다.

"모자나 벗고 우선 앉지 그래!"

레빈은 상대방의 머리에서 모자를 벗겨 주며 말했다.

"아니야, 그럴 틈이 없어. 꼭 1분만 있다가 가야 해."

스테판 아르카지치는 말했다. 그는 코트의 깃을 탁 젖히고 앉았으나, 이윽고 그것도 벗어 버리고 레빈을 상대로 사냥이며 자기의 속 이야기를 늘어놓으며 거의 한 시간이나 앉아 있었다.

"자, 얘기 좀 해 보게. 자네 도대체 외국에 가서 무엇을 하고 왔나? 어디를 돌아다녔나?"

스테판 아르카지치는 농부가 나가자 이렇게 물었다.

"응, 독일과 프로이센, 프랑스와 영국에도 갔었네. 수도에 들른 것이 아니라 공업 도시를 방문했지. 새것들을 아주 많이 보고 왔어. 가보기를 참 잘했다고 생각해."

"그랬었나? 실은 자네가 노동자의 조직 문제를 연구하고 있다는 것은 나도 알고 있어."

"아냐, 그건 잘못 알았어. 러시아에는 아직 노동자 문제 같은 것은 있을 수가 없어. 러시아에는 땅과 농부의 관계라는 문제가 있을 뿐이야. 그야 그쪽에도 그런 문제는 있지. 다만 그쪽에서는 그저 찢어진 곳을 기워 주는 정도지만, 우리들은……."

스테판 아르카지치는 주의 깊게 레빈의 이야기를 듣고 있었다.

"음, 그렇군! 자네의 말은 분명히 옳을지도 몰라."

그는 계속해서 말했다.

"하여튼 자네가 기운이 좋으니 나도 기쁘네. 곰 사냥을 하고 일을 하고 무엇이든 열중할 수 있으니 말야. 실은 쉬체르바스키의 말을 들으니, 그 친구와 만났었지? 자네가 무척 침울해 가지고 죽음에 대한 소리만 하더라고 하지 않겠나……."

"그게 어쨌단 말인가? 지금도 계속 죽음에 대해서 생각하고 있네. 이제 슬슬 죽을 시기가 되었다는 것은 사실이 아닌가. 아니, 내가 이렇게 열심히 하는 일도 모두 덧없는 거야. 사실을 말하자면 나는 내 사상이나 일을 높이 평가하고는 있지만, 잘 생각해 보면 우리의 이 세상이라는 것은 조그만 유성 위에 피어난 곰팡이가 아닌가. 그런데도 우리는 지구 위에서 뭔가 위대한 것, 위대한 사상이나 사업 같은 것이 생겨나는 줄 알고 있으니 우스운 일이지! 그런 것은 모두 모래알 같은 거야."

레빈은 말했다.

"이봐, 그런 생각은 이 세계나 마찬가지로 낡아 빠진 거야!"

"낡아 빠진 것인지도 모르지. 하지만 일단 그렇게 분명히 알고 나면 모든 것이 덧없는 일로 보이거든. 오늘이나 내일 죽어 버리고 아무 것도 남지 않는다고 생각하면 모든 것이 아주 하찮아져. 그야 나도 자기 사상이 매우 중요한 것이라고는 알고 있지만, 비록 그것이 실현된다 해도 이 암곰을 쏘아 잡는 것이나 마찬가지로 덧없는 일이 되고 말지. 그저 사람은 죽음이라는 것을 생각하고 싶지 않기 때문에 사냥이나 일로 마음을 달래며 일생을 보내고 있는 셈이야."

스테판 아르카지치는 레빈의 이야기를 들으면서 짧은 웃음을 띠고 있었다.

"그야 물론 그렇지! 하지만 자네는 요전에 나한테 찾아와서 뭐라고 했나? 잊어버리지 않았겠지? 내가 인생에서 너무 쾌락만을 쫓고 있다면서 공격하지 않았나! 어이, 도덕가 양반. 너무 그렇게 심각해지지 말란 말일세."

"그야 뭐 인생에도 좋은 일은 있지……. 아니, 나도 잘 모르겠어. 분명한 사실은 인간은 곧 죽게 되어 있다는 거야."

레빈은 더듬거렸다.

"왜 머지않아 죽나?"

"아무튼 죽음이라는 것을 생각하면 인생의 매력이 줄어들지 모르지만, 그 대신 마음은 한결 가라앉거든."

"아냐, 그 반대야. 마지막이 가까워질수록 더 즐거워지는 법이지.

자, 난 이제 슬슬 가 봐야겠는 걸."

스테판 아르카지치는 그 말을 열 번쯤 한 다음에야 겨우 몸을 일으켰다.

"뭘 그렇게 서두르나? 더 좀 이야기하다 가지 않고! 다음엔 언제나 만날 수 있겠나? 나는 내일 떠나는데."

레빈은 상대방을 붙들고 말했다.

"이거 나도 정신이 나갔군! 찾아온 용건을 잊어버리다니……. 오늘 저녁 꼭 우리 집에 와서 식사를 해 주게. 자네 형님도 오시고 내 매제 카레닌도 오네."

"허어, 그 사람이 이곳에 와 있나?"

레빈이 물었다. 그는 키티에 대해서도 묻고 싶었다. 그는 키티가 초겨울에 페테르부르크에 가서 외교관 부인인 언니네서 묵고 있다는 말을 들었는데, 지금은 돌아왔는지 여부는 알지 못했다.

'왔든 안 왔든 마찬가지가 아닌가.'

그는 생각을 고쳐먹고 묻기를 그만두었다.

"와 주겠지?"

"물론이지."

"그럼 5시에 프록코트 차림으로 와 주게."

그렇게 말하고 일어선 스테판 아르카지치는 아래층의 새 장관에게로 갔다. 스테판 아르카지치의 직감은 틀림이 없었다. 무섭다는 평판이 나 있는 새 장관을 만나 보니 아주 온후한 인물이었다. 스테판 아르카지치는 그와 함께 점심을 먹고 저도 모르게 오래 눌러앉아 있었다. 알렉세이 알렉산드로비치한테 갔을 때는 벌써 시계 바늘이 4시 가까이 가 있었다.

4

스테판 아르카지치가 겨우 집에 도착한 것은 5시가 지나서였기 때문에, 벌써 손님 몇 명이 먼저 와 있었다. 그는 현관 앞에서 마주친 세르게이 이바노비치, 페스초프와 함께 집 안으로 들어섰다. 그 두 사람은 스테판 아르카지치의 말에 따르면 모스크바 지식인의 주요 대표자였다. 두 사람이 날씨 이야기를 나누면서 문 안으로 들어가려 할 때에 스테판 아르카지치가 그들을 따라잡았다. 객실에는 이미 쉬체르바스키 공작, 젊은 쉬체르바스키, 투로브츠인, 키티 그리고 알렉세이 알렉산드로비치가 자리에 앉아 있었다.

객실로 들어선 스테판 아르카지치는 먼저 사과하면서, 어느 공작이 붙드는 바람에 늦게 되었다고 변명했다. 그 공작이란 그가 지각을 하거나 불참했을 때면 으레 허물을 뒤집어씌우는 희생양이었다.

이어 그는 눈 깜짝할 사이에 사람들을 소개하고 알렉세이 알렉산드로비치와 세르게이 이바노비치를 짝지어 폴란드의 러시아화에 대한 화제를 안겨 주자 두 사람은 즉시 그 주제에 덤벼들었고, 페스초프도 끼어들었다. 그는 이어 투로브츠인의 어깨를 두드리며 뭔가 우스갯소리를 속삭이고는 아내와 공작 옆에 앉혔다. 그리고 키티에게 오늘은 유달리 아름답게 보인다고 말하고는, 젊은 쉬체르바스키를 알렉세이 알렉산드로비치에게 소개했다. 그가 눈 깜짝할 사이에 방 안 사람들의 기분을 풀어 놓았으므로 객실은 이내 활기 넘치는 분위기가 되었고 사람들의 목소리도 생기 있게 울리기 시작했다.

오직 한 사람 레빈이 보이지 않았다. 하기야 그것은 도리어 다행한 일이었다. 스테판 아르카지치가 식당에 나와 보니 놀랍게도 포도주와 셰리주가 레베 상점 것이 아니라 데프레 것이었기 때문이다. 그는 지체 없이 마부를 데프레 가게에 보내도록 하고 다시 객실로 돌아오다가 레빈과 딱 마주쳤다.

"내가 늦었나?"

"자네가 늦지 않을 때도 있나?"

스테판 아르카지치는 그의 팔을 잡고 말했다.

"여러 손님이 와 있나? 누구누구야?"

레빈은 장갑과 모자에 묻은 눈을 떨면서 자기도 모르게 얼굴을 붉혔다.

"모두 잘 아는 사람들뿐일세. 키티도 와 있어. 자, 가세. 카레닌을 소개해 줄 테니까."

키티가 와 있다는 말을 들은 레빈은 갑자기 뭐라 말할 수 없는 기쁨과 동시에 같은 정도의 공포를 느끼고 숨이 꽉 막혀, 하려던 말도 입에서 나오지 않았다.

'그 사람은 어떻게 지냈을까? 어떤 모습이 되어 있을까? 전과 똑같을까 아니면 그날 아침 마차에서 보았을 때와 같을까? 돌리가 한 말이 사실이라면? 하지만 진실이 아니라고 할 이유도 없지 않은가.'

그는 생각했다.

"자, 그럼 카레닌을 소개해 주게."

레빈은 겨우 말하며 용기를 불러일으켜서 당당한 발걸음으로 객실에 들어갔다. 바로 그녀의 모습이 보였다.

키티는 볼이 확 물들었는가 싶더니 곧 창백해졌다가는 다시 빨개져서는 입술을 가냘프게 떨면서, 그가 가까이 오기를 가만히 기다리고 있었다. 레빈은 그녀 곁으로 가까이 가서 고개를 숙여 보이고 말없이 손을 내밀었다. 만약 입술이 가볍게 떨리고 눈이 윤기를 머금어 더욱 반짝이지 않았더라면, 다음과 같은 말을 했을 때 그녀의 미소는 거의 태연한 것으로 보였을 것이다.

"정말 오랜만이에요."

키티는 억지로 태연을 가장하며 말하고 레빈의 손을 자기의 차가운 손으로 잡았다.

"당신은 못 보셨는지 모르지만 나는 당신을 보았습니다. 당신이 역에서 마차로 예르구쇼프에 가실 때 잠깐 스쳐보았죠."

레빈은 행복한 미소로 얼굴을 빛내면서 말했다.

"어머, 언제였다고요?"

키티는 깜짝 놀라 물었다.

"당신이 마차로 예르구쇼프로 가실 때요."

레빈은 가슴에 넘치는 행복감에 숨이 막힐 듯한 느낌을 맛보며 말했다.

'왜 내가 이토록 순결한 처녀에게 뭔가 깨끗하지 못한 생각을 결부시켰을까? 그렇다. 돌리가 한 말은 틀림없는 사실이다.'

그는 생각했다.

스테판 아르카지치가 레빈의 손을 끌고 알렉세이 알렉산드로비치에게로 갔다.

"잠깐 소개하겠습니다."

그는 두 사람의 이름을 말했다.

"다시 뵙게 되어 정말 반갑습니다."

알렉세이 알렉산드로비치는 레빈의 손을 잡으며 냉랭하게 말했다.

"자네들은 벌써 아는 사이인가?"

스테판 아르카지치는 놀라 물었다.

"기차 속에서 우연히 세 시간이나 함께 보냈지. 그런데 마치 가면무도회에 휩쓸려 든 것처럼 괴상한 꼴이 되어 버려서. 적어도 내 쪽에서는 말이야."

레빈은 미소 지으면서 말했다.

"음, 과연! 자, 그럼 여러분, 이쪽으로 오실까요."

스테판 아르카지치는 식당 쪽을 가리키며 말했다.

남자들은 식당으로 들어서자 자쿠스카(러시아 전채 요리)가 놓인 탁자로 걸어갔다. 거기에는 여섯 종류의 보드카와 역시 여섯 종류의 치즈—여기에는 커다란 은수저가 딸린 것도 있고 딸리지 않은 것도 있었다―, 생선알, 청어, 갖가지 통조림, 얇게 썬 프랑스빵을 수북이 담은 접시들이 가지런히 있었다.

"곰 사냥을 하자면 기운도 세어야 하지 않습니까?"

사냥에 대해서 거의 아무것도 모르는 알렉세이 알렉산드로비치가 거미집같이 얇게 썬 빵에 치즈를 발라 그것을 찢으며 물었다.

레빈은 빙긋 웃었다.

"아뇨, 그 반대입니다. 아이들도 곰 정도는 잡을 수가 있습니다."

그가 말하며 주부와 함께 탁자 가까이에 온 여인들에게 가볍게 고개를 숙여 보이고 옆으로 비켰다.

"곰을 쏘셨다고요?"

키티는 하얀 팔이 비쳐 보이는 레이스 소맷자락을 흔들며 미끄러워 잘 찔리지 않는 버섯을 포크로 찌르려고 애쓰면서 물었다.

"댁 근처에 정말로 곰이 살고 있나요?"

그녀는 아름다운 얼굴을 그의 쪽으로 한 채 방긋 웃으며 덧붙였다.

"아뇨, 우리는 트베리 현에 갔었죠. 거기서 돌아오다가 기차 속에서 당신의 형부를, 아니 당신 형부의 매제를 만나 뵙게 된 것입니다."

스테판 아르카지치는 눈치 채이지 않게 두 사람에게 눈도 주지 않은 채, 이제 아무 데도 앉을 자리가 없다는 시늉을 하며 레빈과 키티를 슬쩍 나란히 앉혔다.

"자, 자네, 우선 여기 좀 앉게나."

그는 레빈에게 말했다.

음식은 스테판 아르카지치가 취미를 가지고 있는 식기류와 마찬가지로 매우 훌륭한 것이었다. 마리 루이즈식의 수프도 근사했고 입안에서 사르르 녹는 조그만 고기만두도 나무랄 데가 없었다. 하얀 넥타이를 맨 두 하인과 마트베이가 눈에 띄지 않게 조용히 그러면서도 재빠르게 음식과 술을 돌보고 있었다. 이날 저녁의 만찬은 물질적인 면에서도 대성공이었지만 정신적인 면에서도 그에 못지않게 성공적이었다. 좌담은 때로는 전반적으로 때로는 개인적으로 오가면서 한시도 쉴 새 없이 활발하게 계속되었고, 식사가 끝날 무렵에는 좌중에 완전히 활기가 넘쳐 남자들은 식탁에서 일어서면서 계속 지껄여 댔고 알렉세이 일렉산드로비치마저도 생기가 날 정도였다.

5

방 안 사람들은 모두 부인의 권리에 대해서 이야기하고 있었으나 키티와 레빈만은 달랐다. 두 사람은 자기네 이야기를 하고 있었다. 아니 그것은 이야기라기보다는 차라리 어떤 신비로운 영혼의 교감이었다. 순간마다 두 사람을 더 가깝게 맺어 주고 두 사람이 이제라도 들어가려는 미지의 세계에 대한 즐거운 공포의 기분을 서로의 가슴에 불러일으키는 것이었다.

처음에 레빈은 작년에 자기가 마차로 가는 모습을 어떻게 보았는가 하는 키티의 물음에 대해, 풀베기를 하고 돌아가는 길에 한길을 걷다가 문득 그녀를 보았을 때의 광경을 이야기해 주었다.

"그렇죠, 그때는 아직 새벽이었어요. 당신도 틀림없이 막 눈을 떴을 때였을 겁니다. 어머님께서는 아직 구석 쪽에서 잠이 들어 계셨으니까요. 그렇지만 정말 눈부신 아침이었습니다. 나는 걸어가면서 저기서 사두마차를 타고 오는 사람이 누구일까 하고 생각했죠. 방울을 단 훌륭한 사두마차였으니까요. 그 순간 당신의 모습이 언뜻 눈에 띄었어요. 창 안쪽을 들여다보니, 당신은 꼭 이런 모양을 하고 앉아서 두 손으로 모자의 리본을 잡은 채 뭔가 깊은 생각에 잠겨 있었어요."

그는 미소를 지으면서 말했다.

"그때 당신이 무엇을 생각하고 있었는지 정말 알고 싶군요. 무슨 중대한 일이었습니까?"

그가 물었다.

'내가 흐트러진 모습을 하고 있지는 않았는지 모르겠어.'

키티는 한순간 생각했으나 그의 얼굴에 떠오른 환희의 미소를 보고, 자기가 준 인상이 도리어 아주 좋은 것이었음을 직감했다. 키티는 갑자기 볼을 붉히면서 즐거운 듯이 웃음소리를 냈다.

"정말 기억이 잘 나지 않아요."

"저기 투로브츠인은 정말 잘 웃는 사람이군요!"

레빈은 투로브츠인의 윤기 있는 눈과 크게 흔들리는 몸을 보면서 말했다.

"저분을 아신 지 오래 되세요?"

키티가 물었다.

"저 사람을 모르는 사람은 없어요!"

"혹시 당신은 저분을 나쁜 분이라고 생각지는 않으세요?"

"나쁜 사람은 아니지만, 별로 신통한 사람도 아니죠."

"어머, 그건 그렇지 않아요! 이제부턴 절대로 그런 생각을 하시면 안 돼요! 저도 전에는 저분에 대해서 안 좋은 생각을 가지고 있었어요. 하지만 저분은 참 따뜻하고 놀랄 만큼 친절한 분이에요. 마치 옥같이 아름다운 마음을 가지고 계세요."

키티는 말했다.

"어떻게 그 사람의 마음까지 아십니까?"

"저분과는 참 가깝게 지내는걸요. 저분의 일이라면 잘 알고 있어요. 작년 겨울, 그러니까 당신이 우리 집에 다녀가신 지 얼마 안 되어서……."

키티는 뭔가 용서를 비는 듯이, 동시에 완전히 신뢰하는 듯한 미소를 띠면서 말했다.

"돌리의 아이들이 성홍열에 걸린 적이 있어요. 그때 마침 저분이 우연히 찾아와서 어떻게 하셨는지 아세요? 저분은 돌리를 몹시 안타깝게 여기시고 줄곧 아이들을 간호해 주셨어요. 네, 꼭 3주일 동안을 언니네 집에 묵으면서 마치 보모처럼 아이들을 돌봐 주셨어요."

키티의 목소리는 속삭이는 듯했다. 키티는 다시 다리야 알렉산드로브나 쪽으로 몸을 구부리고 말했다.

"나 지금 말이에요. 레빈 씨에게 아이들이 성홍열에 걸렸을 때 투로브츠인 씨가 해 주신 일을 이야기해 드리고 있어요."

"정말 잘해 주셨어요. 정말 훌륭한 분이에요!"

다리야 알렉산드로브나는 자기 이야기를 하고 있다는 것을 눈치챈 투로브츠인의 얼굴을 바라보고 다정한 미소를 띠며 말했다. 레빈은 다시 한 번 투로브츠인 쪽을 돌아보았다. 그리고 자기는 왜 이 남자의 훌륭한 점을 이해하지 못했던가 하고 스스로 이상하게 생각했다.

"실례했습니다, 실례. 이제 앞으로는 절대로 다른 사람을 나쁘게 생각하지 않겠습니다!"

그는 자기가 지금 느끼고 있는 것을 솔직하게 고백하면서 유쾌하게 말했다.

부인의 권리에 관한 것으로 시작된 대화는 결혼 생활에 있어서의 남녀의 권리는 불평등이라는, 여자들 앞에서는 좀 말하기 난처한 문제로 발전되었다. 페스초프는 식사 때 몇 번이나 이 문제에 덤벼들려고 했으나 세르게이 이바노비치와 스테판 아르카지치는 조심스럽게 그 이야기를 피하고 있었다.

그때 투로브츠인이 말했다.

"오늘 내가 들은 바에 의하면 프라치니코프가 트베리에서 크비츠키와 결투를 하여 상대방을 죽였다고 하는군요."

사람은 흔히 고의로 아픈 데를 찔리는 것처럼 생각하기 쉬운데, 스테판 아르카지치는 오늘 따라 이야기가 자꾸 재미없게 알렉세이 알렉산드로비치의 아픈 곳만을 건드리는 느낌이 들었다. 그는 매제를 끌고 다른 방으로 가려고 했으나 당사자인 알렉세이 알렉산드로비치는 오히려 호기심에 끌려 물었다.

"프랴치니코프가 무엇 때문에 결투를 했답니까?"

"아내 때문에 그랬답니다. 남자답게 했죠! 결투를 신청해서 상대방을 해치웠으니까요!"

"허어!"

알렉세이 알렉산드로비치는 그다지 흥미가 없는 투로 말하고는 눈썹을 추켜올리고 객실로 옮겨 갔다.

"정말 잘 와 주셨어요. 잠깐 드릴 말씀이 있어요. 자, 부디 이쪽으로 좀 앉으세요."

다리야 알렉산드로브나는 통로가 되고 있는 객실에서 알렉세이 알렉산드로비치를 만나자 겁먹은 듯한 미소를 띠며 말했다.

알렉세이 알렉산드로비치는 여전히 눈썹을 치켜 올린 채 무관심한 표정으로 다리야 알렉산드로브나 곁에 앉아 짐짓 빙긋 웃어 보였다.

"카레닌 씨, 실례의 말씀 좀 드리겠어요. 사실은 제게 이럴 권리는 없어요. 그렇지만 저는 안나를 친동생같이 사랑하고 존경도 하고 있으니까요. 제발 부탁인데, 두 사람 사이에 무슨 일이 있었는지 들려주실 수 없으시겠어요? 당신은 또 무엇 때문에 안나를 비난하고 계시는지요?"

다리야 알렉산드로브나의 말에 알렉세이 알렉산드로비치는 눈썹을 찌푸리고 눈을 감은 채 고개를 숙였다.

"왜 내가 안나를 비난하고 있는지는 주인어른한테서 들으셨을 줄 압니다만."

그는 그 순간 객실을 지나가려던 쉬체르바스키를 노려보면서 말했다.

"전 믿을 수가 없어요. 믿어지지 않아요. 그런 일은 절대로 믿을 수가 없어요!"

다리야 알렉산드로브나는 말라서 뼈마디가 나온 두 손을 꼭 틀어쥐고 말했다.

"여기서는 자꾸 방해꾼이 생기는군요. 미안합니다만, 저쪽으로 가시죠."

그녀는 얼른 일어서더니 한 손을 알렉세이 알렉산드로비치의 소매 위에 얹으며 말했다. 다리야 알렉산드로브나의 흥분이 알렉세이 알렉산드로비치에게도 감염되었다. 그는 자리에서 일어나 순순히 다리야 알렉산드로브나의 뒤를 따라 아이들의 공부방으로 들어갔다.

"나는 믿지 않아요. 도저히 그런 일은 믿을 수가 없어요!"

다리야 알렉산드로브나는 자기를 피하려는 상대방의 시선을 잡으려고 애쓰면서 말을 꺼냈다.

"사실은 믿지 않을 수가 없는 겁니다, 부인."

그는 사실이라는 말에 힘을 주었다.

"도대체 그 사람이 무슨 짓을 했나요? 정말 무슨 일을 저질렀다는 말씀인가요?"

다리야 알렉산드로브나가 말했다.

"그 사람은 자기의 임무를 저버리고 남편을 배신했습니다. 그 사람은 그런 짓을 했습니다."

그는 말했다.

"아아, 무서운 일이에요. 무서운 일이라고요. 당신께서 이혼을 결심하셨다는 말은 사실이 아니겠죠?"

"나는 최후의 수단을 취하기로 했습니다. 달리 어찌할 도리가 없습니다."

"어찌할 도리가 없다. 어떻게 할 도리가 없다니요……."

다리야 알렉산드로브나는 눈물을 글썽이며 되풀이해서 말했다.

"아닙니다. 어찌할 방법이 없는 건 아니에요!"

그녀는 안타까운 듯이 덧붙였다.

"정말 쓰라린 일이지요. 이런 유의 불행이란 것은 다른 일, 실패라든가 죽음이라든가 하는 경우처럼 그저 십자가를 짊어지고 있기만 하면 되는 게 아니니까요. 어떻게 해서든지 무슨 행동으로 나가지 않으면 안 되게 되어 있어요. 바로 그 점이 견디기 어려운 노릇입니다."

그는 상대방을 진정시키려는 것처럼 말했다.

"자기가 놓인 굴욕적인 처지에서 벗어나지 않으면 안 되는 것이지요. 셋이서 함께 살 수는 없지 않습니까?"

이어지는 그의 말에 다리야 알렉산드로브나는 고개를 숙이며 말했다.

"알겠어요. 그 일에 대해서는 저도 잘 알겠어요."

그녀는 자기의 일이며 자기 가정의 고민을 생각하며 한동안 입을 다물고 있었다. 그러더니 퍼뜩 고개를 들고 기도하는 동작으로 두 손을 마주했다.

"하지만 조금만 더 기다려 주세요. 당신은 기독교도시잖아요. 그 사람에 대해서 생각해 주세요. 당신이 버리면 그 사람은 어떻게 되겠어요?"

"나도 생각했습니다, 부인. 많이 생각해 보았습니다."

알렉세이 알렉산드로비치는 말했다. 그 얼굴에는 군데군데 붉은 얼룩이 나타나 있고, 흐릿한 눈은 그녀를 똑바로 바라보고 있었다. 다리야 알렉산드로브나는 진심으로 상대방이 불쌍하다고 생각했다.

"나도 그 사람의 입에서 직접 자신의 치욕을 들은 뒤에 방금 부인께서 말씀하신 대로의 일을 했습니다. 아무 일도 없었던 것으로 하자, 모든 것을 예전으로 되돌려 살아가자고 말입니다. 뉘우칠 기회를 준 것이죠. 그 사람을 구하려고 애썼습니다. 그런데 어떻게 된 줄 아십니까? 그 사람은 세상 사람들에 대한 체면을 지켜 달라고 하는 가장 쉬운 조건조차 들어주지 않았습니다. 그야 파멸하고 싶지 않은 사람이라면 구할 수도 있죠. 그러나 근본이 썩어 버려서 파멸 자체를 구원이라고 생각하고 있는, 타락할 대로 타락한 인간은 어떻게 손을 쓸 수가 없는 겁니다."

그가 갑자기 흥분하면서 덧붙였다.

"무슨 일이든지 좋지만, 다만 이혼만은 다시 생각해 주세요!"

다리야 알렉산드로브나가 말했다.

"무슨 일이든지라고 하셨는데 도대체 무슨 일을 할 수 있겠습니까?"

"하지만 그건 너무해요. 당신으로부터 이혼을 당하면 그 사람은 신세를 망치게 됩니다!"

"내가 무엇을 할 수 있다는 겁니까?"

알렉세이 알렉산드로비치는 어깨를 펴고 눈썹을 추켜올리며 거듭 물었다. 아내의 마지막 행실을 생각하자 그는 또 화가 치밀어, 이야기를 시작했을 때와 마찬가지로 차가운 태도가 되었다.

"동정해 주시는 건 고맙습니다만, 이제 가 봐야겠습니다."

그는 일어서면서 말했다.

"아니에요, 기다려 주세요! 그 사람의 신세를 망치면 안 됩니다. 아니 좀 기다려 주세요. 자, 제 일에 대해서 말씀드릴 테니까요. 저는 결혼하고 나서 남편으로부터 배신을 당했습니다. 화가 나고 질투심이 타올라서 모든 것을 내던지고 집을 나갈 작정을 했습니다. 혼자서 말이에요……. 그런데 퍼뜩 제정신으로 돌아왔습니다. 그것이 누구 덕택인지 아세요? 안나가 와서 구해 준 거예요. 그랬기 때문에 저는 지금 이처럼 살고 있는 거예요. 아이들도 크고 주인도 돌아와 자기가 나빴던 것을 깨닫고, 이제는 전에 비하면 정말 결백하고 좋은 사람이 되었어요. 그래서 저도 사는 보람을 느끼고 있어요……. 전 다 용서했습니다. 그러니까 당신께서도 용서해 주시지 않으면……!"

"아닙니다. 용서해 줄 수가 없습니다. 그렇게 하고 싶지 않아요. 그것은 옳은 일이라고 생각되지 않아요. 나는 그 여자를 위해서 모든 일을 해 주었는데, 그 여자는 그것을 모두 엉망으로 만들어 버렸지요. 그렇게 만드는 것이 그 여자의 본성에 맞는 모양입니다. 나는 심술이 고약한 남자가 아닙니다. 지금까지 한번도 남을 미워한 일이 없어요. 그러나 그 여자만은 진정으로 미워합니다. 용서해 줄 수가 없어요. 그 사람이 내게 던진 적의에 대해서는 아무리 미워해도 시원치가 않습니다!"

그는 증오의 눈물을 글썽이며 잘라 말했다.

"너를 미워하는 자를 사랑하라고 말씀하시지 않았어요……."

다리야 알렉산드로브나는 부끄러운 듯한 목소리로 속삭이듯 말했다. 알렉세이 알렉산드로비치는 멸시하듯 냉소를 띠었다.

"너를 미워하는 자를 사랑하라 같으면 납득이 갑니다만, 내가 미워하는 자를 사랑할 수는 없습니다. 시끄럽게 해서 미안합니다. 누구나 자기의 슬픔만으로도 살아가기가 벅찬데 말입니다!"

말을 마친 알렉세이 알렉산드로비치는 조용히 작별을 고하고 떠났다.

6

사람들이 식탁에서 일어섰을 때 레빈은 키티를 따라 객실로 가려고 했다. 그러나 그는 자기가 너무나 노골적으로 그녀의 뒤를 쫓아다니는 것처럼 보여 불쾌감을 주지는 않을까 걱정되었다. 그래서 남자들 사이에 앉아서 이야기에 끼어들었으나, 레빈은 자기에게 쏠리고 있는 시선과 미소를 느끼고 저도 모르게 뒤돌아보지 않을 수 없었다. 키티가 쉬체르바스키와 함께 문 앞에 서서 자기 쪽을 가만히 바라보고 있었다.

"피아노 쪽으로 가신 줄 알았습니다. 시골 생활에서 결여된 것은 무엇보다도 음악이니까요."

레빈은 그녀 옆으로 가며 말을 걸었다.

"어머, 우리는 그저 당신을 부르러 왔을 뿐이에요. 오늘 정말 잘 오셨어요. 어쩌면 저렇게 토론을 좋아하시는 분들이 다 있죠. 어차피 상대방을 자기 의견에 동조하도록 만들 수도 없는 걸 말이에요."

키티는 마치 감사를 담은 선물이라도 주듯이 그에게 미소를 던졌다.

"네, 정말 그렇습니다. 대개의 경우는 상대방이 무엇을 논증하고 싶어 하는지 모르니까요. 그래서 더욱 열을 내고 토론하게 되는 겁니다."

레빈은 말했다. 키티는 그가 하는 말을 이해하려고 이마를 조금 찡그렸으나 그가 설명을 하자 금방 깨달았다.

"네, 알겠어요. 먼저 상대방이 무엇 때문에 토론을 하고 있는지, 무엇을 사랑하고 있는지 그것을 알아야겠군요. 그렇게 하면 금방……."

레빈이 서투르게 표현한 생각을 키티는 완전히 알아채고 분명하게 표현했다. 레빈은 기쁜 듯이 웃었다. 그는 페스초프와 형을 상대로 매우 복잡하고 많은 말을 필요로 하는 논쟁을 벌인 뒤에, 대뜸 이렇게 간단명료하게 거의 말을 쓰지 않고 복잡한 사상을 표현할 수 있는 마음과 마음의 교류로 옮겨진 것에 감동했다.

쉬체르바스키는 두 사람 곁을 살며시 떠났다. 그러자 키티는 카드놀이가 준비되어 있는 탁자로 다가가서 그 옆에 앉았다. 그녀는 분필을 손에 들고 새 초록빛 테이블보 위에 여러 가지 동그라미를 그리기 시작했다.

두 사람은 식사 때 나온 이야기, 즉 부인의 자유와 직업 문제에 대해 다시 이야기를 시작했다. 레빈은 혼기에 접어든 처녀는 결혼하지 않아도 여자다운 일을 가정 안에서 찾아낼 수 있다는 다리야 알렉산드로브나의 의견에 찬성했다. 그는 그 의견을 지지하기 위해서 어느 가정이나 거들어 주는 여자 없이는 해 나갈 수 없다, 가난한 가정이나 부유한 가정이나 고용인이 됐든 집안사람이 됐든 집안일을 하는 사람이 있고 또 있어야 한다고 말했다.

"그렇지 않아요."

키티는 볼을 물들이며, 도리어 그 때문에 용감해져서 진실 어린 눈길로 그를 보면서 말했다.

"나이가 찬 처녀는 굴욕감을 갖지 않고는 가정에 들어갈 수 없게끔 되어 있는지도 몰라요. 자기 혼자서는 아무래도……."

레빈은 이 암시만으로 키티의 마음을 읽을 수 있었다.

"아, 그렇군요! 그렇습니다, 그렇습니다. 그 얘기가 옳습니다!"

그는 말했다.

침묵이 찾아왔다. 키티는 여전히 탁자 위에 분필로 선을 긋고 있었다. 그 눈동자가 조용히 반짝였다. 그도 그녀의 기분에 끌려들어 몸 구석구석까지 짜릿하게 스미는 행복감을 느끼고 있었다.

"어머, 탁자를 온통 낙서투성이로 만들고 말았네요!"

키티는 분필을 놓고 일어서려고 했다.

'이 사람이 가 버리고 나 혼자 남으면 어떻게 하지?'

그는 두려움을 느끼며 분필을 집어 들었다.

"아, 잠깐 기다려 주십시오. 아까부터 꼭 한 가지 물어보고 싶었습니다."

그는 탁자 앞의 의자에 앉으며 말했다. 그는 키티의 부드럽고, 그러면서도 뭔가 겁을 먹은 것 같은 눈을 가만히 정면으로 바라보았다.

"그럼 어서 말씀해 보세요."

"다름이 아니라."

그는 말하고 다음과 같은 머리글자를 썼다. 언. 당. 나. 그. 안. 말. 그. 결. 뜻. 아. 그. 것? 이들 글자는 이러한 의미였다.

'언젠가 당신은 나에게 그것은 안 된다고 말씀하셨는데, 그것은 결코라는 뜻이었습니까 아니면 그때만의 것입니까?'

그녀가 이런 복잡한 문구를 풀 수 있으리라고는 정말 생각할 수 없었다. 그러나 그는 키티가 그 뜻을 푸는지 어떤지에 자기의 운명이 달려 있기라도 하다는 듯한 얼굴로 가만히 그녀의 얼굴을 바라보고 있었다. 키티는 진지한 얼굴로 그를 쳐다보더니, 이윽고 약간 찡그린 이마를 한 손으로 받치고 읽기 시작했다. 때로는 '내가 생각하고 있는 것이 맞나요?' 하고 묻는 눈길로 그의 얼굴을 쳐다보았다.

"알았어요."

키티는 볼을 물들이며 말했다.

"그럼 이것은 무슨 말입니까?"

레빈은 '결코'를 뜻하는 '결' 자를 가리키며 물었다.

"이것은 결코라는 글자예요. 하지만 그건 틀려요!"

키티는 말했다.

레빈은 바로 자기가 쓴 글자를 지우고 상대방에게 분필을 건네며 일어섰다. 그녀는 그. 그. 대. 수. 없.이라고 썼다.

다리야 알렉산드로브나는 이 두 사람의 모습을 보았을 때 알렉세이 알렉산드로비치와의 대화에서 얻은 슬픔이 완전히 위로가 되었다. 키티는 분필을 손에 들고 조심스럽고 행복한 미소를 띠며 레빈을 쳐다보고 있었다. 탁자 위에 보기 좋은 자세로 숙인 레빈은 그 불타는 눈으로 탁자와 키티를 교대로 바라보고 있었다. 이윽고 레빈의 얼굴이 확 빛났다. 그는 안 것이다. 그것은 '그때는 그렇게밖에 대답할 수가 없었어요'라는 의미였다.

레빈은 조심스러운 묻는 듯한 눈길을 그녀의 얼굴로 옮겼다.

'그럼 다만 그때뿐이라는 말씀입니까?'

'네, 그래요.'

키티의 미소가 답했다.

"그럼 지…… 지금은?"

그가 물었다.

"그럼 이것을 읽어 주세요. 제가 바라는 바를 말씀드릴 테니까요. 진정으로 바라는 바를요!"

키티는 다시 머리글자를 썼다. 만. 당. 그. 일. 잊. 용. 주. 있. 그것은 이러한 의미였다.

'만일 당신이 그때의 일을 잊고 용서해 주실 수 있으시다면.'

그는 긴장한 나머지 떨리는 손가락으로 분필을 잡아 그것을 부러뜨려서 다음과 같은 의미의 머리글자를 썼다.

'난 잊을 일도 용서할 일도 없습니다. 난 줄곧 당신을 사랑하고 있었습니다.'

그 순간 키티의 얼굴에 방긋 미소가 떠오르더니 속삭였다.

"알았어요."

레빈은 걸터앉아 긴 글을 썼다. 키티는 모든 것을 알아차렸다. 그리고 '이런 뜻이 맞나요?' 하고 묻지 않고 분필을 들어 곧 대답을 썼다.

레빈은 키티가 쓴 긴 말의 뜻을 알 수가 없어서 몇 번이나 상대방의 눈을 들여다보았다. 그는 행복감으로 벅차올랐다. 그는 그녀의 아름답고 행복에 빛나는 눈길 속에서 자기가 알아야 할 모든 것을 읽을 수 있었다. 그는 세 개의 글자를 썼다. 그런데 그가 아직 다 쓰지도 않아서 키티는 그 손가락의 움직임만으로 그것을 알아차리고 '네'라는 대답을 썼다.

"비서의 흉내라도 내고 있나? 극장에 늦지 않으려거든 이제 나가 봐야지."

노공작이 곁으로 다가와서 말했다.

레빈은 일어서서 출입문까지 키티를 바래다주었다.

이날의 대화 속에서 두 사람은 모든 것을 말했다. 키티가 그를 사랑하고 있다는 것도, 그가 내일 아침 그녀 집을 다시 방문하는 것을 부모에게 전해 두겠다는 것도 모두 이야기되었다.

7

거리에는 아직 사람의 왕래가 없었다. 레빈은 쉬체르바스키 가 쪽으로 걸어갔다. 그 집 앞에 이르자 대문은 아직 닫혀 있고 모든 것이 조용하게 잠들어 있었다. 그는 호텔로 되돌아와 커피를 마시려고 빵을 입안에 넣었으나 삼킬 수가 없었다. 결국 그것을 뱉어 내고 코트를 걸치고는 또다시 밖으로 나갔다. 그가 두 번째로 쉬체르바스키 댁의 현관 계단에 도착한 것은 9시가 지나서였다. 집 안 사람들이 방금 일어났는지 요리사가 장을 보러 가는 모양이었다. 적어도 두 시간은 더 참아야 했다.

시계 바늘이 마침내 12시를 가리켰다. 레빈은 또 호텔 현관으로 나갔다. 마부들은 이미 모든 사정을 짐작하고 있는지 앞을 다투어 자기 마차를 권하면서 레빈을 둘러쌌다. 마부는 쉬체르바스키 댁을 알고 있었다. 마부는 타고 있는 손님에 대해 경의를 표하는 뜻에서 유별나게 공손한 태도로 두 팔을 둥글게 하여 "워워" 하고 외치면서 그 집 계단 앞에서 멈추었다.

쉬체르바스키 댁의 문지기도 역시 모든 사정을 알고 있는 것 같았다. 그의 눈에 떠오른 미소에 의해서도 그가 입에 올린 다음과 같은 말로 보아서도 분명한 일이었다.

"어서 오십시오, 레빈 나리. 정말 오랜만입니다!"

문지기는 모든 일을 알고 있을 뿐 아니라 분명 떨 듯이 기뻐하고 있으면서도, 일부러 그 기쁨을 숨기려고 애쓰고 있는 듯했다.

"모두들 일어나셨나?"

"네, 네! 어서 이리 오십시오. 그것은 여기에 놓으시고요."

그는 레빈의 모자를 가지러 되돌아서면서 벙글거리고 말했다.

"어느 분에게 나리가 오셨다고 알려 드릴까요?"

하인이 물었다. 그 하인은 새로 들어온 젊은 멋쟁이로 보기에 선량하고 인상이 좋은 사내였는데, 역시 모든 것을 알고 있는 듯했다.

"마님에게, 아니, 공작님께……. 저어, 따님에게……."

레빈은 말했다. 레빈이 맨 처음 만난 사람은 리농 양이었다. 홀을 지나가던 그녀의 곱슬머리와 얼굴이 환히 빛나고 있었다. 갑자기 문 저쪽에서 옷자락 스치는 소리가 나자 리농 양은 그를 내버려둔 채 다른 문으로 걸어 나갔다. 그녀가 나가는 것과 거의 동시에 총총걸음으로 마루 위를 걸어오는 경쾌한 발소리가 울리기 시작했다. 그리고 그의 행복이, 그의 생명이, 그 자신이, 아니 그 자신보다도 좋은, 그가 그토록 오랫동안 염원해 왔던 것이 그를 향하여 시시각각으로 다가오는 것이었다. 그녀는 걸어오는 것이 아니라 뭔가 눈에 보이지 않는 힘에 의해서 그가 있는 쪽으로 이끌려 오고 있었다.

레빈은 오직 그녀의 진심이 담긴 맑디맑은 눈을 보았을 뿐이었다. 그 눈은 그의 마음을 채우고 있는 것과 똑같은 사랑의 기쁨으로 겁먹은 듯한 빛을 보이고 있었다. 두 눈은 불타는 사랑의 빛을 담은 채 더욱 가까이에서 반짝였다. 그녀는 그의 몸에 닿을 듯이 바싹 다가와서 멈추어 섰다. 그녀의 두 팔이 올라가는가 싶더니 그의 어깨 위에 놓였다.

키티는 자기가 할 수 있는 것은 모두 다했다. 그의 옆에 뛰어와, 겁을 먹으면서도 환희에 불타는 몸과 마음을 그에게 내맡겼다. 레빈은 키티를 껴안고 키스를 바라고 있는 그녀의 입에 자기의 입술을 댔다. 키티도 레빈과 마찬가지로 밤새도록 눈 한 번 붙이지 못하고 새벽부터 사뭇 그를 기다리고 있었던 것이다.

"어머니한테 가요!"

키티는 그의 손을 잡고 말했다.

그는 오랫동안 말 한마디 할 수가 없었다. 그것은 자기의 고결한 감정이 언어에 의해서 부서지는 것이 두려워서였다. 아니 그렇다기보다는, 뭔가 입에 내어 말하려고 할 때마다 말 대신 행복의 눈물이 넘쳐흐를 것 같았기 때문이었다. 그는 키티의 손을 잡고 키스를 했다.

"아아, 이것이 과연 현실일까? 당신이 날 사랑해 준다니 믿어지지 않아요!"

그는 가까스로 낮은 목소리로 말했다.

키티는 이 '당신'이라는 친근한 호칭과 자기를 바라볼 때의 조심스런 그의 모습에 저도 모르게 방긋 미소 지었다.

"그럼요! 저는 너무나 행복해요!"

그녀는 의미를 담은 듯 찬찬히 대답했다.

키티는 그의 손을 꼭 쥔 채 객실로 들어갔다. 공작부인은 두 연인을 보자 갑자기 숨결이 가빠지더니 느닷없이 울음을 터뜨렸다가는 또 곧 웃기 시작했다. 부인은 레빈이 생각지도 못한 힘찬 발걸음으로 두 사람 쪽으로 뛰어왔다. 그리고 레빈의 머리를 껴안고 키스하며 그 볼을 넘치는 눈물로 적셨다.

"이제 모든 것이 순조롭게 잘 풀렸군요! 아아, 기쁘기도 해라! 이 딸애를 귀여워해 줘요. 아아, 기쁘기도 해라! 키티야!"

"정말 날쌔게도 해치웠군!"

노공작은 일부러 태연한 체하면서 말했다. 그러나 레빈은 공작이 자기 쪽으로 고개를 돌렸을 때 그의 눈이 젖어 있음을 알아챘다.

"나는 오래전부터 일이 이렇게 되기를 바라고 있었네. 나는 벌써 그때부터, 이 말괄량이가 그런 생각을 해서…."

노공작은 레빈의 손을 잡고 자기 쪽으로 끌어당기며 말했다.

"아빠!"

키티가 소리치며 아버지의 입을 두 손으로 막았다.

"그래, 그래. 그런 말하지 않으마! 난 정말, 정말로…… 기쁘다……. 아, 난 왜 이렇게 바보스러운……."

노공작은 말을 끝맺지 못했다.

노공작은 키티를 꼭 껴안고 그 얼굴에, 손에, 다시 얼굴에 키스하고서 성호를 그었다. 키티가 아버지의 큼직한 손에 오랫동안 따뜻한 키스를 하고 있는 것을 보았을 때, 레빈은 지금까지 남남이었던 이 노공작에 대해 진정으로 새로운 애정이 솟는 것을 느꼈다.

8

공작부인은 팔걸이의자에 앉아서 말없이 미소를 띠고 있고 공작은 그 옆에 앉아 있었다. 키티는 아직도 아버지 손을 놓지 않고 그 의자 옆에 서 있었다. 모두가 말이 없었다.

이윽고 공작부인이 맨 먼저 여느 때와 다름없는 목소리로 말을 시작하며 사람들이 가지고 있는 생각이나 느낌을 실생활의 문제로서 화제에 올렸다.

"그래, 언제로 하면 좋겠어요? 약혼식과 피로연 또 결혼식은 언제 하는 게 좋을까요? 어떻게 생각하세요, 당신은!"

"이 사람이 있지 않소. 그 문제에 대해서는 이 사람이 주인공이니까 말씀이야."

노공작은 레빈을 가리키며 말했다.

"언제로 하느냐고요! 내일이면 어떻겠어요? 제 의견을 물으신다면, 오늘 약혼식을 하고 결혼식은 내일로 하면…."

레빈은 얼굴이 빨개지면서 말했다.

"어머나, 그만두세요, 그런 농담의 말씀은."

"그럼 일주일 뒤에."

"아유, 이 사람이 정말 정신이 나갔나 봐."

"아니, 왜 그러십니까?"

"생각을 좀 해 봐요! 그럼 결혼 준비는 언제 다 하느냐고요."

공작부인은 상대방의 성급한 말에 기쁨의 미소를 띠며 말했다.

"전 아무것도 모릅니다. 그저 제 희망을 말씀드렸을 뿐이니까요."

그는 미안한 듯이 말했다.

"그러면 여럿이서 잘 상의하기로 해요. 그야 약혼이나 피로연은 지금 당장이라도 할 수 있어요. 그건 그래요."

공작부인은 남편에게 가까이 가서 키스를 하고는 그대로 나가려고 했다. 그러나 노공작은 부인을 못 가게 잡고 사랑하는 젊은이처럼 따뜻하게 껴안고는 미소를 띠면서 몇 번이고 키스를 했다. 노부부는 어쩌면 한순간 머리가 혼란스러워져, 다시 사랑에 빠진 것이 자기들인지 그렇지 않으면 딸인지 잘 분간이 안 가는 모양이었다. 공작 부부가 나가자 레빈은 자기의 약혼녀에게 다가가서 그녀의 손을 잡았다.

"이렇게 되리라는 것을 나는 알고 있었습니다. 그야 한 번도 기대한 적은 없었지만 마음속으로는 언제나 확신하고 있었어요. 숙명적으로 이렇게 되리라고 믿고 있었어요."

그가 말했다.

"하지만 저는. 그때만 해도……."

키티는 여기서 말을 잠깐 끊었지만 예의 진정함이 담긴 눈으로 가만히 그를 보면서 계속했다.

"제 손으로 행복을 밀어내던 그 순간에도 전 오직 당신만을 사랑하고 있었어요. 하지만 그때는 악마에 씌웠던 거예요……. 당신, 그때의 일을 잊으실 수 있겠어요?"

"어쩌면 그것이 도리어 좋았는지도 모릅니다. 나는 당신에게 용서를 구하지 않으면 안 될 일이 많아요. 꼭 당신에게 말해야 할 것은……."

그는 첫날부터 두 가지 일을 고백하려고 결심하고 있었다. 하나는 자기가 그녀만큼 순결하지 못하다는 것, 또 하나는 자기가 신앙을 갖지 못한 사람이라는 것이었다. 그것은 괴로운 일이었으나 그는 모두 이야기하지 않으면 안 된다고 생각했다.

"그러나 나중에 이야기하기로 합시다!"

그가 말했다.

"좋아요. 나중에 해도 되지만 꼭 이야기해 주세요. 무슨 말을 들어도 놀라지 않을 테니까요. 전 무엇이든지 모두 알아 둬야 해요. 이것으로 모든 일이 결정되었으니까요."

"그럼 나를 받아들여 주기로 작정했다 그 말씀이오? 설령 내가 어떤 사람이든 간에 거절하거나 하지 않겠다, 그 말씀이오? 그런가요?"

두 사람의 대화는 리농 양이 들어오는 바람에 중단되었다. 그녀는 사랑하는 제자를 축복하기 위해서 들어온 것이었다. 그리고 미처 그녀가 나가지도 않아서 하인들이 축하를 하러 밀려왔다. 그런 뒤에 친척들도 몰려와서, 이런 때면 언제나 그러하듯 즐거운 소동이 시작되었다.

레빈이 약속한 고백은 그 시기의 그에게 있어서는 하나의 괴로운 사건이었다. 그는 노공작과 상의하여 그 허락을 받고서, 자기가 고민하던 일이 적혀 있는 일기장을 키티에게 건네주었다. 그는 당시 이 일기를 미래의 아내를 위해서라고 생각하며 써 왔던 것이다.

신앙을 갖지 못했다는 고백은 큰 주목을 받지 않았으나, 그가 동정이 아니라는 고백은 그녀에게 쓰디쓴 눈물을 가져오게 했다.

"가져가 주세요! 이런 무서운 책은 모두 가져가 주세요! 왜 이런 것을 제게 보여 주셨어요!"

키티는 자기 앞의 탁자 위에 놓여 있는 일기장을 밀어내면서 말했다.

"하지만 역시 보여 주기를 잘 하셨어요. 그렇지만 무서운 일이에요. 무서운 일이에요!"

그녀는 상대방의 절망한 얼굴에 동정을 느끼며 덧붙였다.

"나를 용서해 주시지 않는 겁니까?"

그가 속삭이듯 말했다.

"아뇨, 이미 용서해 드렸어요. 하지만 이것은 역시 무서운 일이에요!"

하지만 이 고백도 그의 행복에 금을 가게 하진 못했다. 오히려 새로운 음영을 더해 주었을 뿐이었다. 키티는 그를 용서했다. 그 이후 그는 전보다 더, 자기는 아내에 못 미치는 사람이라고 느꼈고 자기의 분에 넘치는 행복을 높이 평가하게 되었다.

9

만찬을 하는 동안이나 그 뒤에 주고받은 이야기들을 저도 모르게 마음속으로 되풀이하면서 알렉세이 알렉산드로비치는 쓸쓸한 호텔 방으로 돌아왔다. 용서를 해 주라는 다리야 알렉산드로브나의 말은 그저 그를 화나게 만들 뿐이었다. 기독교의 율법을 자기의 경우에 적용하느냐 않느냐를 가볍게 입에 올리기에는 너무나 중대한 문제였고, 더구나 이 문제는 벌써 옛날에 그 자신에 의해서 부정적인 해결을 본 것이기 때문이다.

'어쨌든 이 사건은 이미 해결이 난 것이므로 이제 새삼스럽게 생각할 필요는 없어.'

알렉세이 알렉산드로비치는 스스로에게 말했다.

"전보가 두 통 와 있습니다."

하인이 들어오면서 말했다.

알렉세이 알렉산드로비치는 전보를 받아 봉투를 뜯었다. 첫 번째 전보는 알렉세이 알렉산드로비치가 전부터 바라고 있던 지위에 스트레모프가 임명되었다는 소식이었다. 알렉세이 알렉산드로비치는 그 전보를 내던지며 얼굴을 붉히고 일어서서는 방 안을 서성거렸다.

"이 전보도 뭐 그런 거겠지."

그는 또 한 통의 전보를 펴면서 중얼거렸다. 그것은 아내에게서 온 전보였다. 파란 연필로 쓰인 '안나'라는 서명이 먼저 그의 눈에 들어왔다.

죽어 가고 있습니다. 부디 돌아와 주십시오. 당신이 용서해 주시면

편하게 죽겠습니다.

편지의 내용을 본 그는 빙긋 웃고는 전보를 내던졌다. 이것은 또 무슨 거짓말이고 간계냐, 하고 그는 생각했다.

'그 여자는 무슨 거짓말이고 입에 침도 안 바르고 해치우니까. 하기야 출산이 다가오고 있으니까 혹시 출산에서 온 병인지도 모르지. 편지를 보낸 목적이 무엇일까? 아기를 입적시켜 내 얼굴에 먹칠을 하고 이혼을 방해하려는 속셈일까?'

그는 생각했다.

"그런데 뭐라고 이상한 말이 쓰여 있었는데. 죽어 가고 있습니다……."

그는 전보를 다시 읽었다. 거기에 적혀 있는 말의 직접적인 의미가 갑자기 그의 마음을 흔들었다.

"만약 사실이라면? 그 여자가 죽음의 고통 속에서 진심으로 뉘우치고 있는데, 내가 그것을 거짓말이라고 하여 돌아가기를 거절한다면? 그것은 잔인한 행동이라 하여 사람들로부터 비난을 받을 뿐 아니라 내 입장으로 보아도 어리석은 일이 아닌가!"

그는 중얼거렸다.

"표트르, 마차를 불러다오. 페테르부르크로 돌아갈 테니까."

그는 하인에게 말했다.

알렉세이 알렉산드로비치는 페테르부르크로 가서 아내를 만나겠다고 결심했다.

'만약 아내의 병이 거짓이라면 아무 말도 하지 않고 떠나 버리고,

정말로 죽어 가고 있다면 죽기 전에 나를 보고 싶다고 하니까 숨이 붙어 있는 동안 만나 용서해 주면 된다. 또 죽은 뒤라면 마지막 의무를 다해 주자.'

집으로 가는 도중에 그는 자기가 아내에게 할 일에 대해서는 더 이상 아무것도 생각지 않았다. 드디어 그는 자기 집 현관 앞에 닿았다. 삯마차 한 대와 졸고 있는 마부를 태운 마차가 계단 앞에 서 있었다.

알렉세이 알렉산드로비치가 미처 벨을 누르기도 전에 현관지기가 문을 열었다. 일명 카피토느이치로 불리는 현관지기 페트로프는 낡은 프록코트에 넥타이도 매지 않고 슬리퍼를 신고 있었다.

"마님은 어떠시냐?"

"어제 순산하셨습니다."

알렉세이 알렉산드로비치는 우뚝 걸음을 멈추고 서더니 얼굴빛이 창백해졌다. 자기가 아내의 죽음을 얼마나 바라고 있었는가를 그제야 분명하게 깨달았기 때문이다.

"그럼, 건강 상태는?"

코르네이가 앞치마 바람으로 계단을 뛰어내려 왔다.

"매우 안 좋으십니다, 나리. 어제 의사 선생님들이 오셔서 진찰을 하셨습니다. 지금도 한 분이 계십니다."

그는 말했다.

"내 짐을 내려와."

알렉세이 알렉산드로비치는 말하면서, 아직 죽을 가망이 있다는 알림에 약간 마음이 놓이는 기분으로 현관방에 들어갔다. 모자걸이에는 군인 외투가 걸려 있었다. 알렉세이 알렉산드로비치는 그것을 보고 물었다.

"누가 와 있나?"

"의사 선생님과 산파, 브론스키 백작입니다."

알렉세이 알렉산드로비치는 안으로 들어갔다. 객실에는 아무도 없었다. 그의 발소리를 듣고 안나의 거실에서 보랏빛 리본을 단 실내모를 쓴 산파가 나왔다.

산파는 알렉세이 알렉산드로비치 옆으로 오더니, 일각을 다투는 환자 때문이어서 그런지 낯익은 사이같이 그의 팔을 와락 잡고 침실 쪽으로 끌고 갔다.

"정말 오시기를 잘 하셨습니다! 그저 주인 나리 말씀만 하신답니다. 주인 나리 말씀만……."

산파가 말했다.

"자, 어서 얼음을 주시오!"

침실 안에서 의사의 명령이 들렸다.

알렉세이 알렉산드로비치는 아내의 거실로 들어갔다. 아내의 탁자 옆 낮은 의자에 브론스키가 옆으로 돌아앉아 두 손으로 얼굴을 가린 채 울고 있었다. 그는 의사의 말에 몸을 벌떡 일으키고 얼굴에서 두 손을 떼었다. 순간, 알렉세이 알렉산드로비치와 눈이 마주쳤다. 그는 마치 쥐구멍이라도 있으면 들어가려는 몰골로 두 어깨 사이에 목을 움츠리고 도로 걸터앉았다. 그러나 가까스로 용기를 내어 일어서더니 말했다.

"그 사람이 죽어 가고 있습니다. 의사들도 절망이라고 말했습니다. 저는 모든 것을 당신에게 맡기겠습니다. 다만 이곳에 있는 것만은 용서해 주십시오. 물론 이것도 당신의 마음에 달린 것입니다만, 저는……."

브론스키의 눈물을 보자, 알렉세이 알렉산드로비치는 언제나 다른 사람의 고통을 보면 일어나는 정신적 혼란이 일어남을 느꼈다. 그는 얼굴을 돌린 채 상대방의 말을 끝까지 듣지 않고 서둘러 문 쪽으로 걸어갔다. 침실 안에서는 무언가를 중얼거리고 있는 안나의 목소리가 들렸다. 그 목소리는 섬뜩할 정도로 즐겁고 생기가 있었다.

"왜냐고요? 알렉세이는, 전 주인을 말하고 있는 거예요. 두 사람 모두 알렉세이라니. 어머나, 어쩌면 이렇게도 이상한 운명일까? 그렇지 않아요? 알렉세이라면 제 부탁을 거절하지 않아요. 저도 잊어버릴 것이고 그이도 용서해 주실 거예요. 한데 그이는 왜 안 돌아오시는지 모르겠어요. 그이는 좋은 사람이에요. 자기가 얼마나 좋은 사람인지 그이 자신도 잘 몰라요. 아! 정말 울적해요! 어서 물을 주세요! 어머, 그런 일을 하면 아기에게 해로워요. 하지만 좋아요. 그럼 보모를 불러 주세요. 네, 저는 찬성이에요. 그것이 도리어 나을 정도예요. 그이가 돌아오면 아기를 보기가 괴롭겠죠. 자, 아기를 이리 줘요."

"나리께서 오셨습니다. 보세요, 저기."

산파는 안나의 주의를 알렉세이 알렉산드로비치에게 돌리려고 말했다.

"어머, 또 거짓말을 하시네!"

안나는 남편을 바라보지도 않고 말을 이었다.

"자, 아기를 이리 줘요. 아기를 저에게 달라니까요! 그이는 아직 오시지 않았죠? 그이는 용서해 주지 않는다고 당신은 말하지만, 그것은 그이를 모르기 때문에 하는 소리예요. 아무도 몰라요. 알고 있는 건 저 뿐이에요. 그래서 더욱 괴로운 거예요. 글쎄, 그이는 세료쥐아와 똑같은 눈을 하고 있지 않겠어요? 그래서 난 그이의 눈을 보고 있을 수가 없어요. 세료쥐아에게 먹을 것을 주었어요? 아니, 모두 그 일을 잊어 버렸어요? 하지만 그이 같으면 잊지 않을 거예요. 세료쥐아를 모퉁이 방으로 옮겨서 마리에트와 함께 자게 해 줘요."

갑자기 안나가 몸을 움츠리며 침묵했다. 그리고 겁먹은 표정으로 어떤 타격을 피하듯이 두 손을 얼굴 쪽으로 들어 올렸다. 남편의 모습을 본 것이다.

"아니, 아니요! 난 저이를 무서워하지 않아요. 난 죽는 것이 무서워요. 알렉세이, 더 가까이 오세요. 내가 이렇게 서두르는 것은 이제 시간이 얼마 남지 않았기 때문이에요. 이제 얼마 살지 못할 거예요. 금방이라도 열이 나면 무엇인지 모르게 되는걸요. 하지만 지금이라면 알아요. 무엇이든지, 무엇이든지 보여요."

안나는 또다시 지껄이기 시작했다.

알렉세이 알렉산드로비치의 주름 잡힌 얼굴에 고뇌의 빛이 역력히 떠올랐다. 그는 아내의 손을 잡고 뭐라 말을 하려고 했으나 도무지 입이 열리지 않았다. 아랫입술이 파르르 떨리고 있었다. 그래도 그는 자기의 흥분과 싸우면서 때때로 아내의 얼굴을 들여다보았다. 그녀 쪽으로 눈길을 줄 때마다 그는 아직 한 번도 본 일이 없을 만큼 사랑스럽고 감동적이며 따뜻한 표정을 가득 담고 자기를 바라보는 아내의 눈을 보게 되는 것이었다.

"기다려 주세요. 당신은 모르세요. 여보, 기다려 주세요. 네? 기다려 주세요, 제발 기다려 주세요……."

안나는 생각을 가다듬으려는 듯 잠깐 말을 끊었다.

"그렇죠, 그래요. 전 이런 말을 하고 싶어요. 제발 놀라지 마세요. 저는 여전히 전과 똑같은 여자예요. 하지만 제 속에는 또 하나의 여자가 있어요. 저는 그 여자가 무서워요. 그 여자가 저 사람을 좋아하게 된 거예요. 그 여자는 제가 아니에요. 지금의 제가 진짜 저예요. 완전히 예전의 제가 되어 있어요. 저는 지금 죽어 가고 있어요. 죽어 간다는 것은 저도 알아요. 저 사람에게 물어보세요. 제 손과 발은 납덩이를 올려놓은 것처럼 무거워요. 보세요, 이 손가락은 왜 이렇게 큰지 모르겠어요. 하지만 이런 것은 이제 곧 끝나게 되겠지요. 단 하나 부탁하고 싶은 것은 저를 용서해 달라는 거예요. 모든 것을 깨끗이 용서해 주셔야 해요! 저는 무서운 여자예요. 하지만 제 보모가 언젠가 제게 이렇게 말했어요. 그 신성한 수난자, 그 여자 이름이 뭐였더라? 그 여자가 더 나쁘다고요. 그러니까 저도 로마에 가겠어요. 거기에는 사막이 있어요. 저는 이제 아무에게도 방해가 되지 않을 거예요. 다만 세료쥐아와 아기는 데리고 가겠어요. 아니, 당신은 나를 용서해 주지 않는군요! 알겠어요. 그런 일은 도저히 용서할 수가 없는 거예요! 아니, 아니, 나가 주세요. 당신은 너무나 좋은 분이에요!"

안나는 뜨거운 손으로 그의 손을 잡고 다른 한 손으로는 그를 밀어내려고 하는 것이었다.

알렉세이 알렉산드로비치의 정신적 혼란은 더욱더 커 갔고 이제는 그것과 싸울 기력도 없게 되어 버렸다. 그러자 그는 별안간 지금까지 정신적 혼란이라고 여기고 있던 것은, 거꾸로 이제껏 맛본 일이 없는 새로운 행복감을 가져다 준 황홀한 심경이라는 것을 알게 되었다.

의사는 안나의 두 손을 떼어 살며시 베개 위에 놓고 어깨까지 모포를 덮어 주었다. 그녀는 빛나는 눈길로 가만히 허공을 쳐다보고 있었다.

"제가 부탁하고 있는 건 당신의 용서뿐이에요. 그 외에는 아무것도 바라지 않겠어요……. 왜 그 사람은 오지 않는지 모르겠어요."

안나는 문 밖의 브론스키 쪽을 보고 말했다.

"자, 이리 오세요. 이리 와 주세요! 이분에게 손을 내미세요."

브론스키는 침대 가장자리에 가까이 왔으나, 안나를 보더니 또 두 손으로 얼굴을 가렸다.

"얼굴에서 손을 떼고 이분을 보세요. 이분은 성자예요. 자, 얼굴에서 손을 떼세요!"

안나는 말했다.

"여보, 이분의 얼굴에서 손을 떼 주세요. 이분의 얼굴을 보고 싶어요."

안나는 짜증을 내었다. 알렉세이 알렉산드로비치는 무서운 고뇌와 치욕의 표정을 담고 있는 브론스키의 얼굴에서 그 손을 떼었다.

"이분에게 손을 내미세요. 이 사람을 용서해 주세요."

알렉세이 알렉산드로비치는 두 눈으로 흘러 떨어지는 눈물을 닦으려고도 하지 않고 브론스키에게 손을 내밀었다.

"아아, 고마우셔라! 이것으로 모든 것이 끝났어요. 다만 다리를 좀 뻗게 해 주세요. 네, 됐어요. 어머, 이 꽃들은 어쩜 이렇게 볼품없이 그려졌을까. 조금도 오랑캐꽃 같지가 않네요."

안나는 벽지를 가리키며 말했다.

"아, 하느님. 언제 끝장이 날까요? 모르핀을 주세요. 네, 의사 선생님! 모르핀을 주세요. 아, 하느님! 아, 괴로워!"

안나는 소리치며 침대 위에서 몸을 뒤틀었다.

주치의도 다른 의사도 이것은 산욕열이므로 백 명 가운데 아흔아홉 명은 살지 못한다고 말하고 있었다. 그날은 줄곧 열과 헛소리와 의식 불명 상태가 계속되었다. 한밤중에는 감각을 잃은 것은 물론 맥박조차도 거의 끊어졌다. 사람들은 임종만 기다리고 있었다.

브론스키는 일단 자기 집으로 돌아갔으나 이튿날 아침 일찍 다시 상태를 보러 왔다. 알렉세이 알렉산드로비치는 현관방에서 그를 맞이하자 말했다.

"집에 가지 말고 여기에 있어 주시오. 안나가 혹시 당신을 만나고 싶어 할는지 모르니까."

그리고 자기가 앞장서서 그를 아내의 방으로 안내했다.

아침이 되니 안나는 또 흥분하고 활기가 나서 생각과 말이 민첩해져 갔으나, 이내 의식불명이 되었다. 그 다음 날도 마찬가지 상태였다. 그러나 의사들은 희망이 생겼다고 말했다.

그날 알렉세이 알렉산드로비치는 브론스키가 기다리고 있는 거실로 들어와, 방문을 걸고 그와 마주 앉았다.

"카레닌 씨. 저는 지금 대면해서 말씀드릴 수도 뭘 이해할 정신도 없습니다. 부디 양해하여 주십시오! 물론 당신도 말할 수 없이 괴로우시겠지만, 제가 훨씬 더 두려운 입장에 서 있다는 것을 알아주시기 바랍니다."

브론스키가 먼저 입을 열었다.

그가 일어서려고 하자 알렉세이 알렉산드로비치는 그의 손을 붙잡고 말했다.

"내 이야기도 좀 들어주시오. 그것은 꼭 필요한 일이오. 당신이 나에 대해서 오해가 없도록 하기 위해서, 지금까지 나를 지배해 왔고 또 장래에도 지배하게 될 감정을 당신에게 설명해 두어야 하겠소. 아시다시피 나는 이혼을 결심하고 그 수속을 시작하고 있어요. 솔직히 말씀드리지만 나는 수속을 시작하는 데 있어서 선뜻 결단을 내리지 못했소. 그건 괴로운 일이었소. 고백합니다만 당신과 아내에게 복수하려는 생각이 머리를 떠나지 않았어요. 전보를 받았을 때도 나는 여전히 같은 기분으로 이곳에 돌아왔소. 아니 더 솔직히 말하자면, 나는 아내의 죽음을 바랐던 것이오. 그러나……."

그는 자기의 감정을 고백할까 말까를 망설이면서 입을 다물더니 또 말을 시작했다.

"그러나 나는 아내의 얼굴을 보고 모든 것을 용서해 주었소. 그랬더니 용서한다는 행복감이 나의 의무를 분명하게 해 주었소. 나는 깨끗이 용서해 주었소. 나는 한쪽 뺨까지 마저 내밀어 주고 싶은 기분이었소. 웃옷을 벗겨 가려는 사람에게 바지까지 내주고 싶은 마음이오. 다만 하느님께서 용서하는 행복을 내게서 빼앗아 가시지 않도록 빌 뿐이오!"

알렉세이 알렉산드로비치의 눈물이 넘치는 밝고 침착한 눈길이 브론스키의 마음을 때렸다.

"이것이 내 입장이오. 나는 당신을 진창 속에 짓밟을 수도 있고 세상의 웃음거리로 만들 수도 있소. 하지만 나는 아내를 버리지 않을 것이며 당신에게도 결코 한마디 비난의 말을 뱉지 않을 생각이오. 내가 해야 할 의무를 나는 분명히 알고 있소. 나는 그 사람과 함께 살아야 할 것이며, 자기도 그렇게 하려고 생각하고 있소. 그 사람이 당신을 만나고 싶다고 하면 알려 드리죠. 다만 지금으로서는 좀 멀리 있는 것이 당신을 위해서도 좋으리라 생각하오."

알렉세이 알렉산드로비치는 말을 이었다. 그는 일어섰으나 왈칵 울음이 복받쳐 말이 막혔다.

브론스키는 알렉세이 알렉산드로비치의 마음을 이해할 수 없었다. 하지만 그것이 뭔가 숭고한, 자기 세계관으로는 도저히 엿볼 수 없는 경지인 듯이 느껴졌다.

10

알렉세이 알렉산드로비치와 이야기를 나누고 난 뒤에 브론스키는 그 집을 나섰다. 그러나 도대체 자기가 어디에 있는지, 이제부터 어디로 가야 하는지, 그것도 걸어서 가야 할지 마차를 타야 할지 분간이 가지 않았다. 그것을 곰곰이 생각해 내려고 애쓰면서 브론스키는 잠깐 발을 멈추었다. 그는 자기가 수치를 당하고 모욕을 받았으면서도 그 굴욕을 씻어 낼 가능성조차 빼앗긴 죄 많은 사람처럼 느껴졌다. 그는 알렉세이 알렉산드로비치의 집 현관 앞에서 어찌할 바를 모르고 우두커니 서 있었다.

"삯마차를 불러 드릴까요?"

현관지기가 물었다.

"그래, 좀 불러 주게."

사흘 밤이나 뜬눈으로 새우고 자기 집으로 돌아온 브론스키는 옷을 갈아입을 생각도 못 한 채 두 손을 깍지 끼고 그 위에 머리를 얹고는 긴 의자에 엎드렸다. 머리가 무거웠다. 아주 기괴한 상상이나 추억, 상념이 선명하게 떠오르고 빠른 속도로 바뀌면서 뒤를 이었다. 자기가 환자에게 숟가락으로 약을 떠서 주려고 하다가 엎지르는가 하면, 그 숟가락이 산파의 하얀 팔로 바뀌기도 하고 또 침대 앞에 무릎을 꿇고 있는 알렉세이 알렉산드로비치의 기묘한 모습이 떠오르기도 하는 것이었다.

"잠을 자자! 자면 잊혀지겠지."

그는 피곤하고 졸리면 언제든지 잠들 수 있는 건강한 사람의 침착한 자신감을 가지고 중얼거렸다. 그리고 사실 그 순간 머리가 혼란해지더니 망각의 심연 속으로 떨어져 들어갔다. 의식할 수 없는 생명의 물결이 그의 머리 위로 모였는가 싶더니 갑자기 강한 전류가 온몸에 흐르는 것 같았다. 그는 탄성이 좋은 소파 위에서 펄떡 뛰어오를 만큼 격심하게 몸을 떨더니 두 팔을 버티고 겁먹은 듯이 무릎을 꿇고 뛰어 일어났다. 그 눈은 마치 한숨도 자지 않은 것처럼 크게 뜨여 있었다. 1분 전까지 느꼈던 머리가 무겁고 팔다리가 나른한 것도 금방 사라져 버렸다.

'이게 도대체 어떻게 된 영문이냐? 혹시 내가 미쳐 가고 있는 것은 아닐까? 그럴지도 모르겠군. 이럴 경우 사람은 미치기도 하고 권총 자살도 하는 것인가 보다!'

그는 속으로 중얼거렸다. 그는 소파에서 일어나 프록코트를 벗고 벨트를 풀고는 더 편하게 숨을 쉬기 위해서 털북숭이 가슴을 내놓고 방 안을 서성거리기 시작했다.

"사람은 이렇게 해서 미치광이가 되는군."

그는 다시 중얼거렸다.

"아니, 이렇게 해서 권총 자살도 하게 되는 거야. 굴욕을 떨치기 위해서."

그는 찬찬히 덧붙였다.

그는 문가로 다가가 방문을 닫았다. 그는 허공에 시선을 고정시킨 채 이를 악물고 탁자 가까이로 걸어가더니, 권총을 손에 들어 흘끔 쳐다보고는 총의 안전장치를 풀고 가만히 생각에 잠겼다. 그는 2분 정도 긴장된 얼굴로 고개를 숙이고 권총을 쥔 채 우뚝 서 있었다.

"물론이지."

그는 마치 논리적으로 조리에 닿는 신중한 사고가 한 점 의혹도 없는 결과를 유도해 낸 것처럼 중얼거렸다. 하지만 그를 확신에 가득 찬 듯 착각하게 한 이 '물론이지'란 말도, 사실은 한 시간가량 동안 벌써 몇십 번이나 곱씹은 추억이나 상상의 공전을 다시 한 번 되풀이한 것에 불과했다. 그것은 여전히 영원히 잃어버린 행복의 추억이나 장래의 생활이 모두 무의미하다는 상상이며, 끝으로 자기의 굴욕을 의식하는 마음이었다. 이들 상상이나 감정이 느껴지는 순서도 역시 똑같았다.

"물론이지."

그는 자기의 생각이 세 번째로 그 추억과 상상의 요술 같은 테두리를 맴돌기 시작했을 때, 다시금 되뇌어 말했다. 그리고 권총을 왼쪽 가슴에 대고 손 안에서 그것을 으깨어 부수려는 듯 힘을 꽉 주어 방아쇠를 당겼다. 그는 총소리를 듣지 못했으나 가슴에 강한 충격을 받고 몸을 비틀거렸다. 그는 탁자의 가장자리를 잡으려고 하다가 권총을 떨어뜨리고 조금 몸이 휘청거리는가 싶더니 마루 위에 엉덩방아를 찧고는 놀라서 주위를 둘러보았다. 그는 낮은 위치에서 탁자의 굽은 다리며 휴지통이며 깔아 놓은 호랑이 가죽을 보고 있었기 때문에, 스스로도 자기 방임을 깨닫지 못했다. 삐걱거리는 구두 소리를 내며 급한 걸음으로 객실을 걸어오는 하인의 발소리에 그는 제정신이 들었다. 그는 열심히 생각을 모아 자기가 마루 위에 앉아 있는 것을 알아챘고, 호랑이 가죽이나 자기 손에 묻어 있는 피를 보고 자기가 권총 자살을 꾀했음을 깨달았다.

"제기랄! 실패했구나!"

그는 한 손으로 권총을 더듬어 찾으며 중얼거렸다. 권총은 바로 앞에 있었으나 그는 먼 곳을 찾고 있었다. 그는 계속 찾으면서 반대쪽으로 몸을 뻗으려고 하다가 균형을 잃고 피를 흘리면서 그 자리에 푹 쓰러졌다.

구레나룻을 기른 멋쟁이 하인은 언제나 자기의 겁 많은 성격을 친구에게 투덜거려 왔는데, 마루 위에 쓰러져 있는 주인의 모습을 보자 완전히 기겁을 하여 피를 흘리는 주인을 내버려 둔 채 사람을 부르러 뛰어나갔다. 한 시간 뒤에야 형수 바랴가 뛰어왔다. 바랴는 사방으로 사람을 보냈기 때문에 한꺼번에 의사가 세 명이나 달려왔다. 그들의 도움을 받아 환자를 침대 위에 옮기고 그녀는 간호를 위해서 그대로 남았다.

알렉세이 알렉산드로비치가 범한 오류는 우연을 예상하지 못한 데서 생겨났다. 아내가 진심으로 뉘우치고 자기가 그 죄를 용서해 주고 더구나 아내가 죽지 않게 된다는 우연의 경우를 예상하지 못한 것이다. 이 잘못은 그가 모스크바에서 돌아와 두 달이 지나자 완전히 그 전모를 드러냈다.

더구나 그가 범한 잘못은 그가 이런 우연을 예상하지 못한 데에만 있는 것이 아니었다. 죽어 가는 아내와 만나는 그날까지, 그가 자기의 본심을 몰랐다는 데에도 원인이 있었다. 그는 아내의 병상에서 생전 처음으로 남을 따뜻하게 생각해 주는 감정에 몸을 내맡겨 버렸다. 이 감정은 그가 다른 사람의 고통을 볼 때마다 일깨워지는 것이었다.

전에는 유해한 약점이라고 부끄러워하고 있었지만 그날 아내에 대한 연민과 자기가 아내의 죽음을 바랐다는 데 대한 후회 그리고 무엇보다도 용서한다는 것의 기쁨으로 해서 그는 자기의 고뇌가 치유되는 것을 느꼈을 뿐 아니라, 전에는 한 번도 맛본 일이 없는 마음의 평화마저 느낀 것이다. 그는 뜻밖에도 자기 고뇌의 원인 바로 그것이, 정신적 기쁨의 원천으로 바뀌었음을 느꼈다. 아니, 자기가 비난하고 책망하고 미워하던 때는 도저히 해결할 수 없을 듯싶은 것이 용서하고 사랑하기 시작하자 금방 단순 명확한 것으로 되어 감을 느꼈다.

그러나 시간이 흐름에 따라 그는 이러한 처지가 지금의 자기로서는 아무리 자연스러운 것이라 하더라도, 세상은 자기를 거기에 오래도록 머물게 놓아두지 않으리란 것도 차츰 분명히 느꼈다.

그는 자기의 영혼을 이끌어 주고 있는 행복한 정신력 이외에 그의 생활을 이끌어 가고 있는 또 하나의 거칠고 강력한 힘이 있다는 것을, 그 힘은 자기가 바라고 있는 겸허한 평안을 주지 않는다는 것을 느꼈다. 그는 사람들이 의아스럽고 깜짝 놀란 얼굴로 자기를 바라보며, 자기를 이해해 주지는 않고 자기에게 뭔가를 기대하고 있음을 느꼈다. 특히 그는 아내에 대한 자기의 태도가 부자연스러움을 통감했다.

죽음이 임박했을 때 안나의 내부에 생겨난 심약함이 지나가 버리자, 알렉세이 알렉산드로비치는 안나가 자기를 무서워하고 자기를 꺼리며 자기 얼굴을 똑바로 쳐다보지 못한다는 사실을 깨달았다. 안나는 뭔가를 그에게 말하고 싶어 하면서도 차마 그것을 입 밖에 내지 못하고 있는 것처럼 보였다. 그녀 역시 두 사람의 관계가 이대로 지속될 수는 없음을 예감하고 뭔가를 그에게 기대하고 있는 것 같았다.

11

스테판 아르카지치는 평상시 관청에서 윗자리의 의자에 앉을 때처럼 약간 위엄이 깃든 표정을 지으면서 알렉세이 알렉산드로비치의 서재로 들어섰다. 알렉세이 알렉산드로비치는 뒷짐을 지고 방 안을 서성거리고 있었다.

"방해가 되지 않나 모르겠군."

스테판 아르카지치는 매제의 얼굴을 보고 그로서는 드물게 당혹감을 느끼며 말했다. 그는 자기의 당혹감을 숨기기 위해서 여는 방식이 신식인 담배 상자를 꺼내어 잠깐 가죽 냄새를 맡고는 담배를 하나 뽑았다.

"괜찮습니다. 그런데 무슨 일이십니까?"

알렉세이 알렉산드로비치는 내키지 않는 얼굴로 말했다.

"실은 저, 내가 그, 할 말이 있어서 온 거야."

스테판 아르카지치는 평소에 별로 느껴 본 일이 없는 어색함에 자신도 놀라며 말했다. 그 어색한 느낌은 너무나 뜻밖이고 기묘한 것이었기 때문에 스테판 아르카지치는, 자기가 지금부터 하려고 하는 일이 좋지 않은 일이라고 알려 주는 양심의 소리라고는 도저히 그 느낌을 믿을 수가 없었다. 스테판 아르카지치는 용기를 내어 갑자기 자기를 덮친 어색한 느낌을 떨쳐 냈다.

"누이를 사랑하고 있는 것과 마찬가지로 자네에 대해서도 진정한 우정과 존경을 가지고 있다는 걸 믿어 주리라 생각하네."

그는 얼굴을 붉히면서 말했다.

알렉세이 알렉산드로비치는 발을 멈추었으나 아무 대답도 하지 않았다. 그러나 그 얼굴에 떠오른 유순한 희생자 같은 표정은 스테판 아르카지치의 가슴을 감동시켰다.

"내가 하려는 말은, 아니 하고 싶은 말은 누이와 자네의 입장에 대해서일세."

스테판 아르카지치는 여전히 전에 없는 위축감과 싸우면서 말했다. 알렉세이 알렉산드로비치는 우울한 미소를 띠며 스테판 아르카지치의 얼굴을 멀거니 바라보더니, 탁자로 다가가 그 위에서 쓰다 만 편지를 집어 들어 처남에게 건네주었다.

"나도 요즘 그와 똑같은 일을 끊임없이 생각하고 있는 중입니다. 그래서 이런 편지를 쓰고 있는 거죠. 편지로 쓰는 것이 말로 하는 것보다 쉽고 또 내가 옆에 가면 그 사람은 안절부절못하니까요."

그는 말했다. 스테판 아르카지치는 편지를 받더니 자기를 응시하는 흐리멍텅한 시선을 의아스럽게 되쳐다 보고 나서 읽기 시작했다.

내가 옆에 있으면 아무래도 당신은 불편한 느낌을 갖는 것 같소. 그렇게 믿는 것은 나도 매우 쓰라린 일이지만 그것은 분명하고 또 어쩔 수 없는 일인 것 같소. 나는 당신을 비난하려고는 생각지 않아요. 하느님에게 맹세코 하는 말이지만, 당신이 병상에 있을 때 나는 우리 두 사람 사이에 있었던 지난 일을 모두 잊어버리고 다시 한 번 새 생활을 시작하려고 결심했었소. 나는 그런 결심을 후회한 일도 없고 앞으로도 결코 후회하지는 않을 것이오.

그러나 내가 바라고 있는 것은 오직 한 가지 당신의 행복, 당신 영혼의 행복이오. 이제 와서 보면 나는 그 목적을 달성하지 못한 셈이오. 당신에게 진정한 행복과 영혼의 평화를 주는 것이 도대체 무엇인지 말해 주시오. 나는 모든 일을 당신의 의사와 올바른 감정에 맡기고 싶을 뿐이오.

스테판 아르카지치는 편지를 되돌려 주고, 뭐라 말해야 좋을지 모르는 얼굴로 알렉세이 알렉산드로비치를 바라보았다.

"대강 이런 식으로 그 사람에게 말하려던 참입니다."

알렉세이 알렉산드로비치는 얼굴을 돌리며 말했다.

"그랬었나……. 이제 자네 마음을 알겠네."

스테판 아르카지치는 목이 메어 바로 대답을 할 수 없어서 좀 있다가 가까스로 말했다.

"나는 그 사람이 어떻게 해 주기를 바라는지 그것을 알고 싶어요."

알렉세이 알렉산드로비치는 말했다.

"나는 그 애가 스스로 자신의 입장을 모르지 않나 걱정하고 있어. 그 사람은 재판관이 아니니까 말이야. 그 애는 자네의 관대한 마음에 완전히 압도되어 있어. 정말 이 편지를 읽으면 아무 말도 못 하고 맥이 빠져 버릴 거야. 그저 더욱 머리가 숙여질 뿐이겠지."

스테판 아르카지치는 마음을 가다듬고 말했다.

"그런 경우에 도대체 어떻게 하면 좋을까요? 뭐라고 설명하면, 어떻게 하면 그 사람의 희망을 들을 수가 있을까요?"

"내 의견을 말해도 좋다면 이런 상태를 끝내는 데 필요한 수단을 단호하게 취하느냐 않느냐는 오직 자네에게 달려 있다고 생각하네만."

"그렇다면 처남은 이런 상태를 끝낼 필요가 있다고 생각하시는군요?"

알렉세이 알렉산드로비치는 상대방의 말을 막으며 말했다.

"그럼 어떤 식으로 하면 좋을까요? 사실상 가능한 해결법은 하나도 없다고 생각되는데요."

그는 여느 때와는 달리 눈앞에서 두 손을 흔드는 동작을 하며 덧붙였다.

"어떤 상태로든 해결 방법이야 있지. 자네도 그 애와 이혼하고 싶다는 생각을 한 일이 있을 거야……. 자네가 지금 그 애와 행복해질 수 없다고 확신한다면…."

스테판 아르카지치는 다시 활기를 얻어 몸을 일으키며 말했다.

"이혼이라고요?"

알렉세이 알렉산드로비치는 얼굴에 혐오감을 떠올리며 반문했다.

"응, 내 생각으로는 이혼하는 길밖에 없다고 생각해. 어쩔 수 없이 이혼으로 가야지. 이것은 자네들 같은 상태에 있는 부부로서는 가장 합리적인 해결법이야. 부부 간에 함께 살 수 없다고 인정한 경우엔 이미 도리가 없는 일 아닌가? 이런 일은 흔히 있는 일일세."

스테판 아르카지치는 얼굴에 핏기를 올리며 말했다. 알렉세이 알렉산드로비치는 무겁게 숨을 토해 내며 눈을 감았다.

"문제는 다만 자네가 어떤 식으로 어떤 조건으로 이혼을 승낙하느냐에 달려 있어. 내 동생은 아무것도 바라지 않아. 그 애가 무엇을 자네에게 강요할 수는 없으니까 말이야. 모든 것을 자네의 관대한 처분에 맡기고 있는 거야."

'아, 하느님! 아, 괴롭다. 도대체 무엇 때문에?'

알렉세이 알렉산드로비치는 남편이 떠맡아야 되는 이혼 수속의 복잡한 과정들을 떠올리며 생각했다.

"자네 기분은 나도 잘 알겠어. 하지만 말일세, 잘 생각해 보면……."

스테판 아르카지치가 말을 이었다.

'오른쪽 뺨을 맞으면 왼쪽 뺨도 내밀고 웃옷을 빼앗으면 바지도 내주라는 말을 하려는 거겠지.'

알렉세이 알렉산드로비치는 속으로 생각했다.

"예, 좋습니다. 내가 치욕을 떠맡지요. 아들도 넘겨주겠소. 그러나,

이대로 두는 것이 낫지 않을까요? 아니, 어쨌든 처남 좋은 대로 합시다."

그는 높은 목소리로 외쳤다. 그렇게 말하고 그는 스테판 아르카지치에게 자기 얼굴을 보이지 않으려고 등을 돌리더니 창가의 의자에 가서 앉았다. 그는 부끄러워 가슴이 죄어드는 것 같았으나 그 가슴 아프고 수치스러운 느낌과 함께 자기 마음의 온화함과 숭고함에 대해 기쁨과 감격을 맛보고 있었다. 스테판 아르카지치는 상대방의 태도에 감동하여 잠시 입을 열지 못했다.

"카레닌, 그 애는 틀림없이 자네의 관대한 마음을 고맙게 생각할 거야. 하지만 이것은 아무래도 하느님의 뜻 같군."

그는 말하면서도 스스로도 그 말이 서투르게 느껴져 쓴웃음이 나오는 것을 겨우 참았다. 알렉세이 알렉산드로비치는 뭐라고 하려 했으나 눈물이 나와 대답을 하지 못했다.

"이것은 숙명적인 불행이니 인정하지 않을 수도 없지. 나는 이 불행을 이미 기정사실이라고 보고, 동생에게나 자네에게나 힘이 되려고 하는 것일세."

스테판 아르카지치는 말했다. 이제는 알렉세이 알렉산드로비치도 자신이 한 말을 번복할 리 없다는 확신이 들어, 스테판 아르카지치는 스스로 생각해도 일을 잘 처리했다는 흡족한 기분을 안고 알렉세이 알렉산드로비치의 방을 나왔다.

12

브론스키의 부상은 심장을 벗어나 있었지만 위험한 것이었다. 그는 며칠 동안 생사의 경지를 헤매야 했다. 그가 처음으로 말을 하게 되었을 때 병실에 있었던 것은 바랴 혼자였다.

"형수님! 나도 모르게 흥분해서 쐈으니 부디 이 일에 대해서는 말이 새어나가지 않도록 해 주세요. 집안사람들에게도 그렇게 일러 놓으시고요. 너무 어리석은 짓을 해서 민망스럽습니다."

그는 진지한 얼굴로 형수를 바라보고 말했다. 그 말에는 대꾸하지 않고, 바랴는 그의 위에 몸을 구부리고 기쁜 듯이 미소를 띠며 들여다보았다. 그의 눈은 밝게 빛나고 열도 없는 것 같았지만 그 표정은 몹시 심각했다.

"정말 그만하기가 다행이에요! 아프지는 않아요?"

그녀가 말했다.

"여기가 조금."

브론스키는 가슴을 가리켰다.

"그럼 붕대를 갈아 드리죠."

형수가 붕대를 갈아 주는 동안 그는 말없이 상대방의 얼굴을 바라보고 있었다. 그것이 끝나자 그는 말했다.

"이것은 헛소리가 아닙니다. 제발 내가 권총 자살을 꾀했다는 따위의 소문이 퍼지지 않도록 해 주세요."

"아무도 그런 말은 하지 않아요. 다시는 흥분했다고 방아쇠를 당기는 일은 없겠죠?"

그녀는 살피는 듯한 미소를 띠며 말했다.

"아마 다시는 하지 않을 것입니다. 하지만 차라리……."

그렇게 말하고 그는 문득 어두운 표정을 지었다.

그러나 염증이 가시고 차츰 건강이 회복되자, 그는 슬픔의 일부에서 완전히 해방된 듯한 기분이 들었다. 상관들이 그를 위해서 타슈켄트 부임을 고려해 주었을 때 브론스키는 아무 망설임도 없이 그 제의를 받아들였다. 하지만 출발이 가까워짐에 따라 자기가 의무로 믿고 바친 희생이 더욱 괴로운 것으로 느껴지게 되었다. 상처가 다 나은 뒤그는 타슈켄트로 떠날 채비를 하기 위해서 외출하게 되었다.

'꼭 한 번만 그녀를 만날 수 있으면 몸을 숨기든 죽든 할 수가 있겠는데.'

그는 생각했다. 그는 베치에게 작별 인사를 하러 가서 이런 뜻을 말했다. 이 일로 인해 안나를 찾아갔던 베치는 거절의 회답을 가지고 돌아왔다.

'차라리 잘되었어. 그녀는 마음이 약했던 거야. 하마터면 그녀의 마지막 남은 힘까지 망가뜨릴 뻔했어.'

브론스키는 그 회답을 받고 생각했다. 그런데 이튿날 아침 브론스키를 찾아온 베치는 알렉세이 알렉산드로비치가 이혼에 동의했으므로 브론스키는 안나를 만날 수가 있다는 승낙의 회답을 스테판 아르카지치를 통해서 받았다는 이야기를 해 주었다.

브론스키는 지금까지의 결심을 몽땅 잊고 언제 찾아가면 좋은지, 남편은 어디에 있는지 하는 말도 묻지 않고 베치를 바래다주는 것도 잊은 채 급히 마차를 달려 카레닌의 집으로 갔다. 그는 계단을 뛰어오르자 아무것도 아무도 눈에 들어오지 않는 듯 성큼성큼 안으로 걸어

들어갔다. 그는 뛰어가고 싶은 마음을 가까스로 참으며 불쑥 안나의 방으로 들어갔다. 그리고 방 안에 누가 있는지 어떤지도 전혀 생각지 않고 안나에게 달려가 와락 껴안고는 그 얼굴에, 두 손에, 목에 키스를 퍼부었다.

"아아, 당신은 마침내 저를 당신 것으로 만드셨어요. 전 이제 누가 뭐라고 해도 당신의 것이에요."

안나는 그의 두 손을 잡아 자기의 가슴에 대고 말했다.

"역시 이렇게 되지 않으면 안 되었던 거예요! 우리가 살아 있는 한 이것은 당연한 일입니다. 지금 비로소 그것을 깨달았소."

그는 말했다.

"정말 그래요. 그렇지만 여기에는 뭔가 무서운 일이 있을 것만 같아요."

안나는 차츰 얼굴이 창백해지면서도 브론스키의 얼굴을 두 손으로 껴안고 말했다.

"아니오, 모든 것은 끝났어요. 모두 다 지나가 버린 겁니다. 우리는 틀림없이 행복해집니다!"

그는 고개를 들고 미소를 띠면서 말했다. 안나는 그의 말에 대해서가 아니라 그의 사랑이 담긴 눈길에 대해서 미소로 답하지 않을 수 없었다. 안나는 그의 손을 잡고 그것으로 자기의 차가워진 볼이며 짧게 친 머리카락을 어루만지게 했다.

"이렇게 머리를 짧게 깎으니 전혀 다른 얼굴이 됐군요. 전보다 더 예뻐졌어요. 사내아이 같기도 하고. 그런데 안색이 몹시 안 좋아요."

"네, 아주 쇠약해졌어요."

미소 띤 얼굴로 말하는 안나의 입술이 또다시 떨리기 시작했다.

"이탈리아로 갑시다. 그러면 당신의 몸도 좋아질 겁니다."

"어머, 그런 일을 할 수 있어요? 과연 우리가 부부처럼 둘만의 가정을 가질 수 있을까요?"

안나는 그의 눈을 가깝게 들여다보며 말했다.

"나는 지금까지 우리가 그러지 못한 것이 도리어 이상하게 여겨질 정도예요."

"오빠는 그이가 모든 것을 다 승낙했다고 하지만 난 그이의 관대한 마음에 매달리기는 싫어요. 이혼 같은 것은 새삼 바라지 않아요. 이제 와서는 어느 쪽이나 마찬가지예요. 다만 마음에 걸리는 것은 그 사람이 세료쥐아를 어떻게 할지 그것이 궁금할 뿐이에요."

안나는 생각에 잠긴 듯 브론스키의 얼굴에서 시선을 돌리며 말했다.

브론스키는 이런 극적인 재회의 순간에 있어서까지 왜 안나가 아이나 이혼에 대한 생각을 하고 또 그 말을 꺼내는지 좀처럼 이해가 되지 않았다. 그런 것은 이제 아무래도 좋은 일이 아닌가.

"그런 이야기는 이제 하지 않기로 합시다. 아니, 생각도 하지 말아요."

그는 자기 손 안에 있는 안나의 손에 힘을 주어 그녀의 주의를 자기쪽으로 끌려 했다. 그녀는 여전히 그를 바라보려고 하지 않았다.

"아아, 왜 나는 죽지 않았을까요? 차라리 죽는 게 나았을 텐데."

안나가 말했다. 소리 없는 눈물이 그녀의 두 볼을 타고 흘러내렸다. 그러면서도 안나는 그를 실망시키지 않고자 웃으려 애썼다.

매력이 있으나 동시에 위험도 따르는 타슈켄트 행을 거절하는 것은 브론스키의 종래의 사고방식에 의하면 부끄럽고 또 불가능한 일이었다. 그러나 이제 그는 단 1분도 망설일 것 없이 거절해 버렸다. 그리고 상관들이 그 행위를 불쾌하게 생각하는 것을 알아채자, 서슴없이 자기 직위에서 물러나고 말았다.

　한 달 뒤 알렉세이 알렉산드로비치는 자기 집에 아들과 둘이서만 남게 되었다. 안나는 이혼도 하지 않고 그것을 분명하게 거절한 채 브론스키와 함께 멀리 외국으로 여행을 떠났다.

5부

불가해한 신비

1

쉬체르바스키 공작부인은 앞으로 5주일 뒤로 닥쳐온 사순절까지는 도저히 결혼식을 올릴 수 없다고 생각했다. 신부가 가지고 갈 물건들을 그때까지는 반도 마련하지 못할 것 같았기 때문이다. 그러나 부인은 사순절 뒤면 너무 늦다는 레빈의 의견에도 귀를 기울이지 않을 수 없었다. 더구나 쉬체르바스키 공작의 나이 많은 백모가 중태여서 금방이라도 세상을 떠날 염려가 있기 때문에, 만일 초상이라도 나면 결혼식은 더욱 늦어질 것이 분명했다. 그래서 신부가 가지고 갈 물건들은 큰 것과 작은 것 두 가지로 나누기로 하고 공작부인은 사순절 전에 식을 올리는 데 동의했다.

레빈은 여전히 꿈을 꾸는 듯한 상태에 있었다. 그는 자기와 자기의 행복이야말로 이 세상에 존재하는 모든 것 중에서 가장 중요하고 유일한 목적인 듯이 생각되고, 이제 다른 것은 아무것도 생각하거나 걱정할 필요가 없는 일처럼 느껴졌다. 그런 것은 모두 다른 사람들이 자기 대신 해 주며 앞으로도 해 주리라 굳게 믿고 있었다.

결혼식 날 레빈은 관습에 따라—공작부인과 다리야 알렉산드로브나는 모든 관습을 엄중하게 지키도록 주장했다—약혼자를 만나지 않았다. 그리고 숙소로 우연히 찾아온 세 독신자와 함께 식사를 했다. 그 세 사람은 코즈느이쉐프, 거리에서 만나 강제로 끌고 온 대학 시절의 친구로 지금은 자연과학 교수인 카타바소프, 모스크바의 치안판사이며 레빈의 곰 사냥 친구인 치리코프였다. 그 식사는 매우 유쾌한 것이었다. 코즈느이쉐프는 대단히 기분이 좋아서 카타바소프의 색다른 말솜씨를 재미있게 듣고 있었다. 카타바소프도 자기의 이색적인 면이 사람들에게 환영과 이해를 받고 있음을 알고 기쁜 듯 잔뜩 과시하고 있었다. 치리코프는 무슨 이야기에나 유쾌하고 붙임성 있게 응수했다.

식사가 끝나자 이들은 결혼식에 참석하기 위해 옷을 갈아입으려고 돌아갔다. 혼자가 되자 레빈은 독신자들과의 이런저런 대화를 생각해 내며 또 한 번 자기 자신에게 물어보았다. 그 친구들이 말하던 자유를 아쉬워하는 마음이 자기의 마음속에 있을 것인가에 대해. 그는 이 질문에 미소가 나왔다.

'자유라고? 무엇을 위한 자유냐? 행복이란 그저 그녀를 사랑하고 그녀가 바라는 것을 바라고 그녀가 생각하는 것을 생각하는 일이다. 거기에는 아무 자유도 없는 것이다. 아니, 그것이야말로 행복이 아닌가! 그런데 만일 키티가 나를 사랑하지 않는다면 어떡하지? 그저 결혼하고 싶기 때문에 나와 결혼하는 것이라면 어떻게 할까? 만일 그녀가, 자기가 하고 있는 일에 대해서 충분히 알고 있지 못하면 어떻게 할까?'

그는 생각하다가 벌떡 일어섰다.

"아니, 이대로는 안 돼! 바로 뛰어가서 물어봐야 해. 마지막으로 말이야. 우리는 자유의 몸이니까 결혼은 그만두는 게 낫지 않겠느냐고 말해 보자. 아무리 괴로워도 일생이 불행해지고 부끄러움을 겪고 부정을 참으며 살기보다는 한결 낫지!"

그는 절망적으로 중얼거렸다. 그는 절망적인 기분으로 모든 사람에 대해서, 그리고 자기 자신과 키티에 대해서 증오심을 느끼면서 숙소를 나와 그녀의 집으로 갔다. 키티는 안쪽 방에 있었다. 그녀는 짐 가방에 걸터앉아 의자 등이나 마루 위에 펼쳐진 갖가지 옷들을 가리키면서 뭔가 하녀에게 시키고 있었다.

"어머나! 당신, 당신이 어떻게? 무슨 일이 있었어요? 정말 뜻밖이에요! 지금 처녀 시절의 옷을 정리하고 있는 중이에요. 어떤 것을 누구에게 줄까 하고요……."

키티는 레빈을 보자 기쁨으로 얼굴을 빛내면서 소리쳤다.

"허어! 그것 참 좋은 일이군요!"

그는 어두운 얼굴로 하녀를 보며 말했다.

"저기에 좀 가 있어, 두냐샤. 이따가 또 부를게."

키티는 말했다.

"왜 그러세요!"

키티는 레빈의 얼굴이 묘하게 흥분되어 있고 어두운 것을 보고 깜짝 놀라 물었다.

"키티! 나는 괴로워요. 혼자 괴로워하고 있을 수가 없어서 이렇게 왔소."

그는 그녀 앞에 서서 기도하듯 그 눈을 들여다보며 절망적인 목소리로 말했다. 그는 그녀의 애정이 넘치는 성실한 얼굴을 보고 자기가 하려는 말이 의미 없는 것임을 곧 알아챘다. 그럼에도 역시 그녀의 입을 통해서 그 의심이 풀어지기를 바랐다.

"내가 찾아온 것은, 아직 늦지 않았다는 사실을 말하기 위해서요. 모든 것을 다 백지로 돌리고 처음부터 시작할 수도 있으니까 말이오."

"어머나, 그게 무슨 말씀이세요? 도무지 알아들을 수가 없군요. 당신, 무슨 일이 있었어요?"

"그것은 내가 이때까지 천 번이나 말했고 지금도 생각하지 않을 수 없는 일이오. 내가 당신에게 어울리지 않는다는 것 말이오. 당신은 나와의 결혼을 승낙할 뜻은 없었던 것이오. 잘 생각해 봐요. 당신은 잘 못 생각하고 있었던 거요. 잘 생각해 보라고요. 당신이 나 같은 사람을 사랑할 수는 없습니다. 만일…… 그렇다면…… 솔직히 말해 주는 게 좋겠어요. 그렇지 않으면 나는 불행해지니까요. 세상 사람들이 뭐라고 하든 상관할 것 없어요. 그런 불행을 당하기보다는 몇 배 나으니까요……. 아직 늦지 않았으니 지금이라도 그러는 게 차라리 나아요……."

그는 키티를 보지 않고 말했다.

"나는 모르겠어요. 그만두고 싶다는 말씀이신가요? 결혼할 필요가 없다는 말씀이에요?"

키티는 겁먹은 듯이 대답했다.

"만일 당신이 나를 사랑하지 않는다면…."

"머리가 어떻게 되신 것 같군요!"

키티는 화가 난 듯이 얼굴이 새빨개지면서 소리쳤다. 그렇지만 그의 얼굴이 너무나 일그러져 있었기 때문에, 그녀는 화난 기분을 억누르며 안락의자에 옷을 내던지고 그의 옆에 앉아 말을 꺼냈다.

"무슨 생각을 하고 계시죠? 보세요, 내게 뭐든지 다 말해 주세요."

"당신이 날 사랑하는 것은 있을 수 없는 일이라 생각하고 있습니다. 당신이 도대체 무엇 때문에 나 같은 사람을 사랑하겠어요?"

"아아, 하느님. 저는 어떻게 해야 하나요……."

키티는 말하고 울음을 터뜨렸다.

"아아, 내가 무슨 짓을 했담!"

레빈은 소리치며 키티 앞에 무릎을 꿇고 그녀의 두 손에 입을 맞추었다. 5분쯤 지나서 공작부인이 방에 들어왔을 때는 두 사람은 완전히 화해가 되어 있었다. 키티는 자기가 그를 사랑하고 있다는 것을 납득시켰을 뿐 아니라, 어떻게 자기 같은 사람을 사랑할 수 있느냐는 질문에도 충분히 그 이유를 설명했다. 그녀는 자기가 그를 사랑하는 것은 그라는 사람을 완전히 이해하고 있기 때문이고, 그가 자기를 사랑해 주는 것이 틀림없다는 사실을 알고 있으며, 더구나 그가 이 세상에서 사랑하는 것은 무엇이고 모두 좋은 것뿐이기 때문이라고 말했다. 이 말은 그에게 있어서 다시없이 분명한 일로 생각되었다.

공작부인은 그가 찾아온 이유를 알고 나서는 장난인지 진정인지 모를 태도로 화를 내며 말했다.

"자, 어서 숙소로 돌아가서 옷을 갈아입어요. 곧 샤를이 와서 키티의 머리를 단장하기로 되어 있으니 방해를 해서는 안 돼요. 가뜩이나요 2, 3일 동안 아무것도 먹지를 못해서 얼굴이 상했는데, 그런 어이없는 말을 해서 이 아이의 마음을 산란하게 하다니. 정말 당치 않은 짓이야. 자, 냉큼 돌아가 줘요. 어서요, 사리를 잘 아는 분이니."

레빈은 자기가 나쁜 짓이라도 한 것같이 황송한 마음이 되어서, 하지만 완전히 마음이 놓여 호텔로 돌아갔다.

2

많은 사람들, 특히 부인네들이 결혼식을 구경하기 위해서 휘황하게 불이 켜진 교회를 둘러싸고 있었다. 안으로 들어갈 수 없는 사람들은 서로 밀치고 말다툼을 하며 창문에 매달려 창살 너머로 들여다보고 있었다.

문이 열리는 소리가 날 때마다 사람들의 웅성거리는 소리는 딱 그치고, 들어오는 신랑 신부의 모습을 보려고 일제히 눈이 쏠렸다. 문은 벌써 10번 이상이나 열렸는데도 언제나 그것은 오른쪽 초대석으로 가는 늦게 온 남녀 손님이거나 아니면 수위를 속이거나 애걸을 해서 왼쪽 일반석으로 들어가는 구경꾼 아낙네들이었다. 이렇게 해서 친척들이나 구경꾼들도 이제 모두 기다리는 데 지쳐 있었다.

한편 그 시각에 레빈은 조끼, 프록코트는 아직 입지 않고 바지만 입은 채 계속 밖을 내다보면서 안절부절못하고 방 안을 돌아다니고 있었다. 그가 기다리는 사람의 모습이 나타나지 않자 난처한 얼굴을 하고 돌아와서는, 태연하게 앉아 담배를 피우고 있는 스테판 아르카지치에게 두 팔을 내두르며 투덜거리는 것이었다.

"원 세상에, 결혼식 날 이런 꼴을 당하는 사람도 있을까!"

그는 말했다.

"그러게 말일세. 정말 너무해."

스테판 아르카지치는 위로하듯 웃음을 띠며 맞장구를 쳤다.

"하지만 좀 침착하라고, 곧 올 거야."

"거 참, 어처구니가 없군. 게다가 이렇게 바보처럼 가슴패기가 휑하게 벌어진 조끼는 또 어떻고! 도저히 참을 수가 없어."

레빈은 조바심을 내다가 와이셔츠의 구겨진 가슴께를 보며 말했다.

"내 짐이 역으로 나간 뒤라면 어떻게 하지?"

그는 절망적으로 소리쳤다.

"그때는 내 것을 입으면 되지 않나."

"진작 그렇게 했더라면 좋았을 걸 그랬어."

"모양이 이상하게 보이면 안 되니까. 하여간 조금만 더 기다리게나. 모든 일이 잘 돌아가게 될 거야."

레빈이 옷을 갈아입으려고 할 때, 늙은 하인 쿠지마가 그의 연미복이며 조끼며 그밖에 필요한 것을 갖추어 가지고 왔다.

"셔츠는 어떻게 된 건가?"

레빈이 소리쳤다.

"셔츠는 입고 계시지 않습니까?"

쿠지마는 태연히 미소를 띠며 대답했다. 쿠지마는 짐을 모두 꾸려 쉬체르바스키 댁으로 보내라는 명령을 받자, 새 셔츠를 남겨야 한다는 생각을 미처 못 하고 연미복 한 벌만 남기고 전부 싸서 보냈던 것이다. 그러다가 쿠지마는 미안한 얼굴을 하며 숨이 턱에 닿아서 가까스로 와이셔츠를 손에 들고 방 안으로 뛰어 들어올 수 있었다.

"하마터면 놓칠 뻔했습니다. 벌써 마차에 싣고 있었습니다."

쿠지마가 말했다. 3분 뒤에 레빈은 시계도 들여다보지 않고 복도를 허둥지둥 뛰어갔다.

"이제 와서 서둘러 봤자 별로 빨라질 것도 없네. 괜찮아. 모든 일이 잘된다니까."

스테판 아르카지치가 천천히 그의 뒤를 따라가면서 미소를 띠고 말했다.

3

"아, 왔다!"

"저기 저 사람이야!"

"누구?"

"저 젊은 쪽인가?"

"어머나, 신부는 살아 있는 건지 죽어 있는 건지 모르겠네요!"

레빈이 입구에서 신부를 맞이하여 함께 교회로 들어오자 군중들 사이에 이런 소곤거림이 일어났다. 스테판 아르카지치는 늦어진 까닭을 아내에게 이야기해 주었다. 손님들은 웃음을 띠고 서로 말들을 주고받으며 술렁거렸다. 레빈은 사람들의 그런 모습이 하나도 눈에 들어오지 않았으며 누구 하나 쳐다볼 여유도 없었다. 그는 줄곧 눈을 떼지 않고 신부만을 바라보고 있었다.

"전 당신이 도망치신 줄 알았어요."

키티는 방긋 웃었다.

"너무나 바보스런 일이라서 말도 못 하겠소."

그는 얼굴을 붉히며 말했으나 그때 그의 옆에 온 코즈느이쉐프는 돌아보지 않을 수 없었다.

"자네 셔츠 이야기는 아주 걸작이더구나!"

코즈느이쉐프가 머리를 흔들고 웃으며 말했다.

"아, 그래요?"

레빈은 그가 무슨 말을 하는지 알아듣지도 못하고 대꾸했다.

"키티, 알겠니? 네가 먼저 양탄자에 무릎을 꿇는 거야."

노르드스톤 백작 부인이 곁에 와서 말하고는 이어 레빈에게 말했다.

"어머나, 참 훌륭하군요!"

"애야, 떨리지 않니?"

나이 든 백모 마리아 드미트리에브나는 키티에게 물었다.

"춥지 않니? 얼굴이 새파랗구나. 머리 좀 숙여 봐!"

키티의 언니 리보프 부인은 말하더니 포동포동한 보기 좋은 두 팔을 들어 미소를 띠며 동생의 머리에 꽂힌 꽃을 바르게 매만져 주었다.

그 사이에 예식을 맡은 사제는 꽃무늬가 있는 양초 두 개에 불을 켜고, 촛농이 천천히 흘러내리도록 기울여 왼손에 들고 신랑 신부 쪽으로 돌아섰다. 사제는 피로한 듯한 우수 어린 눈매로 신랑 신부를 바라보더니 "후" 하고 한숨을 쉬고 제의 밑에서 오른손을 내어 그 손으로 신랑을 축복하고 나서, 이번에는 약간 신중하고 따뜻한 모습으로 가지런한 손가락을 키티의 숙인 머리 위에 얹었다. 이어 사제는 두 사람에게 불을 켠 촛대를 건네주고 향로를 들어 천천히 두 사람 곁을 떠났다.

'이것이 혹시 꿈이 아닐까?'

레빈은 생각하며 신부를 돌아보았다. 그는 조금 위쪽으로 그녀의 옆얼굴을 보았다. 그리고 입술과 눈썹의 희미한 움직임으로 상대방이 자기의 시선을 느끼고 있음을 알았다. 키티는 돌아보지 않았지만 그녀의 높고 주름진 깃이 움직여 장밋빛 귀 쪽으로 들어 올려졌다. 촛대를 들고 있는, 목이 긴 장갑을 낀 그녀의 조그만 손이 떨리고 있는 것이 보였다.

"오오, 하느님이시여! 이 두 사람에게 보다 나은 사랑의 마음과 도움을 내려 주시기를 기도하나이다."

부사제의 목소리가 울려 마치 회당 전체가 숨을 쉬고 있는 것 같았다. 레빈은 이런 말에 귀를 기울이다가 저도 모르게 퍼뜩 정신이 들었다.

'도대체 이분들은 도움이라는 것을 어떻게 알아차렸을까?'

그는 최근에 느낀 공포와 의혹을 떠올렸다.

'내가 아는 일이 무엇일까? 나는 도대체 무엇을 할 수 있단 말인가? 도움이 없다면? 분명히 지금의 내게는 도움이 무엇보다도 필요하다!'

그는 생각했다.

부사제가 기도를 마치자 사제는 성서를 두 손으로 받쳐 들고 짝 지어진 두 사람에게 향했다.

"떨어져 있던 둘을 하나로 이어 주시는 영원한 하느님이시여! 아무도 범접 못 할 성스런 사랑의 결합을 두 사람에게 내리시옵소서. 이삭과 리브가에게 자손을 주시고 성약聖約을 보여 주신 하느님이시여! 또 바라옵건대 손수 주님의 종 콘스탄틴과 예카테리나에게 축복을 내리시어 좋은 행실로 이끌어 주옵소서. 성부와 성자와 성령의 이름으로 지금도 후세에도 영원히 영광이 있기를 비나이다."

사제는 경건하고 노래 부르는 듯한 목소리로 외웠다.

"아멘."

눈에 보이지 않는 성가대의 합창이 사방에 울려 퍼졌다.

'떨어져 있던 둘을 하나로 이어 주신다. 사랑의 결합을 내려 주신다. 아, 이것은 얼마나 의미 깊은 말이냐! 지금 내가 느끼고 있는 심정과 얼마나 딱 들어맞는 말이냐! 키티도 나와 똑같이 느끼고 있을까.'

레빈은 생각했다. 그렇게 생각하고 돌아본 순간 키티의 시선과 마주쳤다. 그는 그 눈빛을 통해 그녀도 자기와 똑같은 생각을 하고 있었다는 것을 알아챘다.

하지만 그것은 틀린 생각이었다. 그녀는 기도하는 말을 거의 전혀 이해하지 못했을 뿐만 아니라 기도하는 동안 그 말에 귀도 기울이지 않았다. 아니, 그런 것에 귀를 기울이거나 이해할 수가 없었다. 그녀의 가슴을 넘치게 하고 있던 하나의 감정, 끊임없이 더욱더 불어 가는 감정이 그만큼 강했던 것이다. 그 감정은 벌써 한 달 반 전부터 그녀의 마음속에 생겨나 지난 6주일 동안 간단없이 그녀를 기쁘게 하기도 하고 괴롭히기도 했던 것이, 지금 완전히 이루어졌다는 데 대한 기쁨이었다. 그 황갈색 옷을 입고 아르바트 가의 집 응접실에서 묵묵히 그에게로 다가가 그의 어깨에 손을 얹었던 그날, 그녀의 마음속에서는 그이전의 온갖 생활에서의 완전한 이탈이 이루어지고 전혀 별개의 미지의 생활이 비롯되었다. 사제는 다시 독경대 쪽으로 되돌아오자 키티의 조그마한 반지를 간신히 빼서 그것을 레빈의 손가락에 끼워 주었다.

"하느님의 종인 콘스탄틴은 하느님의 종 예카테리나와 하나로 맺어졌도다."

이렇게 말한 사제는 이번에는 큼직한 레빈의 반지를 키티의 지나칠 정도로 가냘프고 애처로운 장밋빛 손가락에 끼워 주고는 똑같은 말을 되풀이했다.

교회에는 온 모스크바의 친척과 지기들이 모여 있었다. 의식이 행해지는 동안 불빛이 휘황한 교회 안에서는 잘 차려 입은 부인이며 처녀, 또 흰 넥타이에 프록코트나 정복 차림의 신사들이 서로 예의바르게 조용한 대화를 계속하고 있었다. 하기야 이야기를 하고 있는 것은 주로 신사들이고, 부인들은 언제 보아도 큰 감동을 받는 신성한 의식을 관찰하는 데 완전히 정신이 팔려 있었다.

4

결혼 의식이 끝나자 교회의 사환이 회당 한가운데의 성서대 앞에 장밋빛 비단으로 된 조그만 양탄자를 깔았다. 성가대는 베이스와 테너의 숙련된 합창으로 복잡하고 어려운 성가를 부르기 시작했다.

그러자 사제는 신랑 신부를 향해 방금 깔린 장밋빛 양탄자를 가리켰다. 먼저 이 양탄자 위에 서는 쪽이 그 가정을 지배한다는 이야기는 두 사람도 이때까지 많이 들어온 바였지만, 레빈도 키티도 앞으로 대여섯 걸음 나가면서 그 일은 전혀 생각나지 않았다. 어떤 사람은 남자가 먼저였다고 하고 또 어떤 사람은 두 사람이 함께였다고 소리 높이 떠들었지만, 두 사람의 귀에는 들어오지 않았다.

레빈은 키티를 돌아보고 그 얼굴에 넘치는 기쁨의 빛에 감동했다. 키티의 기분은 그대로 그에게로 옮겨 갔다. 그도 키티와 마찬가지로 밝고 즐거운 기분이었다. 두 사람은 복음서의 낭독을 듣는 일이나 일반 구경꾼들이 마음을 졸이면서 기다리던 마지막 시편의 낭독에서 부사제의 신음하는 것 같은 목소리를 듣는 것이 즐거웠다. 바라진 잔에 물을 탄 미지근하고 붉은 포도주를 마시는 것도 역시 즐거웠다. 그리고 사제가 제의 앞자락을 헤치고 두 사람의 손을 잡은 채 "이삭이여, 기뻐하라" 하고 노래 부르는 베이스의 무거운 목소리에 따라 성서대 주위를 한 바퀴 돌았을 때는 더욱 즐거운 기분이 들었다. 관(冠)을 받쳐 들고 있던 쉬체르바스키와 치리코프는 신부의 긴 드레스 자락에 발이 걸려 휘청거리기도 하고 사제가 걸음을 멈출 때마다 신랑 신부에게 부딪히기도 했다.

키티의 가슴에 불타오르던 기쁨의 불꽃은 회당 안에 있던 모든 사람들에게도 옮겨 붙은 것 같았다. 레빈에게는 사제나 부사제까지도 자기와 마찬가지로 기쁨으로 미소 짓고 싶어 하는 것처럼 생각되었다.

두 사람의 머리에서 관을 벗기자 사제는 마지막 기도를 외워 젊은 한 쌍을 축복했다. 레빈은 키티 쪽을 슬쩍 보았는데, 그는 이때까지 한 번도 그녀의 그런 얼굴을 본 일이 없었다. 키티는 그 얼굴에 넘치는 새로운 행복의 빛으로 더없이 아름다웠다. 레빈은 그녀에게 뭔가 말을 걸고 싶었지만 아직 식이 끝났는지 어떤지 알 수가 없었다. 사제가 당황하고 있는 그에게 도움을 주었다.

사제는 사람 좋은 얼굴로 빙긋 웃으며 작은 목소리로 말했다.

"신랑은 신부에게, 신부는 신랑에게 키스하시오."

사제가 두 사람의 손에서 촛대를 거두었다. 레빈은 미소를 띠고 있는 아내의 입술에 신중하게 입 맞추며 손을 내밀었다. 그는 뭔지 이상

야릇한 친밀감을 느끼면서 교회를 나갔다. 그는 이런 일이 현실이라고는 믿을 수가 없었다. 아무래도 믿을 수가 없었다. 이윽고 두 사람의 겁먹은 듯한 시선이 마주쳤을 때, 그는 비로소 믿을 수가 있었다. 순간, 그는 자기네가 이미 일심동체라는 것을 느꼈다.

만찬이 끝난 그날 저녁 젊은 두 사람은 시골을 향해 떠났다.

5

브론스키와 안나는 벌써 석 달 동안이나 유럽을 함께 여행하고 있었다. 두 사람은 베네치아, 로마, 나폴리를 돌아서 방금 이탈리아의 어느 조그만 도시에 도착했다. 거기서 한동안 체재할 계획이었다.

안나는 자유의 몸이 되고 나서 차츰차츰 건강이 회복되어 가고, 그 처음 무렵에는 자신 스스로도 미안할 정도로 행복하여 자기 몸에 생의 기쁨이 넘침을 느꼈다. 남편의 불행을 생각해 보아도 그녀의 행복은 조금도 손상되지 않았다. 그 추억은 너무나 무서워서 잘 생각할 수도 없었다. 다른 한편으로 보면 남편의 불행을 동정하기에는 너무도 큰 행복이 지금 그녀에게 안겨진 것이었다. 병이 난 다음에 안나의 신변에 일어난 모든 일 즉 남편과의 화해, 결렬, 브론스키의 부상 소식, 그의 출현, 이혼의 준비, 남편 집으로부터의 출분, 아들과의 이별에 관한 모든 회상은 열병 환자의 악몽과도 같이 생각되었다.

그녀가 겨우 그 악몽에서 깨어난 것은 브론스키와 단둘이 외국으로 여행을 떠날 무렵이었다. 안나는 자기가 남편에게 저지른 잘못을 생각하면 어쩐지 혐오감을 맛보게 되었다. 그건 물에 빠진 인간이 자기에게 달라붙는 사람을 떨쳐 버렸을 때 맛보는 것과 같은 기분이었다. 그 사람은 빠져서 죽어 버렸다. 물론 그것은 나쁜 일임에 틀림없지만 그것은 자기가 살아나기 위한 유일한 수단이었으므로, 새삼 그런 무서운 일을 이러쿵저러쿵 생각해 내지 않는 편이 나았다. 남편과 결렬되었을 당시 자기의 행동에 대해서 위안이 될 만한 하나의 이유가 그녀의 머리에 떠올랐다. 지금까지의 모든 과거사를 회상해 보아도 단지 그 한 가지 이유밖에는 생각해 낼 수가 없었다.

'내가 그이를 불행하게 만든 것은 피할 수 없는 일이었다. 하지만 나는 그 불행을 이용하려고는 생각지 않아. 나 역시 괴로워하고 있고 앞으로도 괴로워할 것이다. 나는 무엇보다 가장 소중하게 생각하는 것을 잃어버렸다. 나의 명예와 외아들을. 나쁜 짓을 저질렀으니 나는 이제 행복 같은 것은 바라지 않는다. 이혼도 바라지 않는다. 다만 치욕을 맛보면서 내 아들과 떨어져 괴로워하며 살아갈 뿐이다.'

그녀는 생각했다. 그런데 사실 안나는 아무리 진정으로 괴로워하려고 생각해도 그런 감정이 느껴지지 않았다. 부끄러움 같은 것은 조금도 없었다.

두 사람이 다분히 지니고 있던 수완으로 될 수 있는 한 러시아의 귀부인을 피하면서 자기들을 절대로 거북한 입장에 세우는 일은 없었다. 두 사람은 가는 곳마다 자기네 관계를 당사자보다 훨씬 잘 이해하고 있다는 얼굴을 한 사람들과만 만났다. 사랑하는 외아들과의 이별도 처음에는 그녀를 괴롭히지 않았다. 브론스키의 자식인 어린 딸이 참으로 귀여워서 안나는 온통 그 아이에게 마음을 빼앗겨 버렸다. 아들 생각은 거의 나지 않았다.

건강이 회복됨에 따라 차츰 더해 가는 생의 요구가 너무나 강렬하고 더구나 생활 조건도 신선하고 쾌적했으므로, 안나는 자신이 생각해도 미안할 정도로 행복감을 느끼고 있었다. 안나는 브론스키의 사람됨을 알면 알수록 더욱 깊이 빠져들었다. 안나는 그를 위함과 동시에 자기에 대한 그의 사랑을 위해서 그를 사랑했다. 브론스키를 완전히 자기 것으로 만들었다는 사실이 안나에게 끊임없는 기쁨이 되었다. 그가 곁에 있는 것이 안나는 정말로 행복했다. 그의 성격을 하나하나 알면 알수록 말로 다할 수 없을 만큼 사랑스러웠다. 평복을 입은 탓으로 아주 달라진 그의 풍모에, 안나는 마치 연정을 느끼기 시작한 젊은 처녀와 같이 가슴이 설레었다. 그가 말하거나 생각하거나 행동하는 모든 것에서 안나는 뭔가 특별히 고귀하고 고상한 것을 찾아내는 것이었다.

그를 찬미하는 마음은 자주 그녀 자신을 깜짝 놀라게 했다. 안나는 그의 속에서 뭔가 아름답지 못한 것을 찾으려 했으나 아무래도 그것을 발견할 수가 없었다. 안나는 그에게 자기가 하찮은 여자라는 말을 할 용기가 없었다. 그녀는 만일 브론스키가 그 사실을 알면 자기를 사랑하지 않게 될 것만 같았다. 지금은 그녀가 별로 그것을 두려워할 이유가 없음에도 불구하고, 그의 사랑을 잃는 것처럼 무서운 일은 없다는 생각이 들었다. 더구나 그녀는 자기에 대한 그의 태도에 감사하지 않을 수가 없었으며 또 그것을 자기가 얼마나 고맙게 생각하는지를 말하지 않을 수가 없었다. 안나가 생각하기에 그는 국가적 사업에 대해서 어떤 사명을 띠고 당연히 그에 따라 눈부신 역할을 하고 있어야 마땅했지만 그녀 때문에 그 명예를 희생시켰고, 또 한 번도 거기에 대해 유감스러운 기색을 보인 일이 없었다.

그는 전보다 더욱 안나에게 애정에 넘친 정중한 태도를 취하고 그녀가 지금의 처지로 해서 어색한 생각을 갖지 않도록 세심하게 마음을 써 주었다. 그는 정말 남성적인 인간이었지만 안나에 대해서는 무엇 하나 반대하는 일이 없었을 뿐 아니라, 자기 주관도 갖지 않고 오직 안나가 바라는 것을 살피는 데만 몰두하고 있는 듯했다. 따라서 안나도 그것을 고맙게 여기지 않을 수가 없었으나 그의 그러한 마음 씀이 너무 커지면, 자기를 에워싸고 있는 분위기에 때때로 압박감을 느끼기도 했다.

한편 브론스키는 그토록 오랫동안 소망하던 것이 완전히 실현되었음에도 불구하고 전적으로 행복하다고는 할 수 없었다. 그는 곧 그러한 욕망의 실현은 전부터 기대하고 있던 행복의 커다란 산에 비하면 불과 한 알의 모래알을 얻은 정도밖에 안 된다는 사실을 알았다. 그는 행복이 욕망의 실현이라고 믿는 사람들이 범하는 예의 과오를 범하고 또 깨달은 것이다.

그는 안나와 함께 살게 되고 평복으로 옷을 갈아입은 당장엔 그때까지 몰랐던 일반적인 자유라는 것의 매력을 맛보고 만족을 느꼈다. 그러나 그것도 오래 가지 못했다. 그는 이내 자기 마음속의 욕망을 구하는 마음, 우수가 머리를 쳐드는 것을 느꼈다. 그는 자기의 의지와는 관계없이 순간적인 기분을 욕망이나 목적인 줄 알고 그것에 뛰어들었다.

하루 중 16시간은 어떻게든 소비하지 않으면 안 되었다. 페테르부르크에서 생활의 대부분을 차지하고 있던 사회생활의 온갖 약속의 테두리 밖으로 벗어나, 완전히 자유롭게 지내고 있었기 때문이다. 먼젓번의 외국 여행 때 브론스키의 흥미를 끈 독신자의 즐거움 같은 것은 생각해 볼 수도 없었다. 그런 즐거움에 대해서 약간 비추기만 해도, 안나는 아는 사람들과 늦은 야식을 들고 있는 자리에서조차 좌석에 어울리지 않는 실망감을 나타내기 때문이었다.

두 사람의 입장이 분명치 못했기 때문에 그 지방 사교계나 러시아인과의 교제도 잘 이루어지지 않았다. 명소나 유적은 이제 남김없이 돌아다녀서 더 볼 것이 없었다. 그는 러시아인이자 또 총명한 인간으로서, 영국인 같으면 그런 행동에 교묘하게 덧붙일 저 그럴듯한 의미도 찾아낼 수 없었다. 그리하여 굶주린 짐승이 뭔가 먹을 것을 찾으려고 닥치는 대로 모든 것에 덤벼드는 것과 마찬가지로 브론스키는 완전히 무의식적으로 때로는 정치에, 때로는 신간 서적에, 때로는 그림에 손을 대어 보는 것이었다.

브론스키와 안나의 생활은 차츰 따분하기 그지없는 것으로 여겨졌다. 브론스키는 안나가 보기에도 어처구니없을 만큼 따분해했다. 저택은 갑자기 낡아 빠지고 더럽게 보였고 커튼의 얼룩이나 마루의 갈라진 틈새, 벽의 벗겨진 회칠이 불쾌하게 신경에 거슬렸다. 그리고 여전히 독일인 여행자들과 자꾸 마주쳤기 때문에 생활을 일변시킬 필요가 생겼다.

두 사람은 러시아의 시골로 돌아가기로 했다. 브론스키는 페테르부르크에 가서 형과 유산 분배에 대한 매듭을 지으려고 생각했고 안나는 아들을 만나고 싶다는 생각을 했다. 두 사람은 이 여름을 브론스키의 넓은 영지에서 지낼 생각이었다.

6

레빈은 결혼한 지 석 달이 되었다. 그는 행복했지만, 그것은 그가 기대하던 바와는 전혀 다른 것이었다. 그는 매사에 예전의 공상에 대한 환멸과 함께 뜻밖의 새로운 매혹을 느끼고 있었다. 그가 느끼는 행복감은 그가 결혼 전에 상상했던 것과는 전혀 다른 것이었음을 깨닫게 되었다.

처음 얼마 동안 두 사람은 서로 맺어진 한 가닥 사슬을 양쪽에서 끌어당기고 있는 듯한 긴장감을 분명하게 느꼈다. 세상 사람들의 이야기에 따라 레빈이 그토록 많은 것을 기대하고 있던 밀월, 다시 말해 결혼 뒤의 한 달 동안은 그의 생애에 있어서 가장 괴로운 굴욕의 시기로 서로의 기억에 남을 정도였다. 두 사람은 그 뒤의 생활로 들어서면서 이 불건전한 시기의 추하고 부끄러운 여러 가지 일들을 기억에서 지우려고 애썼다. 그만큼 이 시기의 두 사람은 정상적인 기분으로 있는 일이 드물었고 두 사람 모두 자기를 상실하고 있었다.

이윽고 결혼한 지 석 달째가 되어 함께 한 달가량 모스크바를 다녀오고 나서야 그들의 생활은 앞서보다 순조롭게 되었다. 두 사람은 모스크바에서 갓 돌아와 자기네끼리만 있게 된 것을 기뻐했다.

그는 서재의 책상에서 글을 쓰고 있었다. 그녀는 짙은 보랏빛 옷을 입고—그것은 결혼 당시에 입었던 옷으로 오늘 다시 꺼내 입으니 그에게는 추억이 깃든 귀중한 옷으로 생각되었다—레빈의 아버지며 조부 때부터 늘 서재에 놓여 있던, 예의 고풍스런 가죽을 씌운 긴 의자에 앉아서 영국 자수의 바늘을 움직이고 있었다. 그는 곁에 있는 아내의 존재를 끊임없이 즐겁게 느끼면서, 사고하고 글을 썼다.

그는 농업경영의 일도 또 새로운 농업경영의 기초를 밝혀 줄 저술의 일도 포기하지 않고 있었다. 전에는 이러한 일이 자기의 생활 전체를 덮고 있는 암흑에 비하면 하찮고 쓸모없는 것으로 생각되었는데, 마찬가지로 그런 일들은 지금도 행복의 빛을 한껏 받고 있는 미래의 생활에 비하면 하찮고 쓸모없는 것으로 생각되었다. 그는 여전히 그런 일들을 계속하고 있었으나 이제는 관심의 초점이 다른 데로 옮겨져, 그 결과로 그는 사태를 전과는 달리 더 분명히 바라보게 되었다. 전에는 그러한 일들이 그에게 있어서는 인생으로부터의 구원이었다. 그러한 일이 없다면 자기 인생이 너무나 어두운 것이 되리라고 느꼈다. 반면 지금 그런 일들이 그에게 필요한 까닭은 자기 생활을 너무 단조롭고 지나치게 밝은 것으로 만들지 않기 위해서였다.

한편 레빈이 원고를 쓰고 있는 동안에 키티는 다음과 같은 일을 생각하고 있었다. 모스크바를 떠나오기 전날 밤에 젊은 차르스키 공작이 지극히 어색한 수법으로 그녀에게 치근거리자 레빈은 상대방에 대해서 부자연스럽게 주의를 기울였다.

'분명히 저이는 질투를 하고 있었어! 우리 저이는 어쩌면 그리도 귀여운 바보일까! 질투심을 다 갖다니! 그런 사람은 요리사 표트르나 다를 바 없이 생각한다는 것쯤 알아주었으면 좋겠어.'

그녀는 생각했다. 키티는 그녀 자신도 이상한 일이라고 여겼지만 남편의 뒷머리나 붉은 목덜미가 마치 자기 것인 양 느껴졌다.

'일에 방해가 되면 안 되겠지만, 하지만 괜찮을 거야! 잠깐이라도 좋으니 저이 얼굴이 보고 싶어. 내가 바라보고 있는 것을 못 느끼시나? 이쪽을 좀 돌아다봐 주면 좋겠는데 잠깐이라도!'

키티는 그렇게 생각하며 눈을 더 크게 뜨고 강한 눈길로 남편을 바라보았다.

"그래, 그자들은 단물은 모두 자기들이 빼 먹고 허위의 빛을 내뿜고 있는 거야."

레빈은 쓰던 손을 멈추고 중얼거렸다. 그러다가 아내가 자기를 쳐다보면서 싱글거리는 것을 느끼고 돌아보았다.

"왜 그러지?"

그는 미소를 띠고 일어서서 물었다.

'아, 돌아보았다.'

그녀는 생각했다.

"아니에요, 아무것도. 그저 당신이 이쪽을 좀 돌아보아 줬으면 좋겠다고 생각했을 뿐이에요."

그녀는 가만히 남편의 얼굴을 바라보며 자기가 일을 방해한 것을 불쾌하게 생각하는지 어떤지 알고자 했다.

"여보, 이렇게 단둘이 있으니 정말 좋은데! 뭐, 이건 내 생각이지만."

그는 아내 곁으로 다가오며 행복한 미소로 얼굴을 빛냈다.

"저도요! 이제 아무 데도 안 가겠어요. 특히 모스크바 같은 데는 말이에요."

"그럼 지금 당신, 무엇을 생각하고 있었지?"

"저요? 제가 생각하고 있었던 것은…… 아니에요. 자, 어서 가서 일하세요. 딴 일에 정신 팔지 마시고요."

키티는 입술을 오므리면서 말했다.

"지금 전, 보세요. 이 구멍을 오려 내야 해요."

그녀는 말하며 가위를 들고 오려 내기 시작했다.

"여보, 무엇을 생각하고 있었는지 어서 말해 봐."

옆에 와서 걸터앉은 그는 조그만 가위가 움직이는 모양을 바라보며 말했다.

"어머, 내가 무엇을 생각하고 있었더라? 그렇지, 모스크바와 당신에 대해서 생각했어요."

"그런데 어째서 난 이렇게 행복할까? 조금은 부자연스럽군. 너무나 마음이 즐거우니 말이야."

그는 키티의 손에 키스하며 말했다.

"어머, 저는 그 반대로 즐거우면 즐거울수록 자연스러운 느낌이 드는데요."

"아, 당신의 길게 땋았던 머리가."

그는 살며시 아내의 머리를 자기 쪽으로 돌리며 말했다.

"땋았던 머리가, 보라고. 이렇게 됐어. 아니, 아니, 둘이 다 일을 해야지, 일을!"

그러나 일은 이제 더는 계속할 수가 없었다. 쿠지마가 차 준비가 되었다고 알리러 들어왔을 때 두 사람은 마치 나쁜 짓이라고 하고 있었던 것처럼 얼른 떨어졌다.

"읍에서 돌아왔나?"

레빈은 쿠지마에게 물었다.

"방금 돌아왔습니다. 짐을 풀고 있는 중입니다."

"자, 어서 오세요. 빨리 안 오시면 저 혼자 편지를 읽을 거예요. 그리고 함께 피아노를 쳐요."

키티는 서재를 나가면서 남편에게 말했다.

레빈이 방으로 들어가니 아내는 새 홍차 세트를 앞에 놓고 새 은제 사모바르 옆에 앉아 있었다. 그녀는 아가피야를 조그만 탁자 앞에 앉혀서 홍차를 따라 주고, 자기는 자주 편지 왕래가 있던 다리야 알렉산드로브나한테서 온 편지를 읽고 있었다.

"보세요. 마님이 여기에 앉혀 주셨어요. 함께 앉으라고 하셨어요."

아가피야는 키티에게 아주 친근한 듯한 미소를 보내며 말했다.

"지금 말이에요. 당신에게 온 편지를 보고 있는 참이에요."

키티는 배우지 못한 사람이 쓴 듯한 편지를 남편에게 건네주면서 말했다.

"이것은 틀림없이 그 여자한테서 온 것 같아요. 당신 형님의…… 아직 읽어 보지는 않았어요. 그리고 보세요. 이것은 친정에서, 이것은 돌리 언니한테서 온 거예요. 어머나, 놀라라! 돌리 언니는 사르마츠키 댁의 어린이 무도회에 그리샤와 타냐를 데리고 갔었대요. 타냐가 후작 부인으로 분장했었다고 써 있어요."

레빈은 아내의 말을 듣고 있지 않았다. 그는 얼굴이 빨개지면서 형 니콜라이의 정부였던 마리아의 편지를 손에 들고 읽기 시작했던 것이다. 그것은 마리아로부터 온 두 번째 편지였다. 마리아는 첫 번째 편지에서 형이 아무 죄도 없는데 자기를 쫓아냈다는 소식을 알리고 자기는 거지 같은 처지에 빠졌지만 아무것도 부탁하거나 바라지는 않는다, 다만 니콜라이는 몸이 약했기 때문에 자기가 곁에 있어 주지 않으면 틀림없이 쓰러질 것이라고 생각하니 안절부절못하겠다고 가슴을 치는 소박한 말들을 썼고, 부디 형에게 마음을 써 달라는 말로 끝을 맺었었다.

마리아는 이번에는 전과 다른 사연을 써 보냈다. 그녀는 모스크바에서 니콜라이를 만나 다시 함께 살게 되었는데 그가 어느 현청 소재지에 일자리를 얻었기 때문에 같이 그리로 갔다. 그런데 그가 상관과 말다툼을 해서 또 모스크바로 돌아가려 하고 있다. 그러다 도중에 병이 나서 지금은 거의 재기의 희망도 없어졌다고 쓰고 있었다.

줄곧 당신에 대한 이야기만 하고 계십니다. 게다가 이제는 돈도 없습니다.

"보세요, 이 편지를 좀 읽어 보세요. 돌리 언니가 당신 말을 썼어요."

키티는 미소를 띠며 말하다가 남편의 안색이 달라진 것을 보고는 얼른 말을 끊었다.

"왜 그러세요? 여보, 무슨 일이 생겼나요?"

"이 편지를 보면 니콜라이 형이 죽어 가고 있다는군."

키티의 얼굴빛도 금방 달라졌다. 타냐의 후작 부인 이야기며 다리야 알렉산드로브나에 대한 일도 모두 잊어버렸다.

"그럼 언제 떠나시겠어요?"

그녀가 물었다.

"내일."

"제가 따라가도 되겠죠?"

"키티! 그게 무슨 소리야?"

레빈이 비난하듯 말했다.

"무슨 소리라뇨?"

남편이 자기의 말에 언짢은 태도를 보이자 그녀도 화가 나서 말했다.

"왜 제가 가면 안 되나요? 방해가 되는 것도 아니고, 저도⋯⋯."

"내가 가는 건 형이 죽어 가고 있기 때문이야. 그런 것을 당신은 무엇 때문에?"

레빈이 말했다.

"어머나, 무엇하러 가다니요? 그야 당신이 가는 이유와 똑같지 않아요?"

'이렇게 중대한 때에 저 사람은 혼자 있기가 쓸쓸하다는 생각만 하고 있어.'

레빈은 생각했다. 이런 중대한 상황에 그런 말을 들으니 몹시 화가 났다.

"그럴 수 없어."

그는 단호한 목소리로 말했다.

"분명히 말씀드리지만 당신이 가시면 저도 가겠어요. 꼭 함께 가겠어요. 왜 안 된다는 거예요? 어째서 안 된다고 하시는 거죠?"

그녀도 화난 듯이 빠른 어조로 말했다.

"어째서라니. 그곳이 어떤 곳인지, 어떤 길을 거치게 될지, 어떤 여인숙에 머무르는 건지 전혀 모르고 있지 않소. 당신이 있으면 여러 가지로 복잡해지는 거야."

레빈은 될수록 침착하려고 하면서 말했다.

"아니요. 하나도 염려하실 것 없어요. 전 아무것도 필요치 않은걸요. 당신이 참을 수 있는 일이라면 저도 참을 수 있어요……."

7

형 니콜라이가 병든 몸을 누이고 있는 현청 소재지의 여관은 애초에는 청결하고 쾌적하고 게다가 우아하기까지 한 최상의 계획 아래 최신식의 완벽한 설계로 지은 지방 여관이었다. 하지만 이런 여관은 거기에 찾아드는 손님으로 해서 놀랄 만큼 빠른 속도로 지저분한 선술집으로 바뀌게 마련이었다. 그럼에도 불구하고 스스로 현대 건축물이라 자처하기 때문에 그 자만심으로 인하여 그저 더럽기만 한 구식 여관보다 더욱 고약한 여관이 되어 버리는 것이었다.

그들은 관례에 따라서 '얼마짜리 방이 좋겠습니까' 하는 질문을 받은 뒤에, 좋은 방은 하나도 비어 있지 않음을 알았다. 비어 있는 것은 더러운 방 하나뿐이고 그 옆방은 저녁에나 빈다는 것이었다. 레빈은 일이 예상한 대로 되었기 때문에 속으로 마땅치 않게 생각하면서 비어 있는 방으로 아내를 데리고 갔다. 병든 형 생각만 해도 정신이 없을 지경인데, 곧바로 형한테 뛰어가지 못하고 도착하자마자 이처럼 아내에게 신경을 쓰지 않으면 안 되었기 때문이다.

"다녀오세요, 어서 다녀오세요!"

아내는 불안스럽고 미안한 눈으로 그를 보면서 말했다. 그는 잠자코 밖으로 나갔다. 그 순간 마리아와 딱 마주쳤다. 마리아는 그가 도착한 것을 알았지만 차마 방 안으로 들어오지 못하고 밖에서 그가 나오기를 기다리고 있었던 것이다.

"아! 안녕하십니까? 형님은 좀 어떠신가요? 몸은?"

"아주 나빠요. 이젠 일어나시지도 못하는걸요. 계속 당신만 기다리고 계세요. 그분은, 당신은 부인과 함께 오셨군요."

레빈은 처음에 상대방이 무엇 때문에 머뭇거리는지 몰랐으나 그녀의 말로 금방 알아차렸다.

"저는 잠깐 부엌에 다녀오겠어요. 그분도 아주 기뻐하실 거예요. 소문을 들어 알고 계시거든요. 외국에서 만나신 일도 잘 알고 계세요."

그녀는 말했다. 레빈은 상대방이 아내의 말을 하고 있는 것은 알았지만 뭐라고 대답해야 할지를 몰랐다.

"자, 어서 가시죠!"

그는 재촉했다. 그가 한 발짝 내디딘 순간 방문이 열리며 키티가 얼굴을 내밀었다.

"그래, 어때요? 형님의 몸은 좀 어떠세요?"

키티는 처음에는 남편에게 다음에는 마리아에게 물었다.

"이런 복도에 서서 이야기할 수는 없잖아!"

레빈은 무슨 급한 볼일이라도 있는 듯 구두 소리를 요란스럽게 내며 복도를 지나가던 신사 쪽을 무뚝뚝한 얼굴로 돌아보며 말했다.

"그럼 어서 이리 들어오세요."

키티는 겨우 마음이 가라앉은 듯한 마리아에게 말했으나 남편이 깜짝 놀란 얼굴로 바라보자 얼른 대답을 바꾸었다.

"아뇨, 다녀오세요. 어서 다녀오세요."

그녀가 방 안으로 사라졌다.

레빈은 형한테로 갔다. 그가 형의 방에서 보고 느낀 것은 전혀 예상하지 못했던 것이었다. 페인트를 칠한 작고 더러운 방 안의 사방 벽에는 침이 뱉어져 있고 얇은 벽 저쪽에서 하는 이야기 소리는 그대로 들렸으며 사방은 숨이 막힐 듯한 오물 냄새로 가득했다. 그 벽에서 조금 떨어진 다 낡은 침대 위에 모포로 휘감은 육체 하나가 누워 있었다.

'이 무서운 육체가 니콜라이 형님이라니. 설마 이럴 수가.'

레빈은 생각했다. 그러나 가까이 가서 얼굴을 보자 의심할 여지가 없었다. 얼굴은 무서우리만큼 변했지만, 사람이 들어오는 기척에 얼핏 위로 쳐다본 그 살아 있는 눈과 콧수염 아래서 희미하게 움직이는 입을 보는 것만으로도 이 죽어 가는 육체가 형이라는 무서운 진실을 이해하고도 남았다.

그 번득거리는 눈은 들어온 동생을 비난하듯 매섭게 바라보았다. 곧 그 시선에 의해서 살아 있는 사람끼리의 살아 있는 관계가 생겨났다. 레빈은 자기에게 향한 시선에서 책망하는 기색을 바로 알아차리고 새삼 자신의 행복에 회한을 느꼈다.

레빈이 손을 잡자 니콜라이는 빙긋 웃었다. 그 미소는 가까스로 알아볼 수 있는 희미한 것이었다. 그런 웃음에도 불구하고 매서운 눈의 표정은 변하지 않았다.

"내가 이런 꼴이 되어 있을 줄은 몰랐지?"

형은 가까스로 입을 열었다.

"예에, 아니…… 왜 좀 더 일찍 알려 주시지 않았습니까. 내가 결혼할 무렵에 말이에요……. 사방으로 수소문을 했었습니다."

레빈은 난처한 표정으로 말했다. 침묵이 찾아오자 레빈은 단 1분이라도 괴로운 심정에서 벗어나기를 바라면서, 벌떡 일어나 아내를 데려오겠다고 말했다.

"응, 그래라. 그동안 여기를 좀 치우라고 할 테니까. 여기는 더러워서 고약한 냄새가 날 거야. 마리아, 좀 치우라고."

환자가 가까스로 말했다.

"치우고 나서 당신은 저리 가 있어."

그는 동생의 눈치를 살피듯 바라보며 덧붙였다. 레빈은 아무 말도 하지 않고 복도로 나왔다.

"저, 어떠세요? 어떻게 하고 계세요?"

기다리고 있던 키티가 겁먹은 얼굴로 물었다.

"아아, 정말 참을 수가 없어. 무엇 때문에 당신은 따라왔지?"

레빈은 말했다. 키티는 미안한 듯 한동안 말없이 남편을 쳐다보고 있더니 곁에 다가와 두 손으로 그의 팔을 잡았다.

"여보, 저를 그분한테 데려다 주세요. 둘이 가는 것이 더 마음이 편할 거예요. 제발 데려다 주세요. 그리고 당신은 나가 주세요."

키티는 말했다.

"글쎄, 여기까지 와서 그분을 만나지 않는 것은 도리어 괴로워요. 제가 가면 당신을 위해서나 그분을 위해서 뭔가 도움이 될지도 모르잖아요. 제발 부탁이니 제 고집을 용서하세요!"

키티는 마치 일생의 행복이 이 한 가지 일에 달려 있기라도 한 듯 남편에게 애원하는 것이었다. 레빈도 그 말을 들어주지 않을 수 없었다. 그는 기분을 고쳐먹었다. 그는 마리아에 대해서는 잊어버리고 키티와 함께 형의 방으로 갔다.

키티는 가벼운 발걸음으로 걸어가면서 자꾸 남편을 돌아보았다. 그녀의 얼굴엔 동정의 기색이 엿보였다. 환자의 방으로 들어가자 그녀는 조심스럽게 방문을 닫았다. 그녀는 발소리를 죽이고 재빠르게 환자의 침대 가까이에 가더니, 환자가 고개를 돌릴 필요가 없도록 옆으로 돌아가서 바로 자기의 신선하고 젊은 손으로 환자의 앙상한 손을 꼭 잡았다. 그러고는 여자다운, 남에게 불쾌감을 주지 않는 조용한 목소리로 그에게 말을 걸었다.

"저, 제 생각에 이 방은 너무 좋지 않은 것 같아요."

그녀는 자기에게 쏠린 눈길에서 가만히 얼굴을 돌리고 방 안을 둘러보며 작은 소리로 말했다.

"여관 주인에게 말해서 다른 방으로 옮기시도록 해야겠어요. 가능하면 저희 방에 가깝도록 말이에요."

그녀는 이어 남편에게 말했다.

8

레빈은 차분한 마음으로 형을 바라볼 수도 없었고 형 앞에서 침착하고 자연스러운 태도를 취할 수도 없었다. 그는 환자의 방에 들어서면 그 눈이나 주의력이 저도 모르게 흐려져 버리는 것 같아 세세한 병상을 살필 수가 없었다. 그는 그저 불결하고 무질서하고 비참한 광경을 보고 신음 소리를 들으면서, 이래서는 도저히 견딜 수가 없다고 느낄 뿐이었다.

그러나 키티는 그와 전연 다르게 생각하고 느끼고 행동했다. 그녀는 환자를 보았을 때 우선 그가 가엾게 느껴졌다. 그녀의 여자다운 마음에 생긴 연민의 정은 남편의 경우처럼 공포나 혐오감을 불러일으키는 것이 아니라, 반대로 행동을 개시하고 환자의 상태를 자세히 알고 그를 도와줘야겠다는 욕구를 불러일으켰다. 그녀는 도와주는 것이 옳다는 점을 조금도 의심치 않았으며 그것이 가능하다는 사실 역시 조금도 의심치 않았다.

그녀는 곧바로 그 일에 착수했다. 레빈이 생각만 해도 소름이 오싹 끼칠 만한 자세한 점이 그녀의 주의를 끌었다. 그녀는 의사를 불러오라고 보내고 약국으로 심부름꾼을 달려가게 했으며, 자기가 데려온 하녀와 마리아에게 방 안 청소를 시켰다. 또 자기도 여러 가지 것을 씻고 헹구고 모포 밑에 뭔가를 받쳐 넣곤 했다. 그녀의 지시에 따라 병실로 무언가가 들여보내지고 나가고 했다. 그녀 자신도 몇 번이나 자기 방으로 발길을 옮겼는데, 그런 때도 지나치는 사람에겐 관심을 두지 않고 이불보며 베갯잇이며 수건이며 셔츠 같은 것을 꺼내서 가져오는 것이었다.

레빈이 찾아내어 데리고 온 의사는 그때까지 니콜라이를 진찰하면서 불만스럽게 여겼던 의사와는 달랐다. 새 의사는 청진기를 꺼내어 환자를 진찰하더니 조금 고개를 흔들고는 처방전을 썼다. 의사는 먼저 약 먹는 법을, 이어 식사는 어떻게 해야 하는지를 각별히 자세하게 설명하면서 날달걀이나 반숙, 또 알맞게 데운 우유를 소다수에 따라 마시도록 권했다. 의사가 돌아가자 환자는 동생에게 뭔가를 말했다. 레빈은 마지막 '너의 키티'라는 말밖에 알아듣지 못했지만 키티를 보는 눈길로 미루어 형이 그녀를 칭찬한 것임을 깨달았다.

"나는 이제 아주 좋아진 거 같아."

니콜라이는 말했다.

"당신이 간호해 주셨더라면 벌써 오래전에 나았을 거요. 정말 기분이 좋군요."

니콜라이는 키티의 손을 잡고 자기 입술로 가져갔다. 그러다 상대방에게 불쾌감을 주지 않을까 하여 곧 손을 놓고 그저 쓰다듬기만 했다. 키티는 두 손으로 환자의 손을 꼭 쥐었다.

"이번에는 나를 왼쪽으로 돌아눕게 해 줘요. 그리고 이제 가서들 자요."

그가 말했다. 누구 한 사람 그가 한 말을 알아듣지 못했으나 키티만은 알았다. 키티가 그 말을 알아들을 수 있었던 것은 환자에게 계속 마음을 쓰고 있었기 때문이다.

"저쪽으로 돌아눕고 싶으시대요."

그녀는 남편에게 말했다.

"언제나 저쪽을 보고 주무시는군요. 여보, 돌아누우시게 해 드려요. 사환을 부르는 건 불쾌해요. 저는 할 수가 없어요. 당신도 못 하세요?"

그녀가 마리아에게 물었다.

"전 무서워요."

마리아는 대답했다.

레빈은 두 손으로 이 무서운 육체를 껴안는다는 생각만 해도 싫었다. 모포 밑으로 손을 넣는 것도 어쩐지 기분이 안 좋았다. 그러나 아내의 의지에 끌려, 그녀가 잘 아는 그 결연한 표정을 지으며 두 팔을 밀어 넣어 안아 일으키려고 했다. 레빈은 힘이 장사였는데도 그 야윈 몸이 이상하게 무겁게 느껴졌다. 레빈이 길고 여윈 한 팔이 자기의 목에 감겨 옴을 느끼면서 형을 돌아눕게 하는 동안, 키티는 소리 나지 않게 재빨리 베개를 뒤집어 가볍게 두드렸다. 그리고 환자의 머리카락을 잘 매만져 주었다.

환자는 동생의 손을 꼭 잡고 있었다. 레빈은 형이 그 손을 어떻게 해 보려고 어디론가 끌고 가는 것을 느꼈다. 레빈은 가슴이 죄는 느낌으로 하는 대로 내맡겼다. 형은 그 손을 자기 입으로 가져가더니 입을 맞추었다. 레빈은 복받치는 통곡을 억제할 수 없어 몸을 떨다가 아무 말도 못 하고 방에서 나와 버렸다.

그 이튿날 환자는 성체성사와 병자성사를 받았다. 의식이 진행되는 동안 니콜라이는 열심히 기도했다. 꽃무늬가 있는 냅킨으로 덮인 카드놀이용 책상 위의 성상에 쏠린 그의 큰 눈에는 열렬한 기도와 희망의 빛이 나타나 있어, 레빈은 그 모습을 보기가 무서울 정도였다.

그날 저녁 7시가 지나 레빈이 아내와 함께 자기 방에서 차를 마시고 있는데 마리아가 숨이 차서 뛰어왔다. 그녀의 얼굴은 새파랗게 질리고 입술은 몹시 떨리고 있었다.

"이젠 틀렸어요! 금방 돌아가실 것 같아요."

그녀는 속삭이듯 중얼거렸다. 두 사람은 병실로 뛰어갔다. 환자는 침상 위에 일어나 앉아 한쪽 팔꿈치를 짚고 긴 등을 구부린 채 고개를 떨구고 있었다.

"기분이 어떠세요?"

레빈은 잠시 말없이 지켜보다가 물었다.

"작별하는 기분이야."

니콜라이는 괴로운 듯, 그러나 한마디 한마디 똑똑히 말했다. 그는 눈을 치켜떴으나 그 시선은 동생의 얼굴에 이르지 못했다.

"키티더러 나가 달라고 해."

그가 덧붙였다. 레빈은 벌떡 일어나 작은 소리로 말하여 아내를 내보냈다.

"마침내 작별인가 보다."

니콜라이가 말했다.

"왜 그런 생각을 하세요?"

레빈은 그저 무슨 말을 하기 위해서 그렇게 물었다.

"왜라니, 드디어 작별이니까 그렇지. 이제 난 마지막인가보다."

마치 그 표현이 마음에 드는 것처럼 그는 같은 말을 되풀이했다.

"누우시면 좀 편하실 텐데요."

마리아가 가까이 와 말했다.

"이제 곧 조용히 눕게 돼. 송장이 되어서 말이야. 그럼 눕지, 그러기를 바란다면."

그는 자조적인 성난 어조로 말했다.

레빈은 형을 위로 보게 눕히고 그 옆에 앉아서 숨을 죽이고 가만히 그 얼굴을 들여다보았다. 죽음을 앞둔 환자는 눈을 감고 있었다. 그 이마의 근육이 마치 뭔가 깊은 생각에 잠겨 있는 사람같이 가끔 꿈틀 하고 움직였다.

레빈은 자기도 모르게 지금 형의 내부에서 완성되어 가고 있는 것을 형과 함께 생각해 보려 했다. 하지만 아무리 보조를 맞추려 애써도 형의 침착하고 매서운 얼굴 표정이나 눈썹의 움직임 같은 것으로는 알 수 없었다. 다만 지금 막 죽어 가는 사람에게는 뭔가가 차츰 확실해져 가고 있구나 하는 것을 깨달을 뿐이었다.

"음, 그래, 그렇지."

빈사의 환자는 한마디 한마디 사이를 띄우면서 느릿느릿 중얼거렸다.

"기다려 다오."

그러고는 또 한동안 말이 없었다.

"그렇다!"

그는 문득 마치 자기에게 있어서는 모든 것이 해결된 듯이 평온한 목소리로 말했다.

"아아, 주여!"

그는 그렇게 말하며 무겁게 한숨을 쉬기도 했다.

"차가워져 가고 있어요."

환자의 발을 가만히 만져 본 마리아가 속삭였다.

오랫동안, 아주 오랫동안—레빈에게는 그처럼 생각되었다—환자는 꼼짝도 하지 않고 누워 있었다. 그러나 그는 여전히 살아 있었고 가끔 한숨을 쉬었다. 레빈은 팽팽한 정신의 긴장으로 피로를 느꼈다. 그는 아무리 생각을 가다듬어 보아도 무엇이 '그렇다'인지 이해할 수 없었다. 그는 자기가 이미 죽어 가는 사람으로부터 뒤에 남겨진 것 같은 느낌이 들었다. 그는 죽음이라는 문제 그 자체보다 앞으로 자기가 해야 할 일, 즉 눈을 감겨 주고 수의를 입히고 관을 주문하는 따위의 일들을 생각했다.

그는 오랫동안 형의 최후를 기다리며 머리맡에 앉아 있었다. 그 마지막은 여간해서 찾아오지 않았다. 문이 열리고 키티가 모습을 나타냈다. 레빈은 그녀를 나가게 하려고 일어섰다. 그때 환자가 움직이는 기척이 느껴졌다.

"여기 있어 줘."

니콜라이는 말하고 한 손을 뻗었다. 레빈은 형에게 자기 손을 쥐여 주고 화가 난 듯이 다른 손을 흔들어 키티를 나가게 했다.

그는 죽어 가는 자의 손을 잡고 30분, 한 시간, 또 한 시간을 가만히 앉아 있었다. 그는 이제 죽음과 관련된 생각은 하지 않았다. 그는 키티가 무엇을 하고 있을까, 옆방엔 누가 있을까, 의사가 살고 있는 집은 자기 집일까 하는 따위를 생각하였다. 배가 고프고 졸음이 왔다. 살며시 손을 뻗어 환자의 발을 만져 보았다. 발은 이미 차가웠으나 아직 숨이 붙어 있었다. 레빈이 뒤꿈치를 들고 나가려고 하자 환자가 또다시 몸을 움직이더니 말했다.

"가지 마."

날이 샜다. 환자의 상태는 여전히 변화가 없었다. 레빈은 살며시 손을 빼고서 형의 얼굴을 보지 않고 자기 방으로 돌아와서는 바로 잠들어 버렸다. 그가 잠이 깼을 때, 예상했던 형의 죽음이 아니라 전과 똑같은 상태라는 말을 들었다. 형은 다시 일어나 기침을 하고 먹고 말을 했다.

그러면서 다시는 죽음에 대해서는 입에 올리지도 않게 되었다. 쾌유의 희망을 나타내기도 하고 전보다 더욱 짜증을 부리거나 까다로워졌다. 레빈도 키티도 누구 한 사람 형을 진정시킬 수가 없었다. 그는 아무에게나 화를 냈고 자기의 고통이 모든 사람에게 책임이 있다는 투로 누구에게나 불쾌한 말을 했다. 또 모스크바에서 명의를 불러 달라고 요구하기도 했다. 기분이 어떠냐고 물을 때면 증오와 비난의 표정을 떠올리며 "괴로워, 도저히 못 참겠어!" 하고 대답하는 것이었다.

그런 뒤로도 계속 그렇게 괴로워하면서 3일을 보냈다. 환자는 여전히 같은 상태였다. 이제는 환자를 한 번 본 사람이라면 누구나 그의 죽음을 바라는 마음이 들게 되었다. 여관의 사환들도 주인도 모든 숙박객도 의사도 마리아도 레빈도 키티도 그랬다. 다만 당사자만은 의사를 불러오지 않는다고 신경질을 부리고 약을 열심히 먹으면서, 앞으로 살아갈 이야기만 하고 있었다. 그러다가 가끔 아편 주사를 맞고 잠시 고통을 잊을 때면 "아아, 어서 끝장이 났으면 좋겠는데!"라든가 "도대체 언제나 끝장이 날까?" 하고 중얼거렸다.

이 도시로 온 지 10일째에 키티는 병이 났다. 머리가 아프고 구토증이 일어났기 때문에 아침나절은 자리에서 일어날 수가 없었다. 의사는 피로와 흥분이 병의 원인이라며 정신적 안정을 취하라고 말했다. 그러나 오후에는 일어나서 언제나처럼 일감을 가지고 환자한테 갔다. 키티가 방에 들어가니 환자는 날카로운 눈매로 그녀를 바라보았다. 키티가 아프다고 하자 비웃듯이 히죽 웃었다. 그날 그는 연신 코를 풀거나 애처롭게 끙끙 앓기도 했다.

"기분이 좀 어떠세요?"

키티가 물었다.

"더 나빠요. 자꾸 아파."

그는 간신히 말했다.

"어디가 아프세요?"

"안 아픈 데가 없어요."

"오늘은 돌아가시려나 봐요."

마리아가 속삭이듯이 말했다. 대단히 민감해진 환자의 귀에 그 소리가 들린 것 같았다. 레빈은 쉿 하고 환자를 돌아보았다. 니콜라이는 그 말을 알아듣긴 했으나 아무런 동요도 나타내지 않은 채 여전히 나무라는 듯한 긴장된 표정을 짓고 있었다.

"왜 그렇게 생각하십니까?"

레빈은 마리아의 뒤를 따라 복도로 나가서 물어보았다.

"자기 몸을 자꾸 꼬집고 있어요."

마리아는 말했다.

"꼬집다뇨, 어떻게?"

"이렇게요."

그녀는 자기 모직 옷의 주름을 여기저기 잡아당기면서 말했다. 아닌 게 아니라 레빈도 환자가 그날 하루 종일 자기 몸을 꼬집고 뭔가 잡아 뜯는 시늉을 하는 것을 보았다.

마리아의 예언은 정확했다. 저녁때가 되자 환자는 손을 들어 올릴 힘도 없이 그저 가만히 허공을 바라보고 있을 뿐이었다. 레빈이나 키티가 자기 얼굴이 그 눈에 띄도록 몸을 앞으로 수그려도 환자의 시선은 역시 고정되어 있었다. 키티는 임종의 기도를 해 줄 사제를 모셔 오게 했다.

사제가 와서 임종의 기도를 하고 있는 동안 죽어 가는 환자는 조금도 회생할 징후를 나타내지 않았다. 이제 눈은 감겨 있었다. 레빈과 키티, 마리아는 침대 곁에 서 있었다. 사제가 아직 기도를 마치지 않았을 때 환자는 기지개를 쭉 켜더니 한숨을 쉬고는 눈을 떴다. 사제는 기도를 마치고 환자의 차가운 이마에 십자가를 대고 나서, 그것을 찬찬히 성대에 싸고 다시 2분가량 말없이 서 있다가 핏기 없는 큰 손을 만져 보았다.

"임종입니다."

사제는 말하고 곁을 떠나려고 했다. 그 순간 착 달라붙어 있던 환자의 수염이 희미하게 움직이고 가슴속에서 쥐어짜는 것 같은 예리한 울림이 방 안의 정적 속에 뚜렷이 들렸다.

"아니야, 아직은……. 이제 곧."

그러더니 1분 뒤에 그의 얼굴은 환하게 피고 수염 밑에서 미소가 떠올랐다. 모여 있던 여자들은 부지런히 뒤처리를 하기 시작했다. 형의 임종 모습은 레빈의 마음에 형이 자기 집을 찾아왔던 어느 가을밤에 갑자기 덮친 그 공포감을 또다시 일깨워 주었다. 죽음이란 불가사의한 것을 앞두고 있을 때의, 그리고 죽음의 절박함과 불가피함에 대한 공포였다. 지금은 이 감정이 전보다 더욱 강해졌다. 그는 자기가 전보다도 훨씬 죽음의 의미를 풀 힘이 없음을 통감했고 게다가 그것이 불가피하다는 사실을 한층 무섭게 느끼고 있었다.

다행히 지금은 아내가 곁에 있어 준 덕택으로 이 감정도 그를 절망에 빠뜨리지는 않았다. 그는 죽음이라는 것이 존재해도 사람은 살고 또 사랑하지 않으면 안 된다고 느꼈다. 그는 사랑이야말로 자기를 절망으로부터 건져 주며, 절망의 위협에 노출됨으로써 이 사랑은 더욱 강렬해지고 순수해진다는 사실을 느꼈다. 그의 눈앞에서 죽음이라는 하나의 신비가 불가해한 채 사라지기도 전에, 사랑과 삶으로 인도하는 또 하나의 불가해한 신비가 태어난 것이다.

9

베치 트베리스코이, 스테판 아르카지치와 이야기를 하고 난 알렉세이 알렉산드로비치는 사람들이 자기에게 기대하는 것이 아내를 해방시켜 주는 일임을 알았다. 언제까지나 자기라는 존재가 아내를 괴롭히지 않도록 하는 일이며 그것은 아내 자신도 바라고 있는 일임을 알았다.

그 순간부터 그는 완전히 어쩔 줄을 모르게 되었다. 스스로 무엇 하나 결단을 내리기는 고사하고, 자기가 지금 무엇을 바라고 있는지도 알 수 없게 되었다. 그래서 그는 자기 일에 이상한 만족감을 가지고 관여하고 있는 사람들에게 모든 것을 내맡겨 버렸다. 그는 그들이 무슨 말을 하든 그저 하자는 대로 동의의 대답만 할 뿐이었다.

다만 안나가 집을 나가고 나서 가정교사인 영국 부인이 하녀를 보내어 이제부터 자기가 함께 식사를 해도 좋은지 어떤지 물어 왔을 때, 그는 비로소 자기의 입장을 분명하게 자각하고는 자기도 모르게 깜짝 놀랐다.

이런 경우가 되어 무엇보다도 쓰라린 일은, 그가 자기의 과거와 현재를 연결시켜 하나로 융합시킬 수가 없다는 점이었다. 그렇다고 아내와 행복하게 살던 지난날이 현재 그의 마음을 혼란스럽게 하는 것은 아니다. 그 과거로부터 아내의 부정을 알기에 이르기까지의 과정은 이미 고뇌 속에 체념해 버렸다. 이 상태는 괴롭기는 했으나 어쨌든 이해할 수가 있었다. 만일 그때 안나가 자기의 부정을 고백함과 동시에 남편 곁을 떠나 버렸던들, 그는 비관하고 불행에 빠지기는 했을지언정 지금같이 스스로 납득이 안 가는 막다른 골목에 쫓겨 들어가는 일은 없었으리라.

그는 얼마 전에 있었던 사죄, 감동, 병든 아내와 그 불의의 자식에게 보인 애정과 현재의 상태, 그 모든 일의 보상처럼 자기가 세상의 웃음거리가 되고 아무 짝에도 쓸모없이 누구에게나 경멸당하는 고독한 인간이 되고 말았다는 사실을 도저히 융화시킬 수 없었기 때문에 납득이 가지 않았던 것이다.

알렉세이 알렉산드로비치는 고아로 자란 사람이었다. 두 형제뿐이었다. 둘 다 아버지의 얼굴을 모르고 어머니는 그가 10살 때 세상을 떠났다. 재산도 별로 없었다. 정부의 고관이며 황제의 총신이었던 큰아버지가 그들 형제를 키웠다.

알렉세이 알렉산드로비치는 중학교와 대학을 우수하게 졸업하자 큰아버지가 끌어 주어 금방 화려한 관리 생활로 들어섰고, 그 이후로 부지런히 영달의 길을 정진하였다. 그는 학창 시절이나 또 그 후 근무를 하면서 누구와도 친밀한 관계를 맺지 않았다. 오직 형 하나만이 가장 가까운 마음의 벗이었으나 외무성에 근무했으므로 언제나 외국에서 살았다. 그러다가 형은 알렉세이 알렉산드로비치가 결혼하고 얼마 안 되어 근무처인 외국에서 그만 세상을 떠났다.

그가 현의 지사로 있을 때 그 지방의 부유한 귀부인이었던 안나의 백모가, 이젠 젊은 나이는 아니지만 지사로서는 젊은 편인 그에게 자기 조카딸을 접근시켜 결혼 의사를 표명하든가 그곳을 떠나든가 하지 않으면 안 될 처지로 그를 몰아넣었다.

알렉세이 알렉산드로비치는 오랫동안 망설였다. 당시 그 결단을 내리는 데 있어서 찬성할 이유와 반대할 이유는 반반이었다. 의심스러울 경우에는 뒤로 물러나는 것이 그의 원칙이었으나, 그는 그 원칙을 거역할 확고한 근거를 찾아내지 못했다. 안나의 백모는 친지를 통해서 그가 이제 젊은 처녀의 명예를 손상시킨 거나 마찬가지이므로 명예를 존중하는 의무로써 청혼을 하지 않으면 안 된다고 믿게 만들었다. 그는 안나에게 청혼을 하고, 약혼자로서 또 아내로서의 안나에게 최대의 애정을 바쳤다.

그가 안나에 대해서 느낀 애착감은 다른 사람과 마음으로부터 친밀한 관계를 맺고자 하는 마지막 소망까지 그의 마음에서 쫓아 버릴 정도였다. 지금도 그의 친구 중에는 친한 사람이 하나도 없었다. 이른바 연고 관계에 있는 사람은 많았지만 벗이라고 부를 사람은 한 명도 없었다. 자기 집에 식사 초대를 하거나, 자기가 관심을 갖고 있어 협조를 구하거나, 청원자에 대한 보호를 의뢰하거나, 다른 사람의 행위나 정부의 시책에 관해 털어놓고 토론할 만한 사람은 상당히 많았다. 그러나 그런 사람들과의 관계는 습관이나 풍습에 따라 분명히 정해진 테두리 안에 한정되어 있었고, 그 범위 밖으로 내딛을 수는 없었다.

꼭 한 사람, 대학 시절의 친구로 졸업 후에 친해져 개인적인 불행에 대해서도 털어놓을 수 있는 사람이 있었으나 지금은 먼 지방에서 장학관으로 근무하고 있었다. 페테르부르크에 있는 사람 중에서 가장 친하게 지내고 신상 이야기도 할 수 있는 사람은 자기 근무처의 비서와 의사뿐이었다.

비서 슬류진은 싹싹하고 총명하고 선량하며 도의심이 강한 사내였다. 알렉세이 알렉산드로비치는 그가 자기에게 개인적인 호의를 가지고 있음을 알고 있었다. 그러나 5년 동안의 관청 생활은 두 사람 사이에 마음을 터놓고 이야기할 수 없는 벽을 쌓고 말았다. 알렉세이 알렉산드로비치는 서류에 서명을 마치자 한동안 말없이 슬류진을 바라보았다. 몇 번이나 입을 열려고 했으나 아무래도 말을 꺼낼 수가 없었다. 그는 이미 마음속으로 '자네도 내 불행에 대해서 들었겠지?' 하는 말까지 준비하고 있었으나, 결국은 언제나처럼 "그럼 그것을 처리해 주게" 하고는 그대로 돌려보내고 말았다.

여자 친구들, 그중에서도 제일 친한 리디아 이바노브나 백작 부인에 대해서는, 꿈에도 생각해 보지 않았다. 모든 여자는 단지 여자라는 이유만으로도 그에게는 무섭고 역겨운 존재였기 때문이다.

10

알렉세이 알렉산드로비치는 리디아 이바노브나 백작 부인에 대해서 까맣게 잊고 있었으나 부인 쪽에서는 그를 잊지 않고 있었다. 고독한 절망 속에서도 가장 격심한 고뇌를 맛보고 있을 때, 부인은 그를 찾아와서 안내도 기다리지 않고 느닷없이 그의 서재로 들어섰다. 부인이 들어오는 것을 보고도 그는 아까부터의 자세 그대로 두 손으로 머리를 감싸고 앉아 있었다.

"분부를 어기고 찾아왔어요."

부인은 총총걸음으로 들어와서 흥분과 급한 걸음으로 가쁜 숨을 몰아쉬면서 말했다.

"모든 걸 다 들었어요."

부인은 두 손으로 그의 손을 꼭 잡고 생각에 잠긴 눈으로 그의 눈을 가만히 들여다보면서 말을 이었다. 알렉세이 알렉산드로비치는 눈썹을 찌푸리고 일어서더니 손을 빼고 부인에게 의자를 권했다.

"자 앉으십시오, 부인. 지금은 아무도 만나지 않기로 하고 있습니다. 몸이 불편해서요."

말하는 그의 입술은 떨리기 시작했다.

"어머나, 카레닌 씨!"

리디아 이바노브나 백작 부인은 그의 얼굴에서 눈을 떼지 않고 말했다. 그녀의 눈썹 꼬리 쪽이 치켜 올라가 이마에 삼각형을 그렸다. 별로 아름답지 않은 노란 얼굴이 더욱 보기 싫게 되었다. 그러나 알렉세이 알렉산드로비치는 자기를 가엾게 여겨 금방이라도 울음을 터뜨릴 듯한 상대방의 모습에 감동을 느꼈다. 그는 부인의 통통한 손을 잡고 키스했다.

"카레닌 씨……. 카레닌 씨, 슬픔에 지시면 안 돼요. 당신의 슬픔은 그야 엄청난 것이지만, 다른 곳에서 위안을 찾아야 해요."

부인은 흥분한 나머지 띄엄띄엄 말을 이었다.

"나는 완전히 녹초가 되어 버렸습니다. 살해된 거나 마찬가지죠. 나는 이제 산송장입니다! 나는 무서운 처지에 빠져 있습니다. 어디를 둘러보나, 아니 나 자신 속에서도 위안이 될 만한 것은 찾을 수가 없습니다."

알렉세이 알렉산드로비치는 부인의 손을 놓고 그녀의 눈물이 넘치는 눈을 바라보며 말했다.

"아니에요, 꼭 찾을 수 있을 거예요. 하지만 저를 믿지는 마세요. 그야 저의 우정은 믿어 주셔도 좋지만."

부인은 한숨을 쉬며 말했다.

"우리를 지탱해 주는 건 사랑입니다. 그리스도가 우리에게 약속하신 사랑이에요. 주님의 짐은 가볍습니다. 주님은 당신에게 위안을 주실 거예요. 틀림없이 힘을 빌려 주시고말고요."

부인은 알렉세이 알렉산드로비치에게는 낯익은 예의 그 감동적인 눈으로 바라보며 말했다. 이러한 말 속에는 스스로의 숭고한 감정에 빠진 자기도취의 면도 있고 또 최근 페테르부르크에 유행하고 있는, 알렉세이 알렉산드로비치 같은 사람에겐 지나친 것이라고 생각되는 열광적인 신비주의적 경향이 느껴졌음에도 불구하고, 지금의 그에게는 반가운 말로 들리는 것이었다.

요 며칠 동안 리디아 이바노브나 백작 부인은 흥분의 절정에 달해 있었다. 안나와 브론스키가 페테르부르크에 와 있다는 소식을 들었기 때문이다. 백작 부인은 알렉세이 알렉산드로비치가 안나와 얼굴을 마주치지 않도록 손을 써야 하고, 그뿐 아니라 그 무서운 여자가 같은 도시에 있음으로 해서 언제 얼굴이 마주칠지도 모른다는 소식을 듣고 그가 마음을 괴롭히지 않도록 지켜 주어야 했다.

리디아 이바노브나는 친구들 몇 사람을 통해서 이른바 깨끗하지 못한 사람들, 즉 안나와 브론스키가 무엇을 하고 있는지를 지켜보고 있었으며, 이쪽의 움직임이 그들의 눈에 띄지 않도록 그 행동 하나하나를 지시해 주기에 바빴다. 특히 브론스키의 친구인 젊은 부관을 통해서 많은 정보를 입수하고 있었다. 이 사나이 역시 백작 부인을 통해서 이권을 얻으려는 기대가 있었기 때문에, 그 두 남녀가 일을 마치고 다음 날 떠나기로 되었다는 사실을 부인에게 알려 주었다.

그 말을 듣고 리디아 이바노브나가 겨우 안심을 하려던 참인데 그 이튿날 한 통의 편지가 날아들었다. 편지의 필적을 보고 부인은 깜짝 놀랐다. 안나 카레니나의 필적이었다. 가늘고 긴 노란 봉투는 보리수의 껍질같이 두꺼운 종이였으며 거기에 성명의 머리글자가 커다랗게 적혀 있었다. 편지에서는 향긋한 냄새가 풍겨 왔다.

"이것을 누가 가지고 왔지?"

"여관의 심부름꾼이 가져왔습니다."

리디아 이바노브나는 그 편지를 읽기 위해 오래 자리에 앉아 있을 수가 없었다. 흥분한 나머지 지병인 천식의 발작이 일어날 정도였다. 부인은 가까스로 침착을 되찾아 프랑스어로 쓰여진 다음과 같은 편지를 읽었다.

백작 부인, 저는 당신의 마음을 채우고 있는 기독교인로서의 자비로운 인정에 매달려, 저 자신이 생각해도 낯 두꺼운 편지를 올리는 바입니다. 저는 아들과 헤어져 있기 때문에 불행한 지경에 처해 있습니다. 아무쪼록 이곳을 떠나기 전에 꼭 한 번만 그 아이를 만날 수 있게 해 주시기를 진심으로 부탁드립니다. 이런 편지를 드려 부인을 괴롭히는 것을 용서하여 주십시오. 제가 이 일을 카레닌이 아닌 부인께 부탁드리는 것은, 제가 모습을 드러내 그토록 관대한 마음을 가지신 분을 또다시 괴롭힐 수가 없기 때문입니다.

그분께 따뜻하게 대해 주시는 부인이시니 저의 이러한 심정도 충분히 짐작하시리라 믿습니다. 부인께서 세료쥐아를 저에게 보내 주시든지 혹은 부인이 시간을 지정하시어 제가 그 집에 가도록 주선해 주십시오. 그 집 이외의 장소라면 언제 어디서 그 아이와 만날 수 있을는지 알려 주십시오.

부인의 관대하신 성품을 알고 부탁드리오니 꼭 이 소원을 이루어 주시리라 믿고 기다리겠습니다. 그 아이를 만나고 싶어 하는 제 마음이 얼마나 뜨거운 것인가를, 그렇기 때문에 당신의 도움이 나에게 얼마나 큰 감명을 줄 것인가를 짐작하고도 남음이 있으리라 생각합니다.

안나

편지의 내용은 구절마다 리디아 이바노브나 부인의 비위를 건드렸다. 그 내용도 내용이려니와 상대방의 관대함을 치켜세운 말투도 거슬렸고 더군다나 묘하게 친한 체 가장하는—부인에겐 그렇게 생각되었다—그 태도도 역겨웠다.

"회답은 없다고 전해 줘."

리디아 이바노브나 부인은 쌀쌀하게 말했다. 그녀는 종이를 꺼내 펼치며 알렉세이 알렉산드로비치 앞으로 오늘 12시 지나 궁정의 축하식에서 만나고 싶다고 적었다.

저는 중대하고도 번거로운 일에 대해서 상의 말씀을 드려야 되겠습니다. 장소를 어디로 하느냐에 대해서는 만났을 때 정했으면 싶습니다. 가장 좋은 것은, 우리 집에서 당신께 차를 대접하면서 이야기하는 것이겠지요. 부디 그렇게 해 주시기 바랍니다.

주님께서는 우리에게 십자가를 지우시지만 힘도 주시는 것입니다.

부인은 조금이나마 상대방에게 미리 마음의 준비를 시키기 위해 마지막 문장을 덧붙였다.

리디아 이바노브나 백작 부인은 날마다 2, 3통의 편지를 알렉세이 알렉산드로비치 앞으로 써 보내고 있었다. 그를 직접 만나서 이야기할 때는 조성되지 않는 우아하고 비밀스러운 느낌이 있기 때문에 부인은 이런 형식으로 그와 교제하기를 좋아했다.

11

알렉세이 알렉산드로비치가 예스런 도기와 여러 개의 초상화가 장식되어 있는 리디아 이바노브나 백작 부인의 아담하고 조그만 서재로 들어섰을 때, 여주인은 아직 거기에 모습을 나타내지 않고 있었다. 그녀는 지금 옷을 갈아입고 있는 중이었다.

테이블보를 씌운 둥근 탁자 위에는 중국제 찻그릇과 알코올램프가 붙어 있는 은제 탕관이 놓여 있었다. 알렉세이 알렉산드로비치는 서재를 장식하고 있는 낯익은 여러 개의 초상화를 멍하니 둘러보고 탁자 앞 의자에 가서 걸터앉아 거기에 놓여 있는 성서를 펼쳤다. 이윽고 백작 부인의 옷 스치는 소리가 나자 그는 고개를 들었다.

"자아, 이제 겨우 조용히 이야기할 수 있게 되었군요."

리디아 이바노브나는 가슴 설레는 듯한 미소를 띠고 부지런히 의자와 탁자 사이를 걸어오며 말했다.

"차라도 한잔 드시면서 천천히 이야기하시죠."

리디아 이바노브나 백작 부인은 상대방에게 두세 마디 각오를 일깨우는 듯한 말을 먼저 꺼냈다. 그러고는 무겁게 숨을 내쉬고 얼굴을 붉히면서 자기가 받은 편지를 알렉세이 알렉산드로비치에게 건네주었다. 그는 편지를 읽고 나자 오랫동안 말이 없었다.

"내가 이것을 거부할 권리는 없는 것 같은데요."

이윽고 그는 눈을 들고 조심스럽게 말했다.

"어머나, 이럴 수는 없어요! 도대체 당신이라는 분은, 어떤 사람에게는 사악한 마음이 있다는 것을 인정하려 하지 않는군요?"

"아닙니다. 그 반대로 나는 이 세상 것은 무엇이고 다 악이라고 생각합니다. 그러나 그녀의 요구를 거절하는 것이 과연 옳은 일인지 어떤지는……."

"안 됩니다. 무슨 일에나 한도라는 것이 있어요. 그야 저도 불의라는 것에 대해서는 잘 알지만."

리디아 이바노브나 백작 부인은 상대방의 말을 가로막았다. 하지만 그것은 완전히 정직한 대답이라고는 할 수 없었다. 무엇이 여자를 불의로 이끄는지, 부인으로서는 도저히 이해할 수 없었기 때문이다.

"하지만 이 잔인한 마음만은 이해 못 하겠어요. 더구나 그것이 다름 아닌 당신에 대한 처사란 말이에요! 어떻게 당신과 같은 도시에 묵을 수가 있을까요? 오래 살다 보니 별의별 일을 다 보게 되는군요. 나도 이번 일로 당신의 기품이 얼마나 높고 또 그 여자의 마음이 얼마나 비열한가를 잘 알겠어요."

"하지만 누가 돌을 던지겠습니까? 나는 모든 것을 용서해 주었으니까 그 사람의 사랑이 바라는 것을, 내 아들에 대한 사랑이 바라는 것을 그 사람에게서 빼앗을 수는 없어요⋯⋯."

알렉세이 알렉산드로비치는 분명히 자기의 역할에 만족감을 느끼는 모습으로 말했다.

"하지만 이보세요, 이것을 사랑이라고 할 수 있겠어요? 진심이라고 할 수 있겠어요? 설령 당신이 용서하신다 해도 아니 용서했다고 해도 그 천사 같은 아이의 영혼을 혼란시킬 권리를 우리가 가지고 있어요? 그 아이는 그 여자가 죽은 줄 알고 있어요. 그 여자를 위해서 기도하고 그 여자의 죄를 하느님이 용서해 주시도록 기도하고 있어요. 그 편이 얼마나 나은지 몰라요. 그런데 이제 와서 그런 일을 하면 아드님이 어떻게 생각하겠어요?"

"난 거기까지는 생각하지 못했습니다."

알렉세이 알렉산드로비치는 아무래도 부인의 의견에 찬성할 수밖에 없다는 듯이 말했다. 리디아 이바노브나 백작 부인은 두 손으로 얼굴을 가리고 한동안 입을 열지 않았다. 부인은 기도를 하고 있었다.

부인은 기도를 마치고 얼굴에서 손을 떼며 말했다.

"만일 제 충고를 바라신다면. 이런 요청을 들어 주시라고 권할 수가 없어요. 그 때문에 또다시 당신의 상처 자리가 쑤셔 괴로워하실 게 뻔하니까요. 아니, 가령 당신이 언제나처럼 자기에 대해서는 잊고 계시다고 해요. 그러나 그런 일을 하게 되면 어떤 결과가 올지 생각해 보셨어요? 당신은 새로운 괴로움을 안게 되고 아드님도 쓰라린 생각을 갖게 될 뿐이에요. 만일 그 사람에게 조금이라도 뭔가 사람다운 데가 남아 있다면 그런 부탁은 도저히 못 하리라 생각되는데요. 네, 그렇고말고요. 나는 조금도 망설일 것 없이 거절하시라고 권하겠어요. 만일 허락해 주신다면 제가 그 여자에게 편지를 쓰겠어요."

알렉세이 알렉산드로비치는 그녀의 말에 동의했다. 리디아 이바노브나 백작 부인은 프랑스어로 편지를 썼다.

삼가 말씀드립니다.

당신이 아드님을 만나게 되면 아드님의 마음에 여러 가지 의문을 불러일으키게 될 것입니다. 그리고 어디까지나 신성해야 할 것에 대해서, 비난의 정신을 심지 않고는 대답할 수 없는 문제 쪽으로 당신의 아드님을 이끌게 될지도 모릅니다.

당신의 남편이 그 요구를 거절하는 것은 기독교도의 사랑의 정신에서 나온 것으로 이해해 주시기 바랍니다. 당신에게 하느님의 은혜가 내리시기를.

백작 부인 리디아

리디아 이바노브나 백작 부인은 이 편지로, 자기 자신에게조차 숨기고 있던 비밀스런 목적을 달성했다. 그것은 안나가 부끄러움을 느끼도록 만들자는 것이었다.

12

페테르부르크에 도착한 브론스키와 안나는 일류 호텔로 들어갔다. 브론스키는 별도로 아래층에 방 하나를 빌렸고 안나는 아기와 보모와 하녀를 데리고 네 개의 방으로 이루어진 위층의 한 구획을 얻었다.

도착한 그날 브론스키는 형을 찾아갔다. 거기서 그는 모스크바로부터 일을 보러 와 있던 어머니를 만났다. 어머니와 형수는 전과 다름없는 태도로 그를 맞이했다. 두 사람은 그에게 외국 여행에 대해 묻기도 하고 양편이 다 아는 사람에 대해서도 말했다. 그러나 안나와의 관계에 대해서는 한마디도 입에 올리지 않았다.

그 이튿날 아침 형은 브론스키를 찾아와서 자기 쪽에서 먼저 안나에 관해서 물었다. 브론스키는 자기는 안나와의 관계를 결혼으로 보고 있으며 안나도 남편과 이혼할 수 있다고 생각하므로 그때 가서는 정식으로 결혼할 생각이다. 그때까지는 세상 모든 아내와 마찬가지로 자기 아내로 인정하고 있으니 어머니나 형수에게도 그렇게 전해 달라고 잘라 말했다.

"비록 남들이 그 일에 대해 뭐라고 수군거리든 나는 아무렇지도 않습니다. 다만 내 친척이 나와의 관계를 계속 유지하고 싶다면 나의 아내에 대해서도 똑같은 태도로 대해 주지 않으면 곤란합니다."

브론스키는 말했다.

언제나 동생의 판단을 존중하고 있는 형이었지만 세상이 이 문제에 대해서 결론을 내리기까지는 동생의 의견이 옳은지 그른지 잘 알 수가 없었다. 하지만 그 자신은 별로 반대할 의향도 없었으므로 동생과 함께 안나의 방으로 찾아갔다. 브론스키는 형 앞에서도 다른 사람들

앞에서나 마찬가지로 안나를 '당신'이라고 불렀고 친한 친구처럼 대했다. 그렇지만 그 말 속에는, 형이 자기네 두 사람의 관계를 알고 있다는 것을 비추어서 안나가 브론스키의 영지로 간다는 뜻도 포함되어 있었다.

브론스키는 사교계에서 상당한 경험을 쌓았으면서도, 자기가 현재 놓여 있는 새로운 입장에 관해 묘한 착각에 빠져 있었다. 사교계가 자기와 안나에 대해서 문을 닫고 있다는 것쯤은 알 만도 한데, 지금 그는 뭔가 애매한 생각에 사로잡혀 있는 것 같았다. 그런 일은 옛날이야기고 요즘 세상은 급속히 진보하고 있으니—그는 어느 사이에 진보적인 편이 되어 있었다—사회의 보는 눈도 달라졌고 따라서 자기네가 사교계에서 받아들여질는지 여부는 아직 확실치 않다라고 생각하고 있었다.

'궁정의 사교계는 안나를 끼워 주지 않겠지만, 친했던 사람들은 사태를 잘 이해해 줄 것이고 또 그렇게 하지 않으면 안 될 것이다.'

그는 생각했다. 브론스키가 맨 처음 만난 페테르부르크 사교계의 부인 중 한 사람은 사촌 누나 베치였다.

"드디어 돌아왔구나! 그래, 안나는 어때? 정말 반가워! 어디에 묵고 있지? 즐거운 여행을 한 뒤라 이 페테르부르크 같은 데는 참 시시할 거야. 난 두 사람이 로마에서 보낸 신혼여행을 상상할 수 있겠어. 이혼 문제는 어떻게 되었지? 이제 모두 정리가 되었나?"

그녀는 반갑게 브론스키를 맞이했다.

이혼 이야기는 아직 결말을 보지 못했다는 말을 듣고, 베치의 얼굴에서 미소가 사라지는 것을 브론스키는 놓치지 않았다.

"틀림없이 세상 사람들은 내게 돌을 던지겠지. 하지만 안나를 만나러 가겠어. 그래 난 꼭 갈 거야. 여기서 오래 있을 예정은 아니겠지?"

베치는 말했다. 실제로 베치는 그날 안나를 찾아왔지만 그 태도는 이전과는 완전히 달라져 있었다. 아무래도 베치는 자기의 대담한 행동을 자랑하면서 안나가 자기의 변함없는 우정을 인정해 주기를 바라는 것 같았다. 베치는 사교계 소식을 전해 주면서 1분가량밖에 머물지 않았으며 돌아가면서는 이런 말을 했다.

"언제쯤 이혼이 될지 두 사람 다 말을 안 하는군요. 나야 그런 일을 조금도 개의치 않아요. 하지만 거드름을 피우는 사람들은 두 분이 정식으로 결혼을 하기까지는 틀림없이 차갑게 대할 거예요."

브론스키는 베치의 말하는 품에서 이제 사교계가 자기네에게 어떤 태도로 나오리라는 사실을 알 듯했다.

그는 자기 가족을 다시 한 번 시험해 보기로 했다. 그도 어머니에 대해서는 희망을 걸지 않았다. 처음 알게 되었을 때 그토록 안나에게 열중하고 기뻐하던 어머니가 지금은 아들의 출세를 망쳐 버린 장본인으로서 안나를 용서 못 할 마음이 되어 있음을 브론스키도 알고 있었다. 반면 그는 형수 바랴에게는 큰 기대를 걸고 있었다. 바랴 같으면 안나에게 돌을 던지거나 하는 일은 없고, 아무렇지도 않은 태도로 안나를 찾아가거나 받아들여 줄 것 같았다. 다음 날 브론스키는 바랴를 찾아갔다. 마침 그녀가 혼자 있기에 그는 대뜸 자기의 마음을 털어놓았다.

바랴는 그의 말을 듣고 나자 말했다.

"저어, 도련님. 내가 얼마나 도련님을 사랑하는지 또 도련님을 위해서라면 무슨 일이라도 기꺼이 해 드릴 마음이 있다는 것은 잘 아시죠? 내가 그동안 전혀 두 분의 일에 참견하지 않았던 것은 도련님을 위해 서나 안나를 위해서 무엇 하나 도움될 만한 일을 할 수 없다는 사실을 알고 있었기 때문이에요. 그렇다고 제발 내가 그녀를 나쁘게 보고 있 다고는 생각지 마세요. 그런 일은 절대로 없어요. 아마 나도 그분의 입 장에 놓였으면 마찬가지 일을 했을 거예요. 난 이 일에 대해서 어떻게 말할 수가 없군요."

바랴는 시동생의 어두운 얼굴을 조심스럽게 쳐다보며 말을 이었다.

"그렇기는 하지만 할 말은 해 둬야겠어요. 도련님은 그분을 우리 집 으로 초대하거나 해서 사교계로 돌아오게 해 주기를 바라겠지만, 난 그렇게는 못 해요. 제발 이해해 주세요. 딸들도 차츰 나이가 들어가고, 게다가 나도 형님을 위해서 사교계 생활을 계속해야 하니까요. 내가 안나를 찾아갈 수는 있다 해도 그분을 우리 집으로 초대할 순 없다는 것쯤은 그분도 알아주시겠죠."

"그렇기는 하지만 형수님이 집으로 초대하는 몇백 명의 부인보다 그 사람이 더 타락해 있다고 생각되지는 않는데요!"

브론스키는 더욱 어두워진 얼굴로 상대방의 말을 가로막았다. 그는 바랴의 결심을 움직이기 어렵다는 것을 깨닫자 말없이 자리를 떠났 다. 브론스키는 이제 더 이상 시험해 봤자 헛일이라는 사실을 알고 앞 으로 며칠을 페테르부르크에서 보내려면 마치 낯선 도시에 있는 것처 럼 지내야 한다고 생각했다. 즉, 견딜 수 없는 불쾌한 말이나 모욕을 당하지 않기 위해서는 옛날의 사교계와는 일체 교섭을 피해야 한다고 생각한 것이다.

13

안나가 러시아로 돌아온 목적 중 하나는 아들을 만나는 일이었다. 이탈리아를 떠난 그날부터 안나는 그것을 생각하면 언제나 가슴이 두근거렸다. 또한 페테르부르크가 가까워짐에 따라 이 대면의 기쁨과 중대성이 더욱 커 가는 것 같았다. 안나는 현재의 처지로 어떻게 아들을 만날 것인가 하는 생각은 해 보지도 않았다. 아들이 사는 도시에 가면 그 아이를 보는 것이 너무나 자연스럽고 손쉬운 일처럼 생각되었다. 그런데 막상 페테르부르크에 와서 보니 사정이 달랐다. 뜻밖에도 사교계에 있어서의 자기 입장을 분명히 알게 되었고 아들을 만나는 절차도 그렇게 쉬운 일이 아니라는 사실을 깨달았다.

안나가 페테르부르크에 온 지 벌써 이틀이 지났다. 아들 생각이 한시도 머리를 떠나지 않았으나 아직껏 아들을 만나지 못하고 있었다.

안나는 알렉세이 알렉산드로비치가 리디아 이바노브나 백작 부인과 친하게 지내고 있다는 사실을 알자, 마음이 내키지 않으면서도 도착한 지 사흘째 되는 날에 예의 그 편지를 쓰기로 결심했던 것이다. 안나는 편지 속에서 자기 아들을 만날 수 있을지 어떨지는 오로지 남편의 관대한 마음에 달려 있다고 생각했다. 만일 남편이 편지를 보면 그 관대한 인간으로서의 연기를 계속하려고 거절하지는 않으리라고 믿고 있었기 때문이다.

편지를 갖고 갔던 심부름꾼이 돌아와서 "답장은 없습니다" 하고 말했다. 안나는 이때처럼 자기가 업신여김을 당했다고 느낀 적이 없었다.

안나는 하루 종일 방 안에 틀어 박혀 아들을 만날 수 있는 방법이 없을까 하고 이리저리 궁리를 거듭한 끝에 마침내 남편에게 편지를 하기로 결심했다. 리디아 이바노브나가 보낸 답장이 왔을 때는 이미 그 편지가 완성되어 있었다.

백작 부인의 침묵은 안나를 체념시키고 얌전히 있게 만들었는데, 그녀의 회답과 말 속의 암시는 안나로 하여금 완전히 정신을 잃게 만들었다. 거기에 나타난 악의는, 아들에 대한 열렬하고 정당한 애정에 비하면 너무나 잔인한 일같이 생각되었다. 안나는 다른 사람을 비난하고 싶은 심정으로 가득 차서 자기 자신에 대한 비난을 그만둘 정도였다.

'이렇게 냉담한 처사는 감정을 속이는 짓이야. 그 사람들은 그저 나를 모욕하고 어린아이를 못 살게만 굴면 내가 얌전해질 줄 알고 있어! 어림도 없지! 그런 여자는 나보다 더 나쁜 여자야. 나는 적어도 거짓말은 하지 않아.'

안나는 속으로 중얼거렸다.

안나는 다음 날, 마침 세료쥐아의 생일날에 불쑥 남편 집에 뛰어들어 하인들을 매수하든지 속이든지 해서 어떻게든 아들을 만나 불쌍한 아이를 둘러싸고 있는 추악한 허위를 부숴 버리겠다고 결심했다.

안나는 장난감 가게에 가서 여러 가지 장난감을 사고 자기가 취할 수단을 궁리했다.

'아침 일찍, 아직 카레닌이 일어나지 않은 8시경에 가 보자. 그리고 문지기며 하인들이 안으로 들여보내 주도록 돈을 준비해 가야 한다. 다음으로는 얼굴의 베일을 올리지 말고, 세료쥐아의 대부를 대신해서 축하를 해 주러 왔는데 머리맡에 장난감을 놓고 오라고 부탁을 받았

다고 하자.'

다만 안나는 자기 아들에게 할 말은 준비할 수가 없었다. 아무리 생각해 봐도 좋은 말이 생각나지 않았다.

이튿날 아침 8시에 안나는 혼자 삯마차에서 내려 지난날 자기가 살던 저택의 커다란 현관 앞에 서서 벨을 울렸다. 안나를 모르는 젊은 신참 문지기가 문을 열자마자 그녀는 재빨리 안으로 밀고 들어가며 머프 속에서 3루블을 꺼내어 얼른 그의 손에 쥐여 주었다.

"세료쥐아……."

안나는 한마디 하고 자꾸 안으로 들어가려고만 했다. 신참 문지기는 지폐를 잘 들여다보더니 다음 유리문 앞에서 안나의 앞을 막았다.

"어느 분에게 볼일이 있습니까?"

젊은 문지기는 물었다. 안나는 그의 말이 귀에 들어오지 않았기 때문에 아무 대꾸도 하지 않았다. 낯선 부인이 난처한 모습으로 서 있는 것을 보고 카피토느이치는 자신이 나가서 부인을 문 안으로 들어오게 하고 볼일이 무엇이냐고 물었다.

"스코로두모프 공작으로부터 셰리오자 도련님에게 심부름을 왔습니다."

안나는 말했다.

"잠깐만 기다려 주십시오."

카피토느이치는 안나의 모피 외투를 벗겨 주었다. 외투를 벗기며 상대방의 얼굴을 슬쩍 들여다보고 안나라는 것을 안 카피토느이치는 아무 말없이 나직하게 허리를 구부렸다.

"들어오십시오, 부인."

그는 말했다. 안나는 뭐라고 말하려고 했으나 한마디도 할 수가 없었다. 그녀는 애원하는 듯한 눈길을 그에게 던지고는 가볍고 재빠른 걸음으로 계단을 올라갔다. 카피토느이치는 몸을 앞으로 수그리고 슬리퍼가 층계에 걸리면서도 안나를 앞지르려고 바삐 뒤쫓았다.

"거기에는 나리가 계십니다. 아직 옷을 갈아입지 않으셨을 겁니다. 제가 가서 여쭙지요."

"날 좀 들어가게 해 줘. 그리고 제발 저리로 좀 가 있어!"

안나는 방문을 열고 들어갔다. 문 오른쪽에 침대가 놓여 있고 그 위에 단추를 풀어 헤친 셔츠 바람의 사내아이가 일어나 앉아 있었다. 사내아이는 조그만 몸을 펴고 기지개를 켜면서 막 하품을 마치려 하고 있었다. 입술에 미소가 어렸다. 그 미소와 함께 사내아이는 기분 좋은 듯 천천히 도로 자리에 누웠다.

"세료쥐아!"

안나는 살며시 소리 나지 않게 다가가서 속삭였다. 아들은 그녀가 두고 떠났을 때와는 전혀 달라져 있었다. 키도 크고 얼굴도 변해 있었다.

몇 초 동안 아들은 조용히 의아스러운 눈길로 눈앞에 꼼짝도 하지 않고 서 있는 어머니를 보더니, 이윽고 방긋 웃었다. 그러고는 또 스르르 눈을 감고 쓰러졌다. 이번에는 뒤로 눕는 것이 아니라 어머니 쪽으로, 어머니의 품 안으로 몸을 던졌다.

"세료쥐아! 내 귀여운 아가!"

안나는 아들의 토실토실한 몸을 숨이 막히도록 꼭 껴안고 중얼거렸다.

"엄마!"

아들은 자기의 온몸을 어머니의 팔에 닿게 하려고 그 품 안에서 이리저리 몸을 움직이며 말했다. 아들은 졸린 듯한 미소를 띠면서 여전히 눈을 감은 채 포동포동하고 조그마한 두 손으로 어머니의 어깨에 매달리며, 어린아이 특유의 꿈결 같은 냄새와 따스함으로 그녀를 감싸고 그 목과 얼굴에 자기 얼굴을 비비대었다.

"난 알고 있었어. 오늘은 내 생일인 걸. 엄마가 올 줄 알고 있었단 말이야. 나, 지금 일어날 거야."

아들은 눈을 뜨고 말했다.

그렇게 말하면서 아들은 졸기 시작했다. 안나는 탐내듯이 자기 아이를 바라보았다. 자기가 없는 동안에 아이가 훨씬 자라고 달라진 것을 알았다. 안나는 담요 밑으로 내밀고 있는 아이의 발이 낯익은 것도 같고 낯선 것도 같았다. 그 여윈 볼이며 전에는 자주 키스해 주던 짧게 깎은 곱슬머리는 눈에 익은 것이었다. 안나는 그 모양들을 손으로 다 만져 보면서 눈물 때문에 목이 메어 한마디도 말을 할 수가 없었다.

"왜 울어, 엄마?"

아들은 완전히 잠이 깨어 말했다.

"엄마, 왜 울어?"

아들은 이번에는 눈물 섞인 목소리로 외쳤다.

"울지 않을게. 있잖아, 엄마는 반가워서 우는 거야. 너무 오랫동안 너를 못 봤잖아! 이제 울지 않을게, 울지 않는다니까."

안나는 얼굴을 돌리고 눈물을 삼키며 말했다.

"자, 옷을 입어야지."

안나는 마음을 가다듬고 한동안 잠자코 있다가 말했다. 그녀는 아들의 손을 꼭 잡은 채 침대 옆의 의자에 걸터앉았다. 그 의자 위에는 아들의 옷이 준비되어 있었다.

"엄마가 없을 때는 어떻게 옷을 갈아입었니? 어떻게……."

안나는 아무렇지도 않은 듯이 쾌활하게 말을 걸려고 했으나 역시 그러지 못하고 또 얼굴을 돌렸다.

"난 이제 찬물로 세수하지 않아. 아빠가 그러지 말래."

세료쥐아는 말하고 큰소리로 웃었다. 안나는 그 모습을 보고 방긋 웃었다.

"엄마, 나는 엄마가 좋아. 엄마가 좋아."

아들은 또 안나의 품에 뛰어들어 껴안으며 소리쳤다. 아들은 방금 어머니의 미소를 보고 비로소 지금 무슨 일이 일어났는지 그 의미를 안 것 같았다.

"이런 거 필요 없어."

소년은 어머니의 모자를 벗기며 말했다. 모자를 벗은 어머니를 보자 방금 처음 보기라도 한 듯이 키스하기 위하여 또다시 파고들었다.

"세료쥐아, 너는 엄마가 어떻게 된 줄 알았니? 죽은 줄 알았지!"

"난 그런 말 안 믿었어."

"어머, 믿지 않았다고?"

"난 다 알고 있었단 말이야. 다 알고 있었어."

소년은 자랑스러운 듯이 되풀이해서 말했다. 그리고 자기 머리를 쓰다듬고 있는 어머니의 손을 붙잡더니 손바닥을 자기 입에 갖다 대고 키스했다.

하지만 안나는 그 자리에 오래 있을 수가 없었다. 알렉세이 알렉산드로비치의 발소리가 들리자 당황하여 얼른 방을 나왔다. 안나는 어제 애정과 슬픔이 담긴 마음으로 가게에서 샀던 장난감을 꺼낼 틈도 없이 그대로 들고 돌아오고 말았다.

14

안나는 아들과 다시 만나기를 손꼽아 기다리고 있었고 벌써 오랫동안 그 일을 생각하며 여러 가지로 마음의 준비를 하고 있었지만, 이 재회가 이토록 자기에게 큰 동요를 안겨 주리라고는 미처 생각지 못했다. 호텔의 쓸쓸한 방으로 돌아온 안나는 왜 자기가 이런 데 있는지 오랫동안 납득이 안 되었다.

'그렇다. 이제 모든 건 끝나 버렸어. 난 또 예전같이 외톨이가 되는 거야.'

그녀는 속으로 중얼거리며 모자도 벗지 않고 벽난로 앞의 안락의자에 앉았다. 안나는 창과 창 사이에 놓인 탁자 위의 청동 시계를 멀거니 바라보면서 생각에 잠겼다. 안나는 문득 브론스키에 대한 애정이 밀물처럼 밀려드는 것을 느꼈다.

'도대체 그이는 어디 갔을까?'

그녀는 자기가 아들에 관한 일을 모두 그에게 숨기고 있는 것도 까맣게 잊고 갑자기 그를 비난하고 싶은 마음이 들었다. 안나는 그에게 지금 와 달라는 전갈을 보냈다. 안나는 그에게 모든 것을 말해 버리려고 그 말까지 생각하고, 그가 자기를 위안해 줄 때의 애정의 표현을 이렇게 저렇게 상상하고 가슴을 죄며 기다리고 있었다. 심부름꾼이 돌아와서 지금 손님이 있지만 곧 그리로 가겠다는 말을 전했다. 덧붙여서 지금 페테르부르크에 와 있는 야시빈 공작과 함께 가도 좋으냐고 물어왔다.

'혼자는 오지 않는단 말인가? 어제 식사 후로 한 번도 만나지 못했는데.'

안나는 생각했다.

안나가 미처 화장도 마치기 전에 벨 소리가 들렸다. 안나는 객실로 나갔다. 그녀를 맞아 준 것은 브론스키가 아니라 손님 야시빈이었다. 브론스키는 안나가 보다가 탁자 위에 놓고 잊어버린 세료쥐아의 사진을 들여다보는 데 정신이 팔려 좀처럼 그녀를 보려고 하지 않았다.

"우린 벌써 구면이군요."

안나는 자기의 조그만 손을 머뭇머뭇하고 있는 야시빈의 큰 손 위에 얹었다.

"그러니까 작년 경마 때 뵈었었죠. 여보, 그건 이리 주세요."

안나는 재빨리 브론스키가 보고 있던 아들의 사진을 잡아채고는 그 반짝거리는 눈으로 의미 있게 그를 쳐다보았다.

"올해 경마는 재미가 어땠어요? 전, 그 대신이라고 하면 뭣하지만 로마 코르소에서 경마를 보았어요. 아 참, 그렇군요. 당신은 외국 생활이 싫으시다죠? 당신에 대해서는 잘 알고 있어요. 취미도 모두 알고 있어요. 그야 몇 번 만나 뵙지는 못했지만요."

그녀는 따뜻한 미소를 띠며 말을 이었다.

"그거 유감이군요. 내 취미라면 모두 나쁜 것뿐이니까요."

야시빈은 왼쪽 콧수염을 잘근 씹으며 말했다. 야시빈은 잠시 이야기를 하다가 브론스키가 시계를 보는 것을 눈치채고, 안나에게 페테르부르크에는 오래 있을 생각이냐고 묻고 큰 몸을 일으키며 군모를 집어 들었다.

"글쎄요, 그리 오래 있을 것 같지는 않아요."

안나는 잠깐 브론스키의 얼굴을 보고는 좀 당황해하며 이어 대답했다.

"그럼 또 뵐 수가 없겠군요."

"자네는 어디서 식사를 하겠나?"

야시빈은 일어서서 이번에는 브론스키를 보며 말했다.

"저희에게 오셔서 함께 식사하시면 어떠시겠어요?"

안나는 야무진 어조로 말했는데, 그 모습은 스스로도 자기가 당황한 사실에 화를 내고 있는 것 같았다. 하기야 안나는 언제나 초면인 사람 앞에서 자기의 입장을 밝힐 때는 늘 얼굴이 붉어졌다.

"이 집 음식이 별로 맛있는 것은 아니지만 하여튼 이분과 이야기를 할 수는 있지 않겠어요? 알렉세이는 연대 친구 중에서 다른 누구보다도 당신을 좋아하니까요."

"그것 참 고맙습니다."

야시빈은 환한 웃음을 띠고 대답했다. 브론스키는 그 미소로 안나가 완전히 그의 마음에 들었음을 눈치챘다. 야시빈은 고개를 숙여 보이고 나갔다. 브론스키는 뒤에 남았다.

"당신도 나가실 거예요?"

안나는 물었다.

"응, 지금 나가도 벌써 늦었어."

그는 대답하고 나서 야시빈에서 소리쳤다.

"여보게, 먼저 가게! 곧 뒤따라갈 테니까!"

안나는 그의 손을 잡고는 가만히 눈을 떼지 않고 그 얼굴을 보면서, 그를 붙들려면 뭐라고 해야 좋을까 하고 속으로 생각했다.

"저, 좀 기다려 주세요. 잠깐 드릴 이야기가 있어요."

안나는 상대방의 짧은 손을 잡아 그것을 자기 볼에 갖다 댔다.

"여보, 저분을 식사에 초대한 것, 괜찮아요?"

"음, 참 잘했어."

그는 침착한 미소를 띠며 안나의 손에 키스하고 말했다.

"알렉세이, 당신 설마 내가 싫어진 것은 아니겠죠? 알렉세이, 저 여기 와서 아주 지쳐 버렸어요. 우리 언제 떠나죠?"

안나는 두 손으로 상대방의 손을 꼭 틀어쥐며 말했다.

"곧 떠나. 정말이지, 나도 이곳 생활이 얼마나 지긋지긋한지 몰라."

그는 말하면서 자기 손을 안나에게서 빼냈다.

"그럼 다녀오세요!"

안나는 화난 얼굴로 말하고 그의 곁을 떠났다.

15

저녁때 브론스키가 야시빈과 함께 호텔로 돌아와 보니 안나는 보이지 않았다. 그가 호텔을 나간 지 얼마 안 되어 어떤 부인이 찾아와서 함께 나갔다는 것이다. 안나가 행방도 알리지 않고 나가 버린 일이며 이런 시각까지 돌아오지 않는 일이며, 오늘 아침에도 아무 말 없이 어디엔가 갔다 온 일, 이런 모든 것들이 오늘 아침의 야릇할 만큼 흥분된 얼굴빛이며 야시빈 앞에서 거의 잡아 뺏다시피 자기 아들 사진을 채 가던 때의 적의에 찬 태도와 한데 어울려서 브론스키로 하여금 생각에 잠기도록 만들었다.

그는 꼭 안나와 자세한 이야기를 해 봐야겠다고 마음먹고 객실에서 기다렸다. 안나는 혼자가 아니라 고모뻘이 되는 오블론스키 공작의 영애라는 노처녀를 데리고 돌아왔다. 그 사람은 오늘 아침 찾아와서 안나와 함께 물건을 사러 나갔던 부인이었다.

식탁에는 4인분이 차려져 있었다. 사람들이 함께 조그만 식당으로 가려고 할 때 베치 공작부인으로부터 안나에게 보내온 전갈을 투시케비치가 가지고 찾아왔다. 베치 공작부인은 건강이 좋지 못해서 작별인사를 하러 찾아오지 못한 일을 사과하고 나서, 안나에게 6시 반에서 9시 사이에 와 달라는 것이었다. 브론스키는 다른 사람과 마주치지 않도록 특별한 수단으로 취해졌을 이런 시간의 제한에 대해서 듣고는 안나의 얼굴을 보았다. 안나는 그런 눈치를 못 챈 듯한 표정이었다.

"어머나, 이거 어떻게 하죠? 마침 6시 반에서 9시 사이에는 나도 좀 갈 데가 있는데요."

안나는 짧은 미소를 띠며 말했다.

"공작부인께서 퍽 섭섭해 하시겠습니다."

"그건 저도 마찬가지예요."

"파티(이탈리아 소프라노 가수)의 노래를 들으러 가시려나 보죠?"

투시케비치가 물었다.

"어머 파티라고요? 좋은 것을 가르쳐 주셨군요. 특등석 표만 구할 수 있다면 저도 가 보고 싶어요."

"제가 구해 드리겠습니다."

투시케비치는 제의했다.

"어머나, 그거 정말 고마워요. 그건 그렇고, 함께 식사하지 않으시겠어요?"

안나는 말했다.

그 말에 브론스키는 눈에 띄지 않을 정도로 슬쩍 어깨를 올렸다 내렸다. 그는 안나가 무엇을 어떻게 하려는지 도무지 짐작이 안 갔다. 왜 노처녀인 공작 영애를 데리고 왔는지, 왜 함께 식사하자고 투시케비치를 붙드는지. 무엇보다도 놀라운 것은 왜 투시케비치에게 특등석 표를 구해 달라고 하는지 알 수가 없었다. 안나 같은 처지에 있는 사람이 낯익은 사교계 사람들이 모두 모이는 파티의 공연장에 나간다는 것이, 도대체 제정신으로 할 수 있는 일일까? 그는 심각한 눈으로 안나를 바라보았다. 그러나 안나는 여전히 도전하는 것 같은, 즐거운 것인지 자포자기한 것인지 모를 눈길로 그를 마주 볼 뿐이었다.

브론스키는 찌푸린 얼굴로 자기 방에 돌아오더니 야시빈 옆에 앉았다. 야시빈은 의자 위에 긴 다리를 뻗고 소다수를 탄 코냑을 마시고 있었다. 브론스키도 같은 것을 주문했다.

"자네는 란코프스키의 '모구치'에 대해서 말했지? 그것 참 좋은 말이라고. 자네가 그 말을 사면 어떻겠나? 엉덩이가 좀 처진 듯하지만 다리와 목은 아주 날씬하거든."

야시빈은 친구의 어두운 얼굴을 슬쩍 보면서 말했다.

"나도 사려고 생각해."

브론스키는 대답했다. 말 이야기는 그의 흥미를 끌었으나 그는 한 시도 안나에 대한 일을 잊을 수가 없었기에, 자신도 모르게 복도의 발소리에 귀를 기울이기도 하고 벽난로 위의 시계에 눈을 주기도 했다.

사환이 들어와서 말을 전했다.

"안나 아르카지예브나께서 극장에 가시겠다고 여쭈라는 말씀이 계셨습니다."

야시빈은 거품이 이는 소다수 속에 또 한 잔의 코냑을 타서 들이켜고는 단추를 채우며 일어섰다.

"자, 이제 일어나세."

그는 코밑수염 그늘에 희미한 웃음을 띠며 말했다. 그는 그 미소로, 자기는 브론스키가 못마땅한 얼굴을 하고 있는 연유를 알고 있지만 그런 것은 별로 대단한 일이 아니라는 기분을 나타내고 있었다.

"나는 안 가겠네."

브론스키는 어두운 얼굴로 말했다.

"하지만 나는 가야 하네. 약속을 했으니 말이야. 그럼 이따가 만나세. 뭣하면 일반석에라도 오게나. 크라신스키의 자리가 있으니까."

야시빈은 나가면서 말했다.

"아냐, 난 볼일이 있어."

'아내도 골치 아프지만, 아내가 아닌 여자는 더 골치가 아프군.'

야시빈은 호텔을 나가면서 생각했다.

브론스키는 8시 반에 극장으로 들어섰다. 그가 들어갔을 때 제1막이 끝났다. 그래서 그는 형의 지정석으로 가지 않고 제일 앞줄까지 나가서 세르푸호프스코이의 곁에 섰다. 세르푸호프스코이는 한쪽 무릎을 구부리고 뒤축으로 각광 등을 가볍게 톡톡 두드리고 있더니, 먼 데서부터 그를 알아보고 미소를 띠며 불렀던 것이다.

"이제 자네는 군인다운 데가 거의 없어졌군! 외교관이나 예술가 같아."

세르푸호프스코이가 그에게 말했다.

"응, 집으로 돌아가자마자 바로 연미복을 주워 입었지."

브론스키는 미소를 띠고 천천히 오페라글라스를 꺼내며 말했다.

"사실대로 말하자면 나는 그 점이 부럽네. 하여튼 내가 외국에서 돌아와 이것을 다시 입었을 때는…… 정말 자유가 아쉬웠다네."

세르푸호프스코이는 참모 견장에 손을 대며 말했다. 세르푸호프스코이는 브론스키의 직무상 활동에는 벌써 오래전부터 손을 내젓고 있었지만, 여전히 그에게 호감을 가지고 있었기 때문에 오늘 저녁도 전과 다름없이 반가워했다.

"자네가 제1막을 못 본 게 유감인데."

브론스키는 그 말을 한쪽 귀로 흘려들으면서 1층 특등석으로부터 2층 특등석으로 오페라글라스를 옮겨 가며 둘러보았다. 브론스키는 머리 장식을 한 부인과 오페라글라스를 자기에게 향한 것에 화가 난 듯눈을 깜박거리는 대머리 노인 옆에서 안나의 얼굴을 찾아냈다.

그것은 레이스 깃으로 둘러싸인, 오만하고 눈부시도록 아름다운 웃음을 띤 얼굴이었다. 안나는 브론스키로부터 20보쯤 떨어져 있는 1층 특등석의 다섯 번째 줄 제일 앞자리에 앉아서, 가볍게 몸을 튼 자세로 뭔가 야시빈에게 이야기하고 있었다. 아름다운 어깨 위에 얹혀 있는 머리의 모양과 그 눈동자, 조심스럽지만 흥분으로 빛나고 있는 얼굴

은 영락없이 모스크바의 무도회에서 보았을 때의 안나의 모습 그대로
였다.

그러나 지금 그는 그녀의 아름다움을 전혀 달리 느꼈다. 이제 그의
안나에 대한 애정 가운데에는 조금도 신비스런 감동이 없었기 때문에
그 미모는 전보다도 더욱 강하게 그를 끌어당기면서도 동시에 그의
기분을 상하게 하는 것이었다. 안나는 브론스키 쪽을 바라보지 않았
지만 브론스키는 안나가 이미 자기가 와 있음을 알고 있다고 느꼈다.

다시 안나 쪽으로 오페라글라스를 돌렸을 때, 브론스키는 바르바라
공작 영애가 얼굴이 새빨개져서 부자연스러운 웃음을 띠고 옆 칸 특
등석을 자꾸 돌아보고 있음을 알았다. 한편 안나는 부채를 접어 그것
으로 팔걸이의 붉은 벨벳을 두드리며 딴 쪽으로 고개를 돌리고 옆 좌
석은 쳐다보지도 않고 있었다. 아무래도 거기서 일어나고 있는 일을
보고 싶지 않은 것 같았다. 야시빈의 얼굴에는 그가 카드놀이에 졌을
때 짓는 표정이 떠올라 있었다. 상을 찌푸린 채 왼쪽 코밑수염을 차츰
깊이 입 안으로 밀어 넣으면서 곁눈질로 역시 옆 좌석을 보고 있었다.

그들의 왼쪽 좌석에는 카르타소프 부부가 와 있었다. 브론스키는
이 부부를 알고 있었다. 또 안나가 그들과 아는 사이라는 사실도 알고
있었다. 야위고 몸이 조그만 카르타소프 부인은 자기네 칸 한가운데
서 안나에게 등을 돌리고 남편이 내미는 망토를 입고 있었다. 부인은
창백하고 화난 얼굴로 뭔가 흥분하여 지껄이고 있었다. 뚱뚱한 대머
리 신사 카르타소프는 자꾸 안나 쪽을 돌아보면서 자기 아내를 달래
려고 애썼다.

브론스키는 무슨 일이 일어난 듯한데 알 수가 없음에 불안감을 느

끼고, 무슨 소식이라도 들을 수 있을까 기대하면서 형이 있는 특별석 칸으로 갔다. 그는 일부러 반대쪽 일반석 통로로 해서 밖으로 나가려고 했는데 그 바람에 두 친구와 이야기하고 있는 옛날 연대장과 마주쳤다.

"여어, 브론스키! 언제쯤 연대에 와 주겠나? 한잔 마시지 않으면 못 가게 하겠네. 어쨌든 자네는 연대에서는 최고참이니까 말이야."

연대장이 말했다.

"아무래도 시간이 나지 않을 것 같습니다. 매우 유감입니다만 다음 기회로 미뤄 주십시오."

브론스키는 말하고 형이 있는 2층 특별석 칸으로 뛰어 올라갔다.

브론스키의 어머니, 푸른 기가 도는 검고 곱슬곱슬한 머리를 가진 노백작 부인이 형의 특별석 칸에 앉아 있었다. 브론스키는 소로키나 공작 영애와 함께 가던 바랴와 2층 복도에서 마주쳤다.

바랴는 소로키나 공작 영애를 시어머니한테 데려다 준 다음 시동생의 손을 잡고 바로 그가 듣고 싶어 하는 이야기를 들려주었다. 바랴는 흥분해 있었다.

"그런 짓을 하다니 정말 비열하고 괘씸해요. 글쎄, 카르타소프 부인 같은 사람이 무슨 권리가 있다고 그러는지 모르겠어요. 카레니나는……"

바랴가 말을 꺼냈다.

"도대체 무슨 일입니까? 아직 난 모르고 있어요."

"아니, 아직 못 들으셨어요?"

"그런 이야기는 언제나 제일 나중에 내 귀에 들어오니까요."

"정말 그 카르타소프 부인처럼 심술 고약한 사람도 없어요!"

"도대체 그 사람이 어쨌다는 겁니까?"

"형님한테 들었는데요. 그 사람이 안나를 모욕했대요. 그 여자의 남편이 좌석 너머로 안나에게 말을 걸었더니 카르타소프 부인이 남편에게 대들었다는 거예요. 그 사람은 큰소리로 실례되는 말을 하고는 휙 나가 버렸다는군요."

그때 소로키나 공작 영애가 좌석 밖으로 얼굴을 내밀고 말했다.

"백작, 어머니께서 부르십니다."

"난 아까부터 네가 오기를 기다렸다. 네가 어디 있는지 도무지 보여야지."

어머니는 비웃는 듯한 미소를 띠고 말했다. 브론스키는 어머니가 기쁨의 미소를 누르지 못하고 있는 것을 눈치챘다.

"안녕하세요, 어머니. 방금 뵈려던 중입니다."

그는 차갑게 말했다.

"무엇 때문에 너는 카레니나 부인에게 문안을 드리러 가지 않니? 그녀는 지금 큰 소문거리가 되고 있다. 사람들은 그녀 때문에 파티를 잊을 정도야."

어머니는 소로키나 공작 영애가 곁을 떠나자 이처럼 물었다.

"어머니, 그런 말씀은 제게 하시지 않도록 부탁드렸을 텐데요."

그는 미간을 찌푸리며 말했다.

"그저 사람들이 하고 있는 말을 전했을 뿐이다."

브론스키는 아무 말도 하지 않았다. 그는 소로키나 공작 영애에게 두세 마디 말을 걸고는 밖으로 나왔다.

안나는 이미 호텔에 돌아와 있었다. 브론스키가 방으로 들어가자 안나는 극장에 갔을 때의 옷차림 그대로 벽 가까이에 있는 팔걸이의 자에 앉아 물끄러미 앞쪽을 바라보고 있었다. 그의 얼굴을 흘끔 본 그녀는 본디 자세로 돌아갔다.

"안나!"

그가 말을 걸었다.

"당신이, 당신이 모두 나빠요!"

안나는 일어서면서, 눈에 절망과 분노의 눈물을 담고 소리쳤다.

"그러니까 가지 말라고 내가 그렇게 말하지 않았어? 당신이 불쾌한 꼴을 당할 줄 알고 있었다고."

"불쾌해요! 난 죽을 때까지 그 일만은 결코 잊을 수 없을 거예요. 그 여자는 나와 나란히 앉은 것이 창피하다고까지 말했어요."

"바보 같은 여자가 한 소리야. 하지만 무엇 때문에 일부러 그런 모험을, 아니 도전을……."

그는 말했다.

"당신이 그렇게 태연한 게 얄미웠어요. 나를 진정 사랑하고 있다면 그런 궁지로 몰아넣지는 않았을 거예요……."

"안나! 어째서 그런 데까지 나의 사랑을 들춰내는 거지?"

"당신이 나만큼 사랑하고 있다면, 나와 똑같이 괴로워하고 있다면……."

안나는 겁먹은 표정으로 상대방의 얼굴을 쳐다보고 말했다.

브론스키는 안나가 불쌍하다는 생각이 들었다. 역시 기분이 씁쓸했다. 그는 안나에게 자기의 사랑을 맹세했다. 지금은 오직 그것만이 안나의 기분을 가라앉힐 수 있었다. 그는 입 밖에 내진 않았으나 속으로는 안나를 나무라고 있었다. 그로서는 입에 올리기도 부끄러울 만큼 저속하다고 여겨 왔던 사랑의 맹세를 안나는 굶주린 듯이 받아들이고 조금씩 침착을 되찾았다.

그 이튿날, 두 사람은 도로 완전히 화해하여 시골을 향해 떠났다.

6
부

현
실

1

다리야 알렉산드로브나는 아이들은 데리고 동생 키티 레비나의 영지인 포크로프스코예에서 한여름을 보냈다. 그녀 자신의 영지에 있는 저택은 완전히 황폐해 버렸기 때문에 레빈 부처가 자기들한테로 와서 여름을 지내도록 설득했던 것이다. 남편 스테판 아르카지치는 그 제의에 대찬성이었다. 그는 가족과 함께 한여름을 시골에서 보낼 수 있다면 얼마나 행복할지 모르겠으나 근무 때문에 그러지 못하는 것이 매우 유감스럽다고 투덜거리며 모스크바에 남아 있었다. 그는 가끔 하루나 이틀 시골에 내려와서 자고 돌아갔다. 아이들 모두와 가정교사를 거느린 오블론스키네 식구들 말고 그해 여름 레빈 가에는 레빈의 장모도 와서 머물렀다.

출산 경험이 없는 몸이 무거운 딸을 돌보는 것이 자기의 의무인 양 노공작부인도 와 있었던 것이다. 그 외에 외국에서 친해진 바레니카도 키티가 결혼하면 찾아오겠다는 약속을 지켜 이곳에 와서 머물고 있었다. 이런 사람들은 모두 레빈 아내의 친척이나 친구들인 셈이다. 레빈은 이 사람들이 모두 좋았으나, 이른바 '쉬체르바스키 요소'의 범람에 의해서 자기의 레빈식 세계와 질서가 압도되는 것이 서운했다.

레빈의 친척으로 이해 여름에 손님으로 와 있는 것은 코즈느이쉐프 한 사람이었는데 그도 레빈적인 사람이라기보다는 코즈느이쉐프적 품격을 지닌 인물이었으므로, 레빈식 정신은 전멸 상태였다.

오랫동안 텅 비다시피 했던 레빈 가도 지금은 만원으로 성황을 이루어 거의 방마다 사람이 들어차 있었다. 노공작부인은 거의 날마다 식탁에 앉을 때면 사람들의 수를 세어 보고는 열세 번째에 앉아 있는 손자나 손녀딸을 다른 작은 탁자로 옮겨 앉게 했다.─성서의 고사에 따라 13이란 수를 싫어하기 때문이다─열심히 가사를 돌보던 키티는 많은 닭이며 칠면조며 집오리 등을 사들이는 데 적지 않은 노고가 필요했다. 한여름이라 어른이든 아이들이든 식욕이 왕성했기 때문이다.

하루는 레빈이 저녁 식사를 들라는 전갈을 받고 집으로 돌아오는 길에, 키티와 아가피야가 계단 있는 데 서서 식사에 내놓을 술에 대해서 상의하고 있었다.

"무엇 때문에 그렇게 수선을 부리고 있지? 늘 마시는 것을 내놓으면 될 텐데."

"아니에요. 스치바는 그런 거 마시지 않으세요. 여보, 잠깐 기다려 줘요. 당신 무슨 일이 있었어요?"

키티는 남편의 뒤를 쫓아오며 말을 걸었다. 그러나 그는 아내를 기다리지 않고 심술궂게 성큼성큼 걸어서 식당으로 들어가더니, 손님의 하나인 베슬로프스키와 스테판 아르카지치가 이야기의 중심이 되고 있던 활기찬 세상 이야기에 끼어들었다.

"그래, 어떤가? 내일 사냥하러 가지 않겠나?"

스테판 아르카지치가 물었다.

"음, 한번 가 보고 싶군."

베슬로프스키는 굵은 한쪽 다리를 다른 다리 위로 포개며 말했다.

"나도 대찬성이오. 갑시다. 그런데 금년에는 아직 사냥을 안 가셨었나요? 누른도요가 있는지 어떤지 모르지만 푸른도요는 많으니까요. 하지만 새벽에 일찍 나가야 합니다. 고단하시지 않겠죠? 스치바, 자네 피곤하지 않겠나?"

레빈은 조심스럽게 베슬로프스키에게 물었다. 그것은 키티가 잘 알고 있지만 그에게는 전혀 어울리지 않는 마음에도 없는 아첨이었다.

"내가 피곤하냐고? 나는 이때까지 한번도 피곤해 본 일이 없어. 뭣하면 오늘 밤 이대로 자지 않고 새우기로 할까! 자, 산책이나 나가세!"

"그거 좋군, 정말 밤을 새워 보세! 거, 멋있겠군!"

베슬로프스키는 맞장구를 쳤다.

"네, 그래요. 당신이 밤새워 잠을 자지 않고 다른 사람도 못 자게 붙들어 두는 것은 잘 알려진 일이에요. 하지만 제 생각으로는 이제 슬슬 주무실 시간이라고 생각해요. 그럼 실례하겠어요. 저녁 식사는 안 하겠어요."

다리야 알렉산드로브나는 약간 빈정거리는 투로 남편에게 말했다. 이제 그녀는 남편이 뭐라고 하면 대개 이렇게 빈정거리는 투가 되었다.

"여보, 돌리. 잠깐 앉아. 아직 당신에게 할 이야기가 있어."

스테판 아르카지치는 사람들이 저녁을 먹고 있던 커다란 식탁을 빙돌아 아내 쪽으로 걸어가며 말했다.

"제게 하실 이야기가 있을 턱이 없지 않아요?"

"그럼 알고 있나? 베슬로프스키가 안나한테 다녀왔단 말이야. 그리고 다시 그 두 사람한테 가기로 했어. 그 두 사람은 여기서 70베르스타도 안 되는 곳에 있으니까 나도 꼭 찾아갈 생각이야. 베슬로프스키, 잠깐 좀 이리 오게나."

베슬로프스키는 부인들의 자리로 옮겨 가서 키티와 나란히 앉았다.

"부탁이에요. 이야기를 좀 들려주세요. 당신은 안나에게 다녀오셨다면서요? 그분들은 어떻게 지내고 있어요?"

다리야 알렉산드로브나는 그에게 물었다.

레빈은 식탁의 반대쪽 끝에 남아 공작부인이며 바레니카와 계속 이야기를 나누면서 스테판 아르카지치, 다리야 알렉산드로브나, 키티 그리고 베슬로프스키 사이에 뭔가 비밀스런 이야기가 활기 있게 진행되는 것을 보았다. 이야기를 들려주고 있는 베슬로프스키의 잘생긴 얼굴에서 눈을 떼지 않고 가만히 바라보는 아내의 얼굴에 진지한 표정이 떠올라 있었다.

"두 사람은 참 금실 좋게 살고 있습니다. 나는 물론 이러니저러니 비평할 생각이 없습니다만, 그 집에 가면 꼭 내 집에 있는 것 같은 느낌이 들거든요."

베슬로프스키는 브론스키와 안나에 대해서 이야기했다.

"그건 그렇고, 그 사람들은 도대체 어떻게 할 생각이라던가요?"

"이번 겨울에는 모스크바로 나가고 싶어 하던데요."

"그 집에서 자네와 다시 만날 수 있으면 참 재미있겠는데! 자네는 언제 또 브론스키를 찾아갈 생각인가?"

스테판 아르카지치가 베슬로프스키에게 물었다.

"7월 한 달 동안은 그 집에 가 있을 작정일세."

"당신도 가겠소?"

스테판 아르카지치는 아내에게 물었다.

"네, 오래 전부터 가려고 생각했으니까 꼭 가 보겠어요. 안나가 가 없어서 견딜 수가 없어요. 전 그 사람을 잘 알고 있는걸요. 참 훌륭한 여자예요. 당신이 모스크바로 가시면 저라도 혼자 가 보겠어요. 그렇게 하면 아무 폐도 되지 않겠죠. 도리어 당신이 없는 것이 나을 정도예요."

다리야 알렉산드로브나는 대답했다.

"음, 그럼 그렇게 하구려. 키티도 가겠소?"

스테판 아르카지치는 말했다.

"저요? 제가 무엇 때문에 가요?"

키티는 얼굴이 빨개져 남편 쪽을 돌아보며 말했다.

"안나 부인을 아시죠? 참 매력 있는 부인이죠."

베슬로프스키가 키티에게 물었다.

"네."

키티는 더욱 얼굴이 빨개지며 베슬로프스키에게 대답하더니 자리에서 일어나 남편 옆으로 걸어갔다.

2

다리야 알렉산드로브나는 자기의 계획대로 안나를 방문하기로 했다. 그녀는 자기 동생에게 쓰라린 느낌을 주거나 그 남편에게 불쾌감을 주기는 싫었다. 레빈 부부가 브론스키와 교제하기 싫어하는 기분을 잘 알고 있기 때문이다. 하지만 다리야 알렉산드로브나는 잠깐이라도 안나를 찾아가서, 설령 안나의 처지가 어떻게 바뀌었든 자기의 마음은 변하지 않았음을 알려 주는 것이 의무라고 생각했다.

다리야 알렉산드로브나는 이 여행을 함에 있어서 레빈 가에 폐를 끼치지 않기 위하여, 말을 세내고자 마을로 심부름꾼을 보냈다. 레빈은 그 사실을 알자 다리야 알렉산드로브나한테 불평을 했다.

"무엇 때문에 당신은 이번 여행에 내가 불만일 거라고 생각하십니까? 설령 그것이 내게 불쾌한 일이라 해도 당신이 내 말을 써 주시지 않는다면 더욱 불쾌한 일이지 않겠습니까? 하여튼 말이라면 내 것이 있습니다. 내 기분을 더 이상 언짢게 하지 않으려거든 부디 우리 말을 쓰십시오."

그 말엔 다리야 알렉산드로브나도 동의하지 않을 수 없었다. 그리하여 떠나는 날이 되자 레빈은 키티를 위해서 사두마차의 말과 교대할 말을 준비했다. 그 말들은 별로 볼품이 없는 것이었으나 그날 안으로 다리야 알렉산드로브나를 목적지까지 데려다 줄 수 있을 만했다. 다리야 알렉산드로브나는 레빈의 충고에 따라 동틀 무렵에 떠났다. 길이 좋았기 때문에 마차를 타기에도 편했고 말도 경쾌하게 달렸다. 마부석에는 마부 외에 레빈이 만일을 위해서라며 하인 대신 딸려 보낸 서기가 앉아 있었다.

다리야 알렉산드로브나는 마차에 흔들리면서 여러 가지 생각에 잠겼다.

'나는 한시도 마음 편할 틈이 없이 임신하거나 아이를 기르거나 하면서 1년 내내 화를 내고 투덜투덜 잔소리를 늘어놓아 나 자신도 괴로 워하고 남도 괴롭히고 남편에게도 미움을 사면서 일생을 보내고 있구 나. 아이들은 제대로 가르치지도 못하고 가난하고 불행한 사람들 틈 에서 자라나고 있어. 올해에도 만일 레빈 가에서 여름을 지내지 않았 던들 우리는 어떻게 살아야 했을지 모를 형편이었어. 그야 레빈도 키 티도 친절하고 눈치가 빨라 내가 조금도 미안한 느낌을 갖지 않도록 잘해 주고는 있지만 언제까지나 이렇게 폐만 끼치고 있을 수도 없지. 그 둘에게도 아이가 차례로 생기게 되면 이제 우리를 돌볼 겨를이 없 게 될 거야. 이번만 해도 레빈은 좀 불편한 생각을 가지고 있는 것 같 거든. 애 아빠는 재산을 거의 탕진해서 자기 앞으로 남겨 놓은 것은 아 무것도 없으니 그이에게 기대할 것도 없고. 그러니 나 혼자 힘으로는 아이들을 제대로 키울 수가 없어. 결국 굽실거리며 남의 도움을 청할 수밖에 없게 되었구나. 내 일생은 엉망이 돼 버린 거야.'

"봐요, 아직 멀었어요, 미하일라?"

다리야 알렉산드로브나는 스스로도 무서워질 것 같은 생각에서 기 분을 돌리려고 서기에게 말을 걸었다.

"이 마을에서 7베르스타 되는 곳이라고 합니다."

마차는 마을 한가운데로 난 길을 달려 조그만 다리로 나왔다. 짚단 을 등에 진 한 무리의 아낙들이 큰소리로 왁자지껄 떠들어 대면서 다 리 위를 걷고 있었다. 여자들은 신기한 듯이 마차를 돌아보며 걸음을 멈추었다. 다리야 알렉산드로브나의 눈에는 자기 쪽으로 향한 얼굴들 이 모두 건강하고 즐거워 보였고, 그들이 삶의 기쁨을 자랑하면서 자 기를 놀리고 있는 것처럼 느껴졌다.

'모두 저렇게 재미있게 살고 있구나. 나는 이게 뭘까. 마치 감옥에서 방금 나온 사람처럼 많은 걱정거리 때문에 제 생명을 단축시키는 세계에서 겨우 벗어나, 이제야 잠시 정신을 차렸을 뿐이다. 모두들 잘 살아가고 있는 거야. 저 여자들도 그렇고 동생들도 그렇고 바레니카도, 또 이제부터 찾아갈 안나도. 나 한 사람만 남들과 다를 뿐이다.'

아낙들 곁을 빠져나가 고갯길에 이르렀을 때 낡은 마차의 부드러운 용수철에 몸이 흔들거림을 느끼며 다리야 알렉산드로브나는 그런 생각을 했다.

이런 생각을 하고 있는 동안에 다리야 알렉산드로브나가 탄 마차는 큰길에서 보즈드비젠스코예 마을로 들어가는 갈림길에 이르렀다. 마부는 사두마차를 멈추고 오른쪽의 호밀 밭을 흘끔 돌아보았다. 거기에는 농부들이 짐마차 옆에 쭈그리고 앉아 있었다. 서기는 마차에서 뛰어내리려 하다가 생각을 고쳐, 한 농부를 자기 쪽으로 오라고 손짓하며 명령조로 소리를 질렀다. 마차가 달리고 있는 동안 불어오던 미풍은 마차가 서자 딱 멈춰 버렸다.

농부 하나가 일어서서 마차 쪽으로 걸어왔다.

"여보게, 빨리 좀 오라고! 좀 서둘러!"

서기는 느릿느릿 걸어오는 농부에게 화가 난 듯이 고함을 쳤다. 길은 아직 마차가 빨리 달리기에는 충분히 다져지지 않았고, 농부는 맨발로 느릿느릿 걸어오고 있었다.

보리수 껍질로 곱슬머리를 질끈 동여맨 노인이 구부정한 등을 땀으로 검게 번들거리며 걸음을 빨리하여 마차에 다가오더니 햇볕에 탄 손으로 마차의 흙받기를 잡았다.

"보즈드비젠스코예의 나리 댁 말씀이군요? 백작님 댁이죠?"

노인은 묻더니 이어 말했다.

"저 언덕을 하나 넘으면 바로 왼쪽으로 꺾어집니다. 그리고 넓은 길을 곧장 가면 눈 감고 가도 저택에 닿게 되죠. 당신네는 도대체 어느 분을 찾아가시는 겁니까? 백작님이오?"

"할아범, 모두들 집에 계실까요?"

다리야 알렉산드로브나는 안나를 뭐라고 말해야 좋을지 몰라 애매하게 물었다.

"예, 아마 모두 댁에 계실 겁니다요."

농부는 맨발을 고쳐 디뎌 먼지 위에 다섯 개의 발가락 자국을 또렷이 남기며 대답했다.

"댁에 계실 겁니다요. 어제도 손님이 오셨지요. 언제나 손님이 많이 오시거든요……. 어, 뭐라고?"

농부는 무슨 말이라도 지껄이고 싶은지 계속 말하다가 짐마차 옆에서 무슨 소리를 지르고 있는 젊은이 쪽을 돌아보았다.

"응, 알았어. 저어 조금 전에 그 집 어른이 말을 타고 밀 베는 것을 보러 이곳을 지나가셨다는데요. 지금쯤 틀림없이 저택에 도착하셨을 겁니다. 그런데 당신네는 도대체 누구십니까?"

"우리는 먼 데서 온 사람들이야. 그럼 여기서 멀지 않단 말이지?"

마부는 마부석에 오르면서 말했다.

"바로 저기라고 말씀드리지 않았소? 조금만 달리면……."

마부는 말을 달렸다. 마차가 길모퉁이로 꺾어 들려고 하는데 갑자기 뒤에서 농부가 소리를 질렀다.

"기다려요! 여보쇼 손님들! 기다리라니까!"

마부가 말을 세웠다.

"저택 나리들이 이리로 오십니다! 보세요, 저기를! 저봐요, 저기에."

농부가 외치며 큰길을 따라 이쪽으로 오고 있는 사람들을 가리켰다. 거기에는 말 탄 사람 넷과 사륜마차를 탄 사람 둘이 오고 있었다.

낡은 포장마차 구석에 웅크리고 있는 조그만 부인이 다리야 알렉산드로브나라는 것을 안 순간 안나의 얼굴은 금방 밝은 미소로 빛났다. 안나는 "아!" 하고 소리를 지르며 안장 위에서 몸을 떨더니 말을 달려왔다. 그녀는 포장마차 옆까지 오자 누구의 도움도 받지 않고 말에서 펄쩍 뛰어내리더니 승마복 자락을 누르며 다리야 알렉산드로브나에게 뛰어왔다.

"그럴 거라고 짐작은 했지만, 설마 했죠. 어머나, 반가워라! 내가 얼마나 기쁜지 돌리는 아마 상상도 못 할 거예요."

안나는 다리야 알렉산드로브나에게 얼굴을 갖다 대고 키스하기도 하고 갑자기 몸을 떼며 웃는 얼굴로 다리야 알렉산드로브나를 살펴보기도 하며 말했다.

"정말 기뻐요, 알렉세이!"

안나는 말에서 내려 이쪽으로 걸어오는 브론스키를 돌아보며 말했다. 브론스키는 잿빛 중산모를 벗어 들고 다리야 알렉산드로브나 옆으로 다가왔다.

"이렇게 와 주신 것을 우리가 얼마나 기뻐하는지 아마 모르실 겁니다."

그는 크고 하얀 치아를 내보이며 웃었다.

3

안나는 다리야 알렉산드로브나의 여위고 피곤하고 잔주름에 먼지가 낀 얼굴을 바라보며 마음속으로 생각한 말, 즉 돌리가 여위었다는 말을 하려고 했다. 그러나 그 순간 자기가 전보다 더 아름다워졌다는 것이 생각났고 다리야 알렉산드로브나의 눈길도 그것을 말해 주고 있음을 눈치채자, 한숨을 쉬면서 자기에 대한 말을 꺼냈다.

"왜 그렇게 저를 보세요? 저 같은 처지에 있어도 행복해지는가 싶으시겠죠? 하지만 좋아요. 이런 말을 하는 건 부끄럽지만 저는, 저는 말할 수 없을 정도로 행복해요. 제 몸에는 마치 무슨 마법에라도 걸린 것 같은 일이 일어났어요. 흔히 꿈속에서 무섭고 숨이 답답하여 어쩔 줄을 모르다가 문득 잠이 깨고 보면 무서운 것이 모두 달아나 버리는 일이 있잖아요? 저도 꿈에서 깨어난 기분이에요. 그야 저는 몹시 괴롭고 쓰라린 심정으로 살아왔어요. 하지만 얼마 전부터, 특히 이곳으로 옮겨 온 뒤로는 정말 행복해졌어요……."

안나는 말하며 자기에 대한 생각을 좀 얘기해 달라는 듯 조심스런 미소를 띠며 다리야 알렉산드로브나를 바라보았다.

"나도 정말 기쁘군요! 안나를 위해서 참 기쁜 일이에요. 왜 편지를 주시지 않았어요?"

다리야 알렉산드로브나는 웃으면서 말했으나 왠지 생각보다 차가운 목소리가 되었다.

"왜라뇨? 난 그럴 용기가 없다니까요. 내 처지를 돌리는 잊고 계시는군요……."

"상대가 나인데도 그래요? 용기가 없다니요……. 어머, 정말 내 심정을 알아 주셨으면 좋겠어요. 내가 얼마나…… 저, 내 생각으로는……."

다리야 알렉산드로브나는 오늘 아침에 생각했던 것을 털어놓으려고 했지만 어쩐지 지금은 그 말이 장소에 어울리지 않는 것 같았다.

"아니, 이런 이야기는 나중에 하기로 하죠. 저 건물은 뭐예요? 꼭 무슨 조그만 도시 같네요."

다리야 알렉산드로브나는 화제를 바꾸려고 아카시아며 라일락의 녹색 산울타리 너머로 보이는 빨강 초록의 지붕들을 가리키며 물었다. 안나는 그 말에 대답하지 않았다.

"말꼬리를 돌리지 말고 말해 보세요. 돌리는 내 처지를 어떻게 생각하시죠? 어떻게요, 네?"

안나는 물었다.

"난 아무렇게도 생각지 않아요. 난 변함없이 안나를 좋아해요. 사람을 사랑한다는 것은, 그 사람을 있는 그대로 몽땅 사랑하는 것이지 그 사람에게 이러쿵저러쿵 조건을 붙이는 것이 아니잖아요."

다리야 알렉산드로브나는 말했다. 안나는 다리야 알렉산드로브나의 얼굴에서 눈을 돌려 가늘게 뜨며—이것은 다리야 알렉산드로브나가 아직 모르는 안나의 새로운 버릇이었다—이 말의 의미를 분명하게 이해하려고 생각에 잠겼다. 이윽고 안나는 그 말을 자기의 방식대로 이해한 모양인지 흘끗 다리야 알렉산드로브나의 얼굴을 바라보았다.

"설사 돌리에게 무슨 허물이 있었다 할지라도, 이렇게 와 주었고 또 지금 한 그 말 때문에 틀림없이 그런 허물은 다 지워졌을 거예요."

안나는 말했다. 순간 다리야 알렉산드로브나는 안나의 눈에 눈물이 어리는 것을 보았다. 다리야 알렉산드로브나는 말없이 안나의 손을 꼭 잡아 주었다.

"그건 그렇고, 저 건물은 뭐예요? 정말 많이도 서 있군요!"

잠시 입을 다물고 있다가 다리야 알렉산드로브나는 아까 그 질문을 다시 꺼냈다.

"저것은 사용인들의 주택이나 공장이나 마구간이에요. 여기서부터 는 공원으로 되어 있어요. 완전히 황폐해 있는 것을 알렉세이가 와서 모두 먼저대로 해 놓았어요. 그이는 이 소유지를 아주 좋아해서, 저도 정말 뜻밖이지만, 농장 경영에 온 힘을 기울이고 있어요."

안나는 대답했다.

"어머, 정말 훌륭하군요!"

다리야 알렉산드로브나는 정원의 갖가지 초록색 노목 사이로 보이 는 원기둥이 늘어선 훌륭한 저택을 보고 저도 모르게 찬탄의 소리를 질렀다.

"그렇죠, 훌륭하지요? 게다가 저 집 2층에서 내다보는 전망은 또 얼 마나 멋있는지 몰라요."

두 사람을 태운 마차는 자갈을 꽉 차게 간 정원으로 들어섰다. 두 일꾼이 허물어지기 쉬운 화단을 구멍투성이의 자연석으로 둘러싸고 있었다. 마차는 현관 지붕이 있는 데서 멈추어 섰다.

"아아, 벌써 저분들이 돌아와 있네요. 어때요, 저 말 좋죠? 저게 내 말이에요. 이리 끌고 와서 설탕을 주렴. 백작님은 어디 계시지? 아, 저기 오시는구나!"

안나는 입구의 계단 옆으로 끌려가고 있는 말을 보고 말했다.

"공작부인을 어디로 모실까?"

브론스키는 프랑스어로 안나에게 물었다. 그는 그녀의 대답을 듣기 전에 다시 한 번 다리야 알렉산드로브나에게 인사하고는, 이번에는 그녀의 손에 키스했다.

"저 테라스가 있는 넓은 방이 괜찮겠지?"

"아뇨, 저기는 너무 멀어요. 그보다 저 모퉁이 방이 좋아요. 거기라면 늘 만날 수 있으니까요. 자, 들어가시죠."

안나는 하인이 가져온 설탕을 말에게 주며 말했다.

그 방은 브론스키가 권한 정식 객실이 아니라 안나의 말에 의하면 다리야 알렉산드로브나에게 용서를 구하지 않으면 안 되는 그러한 방이었다. 하지만 그 방은 다리야 알렉산드로브나가 이제껏 한번도 그렇게 해 놓고 살아 본 일이 없을 만큼 사치스런 가구와 장식으로 꾸며져 있어 흡사 외국의 일류 호텔 같았다.

"돌리, 나 정말 행복해요! 자, 아이들 얘기 좀 해 주세요. 스치바는 요전에 잠깐 만나긴 했지만, 오빠하고는 아이들 이야기를 할 수 없잖아요. 내가 아주 좋아하는 타냐는 잘 있나요?"

안나는 승마복 차림 그대로 다리야 알렉산드로브나의 옆에 앉으며 말했다.

"네, 많이 컸어요."

다리야 알렉산드로브나는 짧게 대답했다. 그녀는 자기가 아이들에 대해서 이렇게 무성의하게 대답하는 데 스스로 놀랐다.

"우리는 지금까지 레빈 씨 댁에서 즐겁게 지냈어요."

그녀는 덧붙였다.

"어머, 그랬어요?"

안나는 말했다.

"언니가 나를 업신여기지 않는다는 걸 진작 알았다면 좋았을 걸. 다 같이 왔더라면 좋았을 텐데. 스치바는 그전부터 알렉세이하고 친한 사이잖아요?"

안나는 덧붙이더니 갑자기 얼굴이 빨개졌다.

"네, 하지만 우리는 모두 잘 지내고 있어요……."

다리야 알렉산드로브나도 당황해하며 대답했다.

"어머나, 나 좀 봐. 너무 반가워서 그만 바보 같은 소리를 했 네……. 만나게 되어 정말 기뻐요."

안나는 또 다리야 알렉산드로브나에게 키스하며 말을 이었다.

"나를 어떻게 생각하는지 아직 돌리는 말씀을 안 하셨어요. 꼭 그 말씀을 들려주세요. 언니가 있는 그대로의 나를 봐 주신다면 참 좋겠 어요. 하지만 난 남들이 뭔가 나 자신의 결백을 증명하려 든다는 인상 을 주기는 싫어요. 나는 아무것도 변명하고 싶은 마음이 없어요. 그저 살아가고 싶을 뿐이에요. 나 이외의 누구에게도 나쁜 일을 하고 싶지 않아요. 그만한 권리는 내게도 있어요. 그렇지 않아요? 하지만 이런 이야기를 시작하면 길어지니까 나중에 천천히 하기로 해요. 난 잠깐 옷을 갈아입고 올게요. 여기에도 곧 하녀를 한 사람 보내겠어요."

4

혼자 남게 된 다리야 알렉산드로브나는 주부의 눈으로 방 안을 둘러보았다. 저택에 가까이 오는 길에서 또 저택 안에 들어섰을 때 그리고 다시 방에 조용히 앉아 있는 지금, 그녀의 눈에 비친 모든 것은 이때까지 영국 소설에서나 읽었지 러시아에서는, 더군다나 이런 시골에서는 본 일이 없었다. 그만큼 방은 풍부하고 화려하고 새로운 유럽풍으로 사치스런 인상을 그녀에게 주었다. 프랑스제의 새 벽지를 비롯하여 방바닥에 꽉 차게 깐 융단에 이르기까지 모든 것이 새것뿐이었다. 침대는 용수철 장치에 침대용 요까지 깔려 있고 베개는 특별한 장식이 달린 비단 베갯잇이 씌워져 있었다. 대리석 세면대와 화장대, 조그만 소파, 탁자, 벽난로 위의 청동 탁상시계, 얇은 커튼과 두꺼운 커튼 등 모두가 값비싸고 새로운 세간이었다.

시키실 일이 없느냐고 물으러 온 멋쟁이 하녀는 그 옷에서 머리 모양에 이르기까지 다리야 알렉산드로브나보다도 훨씬 사치를 부렸고, 잘 꾸며 놓은 방과 마찬가지로 신식에 값비싼 것들로 몸을 장식하고 있었다. 다리야 알렉산드로브나는 이 하녀가 공손하고 깨끗하고 친절한 것이 기분 좋았지만 어쩐지 대하기가 거북스러웠다. 그때 다행히도 안나가 들어오는 바람에 하녀는 나갔다. 다리야 알렉산드로브나는 겨우 마음이 놓였다.

안나는 아주 간소한 모슬린 옷으로 갈아입고 있었다. 다리야 알렉산드로브나는 그녀의 간소한 차림을 주의 깊게 바라보았다. 그러한 간소한 취미가 어떤 것인지, 얼마나 많은 돈이 드는지 잘 알고 있기 때문이었다.

안나는 이제 흥분을 가라앉히고 있었다.

"딸아이는 잘 커요, 안나?"

다리야 알렉산드로브나는 물었다.

"아니 말이죠?—그녀는 자기 딸 안나를 그렇게 부르고 있었다—네, 건강해요. 아주 좋아졌어요. 그 애를 보시겠어요? 그럼 가세요. 보여 드릴게요. 전에는 걱정이 참 많았어요. 그 애 보모의 일로요. 이탈리아인이에요. 좋은 여자지만 머리가 어찌나 나쁜지! 이제 자기 나라로 돌려보낼까 했는데 아니가 잘 따라서 그대로 두고 있어요."

안나는 말을 시작했다.

"그런데 그건 어떻게 하고 있어요?"

다리야 알렉산드로브나는 딸아이가 어느 쪽의 성을 따랐는지 물으려고 하다가 안나의 얼굴이 갑자기 흐려진 것을 보고 질문의 뜻을 바꾸었다.

"어떻게 했어요? 이제 젖은 뗐나요?"

그러나 안나는 벌써 눈치를 챘다.

"묻고 싶은 것은 그게 아니었죠? 그 아이의 이름에 대해서 물어보고 싶은 거죠? 그 일 때문에 알렉세이도 괴로워하고 있어요. 그 아이에겐 성이 없어요. 아직도 그 아이는 카레닌 가의 딸로 되어 있어요."

안나는 눈썹밖에 보이지 않을 만큼 눈을 가늘게 뜨고 말했다. 그러더니 그녀는 갑자기 밝은 얼굴로 변하여 말했다.

"그 이야기는 이따가 천천히 해요. 자, 가세요. 아이를 보여 드리죠. 참 귀여워요. 벌써 엉금엉금 기어 다니고 있어요."

집 안 어디로 가나 다리야 알렉산드로브나를 깜짝깜짝 놀라게 하던 사치스러움은 아이의 방으로 들어서자 더욱 그녀의 눈을 휘둥그렇게 만들었다. 거기에는 영국에서 주문해 온 장난감 차, 보행기와 짚고 기어 다니기 편리하게 만든 당구대 비슷한 소파 그리고 요람이며 특별히 만든 새 목욕통 같은 것이 있었다. 그것들은 모두 영국제로 튼튼하게 잘 만들어져 있어 보기만 해도 값진 것임을 알 수 있었다. 방도 크고 천장도 높았다.

안나의 목소리가 들리자 키가 크고 무뚝뚝한 얼굴에 사치스런 차림을 한 어딘지 뿌루퉁해 보이는 영국 부인이 곱슬곱슬한 금발을 흔들며 급히 방 안으로 들어왔다. 그녀는 안나가 별로 잔소리를 한 것도 아닌데 곧장 변명을 늘어놓기 시작했다. 안나가 뭐라고 한마디 할 때마다 영국 부인은 얼른 "네, 마님" 하고 말했다.

어린아이는 눈썹과 머리카락이 검고 튼튼하게 생겼으며 혈색 좋은 붉은 살결을 하고 있었다. 아이는 낯선 얼굴을 보자 까다로운 표정을 지었으나 다리야 알렉산드로브나는 첫눈에 아기가 마음에 들었다. 아기의 건강한 모습이 부러웠다. 기어 다니는 모습도 아주 보기 좋았다. 자기네 아이들은 하나도 이렇게 기어 다닌 아이가 없었다. 아이가 양탄자 위에 내려지고 옷자락이 걷어 올려졌을 때는 정말 뭐라고 말할 수 없이 귀여웠다.

"이따금 여기서는 내가 뭔가 필요 없는 인간같이 느껴져서 괴로운 느낌이 들어요. 첫아이 때는 이런 일이 없었는데."

안나는 아이의 방을 나와 입구에 놓여 있던 장난감을 피하기 위해 긴 치맛자락을 들면서 말했다.

"난 도리어 그 반대인 줄 알았어요."

다리야 알렉산드로브나는 조심스럽게 말했다.

"어머, 별말씀을! 돌리는 아셨죠? 내가 그 아이, 세료쥐아를 만났던 일을. 하지만 그 이야기는 나중에 하기로 해요. 믿을 수 있을는지 모르지만, 난 마치 느닷없이 산더미처럼 차려진 진수성찬을 눈앞에 두게 된 굶주린 사람과 마찬가지예요. 도대체 무엇에 먼저 손을 대야 할지 모르겠어요. 그 산더미 같은 음식이라는 게 무언지 아시겠어요? 당신의 일과 이제부터 당신과 하고 싶은 여러 가지 이야기예요. 그런 이야기는 다른 사람 누구와도 할 수가 없는걸요. 무슨 이야기부터 해야 할지 모르겠지만 아무것도 꺼려 하는 건 없어요. 나는 무엇이나 다 이야기하지 않으면 안 되니까요."

안나는 어딘지 먼 곳을 바라보듯 눈을 가늘게 뜨고 말했다.

그날 다리야 알렉산드로브나는 사람들이 이끄는 대로 산책을 나갔다. 사람들은 두 패로 갈라졌다. 안나는 스비야쥬스키와 다리야 알렉산드로브나는 브론스키와 함께 걸었다. 다리야 알렉산드로브나는 지금 자기가 처한 새로운 환경에 약간 어색함을 느끼고 그 때문에 마음을 차분히 가질 수가 없었다. 다리야 알렉산드로브나는 관념적으로 안나의 행위를 인정하고 있었을 뿐 아니라, 한 걸음 나아가 그것을 격려하는 것 같은 기분에까지 이르고 있었다. 일반적으로 말해서 한 점 나무랄 데 없는 정숙한 부인도 흔히 그 생활의 따분함에 지치게 되면 먼 곳에서 불륜의 사랑을 바라보고 그것을 용서할 뿐 아니라 부러워하기까지 하는 것이다. 하물며 다리야 알렉산드로브나는 진심으로 안나를 사랑하고 있었다.

그렇지만 현재 다리야 알렉산드로브나는 자기와는 아무 인연도 없는 사람에게 에워싸여 있는 안나를 보았고, 또 자기가 모르는 이 사람들의 예절 바른 태도를 접하자 아무래도 어색한 느낌이 들었다.

다시 말해 관념적으로는 다리야 알렉산드로브나도 안나의 행위를 인정하고 있었지만, 그 행위의 원인이 된 당사자를 보는 것은 그녀로서도 유쾌한 일이 못 되었다. 또한 브론스키는 전부터 다리야 알렉산드로브나의 마음에 들지 않았다. 다리야 알렉산드로브나는 브론스키를 매우 교만한 사람으로 보고 있었다. 그에게는 재산 말고는 무엇 하나 자랑할 만한 것을 찾아볼 수가 없다고 생각했다. 게다가 브론스키는 자기 집에 있기 때문인지 자기도 모르게 전보다 더 안나를 위압하는 듯한 면이 있어서, 다리야 알렉산드로브나는 그와 함께 있으면 어쩐지 자유롭지가 못했다.

다리야 알렉산드로브나는 자기가 주저주저하고 있는 것을 느끼고 뭔가 화제를 찾아내야겠다는 생각이 들었다. 저택이나 정원을 칭찬하는 것은 그의 오만함으로 보아 마음에 들어 하지 않으리라 생각되었다. 그렇다고 별로 다른 화제가 떠오르지 않았으므로 마침내 상대방을 향해 당신의 저택이 참으로 마음에 든다고 말했다.

"예, 저도 참 아름다운 건물이라고 생각합니다. 양식이 고상하고 고풍스럽죠."

그가 말했다.

"특히 현관 앞의 넓은 뜰이 아주 마음에 드는데, 전부터 저렇게 되어 있었나요?"

"아뇨, 그렇지 않습니다! 지난봄에 오셔서 저 뜰을 한 번 보실 걸 그랬어요!"

그는 아주 만족스러운 표정으로 말했다.

그는 처음에는 조심스러운 태도를 보였지만 차츰 열중하면서 저택이나 정원 장식의 세세한 점에 대해 이야기하기 시작했다. 아마 브론스키는 자기 영지의 개량과 미화에 크게 힘을 기울였기 때문에 새 손님 앞에서 그것을 자랑하고 싶은 모양이었으며, 다리야 알렉산드로브나의 찬사를 진정으로 반가워하는 것 같았다.

다리야 알렉산드로브나는 모든 것이 마음에 들었다. 그중에서도 가장 마음에 든 것은 자연스럽고 소박한 열의를 보여 준 브론스키라는 사람이었다.

'그래, 이 사람은 사랑스럽고 선량한 인물이야.'

다리야 알렉산드로브나는 그 얼굴을 보면서 생각했다. 그녀는 마음속으로 자기를 안나의 처지에 놓아 보았다. 그의 생기 있는 태도는 이제 완전히 다리야 알렉산드로브나의 마음에 들었고, 그녀는 안나가 그에게 반하게 된 까닭을 납득했다.

5

"공작부인은 피곤하신 것 같으니 말 같은 것에는 흥미가 없으실 거야."

브론스키는 안나에게 말했다. 손님 스비야쥬스키는 새로 산 수말을 보러 가고 싶다고 했기 때문에, 마구간으로 가자는 말을 안나가 꺼냈던 것이다.

"둘이서 다녀와. 나는 공작부인과 집으로 가서 둘이 이야기하고 있을게."

그는 말하고 다리야 알렉산드로브나 쪽을 돌아보았다.

"그러는 것이 괜찮으시다면."

"네, 전 말에 대해서는 모르니까 그러는 것이 한결 좋아요."

다리야 알렉산드로브나는 내심 약간 놀라며 대답했다. 그녀는 브론스키의 얼굴 표정에서 그가 뭔지 자기에게 할 말이 있는 듯한 눈치를 챘다. 다리야 알렉산드로브나의 직감은 틀리지 않았다. 두 사람이 쪽문을 빠져서 다시 정원으로 들어서자 그는 안나가 간 방향을 흘끔 돌아보고 그녀가 이제는 자기들을 볼 수도 없고 말소리도 들을 수 없음을 확인하고 나서 말을 꺼냈다.

"제가 당신께 말씀드릴 게 있다는 것을 아마 알아차리신 것 같습니다만. 역시 제가 잘못 생각한 것은 아닌 것 같군요. 당신은 안나의 친구십니다."

그는 웃음을 담은 눈길로 다리야 알렉산드로브나를 보며 말했다.

그는 모자를 벗고 손수건을 꺼내 대머리가 되어 가는 머리를 닦았다.

다리야 알렉산드로브나는 그저 놀란 듯 말없이 상대방의 얼굴을 보고 있었다. 그와 단둘이 있게 되자 그녀는 갑자기 무서워졌다. 상대방의 웃음 띤 눈매나 심각해진 얼굴 표정이 그녀에게 겁을 준 것이다.

"당신은 안나에게 많은 영향력을 가지고 계시고, 그 사람 역시 당신을 대단히 사랑하고 있습니다. 그러니 어떻게든 저를 좀 도와 주셨으면 합니다."

그는 말했다. 다리야 알렉산드로브나는 무슨 말이냐는 듯이 조심스런 표정으로 브론스키의 정력적인 얼굴을 바라보았다.

"안나의 예전 친구 가운데 이곳을 찾아 준 사람은 당신 한 분뿐입니다. 저 바르바라 공작 영애는 예외지요. 당신이 우리를 찾아 주신 것은 우리 처지가 정당한 것이라고 생각했기 때문이 아니라, 이러한 처지에 있는 사람의 괴로움을 충분히 이해하심은 물론 저 사람을 사랑하고 저 사람의 힘이 되어 주고 싶으셨기 때문이겠죠. 어떻게 제 해석이 맞았습니까?"

그는 다리야 알렉산드로브나를 돌아보며 물었다.

"네, 그럼요. 맞는 말씀이에요. 하지만……."

다리야 알렉산드로브나는 양산을 접으면서 대답했다.

"아니. 그야 안나의 처지가 얼마나 괴로운지를 저보다 더 분명하고 강하게 느끼는 사람은 없겠죠. 만일 저를 성실한 인간으로 인정해 주신다면 말씀입니다. 어쨌든 저는 그러한 처지의 원인이 된 당사자니까 그렇게 느끼는 것은 당연하죠."

그는 그녀의 말을 막았다. 그는 그 동작이 상대방을 거북하게 만든다는 것을 잊어버리고 자기도 모르게 혼자 멈추어 서서 말했다. 다리야 알렉산드로브나도 따라서 발을 멈추지 않을 수 없었다.

"네, 알겠어요. 하지만 당신은 자신을 그 원인이라고 생각하기 때문에 좀 과장해서 생각하시는 것 같아요. 그야 사교계에서 안나의 입장이 매우 난처하다는 것은 저도 잘 알지만."

다리야 알렉산드로브나는 그 말을 할 때의 성의 있고 분명한 태도에 끌려 자기도 모르게 그에게 눈길을 보내며 대답했다.

"사교계에서는 지옥, 바로 그것입니다! 저 사람이 페테르부르크에서 2주 남짓 동안 경험한 정신적 고통이 얼마나 괴로운 것이었는지는 아마 상상도 못 하실 겁니다."

그는 어두운 얼굴로 눈썹을 찌푸리며 빠르게 말했다.

"저어, 하지만 여기서는…… 안나도…… 당신도 사교계의 필요성을 느끼시지 않는 한은……."

"사교계라뇨! 전 사교계 같은 것은 중요하게 생각지 않습니다!"

다리야 알렉산드로브나의 말에 그는 업신여기듯 말했다.

"그러니 그동안은, 아니, 그것이 영원히 계속되리라고 생각하지만 그때까지 당신들은 행복하고 조용하게 사실 수가 있어요. 전 안나를 보고 느꼈어요. 그녀는 행복해요. 정말 행복해요. 그녀도 저에게 그렇게 말한걸요."

다리야 알렉산드로브나는 미소를 띠며 말했다. 그러나 그녀는 그렇게 말하면서도 안나는 정말 행복할까 하는 의아심을 품었다. 물론 브론스키는 그것을 의심하는 기색이 없었다.

"예, 그렇고말고요. 그 사람이 그 무서운 고통을 다 겪고 다시 살아난 것은 저도 알고 있습니다. 그 사람은 지금 더할 수 없이 행복해요. 하지만 저는 우리들을 기다리고 있는 미래가 두렵습니다……. 아 실례했습니다. 걷는 게 나으시겠죠?"

그는 말했다.

"아니에요, 아무래도 상관없어요."

"그럼 여기 앉으실까요?"

다리야 알렉산드로브나는 가로수 길 모퉁이에 있는 의자에 앉았다. 브론스키는 그녀 앞에 섰다.

"그 사람이 행복한 것은 저도 압니다."

그는 되풀이 말했다. 안나는 정말로 행복할까 하는 의문이 다시금 다리야 알렉산드로브나의 마음속에서 고개를 들었다.

"하지만 이런 상태가 언제까지나 계속되겠습니까? 우리 두 사람이 한 일이 좋건 나쁘건 그것은 별문제로 삼기로 합시다. 어쨌거나 운명의 주사위는 이미 던져졌으니까요."

그는 러시아어에서 프랑스어로 바꿔 가며 말을 이었다.

"우리는 평생 함께 살기로 했어요. 우리 두 사람은 자신들에게 있어 가장 신성한 사랑의 끈으로 맺어졌으니까요. 이제 아기도 있고 앞으로 또 태어날지도 모릅니다. 그런데 법적으로 보거나 이러한 경우의 여러 가지 조건으로 보면 온갖 복잡한 일이 생기고 맙니다. 지금은 그 사람도 제반의 고민과 괴로움을 겪고 휴식을 취하고 있기 때문에 그런 것들이 보이지 않습니다. 아니, 보려고도 하지 않습니다. 그야 무리도 아니죠. 하지만 나는 생각지 않을 수가 없습니다. 내 딸애도 법적으로는 내 딸이 아니라 카레닌의 딸로 되어 있으니까요. 저는 그 허위가 견딜 수 없습니다!"

그는 승복할 수 없다는 몸짓을 강하게 하면서 묻는 듯한 어두운 표정으로 다리야 알렉산드로브나를 바라보았다. 그녀는 한마디도 대답하지 않고 그저 상대방의 얼굴을 가만히 바라보고만 있었다. 브론스키는 또다시 말을 계속했다.

"내일이라도 사내아이가 태어날지 모릅니다. 그것은 내 아들임에도 법적으로는 카레닌의 아들이 됩니다. 그 아이는 내 성이나 재산을 상속할 수가 없습니다. 그러니까 우리가 가정 안에서 아무리 행복해도 또 아무리 아이가 태어나도 우리와 아이들 사이에는 아무 관계도 없게 되는 셈입니다. 아이들은 모두 카레닌 가의 사람이 되니까요. 부디 이렇게 괴롭고 비참한 우리의 입장을 헤아려 주십시오!"

그는 격심한 흥분으로 지친 듯 입을 다물었다.

"네, 그 입장은 저도 충분히 이해하겠어요. 그러나 안나라고 무슨 방도가 있겠어요?"

다리야 알렉산드로브나는 물었다.

"물론입니다. 방금 그 말씀이야말로 제 이야기의 핵심을 찌르는 말입니다."

그는 애써 마음을 가라앉히면서 말했다.

"안나는 할 수 있습니다. 그것은 그 사람의 마음 하나에 달려 있으니까요. 양자로 하기 위해 황제께 청원을 드린다고 해도 이혼은 필요합니다. 더구나 그것은 안나의 기분만 돌아서면 할 수 있으니까요. 그 사람의 남편은 이혼을 해 주겠다고 했습니다. 이전에 당신의 주인께서 모든 일에 매듭을 잘 지어 주셨던 겁니다. 지금도 아마 싫다고는 않겠지요. 그 남편에게 편지를 한 통 써 보내기만 하면 되는 겁니다. 그때 남편 쪽에서는 안나가 의사만 표시하면 자기는 그것을 거절하지 않겠다고 분명하게 대답을 했었으니까요, 물론."

그는 어두운 얼굴로 말을 이었다.

"그런 일은 그와 같이 영혼을 갖지 못한 인간밖에 할 수 없는 위선적이고 잔인한 행위의 하나임에 틀림없지요. 그 남자는 자기에 관한 회상 하나하나가 안나에게 얼마나 괴로움을 주는가를 잘 알고 있으니까, 일부러 안나의 편지를 요구하고 있는 겁니다. 그것이 안나에게 있어서 괴로운 일이라는 것을 나도 잘 압니다. 하지만 어떻든 너무나 중대한 일이 아닙니까. 그런 일로 해서 저는 염치없게도 당신을 구원의 닻으로 생각하고 매달리려 하는 것입니다. 부디 그 사람을 설득해서 이혼을 요구하는 편지를 쓰게 해 주십시오. 저를 좀 구원해 주시기 바랍니다!"

"네, 그렇게 해 드릴게요."

다리야 알렉산드로브나는 마지막으로 알렉세이 알렉산드로비치를 만났을 때의 일을 생생하게 떠올리며 생각에 잠긴 목소리로 말했다.

"네, 좋아요."

그녀는 안나의 일을 생각하며 단호한 목소리로 되풀이했다.

"부디 그 사람에 대한 당신의 영향력을 이용하셔서 그 사람이 편지를 쓰도록 해 주십시오. 저는 이 문제에 대해서 그 사람에게 이야기하고 싶지도 않고 또 그런 일은 도저히 할 수가 없습니다."

"잘 알았어요. 제가 말해 보도록 하죠. 그건 그렇고, 왜 그 사람은 그 일에 대해서 생각지 않고 있죠?"

다리야 알렉산드로브나는 말하는 도중 문득 눈을 가늘게 뜨는 안나의 기묘한 새 버릇이 떠올랐다. 안나가 눈을 가느다랗게 하는 것은 이야기가 언제나 생활의 숨겨진 내면에 닿을 때임이 새삼 생각이 났다.

'마치 그 사람은 자기의 생활을 분명하게 바라보고 싶지 않아서 일부러 눈을 가늘게 뜨는 것만 같아.'

다리야 알렉산드로브나는 생각했다.

"저는 저 자신을 위해서나 그 사람을 위해서나 꼭 이야기해야겠어요."

다리야 알렉산드로브나는 고마운 표정을 짓고 있는 상대방에게 대답했다. 두 사람은 일어나 저택 쪽으로 걸어갔다.

6

안나는 다리야 알렉산드로브나가 벌써 집에 돌아와 있는 것을 보자, 그녀가 브론스키와 도대체 무슨 이야기를 했는지 퍽 궁금한 얼굴로 가만히 다리야 알렉산드로브나의 눈을 바라보았다. 그녀는 자신의 궁금함을 입 밖에 내어 말하지는 않았다.

"벌써 저녁 식사 시간이 된 것 같군요. 우린 아직 서로 얼굴도 제대로 보지 못했으니 오늘 저녁이 기다려져요. 지금은 옷을 갈아입으러 가야 해요. 돌리도 그렇게 하시겠죠?"

안나가 말했다. 다리야 알렉산드로브나는 자기 방으로 돌아갔으나 스스로 우스운 생각이 들었다. 옷을 갈아입으려 해도 갈아입을 옷이 없었던 것이다. 돌리는 이미 제일 좋은 옷을 입고 있었다. 그렇지만 하다못해 만찬을 위한 몸단장을 했다는 표시라도 내기 위해, 다리야 알렉산드로브나는 하녀에게 부탁하여 옷에 솔질을 해 달라고 했다. 그리고 나비 리본을 바꾸고 머리에 레이스 장식을 달았다.

"저는 이렇게 하는 것이 고작이에요."

다리야 알렉산드로브나는 미소를 띠면서 안나에게 말했다. 안나는 벌써 오늘 세 번째로 옷을 갈아입었으나 여전히 간소한 차림으로 다리야 알렉산드로브나의 방에 들어왔다.

"네, 여기서는 우리가 꽤 격식을 차리거든요."

안나는 자기의 차림새를 사과하듯 말했다.

"알렉세이는 돌리가 와 주셔서 얼마나 기뻐하는지 몰라요. 이런 일은 좀처럼 없었거든요. 그 사람은 돌리에게 홀딱 반해 버렸나 봐요. 그건 그렇고, 피곤하지 않으세요?"

안나는 덧붙였다.

만찬까지는 이야기할 틈이 거의 없었다. 식후에 사람들은 한동안 테라스에서 쉬고 나서 테니스를 시작했다. 두 편으로 갈린 사람들은 반반하게 다듬어진 전용 구장의 금빛으로 칠한 기둥에 잡아맨 네트 양쪽에 자리 잡았다. 다리야 알렉산드로브나도 해 보았으나 치는 법을 얼른 터득할 수가 없었다. 가까스로 요령을 알게 되었을 때는 완전히 지쳐 버려 바르바라 공작 영애와 나란히 앉아 그저 남들이 하는 것을 구경만 했다.

다리야 알렉산드로브나는 있기가 편하면 이틀을 묵을 예정으로 찾아왔다. 그러나 그날 저녁 테니스를 치는 동안, 다음 날 돌아가리라 결심했다. 여기 오는 길에 그토록 증오했던 어머니로서의 그 진절머리 나는 번거로움도 아이들을 돌보는 일에서 벗어나 있고 보니 벌써 아이들 쪽으로 마음이 끌리는 것이었다.

저녁에 차를 마시고 보트 놀이를 하고 난 후 다리야 알렉산드로브나는 혼자서 자기 방으로 들어와 옷을 벗고, 자기 전에 숱이 적은 머리를 빗으려고 의자에 걸터앉았다. 그때 처음으로 그녀는 마음이 편안해지는 것을 느꼈다. 금방이라도 안나가 자기 방에 찾아오리라는 생각에 불쾌해지기까지 했다. 다리야 알렉산드로브나는 자기 혼자 여러 가지 생각에 잠기고 싶었던 것이다.

7

다리야 알렉산드로브나가 막 자리에 누우려 하는데 안나가 잠옷 바람으로 방에 들어왔다. 이날 안나는 몇 번씩이나 가슴에 품은 이야기를 꺼내려고 하면서도 두세 마디 시작하다가는 그만두어 버리곤 했다.

"이따가 단둘이 있게 되면 모두 이야기하기로 해요. 당신에게 묻고 싶은 것이 산더미처럼 많은걸요."

안나는 그렇게 말했었다.

지금 드디어 단둘이 마주 보게 되었으나 무슨 말부터 꺼내야 할지 알 수가 없었다. 안나는 창가에 앉아 다리야 알렉산드로브나의 얼굴을 가만히 바라보았다. 그리고 아무리 이야기해도 다 못 할 만큼 쌓이고 쌓인 이야깃거리를 마음속으로 이것저것 들추어 보았으나, 하나도 찾아낼 수가 없었다. 안나는 지금 모든 것을 다 말해 버린 느낌이 드는 것이었다.

"키티는 어떻게 지내고 있어요? 저, 사실대로 말씀해 주세요. 키티 그분은 제게 화를 내고 있지 않나요?"

안나는 무겁게 한숨을 쉬고 미안한 듯이 다리야 알렉산드로브나의 얼굴을 바라보며 말을 꺼냈다.

"화를 내고 있다니요! 아니에요!"

다리야 알렉산드로브나는 미소를 띠며 말했다.

"하지만 미워하고는 있겠죠. 아니, 경멸하고 있을 거예요. 그렇죠?"

"왜 자꾸 그런 말을 하죠? 그런 일이야 용서할 수밖에 없잖아요."

"네, 그래요. 하지만 제게 죄가 있었던 건 아니에요. 그럼 누구에게 죄가 있을까요? 죄란 도대체 뭐죠? 그렇게 하지 말아야 했다면 어떻게 해야 했을까요? 돌리는 어떻게 생각하세요? 당신이 스치바의 부인이 되지 않았다는 것을 생각할 수 있겠어요?"

안나는 얼굴을 돌려 열려 있는 창 쪽을 바라보며 말했다.

"정말 생각할 수 없어요. 그렇지만 안나에게 묻고 싶은 것은……."

"아니, 우리는 키티에 대해서 아직 이야기를 끝내지 않았어요. 그 사람은 행복한가요? 소문으로는 레빈이 훌륭한 분이라고 하던데요."

"훌륭한 정도가 아니에요. 나는 아직 그 사람보다 더 훌륭한 사람은 본 적이 없어요."

"어머, 그 말을 들으니 전 기뻐요. 정말 잘된 일이에요! 훌륭하다는 말만으로는 부족하다니 말이에요."

안나는 그녀의 말을 되풀이했다. 다리야 알렉산드로브나가 방긋 웃었다.

"그런데 아까 브론스키는 당신에게 무슨 이야기를 했죠?"

안나가 물었다.

"그분의 이야기라는 것은 나 역시 이야기하고 싶었던 거예요. 그러나 그분의 이야기를 대변하는 것은 나로서는 마음이 홀가분해요. 결국 어떻게 되지 않겠어요, 그 가능성은 있지 않을까요……?"

다리야 알렉산드로브나는 말을 잇기를 망설이다가 계속했다.

"안나의 처지를 좋게 할, 아니 더 좋게 할 수는 없을까 하는 말씀이었어요. 내가 이 일을 어떻게 보고 있는지는 안나도 알죠……? 가능하다면 결혼을 하는 것이 가장 바람직한 일이니까요……."

"그러니까 이혼해야 한다 그 말씀이죠?"

안나는 말했다.

"그분은 말이에요, 안나를 위해서나 자신을 위해서나 괴로워하고 있다고 하셨어요. 어쩌면 안나는 그것을 이기적이라고 할지도 모르지만 그것은 정당하고 고귀한 이기심이에요! 그분은 무엇보다도 우선 자기 딸을 법적으로 정당하게 자기 자식으로 갖고 안나의 남편이 되어 당신에 대해서 권리를 갖고 싶으신 거예요."

"어떤 아내도 어떤 노예도 이런 처지에 있는 저보다 더 노예 같은 생활을 하는 사람은 없을 거예요."

안나는 어두운 얼굴로 상대방의 말을 막았다.

"그분이 무엇보다도 간절하게 바라는 것은 안나가 괴로워하지 않도록 해 주는 일이에요."

"그건 불가능한 일이에요! 그리고 또요?"

"그리고 또 그분이 바라는 것은 두 분의 아이들에게 성을 제대로 주고 싶다는 거예요."

"아이들이라니, 누구 말이에요?"

안나는 다리야 알렉산드로브나의 얼굴을 보지 않고 눈을 가늘게 뜨며 말했다.

"아니와 앞으로 태어날……."

"그 일이라면 더 걱정할 것 없어요. 내게는 이제 더 이상 아이가 생기지 않아요."

"어떻게 그걸 단정할 수 있지요?"

"낳을 수 없어요. 제가 아이를 바라지 않으니까요."

안나는 몹시 흥분하고 있었으나, 다리야 알렉산드로브나의 얼굴에 떠오른 호기심과 놀라움과 공포가 뒤섞인 순진한 표정을 보자 자기도 모르게 방긋 웃었다.

"그 병을 얻은 뒤에 의사가 나에게 말했어요……."

"그럴 수가!"

다리야 알렉산드로브나는 눈을 휘둥그렇게 뜨고 말했다. 그것은 다리야 알렉산드로브나로서는 이상한 발견의 하나였다. 결론이 너무나 엄청난 것이어서 선뜻 이해할 수가 없을 듯한 느낌이 들었다. 그와 동시에 그 점에 대해서는 여러 모로 잘 생각해 보지 않으면 안 될 것 같았다.

"그건 부도덕한 일이 아닐까요?"

다리야 알렉산드로브나는 한참 있다가 말했다.

"어째서일까요? 생각을 해 보세요. 저에게는 두 가지 중에 한 가지 방법밖에는 없는걸요. 몸이 무거워지느냐 즉 병든 몸이 되느냐 그렇지 않으면 남편의, 남편이라고 해도 괜찮겠죠?, 친구가 되고 한편이 되느냐인걸요."

안나는 일부러 들뜨고 경박한 목소리로 말했다.

"글쎄, 그것도 그렇겠군요."

다리야 알렉산드로브나는 자기도 생각한 적이 있는 논리에 귀를 기울이면서, 이제는 거기에 전처럼 설득력을 느끼지 못한 상태로 말했다.

"돌리에게는, 아니 다른 여자들에게는 아직 의심할 여지가 있을지 몰라요. 하지만 나는, 아시겠어요? 나는 아내가 아니에요. 그야 그 사람이 내게 애정을 느끼는 동안은 나를 사랑해 주겠죠. 그렇다면 나는 어떻게 그 사람의 애정을 지속시켜 나가야 할까요? 아무래도 이렇게 돼 가지고서야 그이의 애정을 지속시킬 수는 없겠지요."

안나는 마치 상대방의 생각을 꿰뚫어 보듯 말하며 하얀 두 손을 자기의 배 앞으로 뻗어 보였다.

흥분할 때 흔히 그렇듯이 무서운 속도로 여러 가지 상상과 추억이 다리야 알렉산드로브나의 머리에 떠올랐다. 다리야 알렉산드로브나는 아무 말도 하지 않고 그저 "후유" 하고 한숨을 쉬었다. 안나는 그 한숨의 의미를 눈치챘으나 그것을 묵살했다. 안나는 아직 논증할 갖가지 방법을 갖고 있으며, 더구나 그것들은 뭐라고 반대를 할 수 없을 만큼 강력한 것들뿐이었다. 안나는 말을 계속했다.

"그런 일은 좋지 않다 그 말씀이죠? 하지만 좀 더 잘 생각해 보세요. 돌리는 내 처지를 잊고 계신 것 같아요. 내가 어떻게 아이 갖기를 원하겠어요? 난 낳는 괴로움을 말하고 있는 게 아니에요. 그런 것은 무섭지 않아요. 잘 생각해 보세요. 내 아이들은 어떤 사람이 될까요? 남의 성을 갖는 불행한 아이들이에요. 자기의 출생 때문에 결국은 부모나 자기 자신조차도 부끄럽게 생각해야 할 입장에 몰리는 거예요."

"바로 그렇기 때문에 이혼이 필요한 것 아니겠어요?"

그러나 안나는 그녀의 말을 듣고 있지 않았다.

"이 세상에 불행한 인간을 태어나지 못하도록 하는 데 이성을 활용하지 못한다면, 이성이란 도대체 무엇 때문에 내게 주어져 있는 것일까요?"

안나는 흘끔 다리야 알렉산드로브나의 얼굴을 보았으나 그녀의 대답을 기다리지 않고 말을 계속했다.

"난 틀림없이 그런 불행한 아이들에 대해서 늘 죄책감을 느낄 수밖에 없겠지요! 하지만 이 세상에 태어나지 않으면 적어도 불행한 꼴은 안 봐도 되니까요. 만일 그 아이들이 불행하다면 그것은 결국 내 죄가 되는걸요."

다리야 알렉산드로브나는 그 말을 반박하지 않았다. 그녀는 갑자기 자기가 안나와는 이제 너무나 멀리 떨어져 있음을 느끼고, 두 사람은 결코 의견의 일치를 볼 수 없으며 따라서 아예 입 밖에 내지 않는 것이 좋지 않을까 하는 의문이 생김을 알았다.

이튿날 아침 다리야 알렉산드로브나는 주인들이 아무리 말려도 돌아갈 준비를 시작했다. 그것을 본 안나는 슬펐다. 다리야 알렉산드로브나가 떠나 버리면 둘이서 이야기할 때 일깨워졌던 감정을 다시 자기 가슴속에 불러일으켜 줄 사람이 없다는 것을 알고 있기 때문이었다.

들로 나오자 다리야 알렉산드로브나는 마음이 홀가분해지고 즐거운 기분이 들었다. 그래서 그녀는 동행인들에게 브론스키 댁이 마음에 들었는지 어떤지 물어보고 싶었다. 그런데 마부 필립이 불쑥 먼저 입을 열었다.

"인색한 나리세요."

"그럼 그 집 말은 마음에 들었나요?"

돌리가 물었다.

"그야 그 집 말에 대해서는 더 말할 나위도 없죠. 게다가 먹이는 것도 좋고요. 그래도 전 왠지 재미가 없었어요. 마님은 어떻게 생각하십니까?"

마부는 잘생긴 선량한 얼굴을 다리야 알렉산드로브나에게 향하고 말했다.

"나 역시도 그랬었지. 그런데 어떨지 모르겠네, 저녁때까진 돌아갈 수 있을까?"

"어떻게든 닿게 해야죠."

집에 돌아와 보니 사람들이 모두 활기 있고 반가운 얼굴로 맞이해 주었기 때문에, 다리야 알렉산드로브나는 갑자기 기운이 나서 여행 이야기를 시작했다. 그녀는 자기가 큰 환영을 받았다는 것과 브론스키 가의 생활이 사치스럽고 취미가 좋다는 것 그리고 사람들이 하고 있는 놀이 등에 대해서 말해 주었다. 아무에게도 그들의 흉은 보지 않았다.

"안나와 브론스키가 얼마나 기분 좋고 다정한 사람인지를 알려면 두 사람과 사귀어 봐야 해요. 나도 이번에 가서 브론스키라는 사람을 잘 알게 되었어요."

다리야 알렉산드로브나는 그 집에 가 있을 때 느꼈던 막연한 불만이나 어색함은 모두 잊고 진정으로 그렇게 말하였다.

8

브론스키와 안나는 여전한 조건 밑에서, 이혼에 대해서는 아무 방법도 강구하지 않은 채 그해 여름과 초가을을 시골에서 지냈다. 두 사람은 이제 아무 데도 가지 않기로 의논이 되어 있었지만 둘이만 지내는 날이 계속되고 보니, 더군다나 가을이 되어 손님도 없게 되자 두 사람 모두가 어떻게든 생활을 바꿀 필요를 느끼고 있었다.

10월에 카신 현에서는 귀족들의 선거가 있었다. 이 현에는 브론스키나 스비야쥬스키, 코즈느이쉐프, 오블론스키 등의 영지가 있고 레빈의 영지도 조금 있었다. 이 선거는 여러 가지 사정이나 이것에 관계하고 있는 사람들의 면모로 해서 세상의 관심을 모으고 있었다. 갖가지 소문들이 퍼지고 사람들은 선거 준비에 몹시 바빴다. 지금까지 선거에 한 번도 얼굴을 내민 적이 없는 모스크바나 페테르부르크 사람들뿐 아니라, 외국에 가 있는 사람들까지도 이 선거를 위해 모여들었다.

브론스키는 벌써 오래전부터 이 선거에 참가하기로 스비아쥬스키와 약속을 하고 있었다. 선거가 임박해 오자 보즈드비젠스코예를 자주 찾아다니던 스비아쥬스키가 브론스키의 저택에 들렀다.

그가 오기 전날 브론스키와 안나 사이에는 전부터 예정되어 있었던 이 여행에 관해 거의 싸움에 가까운 일이 벌어졌다. 이 시기는 마침 시골에서는 가장 따분하고 답답한 가을철이었기에 브론스키는 안나와 다툴 태세를 보이며 이야기를 시작했는데, 이때 그는 여태껏 보인 적이 없는 고집스럽고 쌀쌀한 표정으로 자기는 꼭 가야겠다고 잘라 말했던 것이다.

그가 놀란 것은, 안나가 그 말을 태연한 얼굴로 듣고는 그저 언제 돌아오느냐고 물었을 때였다.

"당신이 혼자 지루하지 않았으면 좋겠는데."

"걱정하실 것 없어요. 어제 코티예에서 책이 한 상자 도착했어요. 틀림없이 지루하진 않을 거예요."

'평소와 똑같은 투로 말하는구나. 하기야 그렇지 않으면 또다시 언제나 같은 식이 되고 말테니까.'

그는 생각했다. 이리하여 그는 안나와 따뜻한 이야기를 나누지 못한 채 선거를 위해서 떠나 버렸다. 두 사람이 만난 이후 서로 마음을 털어놓지 않고 헤어진 것은 이때가 처음이었다.

9월에 레빈은 키티의 분만을 위하여 모스크바로 옮겨 갔다. 그는 꼬 빡 한 달을 하는 일 없이 모스크바에서 보내고 있었다. 그 무렵 카신 현에 영지를 갖고 있고 다가오는 선거에 큰 관심을 기울이던 코즈느 이쉐프는 선거를 치르러 떠날 채비를 하고 있었다. 그는 셀레즈네프 군의 선거권을 한 표 가지고 있던 동생 레빈에게 동행하자고 권했다. 꼭 그 일이 아니더라도 레빈은 외국에서 살고 있는 누나 때문에 카신 에 가지 않으면 안 될 처지에 있었다. 후견인 문제와 상환금 수령에 관 한 용건이 그것이었다. 그는 카신을 향해 떠났다.

선거가 끝난 날 밤, 새로 선출된 귀족 단장과 승리에 취한 신당 사 람들은 브론스키의 저택에서 만찬회를 가졌다. 브론스키가 선거에 참 가한 것은 시골 생활에 넌더리가 났기 때문이기도 하지만, 안나로부 터 자기의 자유권을 분명히 해 두기 위해서기도 했다. 그리고 또 한 가 지, 지방자치단체 선거 때 스비야쥬스키가 자기를 위해서 많이 애써 준 데 대한 답례로써 이번 선거에서 그를 지지해 주기 위함이었다.

그러나 무엇보다도 큰 이유는 자기 스스로 선택한 귀족 겸 토지 소 유자로서의 모든 의무를 엄격하게 이행하기 위해서였다. 브론스키는 선거라는 것이 이토록 흥미를 북돋아 주고 열중하게 하며, 또 자기가 그만큼 수완을 발휘해서 그 일을 추진할 수 있을 줄은 몰랐다. 그는 이 곳 귀족 사회에서는 전혀 새 얼굴이었으나 그럭저럭 상당한 성공을 거두어, 귀족들 사이에서 벌써 어떤 세력을 획득했다고 믿어도 크게 잘못은 아니었다.

그의 이런 세력에 힘을 더한 것은 그의 재산과 가문, 읍내에 있는 호화로운 저택—이 저택은 카신에서 대단히 번창하는 은행을 창설하고 재정 관계의 일을 보고 있는 오랜 친지 시르코프한테서 양도받은 것이다—, 마을에서 데리고 온 저택의 솜씨 좋은 요리사, 그리고 브론스키가 돌보아 준 일이 있는 보통 친구 이상의 관계에 있는 지사와의 교우 관계 등이었다. 그중에서도 가장 큰 힘이 된 것은 누구에게나 거리감을 두지 않고 대하는 그의 허물없는 태도였다. 이것은 일찍이 많은 귀족들이 그에게 품고 있던 근거 없는 편견, 곧 그가 오만하다는 생각을 바꾸어 놓았다.

만찬도 끝나 갈 무렵 지사는 브론스키를 향해서 동포를 위한 자선 음악회에 꼭 참석해 달라고 부탁했다. 음악회는 지사의 아내가 주최하는 것으로 그녀도 브론스키와 가까이 지내기를 바라고 있기 때문이었다.

"무도회도 있을 거예요. 이 도시의 미인들을 모두 구경할 수 있지요. 참 재미있을 겁니다."

"내 영역이 아니군요."

돌려서 말하기 좋아하는 브론스키는 대답했으나, 빙긋 웃고는 참석하겠다고 약속했다.

사람들이 슬슬 식탁을 떠나려고 담배를 피우고 있을 때 브론스키의 하인이 편지를 쟁반에 얹어 가지고 그에게 다가왔다.

"보즈드비젠스코예에서 급한 심부름꾼이 왔습니다."

하인이 의미 있는 얼굴로 말했다.

편지는 안나한테서 온 것이었다. 그는 읽기도 전에 그 내용을 알고 있었다. 그는 선거가 5일 동안에 끝날 것으로 생각하고 금요일에는 돌아가겠다고 약속했었다. 오늘은 토요일이므로 그가 약속한 대로 돌아오지 않은 것을 따지는 내용이 틀림없었다. 그가 어젯밤 보낸 편지는 틀림없이 아직 닿지 않았을 것이다. 내용은 그가 예상한 대로였지만 그 문구가 의외로 불쾌했다.

아니의 병이 매우 악화되어 의사는 폐렴이 될지도 모른다고 합니다. 저 혼자 어떻게 하면 좋을지 몰라 쩔쩔매고 있습니다. 바르바라 공작 영애는 도움이 되기는커녕 도리어 방해가 되고 있습니다. 저는 그저께부터 당신이 돌아오시기를 기다리다가 오늘 당신은 어디에서 무엇을 하고 계실까 하고 이 심부름꾼을 보냅니다. 제가 직접 가볼까 생각했지만, 도리어 당신에게 불쾌감을 줄까 싶어 그만두었습니다. 어쨌든 제가 어떻게 하면 좋을지 회답을 주시기 바랍니다.

아이가 아프다는데 그 어머니는 이리로 찾아오겠다고 한 것이다. 딸이 병이 났다면서 이런 적의를 띤 말투가 거슬렸다.

당선을 축하하는 이 즐거운 분위기와 이제부터 자기가 돌아가야 할 저 우울하고 답답한 사랑의 보금자리의 너무나 큰 대조가 브론스키의 마음을 쳤다. 그러나 돌아가지 않을 수는 없었기 때문에 그는 그날 저녁 가장 빠른 기차로 서둘러 귀로에 올랐다.

9

브론스키가 선거 때문에 떠나기 전 안나는 그와의 작별을 될수록 조용히 참으려고 결심했다. 그가 어디로 떠날 때마다 되풀이되는 말썽은 그의 애정을 식게 할 뿐 결코 그 마음을 자기에게 끌어당기는 데 도움이 되지 않음을 깨달았기 때문이다. 그러나 떠난다는 말을 할 때의 그 차갑고 굳은 표정은 안나에게 모욕감을 주었다. 그로 인해 안나는 그가 아직 떠나기도 전에 벌써 마음의 평정을 잃어버렸던 것이다.

안나는 그 뒤 혼자가 되고 나서 자유의 권리를 주장하는 듯하던 브론스키의 눈매를 되새겨 보고 언제나처럼 단 하나의 결론, 즉 굴욕감을 의식하기에 이르렀다.

'그 사람은 언제나 어디든 가고 싶은 데를 갈 권리를 가지고 있어. 그저 갈 뿐 아니라 나를 떼어 놓고 갈 권리를 가지고 있어. 그 사람은 모든 권리를 가지고 있는데, 나는 어느 하나도 없다. 하지만 그 사람은 그 사실을 알고 있으니까 그래서는 안 된다는 것도 알 텐데. 그런데 그 사람은 도대체 어떤 행동을 했던가……? 그 사람은 차갑게 굳은 눈초리로 나를 노려보기만 했지. 그게 무엇을 나타내는지 막연해서 의미는 잘 모르지만, 전에는 그런 일이 없었던 것을 생각하면 그 눈초리에는 여러 의미가 깃들어 있는 거야.'

안나는 생각했다.

'그 눈초리는 애정이 식기 시작했다는 증거야.'

안나는 그런 생각을 하면서 그가 집을 비운 5일 동안을 지내고 있었다. 산책을 하고 바르바라 공작 영애와 이야기를 하고 병원을 둘러보고 또 독서를 하면서. 그것도 닥치는 대로 읽으면서 시간을 메웠다. 그러다 마부가 혼자 돌아오자 안나는 이제 아무래도 그에 대해서 생각을 하지 않을 수 없었고, 그가 여행지에서 무엇을 하고 있는지 모른 체하고 시간을 보낼 수가 없었다.

마침 그때 딸아이가 병이 났다. 안나는 딸을 간호하면서도 여전히 기분이 가라앉지 않았다. 더구나 위험한 병도 아니었기 때문에 안나의 마음을 빼앗을 수가 없었다. 그녀는 아무리 애를 써 보아도 이 딸을 좋아할 수가 없었다. 사랑하는 시늉도 할 수 없었다. 그날 밤 혼자 있게 되자 그의 일이 너무나 마음에 걸렸던 안나는 마침내 그에게 가기로 결심했다. 하지만 다시 잘 생각해 본 끝에, 브론스키가 받았던 그 모순투성이의 편지를 쓰고는 다시 읽어 보지도 않고 서둘러 심부름꾼을 시켜 보냈던 것이다.

이튿날 아침 그의 편지를 받고 안나는 자기가 한 짓을 후회했다. 안나는 그가 돌아오면, 특히 딸아이의 병이 심각한 상태가 아니었다는 사실을 알게 되면, 떠날 때 던진 그 매서운 눈초리를 또 대하게 되리라 생각하고 자기도 모르게 몸을 떨었다. 그럼에도 불구하고 안나는 그에게 편지를 띄우기를 잘했다고 생각했다. 안나는 그가 자기를 무거운 짐으로 아는 것도 자유를 버리고 자기한테 돌아오기가 서운하리라는 것도 알고 있었으나, 아무튼 그가 돌아온다고 생각하니 기뻤다.

안나는 객실의 램프 아래서 텐(프랑스의 철학자·역사가·평론가)의 신간 서적을 손에 들고 앉아 바깥의 바람 소리에 귀를 기울이며 마차가 들이닥치기를 이제나저제나 하고 기다렸다. 몇 번이나 바퀴 소리가 들리는 것 같았으나 헛들은 것이었다. 마침내 바퀴 소리뿐 아니라 마부가 말을 질타하는 소리며 현관의 마차 대는 곳에서 울리는 둔한 소리가 들렸다.

안나는 갑자기 자기가 거짓말을 한 일이 부끄럽게 생각되었다. 무엇보다 두려운 일은 그가 자기를 어떤 태도로 대할까 하는 것이었다. 모욕당했다는 생각은 이제 없어지고, 안나는 그저 그의 불만스런 표정을 보기가 무서웠다. 그의 목소리가 들렸다. 그러자 안나는 금방 모든 것을 다 잊어버리고 좋아서 어쩔 줄을 모르며 그를 맞이하러 뛰어나갔다.

"아니의 병은 좀 어때?"

그는 뛰어 내려오는 안나를 쳐다보면서 걱정스럽게 물었다.

"이제 괜찮아요. 많이 좋아졌어요."

"그래? 그거 다행이군."

그는 안나의 머리 모양이며 옷차림을 차갑게 쏘아보면서 말했다. 그는 그 옷이 자기를 맞이하기 위해서 일부러 갈아입은 것임을 알고 있었다.

"좋아. 그런데 당신 건강은 어때?"

그는 젖은 턱수염을 손수건으로 닦고 안나의 손에 키스하며 말했다.

'이제 아무래도 좋아. 이 사람이 여기 있어 주기만 하면, 가까이에 있기만 하면 이분은 나를 사랑하지 않고는 못 배기거든. 아무렴, 사랑하지 않고는 못 배길 거야.'

안나는 생각했다.

그날 밤은 바르바라 공작 영애도 함께 어울려 즐겁게 지냈다. 그런데 밤늦게 단둘이 남게 되었을 때, 안나는 다시 자기가 상대방을 완전히 지배하고 있음을 확신하고, 예의 편지가 준 나쁜 인상을 지워 없애고 싶어졌다. 그래서 이렇게 말했다.

"여보, 사실을 말씀해 주세요. 그 편지를 받았을 때는 싫은 느낌이 드셨죠? 물론 믿지 않으셨겠죠?"

"응. 아무튼 이상야릇한 편지였으니까 말이야. 아니가 병이 났는데 당신은 오겠다니, 이야기가 우습지 않아?"

그는 말했다.

"하지만 모두 사실이었어요."

"그야 나도 의심하지는 않지만."

"아니에요, 당신은 의심하고 계세요. 당신은 불만스럽게 여기고 계세요. 전 잘 알아요."

"아니야, 난 당신을 의심한 적은 없어. 다만 내가 불만스럽게 생각하는 점은, 이것은 본심으로 하는 얘긴데, 당신은 사람에게는 의무가 있다는 사실조차 인정하려 들지 않는 것 같아. 내가 말하고자 하는 건 사람에겐 피할 수 없는 일도 생길 수가 있다는 점이야. 이번만 하더라도 나는 모스크바에 가지 않으면 안 돼. 집안일로 말이야……. 여보, 안나. 어째서 당신은 늘 그렇게 초조해하는 거지? 내가 당신 없이는 살 수 없다는 것쯤은 잘 알 텐데?"

"당신은 이 생활을 무거운 짐으로 생각하고 계시죠……? 당신은 잠깐 하루 동안 돌아오셨다가 또 바로 떠나려 하시니 말이에요. 마치 세상 남자들처럼……."

"안나, 그런 말투는 좀 지나쳐. 나는 당신을 위해서 일생을 바칠 각오를 하고 있어……."

안나는 그의 말에 귀 기울이지 않았다.

"당신이 모스크바에 가시겠다면 저도 따라가겠어요. 전 여기서 집이나 지키고 있을 수는 없어요. 우리는 차라리 헤어져 버리든지 언제나 같이 있어야 해요."

"같이 사는 것만이 나의 소원이라는 것은 당신도 알고 있잖아? 하지만 그러기 위해서는⋯⋯."

"이혼이 필요하단 말씀이죠? 그럼 그 사람에게 편지를 쓰겠어요. 이제 이렇게 살아갈 수 없다는 것을 저도 알게 되었어요. 하지만 모스크바에는 저도 따라갈 거예요."

"내게 겁을 주려는 것 같군. 어쨌든 당신과 떨어져 있기는 나도 싫어."

브론스키는 미소를 띠고 말했다.

안나는 이혼을 요청하는 편지를 남편에게 썼다. 그리고 1월 말에, 페테르부르크로 볼일을 보러 가는 바르바라 공작 영애와 작별하고 브론스키와 함께 모스크바로 갔다. 두 사람은 날마다 알렉세이 알렉산드로비치의 답장과 그에 따른 이혼을 기다리며, 이제는 결혼한 부부와 다름없이 함께 지냈다.

불안한 영혼

1

레빈 부부는 벌써 3개월째 모스크바에서 지내고 있었다. 그 방면에 소상한 사람들의 확실한 계산에 의하면 키티의 출산 예정일은 벌써 오래전에 지나 있었다. 키티는 여전히 불룩한 배를 안고 있었는데, 두 달 전보다 산기가 가까워진 기미는 보이지 않았다. 의사도 조산사도 다리야 알렉산드로브나도 어머니도 초조와 불안을 느끼기 시작했다. 레빈 또한 눈앞에 다가온 출산을 앞두고 공포감을 갖지 않을 수 없었다.

다만 당사자인 키티만은 편안한 마음이 되어 행복한 기분을 맛보고 있었다. 키티는 이제 미래의, 아니 이미 어느 정도 실재의 것이 되고 있는 아기에 대한 새로운 애정이 자기 속에 싹트는 것을 분명하게 의식하고 그 감정에 관심을 기울이며 혼자 즐기고 있었다. 태아도 이제는 그녀의 일부가 아니라 때로는 모친으로부터 독립한 생활을 영위하는 일도 있었다. 그 때문에 키티는 자주 고통을 느꼈으나 동시에 그 야릇한 새로운 기쁨에 소리 내어 웃고 싶어지는 때도 있었다.

키티에게 모스크바 생활이 고마운 이유 중의 하나는 이곳에 온 뒤로 부부 사이에 한 번도 말다툼이 없었다는 점이었다. 도시 생활의 조건이 시골과는 다르기 때문인지 아니면 부부 양편이 모두 조심스러워지고 긴장이 생긴 때문인지, 어쨌든 모스크바로 오고부터는 전에 그토록 걱정했던 질투가 원인인 부부 싸움은 일어나지 않았다.

그 점에 관해서는 부부 양편 모두에게 대단히 중요한 일이 있었으니, 다름 아닌 키티와 브론스키의 재회였다. 어느 날 키티의 대모이며 언제나 그녀를 귀여워해 주었던 노공작부인 마리아 보리소브나가 꼭 그녀를 만나고 싶다는 전갈을 보내왔다. 그때까지는 자기 몸을 생각해서 아무 데도 나가지 않았던 키티도 아버지를 따라서 이 존경하는 노부인을 찾아갔는데, 거기서 브론스키를 만난 것이다.

이 만남에 있어서 키티가 뭔가 자기를 꾸짖고 싶은 점이 있다면 그것은 그녀가 지난날 그토록 애정을 느꼈던 그를 평복 차림으로 본 순간, 저도 모르게 숨이 막히고 자신도 느낄 만큼 얼굴이 빨개진 일이었다.

키티는 그와 두세 마디 말을 주고받았고, 그가 '우리의 의회'라고 부르던 선거에 대해서 농담을 했을 때 침착하게 미소를 띨 수도 있었다. 키티는 아버지가 브론스키를 만난 일에 대해서 한마디도 하지 않은 것을 고맙게 생각했다. 그녀는 방문을 마치고 늘 하던 산책에 나섰을 때 보여 준 각별히 따뜻한 태도로 아버지가 자기에게 만족하고 있음을 알았다.

레빈은 아내에게서 공작부인 마리아 보리소브나의 저택에서 브론스키를 만났다는 말을 듣자 그녀보다 더 얼굴이 붉어졌다. 키티가 이 말을 남편에게 전하는 것은 대단히 힘든 일이었으며 그 해후의 광경을 모두 이야기해 주기는 더욱 곤란한 일이었다. 레빈은 한마디도 질문을 하지 않고 그저 이마에 주름을 지으며 가만히 키티의 얼굴을 바라보고만 있었기 때문이다.

"당신이 거기에 계시지 않아서 전 정말 섭섭했어요. 당신이 같은 방에 계셨으면 좋았을 거라는 말이 아니에요. 당신이 옆에 있었으면 전 그렇게 자연스런 태도를 가질 수가 없었을 거예요……. 전 지금 그때보다도 더 얼굴을 붉히고 있어요. 훨씬 더 말이에요. 그러면서도 당신이 문틈으로라도 들여다보았으면 좋겠다 하는 생각이었어요."

그녀는 말했다. 그러면서 키티는 눈물이 나올 만큼 얼굴이 빨개졌다. 키티의 진실한 눈동자는 그녀가 자기에게 만족하고 있다는 것을 말해 주었다. 그래서 비록 그녀가 얼굴을 붉히고 있지만 레빈은 가슴을 쓸어내리고 말했다.

"얼굴 마주치기가 괴로운, 마치 적을 보는 듯한 사람이 있다는 건 생각만 해도 견딜 수 없는 일이지."

그런데 그 후 레빈은 클럽에 나갔다가 거기서 스테판 아르카지치와 브론스키를 만났으며, 스테판 아르카지치가 이끄는 대로 안나에게 찾아갔다.

'어쩌면 저렇게 눈부신 여자가 있을까. 참으로 놀랍고 사랑스럽고 가련한 여자이다.'

레빈은 스테판 아르카지치와 함께 얼어붙은 바깥공기 속으로 나오면서 생각했다.

"그래, 어떻던가? 내가 말한 대로지?"

스테판 아르카지치는 레빈이 완전히 압도당한 것을 보고 말했다.

"음. 정말 비범한 여자야! 그저 총명하다기보다는 놀랄 만큼 진실함이 보이는 사람이더군. 난 그 여자가 불쌍해서 견딜 수가 없군!"

레빈은 생각에 잠긴 표정으로 대답했다.

"이번에야말로 모든 일이 잘 처리될 걸세. 그럼 난 여기서 실례하네. 자네와 길이 다르니까 말이야."

스테판 아르카지치는 마차 문을 열면서 말했다.

레빈은 안나의 모습과 간단했지만 주고받은 이야기, 그리고 그때 그녀의 얼굴에 떠오른 세세한 표정까지도 완전히 생각해 냈고 그녀의 입장에 서서 그녀에 대한 연민의 정을 느끼며 집으로 돌아왔다.

집으로 돌아오니 쿠지마가 마님은 건강하며 언니되는 분들은 방금 댁으로 돌아가셨다고 보고했다. 레빈이 방으로 들어가자 키티는 침울한 얼굴로 앉아 있었다. 세 자매가 함께 하는 만찬은 대단히 즐거웠으나, 아무리 기다려도 레빈이 오지 않자 마침내는 재미가 없어져서 언니들은 돌아가 버리고 그녀 혼자 남아 있는 것이었다.

"무엇을 하고 오셨어요?"

키티는 다른 때와 달리 야릇하게 반짝이는 남편의 눈을 바라보고 물었다.

"브론스키를 만나서 아주 유쾌했어. 그 사람과 같이 있어도 참 편안한 기분이고 아무렇지도 않았으니까. 나는 앞으로 그와는 결코 만나지 않도록 하겠지만, 그 사람에 대한 어색한 느낌만은 청산하고 싶어."

그는 말했다. 그 남자와는 결코 만나지 않으리라 생각했으면서, 바로 그 뒤에 안나를 찾아간 일을 떠올리고 그는 얼굴이 붉어졌다.

"우리는 농부들이 술을 마신다고 안 좋게 말하지만 농부들과 우리 계급 어느 편이 술을 더 마시는지는 생각해 볼 일이야. 농부들은 축제

일에나 마시지만 우리는 어떤가 하면……."

키티는 농부가 술을 얼마나 마시는가 하는 이야기는 재미가 없었다. 그녀는 남편이 얼굴을 붉힌 까닭을 알고 싶었다.

"그리고 나서 어디를 갔다 오셨어요?"

"스치바가 자꾸 가자고 해서 안나 부인한테 갔었지."

그렇게 말하면서 레빈은 더욱 얼굴을 붉혔다. 그 순간 안나에게 간 것이 좋은 일이었나 나쁜 일이었나라는 의문이 최종적으로 분명하게 해결이 났다. 그는 이제야 비로소 그런 말을 해서는 안 된다는 것을 깨닫게 되었다. 키티의 눈은 안나의 이름을 들음과 동시에 휘둥그레지며 반짝반짝 빛났다.

"어머나!"

그녀는 소리쳤다.

"설마 내가 거기 갔었다고 화를 내는 건 아니겠지. 스치바가 자꾸 조르고 돌리도 그러기를 바랐기 때문에 가게 됐어."

레빈은 말했다.

"아니에요, 화를 내는 게 아니에요."

키티는 말했으나 그는 그녀의 눈 속에서 자신을 억제하는 노력의 빛을 보았다. 그것은 그에게 조금도 이로울 것이 없는 일이었다.

"그 여자는 대단히 매력 있고 불쌍하고 착한 사람이더군."

안나를 만난 이야기 끝에 레빈은 말했다.

"그래요, 물론 그분은 가엾은 분이에요."

키티가 말했다. 레빈은 아내의 침착한 태도에 안심하고 옷을 갈아입으러 갔다. 그가 돌아와 보니 키티는 아까와 같이 안락의자에 앉아 있었다. 그가 옆으로 가자 키티는 그의 얼굴을 쳐다보더니 갑자기 울음을 터뜨렸다.

"왜 그래? 아니, 왜 그러지?"

그는 그녀가 왜 그러는지 알고 있으면서도 그렇게 물었다.

"당신은 그런 더러운 여자한테 반해 버렸군요. 그 여자가 당신한테 마술을 걸었어요. 당신의 눈을 보면 다 알 수 있다고요. 네, 정말 그래요!"

레빈은 오랫동안 아내의 마음을 가라앉혀 줄 수가 없었다. 그래서 결국 안나에 대한 동정심이 술의 힘과 함께 그의 마음을 혼란시켜 버렸기 때문에 그녀의 교묘한 감화력에 지배되었던 것이라고 고백했다. 레빈은 앞으로는 그녀를 피하도록 하겠다고 변명하여 가까스로 아내를 다독거릴 수가 있었다.

오직 한 가지 그가 진정으로 고백한 것은, 이렇게 오래 모스크바에서 지내고 그저 세상 이야기나 하며 먹고 마시기만 하기 때문에 머리가 바보처럼 되었다는 말이었다. 두 사람은 새벽 3시까지 이야기에 열중했다. 3시가 되어 겨우 완전히 화해가 되었기 때문에 잠들 수가 있었다.

2

손님을 보내고 나자 안나는 의자에 앉지 않고 방 안을 이리저리 서성거리기 시작했다. 그녀는 무의식적이기는 했지만—최근 그녀가 젊은 남자라면 누구에게나 그렇게 하듯이—레빈이 자기에게 사랑의 감정을 느끼도록 저녁 내내 모든 노력을 기울였음에도 불구하고, 또 아내가 있는 이 성실한 남자에 대해서 더구나 겨우 하룻밤 사이에 가능한 범위에서는 충분히 그 목적을 달성했음을 스스로 알았음에도 불구하고, 또한 레빈을 참으로 호감이 가는 사람이라고 생각하면서도—브론스키와 레빈 사이에는 남자의 입장에서 보면 대단한 차이가 있었지만, 안나는 여자로서 두 남자의 공통점을 보았다. 키티가 브론스키와 레빈을 사랑한 것도 그 때문이었다—레빈이 방을 나가자마자 안나는 그에 대해서 생각하기를 그만두었다. 그런데 꼭 하나의 생각이 여러 가지로 형태를 바꾸면서 끈덕지게 그녀에게 달라붙는 것이었다.

'나는 다른 남자에게, 아내를 사랑하며 가족도 거느린 그런 남자에게 그렇게 강한 매력을 줄 수 있는데, 왜 유독 그 사람만은 나에게 그토록 차가울까! 아니야, 차갑지는 않아. 그 사람은 나를 사랑하고 있어. 그것은 나도 잘 아는 일이야. 하지만 뭔가 새로운 것이 지금 우리 사이를 떼어 놓고 있어. 왜 그이는 하룻밤 내내 밖으로 나가 있단 말인가? 그이는 나에 대한 애정도 자기의 자유를 방해할 수는 없다는 것을 내가 알아주기를 바라고 있어. 내게 그런 것을 보일 필요는 없는 대도. 내게 필요한 것은 오직 애정뿐인걸. 이 모스크바에 사는 것이 나에게 있어서 얼마나 괴로운 일인지를 그가 알아 줄 만도 한데. 이래도 정말 내가 살아 있다고 할 수 있을까? 아니, 나는 살아 있는 것이 아니야. 그저 자꾸 연기되는 일의 해결을 기다리고 있을 뿐이다. 해답은 이번에도 없어! 스치바까지도 카레닌한테는 찾아갈 수가 없다고 하지 않나. 하지만 난 이제 그분한테 편지를 보낼 수도 없어. 난 무엇 하나 할 수도 없고 무엇 하나 시작할 수도 무엇 하나 바꿀 수도 없는 거야. 나는 스스로를 꾹 누르고 무슨 위안거리나 생각해 내며 그저 기다리고

있어야 할 신세야. 그러나 이런 것은 모두 속임수다. 그이는 나를 불쌍하다고 생각해 줘야 할 거야.'

안나는 자기에 대한 연민의 눈물이 넘치는 것을 느끼면서 스스로를 타일렀다.

안나는 브론스키가 울리는 요란스런 벨 소리를 듣자 얼른 눈물을 닦았다. 눈물을 닦았을 뿐 아니라 램프 곁에 앉아서 침착하게 책을 읽는 시늉을 하였다. 그가 약속대로 돌아오지 않았기 때문에 불만스럽게 생각하고 있다는 것을 보여 줄 필요가 있었다.

"그래, 심심하지는 않았어? 정말 무시무시한 욕망이야. 노름이라는 것 말이야."

그는 안나의 곁에 가까이 오면서 활기 있고 들뜬 목소리로 말했다.

"아뇨, 심심하지 않았어요. 벌써 옛날에 심심하지 않도록 수업을 쌓은걸요. 스치바가 다녀갔어요. 그리고 레빈도."

"응, 그 두 사람이 당신한테 가고 싶다고 말했었지. 그래 어때? 레빈은 마음에 들었나?"

그는 안나의 곁에 앉으며 물었다.

"네, 좋은 분이에요. 두 사람은 조금 전에 돌아갔어요. 그런데 야시빈은 어땠어요?"

"처음에는 1만 7천 루블이나 땄었지. 내가 가자고 불러내니까 돌아갈 듯하더니 또 노름판으로 되돌아가서 이번에는 잃었지 뭐야."

"그러면 무엇 때문에 거기에 남아 계셨어요? 당신은 야시빈을 데리고 돌아가기 위해서 남는다고 스치바한테 전언을 부탁했죠? 그런데 왜 그 사람을 팽개치고 돌아오셨어요?"

안나는 갑자기 눈을 들어 그의 얼굴을 보고 물었다. 그 표정은 쌀쌀하고 적의에 가득 차 있었다. 그의 얼굴에도 마찬가지로 쌀쌀하고 싸울 듯한 표정이 나타났다.

"첫째, 나는 아무것도 전해 달라고 그에게 부탁하지 않았어. 둘째, 나는 거짓말 같은 것을 한 일이 없어. 나는 그저 남고 싶었기 때문에 남았을 뿐이야. 안나, 당신은 왜 그런 말을 하지?"

그는 얼굴을 찌푸리고 말했다. 그는 잠시 침묵하고 있다가 안나 쪽으로 몸을 구부리며 한 손을 폈다. 안나가 그 위에 자기 손을 얹기를 기대했던 것이다. 안나는 이런 따뜻한 유혹을 기쁘게 생각했다. 하지만 뭔가 기묘한 악의 힘이 그러한 유혹에 몸을 맡기도록 허락하지 않았다. 마치 싸움의 조건이 그녀에게 항복을 용서하지 않는 듯했다.

"물론 당신은 남아 계시고 싶으니까 남아 계셨겠죠. 당신은 무엇이든 자기가 하고 싶은 대로 하시는 분이니까요. 그런데 당신은 무엇 때문에 그런 말을 굳이 제게 하시는 거예요? 네, 무엇 때문에요?"

안나는 더욱 격해져서 말했다.

"이것 봐, 도대체 뭐가 어떻게 됐다는 거야?"

브론스키는 안나의 절망적인 표정에 자기도 모르게 오싹해지면서, 다시 그녀 쪽으로 몸을 구부려 그 손을 잡고 키스하고 나서 말했다.

"도대체 내가 뭘 어쨌다고 그러는 거야? 내가 집 밖에서 재미라도 보려고 한단 말이야? 내가 여자들과의 교제를 피하지 않기라도 한다는 거야?"

"그런 거야 당연한 일이 아니에요?"

안나는 말했다.

"그럼 당신의 마음을 가라앉히기 위해서 도대체 내가 어떻게 하면 좋겠어? 당신이 행복할 수 있다면 무슨 짓이라도 할 각오가 되어 있으니까. 지금처럼 까닭 모를 슬픔에서 당신을 헤어나게 하는 일이라면 나는 무슨 짓이라도 하겠어. 안나!"

그는 말했다.

"알았어요. 이제 그만두세요! 나도 잘 모르겠어요. 고독하게 살기 때문에 이러는지 예민한 신경 때문인지 이제 이런 이야기는 그만두기로 해요. 경마는 어땠어요? 아직 이야기해 주지 않으셨잖아요."

안나는 브론스키가 자기 것이 된 승리의 기쁨을 숨기려고 애쓰면서 말했다. 그는 저녁 식사를 가져오라고 하고서 안나에게 경마 광경을 자세하게 이야기하기 시작했다.

안나는 그의 목소리에서나 차차로 차가워지는 그의 눈길에서 자기에게 승리를 허락하고 싶어 하지 않는 기색을 느낄 수 있었다. 그리고 자기가 극복하려고 애쓴 고집이 다시 또 그의 속에서 고개를 쳐드는 것을 느꼈다. 그는 아까보다도 안나에 대해서 더 냉담해졌다. 자기가 안나에게 꺾인 것을 후회하는 것같이 보였다. 그녀 쪽에서도 역시 전에 자기에게 승리를 안겨 준 '전 무서운 불행에 빠지려 하고 있어요. 그래서 나 자신이 무서워요' 하는 말이 생각났으나, 이 무기는 위험한 것이므로 다시는 쓰면 안 된다고 생각했다.

안나는 자기네 두 사람을 맺어 주고 있는 사랑과 함께 두 사람 사이에는 뭔지 모를 야릇한 싸움의 악마가 숨어 있는데, 자기는 그것을 그의 마음으로부터는 말할 것도 없고 자기 마음으로부터는 더욱 쫓아낼 수가 없다는 것을 느꼈다.

3

어떤 환경이든 사람이 적응할 수 없는 것은 없다. 특히 주위 사람들이 자기와 똑같은 환경에 살고 있는 것을 볼 때는 더욱 그러하다. 석 달 전이었다면 레빈도 지금 자기가 놓여 있는 이런 환경에서 편안한 마음으로 잠자리에 들 수 있으리라고는 도저히 생각도 못 했으리라. 아무 목적도 없는 무의미한 생활, 더군다나 수입 이상의 돈을 뿌리면서 술에 취하고─그는 클럽에서 한 행동을 다른 말로 표현할 수가 없었다─, 지난날 아내가 사랑하던 남자와 뜻 모를 친우 관계를 맺고, 타락했다고밖에 할 수 없는 여자를 방문하고, 그 여자에게 이끌려 아내를 슬프게 했다. 그런 상황 아래서 자기가 편하게 잠들 수 있으리라고는 예전 같으면 상상도 못 하던 일이었다. 그러나 피로와 하룻밤을 못 잔 수면 부족과 술 탓으로 그는 깊은 잠이 들었다.

5시가 되자 문이 삐걱 하고 열리는 소리에 그는 잠이 깼다. 그는 뛰어 일어나 주위를 돌아보았다. 키티는 옆에 누워 있지 않았다. 칸막이 저쪽으로 흔들리는 불빛이 보이고 아내의 발소리가 들렸다.

"여보, 뭘 하고 있어? …… 무슨 일 있어? 키티! 왜 그러지?"

그는 잠이 덜 깬 목소리로 물었다.

"아무것도 아니에요. 조금 기분이 나빠졌을 뿐이에요."

키티는 촛불을 들고 칸막이 그늘에서 나오면서 유난히 귀엽고 의미 있는 미소를 띠며 말했다.

"응? 그럼 시작됐나? 정말로 시작됐어?"

그는 겁먹은 듯이 말했다.

"아니요. 그렇지 않아요. 그저 좀 기분이 언짢아졌을 뿐이에요. 그것도 이제 나았어요."

그녀는 웃음을 띤 채 남편의 손을 누르고 말했다.

이렇게 말하고 키티는 침대에 가까이 와서 촛불을 끄고 몸을 누이더니 그대로 조용해졌다. 7시경 그는 어깨를 만지는 아내의 손과 낮은 속삭임에 눈을 떴다. 키티는 남편을 깨우는 것이 안됐다는 마음과 말을 걸고 싶다는 욕망의 싸움으로 혼자 괴로워하고 있는 것 같았다.

"여보, 저어, 놀라지 마세요. 아무것도 아니니까요. 하지만 역시 그것인 것 같아요……. 리자베타 페트로브나를 데리러 사람을 보내야겠어요."

촛불이 또 켜져 있었다. 키티는 침대 위에 앉아 있었는데, 그 손에는 요즘 하고 있던 뜨개질감이 들려 있었다.

"여보, 놀라지 마세요. 아무것도 아니니까요. 전 하나도 무섭지 않아요."

키티는 남편의 겁먹은 얼굴을 잠깐 보면서 말했다. 그리고 남편의 손을 자기 가슴에, 다음에는 입술에 갖다 댔다. 레빈은 서둘러 일어나 의사를 부르러 뛰어나갔다. 의사는 아직 일어나 있지 않았다. 의사의 하인은 말했다.

"늦게 주무셨기 때문에 아침부터 깨우지 말라는 분부셨습니다. 얼마 안 있으면 잠을 깨실 겁니다."

레빈은 초조하게 기다렸다. 이윽고 의사가 나타났다.

"안녕하십니까? 뭐, 그렇게 서두르실 것은 없습니다. 그래, 증세는 어떻습니까?"

의사는 그에게 손을 내밀며 마치 놀리는 듯 침착한 태도로 말했다.

레빈은 될수록 자세하게 이야기하려고 애쓰며 아내의 증세에 대해서 필요도 없는 말을 지껄이기 시작했다. 그러다가는 스스로 말허리를 자르면서, 지금 곧 자기와 함께 가자고 애원하였다.

"그렇게 서두르실 건 없습니다. 당신도 잘 아시지 않습니까? 틀림없이 내가 가도 별 볼일이 없을 겁니다. 하지만 약속을 했으니 가 보기는 하죠. 어쨌든 그렇게 서두를 필요는 없어요. 자, 여기 앉아서 커피라도 한잔 듭시다."

레빈은 못마땅한 눈으로 의사를 힐끗 바라보았다. 그 눈초리는 당신이 지금 나를 놀리는 거요 하고 묻는 듯했다.

"그 심정 짐작합니다. 짐작하고말고요. 한 시간쯤 있다가 가십시다."

의사는 미소를 지으면서 말했다.

"저, 그건 안 됩니다. 어서 좀 가십시다."

"그럼 커피만이라도 천천히 마십시다."

의사는 커피를 마시기 시작했다.

"나는 도저히 이러고 있을 수가 없습니다! 그럼 15분 뒤에는 꼭 좀 와 주십시오!"

레빈은 또 펄쩍 뛰면서 말했다.

"30분 있다가 가지요."

"틀림없으시겠죠?"

집으로 돌아온 레빈은 공작부인과 마주쳤다. 두 사람은 함께 침실의 문으로 다가갔다. 공작부인은 눈물을 글썽이며 손을 떨고 있었다. 그녀는 레빈을 껴안고 갑자기 울음을 터뜨렸다.

"상태가 어때, 리자베타 페트로브나?"

부인은 윤기 있는 얼굴에 걱정스런 표정을 띠며 방 안에서 나온 리자베타 페트로브나의 손을 잡고 물었다.

"순조롭습니다. 부디 당신께서 산모에게 누우라고 말씀해 주십시오. 그것이 더 편하니까요."

산파는 대답했다.

4

레빈은 시간이 늦은 것인지 이른 것인지 도무지 알 수가 없었다. 촛불은 이미 다 닳아 있었다. 다리야 알렉산드로브나는 조금 전에 서재에 찾아와 의사에게 좀 자리에 누우라고 권했다.

그 순간 느닷없이 뭐라고 형용할 수 없는 부르짖음이 들려왔다. 그 부르짖는 소리가 너무 무서웠기 때문에 레빈은 얼른 뛰어 일어날 수도 없었다. 그는 가만히 숨을 죽이고 겁먹고 의아스런 얼굴로 의사를 바라보았다.

그것은 도대체 누가 지른 소리였을까? 그는 벌떡 일어나 발뒤꿈치를 들고 침실로 뛰어가서 리자베타 페트로브나와 공작부인의 뒤로 돌아서 침대 머리맡에 자기 자리로 정해진 곳에 가서 섰다. 부르짖는 소리는 가라앉았으나 어딘지 모르게 키티의 모습이 달라져 있었다. 땀이 밴 볼과 이마에 헝클어진 머리카락이 달라붙어 있고 상기되어 불타는 듯한, 괴로움에 지친 키티의 얼굴이 남편 쪽으로 향해졌다. 위로 올린 두 손이 그의 손을 잡았다.

"가면 싫어요. 여보, 가면 싫어! 난 무섭지 않아요. 네, 무섭지 않다고요! 엄마, 귀고리를 떼어 줘요. 방해가 돼요. 여보, 당신도 무서워하지 않죠? 이제 금방이에요, 곧 끝나요. 리자베타 페트로브나······."

키티는 단숨에 말했다. 키티는 재빠르게 말하고 방긋 웃어 보이려고 했으나 갑자기 그 얼굴이 보기 싫게 일그러지더니 남편을 밀어냈다.

"안되겠어. 아아, 어쩜 좋아! 난 죽어, 난 죽어! 저리 가요, 저리 가!"

키티는 소리쳤다. 그러고는 다시 또 그 형용할 수 없는 부르짖음이 들렸다. 레빈은 머리를 움켜쥐고 밖으로 뛰어나가 버렸다.

"걱정 마세요. 아무것도 아니에요. 모든 것이 잘돼 가고 있어요!"

다리야 알렉산드로브나가 그의 등 뒤에서 말했다. 사람들이 뭐라고 하든, 그는 이제야말로 모든 것이 끝장이구나 싶었다. 그는 옆방의 문간 기둥에 머리를 기대고 선 채 이제껏 한번도 들어보지 못한 절규와 포효를 듣고 있었다.

"선생님, 이게 도대체 어찌 된 겁니까? 네, 왜 이렇습니까? 아, 이를 어떡하면 좋습니까!"

그는 들어온 의사의 손을 붙잡고 말했다.

"이제 곧 끝납니다."

의사는 말했다. 그런 의사의 표정이 너무나 심각했기 때문에 레빈은 끝난다는 말을 죽는다는 말로 알아들었다. 그는 정신없이 침실로 뛰어 들어갔다. 키티의 얼굴은 보이지 않았다. 좀 전까지 그녀의 얼굴이 있던 곳에, 그 긴장된 모습과 거기서 일어나는 소리가 결합된 뭔지 모를 무서운 것이 있었다. 끔찍스러운 부르짖음은 그치지 않았다. 아니, 그것은 점점 더 커졌다. 그러더니 마치 공포의 절정에 이른 것처럼 갑자기 딱 그쳤다. 레빈은 자기의 귀를 믿을 수 없었으나 그렇다고 의심할 여지도 없었다. 부르짖는 소리는 가라앉았다. 그리고 조용한 술렁거림과 옷 스치는 소리, 가쁜 숨소리가 들렸다. 그녀의 떠듬거리기는 하나 생생하고 따뜻하고 행복한 목소리가 들렸다.

"끝났어요."

그는 고개를 들었다. 그러자 여느 때보다도 더 아름답고 조용한 얼굴의 아내가 두 팔을 힘없이 이불 위에 늘어뜨리고 물끄러미 그를 바라보고 있었다.

그는 침대 앞에 무릎을 꿇고 아내의 손에 입술을 눌러 대며 몇 번이나 거기에 키스했다. 그녀는 희미하게 손가락을 움직여 남편의 키스에 답하였다. 그동안에도 침대 아래쪽에서는 리자베타 페트로브나의 능숙한 손에서 마치 촛대 위의 조그만 불처럼 한 인간의 생명이 꿈틀거리고 있었다. 그것은, 지금까지는 존재하지 않았지만, 역시 인간으로서 같은 권리를 주장하고 같은 의의를 가지면서 살아갈 것이다. 또한 자기와 같은 인간을 낳으면서 살아가리라.

"어머, 아주 건강하세요! 게다가 도련님이에요! 이제 걱정 없어요."

리자베타 페트로브나가 떨리는 손으로 아기의 등을 가볍게 두드리며 말하는 것을 레빈은 들었다.

"엄마, 정말이에요?"

키티가 물었다. 공작부인의 흐느낌이 그 물음에 대한 답이었다.

침묵 한가운데서 이 어머니의 물음에 대한 의심할 바 없는 대답으로서, 방 안 여기저기서 들리는 조심스런 말소리와는 전혀 다른 새로운 소리가 일어났다. 그것은 어디서 나타났는지도 모르게 나타난 새로운 한 인간이 용감하게, 주위도 아랑곳없이 아무것도 고려하지 않고 지르는 외침이었다.

5

9시가 지날 무렵 노공작과 코즈느이쉐프, 스테판 아르카지치는 레빈의 방에 모여서 잠깐 산모에 대해 물어보고는 세상 이야기로 화제를 돌렸다. 레빈은 사람들의 이야기를 들으면서 어느 사이에 지나간 24시간 동안의 일을 떠올리고 그와 동시에 어제 그 일이 생기기 전의 자기에 대한 생각을 하고 있었다. 마치 그 일이 있은 지 10년은 지난 것 같은 느낌이 들었다.

그는 어제 저녁의 클럽 만찬 이야기를 들으며 '그 사람은 지금 어떻게 하고 있을까? 이제 잠들었을까? 어떤 모습일까? 무엇을 생각하고 있을까? 드미트리—아기 이름—는 울고 있을까?' 하고 생각해 보았다. 그는 무슨 이야기를 하려다 말고 자리에서 벌떡 일어나 방에서 나왔다.

"아기한테 가 봐도 괜찮은지 알려 주게나."

공작이 그의 뒤에다 대고 말했다.

"네, 네, 바로 알려 드리죠."

레빈은 대답하며 멈춰 서지도 않은 채 아내의 방으로 갔다. 키티는 잠들어 있지 않았다. 그녀는 머지않아 행해질 세례에 대하여 여러 가지 계획을 세우면서, 공작부인과 조용히 이야기를 나누고 있었다.

"저는 조금 잤어요, 여보. 그래서 지금은 기분이 아주 좋아요."

키티는 말했다. 키티는 남편의 얼굴을 보자 갑자기 표정이 달라졌다.

"이봐요, 아기를 이리 좀 주세요. 자, 이리 줘요, 리자베타 페트로브나. 아빠한테 보여 드려야지."

그녀는 아기의 울음소리를 듣고는 말했다.

"자, 아빠한테 인사를 드려야지."

리자베타 페트로브나는 뭔가 빨갛고 이상스런, 달달 떨고 있는 것을 안아 올려 이쪽으로 가지고 오면서 말했다.

"어머, 조금 기다리세요. 매무새를 좀 고쳐야겠으니까요."

리자베타 페트로브나는 그렇게 말하고, 떨면서 버둥거리는 빨간 것을 침대 위에 놓고 손가락으로 들어 올렸다 방향을 바꾸었다 하면서 기저귀를 끄르고 뭔가를 뿌린 다음 다시 채우는 것이었다. 아기의 몸 단장이 끝나 제대로 인형 같은 모양이 되자 리자베타 페트로브나는 자기 솜씨를 자랑하기나 하듯 아기를 한 번 흔들어 주고는, 레빈이 자기 아들의 귀여운 모습을 잘 볼 수 있도록 옆으로 비켜섰다. 키티도 눈을 떼지 않고 곁눈질로 같은 쪽을 가만히 바라보고 있었다.

"자, 이리 줘요!"

그녀는 말하면서 몸을 일으키려고 했다.

"어머, 마님도 참! 그렇게 움직이시면 안 돼요. 좀 기다리세요. 곧 안겨 드릴 테니까요. 그전에 아빠께서 기운찬 아기의 모습을 보셔야죠."

리자베타 페트로브나는 그 기묘한, 꿈틀꿈틀 움직이면서 배내옷의 깃에 머리가 반쯤 가려진 붉은 핏덩이를 한 손으로 안아 올려 레빈에게 내밀었다.

"참 귀여운 아기예요!"

리자베타 페트로브나가 말했다.

레빈은 슬픈 마음이 들어 한숨을 쉬었다. 이 '귀여운 아기'는 그에게 그저 혐오감과 연민의 정을 불러일으킬 뿐이었다. 그것은 기대했던 감정과는 전혀 다른 것이었다. 문득 그는 웃음소리를 듣고 얼굴을 들었다. 그것은 키티가 터뜨린 웃음이었다. 아기가 젖꼭지를 빨기 시작했던 것이다.

"자, 이제 됐어요. 그만 하세요!"

리자베타 페트로브나는 말했지만 키티는 여전히 아기를 놓으려고 하지 않았다. 아기는 그녀의 품 속에서 잠이 들었다.

"여보, 잘 좀 보세요."

키티는 남편에게 잘 보이도록 아기를 그의 쪽으로 돌리며 말했다. 그 조그만 늙은이 같은 얼굴의 아기가 갑자기 더욱 쭈글쭈글해지는가 싶더니 재채기를 했다. 레빈은 미소를 띠고 감동의 눈물을 가까스로 참고는, 아내에게 키스를 하고 어둑한 방에서 나왔다.

그가 그 조그만 생명에 대해서 느낀 감정은 예상하고 있었던 것과는 전혀 다른 것이었다. 그 감정 속에는 무엇 하나 즐거운 것도 기쁜 것도 없었다. 아니, 그 반대로 그것은 새로 일어난 공포였다. 그것은 상처받기 쉬운 새 영역이 생겨났다는 의식이었다. 그런 감정에 밀려 아기가 재채기를 했을 때 맛본 그 기묘하고 야릇한 기쁨도, 아니 자랑스러운 느낌마저도 별로 그의 마음을 크게 차지하지 못했다.

6

오블론스키 가의 재정 상태는 매우 위험한 지경에 이르러 있었다. 숲을 판 돈의 3분의 2는 이미 다 써 버렸고 나머지 3분의 1도 거의 전액을 1할 공제하여 상인에게서 선금으로 받았었다. 상인은 그 이상 한 푼도 더 내려고 하지 않았다. 그런데다 이해 겨울 다리야 알렉산드로브나가 처음으로 완강하게 자기의 재산권을 주장하면서, 숲의 대금 잔액 3분의 1에 대한 대금 수령 계약서에 서명하기를 거절했기 때문에 더욱 일이 난처하게 되었다. 봉급은 모두 가정의 비용과 끊일 날이 없는 자질구레한 빚을 지불하는 데 써 버려 돈이라고는 한 푼도 없었다.

이러한 사태에 직면한 스테판 아르카지치는 수입이 많은 지위를 손에 넣기 위해서 페테르부르크의 알렉세이 알렉산드로비치를 찾아가기로 했다. 비단 그 일뿐 아니라 스테판 아르카지치는 이혼에 대하여 알렉세이 알렉산드로비치한테서 분명한 대답을 받아 주겠다고 누이동생 안나에게 약속한 바 있었다.

그는 다리야 알렉산드로브나로부터 50루블의 돈을 받아서 페테르부르크로 떠났다. 스테판 아르카지치는 알렉세이 알렉산드로비치의 서재에 들어가 먼저 자기 일을 이야기했다. 그러고는 안나에 대한 말을 언제 꺼낼까 하고 기회를 엿보고 있었다.

"오늘 나는 또 한 가지 용건을 가지고 왔네. 그렇게 말하면 자네도 짐작이 가겠지……. 안나의 일 말이야."

스테판 아르카지치는 운을 떼었다. 스테판 아르카지치가 안나의 이름을 입에 올리자 알렉세이 알렉산드로비치의 표정은 금방 싹 변했다.

"그래, 무슨 말씀이시죠!"

그는 안락의자를 빙 돌려 몸의 방향을 바꾸고 코에 걸린 안경을 벗어 챙기면서 말했다.

"예의 그 이야기야. 그 사람에게 무슨 해결을 주자는 것이지. 나는 지금 자네에게 한 사람의 정치가로서가 아니라 한 선량한 인간으로서, 기독교도로서 부탁하고 있네. 자네는 그 애를 불쌍하게 여겨 줘야겠어."

스테판 아르카지치는 말했다.

"그러니까 어떤 점을 말인가요!"

알렉세이 알렉산드로비치는 조용히 반문했다.

"그냥 가련하다고 생각해 주면 되는 거야. 자네가 그 애를 만나봤다면, 나는 이해 겨울 내내 그 애와 함께 있었는데, 자네도 틀림없이 가엾게 여기는 생각이 들 걸세. 지금 그 애의 처지는 아주 딱하게 되어 있어, 정말 지독해."

"제 생각으로는 안나는 자기가 바라는 것을 모두 얻은 것으로 아는데요."

알렉세이 알렉산드로비치는 거의 째지는 듯한 목소리로 대답했다.

"아니야, 카레닌. 부탁이니 서로 죄를 떠넘기는 일은 하지 않기 바라네! 이제는 지나간 일이 아닌가. 자네도 알다시피 지금 그 애가 애타게 기다리는 건 다름 아닌 이혼이야."

"분명 안나는 내가 아들을 맡겠다고 할 경우에는 이혼을 단념하겠다고 말했는데요. 그런 대답을 해 왔기 때문에 그 건은 일단락된 것으로 생각하고 있었습니다."

알렉세이 알렉산드로비치는 여전히 찢어질 듯 날카로운 소리로 말했다.

"제발 부탁이니, 그렇게 흥분하지 말게. 이 사건은 아직 미결로 남아 있어. 다시 한 번 말하자면 이러하네. 자네들 두 사람이 헤어질 때 자네는 참으로 훌륭하고 관대한 태도로 대해 주어 그 애에게 모든 것을, 이혼조차도 베풀어 주었지. 그 애도 그걸 감사하고 있었지. 감사가 지나쳐서 처음에는 자네에 대한 자기의 죄를 절감한 나머지 모든 일을 분명히 생각하지 못했어. 아니, 생각할 수가 없었던 거야. 그 애는 무엇이고 사양을 해 버렸어. 그런데 현실과 시간이 그 애의 처지가 얼마나 괴롭고 견딜 수 없는 것인가를 차츰 깨우쳐 준 거야."

스테판 아르카지치는 알렉세이 알렉산드로비치의 무릎에 손을 얹으면서 말했다.

"안나의 생활에 대해서 저는 아무 흥미도 없습니다."

알렉세이 알렉산드로비치는 눈썹을 치켜 올리며 그의 말을 막았다.

"미안하네만, 내게는 그렇게 생각되지 않아. 그 애의 처지는 자기 혼자의 괴로움으로 끝나는 게 아니라, 누구에게도 아무 도움이 되지 못하고 있어. 그야 자네는 자업자득이라고 하겠지. 하지만 육친의 입장에선, 아니 그 애를 사랑하고 있는 사람은 모두 자네가 그렇게 해 주기를 부탁하고 있단 말일세. 무엇 때문에 그 애가 괴로움을 받아야 한단 말인가? 그 때문에 덕을 보는 자가 아무도 없는데 말일세."

스테판 아르카지치는 조용히 그의 말을 받았다.

"실례지만, 지금 나를 피고의 입장에 놓고 말씀하시는 것 같은데요."

알렉세이 알렉산드로비치가 말했다.

"아, 그게 무슨 소린가? 절대로 그렇지 않네. 오해는 하지 말게. 내가 말하고 싶은 것은 오직 한 가지, 그 애는 지금 괴로운 처지에 있고 그것을 자네가 구제해 줄 수가 있다는 거야. 그러면서 자네는 무엇 하나 잃어버리는 것이 없다는 사실일세. 내가 모든 것을 잘 처리하겠네. 자네를 괴롭힐 것도 없이 말이야. 자네도 전에는 그렇게 하기로 약속하지 않았나?"

스테판 아르카지치는 거듭 상대방의 손을 잡으면서 말했는데, 그것은 마치 그렇게 상대방의 몸에 손을 댐으로써 그의 마음을 누그러뜨릴 수 있다고 확신하는 듯했다.

"그야 전에는 약속했지요. 하지만 아들의 문제로 이 건은 해결된 것으로 알고 있어요. 안나도 조금은 관대한 마음을 가져 주었으면 하는데요."

창백한 얼굴이 된 알렉세이 알렉산드로비치는 입술을 떨며 가까스로 그렇게 말했다.

"그렇다면 자네는 일단 약속한 것을 거부할 작정인가?"

"나는 아직껏 한 번도 내가 할 수 있는 일을 거부한 적은 없습니다. 다만 그 약속이 어느 정도까지 가능한 지 좀 시간을 두고 생각해 보고 싶을 뿐입니다."

"그건 안 되네, 카레닌. 자네가 그런 말을 하다니 정말 뜻밖이야! 그 애는 여자로서 생각할 수 있는 한 가장 불행한 처지에 있단 말일세. 자네에게는 그런 일까지 거절할 권리가 없지 않은가."

스테판 아르카지치는 펄쩍 뛰면서 말했다.

"하지만 나는 신앙인으로서 그런 중대사를 처리하는 데 있어서 기독교의 법도에 어긋나는 행동을 할 수는 없습니다."

"내가 아는 한 기독교 사회에서도 아니, 우리나라에서는 이혼이 허락되고 있지 않은가?"

스테판 아르카지치는 말했다.

"허락되고는 있죠. 하지만 그런 의미에서가 아니에요."

"카레닌, 나는 자네라는 사람을 알 수가 없네."

한동안 사이를 두었다고 스테판 아르카지치는 말을 이었다.

"기독교인으로서 모든 것을 용서하고 모든 것을 희생할 각오를 한 것은, 그것은 바로 자네가 아니었던가? 그런데 이제 와서……."

"제발 부탁입니다."

알렉세이 알렉산드로비치는 벌떡 일어서서 창백한 얼굴로 턱을 떨며 역시 쩨지는 소리로 말하기 시작했다.

"제발 부탁이니, 이제 그만두십시오. 그만두세요……. 그 이야기는."

"아, 실례했네! 기분이 상했다면 용서하게, 부디 용서해 주게. 다만 나는 심부름꾼으로 부탁받은 일을 말하러 왔을 뿐이니 말이야."

스테판 아르카지치는 어쩔 줄 몰라서 한 손을 내밀며 미소를 띠고 말했다. 알렉세이 알렉산드로비치도 손을 내밀고 조금 생각하더니 말했다.

"잘 생각해 보고 나서 말씀드리겠습니다. 모레 분명한 회답을 드리죠."

그 이틀 뒤에 스테판 아르카지치는 알렉세이 알렉산드로비치로부터 안나와의 이혼을 거절한다는 분명한 회답을 받았다.

506

7

브론스키와 안나는 더위와 먼지에 시달리는 모스크바의 생활이 견 딜 수가 없었다. 태양은 봄이라기보다는 오히려 여름같이 내리쬐었고 가로수 길의 나무란 나무는 벌써 오래 전에 잎이 돋아 그 잎이 먼지로 뒤덮여 있었다. 그럼에도 보즈드비젠스코예로 돌아가기로 결정한 것 이 자꾸 미루어져, 둘 모두 지겨워 견딜 수 없는 모스크바의 생활을 계 속하고 있었다. 그것은 최근 두 사람 사이에 일치라는 것이 없어졌기 때문이었다.

안나에게 있어 브론스키의 모든 것은, 그 습관이나 사상이나 희망 이나 또는 정신적 육체적 특징 모두 오직 한 가지에, 즉 여성에 대한 애정이라는 것에 귀결되어 있었다. 게다가 이 애정은 그녀의 감각으 로 말하자면 그녀 혼자에게로만 집중이 되어야 했다. 그런데 이제 그 애정이 퇴색해 가고 있는 것이다. 따라서 그녀의 판단에 의하면 브론 스키는 그 애정의 일부를 다른 여성에게, 몇 명 혹은 어떤 한 여성에게 옮겨 간 것이 틀림없다고 단정하고 질투를 했다. 안나가 그에게 질투 심을 품은 것은 특정한 여성이 그와 관계를 맺었기 때문이 아니라 그 의 애정이 희박해졌기 때문이었다.

그녀는 아직 질투의 분명한 대상이 없었기 때문에 그것을 찾아내려 고 했다. 눈곱만한 암시만 있어도 안나는 자기의 질투를 한 대상에서 다른 대상으로 옮기는 것이었다. 어떤 때는 독신 시절로 돌아가 그가 쉽게 관계를 가질 수 있는 천한 신분의 여자들에게 질투하는가 하면, 어떤 때는 그가 언제나 만날 수 있는 사교계의 부인에게 질투를 느꼈 다. 때로는 그가 자기와의 관계를 끊고 다른 여자와 결혼을 하고 싶을 것이라는 가정 아래 어떤 가공의 아가씨에게 질투를 하기도 했다. 이 마지막 질투가 다른 무엇보다도 안나를 괴롭혔다.

무슨 속 이야기 끝에 부지중에 입 밖에 낸 말 때문이었다. 그것은 그의 어머니가 자기를 이해해 주지 않으며 다른 사람도 아닌 소로키나 공작 영애와 결혼시키려고 권하고 있다는 말이었다.

이와 같이 안나는 그를 질투하면서 모든 일에서 분개할 구실을 찾았다. 자기의 처지가 고달픈 것도 모두 브론스키의 잘못으로 돌려 그를 책망했다. 때로는 두 사람 사이에 따뜻한 애정이 돌아왔지만 그런 때에도 안나는 마음을 놓을 수가 없었다. 그녀는 상대방의 애정 속에 전에는 없었던 침착함과 자신에 찬 그림자를 보고, 그 때문에 오히려 조바심이 났다.

날이 저물어 황혼이 다가왔을 때였다. 안나는 독신자들의 연회에 나간 그가 돌아오기를 기다리면서 혼자서 서재 안을 이리저리 서성거리고 있었다. 그리고 자기네들의 말다툼을 사소한 뉘앙스까지 생각해 내며 회상하고 있었다. 기억에 새겨진 모욕적인 말을 차례로 거슬러 올라가고 그 충돌의 실마리가 된 것까지 되짚어 가서는, 마침내 일의 발단이 되었던 말을 찾아냈다.

그러자 안나는 그렇게 별것도 아닌 말이 그런 싸움을 불러일으켰다고는 도저히 믿을 수가 없었다. 일의 발단은 브론스키가 여학교 같은 것은 필요 없다고 비웃고 그녀가 그것을 변호한 데서 비롯되었다. 브론스키는 여자 교육 일반을 멸시하면서 안나가 돌보아 주고 있는 영국 처녀 하나 따위에게 물리학 같은 지식은 당치도 않다고 말했던 것이다.

그는 오늘 온종일 집에 없었다. 안나는 자기와 그가 나쁜 감정 속에 있다고 생각하니 쓸쓸하고 괴로워서 견딜 수가 없었다. 모든 것을 잊고 그를 용서하여 화해하고 싶어졌으며, 자기가 나빴다는 생각이 들어 그를 변호해 주고 싶었다.

'내가 나빴어. 늘 안절부절못하면서 까닭 없는 질투만 하고 있는걸. 그 사람과 화해를 하고 시골로 돌아가자. 시골에 가면 기분도 가라앉겠지. 그이는 진실하고 정직하고 나를 사랑하고 있어. 나는 그이를 사랑하고 있고 얼마 있으면 남편과 이혼도 할 수 있어. 그러면 됐지, 무엇이 더 필요하겠어? 침착함과 신뢰만 있으면 돼. 내가 모든 죄를 혼자 도맡자. 그렇지, 이번에야말로 그 사람이 들어오면 즉시 내가 나빴다고 말하자. 그야 나는 별로 나쁘지 않았지만. 그리고 둘이서 시골로 돌아가자.'

안나는 자기에게 타일렀다.

그녀는 더 이상 그 일을 생각하거나 초조해하지 않기 위해서, 벨을 울려 시골로 돌아갈 채비를 할 테니 짐 가방을 가져오라고 말했다. 브론스키는 새벽 1시에 돌아왔다.

8

"여보, 어땠어요? 재미있었어요?"

안나는 나가서 그를 맞이하며 미안한 듯이 부드러운 얼굴로 물었다.

"뭐, 늘 그렇지."

그는 첫눈에 안나의 기분이 좋은 것을 보고 대답했다. 브론스키는 이제 이런 변화에는 익숙해져 있었으나, 오늘은 자기도 기분이 좋아서 그 표현이 또 각별히 좋았다.

"아니! 이거 좋군, 좋았어!"

그는 현관방에 놓여 있는 짐 가방을 가리키며 말했다.

"네, 이제 돌아가야 해요. 잠깐 마차로 밖에 나가 보았는데, 너무나 기분이 좋아서 갑자기 시골로 돌아가고 싶어졌어요. 여보, 당신도 별로 지장은 없으시죠?"

"물론! 이야말로 내가 바라던 바지. 그럼 곧 옷을 갈아입고 올 테니, 우리 잘 상의합시다. 차 마실 준비를 시켜 줘. 야아! 좋아, 좋아!"

그렇게 말하고 그는 서재로 갔다. 그가 옷을 갈아입고 오자 안나는 미리 준비해 둔 말을 일부러 되풀이하면서, 오늘 하루 있었던 일이며 시골로 떠나는 일에 관한 자기 계획 같은 것을 이야기해 주었다.

"여보, 전 마치 영감이라고 해도 좋을 만한 기분이 솟아났어요."

안나는 말했다.

"무엇 때문에 여기서 이혼을 기다리고 있겠어요? 그런 건 시골에 가서 기다려도 마찬가지 아니겠어요? 더 이상 기다릴 수 없어요. 그런 것은 제 생활에 아무 영향도 끼치지 않는 거라고 간주해 버렸다고요. 당신도 찬성해 주시겠죠?"

"찬성하고말고!"

그는 안나의 흥분된 얼굴을 불안스럽게 바라보며 대답했다.

"클럽에서는 무엇을 하셨어요? 어떤 분이 계셨어요?"

안나는 조금 사이를 두고 나서 물었다.

"식사는 훌륭했고 게다가 보트 경주도 있어서 아주 재미있었어. 하지만 모스크바는 웃기는 일 없이는 일을 끝내지 않는 곳이야. 스웨덴 왕비의 수영 교사라든가 하는 이상한 부인이 나타나서 자기 재주를 보여 주고 그랬지."

"어머나! 그래서 그 여자가 헤엄을 쳤어요?"

안나는 눈살을 찌푸렸다.

"뭔가 이상야릇한 빨간색 수영복을 입은 나이 들고 못생긴 여자였지. 그건 그렇고, 언제 출발하지?"

"어쩌면 그렇게 사람들은 쓸데없는 짓을 하죠! 그래서 그 여자가 무슨 특별한 수영 방법이라도 보여 주던가요?"

안나는 상대방의 물음에 대답하지 않고 말했다.

"뭐, 별로 색다를 것도 없어. 그러니까 말했잖아, 웃기는 일이라고. 그런데 우린 언제 출발하는 거지?"

안나는 마치 불쾌한 생각이라도 떨쳐 버리듯 머리를 흔들었다.

"언제 출발하느냐고요? 그야 빠르면 빠를수록 좋지요. 내일은 준비가 안 될 테니까 모레로 해요."

"글쎄, 좀 기다려 보지. 모레는 일요일이고, 또 어머니한테 다녀올 일이 있으니까."

브론스키는 당황하며 말했다. 그가 어머니란 말을 입에 올리자마자 안나가 의심스런 눈으로 빤히 자기를 보는 것을 의식했기 때문이다. 그가 당황했기 때문에 오히려 안나의 의심이 더 커지는 결과가 되고 말았다. 안나는 발끈하여 그의 옆에서 몸을 뗐다. 이제는 스웨덴 왕비의 수영 교사가 아니라 브론스키 백작 부인과 함께 모스크바 교외에 살고 있는 소로키나 공작 영애가 안나의 머리에 떠오른 것이다.

"거기엔 내일이라도 가실 수 있잖아요?"

안나는 말했다.

"그게 그렇게는 안 돼. 내가 찾아가는 용건에 필요한 위임장과 돈이 내일은 오지 않아."

그가 말했다.

"그렇다면 돌아가는 건 그만두기로 해요."

"아니, 그건 또 왜?"

"전 그보다 늦게 떠날 바에는 출발을 아예 그만두겠어요. 월요일이 안 된다면 절대 떠나지 않겠어요."

"대체 왜 그래? 거기에는 아무 의미도 없잖아!"

브론스키는 깜짝 놀란 듯이 말했다.

"그야 당신에게는 의미가 없겠지요. 하지만 그것은 당신이 저를 생각해 주지 않기 때문이에요. 당신은 제 생활을 이해해 주려고 하지 않는걸요. 이 집에서 저를 심심치 않게 해 주던 것은 오직 한 사람, 저 하나뿐이에요. 그것마저 당신은 허위라고 말씀하셨어요. 어제 그렇게 말씀하셨잖아요? 자기 딸을 귀여워할 줄 모르고, 저런 영국 처녀를 귀여워하는 체하고 있는 것은 부자연스러운 일이라고 말이에요. 그럼 제가 여기에서 어떤 생활을 해야 자연스러운지 가르쳐 주세요."

순간, 안나는 제정신이 들어 자기의 결심을 깨뜨린 것에 두려움을 느꼈다. 그녀는 스스로를 파멸시키는 일을 하고 있음을 알면서도 자기를 억제할 수가 없었다.

"나는 절대로 그런 말을 한 적이 없어. 다만 그런 당치 않은 애정에는 동감할 수 없다고 말했을 뿐이야."

"왜 당신이라는 분은 자기가 솔직하다는 것을 자랑하면서 사실대로 말씀하지 않으시지요?"

"나는 그런 자랑을 한 적이 없어. 그리고 거짓말을 한 일도 없고. 정말 유감스럽군. 만일 당신이 나를 존경하지 않고⋯⋯."

그는 치밀어 오르는 노여움을 꾹 참으며 조용히 말했다.

"존경이라고요? 존경이라는 것도 원래는 애정이 있어야 하는 건데, 그것이 텅 비어 있으니까 그것을 숨기기 위해서 생각해 낸 말이군요⋯⋯. 만일 당신이 더 이상 나를 사랑하지 않는다면 그렇다고 분명히 말씀하세요. 그것이 훨씬 솔직해요."

"아아, 이제 도저히 참을 수가 없군! 어째서 당신은 내 인내력을 시험하려는 거야!"

브론스키는 의자에서 벌떡 일어서며 소리쳤다. 이어 그는 아직도 할 말이 많지만 참고 있다는 듯이 말했다.

"참는 것도 한도가 있어."

"그게 무슨 뜻이죠?"

안나는 그의 온 얼굴에 나타난, 특히 무섭게 빛나는 눈에 나타난 증오의 빛에 오싹 몸을 떨면서 자기도 모르게 소리쳤다.

"내가 하고 싶은 말은⋯⋯."

그는 무언가 말을 시작하려다가 뚝 멈추고 이야기를 바꾸었다.

"도대체 당신은 내가 어떻게 해 주길 바라는 거지? 그것을 듣고 싶은데."

"제가 무엇을 바랄 수 있겠어요? 당신에게 바라는 것은 나를 버리지 말아 달라는 것뿐이에요. 당신은 저를 버리려고 마음먹고 있는 것

같지만."

안나는 그가 미처 말하지 못했던 그의 속까지 헤아리며 말했다. 그녀는 계속했다.

"아니 제가 바라는 것은 그게 아니에요. 그것은 두 번째 문제에요. 제가 원하는 것은 애정인데, 이제는 그게 없어요. 그러니 모든 것이 다 끝장이 난 거예요."

안나는 문 쪽으로 걷기 시작했다.

"아, 잠깐! 기…… 기다리라니까!"

브론스키는 여전히 험악하게 눈살을 찌푸리고 있었으나, 안나의 손을 붙들며 말렸다.

"도대체 왜 이러는 거야? 내가 출발을 3일 늦추자고 하니까 당신은 그걸 가지고 내가 거짓말을 하고 있다느니 정직하지 못하다느니 하고 있잖아."

"다시 한 번 되풀이 말씀드리지만요. 나를 위해서 모든 것을 희생했다느니 하며 비난하는 사람은, 그런 사람은 부정직한 사람보다 더 나빠요. 네, 그야말로 매정한 인간이에요."

안나는 이전에 말다툼한 때의 그의 말을 생각해 내며 말했다.

"이것 봐, 인내에도 한도가 있어!"

그는 소리 지르며 안나의 손을 뿌리쳤다.

'저 사람은 나를 증오하고 있어. 틀림없어.'

안나는 생각했다. 그녀는 말없이 돌아보지도 않고 비틀거리는 발걸음으로 방을 나갔다.

'저 사람은 다른 여자를 사랑하고 있어. 이제 그것이 분명해졌어.

나는 애정을 바라는데 그것이 없는걸. 모든 것은 끝났어. 그러니까 끝장을 내야 해. 그런데 어떻게?'

안나는 자기 방으로 들어가며 속으로 중얼거렸다.

그녀는 스스로 묻고 거울 앞의 안락의자에 걸터앉았다. 자, 이제부터 나는 어디로 갈까. 길러 준 백모한테로 갈까, 돌리한테로 갈까, 그렇지 않으면 혼자 외국으로 가 버릴까? 하고 생각하다가 안나는 다시 그이는 지금 서재에서 무엇을 하고 있을까, 이것이 정말로 마지막 다툼일까, 그렇지 않으면 아직 화해할 가능성이 있을까? 하는 생각을 하다가 페테르부르크의 친구들은 나를 뭐라고 말할까, 카레닌은 이런 나를 어떻게 볼까 하는 생각을 했다. 그리고 만일 이것으로 정말 끝장이 나 버린다면 그 후에는 어떻게 될까 등 갖가지 생각이 머리에 떠올랐다.

하지만 그녀는 진정으로 그런 생각에 몰두하고 있었던 것은 아니었다. 그 마음 밑바닥에는 오직 한 가지 그녀의 흥미를 끌어당기는 어렴풋한 생각이 있었는데, 그녀는 그것을 아직 분명하게 인식할 수가 없었다. 다시 한 번 알렉세이 알렉산드로비치의 모습이 떠오르자 그녀는 산후에 몸이 안 좋을 때 늘 머릿속에서 떠나지 않던 그 기분이 생각났다.

'왜 나는 죽지 않았을까?'

그녀는 그 무렵에 자기가 한 말을 떠올림과 함께 문득 자기의 마음 밑바닥에 있는 단 한 가지 생각을 깨달았다. 그것만이 전부를 해결하는 오직 한 가지 생각이었다.

'그렇다. 죽는 것이다. 카레닌과 세료쥐아의 치욕도 불명예도 내 엄

청난 부끄러움도. 모든 것이 이 죽음에 의해서 구원되는 거야.'

안나는 자기를 불쌍하게 생각하는 듯한 굳은 미소를 볼에 떠올린 채 왼손의 반지를 뺐냈다 끼었다 하면서, 자기가 죽은 뒤에 그가 느낄 기분을 생생하게 마음에 그려 보았다.

가까워 오는 발소리, 그의 발소리가 안나를 생각에서 일깨웠다. 안나는 반지를 끼는 데 정신이 팔린 체하며 그를 돌아다보려고도 하지 않았다. 브론스키는 안나의 옆에 와서 그녀의 손을 잡고 조용히 말했다.

"안나, 모레 떠나기로 하지. 꼭 그렇게 하고 싶으면 말이야. 나는 무슨 말이든지 듣겠어."

안나는 말이 없었다.

"왜 그러지?"

그가 물었다.

"알고 계시잖아요."

안나는 말했으나, 그 순간 더 참을 수가 없어 갑자기 소리를 내며 울기 시작했다.

"날 버려 줘요, 버려 줘요! 전 내일 나가겠어요. 아니, 그 이상의 일을 하겠어요. 전 어차피 더러운 여자예요. 더 이상 당신을 괴롭히고 싶지 않아요. 네, 그런 짓은 하기 싫어요! 당신을 자유롭게 해 드리겠어요. 당신은 이제 절 사랑하지 않으니까요. 당신은 다른 여자를 사랑하고 있잖아요."

안나는 훌쩍이며 말했다.

브론스키는 부디 마음을 가라앉혀 달라고 안나에게 부탁했다. 그는 그런 질투는 한 조각의 근거도 없고 자기의 애정은 결코 식은 일이 없으며 앞으로도 식지 않을 것임을, 지금은 이전보다도 더 큰 애정을 느끼고 있다고 설득했다.

"안나, 무엇 때문에 당신은 이렇게 자신을, 아니 나까지도 괴롭히고 있지?"

그는 안나의 손에 입을 맞추며 말했다. 이제 그의 얼굴에는 따뜻한 애정이 나타나 있었다. 안나는 그의 목소리에 담긴 눈물의 울림과 그 축축한 물기가 자신의 손을 적신 듯 느껴졌다. 그 순간 안나의 절망적인 질투는 미칠 것 같은 격정적인 애정으로 바뀌었다. 안나는 그를 껴안고 머리며 목덜미며 손에 마구 키스의 소나기를 퍼부었다.

9

안나는 이제 완전히 화해가 됐다고 느끼면서 아침부터 부지런히 출발 준비를 서둘렀다. 안나가 자기 방에서 열어젖힌 짐 가방 위에 몸을 구부리고 옷가지를 가려내고 있을 때, 이미 옷을 갈아입은 브론스키가 여느 때보다 일찍 나왔다.

"그럼 난 잠깐 어머니한테 다녀올게. 어머니는 예고르를 통해서 돈을 보내 줄지도 몰라. 그렇게 되면 내일이라도 떠날 수 있을 거야."

그가 말했다.

안나는 아주 기분이 좋았음에도 불구하고 브론스키가 어머니의 별장에 간다는 말을 듣자 왠지 가슴을 콕 찔리는 듯한 통증을 느꼈다.

"아니, 괜찮아요. 나도 그렇게 빨리 떠날 채비는 못 할 테니까요."

안나는 말했다. 그때 문득 다음과 같은 생각이 들었다.

'그렇다면 처음부터 내가 하자는 대로 서둘러 떠날 수 있었을 텐데, 왜 날짜를 늦추자고 했을까?'

"당신이 하고 싶은 대로 하세요. 자, 식당으로 가요. 저도 바로 뒤따라가겠어요. 이 필요 없는 것만 잠깐 가려 내놓고요."

안나는 이미 산더미만 한 헌옷가지들을 안고 있는 안누시카의 팔에 또다시 무언가를 얹으며 말했다. 안나가 식당으로 들어갔을 때 브론스키는 언제나처럼 비프스테이크를 먹고 있었다.

"저어, 여보. 정말 곧이들리지 않을지도 모르지만 전 이 집이 싫어져서 견딜 수가 없어요. 저 시계도 커튼도 그리고 무엇보다 벽지는 악몽 같지 않아요? 전 보즈드비젠스코예가 마치 약속된 성지 같은 생각이 들어요. 당신은 아직 말을 안 보내셨어요?"

안나는 그와 나란히 자기의 커피 잔 앞에 앉으며 말했다.

"아냐, 말은 나중에 보내라고 하겠어. 당신은 어디로 갈 생각이야?"

"윌슨한테 다녀오려고 해요. 옷을 가져다 줘야 하니까요. 그럼 출발은 내일로 하는 거죠?"

안나는 들뜬 목소리로 말했다. 다음 순간 그녀의 얼굴빛이 확 달라졌다. 브론스키의 하인이 페테르부르크로부터 온 전보의 수령증을 달라고 들어온 것이다. 브론스키가 전보를 받았다고 해서 달리 이상할 것은 없지만, 그는 무엇인가 안나에게 숨기고 싶은 일이라도 있는 듯 수령증은 서재에 있으니 가져가라 대답하고는 서둘러 안나에게 말을 걸었다.

"틀림없이 내일 안으로 일을 끝내 버리겠어."

"전보라니, 누구한테서 온 거예요?"

안나는 그의 말에는 귀를 기울이지 않고 물었다.

"스치바한테서야."

그는 마지못해 대답했다.

"왜 저한테는 보여 주지 않으셨어요? 스치바와 저 사이에는 아무것도 비밀이 없을 텐데요."

안나의 말에 브론스키는 하인을 불러 전보를 가져오도록 했다.

"스치바는 함부로 전보를 치는 버릇이 있어서 보여 주고 싶지 않았던 거야. 무슨 결정이 난 것도 아닌데 전보 같은 걸 보낼 일이 있느냐말이야."

"이혼에 대해서요?"

"맞아. 아직 아무 결론도 얻을 수 없으나 가까운 시일 안에 확답이있을 거라는 게 전보 내용이야. 자, 읽어 봐."

안나는 떨리는 손으로 전보를 받아 브론스키가 말한 그대로의 전문을 읽었다. 마지막에는 이런 말이 덧붙여 있었다.

희망은 적으나 최선을 다하겠음.

"어제도 말했지만, 난 언제 이혼이 될지 또 정말로 잘 될지 어떨지이제 그런 건 아무래도 상관없어요. 그러니까 저한테 숨길 필요는 조금도 없었는데."

안나는 얼굴이 빨개지며 말했다.

'이대로 가면 이이는 여자한테서 받은 편지도 숨길 거야. 아니, 틀림없이 숨기고 있어.'

그녀는 생각했다.

"여보. 당신은 이 소식이 저한테 숨겨야 할 만큼 중요한 일이라고 생각하세요? 전 그런 일은 생각하기도 싫다고 말하지 않았어요? 그러니 이제 당신도 저와 마찬가지로 그런 것에 마음 쓰실 것 없어요."

안나는 초조감을 느끼며 말했다.

"내가 마음을 쓰는 것은 무슨 일이나 분명히 해 놓고 싶기 때문이야."

그는 말했다.

"분명히 해 놓을 일은 그런 형식적인 것이 아니라 애정이에요."

안나는 그의 말 자체에 대해서가 아니라, 그 말을 입에 올릴 때의 냉정하고 침착한 브론스키의 태도에 더욱 초조함을 느끼며 말했다.

"무엇 때문에 이혼 같은 것을 바라세요?"

"무엇 때문인지 알고 있지 않아? 당신을 위해서이고 앞으로 태어날 아이를 위해서야."

그가 말했다.

"아이는 이제 태어나지 않아요."

"그것 참 유감이군."

그는 말했다.

"당신은 아이만 생각했지 제 생각은 해 주지 않는군요."

안나는 그가 '당신과 앞으로 태어날 아이를 위해서'라고 한 말을 완전히 잊어버렸다기보다는 제대로 귀담아 듣지 않고 말했다. 어린애를 갖느냐 마느냐 하는 문제는 이미 꽤 오래 전부터 말다툼의 불씨가 되어 오고 있었으며, 안나를 안절부절못하게 만들고 있었다. 그가 아이를 갖고 싶어 하는 것을, 안나는 그가 자기의 아름다움을 존중하지 않는 증거라고 판단하고 있었다.

"그러니까 당신을 위해서라고 했지 않아. 무엇보다도 당신을 위해서. 당신이 늘 조바심하는 것도 이유를 따져 보면 당신의 처지가 애매한 데서 생기는 거라고 확신하고 있기 때문이야."

그는 어디가 아프기라도 한 것처럼 얼굴을 찌푸리며 되풀이했다.

"그런 것이 아니에요. 제가 완전히 당신의 수중에 있다는 것이 왜 당신의 말마따나 제가 조바심하는 원인이 되는지 도저히 납득이 안 가는군요. 왜 그것이 처지가 애매한 게 되죠? 그 반대가 아니겠어요?"

안나는 말했다.

"당신이 사정을 이해하려고 하지 않는 것이 섭섭하군. 애매하다는 것은 당신의 눈에 내가 자유의 몸같이 보인다는 말이야."

그는 어디까지나 자기의 생각을 밀어붙이려는 듯 그녀의 말을 가로막았다.

"그 일이라면 당신은 안심을 해도 좋아요. 전 당신 어머니가 무슨 생각을 하고 계시든 또 당신을 결혼시키려 하시든 말든 전혀 상관없어요."

안나는 말하고 휙 고개를 돌리더니 커피를 마시기 시작했다.

"지금은 그런 이야기를 하고 있는 게 아니잖아."

"분명하게 말씀드리겠는데요, 내게는 인정이 없는 여자는 늙은이건 아니건, 당신의 어머니건 남이건 하나도 흥미가 없어요. 그런 여자에 대해서는 알고 싶지도 않아요."

"안나, 부탁이야. 어머니에 대해서 그렇게 심한 말은 하지 말아 줘."

"자기 아들의 행복과 명예가 어디 있는지 헤아리지 못하시는 분에게 인정이 있겠어요?"

"다시 한 번 부탁하는데 안나. 내가 존경하는 어머니에게 그런 무례한 말버릇은 삼가라고!"

그는 안나를 매섭게 노려보며 큰소리로 말했다.

"당신은 어머니를 사랑하지도 않으면서 뭘 그래요. 그런 말은 모두 혀끝에서 나오는 소리예요. 그래요, 혀끝으로만 그럴 뿐이에요!"

안나는 증오의 빛을 띠고 그를 바라보며 말했다.

"만일 이런 식으로 나온다면 난 아무래도……."

"결심해야 한다는 말씀이죠? 그러니 저도 결심을 한 거예요."

안나는 말하고 나가려고 했다. 그때 야시빈이 방 안으로 들어오자 안나는 인사를 하고 멈추어 섰다.

마음속에 폭풍이 불어제치고 무서운 결말을 고할지도 모르는 인생의 기로에 서 있는 것을 느끼면서도 아니, 이르건 늦건 모든 것을 알고야 말 사람 앞에서 체면을 차릴 필요는 더더욱 없었음에도 왜 그랬는지 안나 자신도 몰랐다. 하여튼 안나는 바로 마음속의 폭풍을 가라앉히고 의자에 앉아 손님과 이야기를 시작했다. 거기에 암말을 사기로 되어 있는 보이토프가 찾아왔다. 안나는 일어서서 방을 나왔다.

집을 나서기 전에 브론스키는 안나의 방에 찾아왔다. 안나는 탁자 위에서 무언가를 찾는 시늉을 했다. 그러나 그런 흉내를 내는 것이 어쩐지 부끄러운 생각이 들어서 쌀쌀한 눈으로 그의 눈을 정면으로 바라보았다.

"무슨 볼일이 있나요?"

안나는 프랑스어로 그에게 물었다.

"감베타의 증명서를 가지러 왔어. 그걸 팔았으니까 말이야."

그는 말했으나, 그 말투는 '나는 찬찬히 이야기하고 있을 틈이 없어. 그래 보았자 아무 소용도 없으니까 말이야' 하는 의미를 더욱 짙게 풍기고 있었다.

그가 방을 나가려고 했을 때 안나가 무슨 말을 한 듯한 느낌이 들었다. 문득 그의 가슴속에 안나에 대한 연민의 정이 일어났다.

"방금 뭐라고 했지?"

그는 물어보았다.

"아뇨, 아무것도."

안나는 여전히 쌀쌀하고 침착한 태도로 대답했다.

'아무것도 아니라고?'

그는 이내 냉담한 기분이 들어 곧장 몸을 돌려 걷기 시작했다. 그는 방을 나오면서 거울 속 안나의 얼굴을 보았다. 창백한 입술이 파르르 떨리고 있었다. 그는 발길을 멈추고 무언가 위안의 말을 걸고 싶었으나 그 말을 생각해 내기 전에 이미 밖으로 나와 있었다.

이날 그는 종일 집 밖에서 지냈다. 그가 저녁 늦게 집에 돌아와 보니, 하녀가 안나 아르카지예브나는 머리가 아프니 아무도 들여보내지 말라는 분부를 내렸다고 전해 주었다.

10

이때까지 싸움을 하고 나서 화해하지 않은 채 하루를 넘긴 일은 없었다. 이날이 처음이었다. 더구나 이번은 싸움이 아니었다.

'그야말로 애정이 완전히 식어 버린 명백한 징후야. 아니, 애정이 식었네 하는 그런 간단한 감정이 아니라 나를 미워하고 있어. 그가 다른 여자를 사귀고 있기 때문이라는 증거가 이제 분명해졌어.'

안나는 그가 입에 올린 잔인한 말을 하나도 빠뜨리지 않고 머리에 떠올리고 있었다. 뿐만 아니라 그가 했을 성싶은 말까지 생각해 내며 더욱더 속을 끓이고 있었다.

'나는 당신을 붙들지 않겠어.' 이것은 그가 할 만한 말이다. '어디든지 가고 싶은 곳으로 가도 좋아. 당신은 남편과의 이혼을 바라지 않았는데, 그것은 틀림없이 남편한테 돌아가기 위해서였군 그래. 자, 돌아가라고. 돈이 필요하면 내가 주겠어. 얼마나 필요하지?' 거친 인간만이 입에 올릴 수 있는 잔인하기 짝이 없는 말을 상상 속의 브론스키는 안나에게 퍼부었다. 안나는 그가 실제로 그런 말을 한 것처럼 도저히 그를 용서할 수 없다고 생각했다.

하지만 바로 그런 뒤에 '하지만 그 성실하고 정직한 사람이 나에게 사랑을 맹세한 것은 바로 어젯밤의 일이 아니었나? 내가 혼자 까닭 없이 절망한 것은 지금까지 몇 번이나 있었던 일이잖아?' 하고 그녀는 자기를 타일렀다.

안나는 종일토록 그를 기다렸다. 그리고 밤이 되자 자기 방에 들어가기 전에 두통이 났다고 말해 놓고 그의 마음을 시험해 보려고 한 것이다.

'그이가 하녀의 말에 상관없이 날 찾아온다면 아직도 날 사랑하고 있다는 증거야. 그러나 만일 그렇지 않다면 이제 모든 것은 끝났다는

증거니까, 그때는 어떻게 해야 할지 분명한 결심을 해야 돼!'

그날 밤 안나는 그의 마차가 멈추는 소리도 그가 울리는 벨 소리도 그의 발소리와 하녀와의 말소리도 듣고 있었다. 그는 하녀의 말을 그대로 곧이듣고 더 물어보려고도 하지 않은 채 자기 방으로 들어가 버렸다. 따라서 모든 것은 끝나 버린 것이다.

그러자 그녀의 가슴을 잠식하고 있던 사악한 정신이 부추기던 죽음이, 그의 가슴에 자기에 대한 사랑을 되살려 주고 그를 벌주고 그를 상대로 계속해 온 이 싸움에 승리를 가져오는 유일한 수단인 죽음이, 분명하고 생생하게 그녀 앞에 나타났다.

'죽음이다!'

안나는 생각했다. 그녀는 이상한 공포에 휩쓸려, 자기가 어디에 있는지 오랫동안 분간하지 못했고 두 손은 떨려 와 성냥을 찾아낼 수도 다 타버린 초 대신에 새것에 불을 켤 수도 없었다.

'아냐, 역시 살아야지! 나는 그이를 사랑하고 있는걸!'

안나는 생명을 되찾은 기쁨의 눈물이 두 볼에 흘러내리는 것을 느끼며 속으로 중얼거렸다. 그리고 공포심에서 벗어나기 위하여 서둘러 그의 서재로 갔다. 브론스키는 서재에서 깊이 잠들어 있었다. 안나는 그 곁으로 가까이 가서 그의 얼굴을 오랫동안 가만히 들여다보았다. 그가 잠들어 있는 지금 깊은 애정을 느끼며 그의 얼굴을 보고 있으려니 자기도 모르게 그리움의 눈물이 솟아나는 것을 누를 길이 없었다. 하지만 안나는 그를 깨우지 않고 돌아와 약간의 아편을 마시고는 새벽 가까이 되어서야 겨우 답답하고 얕은 잠에 빠졌다.

아침에 자리에서 일어나자 어제 하루의 일이 마치 안개에 싸인 듯이 희미하게 생각났다.

'싸움을 한 거지 뭐. 벌써 몇 번이나 있던 일이 반복되었을 뿐이야. 그 사람은 내가 머리가 아프다고 했기 때문에 오지 않은 거야. 내일은 떠나니까 그이를 만나서 출발 준비를 해야지.'

안나는 속으로 중얼거렸다. 그녀는 그가 잠들었던 서재로 향했다. 객실을 지나다가 마차 멈추는 소리가 나서 창밖을 내다보았더니, 마차 한 대가 보이고 그 안에서 보랏빛 모자를 쓴 젊은 아가씨가 몸을 내밀고 벨을 울리도록 시킨 자기의 하녀에게 뭐라고 이르고 있었다. 현관방에서 무슨 말소리가 들리는 듯싶더니 누군가 2층으로 올라왔다. 이어 브론스키의 발소리가 들렸다. 그는 재빠르게 계단을 내려갔다. 안나는 또 창가로 다가갔다. 보니까 그는 모자도 쓰지 않은 채 마차 옆으로 걸어가고 있었다. 보랏빛 모자를 쓴 젊은 아가씨가 그에게 봉서 하나를 건네주었다. 브론스키는 미소를 띠며 상대방에게 뭐라고 말했다. 마차가 움직이기 시작했다. 그는 또 빠른 걸음으로 계단을 뛰어 올라왔다.

안나의 마음속에서 모든 것을 가리고 있던 안개가 갑자기 걷혔다. 어제와 똑같은 감정이 새로운 고통과 더불어 아픈 가슴을 으스러지게 죄었다. 그녀는 자기의 결심을 알리기 위해서 그의 서재로 들어갔다.

"방금 소로키나 부인이 영애를 데리고 어머니가 보내시는 편지와 돈은 갖다 주러 온 거야. 내가 어제 받지를 못해서. 머리는 좀 어때? 이제 나았어?"

브론스키는 안나의 얼굴에 나타나 있는 어두우면서 승리에 취한 듯한 표정을 보려고도 이해하려고도 하지 않고 침착한 목소리로 말했다.

안나는 방 한가운데 우뚝 선 채 말없이 그의 얼굴을 보고 있었다. 그는 얼핏 안나의 얼굴에 시선을 던지고 눈썹을 찌푸렸으나 곧 편지를 계속 읽었다. 안나는 몸을 돌려 천천히 방에서 나왔다. 그는 안나를 부를 수도 있었으나 그녀가 방문에 가까이 가도록 여전히 입을 다물고 있었다. 편지를 넘기는 소리만 들릴 뿐이었다.

"아, 마침 잘되었군. 우리는 틀림없이 내일 떠나는 거지? 그렇지?"

브론스키는 안나가 문턱을 넘어서려고 할 때 말을 걸었다.

"당신이나 가세요. 나는 안 가요."

안나는 그를 돌아보고 말했다.

"안나, 이래 가지고는 앞으로 살아갈 수가 없잖아……."

"네, 당신은 가세요. 나는 안 가겠어요."

안나는 되풀이했다.

"이래서는 정말 견딜 수가 없군."

"당신은, 당신은 틀림없이 후회하게 될 거예요……."

안나는 말하고 그대로 나가 버렸다. 그는 그렇게 말할 때의 안나의 절망적인 표정에 가슴이 철렁 내려앉았다. 그는 벌떡 일어나서 그녀의 뒤를 쫓으려고 했으나 얼른 생각을 고쳐 도로 의자에 앉아 이를 악물고 눈썹을 찌푸렸다. 무례한—그에게는 그렇게 생각되었다—협박조의 말이 그의 마음을 격분시킨 것이다.

'나도 이제 할 만큼은 했어. 남은 것은 그저 마음을 쓰지 않는 일뿐이야.'

그는 생각했다. 브론스키는 어머니에게 찾아갈 채비를 했다. 어머니로부터 위임장에 서명을 받을 필요가 있었던 것이다.

안나는 서재와 식당을 돌아다니는 그의 발소리를 들었다. 그는 객실 앞에서 잠시 발을 멈추었으나 안나의 방으로는 향하지 않았다. 다만 자기가 없어도 보이토프에게 암말을 내주라고 명령한 것이 전부였다. 얼마 안 있어 안나는 마차가 현관 앞으로 돌아오고, 방문이 열리고 그가 나가는 기척과 그가 또다시 현관으로 돌아오는 소리를 들었다. 누군가가 2층으로 뛰어 올라왔다. 하인이 그가 잊어버린 장갑을 가지러 온 것이다. 안나가 창가에 가서 내다보니 그는 장갑을 받아 들고 한 손으로 마부의 등을 탁 두드리더니 무언가 말을 걸었다. 그는 창문 쪽은 바라보지도 않고 언제나의 자세로 다리를 모으고 장갑을 끼면서 거리 모퉁이로 사라졌다.

11

'가 버린 것이다! 이제 끝났어.'

안나는 창가에 선 채 속으로 중얼거렸다. 그 말에 대한 대답처럼 촛불이 꺼진 순간에 덮쳐 왔던 어둠이 안나의 가슴을 가득 채웠다.

"아냐, 그런 일은 있을 수가 없어!"

안나는 소리를 쳤다. 그러고는 벨을 요란스럽게 울려 댔다.

"백작님이 어디로 가셨는지 가서 알아봐 줘."

그녀가 말하자 하인이 대답하기를 백작님은 경마장의 마구간에 가셨다고 했다.

"만일 마님께서 외출하신다면 마차는 바로 돌려보내시겠다고 여쭈라는 말씀이셨습니다."

"그럼 됐어. 아, 잠깐 기다려. 지금 바로 편지를 쓸 테니까. 그걸 미하일에게 들려서 마구간까지 보내 줘. 빨리 가야 해."

안나는 의자에 앉아 다음과 같이 적었다.

제가 잘못했어요. 집으로 돌아와 주세요. 자세히 의논을 해야 할 말씀이 있어요. 제발 부탁이에요. 꼭 돌아와 주세요. 전 무서워서 견딜 수가 없어요.

안나는 그 편지를 봉해 하인에게 건네주었다. 그녀는 혼자 있는 것이 무서웠기 때문에 하인을 따라 거실을 나와 아이의 방으로 갔다.

'어머, 어쩐지 이상해. 이건 그 애가 아니야! 그 애의 파란 눈과 귀여운 미소는 어디로 갔을까?'

안나의 머리는 뒤얽혀 있었기 때문에 아이 방에서 볼 수 있을 것으로 생각한 세료쥐아가 아니라 까만 곱슬머리에 토실토실 살찐 볼이 빨간 여자아이를 본 순간 이런 생각이 떠올랐다.

여자아이는 탁자 옆에 앉아 코르크 마개로 탁자 위를 지칠 줄 모르고 두드려 대면서 건포도 같이 새까만 눈으로 어머니를 무심히 바라보았다. 그 딸아이의 웃음소리와 한쪽 눈썹을 움직이는 모습이 너무나도 브론스키를 생각나게 했으므로, 안나는 솟아오르는 눈물을 참으며 얼른 일어서서 방을 나와 버렸다.

'정말로 모든 것이 끝났을까? 아냐 그럴 리가 없어. 그이는 돌아올 거야. 하지만 그 아가씨와 이야기한 뒤의 웃는 얼굴과 그토록 생기에 차 있던 모습을 그 사람은 뭐라고 변명할까? 변명 같은 건 하지 않더라도 나는 역시 믿겠어. 만일 믿을 수가 없다면 이제 남은 길은 오직 하나밖에 없어……. 하지만 그런 일은 정말 하기 싫어.'

안나는 생각했다. 안나는 시계를 들여다보았다. 벌써 12분이 지나 있었다.

'지금쯤 그이는 편지를 보고 돌아오고 있는 중이겠지. 곧 도착할 거야. 10분만 있으면……. 만일 그이가 돌아오지 않으면 어떻게 하지? 아냐, 그럴 리가 없어. 아무튼 눈이 부은 얼굴을 보이지 않도록 해야 한다. 자, 세수를 하러 가자. 어머, 이게 누구야?'

안나는 묘하게 번득거리는 겁먹은 눈길로 자기를 바라보고 있는 불타는 듯한 얼굴을 거울 속으로 보면서 생각했다.

'아니, 이건 바로 나 아니야?'

안나는 문득 깨달았다. 그리고 자기의 온몸을 둘러보고 있는 동안에 갑자기 그의 입맞춤을 몸에 느끼고 부르르 떨면서 두 어깨를 움직였다. 그녀는 한 손을 가만히 입술로 가지고 가서 거기에 키스했다.

'어머, 이게 어떻게 된 일일까? 나는 정신이 이상해져 가고 있는 것이 아닐까?'

그렇게 생각하면서 안나는 침실로 갔다. 안누시카가 방을 치우고 있었다.

"안누시카!"

안나는 무슨 말을 해야 할지 자기도 모른 채 하녀 앞에 서서 그 얼굴을 바라보았다.

"마님께서는 아까 돌리 님한테 가시겠다고 말씀하신 것 같은데요."

하녀는 안나의 기분을 짐작한 듯이 말했다.

"돌리한테? 응, 가야지."

'가는 데 15분, 오는 데 15분. 그이는 이미 그곳을 나왔을 게 틀림없어. 이제 곧 돌아오겠지.'

안나는 시계를 꺼내어 보았다. 안나가 자기 시계가 맞는지를 확인하기 위해서 큰 시계 옆으로 가려고 했을 때 마침 누군가가 마차를 타고 왔다. 심부름꾼이 돌아온 것이었다. 안나는 재빨리 아래로 내려갔다.

"백작님은 뵙지 못했습니다 니제고로드 선線으로 떠나신 뒤였습니다."

"어머, 뭐라고? 그게 정말이야? 그럼 이 편지를 가지고 바로 브론스카야 백작 부인의 별장으로 가 줘. 거기 알지? 그래서 즉시 답장을 받아 가지고 와."

안나는 자기의 편지를 되돌려 주려고 내민 혈색 좋고 쾌활한 미하일에게 다시 말했다.

'자, 나는 도대체 어떻게 하면 좋단 말인가? 그렇지, 돌리한테 가 보자. 그게 낫겠어. 그렇게 하지 않으면 미칠 것 같아. 그리고 아직 전보를 치는 방법도 남아 있어.'

안나는 생각했다. 안나는 전문을 적었다.

급한 일 있음. 곧 귀가 바람.

전보를 치러 사람을 보내고 나서 안나는 옷을 갈아입으러 갔다. 옷을 갈아입고 모자를 쓰고 나왔을 때 안나는 통통하고 얌전한 안누시카의 눈을 새삼 가만히 들여다보았다. 그 조그맣고 선량해 보이는 잿빛 눈에는 동정의 빛이 역력히 떠올라 있었다.

"이봐, 안누시카. 나는 도대체 어떻게 하면 좋지!"

안나는 안락의자에 축 늘어져 몸을 떨고 흐느끼며 말했다.

"조금도 걱정하실 것 없어요, 마님! 흔히 있는 일이에요. 자, 조금 나갔다 오세요. 마음이 풀리실 테니까요."

안누시카는 말했다.

"응, 나가야지. 내가 없는 사이에 전보가 오면 돌리 님 댁으로 보내다오. 아니야, 내가 그전에 돌아올 거야."

안나는 정신을 차리고 일어서며 말했다.

'그렇지, 너무 조급하게 생각할 일이 아니야. 무슨 일이든 해야지. 외출이나 하는 게 낫겠어. 우선 이 집에서 밖으로 나가는 거야.'

안나는 가슴이 무섭게 두근거리는 소리에 오싹 몸을 떨며 생각했다. 그녀는 서둘러 나가 마차에 올랐다.

"어디로 가십니까?"

표트르는 마부석에 앉기 전에 물었다.

"즈나멘카의 오블론스키 님 댁으로."

12

활짝 갠 날씨였다. 아침 나절은 계속 가랑비가 내리더니 조금 전부터 비가 개고 날이 든 것이다. 지붕의 철판도 보도의 돌바닥도 차도의 자갈도 마차의 바퀴도 그리고 가죽 마구, 놋쇠와 함석 등 모든 것이 5월의 햇빛에 반짝반짝 빛나고 있었다. 오후 3시는 거리에 가장 활기가 넘쳐흐르는 시간이었다.

'저 봐, 가로수 길에서 아이들이 놀고 있어. 사내아이 셋이 말놀이를 하며 뛰어다니고 있어. 세료쥐아! 아, 나는 모든 것을 잃어버렸어. 그 아이도 되찾을 수 없어. 그렇지, 만일 그이가 돌아오지 않는다면 나는 모든 것을 잃고 마는 거야. 그이는 어쩌면 기차를 놓쳐서 지금쯤 돌아와 있을지도 몰라. 어머나, 나는 또 굴욕을 바라고 있는 것일까!'

안나는 자신에게 중얼거렸다.

'돌리한테 가면 거리낌 없이 이렇게 말해 버리자. 난 불행한 여자예요. 그야 그것이 당연하고 내가 나쁘지만, 하여튼 불행한 여자예요. 그러나 나를 도와 줘요.'

모든 것을 다리야 알렉산드로브나에게 털어놓을 때의 말을 이리저리 생각하고 일부러 자기 가슴을 쥐어뜯으면서 안나는 계단을 올라갔다.

"누구 손님이 오셨어요?"

안나는 현관방에서 물었다.

"레빈 부인께서 오셨습니다."

하인이 대답했다.

'어머나, 키티가 와 있었구나. 브론스키가 사랑한 일이 있는 그 키티야! 그이가 지금도 애정을 가지고 회상하고 있는 그 키티야. 그이는 키티와 결혼하지 않은 것을 후회하고 있을지도 몰라.'

안나는 생각했다.

안나가 찾아갔을 때 자매는 아기에게 젖먹이는 일에 대해서 상의하고 있었다. 다리야 알렉산드로브나는 그 이야기를 방해하는 여자 손님을 맞이하러 혼자 나왔다.

"어머, 안나! 아직 떠나지 않았어요? 내가 먼저 안나의 집으로 찾아갈까 생각하고 있었는데요. 오늘 스치바한테서 편지가 왔어요."

다리야 알렉산드로브나는 말했다.

"우리도 전보를 받았어요."

안나는 키티를 찾느라 주위를 둘러보며 대답했다.

"그이는 말이에요, 카레닌이 어떻게 할 생각인지 도무지 알 수가 없지만 회답을 받기까지는 돌아오지 않겠다고 써 보냈어요."

"손님이 오시지 않았어요?"

"네, 키티가 와 있어요. 지금 아이들 방에 있어요. 몸이 좀 좋지 않아서요."

다리야 알렉산드로브나는 당황하며 대답했다.

"그래요? 그 편지 읽어도 괜찮아요?"

"지금 가지고 올게요. 하지만 카레닌이 거절한 것은 아니에요. 스치바는 아직 희망을 걸고 있어요."

다리야 알렉산드로브나는 문간에 멈춰 서서 말했다.

"전 이제 희망 같은 것은 걸지 않고 있어요. 그 일은 생각하기도 싫어요."

안나가 말했다.

'어머나, 이것이 어떻게 된 일일까? 키티는 나를 만나는 것이 굴욕적인 일이라고 생각할까?'

안나는 혼자 남게 되자 생각했다.

다리야 알렉산드로브나가 편지를 가지고 들어왔다. 안나는 그것을 읽어 보고 말없이 돌려주었다.

"이런 것은 모두 알고 있어요. 그래서 아무 흥미도 없어요."

안나는 말했다.

"어머나, 왜 그러세요? 나는 반대로 아직 희망을 걸고 있는데요."

다리야 알렉산드로브나는 호기심에 찬 눈으로 안나의 얼굴을 쳐다 보며 말했다. 안나가 이렇게 안절부절못하는 모습을 지금까지 한 번 도 본 일이 없기 때문이었다.

"그래, 언제 떠나시죠!"

다리야 알렉산드로브나의 말에도 안나는 눈을 가늘게 뜨고 앞쪽을 멍하니 바라본 채 대답이 없었다. 그러더니 얼굴을 붉히며 말했다.

"어떻게 된 일이에요. 키티는 나를 피해 숨어 있는 거지요!"

"그게 무슨 말씀이세요? 그 아이는 지금 아기에게 젖을 먹이고 있 어요."

거짓말을 하는 것이 서투른 다리야 알렉산드로브나는 쩔쩔매며 가 까스로 핑계를 댔다.

"봐요, 여기 왔잖아요."

안나가 찾아온 것을 알자 키티는 안나를 만나기 싫다고 했으나, 다 리야 알렉산드로브나가 설득하여 데리고 온 것이다.

"안나, 뵙게 되어 정말 반갑군요."

키티가 떨리는 목소리로 말했다.

"당신이 나를 만나기 싫어한대도 나는 별로 이상하게 생각하지 않 아요. 난 무슨 일에나 익숙해졌으니까요. 몸이 불편하시다고요? 정말 당신도 변하셨군요."

안나는 말했다. 그녀들은 병이며 아기며 스치바에 대한 일 등을 이야기했으나 그 어느 하나도 안나의 흥미를 끌지 못한 것 같았다.

"저, 오늘 작별 인사를 드리러 왔어요."

안나는 몸을 일으키며 말했다.

"언제 떠나세요?"

그러나 안나는 거기에 대해선 대답하지 않고 키티에게 말을 걸었다.

"뵙게 되어 정말 기뻐요. 당신의 소문은 여기저기서 많이 듣고 있어요. 댁의 주인한테서도 들었어요. 우리 집에 오셨었는데, 댁의 주인은 참 기분 좋은 분이더군요."

안나는 무슨 나쁜 의도가 있기라도 한 듯이 덧붙였다.

"지금은 어디 계시지요?"

"시골로 돌아갔어요."

키티는 얼굴을 붉히며 대답했다.

"부디 제가 안부 전하더라고 말씀해 주세요. 꼭이에요."

"네, 꼭 말씀드리죠!"

키티는 동정 어린 얼굴로 상대방의 눈을 바라보며 순진하게 되풀이했다.

"그럼 안녕히 계세요. 돌리."

안나는 다리야 알렉산드로브나에게 키스하고 키티의 손을 꼭 잡았다 놓더니 서둘러 그곳을 나갔다.

"역시 그전과 같군요. 여전히 아름다워요. 정말 아름다워! 하지만 어딘가 모르게 가엾게 보이네요! 아주 가엾어 보여요."

키티는 다리야 알렉산드로브나와 둘이 남자 말했다.

"오늘은 왠지 여느 때와 달라. 내가 현관까지 바래다주었을 때 금방 울음을 터뜨릴 것만 같았거든."

다리야 알렉산드로브나도 말했다.

13

안나는 집을 나올 때보다 더 착잡한 심정이 되어 마차에 올랐다. 지금까지의 고통에 더해 키티를 만남으로써 느낀, 모욕을 받은 듯도 하고 따돌림을 당한 듯도 한 느낌이 새로이 더해졌다.

"어디로 모실까요? 집으로 가십니까?"

표트르가 물었다.

"응, 집으로 가 줘."

안나는 행선지 같은 것은 생각지도 않고 말했다.

'그 사람들은 마치 무섭고 진기한 것을 보듯이 나를 힐끔힐끔 바라보았지. 저 사내는 무엇을 저렇게 기를 쓰며 이야기하고 있는 걸까.'

그녀는 길가의 두 통행인을 바라보며 생각했다.

'자기가 느끼는 일을 다른 사람에게 이야기할 수가 있을까? 돌리에게 이야기하지 않기를 잘했어. 내가 불행한 것을 알면 그 사람들은 좋아할 거야! 키티는 틀림없이 더 좋아할 거고. 그 사람의 속쯤이야 손바닥을 보듯이 환하거든. 키티는 내가 자기 남편한테 여느 사람에게 보다 상냥하게 대해 준 것을 알고 있을 테니까 내게 질투를 느끼고 미워하고 있을 거야. 그야 그녀 눈에는 내가 못된 여자로 보이겠지. 하지만 내가 정말 못된 여자 같으면 키티의 남편을 유혹할 수도 있었

어……. 어머, 저 남자는 혼자서 뭘 저렇게 좋아하는지 모르겠네.'

안나는 건너편에서 마차로 오는 뚱뚱하고 얼굴이 붉은 신사를 보며 생각했다. 그 남자는 안나를 아는 사람으로 알았는지 번들거리는 대머리 위로 모자를 들어 올렸으나, 이내 자기가 잘못 본 것을 알아차린 모양이었다.

'저 장사꾼은 어쩌면 저렇게 꼼꼼하게 성호를 긋고 있을까. 마치 무엇을 떨어뜨리지 않을까 걱정하고 있는 것 같아. 교회라든가, 종소리 같은 것은 무엇 때문에 생겼을까? 우리가 서로 미워하는 것을 숨기기 위해서일 거야. 마치 저 손님을 기다리는 삯마차의 마부들이 서로 상스러운 욕설들을 퍼붓고 있는 것처럼 우리는 모두 서로 미워하고 있거든.'

이런저런 생각에 완전히 마음을 빼앗겨 자기의 처지를 잊고 있을 때 마차가 집 현관 앞에 멎었다. 마중 나온 문지기를 보았을 때야, 안나는 비로소 자기가 브론스키에게 편지를 써서 심부름꾼에게 들려 보내고 또 전보를 친 일이 생각났다.

"회답은 왔어?"

안나가 물었다. 문지기는 책상 안을 뒤적여 네모진 얇은 전보 봉투를 집어 안나에게 주었다.

10시 전에는 갈 수 없음.

브론스키

전보에는 위와 같이 적혀 있었다.

"심부름꾼은 아직 돌아오지 않았어?"

"아직 안 돌아왔습니다."

문지기가 대답했다.

'그렇다면 나는 어떻게 해야 하는지 알고 있어.'

안나는 속으로 중얼거리고는, 치밀어 오르는 막연한 분노와 복수심에 사로잡혀 2층으로 뛰어 올라갔다.

'내가 먼저 그 사람한테 찾아가자. 영원히 헤어지기 전에 하고 싶은 말을 모두 해 버리자. 나는 이때까지 한번도 누군가를 이처럼 미워해 본 적은 없다!'

안나는 생각했다. 모자걸이에 걸려 있는 그의 모자를 보자 증오심이 복받쳐 몸이 떨렸다. 안나는 그의 전보가 자기가 친 전보에 대한 답장이고 편지는 아직 받아 보지 않았다는 것을 생각지 못했다.

'그래, 역으로 가야 한다. 만일 없다면, 거기까지 쫓아가서 현장을 붙잡아야 한다.'

안나는 신문에 있는 기차 시간표를 보았다. 저녁 8시 2분발 기차가 있었다.

'이것이라면 타고 갈 수 있어.'

안나는 마차에 다른 말을 매도록 이르고 2, 3일의 여행에 우선 필요한 물건들을 여행 가방에 채워 넣기 시작했다. 안나는 자기가 두 번 다시 이곳으로 돌아오지 않으리라는 것을 알고 있었다. 안나는 여러 가지 머리에 떠오르는 계획 중에서 막연히 이런 식으로 생각해 보았다. 역이나 백작 부인의 영지에서 한바탕 난리를 일으키고 나서 니제고로드 선으로 다음 역까지 간 뒤 거기서 발길을 멈추자고.

식탁에는 식사 준비가 되어 있었다. 안나는 식탁에 앉았다가 빵과 치즈 냄새가 메스껍게 코를 찌르자 곧 마차를 준비시키고 밖으로 나 갔다.

"넌 오지 않아도 돼, 표트르."

"그럼 차표는 어떻게 하시렵니까?"

"그럼 좋을 대로 해. 나는 아무래도 상관없으니까."

안나는 귀찮다는 듯이 말했다. 표트르는 마차 뒤에 뛰어올라 두 손을 허리에 짚고 마부에게 역으로 가도록 명령했다.

14

'자, 또 마차에 탔구나! 나는 모든 것을 알게 된 것이다.'

안나는 마차가 차도의 자갈 위에 흔들리며 바퀴 소리를 울리고 다시 눈에 비치는 인상이 꼬리를 물며 바뀌기 시작했을 때 속으로 중얼거렸다.

'그이는 내게 도대체 무엇을 바라고 있었을까? 애정보다는 허영심의 만족이었던 것 같아.'

안나는 두 사람이 맺어질 당시의 그의 말과 순한 사냥개를 연상케하는 그의 표정을 생각했다. 이제 와서 생각해 보면 모든 것이 안나의 추측을 뒷받침해 주는 것뿐이었다.

'그래. 그이의 마음속엔 허영심을 만족시킨 데 대한 승리감밖에 없었어. 그야 물론 애정도 있었던 것은 사실이지만 허영심의 만족이 더 컸던 거야. 그이는 나를 자랑거리로 삼고 있었다. 하지만 그것은 지나간 일이고 이제는 무엇 하나 자랑으로 삼을 만한 것이 없는 거야. 자랑은커녕 창피스러워진 거지. 그이는 무엇이고 필요한 것을 내게서 빼앗아 가 버리고 이제 나 같은 건 필요가 없게 된 거야. 그 사람은 나를 귀찮게 생각하면서도 나 때문에 파렴치한 인간이 되지 않으려고 애쓰고 있어. 어제만 해도 무심코 입을 놀려 세상없어도 내 이혼을 성립시키고 정식 결혼을 하겠다고 했지. 그이는 나를 사랑하고 있어. 하지만 그것은 과연 어떤 사랑일까? 내 사랑은 점점 정열적이고 제멋대로 깊어 가는데, 그이의 애정은 차츰 식어 가고 약해지고 있어. 그래서 우리는 차츰 멀어져 가는 거야.'

안나는 생각을 이었다.

'그것은 이제 어떻게 할 수도 없는 일이 되었어. 나로서는 그 사람이 전부니까. 나는 그이가 모든 것을 내게 바쳐 주기를 바라고 있어. 그런데 그이는 나한테서 자꾸 멀어져 가려고만 한다. 우리가 맺어지기 전에는 서로가 서로에게 다가갔지만, 그런 뒤로는 억제할 수 없는 힘으로 서로 다른 쪽으로 멀어져 가고 있어. 그걸 알면서도 이제 뒤바꿀 수는 없게 되었어. 그 사람은 내가 무턱대고 질투를 부린다고 하고 나도 내가 까닭 없이 그런다고 말했지만, 그건 틀린 말이야. 나는 질투를 하고 있는 게 아니라 불만스러운 거야. 그렇지만……'

그때 문득 어떤 생각이 떠올랐기 때문에 안나는 흥분한 나머지 입을 벌리고 마차 안에서 몸의 위치를 바꾸었다.

'아아, 내가 그이의 애무만을 열렬히 바라는 연인 이외의 다른 어떤 사람이 될 수 있다면 좋으련만, 나는 그런 여자가 될 수 없고 또 되고 싶지도 않아. 그런 소망을 가지고 있기 때문에 그이는 자꾸 나를 싫어하게 되고 나도 그이가 얄밉다는 마음이 일어나는 거야. 하지만 이렇게 될 수밖에 어쩔 도리가 없었어. 그렇다면 나는 행복해지기 위해서 도대체 무엇을 바라고 있는지 잠깐 생각해 보자. 그래, 이혼의 승낙을 받고 카레닌으로부터 세료쥐아를 빼앗고 브론스키와 결혼한다고 하자.'

알렉세이 알렉산드로비치에게 생각이 미치자 안나의 눈앞에 그의 모습이 생생하게 떠올랐다. 흐릿하고 생기 없는 조그만 눈과 하얀 손 위에 떠오른 파란 핏줄과 말하는 억양과 손가락을 딱딱 꺾는 소리와 그리고 두 사람 사이에 있었던 역시 애정이라고 불리던 감정을 생각해 내자, 혐오감에 자기도 모르게 몸이 떨렸다.

'내가 이혼 승낙을 얻고 브론스키의 아내가 된다고 하자. 그렇게 되면 키티는 오늘 같은 그런 눈초리로 나를 보지 않게 될까? 아니, 어려운 일이야. 세료쥐아는 내 두 남편에 대해서 물어보거나 생각하지 않게 될까? 또 나와 브론스키 사이에는 어떤 새로운 감정이 생겨나는 걸까? 행복하지는 않을지언정 괴로워하지 않고 살아갈 수는 있을까? 어려워, 역시 어려워!'

안나는 이제 조금도 망설이지 않고 자기의 물음에 대답했다. 마차는 이미 니제고로드 역의 낮은 건물에 가까이 가고 있었으며 짐꾼들이 마차를 향해 몰려오고 있었다.

"오비랄로프까지 가는 차표를 끊으면 될까요?"

표트르가 물었다. 안나는 자기가 어디로 무엇 때문에 가는지 완전히 잊고 있었기 때문에, 이 질문을 이해하는 데 몹시 애를 먹었다.

"그래 줘."

안나는 돈이 든 지갑을 건네며 대답한 뒤 한 손에 조그맣고 빨간 손가방을 들고 마차에서 내렸다. 군중 사이를 헤치고 1등 대합실 쪽으로 걸어가면서 안나는 자기 처지에 대한 여러 가지 일들과 갈피를 못 잡고 주저하던 결심들을 조금씩 생각해 내고 있었다.

그러자 또다시 절망과 희망이 뒤범벅이 되어, 무서움에 떨면서 지쳐 있는 그녀의 마음속 상처를 이리저리 아프게 찌르는 것이었다.

안나는 의자에 걸터앉아 기차를 기다리며 들락거리는 사람들을 혐오스럽게 바라보며 이런저런 일들을 막연하게 생각했다. 자기가 그쪽 역에 도착하여 그에게 편지를 쓸 일이며, 그가 지금쯤 자기 어머니에게—이쪽의 고통도 모르고—자기 처지의 괴로움을 하소연하고 있을 일이며, 혹은 자기가 그 방으로 뛰어 들어가 그에게 할 말 등을 생각하고 있었다.

한편으로 그녀는 자기 생활이 아직 행복할 수 있을지도 모른다는 것과 자기가 얼마나 괴로운 마음으로 그를 사랑하고 또 미워하고 있는가 하는 것과, 심장이 무섭게 고동치고 있다는 것 등을 생각했다.

15

벨 소리가 울려 퍼지자 많은 사람들이 일어섰고 표트르도 안나를 기차에까지 바래다주기 위해서 옆으로 왔다. 안나가 승강장을 따라서 왁자지껄한 사람들의 옆을 빠져나가자 사람들이 갑자기 잠잠해졌다. 한 남자가 동행인 남자에게 안나에 대해서 무언가 수군거리고 있었다. 물론 구역질 나는 이야기가 틀림없었을 것이다.

안나는 높은 발판을 올라가 혼자서 차실 안으로 들어갔다. 그녀는 지난날에는 깨끗했을, 지금은 더러워진 용수철이 장치되어 있는 긴 의자에 걸터앉았다. 표트르는 바보 같은 미소를 띠고 작별 인사의 표시로 차 밖에서 금테를 두른 모자를 치켜들어 보였다.

차장이 문을 쾅 하고 닫고 걸쇠를 걸었다. 허리 부분을 부풀린 치마를 입은 못생긴 귀부인—안나는 머릿속으로 이 부인을 발가벗겨 보고 그 추악함에 오싹했다—과 계집아이 하나가 부자연스런 웃음을 띠며 문 쪽으로 달려갔다.

"카체리나 안드레브나한테 있어요! 모두 그분한테 있어요, 아주머니!"

계집아이가 소리쳤다.

'어머, 저런 계집아이도 얼굴은 못생긴 주제에 교태를 부리고 있네.' 안나는 생각했다. 아무에게도 자기를 보이고 싶지 않았기 때문에 안나는 얼른 자리를 떠서 텅 빈 차실의 반대쪽 창가에 앉았다. 그때 차장이 문을 열고 부부 동반의 손님을 안으로 들여보냈다.

"부인, 나가실 겁니까!"

안나는 대답하지 않았다. 차장도 들어온 승객도 베일에 숨겨진 안나의 얼굴에 나타난 공포의 빛은 알아채지 못했다. 안나는 구석 쪽 자기 자리로 가서 앉았다. 부부는 주의 깊게 살피며 안나의 매무새를 훔쳐보며 반대쪽에 자리를 잡았다. 부부는 안나에게 들어 보란 듯이 공연히 젠체하며 어리석은 소리들을 프랑스어로 지껄였다. 안나는 그들이 이미 서로 권태를 느끼며 미워하고 있음을 알아차렸기 때문에, 그 비참하고 추한 부부를 더욱 미워하지 않을 수 없었다.

두 번째 벨이 울렸다. 여기에 이어 짐 나르는 소리며 웅성거리는 소리, 외침 소리, 웃음소리 같은 것이 한꺼번에 들려왔다. 안나는 어느 누구에게도 기쁜 일 따위가 있을 리가 없다는 것을 뻔히 알고 있었기 때문에, 그 웃음소리는 그녀의 신경을 아프게 자극했다. 그녀는 그것이 듣기 싫어 귀를 막고 싶을 지경이었다.

마침내 세 번째의 벨이 울리고 호루라기 소리가 나면서 기적 소리가 울려 퍼지자 열차의 연결부가 팽팽하게 당겨졌다.

'도대체 무슨 마음으로 저런 짓을 하고 있는지 한번 물어보고 싶군.'

안나는 증오에 찬 눈으로 남자를 힐끔 쳐다보고 속으로 생각했다. 그리고 부인 옆 창 너머로 승강장에 서서 기차를 전송하는 사람들, 마치 뒤로 떠내려가는 것처럼 보이는 사람들을 가만히 바라보았다.

안나가 타고 있는 기차는 철로의 이음매마다 규칙적으로 덜커덩덜커덩 울리며 승강장을 달려서 지나고 돌담을 지나고 신호소를 지나고 다른 차량들의 옆을 지나쳐 갔다. 기차는 기분 좋게 매끄럽고 가벼운 소리를 내며 철로 위를 미끄러져 나갔다. 차창에 밝은 석양빛이 반사되고 산들바람이 커튼을 나풀거리게 했다. 안나는 같은 칸 손님에 대해서 까맣게 잊어버리고 열차의 가벼운 진동에 몸을 내맡긴 채 신선한 공기를 들이마시며 다시 생각에 잠겼다.

'그러니까 내가 어디까지 생각했더라! 그렇지, 인생에 있어 고통이 아닌 상태는 생각할 수 없고 우리는 모두 고통을 겪기 위해 태어났으며, 그것을 알면서도 어떻게든 자기를 속이려고 그 방법을 연구하고 있다는 생각을 하고 있었지. 하지만 이미 진실을 알아 버린 지금 어떻게 하면 좋단 말인가?'

"인간에게 이성이 주어져 있는 것은 인간으로 하여금 자신들을 불안하게 만드는 것으로부터 벗어나게 하기 위해서지요."

부부 중 여자가 프랑스어로 말했다. 그 어조로 보아 자기가 한 말에 대단히 만족하고 있는 것 같았다. 그 말은 마치 안나의 생각에 대해서 대답이라도 하는 것 같았다.

'불안하게 하는 것으로부터 벗어난다.'

안나는 속으로 되풀이했다. 그리고 볼이 불그레한 남편과 야윈 아내를 슬쩍 바라보았다. 그녀는 이 병약한 부인이 자기는 이해받지 못하는 여자라고 느끼고 있으며, 남편은 아내를 속이면서 일부러 아내의 자만심을 지지해 주고 있는 듯한 낌새를 눈치챘다.

'그래, 나는 아주 커다란 불안에 몰리고 있지만 이성은 그러한 불안에서 어떻게든 벗어나지 않으면 안 된다. 그렇다면 이제 아무것도 볼 것이 없어지고 무엇을 보아도 오싹 소름이 끼치게 된다면 촛불을 꺼도 괜찮은 것이 아닐까? 하지만 어떻게 꺼야 좋을까.'

열차가 역에 접근했을 때 안나는 다른 손님의 무리에 섞여서 차실 밖으로 나왔다. 그녀는 마치 나병 환자라도 피하듯이 사람들을 피해서 나왔다. 승강장에 서자, 자기가 도대체 무엇 때문에 이곳에 왔는지 그리고 무엇을 할 생각인지 생각해 내려고 했다. 지금까지 가능하다고 생각하던 모든 것이 이제는 너무나 어렵게 생각되었다. 특히 그녀에게 한시도 조용한 마음을 허락하지 않는 이런 시끄럽고 추악한 사람들의 무리 속에서는 무엇 하나 제대로 생각할 수가 없었다.

그에게서 답장이 없으면 더 멀리 타고 갈 작정이었다는 것이 생각나자, 안나는 한 짐꾼을 불러 세워 이 근처에 브론스키 백작 앞으로 편지를 가지고 갔던 마부가 없는지 물었다.

"브론스키 백작 말씀인가요? 방금 그 댁에서 심부름꾼이 와 있습니다. 소로키나 공작부인과 그 따님을 마중하러 나와 있습니다. 그런데 그 마부는 어떤 차림을 하고 있습니까?"

안나가 짐꾼과 이야기하고 있는데 얼굴이 불그레한 마부 미하일이 푸른빛의 소매 없는 멋진 외투를 입고 시곗줄을 번득이며, 분명히 훌륭하게 사명을 다한 것을 자랑하듯 안나 옆으로 와서 편지를 내밀었다.

당신의 편지를 떠나기 전에 받지 못한 것이 참 유감이오.
10시에 돌아가겠소.

브론스키는 갈겨쓰고 있었다.
'역시 그렇군! 내가 생각하던 대로야!'
안나는 비꼬는 웃음을 띠며 속으로 중얼거렸다.
"이제 됐어. 자네는 집으로 돌아가."
안나는 미하일에게 조용히 말했다. 안나가 조용히 말한 것은 심장의 고동이 너무나도 빨라서 숨을 잘 쉴 수 없었기 때문이다.
'좋아. 넌 나를 더 괴롭힐 수 없어.'
안나는 상대방을 위협하는 것 같은 심정으로 생각했다. 그것은 브론스키에 대해서도 자기 자신에 대해서도 아니고, 자기를 괴롭히는 그 무엇인가에 대해서 한 말이었다. 안나는 역의 건물을 따라 승강장을 걸어갔다.

승강장을 걸어가던 하녀 중의 두 여자가 안나를 뒤돌아보며 그녀의 차림새에 대해서 무언가 큰소리를 지르며 스쳐 갔다.

"저건 진짜야."

두 사람은 안나가 걸친 레이스에 대해서 말하고 있었다. 젊은 남자들도 안나를 가만히 두지 않았다. 그 패들은 안나의 얼굴을 흘금흘금 들여다보며 무언가 부자연스런 목소리로 웃고 소리치며 옆을 지나갔다. 역장은 옆을 지나며 "기차를 타실 겁니까?" 하고 물었다. 크바스를 파는 소년은 안나의 모습에서 눈을 떼지 않고 있었다.

'아아 아아, 나는 어디로 가면 좋을까?'

안나는 앞으로 계속 걸어가면서 생각했다. 승강장 끝까지 와서 안나는 멈추어 섰다. 안경을 낀 신사를 마중 나와서 큰소리로 웃고 지껄이던 몇 명의 귀부인과 아이들은, 안나가 그들의 곁을 지나가자 갑자기 입을 다물고 그녀를 유심히 바라보았다. 안나는 걸음을 재촉하여 그들 옆에서 떨어졌다. 화물열차가 들어왔다. 승강장은 다시 진동하고 안나는 기차를 타고 있는 듯한 느낌이 들었다.

그러자 문득 처음 브론스키를 만난 날 열차에 치인 사람 생각이 났다. 순간, 안나는 지금 자기가 해야 할 일을 깨달았다. 안나는 가벼운 발걸음으로 재빨리 급수탑에서 철로로 통하는 계단을 내려가 지나가는 열차에 바싹 나가 섰다. 안나는 열차의 아래쪽을 바라보았다. 그녀는 그 나선이며 찬찬히 다가오는 첫 차량의 높은 쇠바퀴에 시선을 멈추고 눈대중으로 그 앞바퀴와 뒷바퀴의 중간이 되는 부분과 그 부분이 마침 자기 앞에 오는 순간을 확인하려고 애를 썼다.

'저기야!'

안나는 열차 그늘과 굄목 위에 뿌려진 석탄이 섞인 모래를 바라보며 속으로 중얼거렸다.

'저기야! 꼭 저 한가운데로 뛰어드는 거야. 그렇게 하면 그 사람을 벌주고 모든 사람으로부터, 아니 나 자신으로부터 벗어날 수 있어.'

안나는 눈앞에 다가온 첫 차량의 중앙부 밑으로 몸을 던지려고 했다. 그러나 손에 들었던 빨간 손가방을 얼른 떼어 놓지 못해 기회를 놓쳤다. 벌써 첫 차량의 중앙부는 지나가 버렸다. 다음 차량을 기다려야 한다. 안나는 문득 해수욕을 하려고 물에 뛰어들 때면 느끼는 것과 같은 기분에 사로잡혀 성호를 그었다. 성호를 긋는 그 익숙한 동작은 소녀 시절이나 어릴 적의 추억을 일깨워 주었다. 그러자 문득 안나의 모든 것을 덮고 있던 어둠이 사라지고 이때까지의 생애가 그 밝은 과거의 기쁨에 싸여 눈앞에 떠올랐다.

그러나 안나는 가까이 오는 두 번째 차량의 바퀴에서 눈을 떼지 않았다. 바퀴와 바퀴의 중간부가 정확하게 눈앞에 왔을 때, 그녀는 빨간 손가방을 내던지고 목을 두 어깨 사이에 웅크리며 두 손을 짚고 차 밑으로 몸을 내던졌다. 그리고 마치 바로 일어서려는 것처럼 가벼운 동작으로 무릎을 꿇었다. 그 순간, 안나는 자기가 하고 있는 일에 오싹 몸이 떨렸다.

'나는 어디에 있는가? 나는 무엇을 하고 있는가? 무엇 때문에?'

안나는 몸을 일으켜 뒤로 비키려고 했으나 뭔지 모를 거대한 것이 용서 없이 안나의 머리를 때리고 그 등을 붙잡아 끌고 갔다.

"하느님, 제 모든 것을 용서해 주십시오!"

안나는 저항이 헛된 일임을 느끼면서 중얼거렸다. 몸집이 작은 농부 하나가 뭐라고 중얼거리면서 철로 위에 몸을 구부리고 무언가를 하고 있었다. 다음 순간, 안나에게 불안과 기만과 비애와 사악으로 가득 찬 책을 읽게 해 주던 한 가닥 촛불이 그 어느 때보다도 밝게 타올라 지금까지 어둠에 싸여 있던 모든 것을 비추었다. 그 불빛은 금방 파지직 하고 소리를 내며 어두워지더니 이윽고 영원히 꺼져 버렸다.

이별

1

그럭저럭 두 달이 지났다. 이제 여름도 한고비에 이르러 있었다. 코즈느이쉐프는 휴양을 위해서 동생 레빈의 영유지에 찾아가기로 했다. 그는 역에서 브론스키가 어머니와 함께 열차에 타고 있는 것을 알았다. 브론스키는 의용군으로서 세르비아의 전장으로 가는 중이었다.

현청이 있는 도시에 기차가 섰을 때 코즈느이쉐프는 식당으로 가지 않고 승강장을 이리저리 거닐기 시작했다. 처음 브론스키의 차실 앞을 지날 때는 차창에 커튼이 내려져 있었다. 그러나 두 번째로 지나갈 때 차창에 노백작 부인의 모습이 보였다. 부인은 코즈느이쉐프를 불렀다.

"보시다시피 이렇게 쿠르스크까지 저 아이를 바래다주러 간답니다."

부인은 말했다.

"예, 저도 들었습니다."

코즈느이쉐프는 차창 밖에 멈추어 서서 안을 들여다보며 말했다.

"아드님이 취하신 행동은 참 훌륭하십니다!"

브론스키가 차실 안에 없는 것을 보고 그는 말했다.

"그런 불행한 사건이 있은 뒤니 만큼 그 아이로서도 달리 어떻게 할 도리가 없었겠지요."

"참 무서운 사건이었습니다."

코즈느이쉐프는 말했다.

"정말 얼마나 쓰라린 심정이었는지 모릅니다! 어머. 좀 들어오세요. 그동안 얼마나 괴로웠는지!"

코즈느이쉐프가 차실 안으로 들어가 소파에 앉았을 때 부인은 되풀이 말했다.

"상상도 할 수 없는 일이었어요! 6주 동안 그 아이는 아무와도 말을 하지 않았어요. 먹는 것도 제가 빌고 또 빌어서 겨우 조금 들 정도였으니까요. 그러니 단 1분도 그 아이를 혼자 놓아 둘 수가 없었답니다. 자살에 소용될 만한 것은 모두 빼앗아 치워 놓았지요. 우리가 아래층에서 지내고 있다 해도, 무슨 일이 일어날지 항상 조마조마한 상태였어요. 당신도 아시겠지만 그 아이는 전에도 그 여자 때문에 권총 자살을 하려던 일이 있었으니까요."

노부인은 그렇게 말하더니 당시의 일이 생각나는지 눈썹을 찌푸렸다.

"그래요, 그 여자는 당연히 끝내지 않으면 안 되었던 일을 한 거예요. 그런 여자에 어울리는 죽음을 택했지요. 그 여자는 죽을 때도 얄궂고 비천한 죽음을 택했어요."

"하지만 우리에게는 남을 심판할 자격은 없습니다, 백작 부인. 그야 그 사건이 부인께 대단한 괴로움을 드렸다는 것은 저도 충분히 짐작이 갑니다만."

코즈느이쉐프는 한숨을 쉬며 말했다.

"그 말씀은 더 하시지 마세요! 전 그때 영지에서 지내고 있었지요. 마침 그 아이도 와 있었어요. 거기에 그 여자가 심부름꾼을 시켜 편지를 보내오지 않았겠어요? 그 아이는 바로 답장을 써서 보냈지요. 우리는 그 여자가 바로 가까운 역에 있는 줄은 꿈에도 몰랐어요. 그런데 밤이 되어 우리가 각자 자기 방으로 물러났을 때, 느닷없이 하녀 메리가 역에서 어느 댁 마님이 기차에 뛰어들었다고 하지 않겠어요? 난 가슴이 덜컹 내려앉았습니다! 그게 바로 그 여자란 생각이 들었거든요. 그래서 그 아이에게 알려 주면 안 된다고 다른 사람들에게 말했지요. 그런데 그 아이는 벌써 그 이야기를 들어 버린 거예요. 그 아이의 마부가 현장에 있어서 모든 것을 다 보았지 뭐예요. 내가 그 아이의 방에 뛰어들었을 때 그 아이는 이미 제정신이 아니었어요. 보기에도 무서울 지경이었지 뭐예요. 그 아이는 한마디 말도 없이 말을 타고 그곳으로 달려갔어요. 그 자리에서 무슨 일이 있었는지 저는 아무것도 모르지만 그 아이는 마치 죽은 사람처럼 되어 가지고 떠메어져 왔더군요. 도저히 그 아이라고 생각되지 않을 정도였어요. 의사는 완전한 허탈 상태라고 말하더군요. 그런 뒤부터는 거의 미치광이 같은 상태가 시작되었지 뭐예요. 아아, 이제 새삼 이러쿵저러쿵 말해 보았자 별 수 없지요!"

백작 부인은 한 손을 흔들며 말했다.

"그런데 그 부인의 남편은 어떻습니까?"

코즈느이쉐프는 물었다.

"그 여자의 딸을 기르겠다고 나섰어요. 그 아이는 처음에는 무엇이고 승낙하더니, 이제 와서는 자기 딸을 남의 손에 넘겨 준 것을 매우 괴로워하고 있어요. 그러나 한번 말한 것을 다시 돌이킬 수도 없지요. 카레닌이 장례식에 왔었어요. 우리는 그분이 우리 아들과 얼굴이 마주치지 않도록 무척 애를 썼어요. 아무튼 남편인 그분은 그것으로 훨씬 마음이 편해졌을 거예요. 그 여자는 그분의 속박을 풀어 준 셈이니까요. 불쌍한 건 우리 아들이에요. 아들은 그 여자에게 모든 걸 다 바쳐 버렸으니까요. 출세도 제 어미도 이것도 저것도 저버리지 않았겠어요? 그런데도 그 여자는 안달이 나서 일부러 그 아이의 숨통에 칼을 꽂고 가 버린 거예요. 아니, 뭐라고 말씀하시든 그 여자의 죽음은 종교를 갖지 못한 더러운 여자의 죽음이었어요. 이런 말을 해서는 하느님의 벌을 받을지 모르지만, 그 아이를 보고 있으면 전 그 여자를 증오하지 않을 수가 없군요."

"아드님은 지금 어떠십니까?"

"하느님이 우리를 구원해 주신 셈이지요. 이번 세르비아 전쟁은, 나는 늙은이라 이런 일에 대해서는 아무것도 모르지만, 하느님이 그 아이에게 내려 주신 은혜예요. 그야 물론 어머니인 나로서는 무서운 일이지요. 하지만 달리 어떻게 합니까! 그저 이번 일 하나가 그 아이를 일으켜 줄 수가 있었어요. 그 아이의 친구인 야시빈이 노름으로 완전히 탕진을 해서 세르비아로 가기로 했는데, 그가 아들한테 찾아와서 설득을 시켰어요. 이제 그 아이의 머리는 전쟁 일로 꽉 차 있어요. 당신이 우리 아들에게 부디 말을 좀 걸어 주세요. 나는 그 아이를 위로해 주고 싶어요. 그렇게 울적해할 수가 없으니까요. 게다가 엎친 데 덮친

격으로 멀쩡하던 이까지 앓고 있어요. 하지만 당신을 만나면 그 애도 참 좋아할 거예요. 부디 그 아이에게 말을 걸어 주셨으면 해요."

코즈느이쉐프는 자기도 기쁘다고 하면서 열차의 반대쪽으로 나갔다.

2

승강장에 쌓여 있는 가마니 더미가 저녁 햇살을 받아 비스듬히 던지고 있는 그림자 속을 긴 코트를 입고 모자를 깊숙이 눌러쓴 브론스키가 두 손을 호주머니에 찌른 채 우리 속의 짐승처럼, 스무 걸음가량 걸어갔다가 돌아오기를 반복하고 있었다. 코즈느이쉐프가 가까이 갔을 때 브론스키는 분명히 보았을 텐데도 일부러 모르는 체하는 것 같았다. 그런 것은 아무래도 좋았다. 그는 브론스키에 대해서 개인적인 감정을 모두 초월하고 있었기 때문이다.

그 순간 코즈느이쉐프의 눈에는 브론스키가 위대한 사업을 위해서 중요한 활동을 하려는 인물로 보였다. 따라서 코즈느이쉐프는 상대방을 고무하고 격려해 주는 것이 자기의 의무라고 생각했다. 그는 브론스키 곁으로 갔다. 브론스키는 걸음을 멈추고 가만히 시선을 쏟다가, 겨우 상대방이 누구인지 알아보고는 코즈느이쉐프 쪽으로 가까이 와서 그 손을 굳게 잡았다.

"당신은 나를 만나고 싶지 않을지 모르지만, 제가 무슨 도움이 될 일은 없겠습니까?"

코즈느이쉐프는 말했다.

"지금의 나로서는 당신을 만나기가 다른 누구를 만나는 것보다 불쾌한 느낌이 덜하기 때문에 괜찮습니다. 나의 이런 말투를 용서해 주십시오. 내게는 이 인생에 있어서 유쾌한 일이라곤 아무것도 없으니까요."

브론스키는 말했다.

"그 마음은 저도 잘 알겠습니다. 그래서 무언가 도움이 되었으면 하고 생각했지요. 혹시 리스티치나 밀라노에 가지고 갈 소개장이 필요하지는 않으신지요?"

코즈느이쉐프는 분명히 괴로움에 시달리고 있는 브론스키의 얼굴을 바라보고 말했다.

"아니요, 필요 없습니다!"

브론스키는 겨우 상대방의 뜻을 이해한 듯이 말했다.

"괜찮으시면 함께 걷지 않겠습니까? 차 안은 몹시 무더우니까요. 소개장이오? 말씀은 고맙습니다만, 괜찮습니다. 죽는 데 무슨 소개장이 필요합니까. 뭐, 터키 군 앞으로 가지고 갈 소개장이 아닌 다음에야……."

브론스키는 입가에만 미소를 띠고 말했다. 그 눈에는 여전히 초조한 고뇌의 빛이 떠올라 있었다.

"아무튼 당신의 결심이 그러시다니 퍽 반갑습니다. 의용군에 대해서 지금 비난의 소리가 상당히 높아지고 있는데, 당신 같은 분이 참전하시면 그들에 대한 세상의 평가도 높아지게 되니까요."

"나에게 인간으로서 취할 점이 있다면, 그것은 내 생명이 아무 가치도 없다는 것뿐입니다. 나는 내 생명을 바칠 목표가 있다는 것이 기쁨니다. 생명 같은 것은 필요 없다기보다 뭔가 염증이 느껴지거든요. 아무튼 누군가에게 도움은 되겠지요."

브론스키는 말했다. 그는 그렇게 말하고 치통으로 볼을 실룩거렸다. 그는 이 치통 때문에 자기가 바라는 표정으로 말을 할 수조차 없었다.

"당신은 다시 태어날 겁니다. 나는 예언합니다."

코즈느이쉐프는 자기가 감동하는 것을 느끼면서 말했다.

"동포를 폭군의 압제에서 구하는 것은 생사를 걸 만한 가치가 있는 훌륭한 목표니까요. 부디 신의 가호에 의해서 외적인 성공과 내적인 평안을 얻으시도록 빌겠습니다."

그는 덧붙이고 한 손을 내밀었다. 브론스키는 그가 내민 손을 꼭 쥐었다.

"그렇지요. 하나의 무기로써 나도 무언가 도움이 되겠지요. 하지만 인간으로서의 나는 폐허입니다."

브론스키는 한마디 한마디를 끊듯이 사이를 두며 말했다. 이가 욱신욱신 쑤시는 통증 때문에 입안에 침이 고여 자유롭게 말하는 것을 방해받았다. 그는 입을 다물고 매끄러운 철로 위를 천천히 가고 있는 탄수차의 바퀴를 가만히 바라보았다. 그러자 문득 아픔과는 전혀 다른 무언가 내면적인, 견딜 수 없는 막연한 고통이 순간적으로 치통을 잊게 했다. 탄수차와 철로를 본 순간, 저 불행한 사건 이후 만난 일이 없는 이 사람과의 대화에 자극되어 머리에 떠오른 것이 있었다.

그가 미친 듯이 역사로 뛰어 들어갔을 때 낯선 사람들에게 에워싸여 부끄러움도 모르고 길게 누워 있던 것. 바로 조금 전까지 맥박 치던 아직도 생명이 넘쳐흐르는 것처럼 보이는 그 피투성이 몸뚱이, 숱

많은 머리카락이나 곱슬곱슬한 옆머리와 함께 다치지 않고 남아서 뒤로 젖혀진 그 목, 빨간 입술을 반쯤 벌린 이상한 표정이 엉겨 붙어 있는 그 아름다운 얼굴, 안쓰런 그림자가 감도는 입가, 물끄러미 허공을 본 채 열려 있는 싸늘한 기색이 어려 있는 눈가, 또 말다툼할 때 안나가 쏘아붙이던 그 무서운 말 '당신은 틀림없이 후회할 거예요'라는 소리가 들리는 것 같았다.

그래서 그는 최후의 순간에 자기의 기억 속에 새겨진 그 잔혹하고 복수심에 불타는 여자로서가 아니라, 역에서 처음 만났을 때처럼 신비에 가득 차고 아름다운, 행복을 사랑하고 찾고 베푸는 여자로서의 안나를 생각해 내려고 애썼다. 그는 안나와 지낸 가장 아름다운 일들을 생각해 내려고 했다.

하지만 이제 그러한 순간은 영원히 사라져 버리고 말았다. 그는 안나의 위협만을 기억하고 있었다. 그것은 이미 아무에게도 필요하지 않은, 그러면서도 훌륭하게 성공하여 개가를 올리고 있는 회한의 위협이었다. 그는 이제 치통을 느끼지 않게 되었고 소리 없는 통곡이 그의 얼굴을 일그러뜨렸다.

그는 묵묵히 가마니 더미 옆을 두어 번 오가며 기분을 가라앉히고 나서, 침착한 목소리로 코즈느이쉐프에게 말했다.

"어제 이후 새 전보는 들어와 있지 않습니까? 적은 세 차례나 격파되었으니까 드디어 내일은 결전이 떨어지겠지요."

그러고는 밀라노 왕의 선언이나 그 선언이 가져올 커다란 효과에 대해서 말했다. 두 사람은 두 번째 벨 소리를 듣고 제각기 헤어져 차실로 들어갔다.

3

코즈느이쉐프가 포크로프스코예 마을에 도착한 그날은 레빈에게도 매우 괴로운 날이었다. 농부라면 누구나, 다른 어떤 생활 조건에서도 볼 수 없는 자기희생 정신을 노동 속에서 발휘해야 하는 눈코 뜰 새 없이 바쁜 농번기가 닥쳐 있었다. 이런 긴장 상태는 그것을 발휘하는 당사자가 평가할 때는, 만일 그것이 해마다 되풀이되는 일이 아니고 그 긴장의 결과가 그렇게 단순한 것이 아니라면, 틀림없이 매우 높이 평가했을 것이다.

호밀이나 귀리를 베고 묶고 나르고 풀베기를 하고 또 휴한지를 갈고 타작하고 가을갈이 씨를 뿌리고. 이런 일은 단순하고 너무나 당연한 일처럼 생각되었다. 하지만 이런 일을 순조롭게 해내기 위해서는 3, 4주 동안 온 마을 사람들이 남녀노소 할 것 없이 쏟아져 나와 크바스, 양파, 흑빵을 씹으면서 밤에는 밤대로 곡식 다발을 나르고 두드리고 하면서 하루에 두세 시간밖에 자지 않고 다른 때의 세 배나 일을 계속해야 했다. 이것은 매년 러시아의 전역에 걸쳐 벌어지는 일이었다.

이때까지 생애의 대부분을 시골에서 농부들과 이웃하여 지내던 레빈은, 언제나 이 농번기가 되면 농부들에게 공통되는 흥분이 자기에게도 옮는 것을 느꼈다. 그는 아침 일찍부터 말을 타고 호밀의 첫 파종과 귀리를 쌓아 올리는 것을 보러 나갔다. 그리고 아내와 그 언니 다리야 알렉산드로브나가 일어날 무렵에는 집으로 돌아와 사람들과 함께 커피를 마시고 이번에는 걸어서 농장에 나갔다. 거기서는 씨앗을 준비하기 위해서 새로 설치된 탈곡기를 운전하기로 되어 있었다.

이날 온종일 레빈은 관리인이나 농부들과 이야기를 하면서도 또 집에서 아내나 다리야 알렉산드로브나나 아이들 그리고 장인과 이야기를 하면서도, 농사 관계 외에 요즈음 늘 그의 마음을 차지하고 있는 단한 가지 일만을 생각하고 있었다. 그리고 자기가 보는 모든 것 속에서 '나는 도대체 무엇인가? 나는 어디에 있는가? 무엇 때문에 나는 여기에 있는 것인가?' 하는 의문에 대한 상호 관계를 우주 속에서 찾고 있었다.

'그건 그렇고, 나는 교회에서 가르치는 모든 것을 믿을 수 있을까?'

그는 자기를 시험하여 현재의 안정을 뒤엎을지도 모를 일을 모조리 떠올리며 생각했다. 그는 언제나 가장 이상하게 느껴지면서 자기 마음을 유혹하던 교회의 가르침 몇 가지를 일부러 기억의 밑바닥에서 불러일으켰다.

'창조란? 나는 존재라는 것을 도대체 뭐라고 설명하고 있었지? 존재에 의해서였던가 무에 의해서였던가? 그렇다면 악마와 죄란? 나는 악을 무엇으로 설명하고 있는가? 속죄자란? …… 아니, 나는 아무것도, 아무것도 모른다. 모든 사람과 함께 들은 것 말고는 무엇 하나 알 수가 없다.'

그는 나무 그늘의 풀 위에 몸을 누이고 구름 한 점 없는 높고 푸른 하늘을 바라보았다.

'저것은 무한한 공간이지 거대하고 둥근 천장이 아니라는 것쯤은 나도 알고 있다. 그러나 아무리 눈을 크게 뜨고 바라보아도 시력을 긴장시켜 보아도 저것은 둥근 것으로 보일 뿐, 끝없는 것으로는 보이지 않는다. 저것이 무한한 공간이라는 지식은 분명히 가지고 있으면서도 지금 내가 하늘색의 뚜렷하고 둥근 천장을 인정하고 있는 것 역시 사실이다. 아니, 저 둥근 천장 저쪽을 눈여겨보려고 아무리 기를 써도 눈앞에 보이는 둥근 천장이 더욱 진실에 가까운 터이다.'

레빈은 이제 생각하기를 그치고 무언가 기쁜 듯이 열심히 말을 주고받는 신비스러운 목소리에 귀를 기울였다.

'이것이 과연 신앙이라는 것일까?'

그는 자기의 행복을 믿기 두려워하며 생각했다.

"아아, 하느님, 당신께 감사드립니다!"

그는 치밀어 오르는 울음을 가만히 참고 두 눈에 넘치는 눈물을 손으로 닦으며 자기도 모르게 중얼거렸다.

레빈은 앞쪽에 있는 가축 떼를 보고 있었다. 이윽고 검정말에 이끌린 자기 집 짐수레와 가축 떼 곁에서 목동들과 무언가 이야기를 하고 있는 마부의 모습이 눈에 들어왔다. 조금 뒤에는 수레바퀴 소리와 살찐 말의 콧바람 소리가 옆에서 들렸다. 그러나 그는 자기의 생각에 완전히 마음을 빼앗기고 있어서 무엇 때문에 마부가 왔는지 생각해 보지도 않았다. 그가 겨우 그 이유를 깨달은 것은 마부가 바로 옆에 와서 말을 걸었을 때였다.

"마님의 심부름입니다. 형님과 또 한 분 나리가 오셨습니다."

레빈은 마차에 올라 고삐를 잡았다. 집까지 4분의 1베르스타쯤 남은 곳에 이르니, 저쪽에서 그리샤와 타냐가 뛰어오고 있었다.

"이모부, 엄마도 아저씨도 코즈느이쉐프 아저씨도 이리로 걸어오세요. 그리고 또 한 분 모르는 사람도 와요."

아이들은 마차에 기어오르며 말했다.

"그게 누구라던?"

"몰라요. 참 무섭게 생긴 사람이에요! 그리고 두 팔을 이렇게 해요."

타냐는 마차 안에서 일어나 카타바소프의 흉내를 냈다.

"그래, 노인이든 젊은이든?"

레빈은 타냐의 흉내에서 누군가를 생각해 내려고 하며 물었다.

'아, 그저 불쾌한 사람만 아니면 좋겠는데!'

레빈은 생각했다. 길모퉁이를 돌아 이쪽으로 걸어오는 사람들 중에서 레빈은 곧 밀짚모자를 쓴 카타바소프의 모습을 보았다. 그는 방금 타냐가 흉내 낸 것과 똑같은 몸짓으로 두 팔을 흔들면서 걸어오고 있었다. 마차에서 내린 레빈은 형과 카타바소프에게 인사를 하고 나서 자기 아내에 대하여 물었다.

"미차를 데리고 콜로크—저택 옆의 숲—로 갔어요. 거기서 아이를 보겠대요. 집 안은 너무 더워서 말이에요."

다리야 알렉산드로브나가 말했다.

레빈은 언제나 아내에게 아기를 데리고 숲에 가는 것은 위험하다고 말리고 있었기 때문에 이 소식을 듣자 불쾌한 마음이 들었다.

"그 아이는 아기를 안고 이리저리 자리를 바꾸고 있어. 난 그 아이에게 얼음 창고에 들어가 보면 어떻겠느냐고 권했을 정도야."

노공작은 미소를 띠고 말했다.

"그 애는 양봉장으로 가고 싶어 했어요. 당신이 거기 계신 줄 알고요. 우리도 지금 그리로 가던 중이었어요."

다리야 알렉산드로브나가 말했다.

"그래, 요즈음은 무얼 하고 있니?"

코즈느이쉐프는 일행과 떨어져 동생과 어깨를 나란히 하여 걸으면서 물었다.

"별로 하는 일은 없습니다. 여전히 농사를 돌보고 있죠. 그럼 형님은 이번에 오래 계실 수 있으십니까? 벌써 오래 전부터 기다리고 있었는데요."

레빈이 대답했다.

"글쎄, 한 2주일 있게 되겠지. 모스크바에는 일이 많으니까."

그렇게 말한 순간에 형제의 눈이 마주쳤다. 그러자 레빈은 평소 형과 가까워지고 싶고 무엇이든 털어놓는 사이가 되고 싶다는, 특히 지금은 더욱 강렬하게 바라고 있는 희망에도 불구하고 형의 얼굴을 보는 것이 어색하게 느껴졌다. 그는 뭐라고 말해야 좋을지 몰라 눈을 내리깔았다.

"참, 그렇지. 저어, 레빈 씨. 코즈느이쉐프 씨가 이리로 오는 도중에 누구를 만났는지 아세요? 브론스키를 만나셨대요! 그 사람은 세르비아로 떠났답니다."

다리야 알렉산드로브나가 말했다.

"그것도 혼자가 아니라 자비로 1개 중대를 편성해서 인솔하고 갔답니다."

카타바소프는 말했다.

"그 사람이 할 만한 일이군요."

레빈이 말했다.

"그건 그렇고, 지금도 의용병이 계속 나가고 있습니까?"

그는 코즈느이쉐프를 슬쩍 보며 말했다.

"그럼, 한창들 나가고 있지! 어제 있었던 역의 광경을 자네에게 보여 주고 싶을 정도였어."

카타바소프는 큰소리로 말했다.

"코즈느이쉐프 씨, 부탁이니 설명을 좀 해 주십시오. 그 의용병들은 어디로 가는 겁니까? 누구를 상대로 싸우게 됩니까?"

노공작이 물었다.

"터키 군하고 싸우게 됩니다."

코즈느이쉐프는 조용한 미소를 띠고 말했다.

"누가 터키에 선전포고를 했습니까?"

"아무도 선전포고를 한 사람은 없어요. 모두가 동포의 괴로움에 동정하고 그들을 돕고 싶어 할 뿐이지요."

코즈느이쉐프는 대답했다.

"공작께서 말씀하시는 것은 원조에 대해서가 아니라 전쟁에 대해서지요. 공작께서는 정부의 허가 없이는 개인이라 하더라도 전쟁에 참가할 수 없는 것이 아니냐는 말씀입니다."

레빈은 장인의 위신을 세우며 참견했다. 레빈은 만일 여론이라는 것이 신성불가침한 심판자라면, 왜 혁명이나 코뮌은 슬라브족을 위한 운동이나 마찬가지로 합법적인 것이 되지 않느냐고 말하고 싶었다. 그러나 그것은 모두 아무것도 해결할 수 없는 사상에 지나지 않았다. 단 한 가지 의심할 수 없이 분명한 점은, 현재로서는 이 토론이 코즈느이쉐프를 초조하게 만들 뿐이므로 더 이상 토론을 벌이는 건 좋지 않다는 것이었다. 그래서 레빈은 입을 다물고 비가 내리기 전에 돌아가는 것이 좋겠다고 말했다.

4

공작과 코즈느이쉐프는 짐마차를 타고 남은 사람들은 걸어서 집으로 향했다. 비구름이 금방 머리 위로 몰려왔기 때문에 비를 맞기 전에 집에 당도하려면 걸음을 더 재촉해야 했다. 검댕을 섞은 연기처럼 시커멓게 드리운 맨 앞의 낮은 구름이 무서운 속도로 하늘을 달려왔다. 집까지 스무 걸음쯤 남은 곳에서 벌써 바람이 일어 금방이라도 소나기가 쏟아질 것 같았다.

아이들은 무서움과 기쁨이 뒤섞인 소리를 지르며 앞서서 뛰기 시작했다. 다리야 알렉산드로브나는 다리에 감기는 치마와 싸움을 벌이며 아이들한테서 한시도 눈을 떼지 않고, 걷는다기보다 뛰어가고 있었다. 남자들은 모자를 손으로 누르고 성큼성큼 걸었다. 일행이 가까스로 입구 계단까지 왔을 때 커다란 빗방울이 철제 홈통 끝에 떨어져 부서지기 시작했다. 아이들과 그 뒤를 따라온 어른들은 떠들어 대며 지붕의 차양 아래로 뛰어들었다.

"키티는?"

레빈은 머릿수건이며 무릎 덮개 같은 것을 가지고 현관방에서 일행을 맞이한 아가피야에게 물었다.

"함께 계신 줄 알았는데요."

노파는 대답했다.

"그럼 미차는?"

"틀림없이 콜로크에 계실 겁니다. 보모와 함께요."

레빈은 무릎 덮개를 잡아채고 콜로크를 향해 뛰기 시작했다. 눈 깜짝할 사이에 비구름은 그 중심에서 해를 가렸기 때문에 사방은 마치 일식 때처럼 캄캄해져 있었다. 세차게 부는 바람은 어디까지나 자기를 주장하듯 집요하게 레빈의 걸음을 더디게 만들고, 보리수 잎이나 꽃을 잡아 뜯었다. 또 자작나무의 하얀 가지를 꼴사납게 드러내고 아카시아며 들꽃 우엉 잡초 그리고 나뭇가지도 온통 같은 쪽으로 넘어 뜨리려 하는 것이었다.

레빈은 머리를 앞으로 수그리고 머릿수건을 잡아채려는 바람과 싸우며 겨우 콜로크 가까이까지 이르러, 떡갈나무 그늘에서 무언가 하얀 것을 보았다. 그 순간 갑자기 사방이 확 밝아졌다. 대지가 불타오르고 하늘의 둥근 지붕이 소리를 내며 무너지는 게 아닌가 싶었다. 레빈은 부신 눈을 뜨고 오싹 몸을 떨었다. 그는 지금 자기와 콜로크를 가린 두꺼운 비의 장막을 통해서 숲 한가운데 있었던 낯익은 나무, 그 우거진 떡갈나무 꼭대기가 묘하게 위치를 바꾼 것을 보았기 때문이다.

'벼락을 맞았나?'

레빈이 생각한 순간 이 거목이 다른 나무들 위에 쓰러지며 우지끈 뚝딱 하는 소리가 들렸다. 번갯불과 우레 소리와 냉수를 쭉 끼얹는 것 같은 감촉은, 레빈의 몸속에서 공포라는 하나의 인상으로 섞여 들었다.

"아아, 큰일났다. 큰일났어! 제발 그들이 있는 곳이 아니었으면!"

그는 중얼거렸다.

그는 여느 때 아내가 자주 가는 곳으로 뛰어가 보았으나 아무도 없었다. 그들은 숲의 반대쪽 끝 늙은 보리수 아래에서 그를 부르고 있었다. 거무스름한 옷을 입은 두 개의 사람 그림자가 무언가의 위에 몸을 구부리듯이 하고 서 있었다. 키티와 유모였다. 레빈이 두 사람 가까이로 뛰어갔을 때는 소나기는 이미 그치고 하늘은 밝게 개어 있었다. 비는 그쳤지만 두 사람은 여전히 벼락이 떨어질 때와 같은 자세로 웅크리고 있었다.

"살아 있었군! 아무 일도 없었지? 아아, 감사해라!"

그는 물이 들어가 벗겨질 것 같은 신발로 물웅덩이 속을 철벅거리고 두 사람 옆으로 뛰어가며 말했다. 키티의 비에 젖은 불그레한 얼굴은 일그러진 모자 아래서 그를 향해 겁먹은 듯이 미소를 띠고 있었다.

"여보, 왜 또 이런 짓을 했지! 왜 조심성 없이 이런 데를 나와! 참, 이해할 수가 없군!"

그는 화가 난 듯이 아내에게 소리쳤다.

"제 잘못이 아니에요. 막 돌아가려고 하는데 아이가 떼를 써서 그렇게 되었어요. 기저귀를 갈아 주어야 했거든요. 우리가 겨우⋯."

키티는 변명을 시작했다. 미차는 무사했고 젖지도 않은 채 새근새근 자고 있었다.

"아무튼 무사해서 다행이야! 난 지금 무슨 말을 하고 있는지 정신이 없어."

젖은 기저귀를 모은 뒤 유모는 아기를 유모차에서 들어 올려 안고 걷기를 시작했다. 레빈은 화낸 것을 사과하듯이 유모가 안 볼 때에 살짝 아내의 손을 잡고 나란히 걸어갔다.

레빈은 그날 온종일 건성으로 사람들과 잡다한 대화를 계속했다. 그러면서 자기의 내부에 틀림없이 생겨나리라 기대하고 있던 변화에 대해서는 환멸을 느끼고 있었다. 그럼에도 불구하고 그는 끊임없이 마음의 충만함을 느끼며 기쁨을 맛보지 않을 수 없었다.

비가 온 뒤의 길은 질었기 때문에 산책을 나갈 수도 없었다. 게다가 비구름이 언제까지나 지평선을 떠나지 않고 여기저기서 우레 소리를 울리며 검게 소용돌이 치고 있었다. 사람들은 그날의 남은 시간을 집 안에서 보냈다.

이제 토론은 없었다. 저녁을 먹고 난 사람들은 모두 기분이 좋았다. 레빈은 혼자가 되자 또 금방 무언지 분명하지 않은 그 생각을 시작했다. 그는 말소리가 들리는 객실에 가지 않고 테라스에 서서 손잡이에 팔꿈치를 짚고 하늘을 바라보았다.

사방은 완전히 어두워져 있었다. 그가 바라보는 남쪽 하늘에도 비구름은 없었다. 비구름은 반대쪽에 몰려 있었다. 그쪽에서는 이따금 번개가 번쩍이고 우레 소리가 들려왔다. 레빈은 마당의 보리수에서 규칙적으로 떨어지는 물방울 소리에 귀를 기울이면서 낯익은 삼각형의 별자리, 그 한가운데를 지나고 있는 은하수와 수많은 지류를 바라보았다. 번개가 번쩍일 때마다 은하수뿐 아니라 밝은 별까지 그 빛 속으로 사라졌다. 그러나 번개가 그치면, 마치 겨냥이 어긋나지 않은 손에 의해 다시 던져진 것처럼 먼저의 자리에 나타나는 것이었다.

"아직도 거기 계세요?"

그곳을 지나 객실로 가려던 키티가 소리쳤다.

"왜 그러세요? 뭐 기분 나쁜 일이라도 있으세요?"

키티는 별빛 아래서 남편의 얼굴을 가만히 들여다보며 말했다. 그때 번개가 다시 별빛을 가리고 그를 비춰 주지 않았더라면 키티는 남편의 표정을 볼 수 없었으리라. 번갯불로 남편의 얼굴을 똑똑히 보고, 남편이 침착하고 기쁨에 찬 표정을 짓고 있음을 알자 그녀는 방긋 웃었다.

'이 사람은 내 마음을 알고 있군. 내가 무엇을 생각하는지 분명히 알고 있어. 이 사람에게 이야기해 버릴까? 어떻게 할까? 그래, 이야기해 버리자.'

그는 생각했다. 그가 막 이야기를 시작하려고 할 때 키티가 먼저 입을 열었다.

"아, 그렇지. 여보, 부탁이 있어요. 저 모퉁이 방에 가셔서 아주버님의 자리가 제대로 되어 있는지 보아주세요. 제가 가기는 거북해서요. 새 세면대를 들여놓았는지 모르겠어요."

키티는 말했다.

"응, 좋아. 내가 가 보지."

레빈은 일어서서 아내에게 키스하며 말했다.

'뭐, 굳이 말할 필요는 없어. 이건 비밀이야. 그것도 나 혼자에게만 필요하고 중요해 도저히 말로는 표현할 수 없는 거야. 이 새로운 감정은 내가 공상하던 것처럼 갑자기 나를 바꿔 주지도 않고 행복하게 해 주지도 않으며, 그렇다고 마음속을 비추어 주지도 않아. 꼭 저 미차에 대한 감정과 마찬가지야. 역시 뜻밖의 선물은 아니었어. 이것이 신앙인지 아닌지 잘 모르지만 그러나 이 감정은 나도 모르는 사이에 괴로움과 함께 내 영혼 속으로 들어와서 단단히 뿌리를 내려 버린 거야. 앞으로도 나는 마부 이반에게 화를 내기도 하고 여전히 토론을 하고 엉뚱한 데에 나의 사상을 표명하기도 하겠지. 아니, 여전히 내 영혼의 성스러움과 다른 사람의 영혼 사이에는, 설령 아내의 영혼이라 할지라도 틀림없이 벽이 있을 거야. 그리고 나는 여전히 스스로 느낀 공포 때문에 아내를 책망하고 곧 그것을 후회하겠지. 또 여전히 무엇 때문에 기도하는지도 모르면서 기도를 계속해 갈 거야. 하지만 이제 내 생활은 무슨 일이 일어나든 전혀 상관없어. 그 1분 1분이 전처럼 무의미하지는 않을 것이다. 그뿐 아니라 의심할 수 없는 선善의 의의를 지니고 있어서, 그것을 내 생활에 부여할 수가 있을 것이다!'

그는 그렇게 아내가 앞서서 걸어갈 때 생각하면서 중얼거렸다.

"당신의 아내로 살 수 있는 곳으로 떠나요"

안나 카레니나의 당신의 아내로 살 수 있는 곳으로 '떠나자'라는 말에는 인간의 도덕과 시선이란 것이 얼마나 넘어서기 힘든 현실인가를 분명히 담고 있다. 그녀 또한 순진하게 행복을 그려 보는 듯하지만 결국 이곳, '현실'에서는 이루어지지 않을 소망임을 알고 있다고 말하는 듯하다.

세상 모두로부터 버림받더라도, 자신이 가진 전부를 내던지더라도 당신만은 포기할 수 없다는 격정. 가슴 안에 생의 불꽃을 구원과도 같이 담고 있던 사람이 절대적으로 느껴지는 대상을 만났을 때 할 수밖에 없는 선택. 마음속에 폭발하기 직전처럼 부풀어 오른 열망을 간직하던 사람이 그 촉매제를 거부하지는 못할 것이다. 안나 카레니나도 그렇게 자신의 감정을 속이지 않고 진실되게 전부를 걸고 만다.

그로 인해 나타난 세상이 삶의 전부가 되고 또 그것으로 충분하다. 자기 일생에 신세계를 열어 줄 기적을 주었음을 신에게 감사하며, 세상의 시선 따위도 중요하지 않다. 세상의 규범이 두렵지 않다고 착각하는 것은 인간의 도덕으로 재단하는 시선으로는 알 수 없는 진실이 있다고 느끼기 때문일 것이다.

하지만 기쁨에 겨운 생의 환희는 잠깐이다. 그 위태로운 상황이 만들어 내는 불안한 생활이 행복한 나날로 귀결되리라고 기대할 수 있을까. 세상 모두에게 까발려진 치부—물론, 세상의 시선에 있어서—뒤에 그 사람에 게 남겨지는 것은 한 인간의 성장이 아니라 파멸로의 귀결이 자연스러운지 모른다.

톨스토이는 안나 카레니나의 불안한 격정에 독자들이 매몰되지 않도록 그와 대치되는 한 쌍을 등장시켜 삶의 의미와 사랑, 진실에 대해 더 폭넓은 고민을 할 수 있도록 돕는다. 그 의의는 안나 카레니나 부부와 브론스키가 겪는 사랑과 고통에서 깨닫는 것과 달리, 일상의 일반적인 삶에서도 깊은 생의 신비와 행복을 발견할 수 있음을 말하여 준다.

톨스토이는『안나 카레니나』의 부제로 '복수는 내가 하리라. 내 이를 보 복하리'라는 성경 구절을 인용했다. 세상의 어떤 만남은 아름다운 사랑과 결과를 낳기도 하지만, 어떤 만남들은 상처를 낳고 분노와 증오를 낳고 보 복을 낳고 파국을 낳는다. 톨스토이가 그와 같은 성경 구절을 부제로 인용 한 이유는 인간사에 어쩌지 못하게 벌어지는 그 일들을 재단하고 비난하는 것은 인간의 자격 바깥에 있다는 점을 말하고 싶었던 것일 터이다.

또한『안나 카레니나』가 단순한 애정 소설이 아니라 시대를 뛰어넘는 고 전이 된 것은 사랑으로 인하여 변모하는 인간의 이야기에서 끝나지 않고 제도와 도덕, 인간의 모순되는 부분까지 뛰어난 통찰력으로 작품 안에 녹 여 낸 데 있다.

옮긴이 서상원

고려대학교를 졸업하고 한국외국어대학교 대학원에서 영문학을 전공했다. 잡지사 《여원》의 편집부에서 번역 및 해외 문화를 소개했으며 IBS 번역센터를 설립하여 대표로 재직하면서 명지대학교·세종대학교·경원대학교에 출강했다. 외국에서의 생활을 바탕으로 한국의 현 상황에 맞는 인문서와 우리의 정서에 맞는 자기 계발서를 기획하며 글쓰기에 매진하고 있다. 지은 책으로 『이기적 리더십』 『죽기 전에 한 번은 심리학을 만나라』 『두 배로 성공하는 낙관적 습관』 『더 이상 기회는 없다』 『좋은 인생 좋은 습관 2』 등이 있고, 편저로는 『상상의 즐거움』 『싸움의 기술』 『카네기의 다이내믹 성공학』 『세상을 열어 주는 혁명가의 말』 등이 있으며, 옮긴 책으로 『신곡』 『데미안』 『페스트』, 스타 에센스 클래식 시리즈 『데미안』 『레 미제라블』 『안나 카레니나』 『위대한 개츠비』와 『톨스토이의 인생 레시피』 『경제 사랑학』 『지금부터 시작하는 인간관계의 룰』 『유럽에 빠지는 즐거운 유혹 1·2·3』 『헤르만 헤세의 청춘이란 무엇인가』 등이 있다.

안나 카레니나

초판 1쇄 발행	2021년 7월 20일
초판 3쇄 발행	2022년 7월 27일

지은이	레프 톨스토이
옮긴이	서상원
펴낸이	김상철
발행처	스타북스
등록번호	제300-2006-00104호
주소	서울시 종로구 종로 19 르메이에르종로타운 B동 920호
전화	02) 735-1312
팩스	02) 735-5501
이메일	starbooks22@naver.com
ISBN	979-11-5795-601-2 03890

ⓒ 2022 Starbooks Inc.
Printed in Seoul, Korea